Nicole Gozdek

Die Gilde der Schatten

NICOLE GOZDEK

DIE GILDE DER SCHATTEN

Roman

ivi

Lesen was ich will!
www.Lesen-was-ich-will.de

Wenn Ihnen dieser Roman gefallen hat, schreiben Sie uns unter Nennung des Titels »Die Gilde der Schatten« an *empfehlungen@piper.de*, und wir empfehlen Ihnen gerne vergleichbare Bücher.

Von Nicole Gozdek liegen im Piper Verlag vor:
Die Magie der Namen (Die Magie der Namen 1)
Die Magie der Lüge (Die Magie der Namen 2)
Prophezeiungen für Jedermann
Inspired
Emanio – Der Schöne und das Biest
Die Gilde der Schatten

Unser Versprechen für mehr Nachhaltigkeit
Klimaneutrales Produkt
FSC®-zertifiziertes Papier
Hergestellt in Europa

FSC
www.fsc.org
MIX
Papier aus verantwortungsvollen Quellen
FSC® C083411

Originalausgabe
ISBN 978-3-492-70484-7

Satz: Satz für Satz, Wangen im Allgäu
Gesetzt aus der Adobe Jenson Pro
Druck und Bindung: CPI Books GmbH, Leck
Printed in the EU

1

BRISE

Unerwartet fuhr ihm der Wind ins Gesicht. Farisios Augen brannten. Es fühlte sich für ihn wie ein Schlag an. Der Wind forderte seine Aufmerksamkeit und entlockte ihm ein Seufzen.

Natürlich hätte es auch ein Nachkomme von Wirilat sein können, der voller Übermut seine Windmagie an ihm erprobte, doch Farisio glaubte das nicht. Dann hätte er nicht dieses leise Wispern vernommen: *Hör zu!*

Farisio schloss für einen Moment müde die Augen. Sein Magen knurrte und schmerzte vor Hunger. An diesem Tag hatte er noch nichts gefunden, mit dem er das Monster, das in seinen Eingeweiden zu hausen schien, hätte besänftigen können. Und auch nicht am Tag zuvor.

Er war Hunger gewohnt, genau wie Durst, Kälte, Müdigkeit, Furcht und Wachsamkeit. Man überlebte nicht auf den Straßen, wenn man nicht hart im Nehmen war. Und Farisio war ein echtes Stehaufmännchen. So jedenfalls hatte ihn Ybbydus immer genannt.

Trauer kam in ihm auf, als er an seinen verlorenen Freund dachte, der ihm mehr Vater und Mutter gewesen war, als sein ahnungsloser Erzeuger oder seine wahnsinnige Mutter es je gewesen waren. Sechs Jahre war Ybbydus nun bereits vermisst und er hatte einen Teil von Farisios Seele mitgenommen, als er verschwand.

Der Wind nahm an Stärke zu, bis er laut brüllte und ihn aus seinen

Gedanken riss. Farisio zuckte zusammen, als er wieder an seine Umgebung erinnert wurde. Es war höchste Zeit für ein warmes Plätzchen, eine Mahlzeit und ein Nickerchen.

Inzwischen hatte der launische Wind seine Aufmerksamkeit anderen zugewandt. Er fuhr durch die schweren Stoffbahnen der Marktstände um Farisio herum, brachte die Flaggen und Fähnchen zwischen den Häusern zum Tanzen und die Windspiele an den Gebäuden zum Klingen, erfand mit spielerischer Leichtigkeit eine neue Melodie und gab den Luftschiffen der Wachen über der Stadt *Brise* einen kleinen Stups. Er erzählte ihnen allen etwas, doch Farisio merkte, dass niemand dem Wind zuhörte. Niemand außer ihm.

Vielleicht musste man einsam sein, um mit dem Wind zu sprechen. Er wusste es nicht. Manchmal vergingen Tage, ohne dass er mit einem anderen Kuftari sprach. Tage, in denen er das Wort nur an Tiere oder an den Wind richtete, die ihm wenigstens zuzuhören schienen und die nicht aufgrund seiner alten, abgetragenen und geflickten Kleidung misstrauisch vor ihm zurückwichen.

Ja, er hatte kein Geld. Aber er war kein Taschendieb, Mörder oder sonstiger Gauner. Dennoch gab ihm niemand eine Chance oder eine ehrliche Arbeit. Er hätte sich prostituieren können – Angebote von lüsternen Männern, denen sein junges Gesicht gefiel, bekam er genug –, doch lieber wäre er verhungert oder erfroren, als sich zu verkaufen.

Er hatte gehofft, dass sein Leben besser werden würde, wenn er erst einmal die verfluchte Domäne Ectorui hinter sich gelassen hatte, in der nichts je so blieb wie am Tag zuvor und jede Straße überall hinführen konnte, nur nicht wieder hinaus in eine der Nachbar-Domänen. Wie oft hatte er geglaubt, es endlich bis zum Übergang nach Gorgubi geschafft zu haben? Nur um zum Beispiel am nächsten Morgen in der Gestalt eines beinlosen Kriechtieres aufzuwachen, und sich mühsam Elle um Elle auf den Ausgang aus dem Irrgarten des Wahnsinns zuzubewegen? Und wie oft hatte er dann bei Sonnenuntergang erlebt, wie sich die wandernden Hügel wieder auf den Weg ans andere Ende von Ectorui machten und ihn mit sich nahmen? Häufig hatte er kurz davorgestanden, einfach aufzugeben, wenn er wieder einmal in der falschen Gestalt gefangen gewesen war oder sich hoffnungslos verirrt hatte. Es hatte viele Jahre gedauert, bis er dem Chaos, das Ectorui war, entkommen war. Doch selbst jetzt, einen Monat nach seiner Flucht, selbst nachdem er die Domäne Gorgubi durchquert hatte, war er noch nicht ruhiger und hatte immer noch Angst, dass die vergangenen Wochen nur ein Traum gewesen waren.

Verstohlen musterte er die Kuftari in seiner unmittelbaren Umgebung. Viele von ihnen lachten oder unterhielten sich fröhlich mit ihren Bekannten oder Nachbarn, ohne zu ahnen, welch ein Glück sie hatten. Wirilat erschien ihm wie eine Oase der Zufriedenheit und des Wohlstands nach den langen Jahren des Chaos in Ectorui. Er wollte es ihnen gleichtun, doch er hatte das Lachen verlernt.

Sein Blick fiel auf eine Frau um die sechzig, die gerade mit ihrem schwer beladenen Einkaufskorb zwischen den Marktständen auf ihn zukam. Ihr junges Gesicht erschien ihm freundlich, sodass er einen Schritt vortrat und sie ansprach: »Bitte, Herrin, haben Sie etwas zu essen für mich?«

Sie zuckte überrascht zusammen. Farisio bemerkte, wie ihr Blick blitzschnell über seine hagere Gestalt und sein kantiges Gesicht fuhr, das durch seinen großen Hut zum Teil im Dunkeln lag. Zurückhaltung lag nun in ihrer Miene und sie zog den Einkaufskorb dichter an ihren Körper, bevor sie stumm den Kopf schüttelte.

»Verschwinde, Bettler«, rief einer der Marktstandbesitzer wütend und schwang drohend die Faust in Farisios Richtung. »Sonst hole ich die Wachen!«

Der rundliche Händler griff zur Trillerpfeife, die um seinen Hals hing. Ein einfacher Weg für die ehrenwerten Bürger der Stadt *Brise*, um die Wachen zu rufen, die mit ihren Luftschiffen in einigen Metern Entfernung über ihren Köpfen oder zu Fuß in den Straßen patrouillierten. Ein gellender Pfiff und Farisio würde eine unangenehme Nacht im Gefängnis bevorstehen.

»Ich gehe ja schon«, sagte er leise. Sein Magen knurrte laut und übertönte seine Stimme, doch noch nicht einmal das rief etwas Mitgefühl bei den Marktbesuchern hervor, geschweige denn bei den Verkäufern.

Farisio verlor den Mut. Er wandte sich um und ging. Das Verrückte war, dass er noch nicht einmal arm war. Er besaß lediglich kein Geld. Doch niemand, dem er die geerbten Schmuckstücke seiner Mutter zeigte, glaubte ihm, dass er sie nicht gestohlen hatte. Pfandleiher und Juweliere bekamen ein gieriges Funkeln in den Augen beim Anblick der wertvollen Ketten, Armbänder, Ohrringe und Ringe, die seine schöne und berühmte Mutter von ihren Verehrern geschenkt bekommen hatte. Zwei hatten ihn bestohlen und drei weitere hatten es versucht. Jedes Mal war es ihm nur dank seiner flinken Füße gelungen, ihnen und ihren Schergen zu entkommen. Das eine Mal, als er den Diebstahl angezeigt hatte, hatten die Wachen ihm nicht geglaubt und er hatte eine Nacht im Gefängnis verbringen müssen wegen Verleumdung unbescholtener Bürger.

Unbescholtene Bürger, pah!

Farisio verzog das Gesicht. Er hatte ehrlichere Diebe und Huren kennengelernt als manch angesehene Bürger, die unter dem Deckmantel von Reichtum und Ehre die verabscheuungswürdigsten Verbrechen begingen und diejenigen bestahlen oder ermordeten, mit denen sie kurz zuvor noch diniert oder höflich Konversation gemacht hatten.

Er merkte, dass er erneut gefährlich unaufmerksam gewesen war, als er plötzlich vor einer Wand aus Ziegeln stand und nicht wusste, wie er dorthin gekommen war. Erschrocken sah er sich um. Überall um sich herum entdeckte er hohe Mauern, die von abblätterndem Putz, Dreck und Wasserflecken überzogen waren. Farisio befand sich in einer dunklen Gasse. Einer Sackgasse ohne Fluchtweg, so wie es den Anschein hatte, und ihm wurde der Magen flau, als er sich ausmalte, was hätte geschehen können. Nur durch Glück war es helllichter Tag und die Gasse war leer.

Seine Augen brannten und er zwang sich, tief durchzuatmen. Er würde jetzt nicht weinen.

Doch langsam war er am Ende seiner Kräfte. Er musste etwas tun, etwas ändern. Viel länger hielt er das nicht mehr durch.

Der Junge schlang die Arme um sich und schluckte gegen den Kloß in seiner Kehle an, während seine Gedanken panisch rasten. War es ein Fehler gewesen, sich älter zu machen? Hätte die junge Marktbesucherin ihm vielleicht etwas zu essen oder ein paar Geldstücke gegeben, wenn man ihm sein Alter angesehen hätte?

In Gorgubi hatte er es nicht gewagt, sein wahres Alter, seine Haare oder sein ungeschminktes Gesicht zu zeigen. Jung, allein unterwegs und hübsch waren dort nur Synonyme für *leichtes Opfer* und *kostbare Ware*. Diese Lektion hatte er schnell gelernt. Je dreckiger er war, je mehr er stank, je älter er erschien, desto besser für seine Gesundheit.

Das Schluchzen war überraschend. Es dauerte einen Moment, bis er erkannte, dass es nicht von ihm selbst kam, sondern von irgendwo aus der dunklen Gasse. Doch woher genau? Und von wem?

Mülltonnen, alte Kartons, zerbrochene Gegenstände und Gerümpel drängten sich um ihn herum. Es roch nach Urin und Fäkalien: In seiner Müdigkeit hatte Farisio instinktiv einen sicheren Platz aufgesucht, an dem nur wenige Kuftari sein würden. Auch wenn es ihn überraschte, dass es in der sauberen, wohlhabenden Stadt *Brise* solch einen heruntergekommenen Ort überhaupt gab.

Doch woher kam das Schluchzen?

Der Junge lauschte aufmerksam und schloss die Augen, während er sich vorwärtsbewegte. Er spürte noch jemanden in der Gasse, auch wenn das Geräusch inzwischen wieder verstummt war. Jemanden, der genauso verängstigt und verzweifelt war wie er selbst.

Seine Füße hatten ihn zu einer großen Mülltonne mit Metalldeckel geführt. Anders als die übrigen Mülltonnen, die umgestoßen auf dem Boden lagen oder vor Unrat überquollen, schien diese nicht recht an den Ort zu passen. Nicht nur, weil sie nur relativ wenige Dreckspuren aufwies und immer noch glänzte. Der Abfallbehälter war zu fein für diese Gasse und Farisio bekam ein ganz schlechtes Gefühl bei der Sache.

Schnell war er jetzt an der Mülltonne und stemmte die schwere Abdeckung hoch. Doch selbst bei dieser kleinen Anstrengung zitterten ihm bereits die Arme und er musste nach Luft schnappen. Er war wirklich in keiner guten Verfassung. Und das besserte sich auch nicht, als er das Kleinkind sah, das jemand in den Müll geworfen hatte. Er verstand es nicht. Er hatte gedacht, dass Wirilat besser sein würde als Ectorui, dass man hier das Leben wertschätzen würde. Aber ein Kleinkind, das man einfach in eine Mülltonne steckte, aus der es sich nicht befreien konnte und in der es leiden würde, bis es verdurstete oder verhungerte: Das sprach eine ihm leider nur zu vertraute Sprache. Gleichgültigkeit und Grausamkeit kannte er dank seiner Mutter zur Genüge.

»Hab keine Angst. Schhh«, machte er sanft, als er das dreckige Kind aus der Tonne hob. Er musste dafür auf eklige Abfallberge steigen, aus denen das Ungeziefer krabbelte, aber das nahm er gar nicht wahr. Er sah nur das Kind mit den großen, traurigen Augen, das vor Hunger und Durst wimmerte. Seine Entscheidung stand fest, ohne dass er groß darüber nachdenken musste. Wenn dieses Kind niemand haben wollte, dann würde er sich darum kümmern. Auch wenn das bedeutete, einige unangenehme Entscheidungen zu fällen und Dinge zu tun, vor denen er bislang zurückgeschreckt war.

Es war ein Mädchen, vielleicht vier Jahre alt, nicht mehr als ein Baby. Kuftari lernten mit vier oder fünf Jahren sprechen, also konnte er sie nicht nach ihren Eltern fragen. Nicht dass er sie ihnen nach ihrer grausamen Tat zurückgebracht hätte, aber so würde er nichts über die Kleine wissen.

»Ich nenne dich Ileija«, sagte er und erschrak, als sein Gesicht plötzlich schmerzte. Im Glanz der sauberen Metalltonne sah er, dass sich seine Lippen zu einem ungewohnten, glücklichen Lächeln verzogen hatten.

Sechs Stunden später krabbelte er aus seinem Versteck in der Erde an die Oberfläche zurück. Dorthin hatte er sich nach seinem vergeblichen Ausflug in die Stadt mit Ileija zurückgezogen. Da die Bewohner von Wirilat den Wind liebten und ihre Städte am liebsten an windumtosten Orten errichteten, war es ungewöhnlich, dass *Brise* nicht auf einer Klippe, einem Hügel oder einem Berg, sondern zu ebener Erde errichtet worden war.

Das bedeutete, dass er sich einen Unterschlupf in der Erde graben konnte, was er bei seiner Ankunft in der Stadt vor einer Woche auch getan hatte. Nun bot das Erdloch, das er mit Ästen abgestützt hatte, nicht nur ihm einen geschützten Schlafplatz in der Nacht und ein Versteck vor den aufmerksamen Blicken der Wachen aus der Luft, sondern auch Ileija. Er wusste allerdings, dass er schnellstens etwas anderes finden musste. Das kleine Mädchen brauchte die Wärme eines Feuers, ein sicheres Dach über dem Kopf und regelmäßige warme Mahlzeiten, und Farisio würde sein Möglichstes tun, um ihr all das zu geben.

Voller Sorge sah er zurück zum Unterschlupf. Er wollte die schlafende Kleine nicht allein zurücklassen, aber er hatte keine Wahl. Er musste Geld und Essen beschaffen und das konnte er nicht, wenn Ileija dabei war.

Ihm graute vor dem, was er in Kürze tun würde. All seine Versuche, sich einzureden, dass es nicht so schlimm sei, dass auch andere Jungen seines Alters auf diese Weise überlebten, halfen nichts. Die Übelkeit ließ sich nicht abschütteln, genauso wenig wie Ybbydus' Stimme in seinem Kopf. Sein väterlicher Freund wäre entsetzt, wenn er ihn nun sehen könnte. Er hatte sich stets ein besseres Leben für Farisio gewünscht, ihm sogar angeboten, ihn bei sich aufzunehmen und zu adoptieren. Doch er Dummkopf hatte Nein gesagt, ohne zu ahnen, dass er nie die Chance bekommen würde, seine falsche Entscheidung zu korrigieren.

»Ich tue das für Ileija«, flüsterte er. Und jetzt, beim sechsten Versuch, klang es sogar einen Hauch entschlossen und nicht nur verängstigt.

Die Nacht war gerade erst angebrochen, doch er hatte sich nicht getraut, noch länger zu warten. Je später er aufbrach, desto schwächer würden er und das Mädchen werden. Er hatte zwar etwas Wasser auftreiben können, aber der Hunger plagte ihn bereits seit Wochen, und er wusste nicht, ob er weglaufen oder kämpfen musste, wenn er erst getan hatte, wovor es ihm so graute. Doch sie brauchten das Geld. Es war egal, wie er sich dabei fühlte. Solange Ileija satt und gesund war, war alles gut.

Es war alles gut.

Als Farisio einige Minuten später dem ersten Perversen begegnete, der seine Gestalt lüstern mit Blicken verschlang, wurde ihm übel. Er überlegte nicht lang, sondern rannte. Selbst für Ileija war er hierfür nicht bereit.

Immerhin gab es noch andere Wege, um Geld zu verdienen, wenn man auf der Straße lebte und vor einem Verbrechen nicht zurückschreckte. Farisio musterte das große, dunkle Gebäude, das er zuletzt vor einer Woche aufgesucht hatte und das jetzt verlassen vor ihm lag. Sein Puls raste. Er beobachtete das Haus bereits seit einer halben Stunde, daher wusste er, dass es keine Wachen hatte. Doch Wachen waren nicht das einzige Problem, das seinem Vorhaben im Weg stand. Die vermögenderen Bürger hatten genug Geld, um sich alle möglichen Arten des Schutzes zu kaufen. Er wusste nur nicht, für welche sich dieser Bürger entschieden hatte.

Klar, er hätte sich auch ein anderes, leichteres Haus für seinen allerersten Einbruch aussuchen können, aber das ließ sein Gewissen nicht zu. Von diesem Mann wusste er wenigstens, dass er ein Verbrecher und ein Dieb war. Einen ehrlichen, unbescholtenen Stadtbewohner auszurauben, das brachte Farisio nicht fertig.

»Dieser Mann hat es verdient«, murmelte er vor sich hin, wie um sich selbst zu überzeugen.

Aber hatte er das wirklich? Zweifel an sich und seinem Vorhaben kamen wieder in ihm auf. Nur weil der Pfandleiher ihm den Ring und die Kette seiner Mutter weggenommen hatte, hieß das nicht, dass es sich bei ihm um einen schlechten Kuftari handelte. Er wusste nicht länger mit Sicherheit, ob der Mann aus Gier gehandelt hatte oder in der Überzeugung, dass Farisio ein Dieb war. Seine Gewissheit, im Recht zu sein, geriet ins Wanken.

»Der Schmuck gehört mir und der Mann hat ihn genommen, ohne ihn zu bezahlen. Das macht ihn zu einem Dieb«, sagte er laut, um seine Zweifel zu übertönen.

Er begriff, dass er keine Wahl hatte. Wenn er nicht beim Pfandleiher einbrach, dann hatte er kein Geld für Essen oder Kleidung. Und beides brauchten Ileija und er dringend.

Mit der Entschlossenheit der Verzweifelten musterte er das Gebäude erneut. Das Erdgeschoss war vermutlich durch Zauber geschützt. Die seltsame Form der Lampen neben den Türen und Fenstern ließ ihn vermuten, dass in ihnen Ordnungssteine versteckt waren, die jede Störung durch Eindringlinge mittels eines lauten Alarms melden würden. Er musste einen anderen Weg finden.

Als Nächstes musterte Farisio das alte Nachbargebäude, das einige Meter neben dem Geschäft des Pfandleihers stand. Es war gut beleuchtet. Aus dem Dunkel seines Verstecks hatte er Wachen im und um das Haus patrouillieren sehen. Der Besitzer war definitiv nicht so reich wie der Pfandleiher.

Seine Zweifel, ob er das Richtige tat, schwanden. Was war das für ein Kuftari, der die Verzweiflung der Ärmsten ausnutzte, um auf ihre Kosten ein Vermögen anzuhäufen? Ordnungssteine kosteten sehr viel Geld und der Pfandleiher hatte sein Gebäude mit schätzungsweise drei Dutzend von ihnen gesichert.

Farisio lief los. Geräuschlos packte er die metallene Stange der Straßenlaterne und schwang sich hoch. Innerhalb von Sekunden war er von der Lampe auf das Fensterbrett im zweiten Stock geklettert. Ein schmaler Sims führte am Gebäude entlang, gerade breit genug für seine Zehen.

Farisio verspürte eine unnatürliche Ruhe, während er lauschte, seine Finger in das poröse Mauerwerk krallte, bis sie bluteten, und sich dabei Zentimeter um Zentimeter an der Wand entlang zum Regenrohr hangelte.

Der Wind umschmeichelte ihn und streichelte seine Wange. Er gab ihm die Gewissheit, dass niemand ihn bislang gesehen hatte und dass sein Freund ihn warnen würde, falls ihn jemand entdeckte.

Es dauerte keine Minute, bis er das Regenrohr erreicht hatte. Doch er hatte ein Gefühl, als würde alles um ihn herum verlangsamt ablaufen. Nur sein Herz rannte wie im Galopp und machte ihn schneller und aufmerksamer als sonst. Die Müdigkeit, der Hunger und die Gewissensbisse waren vergessen. Es zählte nur noch die Durchführung seines Plans.

Kurz darauf stand er auf dem Dach des Nachbargebäudes und starrte zu seinem Ziel hinüber, von dem ihn immer noch ein paar Meter trennten. Er wünschte sich, fliegen zu können wie die Nachkommen von Wirilat, zu ihnen zu gehören und einen ihrer geflügelten Freunde zu reiten. Doch wie er wusste, war das ein kindischer Traum.

Er unterließ es, die Entfernung zwischen den beiden Dächern zu schätzen. Vermutlich war der Abstand zu weit, aber er musste es einfach schaffen. Ileija zählte auf ihn.

Farisio atmete einmal tief durch, dann fixierte er das flache Dach gegenüber und lief los. Schon war er in der Luft und genoss den kurzen Moment, in dem er sich einreden konnte zu fliegen, bevor er auf dem Nachbardach aufkam, umknickte und mit dem Gesicht voran aufschlug.

Ängstlich lauschte er. Dabei blieb er liegen, atmete tief ein und blendete den Schmerz aus. Wenn er schrie, würden sie ihn schnappen. Also würde er nicht schreien. Es benötigte Willenskraft, um sich einzureden, dass er keine Schmerzen, keinen Hunger und keine Angst hatte. Aber darin hatte er Übung.

Als es ein paar Minuten lang still geblieben war, rappelte er sich leise auf. Er war nicht entdeckt worden, doch je länger er wartete, desto größer wurde die Gefahr, dass ein Luftschiff der Wache über ihn hinwegflog und er entdeckt wurde.

Das nächste Problem ließ nicht lange auf sich warten. Als er vor dem Eingang zum Treppenhaus stand, summte es ihm schon fröhlich entgegen.

Ein Ordnungsstein. Verdammt!

Er wusste nicht, ob es überhaupt eine Möglichkeit gab, den Schutz vor Einbrechern zu überlisten, aber er musste es versuchen. Ein paar Meter von der Tür und dem Ordnungsstein entfernt hielt er inne. Mit geschlossenen Augen lauschte er, bis das Summen des Schutzsteins das Einzige war, was er hörte. Es dauerte nicht lange und seine geübten Ohren, die sonst immer dem Wind lauschten, hatten eine Melodie erkannt.

Farisio begann zu summen. Sein Duett mit dem Ordnungsstein beflügelte ihn. Er würde es schaffen.

Mit wenigen Schritten war er bei der Tür. Immer noch summend packte er die Klinke und drückte sie herunter. Die Tür schwang mit einem leisen Knarzen nach außen. Er huschte ins Innere und schloss sie hinter sich. Als er sich ein paar Meter vom Eingang entfernt hatte, verstummte er und lauschte.

Stille.

Erleichterung durchströmte ihn, dass er es geschafft hatte. Er war drin.

Leise ging er die Treppe hinab. Es war dunkel und er musste sich die Wände entlangtasten, doch das störte ihn nicht. Die nächtliche Dunkelheit war nicht sein Feind, im Gegenteil, sie versprach ihm Schutz.

Im Erdgeschoss angekommen, orientierte er sich an seinen Erinnerungen. Die Geschäftsräume des Pfandleihers standen ihm immer noch bildhaft vor Augen. Rasch hatte er das Büro gefunden und begann, die Schubladen zu durchsuchen. Kopfschüttelnd wunderte er sich über den Leichtsinn des Mannes, der seinen Besitz nur der Magie der Schutzsteine anvertraute und sich noch nicht einmal die Mühe machte, die Schubladen abzuschließen. Rasch hatte er das Geld gefunden.

Es war mehr, als die gestohlene Kette und der Ring wert waren. Seine Hand zuckte über den Geldstücken. Er konnte es einfach nicht. Er konnte nicht nehmen, was ihm nicht gehörte. Er war kein Dieb.

Rasch schätzte er den Wert der beiden Schmuckstücke und zählte dann die entsprechenden Münzen im schwachen Licht der Straßenlaternen ab. Er musste sich beeilen. Wenn das Licht ausreichte, dass er die Münzen erkennen konnte, dann war er auch von draußen zu sehen.

Farisio steckte seine Bezahlung in die Hosentasche und huschte zur Eingangstür. Von innen gab es keine Ordnungssteine, doch er würde den Alarm auslösen, sobald er einen Schritt über die Schwelle machte.

Vorsichtig öffnete er die Tür einen Spalt und lauschte auf die Melodie der Ordnungssteine. Dann summte er, bis er die Schritte und Stimmen der Wachen nebenan nicht mehr hörte.

Als er die Pfandleihe verließ, glaubte er, Blicke auf sich zu spüren. Doch er ließ sich nicht beirren und summte weiter, bis er die Reichweite der Schutzsteine verlassen hatte. Dann sparte er sich den Atem, um zu rennen.

Jemand fluchte leise. Farisios Panik wuchs. Er hatte recht gehabt. Irgendjemand hatte ihn entdeckt!

Er hörte Schritte hinter sich, aber keine Schreie, was ihm noch mehr Angst einjagte. Wer auch immer hinter ihm her war, wollte nicht entdeckt werden, was die Stadtwache und die Wachen des Nebengebäudes ausschloss.

Furcht ließ ihn noch schneller laufen. Er hörte seinen Verfolger keuchen. Farisio war schon immer flink gewesen, und das Leben auf der Straße hatte ihm viel Übung im Davonrennen beschert. Dass er den Mann hinter sich – und dass es ein Mann war, das wusste er – abschütteln konnte, daran zweifelte er nicht.

Doch er hatte nicht mit dessen Verbündetem gerechnet. Als er in die nächste Querstraße bog, rammte er ein großes, wenn auch weiches Hindernis.

»Uff!«, machte er, fiel rückwärts zu Boden und landete schmerzhaft auf seinem Gesäß.

Der Mann, der vor ihm stand, war weit über zwei Meter groß und sehr dick. Farisio war an seiner gepolsterten Mitte abgeprallt. Doch statt wütend zu sein, lächelte der Dicke ihn nur vergnügt an.

»Hallo, kleiner Mann«, sagte er und packte Farisio, um ihn hochzuziehen und ihn sich kurzerhand unter den kräftigen Arm zu klemmen. Es störte ihn nicht im Geringsten, dass Farisio sich wehrte und wild um sich trat.

Schnaufend traf Farisios Verfolger ein. »Verdammter kleiner Dieb«, schimpfte er zornig.

»Keine Sorge, ich hab' ihn«, verkündete der Dicke und sein Kumpan musterte Farisio erfreut.

Dann lachten die beiden und Farisio schloss entsetzt die Augen.

2

BRISE

»Ganz schön flinkes Bürschchen«, meinte der erste Verfolger, als er wieder normal atmete. Er musterte Farisio genau, doch was er im schwachen Licht der Straßenlaternen zu erkennen hoffte, war unklar.

»Wie heißt du?«, erkundigte er sich schließlich.

»Warum sollte ich euch das verraten?«, fragte Farisio und hob den Kopf, um ihn wütend anzufunkeln. Kampflos würde er sich jedenfalls nicht in ihre Gewalt begeben.

»Oho«, lachte der Dicke vergnügt. »Unser kleiner Freund hat Feuer.«

»Jeder ist kleiner und hat mehr Feuer als du, *Scharfauge*«, sagte der andere geduldig und ließ Farisio dabei nicht aus den Augen. »Lass ihn runter! Er muss ja denken, dass wir seine Feinde sind, wenn du ihn so festhältst.«

Der Dicke, den sein Kumpan *Scharfauge* – Was sollte das denn bitte für ein Name sein? – genannt hatte, gehorchte, blieb aber direkt neben Farisio stehen. Der Junge hegte keinerlei Illusionen. Er war noch immer in der Gewalt der beiden Männer.

»Was wollt ihr von mir?« Sein Misstrauen war deutlich zu hören.

»Keine Sorge, nicht das«, erklärte der dünne Mann rasch. »Und auch nicht dein Geld oder das, was du gerade erbeutet hast. Wir wollen nur mit dir reden, versprochen.«

»Warum?«

Nur reden, darüber konnte Farisio bloß lachen. Die Sache hatte eindeutig einen Haken. Er hätte weglaufen können, aber er wiegte die beiden lieber erst einmal in Sicherheit und hörte sich an, was sie zu sagen hatten. Sobald sie in ihrer Wachsamkeit nachließen, würde er verschwinden.

»Ich bin *Flinkfinger*«, stellte sich der Dünne vor. »*Scharfauge* und ich gehören zu den Schatten, einer geheimen Gesellschaft von Dieben, Einbrechern, Erpressern und Assassinen. Vielleicht hast du schon mal von uns gehört?«

»Nein.«

»Das macht nichts. Wir waren zufällig in der Gegend, um ein Nachbarhaus auszukundschaften, und haben gesehen, wie du die Ordnungssteine ausgetrickst hast. Sehr geschickt, ein echter Profi! Jemanden wie dich könnten wir bei den Schatten noch gebrauchen«, schmeichelte *Flinkfinger* ihm.

Ach nein! Und das sollte er glauben?

»Danke, kein Interesse. Warum sollte ich bei euch mitmachen? Was springt für mich dabei raus? Ich arbeite lieber allein.« Und nicht als Dieb, dachte er bei sich.

Die beiden Männer wechselten einen Blick. »Wir Schatten halten zusammen«, erklärte *Scharfauge* ihm nun. »Allein zu arbeiten ist schön und gut. Doch sobald die Wachen hinter dir her sind, wirst du froh sein über jeden Verbündeten, der sie von deiner Spur ablenkt, dir ein Versteck oder ein Alibi verschafft.«

»Genau. Bei uns findest du Freunde, einen sicheren Unterschlupf, Hilfe in allen Lebenslagen, warme Mahlzeiten und Heiler, die keine Fragen stellen, egal, mit welcher Verletzung du zu ihnen kommst«, ergänzte *Flinkfinger*.

»Und der Haken bei der Sache?«, wollte Farisio wissen, während er insgeheim mit den Augen den besten Fluchtweg auskundschaftete. Es wurde Zeit zu verschwinden.

»Es gibt keinen«, behauptete *Flinkfinger*. »Du musst nur den Eid der Schatten leisten, damit du uns und die anderen Schatten nicht verrätst. He!«

Nur den Eid der Schatten leisten. Nein, danke! Er würde überhaupt nichts schwören oder versprechen. Und schon gar nicht diesen beiden seltsamen Kerlen. Er glaubte nicht an Ehre unter Dieben.

Farisio nahm seine Beine in die Hand und rannte los. Er war schon an *Flinkfinger* vorbei und in die nächste Nebenstraße eingebogen, bevor der begriff, wie ihm geschah. Zunächst ertönten noch Schritte auf dem Pflaster hinter ihm, die jedoch rasch verstummten. Hatten die beiden die Verfolgung etwa abgebrochen?

Es schien so, denn Farisio erreichte unbehelligt seinen Unterschlupf, aus dem ihm schon ein leises Wimmern entgegenschlug. Ileija hatte Hunger, Durst oder irgendetwas anderes quälte sie. Kurz überkam Farisio Panik. Wie hatte er nur denken können, dass er für ein Kleinkind sorgen konnte? Er konnte ja noch nicht einmal richtig für sich selbst sorgen.

»Schhh! Alles gut, ich bin ja da«, sagte er leise und nahm das kleine Mädchen hoch. Er hatte noch etwas Wasser übrig, das er ihr nun langsam einflößte, damit sie sich nicht verschluckte. Ileija trank gierig und begann dann wieder zu wimmern. Anscheinend hatte sie auch Hunger, doch da musste sie bis zum Morgen warten, genau wie er. Zumindest hatte er jetzt Geld, um ihnen etwas zu essen zu kaufen.

Er begann zu summen, während er ihr mit sanftem Druck den Bauch massierte. Ihm hatte das bei Hungerkrämpfen immer geholfen, um sich abzulenken und das Unwohlsein zu bekämpfen. Auch bei Ileija schien es zu wirken. Er wiegte die Kleine sanft in den Armen, bis sie eingeschlafen war. Dann legte er sich neben sie und überließ sich wie jede Nacht seinen Albträumen und dunkelsten Erinnerungen.

Es war noch vor Sonnenaufgang, als Farisio die Augen aufschlug. Er hatte schon seit Jahren keine Nacht mehr durchgeschlafen. Jedes Geräusch, jeder Albtraum, die Stimmen der anderen Kuftari, die für ihn nachts überdeutlich zu hören waren, weckten ihn aus seinem leichten Schlummer.

Farisio lauschte dem Wind, doch dieser sprach so früh noch nicht mit ihm. Stille herrschte um ihn herum, auch Ileija schlief noch. Er krabbelte daher leise mit einer Schale aus dem Unterschlupf, um neues Wasser aus einem nahen Bach zu besorgen. Das Erdloch hatte er etwas außerhalb der Stadt in einem verwilderten Feld mit vereinzelten Bäumen und Büschen gegraben, das die Bewohner von *Brise* anscheinend nie aufsuchten, denn das Gras stand hier hoch.

Der Junge benutzte seinen bereits breit getretenen Trampelpfad zum Bach, dabei wies ihm das erste Zwielicht des Tages den Weg. Er füllte die Wasserschale auf und wusch sich dann gründlich, während er nachdachte.

Die Chancen, dass er eine legale Arbeit fand, bei der er genug verdiente, um sich und Ileija zu ernähren, standen schlecht. Er war fremd in der Stadt und hatte niemanden, der für ihn bürgen konnte. Zudem waren die Bewohner von *Brise* Fremden gegenüber misstrauischer, als er gedacht hatte, und er musste seinen potenziellen Arbeitgeber außerdem noch davon überzeugen, dass er alt genug war.

Farisio musterte kritisch sein frisch gewaschenes Gesicht in der spiegelnden Wasserfläche. Er hatte scharf geschnittene Gesichtszüge, die man als schön bezeichnen konnte, helle, ausdrucksstarke Augen, eine schmale Nase und volle Lippen. Man sah ihm an, dass er noch keine sechsundzwanzig Jahre alt war. Doch wenn er eine richtige Arbeit haben wollte und nicht nur eine unterbezahlte Lehrstelle, dann würde alles davon abhängen, dass ihn die Leute für volljährig hielten.

Seufzend schloss er für einen Moment die Augen. Die Wahrheit war, dass er mit gerade mal zwanzig Jahren sogar für eine Lehre noch zu jung war. Lehrlinge begannen in der Regel mit zweiundzwanzig oder dreiundzwanzig Jahren ein Handwerk zu erlernen.

Nein, ich habe gar keine Wahl, dachte er grimmig und machte sich dann konzentriert an die Arbeit. Als er ein paar Minuten später zum Unterschlupf zurückkehrte, hätte man ihn für Mitte dreißig halten können. Zwar immer noch sehr jung, aber definitiv kein Kind mehr.

Als er Ileija hochhob, blinzelte das Mädchen und fing dann an zu weinen. Anscheinend erkannte sie ihn nicht. Farisio benötigte ein paar Minuten, um sie zu beruhigen. Danach gab er ihr etwas zu trinken und wusch ihr mit dem restlichen Wasser den Schmutz aus dem Gesicht. Gegen den Schmutz an ihrer Kleidung konnte er wenig tun.

Überrascht stellte er fest, dass Ileijas Kleidung, die er sich vor lauter Müdigkeit am Vortag nicht genau angesehen hatte, zwar schmutzig war, aber keinesfalls zerrissen oder geflickt. Im Gegenteil, einst musste das Kleidchen schick und von guter Qualität gewesen sein, etwas, das man einem Kind aus guter Familie anziehen würde. Was war nur geschehen, dass das Mädchen in einer Mülltonne gelandet war? Für Farisio wurde das Ganze immer rätselhafter.

Als er die Kleine so gut wie möglich hergerichtet hatte, klemmte er sich seine Haare und die oberen und hinteren Ohrenspitzen wieder sorgfältig unter die eng anliegende Mütze, setzte seinen abgetragenen Hut auf und marschierte dann mit Ileija in die Stadt. Trotz der frühen Stunde waren schon einige Leute auf den Straßen unterwegs. Er begegnete Bauern, die auf dem Weg zum Markt waren, und einzelnen Kaufleuten. Hin und wieder preschte auch ein Kurier an ihnen vorbei. Niemand beachtete ihn und seine kleine Schwester, für die er Ileija ab sofort ausgeben wollte. Geschwister hatte er sich immer gewünscht. Jemanden, mit dem er spielen und reden konnte. Jemanden, der die Einsamkeit vertrieb, wenn er sich stundenlang in der Garderobe seiner Mutter verstecken musste, weil sie nicht wollte, dass die Theaterangestellten oder ihre reichen Verehrer von seiner Existenz erfuhren.

Er hoffte, dass niemand die fehlende Ähnlichkeit zwischen ihnen bemerken würde. Statt hellen Augen hatte Ileija dunkle. Ihre Haare waren von einem gewöhnlichen Weiß-blau, ganz anders als die von Farisio, der mit seiner seltenen Haarfarbe aufgefallen wäre, hätte er sie nicht sorgfältig unter einer eng anliegenden Mütze und einem großen Hut versteckt. Selbst die Hautfarbe des Mädchens war dunkler als seine eigene. Er konnte nur hoffen, dass das Verstecken seiner Haare ausreichte und die Leute nicht zu genau hinsahen. Die meisten Kuftari sahen ihm sowieso nicht ins Gesicht, sondern wandten die Blicke von ihm ab, sobald sie seine heruntergekommene Kleidung bemerkten. Nur die Wachen schauten genauer hin oder Männer, die Schwächere ausnutzten.

Inzwischen schlief die Kleine in seinen Armen, und er lächelte, als er ihr vorsichtig die Haare aus dem Gesicht und hinter die Ohren strich, die gerade erst die typische Dreiecksform der Kuftari annahmen: oben, unten und hinten spitz zulaufend.

Als er die Bäckerei erreichte, war Ileija jedoch rasch wieder wach und tat ihren Hunger mit Gebrüll kund. Farisio erstand ein kleines, weiches Brot. Dabei wurde er von dem Bäcker sofort bedient, was er wohl Ileijas Gebrüll verdankte und der Tatsache, dass er das Geld bereits passend in der Hand hatte.

Draußen zerpflückte er das Brot in kleine Stücke und reichte dem Mädchen das erste. Ileija begann zu essen und hatte ihre Portion schnell verputzt, auch die nächsten Stücke waren rasch verschlungen. Farisio aß langsamer. Er genoss jeden Bissen, da er nie wusste, wann es das nächste Mal etwas zu essen geben würde. Am liebsten hätte er die Hälfte des Brotes aufgespart, aber er brachte es nicht übers Herz, die Kleine hungern zu lassen.

»Dann lass uns mal einkaufen gehen, was, Ileija?«, meinte er und lächelte, als die Kleine an seiner Hand fröhlich mit ihm durch die Straßen lief. Dafür, dass sie erst vor Kurzem laufen gelernt haben musste, klappte das schon ganz gut.

Brise fühlte sich mit ihr an seiner Seite anders an. Fröhlicher, unbeschwerter – besser. Die Leute lächelten mehr und verfolgten wohlwollend, wie er versuchte, der Kleinen ihr erstes Wort beizubringen, während er ihr die Namen der Dinge nannte, auf die sie aufgeregt zeigte.

Ileija liebte die Windspiele: die Glockenspiele vor den Haustüren, die Windpfeifen an den Hauswänden oder die großen Metallmobiles auf den öffentlichen Plätzen. Es war selten still in *Brise*. Aber das Klingen, Klirren, Summen, Murmeln und dumpfe Rauschen waren angenehm und harmonisch. Farisio erkannte rasch unterschiedliche Melodien und Lieder. Einige hatte er schon in den letzten Tagen gehört, da der Wind von Wirilat ein paar Lieblingslieder zu haben schien, andere waren neu.

Am großen Platz vor dem Rathaus blieben sie einige Minuten stehen und beobachteten die Wachablösung. Das große Segelschiff aus Holz, auf dem die neue Schicht bei den letzten Vorbereitungen zum Ablegen war, summte bereits. Ein Mann stürzte aus der benachbarten Wachstation und knöpfte sich rasch noch die Jacke zu, während er über die Holztreppe hinauf zur Landeplattform eilte, an der das schwebende Schiff festgemacht war.

Farisio fand es immer wieder beeindruckend, dass die Leute die erstaunliche Magie, die notwendig war, um ein Schiff durch die Luft segeln zu lassen, als völlig normal und alltäglich ansehen konnten. Es benötigte gut ein halbes Dutzend Windkristalle – jeder einzelne wurde aus Sicherheitsgründen wöchentlich von einem Nachkommen von Wirilat aufgeladen –, um einen Windsegler fliegen zu können. Zwei davon waren schon im Ruhebetrieb nötig, um das Schiff schweben zu lassen. Hätte man diese deaktiviert, wäre das schwere Holzschiff mit dem Kiel voraus zu Boden gekracht und umgestürzt.

Eines Tages würde er auf einem von ihnen fliegen.

Der Junge seufzte sehnsüchtig, als er die Männer und Frauen der Wache um die Aussicht über ganz Wirilat beneidete, die sie bald genießen würden. Er war für diese Aussicht, für die Freiheit der Weite und die Musik des Windes nach Wirilat gekommen – und weil die Domäne des Windes die Heimat seiner Mutter gewesen war, die sie zu ihren Lebzeiten jedoch nie gemeinsam besucht hatten.

Farisio fragte sich, ob diese Domäne wohl irgendwann seine Heimat werden würde, und biss sich auf die Unterlippe. Wirilat war genauso, wie er sich das Land vorgestellt hatte, und zugleich völlig anders. Jede der neun Domänen unterschied sich von den anderen. Einst waren es zehn Domänen gewesen, denn zehn Gründer hatten die Splitterwelt gemeinsam aus dem Nichts erschaffen und ihr eine Schutzhülle gegen die verzehrenden Kräfte des Nichts gegeben, um dann ihre idealen Länder zu gestalten.

Da die Gründer Magier mit unterschiedlichen Fähigkeiten waren, hatten sie ihre Domänen ihrem jeweiligen Spezialgebiet und ihrem Element gewidmet. Wirilat war ein Windmagier, seine Schwester Diniri eine Wassermagierin, ihr Bruder Aklaj ein Feuermagier und ihre jüngste Schwester Gorgubi eine Erdmagierin. Die Zwillinge Ectorui, eine Chaosmagierin, und Osirriso, ein Ordnungsmagier, waren so unterschiedlich, wie man nur sein konnte. Die Brüder Tehmar und Moronis, die Herrscher über Zeit und Raum, hätte man auch nie für Geschwister gehalten, da es zwischen den beiden ungleichen Gründern weder Liebe noch Hass zu geben schien. Die letzte Gründerin war die Wahrheitsverfechterin Pultaris. Einst hatte sie noch einen jüngeren Bruder gehabt, doch Injati, der Verbindungsmagier, hatte vor etwa tausend Jahren Selbstmord begangen. Dabei hatte er die von ihm erschaffene Domäne und all ihre Bewohner mit sich in den Tod gerissen. Nun herrschte dort, wo einst eine Domäne der Splitterwelt gestanden hatte, wieder das Nichts und erinnerte durch abgeschnittene Pfade ins Nirgendwo an die Tragödie, die sich hier vor langer Zeit ereignet hatte.

Ileijas Glucksen lenkte Farisios Aufmerksamkeit wieder auf das Luftschiff, auf dem nun ein Mann die Leinen losmachte und der Mannschaft auf der Landeplattform ein Signal gab. Während die Mannschaft auf der Station zurücktrat und salutierte, nahmen die Wachen an Bord ihre Positionen ein. Am Ruder stand ein großer, breit gebauter Mann, der Farisio für einen kurzen Moment an *Scharfauge* erinnerte und ihm einen Schreck einjagte. Unwillkürlich zuckte er zusammen und duckte sich. So verpasste er den Moment, in dem die Wachen die Windkristalle berührten und aktivierten. Rasant erhob sich das Schiff in die Luft und segelte über den Platz. Doch obwohl es so schnell stieg, erschien es Farisio, als fliege es nur haarscharf über die angrenzenden Häuserdächer hinweg.

Sobald das eine Windschiff fort war, näherte sich auch schon das nächste, um zu landen. Die Nachtwache freute sich sichtlich über ihr Schichtende, denn kaum waren die Windkristalle bis auf die beiden Schwebekristalle deaktiviert und das Schiff fest vertäut, so strömten die Wachsoldaten auch schon vom Schiff und überließen der Mannschaft auf der Landeplattform die Aufräumarbeiten.

»Na? Hat dir das gefallen?«, fragte Farisio Ileija, die unverständliche Laute vor sich hin plapperte. Bald würde sie das erste Wort sagen können, und der Gedanke erfüllte ihn erneut mit einem Gefühl der Verantwortung.

Entschlossen trug er das Mädchen durch die Stadt. Sie brauchten neue Kleidung und er hatte auch schon eine Idee, wo sie die bekommen würden. Nicht weit vom Stadtrand und eine Viertelstunde Fußmarsch entfernt gab es eine kleine Schneiderei, die keine wohlhabenden Kunden zu haben schien, denn sie bot fertige Kleider für jedermann an. Man musste nur etwas finden, das ungefähr passte und dem eigenen Geschmack entsprach, und musste nicht erst tagelang warten, bis der Schneider Maß genommen und die neue Kleidung angefertigt hatte.

»Das ist genau das, was ich brauche«, flüsterte Farisio, als er durch das Schaufenster in den Laden sah. Je eher er neue Kleidung hatte, desto eher konnte er sich eine Arbeit suchen und für Ileija sorgen.

Er betrat den Laden mit Ileija auf dem Arm und sah sich um. Als Erstes brauchte er saubere und warme Kleidung für die Kleine.

»Ja, bitte?«, fragte jemand hinter ihm und Farisio wirbelte herum. Ein Verkäufer von etwa fünfzig Jahren stand vor ihnen und musterte sie kritisch. Farisio sah kurz Misstrauen und Abscheu über seine Züge huschen, dann war der junge Mann wieder ein Muster an Höflichkeit. »Wir geben leider keine Almosen.«

»Danke, wir brauchen auch keine«, erklärte Farisio mit aller Würde, die er aufbringen konnte. Es wunderte ihn, dass der Mann überhaupt höflich war. »Bitte zeigen Sie mir doch, was Sie in der Größe meiner Schwester dahaben. Wir benötigen drei neue Garnituren. Und danach werde ich für mich selbst noch etwas auswählen.«

Farisio merkte, dass sein Verhalten den Verkäufer irritierte. Er wusste nicht, was er von ihnen halten sollte. Sie waren verdreckt und wirkten arm, wollten aber mehrere Kleidungsstücke für jeden erwerben? Das Rätsel schien seine Neugier zu entfachen und ein paarmal wollte er etwas sagen oder fragen, wie sie in diese missliche Lage gekommen waren, blieb am Ende aber stumm.

Als Farisio neue, einfache Kleider für Ileija, warme Wäsche und eine Jacke gefunden hatte, setzte er sie in ihren guten Sachen in einen Sessel in der Ecke und bat den Verkäufer um ein Spielzeug, damit sich das Mädchen eine Weile beschäftigen konnte, während er Hosen und Oberteile anprobierte. Schließlich hatte er je drei Teile gefunden, die ihm einigermaßen passten und die nach einfachem, aber nicht armem Bürger aussahen. Widerwillig wählte er auch noch eine Jacke für sich aus. Die Ausgaben würden trotz aller Sparsamkeit ein kleines Vermögen verschlingen, und sie waren noch nicht beim Schuster gewesen, mussten später erneut Essen kaufen und eventuell noch eine billige Wohnung finden. Da er niemanden in der Stadt kannte, der sich für ihn einsetzen konnte, würde er mit Geld beim Vermieter bürgen müssen.

Als er bezahlte, ließ er sich nicht anmerken, wie unwohl ihm angesichts ihrer unsicheren Zukunft war. Der Verkäufer hingegen strahlte. Er war sichtlich erleichtert, dass Farisio ohne zu feilschen den Kaufpreis auf die Theke legte, und wickelte die Kleidung in Packpapier ein.

»Besuchen Sie uns doch gerne wieder«, meinte er höflich zum Abschied, während Farisio nickend das Bündel entgegennahm.

Als er sich umdrehte, sah er gerade noch, wie *Scharfauge* Ileija hochhob und sich mit ihr in Luft auflöste.

3

BRISE

Farisio konnte im ersten Moment nicht glauben, was er gesehen hatte, hielt geschockt inne und ließ seine Einkäufe fallen. Hatte er tatsächlich gerade eben beobachtet, wie der dicke Gauner seine kleine Schwester aus dem Sessel gehoben und sich mit ihr einfach so davonteleportiert hatte, als wäre er ein Kind von Moronis?

Er keuchte leise, als er es vergeblich zu begreifen versuchte. Wie konnte ein Verbrecher in der Lage sein, sich einfach so in Luft aufzulösen, ohne ein Raumportal zu benutzen? Das war unmöglich, es sei denn *Scharfauge* war ein Nachkomme des Gründers der Raumdomäne Moronis.

»Keine Angst, der Kleinen geht es gut«, sagte plötzlich jemand direkt neben ihm und Farisio zuckte zusammen. Als er herumwirbelte, überraschte es ihn nur für einen kurzen Moment, *Flinkfinger* zu sehen.

Dann jedoch senkte sich ein roter Schleier der Wut über ihn und jeder klare Gedanke war vergessen. Er stürzte sich auf den noch anwesenden Entführer seiner Schwester, packte ihn am Kragen und zerstörte mit einem gezielten Schlag gegen den Berun-Nerv gleichzeitig *Flinkfingers* Gleichgewicht und löste einen scharfen Schmerz inklusive Lähmung in seinem gesamten rechten Bein aus. *Flinkfinger* schrie auf, fiel mit einem lauten Krachen zu Boden und stöhnte, während Farisio ihm mit einer schnellen Bewegung das Messer aus dem Gürtel zog und es ihm an die Kehle hielt. Nur undeutlich bekam

Farisio mit, dass der Verkäufer vor Schreck und Angst quietschte und sich hinter den Tresen duckte.

»Wo ist sie?«, zischte er, während die Wut so heiß wie Lava durch seine Adern strömte. Es kostete ihn jede Unze der Selbstbeherrschung, die er sich in den letzten Jahren antrainiert hatte, um sich nicht der Dunkelheit in seinem Inneren zu überlassen. Er war gefährlich und nun erkannte das auch *Flinkfinger*.

»Bitte warte«, flehte er und die Dunkelheit in Farisio hätte die Todesangst in seinen Augen genossen, hätte er dieses Gefühl nicht gnadenlos unterdrückt.

»Du verrätst mir jetzt sofort, wo meine Schwester ist, oder du wirst es bereuen!«

»Sie ist bei uns. Wir wollten doch nur, dass du uns zuhörst.«

Der schrille Pfiff einer Trillerpfeife ließ Farisio herumwirbeln. Anscheinend hatte der Verkäufer seine erste Panik überwunden und sich daran erinnert, dass er mit der Pfeife um seinen Hals die Wache rufen konnte. Leider würde die nicht lange brauchen, bis sie durch die Tür stürmen würde. Farisio blieb nicht mehr viel Zeit.

Genauer gesagt, gar keine mehr, denn als er seine Aufmerksamkeit wieder auf *Flinkfinger* richtete, hatte der die Augen geschlossen und löste sich in diesem Augenblick ebenfalls in Luft auf. Farisio, der ihn mit seinem Körpergewicht zu Boden gedrückt hatte, stieß mit den Knien auf den Boden und fluchte. Er war außer sich vor Zorn. Nur wegen dieses Idioten war ihm der Entführer entkommen.

»Was haben Sie getan?«, brüllte er den jungen Verkäufer an, der sich wimmernd sofort wieder hinter den Tresen kauerte.

In Farisios Ohren rauschte es. Seine Kontrolle über die Dunkelheit hing am seidenen Faden, als der Schmerz über den unerwarteten Verlust über ihm zusammenschlug. Gerade erst hatte er Ileija gefunden und nun war sie ihm schon grausam entrissen worden. Er hatte ihr gedankenlos sein Herz geöffnet, weil er gedacht hatte, ein kleines Kind könne es ihm nicht brechen, denn ein kleines Kind kannte noch keine Grausamkeit und keine Boshaftigkeit. Doch er hatte nicht bedacht, dass er sie damit zur Zielscheibe für alle machen würde, die über sie an ihn herankommen wollten. Er hatte nicht daran gedacht, dass er sie genauso schnell wieder verlieren konnte, wie er sie gefunden hatte.

Ein qualvolles Heulen drang durch seine Kehle. Er spürte, wie sein Freund, der Wind, auf seinen Schmerz und seine Verzweiflung reagierte und ebenfalls brüllte und toste, doch Farisio war zu wütend, um ihm zuzuhören. Warum hatte der Wind ihn nicht vor dem gewarnt, was passieren würde? Wie hatte sein einziger Freund auf dieser Welt so etwas zulassen können?

Farisios Verzweiflung wuchs ins Unermessliche, als er erkannte, dass er allein war, dass ihm niemand helfen würde. Weder der Verkäufer, der sich immer noch voller Angst vor ihm, dem Opfer, hinter seinem Tresen versteckte, noch die Wachen, die nun in den Laden stürmten und ihre Dolche und Schwerter auf ihn richteten.

Er war allein – bis auf die Dunkelheit in seinem Inneren.

Farisio ließ zu, dass die Stimme ihm Versprechungen zuflüsterte und Hilfe anbot. Stets hatte er die Verlockungen der Dunkelheit ausgeblendet, hatte nicht zugelassen, dass auch nur eine ihrer Versprechungen Eindruck auf ihn machte. Er hatte die Stimme unterdrückt, so wie er auch die Dunkelheit gnadenlos unterdrückt hatte. Er hatte nicht hören wollen, was sie ihm zu sagen hatte, denn er hatte den Preis für ihre Hilfe nicht zahlen wollen.

Nun aber war er am Ende seiner Willenskraft und die Stimme der Dunkelheit war lauter als je zuvor. Er schluchzte, als er an Ileija dachte, die er im Stich gelassen hatte und nun nie wiedersehen würde. Sein Schmerz gefiel der Dunkelheit und Farisio hatte das Gefühl, als würde sie ihre scharfen Krallen in ihm versenken.

Als er aufschrie, brach die gestaltlose Dunkelheit aus ihm heraus und ein Chor aus Schreien antwortete ihm, während die Soldaten der Wache und der Verkäufer zusammenbrachen.

»Nein!«

Entsetzt sah er die stöhnenden Männer und Frauen an, die sich voller Schmerzen auf dem Boden wanden. Das war nicht er. Und er würde sich von der Dunkelheit auch nicht dafür benutzen lassen.

Mit letzter Willenskraft unterdrückte er die Dunkelheit und zog sie in sich selbst zurück. Sie protestierte, schrie und hieb mit ihren Krallen nach ihm, während er sie wieder in sich zog, doch er unterdrückte den Schmerz mit eiserner Entschlossenheit. Er würde sich nicht von der Dunkelheit in eine Waffe verwandeln lassen. Er weigerte sich, dieses Schicksal zu akzeptieren.

Als er die Dunkelheit besiegt und wieder eingesperrt hatte, warf er einen letzten Blick auf die niedergestreckten Männer und Frauen. Schuldgefühle schlugen über ihm zusammen und drückten ihn nieder. Er spürte ihren Schmerz, als wäre es sein eigener. Und nichts anderes hatte er verdient. Er hatte zugelassen, dass die Dunkelheit, deren Hüter er war, entkommen war und Unschuldige verletzt hatte.

»Es tut mir leid«, flüsterte er.

Doch er wartete nicht ab, bis sie sich erholt hatten. Sie würden nicht verstehen, was er getan hatte oder was er war. Sie würden ihn jagen, ihn in eine fensterlose Zelle werfen und ihn so lange untersuchen, bis er zu schwach war, um die Dunkelheit weiter im Zaum zu halten. Er hatte es bereits einmal zu oft zugelassen, dass die Dunkelheit ihn austrickste. Das würde er niemals wieder tun, egal wie hoch der Preis für ihn selbst war.

Farisio ging zur Ladentür, ohne zurückzuschauen. Er rannte nicht und zeigte weder Schuld noch Angst, als er sich den Blicken der Passanten stellte, die neugierig oder furchtsam zur offenen Tür starrten. Sie hatten die Schreie gehört und wussten nicht, was sie davon halten sollten, dass er jetzt seelenruhig und unverletzt zur Tür herausspazierte.

»Gibt es hier einen Heiler?«, fragte er laut. »Kann jemand einen Heiler holen?«

Er sah einigen jungen und älteren Männern und Frauen in die Augen, flehte mit seinem Blick um Hilfe und plötzlich veränderte sich ihr Verhalten ihm gegenüber. Plötzlich war er nicht länger verdächtig. Er war ein Opfer, das unter Schock stand.

Farisio ließ zu, dass sich die Kuftari an ihm vorbei in den Laden drängten. Jemand legte den Arm um ihn und er musste sich anstrengen, um nicht zusammenzuzucken. Er hasste es, von Fremden angefasst zu werden, auch wenn diese es nur gut meinten, so wie die freundliche, vielleicht hundertdreißig Jahre alte Dame, die ihn nun zu ihrer Teestube führte, wo sie ihm ein heißes Getränk anbot. Er trank es langsam aus, während er seinen Blick immer auf die Straße gerichtet hielt. Ihm blieb nicht viel Zeit, bis sie kommen würden, um ihn zu suchen.

»Danke«, sagte er nach ein paar Minuten und reichte seiner gutmütigen Helferin die leere Tasse. Die Wärme hatte ihm neue Stärke gegeben. Er spürte, wie die Schutzmauern in seinem Inneren die Dunkelheit wieder fest umschlossen. Es war leichtsinnig von ihm gewesen, dass er es so weit hatte kommen lassen. Es war egal, was mit ihm selbst geschah. Aber er durfte nicht vergessen, dass er Verantwortung für das Leid trug, welches die Dunkelheit anrichtete, wenn er ihr in einem Moment der Schwäche die Kontrolle überließ. Deshalb musste er sie um jeden Preis in sich eingesperrt halten und nun musste er schließlich auch für Ileija sorgen.

Mutlosigkeit und Unruhe trieben ihn zurück auf die Straße, allen gut gemeinten Protesten seiner Helferin zum Trotz, der er ein letztes trauriges Lächeln schenkte. Er bezweifelte, dass sie ihm geholfen oder Mitleid mit ihm gehabt hätte, wenn sie die Wahrheit gewusst hätte, auch wenn er es sich nie ausgesucht hatte, der Hüter der Dunkelheit zu sein. Er hatte sie nie gewollt, im Gegensatz zu seiner Mutter.

Er konnte ihr verzerrtes Gesicht heute noch genauso deutlich vor sich sehen wie in jener schrecklichen Nacht vor zehn Jahren …

Es war die ungewohnte Stille, die Farisio weckte. Seine Mutter war nie leise, wenn sie zu Hause war. Häufig feierte sie bis in die frühen Morgenstunden ausgelassen mit Freunden oder Liebhabern. Das waren die Nächte, in denen er am besten schlafen konnte. Die Stunden, in denen sie vergaß, dass es ihn gab, solange er sich nur still verhielt und in seinem Zimmer blieb. Zeiten, in denen er sich nicht bemühen musste, seine Schwächen und Fehler zu vertuschen, weil er zu weich oder zu unbegabt war oder wieder einmal nicht verstanden hatte, was sie von ihm wollte. Wenn er nicht der Sohn war, den sie sich immer vorgestellt hatte und *der ihr zustand*. Sondern der Bastard, der ihr Leben ruinierte und *bestraft werden musste*.

Farisio erschauderte, als er begriff, dass seine Mutter in dieser Nacht allein war. Ohne jemanden, den sie beeindrucken, manipulieren oder verführen wollte. Es war niemand da, vor dem sie ihren Zorn und ihre Enttäuschung verstecken musste. Niemand, der ihre Hand oder ihre Magie aufhalten würde, bevor sie zuschlug …

Unwillkürlich begann er zu zittern, und die raue Decke schabte über seine frischen Wunden und brachte seine Haut zum Brennen. Aber er traute sich nicht, sich an den juckenden Stellen zu kratzen. Stattdessen lauschte er angestrengt auf die Stille vor dem nächsten Sturm.

Doch auf der Treppe blieb es ruhig. Kein zorniges Stampfen oder kühl berechnete leichte Schritte, die sich seinem Zimmer unter dem Dach näherten. Nur eine leichte Brise war durch das undichte Dachfenster zu hören. Doch der Wind war sein Freund. Von ihm hatte er nichts zu befürchten. Er beschützte Farisio an regnerischen Tagen sogar vor der Feuchtigkeit, nachdem Farisios Mutter ihn verprügelt hatte, als er vergessen hatte, das Fenster vor einem Schauer zu schließen, und der Regen die Holzdielen dermaßen durchweicht hatte, dass zwei von ihnen unter seiner Mutter durchgebrochen waren. Farisio hatte Stunden gebraucht, um sie mit seinem gebrochenen Arm so zu ersetzen, dass sie mit seiner Arbeit zufrieden war. Erst nachdem er seine Strafe verbüßt hatte, hatte sie es Ybbydus erlaubt, einen Heiler für ihn zu rufen.

Nein, Stille war nicht gut. Selbst wenn seine Mutter ruhte, konnte er immer noch ihr gereiztes Murmeln im Schlaf hören. Vollkommene

Stille bedeutete, dass sie nachdachte. Dass sie etwas plante. Und die meisten Pläne betrafen ihn … oder Ybbydus.

Angst ließ sein Herz schneller schlagen und er setzte sich aufrecht hin. Wenn sie nicht bei ihm war, dann war sie womöglich bei seinem Lehrer und Freund. Und das war noch schlimmer.

Bevor er darüber nachdenken konnte, war Farisio aus dem Bett. Lautlos öffnete er die Zimmertür und schlich dann die Treppe nach unten. Auf der letzten Stufe hielt er inne. Mit angehaltenem Atem beugte er sich vor und blickte den Flur entlang.

Als Erstes bemerkte er den Feuerschein, der aus der Küche kam.

Hier stimmte etwas nicht! Niemand sollte um diese Uhrzeit in der Küche sein. Im Salon, im Musikzimmer, einem der Gästezimmer oder in der Bibliothek – in all diesen Räumen konnten sich Leute aufhalten. Aber die Küche war Terjas Reich und die Köchin begann ihre Arbeit erst bei Sonnenaufgang und nicht in tiefster Nacht.

Was wollte seine Mutter in der Küche? Und warum hatte sie ein Feuer im Ofen entfacht?

Eine Antwort drängte sich ihm auf, eine Erklärung, wofür der riesige Ofen im Gegensatz zu den Kaminen in den Wohnräumen geeignet war, und er musste schlucken. Seine Angst wuchs, aber er konnte nicht wegbleiben. Er musste sehen, was sie vorhatte. Sehen, ob er Terja oder Ybbydus vielleicht vor der Wut seiner Mutter bewahren konnte. Denn anders als er selbst hatten sie diese nicht verdient.

Als er vor dem Eingang zur Küche stand und hineinsah, kam ihm der Anblick im ersten Moment wie ein Traum vor. War es wirklich seine Mutter, die diese fremdartigen Symbole und Zeichen mit blauer Farbe auf den Boden und die Wände malte? Die gut gelaunt summte und so glücklich lächelte, wie er es noch nie gesehen hatte? Und die dann mit ihrer Macht ausholte und der gefesselten Terja mit einem Hieb alle Knochen brach, sodass die Köchin wie ein todgeweihtes Tier aufschrie, während seine Mutter zu einem rituellen Gesang ansetzte und das blaue Blut in einer Schale auffing? Dann bugsierte sie die gutmütige alte Frau, die ihm jeden Tag Plätzchen und Pralinen zugesteckt hatte, wenn seine Mutter nicht hinschaute, in den prasselnden Ofen. Farisio vermochte nicht zu begreifen, wie seine Mutter dazu fähig war, wie sie die ganze Zeit lächeln konnte, während Terja schreiend bei lebendigem Leib verbrannte. Es musste ein Albtraum sein …

Doch es war Wirklichkeit. Der Wind schrie ihm seine Warnung zu: »Gefahr! Lauf!«

Farisio konnte es nicht. Ein Brüllen entriss sich seiner Kehle, als er auf den Ofen zustürzte und dabei seine Mutter umrannte, die ihren schrecklichen, falschen Gesang vor Überraschung, Schreck oder Zorn unterbrach. Dann steckte er die Hände ins Feuer, um Terja herauszuholen, um sie vor einem Schicksal zu retten, *das sie nicht verdient hatte.*

Seine Finger schmerzten vor Hitze und warfen Blasen – wieder eine Enttäuschung für seine Mutter, die mit ihrer Magie die perfekte Kontrolle über Flammen hatte, im Gegensatz zu ihm, der noch nicht einmal eine Kerze entzünden konnte, geschweige denn sich selbst vor Brandverletzungen schützen. Und doch bemühte sich Farisio jetzt wie nie zuvor in seinem Leben. Wenn es ihm nur einmal gelang, Magie zu wirken und Terja vor dem Feuertod zu retten!

Doch die Kleidung der Köchin stand bereits lichterloh in Brand und ihre Schreie verstummten, bevor er es auch nur geschafft hatte, sie eine Elle aus dem Ofen zu zerren. Er war zu spät. Und als er sich umsah, erkannte er, dass er gleich in doppelter Hinsicht versagt hatte.

Was auch immer seine Mutter für ein Ritual durchgeführt hatte: Es war abgeschlossen. Seine Mutter stieß den letzten Ton aus, der vor dunkler Magie frohlockend im Raum widerhallte, und setzte sich dann die Schale an den Mund, um zu trinken.

»So höre mich, dunkles Schicksal Pein! Ich beschwöre dich! Du bist mein!«

Sie lachte, als sich eine unnatürliche Dunkelheit über die blauen – die blutblauen – Zeichen und Symbole legte und sie schwarz färbte. Übelkeit überkam Farisio, als er erkannte, dass seine Mutter ihre arme, unschuldige Köchin getötet hatte, um ... ja, was zu tun? Irgendein dunkles Schicksal zu beschwören? Ihn leiden zu lassen?

Um alle anderen zu bestrafen und zu unterwerfen?

Er begriff plötzlich, dass seine Mutter *böse* war. Nicht er war mangelhaft und hatte Strafe verdient, sondern *sie*. Sie hatte ihm keine Lektion erteilen wollen, damit er aus seinen Fehlern lernte. Sie hatte Ybbydus nicht gewaltsam bestraft, weil er versucht hatte, Farisio zu beschützen, sondern weil sie grausam war und sich am Leid anderer ergötzte.

Ein Schluchzen mischte sich unter das wahnsinnige Lachen, und Farisio erkannte, dass er weinte. Um Terja, um Ybbydus, um sich selbst und um alle anderen, die seine Mutter in all den Jahren verletzt hatte.

Unwillkürlich sah er wieder zum Feuer, das jetzt gierig die Leiche der Köchin verschlang. Dabei schien es grausamerweise zu den Freudenklängen seiner Mutter zu tanzen. Die Flammen waren die Einzigen, die sich noch nicht der verhängnisvollen Dunkelheit im Raum ergeben hatten. Diese Dunkelheit hing jetzt unter der Decke und füllte den kompletten Raum aus, dabei formte sie sich langsam zu einem merkwürdigen Symbol.

Dann schien das Zeichen vollständig zu sein und das unerträgliche Gelächter versiegte endlich, während Farisios Mutter begierig nach oben starrte und den Mund öffnete. Im selben Moment ertönten laute Schritte auf dem Flur. Ybbydus stürzte nur mit einer Schlafanzughose bekleidet in die Küche. Farisios Mutter wirbelte mit fassungsloser Miene herum und Farisio öffnete den Mund, um seinem geliebten Lehrer eine Warnung zuzurufen ...

In diesem Moment zog sich die Dunkelheit zusammen wie eine angespannte Feder, um im nächsten Augenblick von der Decke zu schnellen ... direkt auf Farisios geöffneten Mund zu!

Er wollte schreien, doch die Dunkelheit überwältigte ihn, raubte ihm den Atem und füllte ihn komplett aus. Voller Panik wollte Farisio die schwarze Masse – den Qualm? Das dunkle Licht? – wieder ausspucken und nach Luft schnappen, doch es gelang ihm nicht.

Undeutlich hörte er seine Mutter vor Zorn brüllen, dann wurde er von ihren kräftigen Händen geschüttelt, damit er die Dunkelheit herausgab. Wenn er nur gewusst hätte, wie! Wenig später waren die grausamen Finger fort, weggerissen von Ybbydus, der seine Mutter anschrie, und ein gewaltiger Schlag ertönte, als sie ihn für seine Einmischung bestrafte.

Nein! Nie wieder!

Unbändiger Zorn erfüllte ihn, breitete sich in ihm aus und strömte aus ihm heraus, bis er die Küche füllte ... und plötzlich schrie seine Mutter, wie er sie noch nie schreien gehört hatte. Voller Leid und Schmerz.

»Farisio! Hör auf! Du musst dich beruhigen! Lass nicht zu, dass Pein dich beherrscht. Du bist nicht wie deine Mutter. Du willst niemandem wehtun. Lass dich nicht zur Marionette des dunklen Schicksals machen!«

Er hörte die Worte seines Freundes und Lehrers, doch erst als auch Ybbydus wimmernd und schluchzend zu Boden ging, begriff Farisio, dass die Dunkelheit in ihm nicht nur seine Mutter bestrafte. Nein, sie tat auch seinem einzigen Freund weh. *Er* tat Ybbydus weh.

Farisio taumelte zurück, als sich das Entsetzen in ihm ausbreitete und den Zorn verdrängte. Das hatte er nicht gewollt. Niemals würde er zulassen, dass er zu einem Werkzeug wurde, das Ybbydus verletzte.

Er wusste nicht, woher er die Kraft nahm, als er die Dunkelheit mit seinen Händen und seinem Geist packte und sie zu sich zog. Sie wehrte sich, wollte nicht wieder in ihn zurück, schlug nach ihm. Doch Farisio ließ nicht nach, obwohl ihm vor Schmerzen Tränen über die Wangen liefen. Erst als die Dunkelheit sich komplett in ihn zurückgezogen hatte, erst als ein paar Minuten lang nur Farisios keuchender Atem und das abklingende Wimmern seiner Mutter und seines Lehrers zu hören waren, begriff er, dass er es geschafft hatte.

Er hatte die Dunkelheit besiegt.

Farisio verzog die Lippen zu einem freudlosen Lächeln. Als naiver Zehnjähriger, als er zum Hüter des dunklen Schicksals Pein geworden war, hatte er nicht gewusst, dass man das Böse nicht in einer einzigen Schlacht besiegen konnte. Die Dunkelheit war viel zu mächtig. Es war lediglich die erste Schlacht in einem unendlichen Krieg des Willens gewesen, der zunächst noch an drei Fronten getobt hatte. Doch seine Mutter hatte es genauso wenig geschafft, ihm die Dunkelheit zu entreißen und sich die gesamte Splitterwelt zu unterwerfen, wie Ybbydus Erfolg gehabt hatte. Der Gelehrte hatte unzählige Bücher gewälzt, um einen Weg zu finden, Farisio zu befreien, während dieser Tag für Tag mit seinen Emotionen und der Dunkelheit in sich gerungen hatte. Bis er nach zwei langen Jahren die Dunkelheit endlich so weit in sich zurückgedrängt hatte, dass er sie in einen Käfig hatte einsperren können. Seit acht Jahren hatte er die Kontrolle über sie nicht mehr verloren und nun das. Er schluckte.

Der Wind toste durch die Straßen von *Brise*, als er vor die Tür trat. Er hatte Farisios Unruhe und Schmerz gespürt und bot ihm nun seine Hilfe an. Der Junge schloss für einen Moment dankbar die Augen. Auch wenn er den anderen Kuftari nicht trauen konnte – der Wind kannte ihn und hielt zu ihm. Er würde nicht noch einmal an ihm zweifeln.

»Wo ist er?«, fragte er. »Wo ist Ileija?«

Er lauschte der Stimme des Windes, die sich nun zu einem Wispern senkte. Wenn jemand Ileija und ihre Entführer finden konnte, dann der Wind.

Farisio achtete nicht darauf, wohin er ging, als er seinem Freund folgte. Der Wind führte ihn einmal quer durch die Innenstadt bis zur Stadtgrenze an der anderen Seite. Hier waren die Häuser älter und die Bewohner ärmer. Farisio erntete von allen Seiten misstrauische Blicke. Er gehörte nicht hierher und die Kuftari wussten das, weil sie einander kannten.

»Ich will zu *Flinkfinger*«, verkündete er laut und an niemanden im Speziellen gerichtet. Er ließ es zu, dass sie untereinander wisperten und die Nachricht weitergaben. Der Schatten war in einem der Gebäude vor ihm.

Es dauerte nicht lange, bis *Flinkfinger* erschien und ihn scharf musterte. »Ich will mein Messer zurück«, sagte er.

Farisio verzog das Gesicht kurz zu einem grimmigen Lächeln. »Und ich meine Schwester«, entgegnete er. »Also denk ja nicht, dass ich irgendetwas für dich tun werde, bevor ich sie nicht gesund und wohlbehalten zurückhabe.«

Der dünne Schatten seufzte. »Also schön, ich gebe es zu, wir haben einen Fehler gemacht.« Er gab den Männern, Frauen und Kindern auf der Straße ein Zeichen. Dann dauerte es nicht lange und sie waren verschwunden. Eine seltsame Stille herrschte in der leeren Straße. »Können wir nun in Ruhe miteinander reden, ohne aufeinander loszugehen?«

»Wo ist Ileija?«

»Nicht hier«, antwortete der Schatten. »Aber ich bringe dich zu ihr, wenn du mir versprichst, mich nicht wieder anzugreifen und mir bis zum Ende zuzuhören.«

Farisio blieb wachsam, auch wenn der Wind ihm bereits verraten hatte, dass *Flinkfinger* die Wahrheit sagte und Ileija nicht in der Nähe war. Konnte er ihm wirklich trauen und einen Waffenstillstand mit ihm schließen?

»Du hast eine Viertelstunde«, meinte er und nahm die Hand von dem Messer in seinem Gürtel.

Flinkfinger nickte ernst. »Gib mir deine Hand«, sagte er und seufzte verärgert, als der Junge zögerte. »Das ist keine Falle, versprochen.«

Farisio reichte ihm seine rechte Hand und *Flinkfinger* lächelte kurz. Er hatte ihn nicht täuschen können. Der Schatten wusste, dass er ihn notfalls auch mit links angreifen konnte.

Bei der Berührung durchzuckte ihn ein Blitzschlag. Nur die Tatsache, dass *Flinkfinger* so ruhig war, verhinderte, dass er ihm seine Hand sofort wieder entzog. Es kribbelte in seinem ganzen Körper und bis zu seinem Kopf hinauf, als sich schlagartig Energie in ihm aufbaute.

Er spürte, wie etwas von *Flinkfinger* auf ihn übergriff, sie beide umhüllte und sich dann mit einem kaum hörbaren Knistern entlud.

Im nächsten Moment standen sie nicht länger auf der Straße im Armenviertel von *Brise*. Stattdessen befanden sie sich in einer großen Halle, und um sie herum waren fröhliches Lachen und ein kaum noch erträgliches Geschnatter von Kindern und Erwachsenen gleichermaßen zu hören. Farisio zuckte zusammen.

»Wo sind wir?«, wollte er wissen, während sein Blick über all die Kuftari um sie herum huschte, die jedoch alle einen weiten Bogen um sie machten.

»Bitte tritt aus dem Kreis heraus«, bat der Schatten, der seine immer noch kribbelnde Hand losgelassen hatte. »Sonst kann es sein, dass der nächste Ankömmling auf dir landet.«

Farisios Blick fiel auf eine grüne Linie, die einen etwa fünf Meter großen Kreis auf dem Boden beschrieb. *Flinkfinger* war bereits aus der Umrandung getreten und auch alle anderen in der Halle achteten darauf, ja nicht in den Kreis zu steigen, während sie vorbeigingen.

»Was ist das hier?«, fragte er und sah sich verwirrt um. Das Versteck einer geheimen Gesellschaft aus Dieben und Mördern hatte er sich anders vorgestellt.

Die Halle war hell und groß und erinnerte ihn an einen Marktplatz. An drei Seiten befanden sich hohe Fenster. Davor entdeckte Farisio Blumen und Windspiele, als wäre er in einem guten Wohnviertel von *Brise*. Doch statt des Himmels erblickte er in etwa zwanzig oder fünfundzwanzig Metern Höhe über dem an drei Seiten von Galerien umschlossenen Platz nur eine Felsdecke. Sie befanden sich ganz klar in einer riesigen Höhle, in der jemand Gebäude errichtet und diese mit viel Mühe wohnlich gestaltet hatte. Farisio zählte zehn Stockwerke, die fast alle bewohnt zu sein schienen, denn er konnte unterschiedlich farbige Gardinen erspähen. Außerdem gab es Pflanzen in Blumenkübeln, als hätten sich die Bewohner nach ihren Vorlieben eingerichtet. Auf der untersten Ebene entdeckte Farisio verschiedene Geschäfte mit Auslagen vor den Türen und Fenstern und sogar eine Schule, über deren Eingang ein »Herzlich willkommen, Kinder!«-Schild hing. Die Kinder wurden gerade von einem Lehrer aus der Pause zurück in ihre Klassenzimmer gerufen und strömten nun unter fröhlichem Gelächter und gespieltem Protest an ihm und *Flinkfinger* vorbei, während die Erwachsenen ihren Einkäufen nachgingen oder sich miteinander unterhielten, wobei sie aus den Fenstern ihrer Wohnungen hinab in die Halle blickten.

Es war eine verborgene Stadt, erkannte Farisio, der aus irgendeinem Grund ein dunkles Versteck und eine Horde fieser, verschlagener Kerle erwartet hatte. Doch von einer möglichen Gefahr war im Augenblick nichts zu erkennen. Niemand schenkte ihm oder *Flinkfinger* auch nur die geringste Aufmerksamkeit, so als wäre es völlig normal, dass jemand in die Halle teleportierte. Plötzlich begriff Farisio, dass die Kreise, von denen er noch mehr entdeckte, jetzt da die Kinder wieder in der Schule waren, genau dafür da waren.

»Komm«, verlangte *Flinkfinger*. »Du hast mir eine Viertelstunde versprochen. Durch die Gegend starren zählt nicht dazu.«

Der Schatten ging auf die offene Seite der Halle zu, in die das Sonnenlicht schien. Farisio musste blinzeln, als er sich beeilte, ihm zu folgen. Sie näherten sich dem offenen Rand der Halle und nun erkannte er eine Brüstung, die verhinderte, dass jemand hinabfiel.

Dann flog etwas in rasanter Geschwindigkeit an ihm vorbei und Farisio zuckte zusammen, als er begriff, dass er soeben einen Nachkommen von Wirilat auf einem riesigen Greifvogel gesehen hatte.

Flinkfinger lachte, als Farisio erschrocken blinzelte. »An den Anblick wirst du dich gewöhnen.« Er wirkte gut gelaunt und ließ ihn nicht aus den Augen. »Das heißt, falls du dich entschließt, hierzubleiben.«

»Wo ist *hier?*«, wollte Farisio wissen.

»Die *Klippe*«, sagte *Flinkfinger* schlicht, und Farisio riss die Augen auf, als er sich nun an der Brüstung umdrehte und nach oben starrte. Über ihnen erstreckte sich die Bergwand senkrecht in die Höhe. Dort oben thronte die Stadt *Aussicht*, die Hauptstadt von Wirilat und der

Sitz seiner Nachkommen. Der Berg hatte eine so ungewöhnliche Form, dass man ihn die *Klippe* genannt hatte, obwohl es ringsherum kein Meer und keinen See gab. Die *Klippe* erstreckte sich über mehrere Kilometer von West nach Ost und maß an ihrer breitesten Stelle etwa dreieinhalb Kilometer. An den senkrechten Wänden führte kein Weg hinauf, weder ein natürlicher noch eine künstlich erbaute Treppe. Nur über Luftschiffe oder Raumportale war der Gipfel mit seiner Stadt *Aussicht* für die meisten Bewohner und Besucher zu erreichen. Die Nachkommen von Wirilat hatten natürlich ihre Windmagie und ihre geflügelten Gefährten und konnten fliegen, wie und wohin sie wollten.

»Und sie lassen euch einfach im Inneren der *Klippe* wohnen?«, erkundigte sich Farisio, der nicht glauben konnte, dass die Herrscher der Domäne so einträchtig mit Verbrechern wie den Schatten zusammenlebten.

Flinkfinger lachte. »Wer sagt denn, dass sie wissen, dass wir direkt unter ihnen wohnen?«, fragte er und grinste spöttisch. Er zeigte ihm die braunen Steine, die im Abstand von jeweils einem Meter in die Brüstung eingelassen waren. Illusionssteine!

»Für die Nachkommen von Wirilat und jeden anderen, der an uns vorbeisegelt, gibt es hier keine Höhle, sondern nur eine ganz normale Felswand«, erklärte der Schatten. »Das perfekte Versteck also.«

Der Junge nickte verwirrt. Er wusste nicht, was der Entführer damit bezweckte. Warum zeigte er ihm das alles? Hatte er keine Angst, dass Farisio ihn und die anderen Schatten verraten würde, sobald er fort war? Doch dann sackte ihm der Magen in die Kniekehlen, als er begriff, dass *Flinkfinger* gar keine Angst haben musste. Sie befanden sich mehrere Hundert Meter über dem Boden, ohne dass er einen Weg hinab erkennen konnte. Er wusste nicht, ob es im Inneren noch Tunnel gab oder ob Teleportation der einzige Weg war, um die geheime Stadt der Schatten wieder zu verlassen. Farisio war auch ohne Ketten ein Gefangener und er konnte nichts dagegen tun.

»Du siehst, dass wir keine Sorge haben müssen, dass uns jemand entdeckt«, fuhr *Flinkfinger* fort, der sein Entsetzen nicht zu bemerken schien. »Unsere Familien und wir haben nichts zu befürchten. Auch deine Schwester wäre hier in Sicherheit und könnte eine unbeschwerte Kindheit genießen, solltest du dich uns anschließen.«

»Und wenn nicht?«

»Dann lassen wir euch wieder gehen«, entgegnete *Flinkfinger.* Farisio konnte es nicht glauben. »Wir müssten natürlich einen Gedächtnisstein einsetzen, damit du uns nicht verrätst, aber es steht dir frei, uns zu verlassen, falls du dich uns wirklich nicht anschließen willst.«

Aber klar doch. Sie würden mithilfe eines Gedächtnissteins seine Erinnerungen an diesen Ort auslöschen und ihr Geheimnis wäre gewahrt. Es beruhigte ihn, dass die Schatten damit keinen Grund hatten, ihn zu töten, um für sein Schweigen zu sorgen.

»Aber warum?«, fragte er. »Ich verstehe nicht, warum ihr so daran interessiert seid, mich anzuwerben. Was habt ihr davon?«

»Du hast falsche Vorstellungen davon, was es bedeutet, ein Schatten zu sein«, erklärte *Flinkfinger* geduldig. »Und eine Viertelstunde wird auch nicht ausreichen, um dir alles zu erläutern. Mal abgesehen davon, dass du unsere Erklärungen nicht glauben würdest. Also bitten wir dich um zwei Monate. Verbring zwei Monate hier, hör dir den Unterricht für junge Schattenanwärter an, sprich mit anderen Schatten, beobachte die Stadt und ihre Bewohner und wenn du nach zwei Monaten immer noch nicht hierbleiben willst, kannst du gehen.«

Er musste nicht lange darüber nachdenken. »Ich weiß jetzt schon, dass ich nicht hierbleiben werde«, entgegnete er entschieden. »Ich will kein Dieb werden.«

Der Schatten sah ihn verwirrt an. »Aber du bist doch bereits ein Dieb.«

»Das war das erste Mal, dass ich etwas gestohlen habe«, sagte Farisio und wieder überkam ihn ein schlechtes Gewissen. »Ich hatte keine andere Wahl. Ileija und ich wären sonst verhungert.«

»Hier muss niemand hungern«, versuchte *Flinkfinger* ihm das Ganze schmackhaft zu machen. »Geh einfach in eins der Geschäfte und such dir irgendetwas aus. Nur zu. Du musst für gar nichts bezahlen. Die Schatten kommen für alles auf.«

Farisio glaubte ihm nicht. *Flinkfinger* hob spöttisch die Augenbrauen und stellte ihn auf die Probe.

Also schön!

Der Junge ging in eins der Geschäfte am hinteren Ende der Halle – hier war die Wahrscheinlichkeit geringer, dass der Ladenbesitzer sie belauscht hatte und mit *Flinkfinger* unter einer Decke steckte –, und war fassungslos, als er das geforderte Brötchen mit einem Lächeln in die Hand gedrückt bekam und der Verkäufer sich dann an den nächsten Kunden wandte.

»Und? Überzeugt?«, wollte *Flinkfinger* wissen, der vor dem Laden auf ihn gewartet hatte. »Zwei Monate und wenn du dann immer noch Nein sagst, könnt ihr gehen. Ich bringe euch sogar persönlich zurück nach *Brise*, das verspreche ich.«

Farisios Blick fiel auf *Scharfauge*, der ihm aus einem der geöffneten Fenster ein paar Meter weiter, aber immer noch auf der untersten Ebene, zuwinkte. Es stand offen und Kinderlachen tönte in die Halle. Farisio ging näher heran, wobei ein Teil der Anspannung von ihm abfiel, als er hineinschaute und drinnen seine Schwester erblickte. Ileija gluckste, während sie mit zwei anderen Kleinkindern etwas auf dem Boden spielte. Sie schien glücklich zu sein.

»Einverstanden. Zwei Monate – und ich begehe in der Zeit keine Verbrechen«, willigte er widerstrebend ein.

Flinkfinger strahlte, als hätte er schon gewonnen. »Herzlich willkommen bei der Gilde der Schatten, mein Freund!«

4

SCHATTENBASIS

Farisio schaute sich skeptisch um, als er das Zimmer betrat. *Flinkfinger* hatte es Gästezimmer genannt und Farisio hatte an ein Gasthaus denken müssen, doch der kleine Raum war anders, als er ihn sich vorgestellt hatte. Überhaupt war alles anders, als er es sich vorgestellt hatte. Der Raum hatte kein Fenster. Lichtsteine sorgten für die Beleuchtung und es gab ein ausgeklügeltes Belüftungssystem.

Worauf hatte er sich nur eingelassen?

Sein Blick fiel auf einen Kleiderschrank, an dem eine hellblaue Jacke schief auf einem Bügel hing, so als hätte der Bewohner des Zimmers nur mal kurz den Raum verlassen. Das Bett daneben war ungemacht und auf dem Kissen lagen ein ebenfalls hellblaues Hemd und eine dazu passende Hose. War das Zimmer bereits vergeben? Oder sahen Gästezimmer bei den Schatten immer so unaufgeräumt aus?

Er wandte sich an *Flinkfinger,* der übers ganze Gesicht grinste. »Zieh dich um und dann komm! Ich stelle dich den anderen Schattenanwärtern vor«, sagte der Schatten vergnügt und hatte den Jungen schon allein gelassen, bevor er protestieren konnte.

Er war *kein* Schattenanwärter. Er würde auf keinen Fall hierbleiben.

Grummelnd zog er die hellblaue Kleidung an, die anscheinend für ihn gedacht war und die ihm erschreckend gut passte. Sie mussten sich verdammt sicher gewesen sein, dass er hierbleiben würde … Farisio ärgerte sich, dass er so leicht einzuschätzen war.

Doch dann schlich sich ein unangenehmer Gedanke in sein Bewusstsein. Sie mussten ihn beobachtet haben, wenn sie wussten, welche Kleidergröße er hatte. Und was, wenn sie ihn auch jetzt nicht aus den Augen ließen? Wenn er unter konstanter Beobachtung stand?

Er fühlte Panik und eine dunkle Beklemmung in sich aufsteigen. Doch er unterdrückte diese Ängste. Sie durften nicht wissen, was er vermutete. Wenn er einen Fluchtweg finden und mit Ileija von hier abhauen wollte, durften sie nicht ahnen, dass er etwas plante.

Den Schatten und besonders *Flinkfinger* traute er nicht. Wenn sie bereit waren, ein Kleinkind zu entführen, um ihn zu erpressen, zu welchen hinterlistigen Taten waren sie dann noch in der Lage? Doch er war gezwungen, erst einmal mitzuspielen und so zu tun, als würde er ihrem Versprechen glauben und die zwei Monate geduldig abwarten. In der Zwischenzeit konnte er einen Fluchtweg suchen. Vielleicht gab es ja doch eine Treppe hinaus.

Seufzend zog er die Jacke über. Es gab im Zimmer nur einen kleinen Spiegel, der ihn nicht zur Gänze zeigte, was gut war, denn er fühlte sich äußerst unwohl in seinen neuen Sachen. Besonders wenn er daran dachte, dass er ja keine andere Kleidung hatte. Seine Einkäufe lagen bei dem Schneider. Wie sollte er sie jetzt zurückbekommen? Bei dem Gedanken an das vergeudete Geld wurde ihm flau im Magen. Anders als Ileija hatte er noch immer seine alten Sachen getragen, als die Wache den Laden gestürmt hatte. Und wenn ihm die Schatten nun auch noch seine alte Kleidung und den Schmuck seiner Mutter stehlen würden?

Misstrauisch sah er sich im Zimmer um. Es musste hier doch ein Versteck für seine Sachen geben! Er wollte keinesfalls in dieser … dieser *Uniform* fliehen.

Wie recht er mit dieser Vermutung hatte, stellte er zehn Minuten später fest, als *Flinkfinger* ihn durch die unterirdische Stadt führte. Er sah etliche Kuftari an der Schwelle zur Volljährigkeit, sowohl Jungen als auch Mädchen, die wie er hellblaue Kleidung trugen. Schattenanwärter.

Farisio verzog das Gesicht. Von wegen freie Entscheidung. Neben Entführung und Erpressung kam nun auch noch Nötigung hinzu, damit er das tat, was die Schatten von ihm wollten. Es war, als wäre er bereits ein Schattenanwärter, obwohl er dem nie zugestimmt hatte.

Ärger brodelte in ihm, dennoch lauschte er aufmerksam *Flinkfingers* Erklärungen. Jede Information konnte ihm helfen zu entkommen.

Der Schatten führte ihn vergnügt einmal durch die Höhle und dann durch eine unscheinbare Tür und einen Gang nach unten. Anscheinend gab es neben den Geschäften und den Wohnquartieren mit Blick auf die Halle – die laut *Flinkfinger* vor allem den Familien der Schatten vorbehalten waren –, noch weitere versteckte Räume.

Kurz darauf erreichten sie ein großes Kellergewölbe, in dem es laut zuging. Die Farbe Hellblau war hier dominant und Farisio bemerkte, wie er von einigen Schattenanwärtern neugierig gemustert wurde.

»Dies ist der Aufenthaltsraum der Schattenanwärter. Komm. Ich stelle dich vor«, sagte *Flinkfinger* und machte ihm ein Zeichen, ihm zu folgen. Farisio gehorchte widerwillig.

Sie näherten sich einem großen, muskulösen Jungen, der sehr beliebt zu sein schien, denn er erzählte gerade etwas, während mehrere Anwärter um ihn herumstanden und lauschten. Niemand unterbrach ihn, obwohl der Junge damit angab, wie er jemanden, der Nari zu heißen schien, beim Training plattgemacht hatte. Schadenfreude klang in seiner Stimme durch. Er war Farisio sofort unsympathisch.

»He, Gralit«, rief *Flinkfinger* und der Angeber drehte sich irritiert zu ihm um.

»Hallo, *Flinkfinger*. Das ist ja eine Überraschung. Was gibt es? Schickt mein Vater dich?«

Der Schatten schüttelte den Kopf, legte Farisio eine Hand auf die Schulter und schob ihn nach vorn. »Nein. Wir haben einen neuen Schattenanwärter. Kümmere dich um ihn und erkläre ihm doch bitte, wie es hier läuft, in Ordnung? Ich muss wieder zur Arbeit.«

Gralit musterte Farisio skeptisch, als wollte er seine Stärken und

Schwächen einschätzen. Unterdessen winkte *Flinkfinger* kurz zum Abschied und ging. Gralits Freunde warfen dem Neuankömmling unfreundliche Blicke zu.

»Du willst ein Schatten werden?«, fragte Gralit mit einem zweiflerischen Unterton. »Ich habe dich noch nie zuvor gesehen und ich kenne *jeden* potenziellen Schattenanwärter. Wo kommst du also her – jetzt, fünf Wochen nach allen anderen – und woher weißt du von den Schatten?«

Farisio musterte den Angeber. Er war bislang nicht gerade beeindruckt von Gralit. Andererseits konnte er ihm möglicherweise noch nützlich sein, da wäre es ungünstig, es sich sofort mit ihm zu verscherzen.

»Ich heiße Koll«, log er, »und ich komme aus *Brise*, wo ich *Flinkfinger* und *Scharfauge* begegnet bin. Sie meinten, sie könnten jemanden wie mich bei den Schatten gebrauchen, und haben mich angeworben.«

Zum Glück war kein Nachkomme von Pultaris anwesend, der seine Lügen auffliegen lassen konnte. Schließlich dachte er gar nicht daran, Gralit – oder irgendeinem der Schatten – etwas über sich zu erzählen, das ihnen womöglich weiteres Material gegen ihn in die Hand gab.

»Koll«, wiederholte Gralit langsam. »Dann weißt du also im Grunde gar nichts über uns. Dann pass gut auf, was ich dir nun sage: Es ist eine *Ehre*, ein Schatten zu sein! Wehe, du machst uns Schande!«

Die Augen des jungen Schattenanwärters blitzten bedrohlich, aber damit machte er Farisio keine Angst. Wenn er es für den Gipfel der Glückseligkeit hielt, ein Schatten zu werden, bitte sehr! Farisio hatte kein Interesse daran, es ihm gleichzutun. Aber er hütete sich, Gralit das zu sagen, stattdessen nickte er lediglich und sagte: »Verstanden.«

»Was ist deine Begabung?«, wollte einer von Gralits Schattenanwärter-Freunden wissen.

»Meine Begabung?«

»Ja. Bist du ein Kämpfer? Ein Taschendieb? Ein Blender? Wohin stecken sie dich?«

Farisio konnte nur hilflos mit den Schultern zucken. Er hatte keine Ahnung, was der Junge von ihm wollte.

»Das wird der Test entscheiden«, mischte sich Gralit ein. »Egal, was du bislang gemacht hast, egal, was du glaubst zu sein, von nun an hast du ein neues Leben. Die Schatten werden erkennen, wie du unserer Gemeinschaft am besten nützt, und dich dementsprechend ausbilden. Wenn du also Träume hegst, ein gefürchteter Assassine oder ein berüchtigter Kämpfer zu werden, und dann zu den Blendern gesteckt wirst, möchte ich keine Klagen hören. Der Test bestimmt, was du wirst. Obwohl ich mich wundere, wie manche Leute den Test überhaupt bestanden haben.«

Sein Blick wanderte an Farisio vorbei, und der drehte sich ebenfalls um. Von wem hatte Gralit gesprochen? Doch dann sah er ihn.

Der Junge war schmächtig, vielleicht dreiundzwanzig Jahre alt und machte den Eindruck, als könnte ihn der nächste Windhauch umstoßen. Er wirkte unsicher, wie er da am Eingang des Kellergewölbes stand und mit dem rechten Arm mehrere dicke Bücher umklammerte. Sein anderer Arm fehlte.

»Schaut mal. Der Krüppel kommt!«, rief jemand laut und höhnisch.

Gekicher kam auf, während der einarmige Junge so tat, als hätte er nichts gehört. Er bahnte sich einen Weg durch die versammelten Schattenanwärter und taumelte, als er plötzlich über ein ausgestrecktes Bein stolperte. Seine Bücher fielen zu Boden und das Gelächter wurde lauter.

»Sie werden schon noch einsehen, dass sie einen Fehler gemacht haben, und den Krüppel in die Verwaltung stecken, wo er keinen Schaden anrichten kann und ihn niemand sieht«, verkündete Gralit schließlich der Schar seiner Bewunderer. »Wenn der einen Außeneinsatz macht und die Gilde repräsentieren soll, sterbe ich vor Scham. Was ist nur aus den Schatten geworden, wenn sie schon solche Versager in ihre Reihen aufnehmen?«

Er schien vorauszusetzen, dass die anderen seiner Meinung waren, und sah nicht zu Farisio herüber, der ihn kurz fassungslos anstarrte. Der einarmige Junge tat ihm leid, zumal er nun Schwierigkeiten zu haben schien, einen Stapel aus seinen Büchern zu bilden und sie sich wieder unter den Arm zu klemmen, so stark zitterte er.

»Komm, Koll«, forderte Gralit ihn auf und verließ die Halle.

Farisio hatte keine Ahnung, wohin es gehen sollte. Der Schattenanwärter wartete auch nicht auf ihn, sodass Farisio nur einen kurzen Blick zurück in die Halle werfen konnte und den einarmigen Jungen dann aus seinen Gedanken verbannen musste. Er hatte selbst genug Probleme, das durfte er nicht vergessen.

»Wohin gehen wir?«, fragte er schließlich, als sie bereits die dritte Treppe nach unten gegangen waren und ihr Weg kein Ende zu nehmen schien. Das Geheimversteck der Schatten war um einiges größer, als er nach den ersten Minuten in der Halle vermutet hatte.

»Wir betreten nun das Herz der Schatten«, verkündete Gralit stolz. »Weiter oben befinden sich die Wohnquartiere und die Trainings- und Unterrichtsräume der Schattenanwärter, darunter die der Schatten. Wir trainieren nur im Stock der Schattenanwärter, verstanden? Wenn dich die Schatten ohne Erlaubnis in ihren Stockwerken erwischen, dann hast du Ärger am Hals – glaub mir, das willst du nicht.«

Warum? Welche Geheimnisse verbargen die Schatten vor allen anderen?

Da er das jedoch nicht fragen konnte, ohne sich verdächtig zu machen, wählte er eine andere Taktik. »Bekommen wir dann jetzt keinen Ärger, weil wir hier sind?«, erkundigte er sich scheinbar besorgt.

Gralit plusterte sich stolz auf. »Nein. Wenn du mit mir unterwegs bist, wird dich niemand zur Rede stellen. Mein Vater ist der Anführer der Schatten. Sie kennen mich und würden es nicht wagen, mich oder meinen Vater zu verärgern.«

Großartig. Daher stammte also die Selbstgefälligkeit dieses Wichtigtuers.

Farisio warf ihm einen nachdenklichen Blick zu. Der Junge schien nicht zu ahnen, dass Farisio nicht freiwillig hier war ... und er hatte mehr Freiheiten als alle anderen Schattenanwärter. Er sollte sich bemühen, Gralits Freund zu werden. Dann konnte er die verbotenen Stockwerke heimlich ausspionieren und möglicherweise einen Fluchtweg finden. Wenn er Glück hatte, reichten die unterirdischen Gänge bis zum Fuß der *Klippe* und es gab doch einen Weg nach draußen.

»Hallo, *Aphro*«, grüßte Gralit irgendjemanden unerwartet scheu und riss Farisio damit aus seinen Gedanken. Diesen Tonfall hätte er niemals von einem Angeber wie Gralit erwartet. Er warf dem Jungen einen neugierigen Blick zu und erkannte zu seiner großen Überraschung, dass der dunkelblau angelaufen war vor Verlegenheit. Sein Lächeln wirkte unsicher, zudem ließ er die Schultern hängen, als rechnete er damit, gleich Ärger zu bekommen.

Farisio drehte sich nach der Person um, mit der Gralit gesprochen hatte. Es war ein junger Mann mit langen Haaren, die weiß, orange und rot schimmerten. Farisio hätte sich beinahe verwundert die Augen gerieben, denn eine solche Haarfarbe hatte er noch nie gesehen. Hinzu kam der Glanz, der auf keinen Fall natürlich sein konnte. Verwendete der Mann Illusionsmagie?

»Hallo, Gralit, mein Lieber«, gurrte der Mann, und Farisio hätte beinahe gelacht, als das Gesicht des Schattenanwärters nun noch eine Schattierung dunkler wurde. Der Unbekannte namens *Aphro* legte Gralit plötzlich einen Arm um die Schulter und der machte sich unwillkürlich kleiner. Er war ein Stückchen größer als der seltsame Schatten mit den bunten Haaren. Der hatte inzwischen Farisio bemerkt, musterte ihn neugierig und schenkte ihm dann ein betörendes Lächeln, das bei dem Jungen alle Warnglocken Sturm läuten ließ. Er merkte, wie sich ein magischer Nebel über ihn legte, und versteifte sich unwillkürlich, während er instinktiv gegen die Beeinflussung ankämpfte.

»Wer ist denn dein neuer Freund, Gralit?«, fragte *Aphro* mit einem verführerischen Lächeln, das den Boden unter den Füßen des jungen

Schattenanwärters in Treibsand zu verwandeln schien, denn er wurde erstaunlicherweise noch kleiner.

»*Aphro*, das ist Koll«, sagte er und verzog das Gesicht, als sich der attraktive Schatten mit der gefährlichen Magie nun Farisio zuwandte, um ihn intensiv zu mustern. Farisio traute ihm kein Stück. Dieser Schatten war einer der gefährlichsten Männer, denen er je begegnet war. »Ich bringe ihn zum Einstufungstest.«

»Oh, ein neuer Schattenjüngling!«, hauchte *Aphro* verzückt. »Und, Schätzchen, freust du dich schon auf den Unterricht? Wenn du zu den Blendern kommst, werden wir bald *viel* Zeit haben, um uns besser kennenzulernen. Ist das nicht schön? Ich *liebe* es, neue Leute kennenzulernen.«

Farisio konnte nicht verhindern, dass er bei dem doppeldeutigen Angebot entsetzt das Gesicht verzog. Doch *Aphro* lachte nur. »Oh, ein Schüchterner.«

»*Aphro!*«, brüllte jemand vom Gang her und kam näher. Der bullige Mann sah wenig erfreut aus. »Lass die Jungen zufrieden. Sonst melde ich dich bei Udio.«

Aphro zog einen Schmollmund. »Du bist ein Spielverderber, *Eisenfaust*«, beschwerte er sich.

»Und du bist pervers! Such dir gefälligst jemand anders zum Spielen.«

Der Blender grummelte noch ein bisschen und zog dann von dannen. Wer auch immer Udio war, die Drohung schien gewirkt zu haben.

Erst als *Aphro* nicht mehr zu sehen war, entspannte sich *Eisenfaust* etwas. Gralit hingegen seufzte enttäuscht.

»Lass dich nicht an der Nase herumführen. *Aphrodisiakum* mag nur einen einzigen Kuftari und das ist *Aphrodisiakum*«, belehrte er Gralit ernst und wandte sich dann neugierig Farisio zu. »Ich bin *Eisenfaust*«, stellte er sich vor.

»Koll«, erwiderte Farisio, dem der falsche Name immer leichter über die Lippen kam.

»Oh, ein neuer Schattenanwärter. Ihr wollt zum Einstufungstest?«

Eisenfaust wirkte kräftig und um einiges muskulöser als *Scharfauge*. Er lächelte freundlich. Farisio hätte ihn vielleicht gemocht, wenn er denn überhaupt jemandem von diesem verdorbenen Verbrechergesindel hätte vertrauen können.

»Kommt mit«, forderte der Kämpfer die beiden Jungen auf, als sie nichts weiter sagten. »Dann werde ich den Einstufungstest mit Koll durchführen.«

Farisio bekam Angst bei dem Gedanken. Bei den Gründern, was musste er bei diesem Test tun? Er musste doch hoffentlich nicht gegen *Eisenfaust* kämpfen? Ein flüchtiger Blick verriet ihm, dass sein möglicher Gegner doppelt so breit und wahrscheinlich auch doppelt so schwer war wie er selbst. Wie würde er ihn besiegen können?

Der Schatten gluckste amüsiert. »Du hast ihm nichts vom Test erzählt, oder, Gralit?«

»Wo bliebe dann der Spaß?«

»Auch wieder wahr.«

Wenn die beiden sich über ihn lustig machten, bedeutete das wahrscheinlich, dass er doch nicht gegen *Eisenfaust* antreten musste, oder? Und überhaupt …

»Wie sind Sie zu dem Namen *Eisenfaust* gekommen?«, fragte Farisio, der zu seinem eigenen Erstaunen echte Neugier verspürte.

»Das ist mein Schattenname. Jeder aktive Schatten hat einen. Und nein, du kannst ihn dir nicht selbst aussuchen. Sobald du den Eid der Schatten schwörst, bekommst du einen Schattennamen, der zu dir passt. Er dient als Tarnung, falls jemand ein Gespräch von uns belauschen sollte. Viele von uns arbeiten im Geheimen dort draußen. Wir wollen doch nicht entlarvt werden«, erklärte *Eisenfaust*.

Sie waren gerade in einen neuen Korridor eingebogen, als der Schatten plötzlich eine Tür zu ihrer Rechten öffnete. Farisio folgte ihm beklommen in den Raum. Was erwartete ihn jetzt?

Der Anblick war überraschend. Es war keine Kampfarena, also würde er wohl nicht kämpfen müssen. Doch es war auch kein Unterrichtszimmer mit Tischen und Bänken. Stattdessen gab es in dem Raum nur einen einzigen Gegenstand: einen mit Kristallen und magischen Steinen in verschiedenen Farben besetzten Stuhl, der die Luft um sie herum knistern ließ.

Farisio blieb stehen. Schauder schüttelten seinen Körper. So viel gebündelte magische Energie hatte er bislang nur einmal gespürt, in der Nähe eines großen Raumportals. Er fühlte sich, als hätte ihn ein magischer Blitz getroffen und als würden seine Füße über dem Boden schweben, doch als er an sich heruntersah, erwies sich das als Täuschung. *Eisenfaust* und Gralit unterhielten sich miteinander, und Farisio verstand nicht, wie sie so gelassen sein konnten. Spürten sie die Magie denn nicht?

»Setz dich auf den Stuhl«, befahl *Eisenfaust*.

Er wollte nicht. Am liebsten wäre er weit fort gewesen. Sogar ein Kampf gegen *Eisenfaust* erschien ihm jetzt erstrebenswert und leicht. Das hier hingegen konnte er nicht gewinnen. Das würde in einer Katastrophe enden.

»Ich will nicht«, wehrte er sich und dachte voller Entsetzen daran, was die Dunkelheit in ihm mit so viel Macht anstellen konnte. Schon jetzt spürte er, wie sie sich in ihm regte und wie er kämpfen musste, um sie unter Kontrolle zu halten. Sie wollte die Magie in diesem Stuhl, hungerte regelrecht danach.

Gralit und *Eisenfaust* lachten nur. Dachten sie, er würde einen Scherz machen?

»Komm schon, Koll«, sagte Gralit grinsend und schob ihn vorwärts. »Das hier ist schnell vorbei und es tut um einiges weniger weh als ein Kampf gegen *Eisenfaust*.«

»Die Magie tut dir nichts, mein Junge«, versuchte der Schatten ihm die Angst zu nehmen. Farisio hätte beinahe gelacht. Er hatte doch keine Ahnung.

Sie drängten ihn mit sanfter Gewalt in den Stuhl, und Farisio, der gegen die Dunkelheit und die Panik in sich ankämpfte, ließ es geschehen. Er sah keinen Ausweg. Seine Füße weigerten sich, ihm zu gehorchen. Es fühlte sich an wie Bestimmung, als er auf dem magischen Stuhl Platz nahm.

Die Dunkelheit versuchte, sich mit ihren substanzlosen Krallen einen Weg aus ihm heraus zu bahnen, doch Farisio schloss die Augen und kämpfte. Er würde ihr nicht noch einmal unterliegen.

Er spürte, wie der Stuhl zu summen begann, als die Magie der Kristalle und Steine aktiv wurde und ihn abtastete. Gleich würden sie erkennen, was er war. Ihm war schlecht vor Entsetzen.

»Ich glaube es nicht«, entfuhr es *Eisenfaust*. »Der Junge ist ein Licht!«

Als Farisio verwirrt die Augen öffnete, starrten ihn der Schatten und Gralit ehrfürchtig an.

5

TESTRAUM DER SCHATTEN

»Was ist ein Licht?«, fragte Farisio.

Gralit und *Eisenfaust* hörten ihm jedoch nicht zu, sondern plapperten aufgeregt durcheinander.

»Ein Licht, das gab es schon seit Ewigkeiten nicht mehr.«

»Wir müssen es meinem Vater sagen.«

»Auf jeden Fall, er muss es sofort erfahren.«

»Ein Licht. Ich dachte, das sei nur eine Legende, die ihr mir erzählt habt«, hauchte Gralit und grinste breit übers ganze Gesicht. Seine kindliche Freude machte ihn fast sympathisch, als er jetzt hüpfend den Saal verließ.

»Was ist hier los?«, wollte Farisio wissen und drehte sich zu *Eisenfaust* um, der geistesabwesend auf die Rückenlehne des magischen Stuhls starrte. Unter seine Zweifel, was die verzauberten Kristalle und Steine dem Schatten über ihn verraten hatten, mischte sich nun auch Verärgerung. Er hasste es, so im Dunkeln gelassen zu werden.

»Was ist ein Licht?«, fragte er erneut. Dieses Mal sah der muskulöse Kämpfer ihn nachdenklich an.

»Du bist ein Licht«, antwortete *Eisenfaust* schlicht und lächelte. »Lichter sind unglaublich selten. Wir hatten schon seit Jahrhunderten kein Licht mehr in unseren Reihen. Sag, Koll, hast du irgendwelche besonderen Fähigkeiten oder Eigenheiten an dir festgestellt?«

Es war genauso schlimm, wie er befürchtet hatte. Ein Licht zu sein bedeutete, sich nicht länger verstecken zu können, weil Lichter etwas Besonderes – *anders* als alle anderen – waren. Farisio hatte stets vermeiden wollen aufzufallen und aus der Menge hervorzustechen. Ihm musste niemand sagen, dass er anders war. Das wusste er nur zu gut. Und nicht nur, weil er die Dunkelheit in sich in Schach halten musste.

Doch anders zu sein hatte ihm bislang nichts als Schmerzen und Leid gebracht. Anders zu sein bedeutete, dass er Feinde hatte, von denen er nicht einmal etwas ahnte. Und ein Licht zu sein, war vermutlich die schlimmste Form der Andersartigkeit, denn sie hatte zur Folge, dass er die Aufmerksamkeit der Schatten auf sich gezogen hatte, die ihn jetzt garantiert nicht mehr gehen lassen würden.

»Nein«, log er daher und gab sich *Eisenfaust* gegenüber ahnungslos. »Aber was ist ein Licht? Ich bin nichts Besonderes. Vielleicht hat sich der magische Stuhl geirrt?«

»Der magische Stuhl?«, wiederholte *Eisenfaust* und starrte wieder auf die Rückenlehne.

Farisio, der sich nicht länger den Hals verrenken wollte, sprang auf und ging um den magischen Testapparat herum, um endlich zu erfahren, was der Schatten sich die ganze Zeit ansah.

Auf der Rückseite des Stuhls war eine schmale Kristallplatte eingesetzt, die in verschiedenen Farben blinkte. Wie erwartet war das Testergebnis »LICHT« ganz deutlich auf dem Kristall abzulesen. Farisios Sorge wuchs noch mehr, als er die Lichter und Symbole daneben ansah, die vermutlich ebenfalls etwas bedeuteten und seinen Gegnern wichtige Geheimnisse über ihn verrieten.

»Was bedeuten die farbigen Symbole daneben?«, wollte er von *Eisenfaust* wissen. Im nächsten Moment wurde die Tafel schwarz, die Zeichen verschwanden und das magische Summen ließ nach. Anscheinend hatte sich der Stuhl, nachdem Farisio sich von ihm erhoben hatte, wieder deaktiviert.

Eisenfaust sah ihn weiterhin staunend an und warf dann einen Blick auf die Kristallplatte. »Das weiß ich nicht«, entgegnete er schließlich.

»Ich bin im Außendienst. Von der Technik habe ich leider keine Ahnung.«

Er sprach von Technik, so wie es magielose Kuftari bei allen magischen Gegenständen taten, die sie ebenfalls benutzen konnten und die nicht den Magiern und Nachkommen der Gründer vorbehalten waren. Doch Farisio wusste, dass der Stuhl mehr war als ein Testapparat und eine für alle zugängliche Technik. Noch immer spürte er, wie die Magie der Kristalle und Steine nach ihm rief, ihn lockte, doch wieder Platz zu nehmen und sie freizulassen.

Der Stuhl war gefährlich.

Rasch trat er zwei Schritte zurück und ging in einem großen Bogen um ihn herum zur Tür. Leider kam er bei seiner spontanen Flucht nicht weit, denn in diesem Moment öffnete sich mit Schwung die Tür und Gralit kam freudestrahlend auf ihn zugeschlittert.

»Bitte entschuldige, dass du warten musstest, Koll«, sagte er und lächelte ihn an. Er schien aus irgendeinem Grund beschlossen zu haben, dass sie Freunde waren, denn er legte einfach den Arm um ihn – wobei Farisio voller Unbehagen zusammenzuckte und ihn abzuschütteln versuchte. Dann sah er mit ihm zusammen zur geöffneten Tür, durch die nun nach und nach ein Dutzend Männer und Frauen hereinkamen.

Der Erste war ein Mann von vielleicht Mitte sechzig, der eine große Ähnlichkeit mit Gralit hatte und über ein entschlossenes Gesicht mit durchdringenden grünen Augen verfügte. Er bemerkte Gralits Arm um Farisios Schultern und lächelte, was sein hellblaues Gesicht aufhellte und seine Augen zum Funkeln brachte.

»Koll, das ist mein Vater, der Anführer der Schatten«, stellte der junge Schattenanwärter ihn stolz vor.

»Mein Name ist *Scharfer Geist*, aber du darfst mich gerne mit meinem richtigen Namen, Udio, ansprechen«, ergänzte jener mit einem freundlichen Lächeln. »Es freut mich, dich bei den Schatten begrüßen zu dürfen.«

Das war also der Mann, vor dem *Aphrodisiakum* so viel Respekt hatte, dass er seine Verführungskünste unterließ. Kaum hatte Farisio an ihn gedacht, betrat er auch schon den Raum.

»Das ist *Aphrodisiakum*, der oberste Blender – und dein Ausbilder, solltest du Fähigkeiten in dieser Richtung besitzen«, erklärte Udio, ohne zu ahnen, dass die beiden Jungen dem gefährlichen Schatten erst kurz zuvor begegnet waren. Anscheinend hatte Gralit seinem Vater nichts von seiner Bewunderung für den Blender erzählt.

Farisio hoffte, dass er keine Fähigkeiten hatte, die ihn dazu verurteilten, *Aphrodisiakums* Anwesenheit länger als nötig zu ertragen, denn der attraktive Blender musterte ihn gerade wie eine Raubkatze ihre Beute. Doch er war keine Beute!

»Und hier haben wir *Ruhige Hand*«, stellte Gralits Vater eine etwa neunzigjährige Frau mit weiß-blauen Haaren vor. »Sie ist unsere Expertin für Bomben.«

Farisio riss die Augen auf. Die Frau war so normal. Nichts deutete darauf hin, dass er eine heimtückische Mörderin vor sich hatte, die ihre Opfer hinterrücks mit ihren Erfindungen tötete. Und nun lächelte sie ihn auch noch scheinbar warmherzig an.

»Keine Sorge, Koll«, sagte sie mit einem Lachen. »Ich entschärfe sie in der Regel und baue keine Mordwerkzeuge.«

»Habe ich das etwa behauptet?«, fragte Udio überrascht.

»Nein, aber er ist ein Licht. Was sollte er denn sonst von mir denken?« *Ruhige Hand* bedachte ihren Anführer mit einem tadelnden Blick.

»Was ist denn nun ein Licht?«, warf Farisio rasch ein. Die beiden schienen ihm mehr verraten zu können.

»Dazu kommen wir später«, vertröstete ihn jedoch Udio und ignorierte seine Enttäuschung. »Erst einmal will ich dir den Rest unseres Schattenrats vorstellen. Du hast ganz schön für Aufregung gesorgt, als Gralit in unsere Sitzung geplatzt ist. Aber nun weiter. Als Nächstes hätten wir hier *Scharfauge*, ihn kennst du schon, soweit ich weiß.«

Der riesige, dicke Schatten, der ihm den ganzen Schlamassel zusammen mit *Flinkfinger* eingebrockt hatte, musste sich bücken, als er durch die Tür trat. Auch auf seinem Gesicht lag ein glückliches Grinsen, als sein Blick auf Farisio fiel. Und es wurde sogar noch breiter, als der Junge ihn finster anstarrte.

»Ich wusste, dass etwas Besonderes in dir steckt, Kleiner!«, verkündete er stolz. »Wir werden von nun an sicher noch häufiger miteinander zu tun haben, wenn du in meine Klasse kommst. Von mir wirst du nämlich das Beobachten lernen.«

Das Beobachten? Sollte damit das Ausspähen von Häusern für den nächsten Einbruch gemeint sein?

Als *Flinkfinger* neben seinem Freund *Scharfauge* auftauchte, hätte Farisio fast gestöhnt. Es war ja klar, dass auch er zum Schattenrat gehörte.

»*Flinkfinger* ist der oberste Beutelabschneider bei den Schatten und gleichzeitig auch der Meister der Fassadenkletterer. Von ihm wirst du die Kunst des Taschendiebstahls und des Einbruchs erlernen«, fuhr Gralits Vater mit den Vorstellungen fort.

Der Junge hörte ihm nur am Rande zu, denn eine Mähne aus langem weiß-orangem Haar hatte seine Aufmerksamkeit erregt. Ihre Besitzerin lächelte ihn an – und winkte ihm dann mit dem Dolch in ihrer Linken.

»Ah, diese gefährliche junge Dame ist *Blutdolch*«, erklärte der oberste Schatten, der Farisios Blick bemerkt hatte. »Wie ihr Name und der Dolch in ihrer Hand unschwer erkennen lassen, ist sie unsere oberste Assassine.«

Misstrauisch und angewidert zuckte Farisio vor ihr zurück. Er hasste Mörder und wollte mit Kuftari, die keine Hemmungen hatten, andere umzubringen, nichts zu tun haben.

»Keine Angst, Junge«, sagte *Blutdolch* grinsend und wirkte nicht im Geringsten beleidigt. »Ich töte keine Schatten. Und auch keine Anwärter. Da du ein Licht bist, werden wir vermutlich ohnehin wenig miteinander zu tun haben.«

»Und hier kommt nun unser oberster Gesichtsloser«, unterbrach

Udio sie, bevor *Blutdolch* zu den wirklich interessanten Informationen über Lichter kommen konnte.

Farisio blinzelte verwirrt, als er in das Gesicht eines Mannes mittleren Alters blickte. Vermutlich war er hundert und damit bislang der Älteste im Schattenrat. Doch anders als der Name es vermuten ließ, hatte der Mann durchaus ein Gesicht, sogar ein ziemlich ausdrucksstarkes, denn nun huschten Neugier, Freude und Belustigung in kurzen Abständen über seine Züge.

Das blaue Haar fiel ihm in ungebändigten Strähnen in die Augen, als er vortrat, kurz den Kopf senkte und dann Farisios Hand schüttelte. Von Abstand schienen die Schatten alle nichts zu halten, denn sie drängten sich neugierig um Farisio und musterten ihn. Das einzig Gute war, dass sie Gralit beiseiteschoben. So musste er nicht länger den Arm des anderen Jungen um seine Schulter erdulden. Er hasste es, von Fremden angefasst zu werden.

»Mein Name ist *Freundliches Gesicht*«, stellte sich der Gesichtslose vor. »Ich denke, wie ich zu diesem Schattennamen gekommen bin, sieht man, nicht wahr? Und ich hoffe sehr, dass du von nun an die Riegen der Gesichtslosen verstärken wirst. Ich denke, die Aufgabe wird dir gefallen. Sie ist genau das Richtige für dich. Hast du schon mal von dem Licht *Heller Schild* gehört? Er …«

»Es tut mir leid, dass ich dich unterbrechen muss«, warf Udio ein und schenkte *Freundliches Gesicht* einen scharfen Blick. »Wir sollten erst einmal die Vorstellungsrunde beenden, bevor wir Anekdoten erzählen. Meinst du nicht auch?«

»Entschuldige, *Scharfer Geist*«, sagte der Getadelte. Doch er schien kein schlechtes Gewissen zu haben, als er Farisio verschmitzt zuzwinkerte. Der Junge ertappte sich dabei, wie er zurücklächelte.

»Und hier haben wir *Keine Sperenzchen.*«

Farisio brach unwillkürlich in Gelächter aus, als er den absurden Namen hörte, mit dem der Anführer der Schatten ein kleines, freundliches Großmütterchen mit grau gewordenen Haaren und Krückstock bedachte. Sie war vielleicht hundertfünfzig Jahre alt und reichte ihm gerade einmal bis zur Brust. In der Schar dieser gefährlichen und gerissenen Ganoven wirkte sie so fehl am Platz wie eine Prinzessin aus den Gründerdynastien.

Der Stock traf ihn unerwartet mit einem harten Schlag in den Bauch und ließ sein Gelächter abrupt ersterben. Mit einem schmerzerfüllten Keuchen atmete er aus und klappte vornüber. Kurz darauf wurde ihm das Kinn vom Gehstock angehoben und er schaute in strenge, kleine Augen.

»Etwas Respekt, junger Mann«, forderte *Keine Sperenzchen* mit überraschend kräftiger Stimme. Farisio hatte ein zitterndes oder leises Stimmchen erwartet, das zu ihrer Gestalt passte, nicht aber diesen befehlsgewohnten, lauten Ton, der dem Kommandanten eines Luftschiffs gut zu Gesicht gestanden hätte. »Ich bin die Leiterin der Schattenanwärter und so lange du kein Schatten – oder Licht oder was auch immer – bist, ist mein Wort Befehl. Hast du das verstanden, mein Junge? Respektlosigkeit, Regelverstöße, dumme Streiche und ähnlichen Unfug werde ich nicht dulden.«

Hatte er zuvor noch *Aphrodisiakum* und *Blutdolch* für die gefährlichsten Schatten im Raum gehalten, so wurde er nun eines Besseren belehrt. Ein Blick in das Gesicht von *Keine Sperenzchen* verriet ihm, dass ihr Name nicht besser hätte gewählt sein können.

»Verstanden«, erwiderte er leise und verfluchte sich insgeheim dafür, dass er ausgerechnet der Leiterin der Schattenanwärter schon unangenehm aufgefallen war. Von nun an würde sie ihn auf dem Kieker haben, was eine Flucht natürlich erschwerte.

Die nächste Dame, die sich vorstellte, wirkte genauso resolut wie *Keine Sperenzchen*. »Mein Name ist *Hundert Augen*«, verkündete sie. »Ich leite die Kommandozentrale der Schatten und sorge dafür, dass ihr keinen Mist baut oder in Schwierigkeiten geratet. Und dies ist mein Bruder und Stellvertreter *Hundert Ohren*.«

Die beiden etwa siebzigjährigen Schatten waren kaum voneinander zu unterscheiden. Sie waren ganz klar Zwillinge, nicht nur Geschwister. Nur Zwillinge sahen einander so ähnlich wie diese zwei.

Der einzige Unterschied zwischen ihnen, abgesehen von ihrem Geschlecht, war die Länge ihrer weiß-blauen Haare. Die von *Hundert Ohren* waren noch ein Stückchen länger als die von *Hundert Augen*, sodass sie ihm über den ganzen Rücken reichten, nicht nur über den halben.

Nachdem sich offenbar alle anwesenden Mitglieder des Schattenrates vorgestellt hatten, hegte Farisio die Hoffnung, dass er jetzt endlich erfahren würde, was ein Licht war und was die Schatten von ihm wollten. Doch bevor er mehr tun konnte, als den Mund zu öffnen und Luft zu holen, fiel ein Lichtstrahl in den Raum und wanderte auf sie zu.

Ein Nachzügler folgte dem Lichtstrahl und blinzelte sie verwirrt an. »Dies ist nicht die Bibliothek«, stellte er verwundert fest. »Was mache ich hier?«

Der Schattenrat stöhnte geschlossen. »*Zerstreuter Bibliothekar!*«

Das schien sein Schattenname zu sein, denn die kleinen Äuglein hinter der Brille blinzelten kurz. Der Mann hielt in der einen Hand ein Buch, in der anderen seine Hose. Offenbar war er losgelaufen, bevor er sich richtig angezogen hatte, denn sein rechter Fuß steckte bereits in einem Socken, der andere hingegen war nackt. Ansonsten trug er nur eine fürchterlich altmodische Unterhose und darüber ein förmlich wirkendes Hemd. Er hätte vermutlich einen respektablen Eindruck gemacht, denn auch die Hose war von guter Qualität, nur leider hatte er sie nicht angezogen.

Gralit kicherte, während die Schatten des Rates seufzten und die Köpfe schüttelten.

»Zieh deine Hose an. Diesen Anblick will keiner von uns sehen«, blaffte *Keine Sperenzchen* den verwirrten Mann mit ihrer Soldatenstimme an.

»Die Hose ist in deiner Hand«, fügte *Freundliches Gesicht* hilfsbereit hinzu, als der Nachzügler sie nur überfordert ansah.

»Ah«, machte er, reichte *Blutdolch*, die ihm am nächsten stand, das Buch – aus dem eine Scheibe Brot ragte, wie Farisio nun erkannte –, und schlüpfte kurzerhand in seine Hose. Verlegen schien er nicht zu sein, dass ihn der Schattenrat halb nackt gesehen hatte.

»Und wer ist das?«, fragte er, als er den Kopf hob und sein Blick auf Farisio fiel.

»Das ist Koll. Er ist der Grund, warum wir den Lichtstrahl hierher umgeleitet haben«, erklärte Udio ihm. Anscheinend benötigte *Zerstreuter Bibliothekar* einen magischen Wegweiser, um sich nicht in der Schattenbasis zu verlaufen.

»Stell dir vor. Koll ist ein Licht«, platzte Gralit, der sich während der Vorstellung des Schattenrats erstaunlich ruhig verhalten hatte, nun heraus. Er strahlte regelrecht, als er dem alten Mann die Nachricht verkündete.

»Ah«, sagte *Zerstreuter Bibliothekar* wieder und kam näher. Vor Farisio blieb er stehen und starrte ihm unangenehm lang in die Augen. »Ganz klar ein Licht«, stellte er dann fest.

»Das wissen wir«, entgegnete Udio mit einem leicht genervt klingenden Seufzen. »Wir hatten gehofft, dass du uns ein bisschen mehr darüber verraten könntest, was für ein Licht der Junge ist.«

Es herrschte angespannte Stille, während der Alte um sie herum zum magischen Stuhl trat und die Kristallplatte auf der Rückseite aktivierte. Er drückte ein oder zwei Dutzend Mal in schneller Folge auf bestimmte Symbole auf der Scheibe, ohne dass sie ihm eine Reaktion entnehmen konnten.

Schließlich hatte er wohl erfahren, was der Test ergeben hatte, denn mit erstaunlich munteren Augen starrte er Farisio nachdenklich an.

»Es sieht so aus, als hätten wir deinen Nachfolger gefunden, Udio«, verkündete er ernst und ließ Farisios Blick nicht los, während um sie herum Stille herrschte. Dann brach das Chaos aus.

6

TESTRAUM DER SCHATTEN

»Du musst dich irren.«

»Das kann nicht sein.«

Das waren noch die harmlosesten der Reaktionen, die Farisio zu hören bekam. Ein paar der Schatten hingegen wurden richtig geringschätzig.

»Der?«, tönte *Aphrodisiakum*. »Den könnte ich problemlos zum Frühstück verspeisen. Und der soll unser neuer Anführer sein?«

»Er hat keine Ahnung. Er ist nicht bei uns aufgewachsen. Ich werde niemandem gehorchen, der unsere Traditionen zerstören wird!«

»Den da brauchen wir nicht. Wir haben doch Udio! Was soll der Quatsch, *Zerstreuter Bibliothekar?* Du musst den Test noch mal machen!«

Während sein Blick von einem Mitglied des Schattenrats zum nächsten wanderte, und er versuchte, ihre zukünftigen Reaktionen abzuschätzen, begriff Farisio etwas. Erstens: Die Schatten wollten ihn überwiegend gar nicht als neues Mitglied haben, weil er mal wieder anders war. Zweitens: Keiner achtete mehr auf ihn, alle redeten nur noch durcheinander und ein paar der hitzigeren Schatten waren kurz davor, handgreiflich zu werden.

Einen besseren Zeitpunkt, um abzuhauen, gab es nicht.

Farisio wandte sich leise um, schlich zur Tür und verließ den Raum. Die lauten Stimmen waren auf dem Gang noch eine Weile zu hören, als er strammen Schrittes, aber ohne zu rennen, zurück nach oben eilte, ohne dass jemand seine Flucht bemerkt hätte.

Zum Glück erinnerte sich Farisio noch an den Weg, den sie auf dem Hinweg genommen hatten, und fand daher problemlos zur Etage der Schattenanwärter zurück. In dem Gewölbe, das die Schattenanwärter als Aufenthaltsraum nutzten, war es jetzt ruhig. Nur wenige junge Kuftari in hellblauen Uniformen saßen müßig um die Tische herum und unterhielten sich oder hatten sich in eine ruhige Ecke verzogen und lasen. Unter ihnen war auch der Einarmige.

Vorhin war er ihm sympathisch erschienen, daher fasste sich Farisio ein Herz und ging auf ihn zu. Wenn jemand ihm helfen konnte, an die Oberfläche zu kommen, ohne dass er Verdacht schöpfte, dann vermutlich einer der Schattenanwärter.

»Entschuldigung«, wandte Farisio sich leise an den schmächtigen Jungen. »Mein Name ist Koll und ich bin neu hier. Ich wollte mit meiner Schwester nach oben in die Stadt, um ihr unser neues Zuhause zu zeigen. Allerdings hat mir noch niemand erklärt, wie ich da hinkomme. Kannst du mir weiterhelfen?«

Der Junge sah erstaunt von seinem Buch zu ihm auf und starrte ihn einen Moment lang schweigend an. Anscheinend war er es nicht gewohnt, um Hilfe gebeten zu werden.

»Äh, ja, klar. Ich helfe dir«, sagte er schließlich. »Was wolltest du noch mal?«

»An die Oberfläche, zusammen mit meiner kleinen Schwester«, erklärte Farisio lächelnd.

Das schien zu helfen, denn der einarmige Junge entspannte sich etwas. Farisio vermutete, dass die anderen Schattenanwärter selten nett zu ihm waren und er daher zunächst eine Falle oder einen gemeinen Trick vermutet hatte. Das scharfe Misstrauen und die Skepsis in seinem Blick waren ihm nur zu bekannt vorgekommen. So schaute nur jemand, der jede Minute seines Lebens auf der Hut sein musste.

»Wie heißt du?«, fragte Farisio.

»Ich bin Nari.«

»Freut mich, dich kennenzulernen, Nari.«

»Stört es dich, wenn ich kurz das Buch auf mein Zimmer bringe, bevor ich dir zeige, wie du zur Stadt kommst?«

Nari zuckte mit den Schultern, was wegen seines fehlenden linken Arms etwas seltsam aussah, aber Farisio sagte nichts und starrte auch nicht. Genauso wenig zeigte er seine Ungeduld, die von Sekunde zu Sekunde stärker wurde. Es war ein Wunder, dass die Schatten seine Flucht bislang noch nicht entdeckt hatten, und sein Glück würde nicht ewig anhalten. Eine Verzögerung konnte er sich nicht leisten.

»Kein Problem«, erwiderte er stattdessen und schenkte Nari erneut ein aufmunterndes Lächeln.

Der einarmige Schattenanwärter hatte anscheinend kein Gästezimmer, denn er ging nicht nach oben in die Halle, sondern führte Farisio zur anderen Seite des Gewölbes und einen langen Gang entlang, der alle paar Meter zu beiden Seiten je eine Tür aufwies.

»Wohnen hier die anderen Schattenanwärter?«

»Ja«, entgegnete Nari überrascht. »Wieso? Wo wohnst du denn?«

»Noch in einem der Gästezimmer.«

»Ach, das liegt vermutlich daran, dass du deinen Einstufungstest noch nicht hattest. Sobald du den absolviert hast, bekommst du ein reguläres Zimmer zugewiesen. Und wenn du Glück hast, eins auf der Fensterseite«, erklärte der Junge bereitwillig.

Naris fensterloses Zimmer war relativ am Anfang des Gangs, sodass sie sich kurz darauf auf den Weg in die große Halle machen konnten. Farisio näherte sich zielstrebig der Kleinkinder-Betreuung, öffnete die Tür, ohne zu klopfen, und nahm mit einem sanften Lächeln Ileija in die Arme. Wie sehr hatte er sie in der kurzen Zeit bereits vermisst.

»Das ist also deine Schwester?«, wollte Nari wissen. Er winkte einer der Kinderbetreuerinnen zu, die sich ihnen besorgt genähert hatte, dann aber nachsichtig lächelte, als Ileija erfreut gluckste.

»Ja, das ist Ileija.«

»Brattira, das ist Koll, Ileijas Bruder«, stellte Nari ihn der Kinderbetreuerin vor, die Farisio angenehmerweise nicht die Hand schütteln wollte – was auch gar nicht ging, da sie zwei Kleinkinder in den Armen hielt –, sondern ihm nur kurz grüßend zunickte. »Wir wollen mit der Kleinen rauf nach *Aussicht*. Ist das in Ordnung?«

»Natürlich, Nari. Aber seid bitte zum Abendessen wieder da. Geregelte Essens- und Schlafenszeiten sind wichtig in Ileijas Alter.«

Brattiras Einverständnis war erstaunlich einfach zu bekommen gewesen. Besonders wenn man mit Streit, Misstrauen oder anderen Hindernissen gerechnet hatte.

»Woher kennst du Brattira?«, wollte Farisio von Nari wissen, als sie sich durch die Halle schlängelten, die sich nun immer mehr füllte. Das Leben in der verborgenen Stadt schien einem gewissen Rhythmus zu unterliegen, den er jedoch noch nicht durchschaut hatte.

Nari zögerte einen Moment mit der Antwort. »Sie hat mich großgezogen«, sagte er schließlich.

»Du bist ein Waisenkind?«

»Ja.«

Der einarmige Junge lief dunkelblau an und schien auf etwas Unangenehmes zu warten.

»Meine Mutter lebt auch nicht mehr und meinen Vater habe ich nie kennengelernt«, offenbarte Farisio eine Wahrheit, die er nie vorgehabt hatte zu enthüllen. Sofort biss er sich auf die Lippen und zog Ileija enger an seine Brust. Die Kleine war nach der Aufregung in der Kinderbetreuung eingeschlafen.

»Dann haben wir ja etwas gemeinsam«, stellte Nari erfreut fest. »Komm mit! Wir gehen zu Mukos, der stellt nie Fragen und bringt uns gerne nach oben.«

Mukos. Noch ein neuer Name, den er sich merken sollte.

Oder auch nicht. Schließlich hatte er nicht vor, nach ihrem sogenannten Ausflug jemals wieder zu den Schatten zurückzukehren.

Der schmächtige Schattenanwärter führte ihn über mehrere Treppen nach oben. Inzwischen schnaufte Farisio. Die Kleine in seinen Armen schien immer schwerer zu werden. Nun merkte er deutlich, welchen Tribut die letzten Wochen voller Hunger gefordert hatten. Er war nicht mehr so kräftig wie einst.

»Wie groß sind die unterirdischen Höhlen eigentlich?«, fragte er Nari, der ihm in den letzten Minuten bereitwillig jede Frage beantwortet hatte.

»Riesig«, erklärte der Junge stolz. »Hier leben immerhin knapp zweitausend Kuftari.«

Zweitausend?

Bei den Gründern! Die Schatten würden zweitausend Kuftari mobilisieren können, um ihn und Ileija wieder aufzuspüren? Farisio begriff, dass er die verborgene Stadt und danach *Aussicht* so schnell wie möglich hinter sich lassen musste.

Als sie Mukos endlich erreichten, übernahm Nari das Reden. Er schien den alten Mann mit den weiß-orangen Haaren gut zu kennen, denn nach wenigen Worten gab Mukos ihnen bereits einen Wink, sich in den weißen Kreis zu seinen Füßen zu stellen.

»Eigentlich transportiert Mukos nur Waren«, flüsterte der Schattenanwärter ihm zu, als der Alte an Kisten vorbei zu einem Pult mit einer Kristallplatte ging. Anscheinend das Kontrollpult für den Transportring.

Als Mukos den Ring aktivierte, kribbelte Farisios Haut fürchterlich und am liebsten hätte er sich den Hut und die Mütze vom Kopf gerissen, so sehr juckte seine Kopfhaut. Teleportieren war furchtbar.

Aber es war nützlich, rief er sich in Erinnerung, als sie kurz darauf zu dritt in einem Lagerraum standen.

»Nari!«, fuhr jemand sie verärgert an. »Du weißt doch, dass die weißen Ringe nicht für Ausflüge gedacht sind. Wir haben hier einen strengen Zeitplan einzuhalten und ihr bringt alles durcheinander.«

»Entschuldigung, Ubneri«, rief Nari dem blauhaarigen Mann mittleren Alters fröhlich zu. Anscheinend hörte er diese Strafpredigt nicht zum ersten Mal. Und auch Ubneri vernahm seine Entschuldigung nicht zum ersten Mal, denn er seufzte nur.

»Na schön, du und dein Freund, ihr solltet zusehen, dass ihr verschwindet, bevor die nächste Lieferung kommt. Husch, husch! Und nimm auf dem Rückweg gefälligst einen anderen Weg, klar?«

»Klar«, brüllte Nari, der bereits auf eine Tür zueilte und Farisio dabei verstohlen zuzwinkerte.

»Mukos und Ubneri sind nett. Sie helfen mir immer.«

Im Gegensatz zu den anderen Schatten, sollte das wohl heißen, dachte Farisio und verspürte kurz wieder Mitleid mit ihm. Er hatte gesehen, wie unbeschwert sich Nari in Brattiras, Mukos' und Ubneris Gegenwart verhalten hatte. Kein Wunder, dass Nari hin und wieder versuchte, den Gemeinheiten der anderen Schattenanwärter zu entkommen.

Als Nari die Tür öffnete und Licht auf ihre Gesichter fiel, atmete Farisio unwillkürlich tief durch. Fast geschafft! Nun musste er nur noch aus *Aussicht* entkommen.

»Und was möchtest du als Erstes sehen?«

Naris unerwartete Frage riss ihn aus seinen Gedanken. Sein Fluchtplan hatte einen entscheidenden Haken, den er bislang nicht bedacht hatte: Nari.

»Keine Ahnung«, antwortete er, während seine Gedanken rasten. Sein Magen meldete sich erneut mit einem Knurren. All die Aufregung und der Kampf gegen die Dunkelheit hatten ihn hungrig gemacht.

»Komm mit! Ich weiß, was ihr sehen müsst!«

Aussicht war anders, als Farisio sich die Stadt vorgestellt hatte. Die Kuftari hier bauten nicht in die Breite, so wie sie es in anderen Städten taten, wo Haus an Haus stand, sondern in die Höhe. Vier Stockwerke waren wenig. Er entdeckte einige Häuser, die mehr als zehn hatten. Wie Türme ragten sie in den Himmel, zwischen den Türmen aber war Platz. Jedes Haus hatte ein Grundstück, und die obligatorischen Windspiele darauf machten es den beiden Jungen schwer, sich auf der Wanderung durch die Stadt zu unterhalten. Überall surrte, klingelte und zischte es, wenn der Wind fröhlich und unbeschwert durch die Stadt streifte. Nari zupfte ihn mit seiner Hand hin und wieder am Ärmel, wenn er ihn auf etwas aufmerksam machen wollte, berührte aber zum Glück nicht seine Haut.

Bald erreichten sie einen kleinen Platz, der von relativ niedrigen Häusern gesäumt war, und zum ersten Mal herrschte Windstille. Nur die Kuftari auf dem Platz unterhielten sich. Farisio spitzte neugierig die Ohren.

»Und jeden Tag kommen mehr von Prinzessin Naderas Verehrern.«

»Wundert dich das? Sie ist die Kronprinzessin. Derjenige, der von ihr erwählt wird, herrscht einmal mit ihr zusammen über ganz Wilat. Kein Wunder, dass die Prinzen aus Diniri, Aklaj und Gorgubi in Scharen herbeiströmen. Und hübsch ist die Prinzessin außerdem noch.«

»Aber eigensinnig. Ich habe gehört, dass sie sich längst für einen der Prinzen aus Diniri entschieden hat, einen feschen Burschen namens Kuwino, und nichts soll sie dazu bringen, ihre Meinung zu ändern. Auch wenn der König weniger angetan vom Prinzen ist als die Prinzessin.«

Farisio saugte den Klatsch, den zwei ältere Männer vor einer Schenke in der Mitte des Platzes von sich gaben, begierig in sich auf.

»Er soll ihn ja auch nicht heiraten.«

Die beiden Männer lachten und wandten sich anderen Gesprächsthemen zu.

»Das ist das große Ereignis, über das die Bewohner von *Aussicht* – und die Schatten natürlich – seit Wochen spekulieren. Für wen entscheidet sich die Prinzessin? Die anderen Anwärter haben Wetten laufen«, erzählte Nari leise.

»Auf wen hast du gesetzt?«, wollte Farisio wissen. Es war herrlich, sich einmal an so belanglosen Mutmaßungen beteiligen zu können, ohne dass ihn die Sorgen quälten. Beinahe hätte er seine Absicht vergessen, so schnell wie möglich zu den Windschiffen zu gelangen und eines zu finden, das Passagiere nach *Sturm* brachte. Doch dafür musste er zunächst Nari abhängen. Er bedauerte, dass es notwendig war, den Jungen zu täuschen. Nur zu gern hätte er einen Freund wie ihn gehabt, mit dem er etwas unternehmen und unbesorgt lachen konnte.

In einem anderen Leben vielleicht.

Farisio unterdrückte den kindischen Wunsch. Eine kurze Schwäche, mehr konnte er sich nicht erlauben. Er musste an die Zukunft denken und an Ileija, für die er nun die Verantwortung trug.

Erneut knurrte sein Magen und brachte ihn auf eine Idee. »Kannst du uns etwas zu essen empfehlen?«, erkundigte er sich bei Nari und deutete auf die Schenke, deren Türen und Fenster weit geöffnet waren. Eine Mischung aus verschiedenen Gerüchen, manche süßlich, andere herb, strömte zu ihnen nach draußen und verstärkte seinen Hunger.

»Oh, du hast natürlich Hunger. Und Ileija vermutlich auch«, sagte Nari mit einem Blick auf das Mädchen, das inzwischen wieder wach war und sich neugierig umsah. »Setzt euch an einen der freien Tische hier draußen. Ich hole euch was.«

»Das ist nett von dir«, erwiderte Farisio mit echter Dankbarkeit. Er hatte nicht erwartet, dass der Junge ihnen anbieten würde, etwas zu holen, zumal er ja nur einen Arm besaß. Das schlechte Gewissen plagte ihn, als er sich mit der Kleinen zusammen auf eine Holzbank setzte und Nari unterdessen nach drinnen ging. Kurz vor der Tür drehte er sich noch einmal zu ihnen um und winkte.

Eins, zwei, drei, …

Farisio zählte bis zehn, stand auf, hob Ileija, die leise wimmerte, wieder in seine Arme und marschierte los. Es konnte nicht schwierig sein, den Windschiffhafen zu finden. Schließlich befanden sie sich bereits in der Nähe des Stadtkerns. Die Türme standen nun dichter und verstellten ihm die Sicht.

Aber nun hörte er, wie der Wind die Stimmen der Hafenarbeiter zu ihm trug, und folgte ihnen. Wer sonst würde von den Vorbereitungen für die nächste Landung sprechen?

Es dauerte nicht lange und er erreichte den Rand der Stadt. Die

Straße führte ihn zwischen zwei Türmen hindurch ein Stück nach unten und da sah er sie: Drei Windschiffe erhoben sich vor ihm in die Lüfte. Und direkt hinter ihnen klaffte der Abgrund. Er hatte den Rand der *Klippe* erreicht.

Farisio atmete tief ein, um seine Aufregung zu unterdrücken. Fast hatte er es geschafft. Nun musste er nur noch eine Passage für Ileija und sich auf dem nächsten Windschiff kaufen, das die Stadt verließ. Inzwischen war es ihm sogar egal, wohin es segelte. Hauptsache fort.

Er wandte sich um und suchte nach jemandem, der ihm weiterhelfen konnte. Überall liefen Hafenarbeiter herum, die Waren von den Schiffen fort oder zu ihnen hin trugen, aber sie schienen wenig geneigt zu sein, sich von einem Jungen wie ihm bei der Arbeit unterbrechen zu lassen.

Zu seiner Linken entdeckte er einen kleinen, fünfstöckigen Turm, der über mehrere einstöckige Anbauten verfügte. Anscheinend das Hafenamt. Perfekt!

Er war bereits ein paar Meter auf das Gebäude zugegangen, als aus einem Anbau fünf Männer traten, die sich laut lachend unterhielten. Zwei von ihnen trugen eine Art Uniform und waren schon etwas älter. Zwei andere hingegen waren sehr jung. Sie trugen ihre langen glutroten Haare – die typische Haarfarbe der Kinder von Wirilat – offen und störten sich nicht daran, dass der verspielte Wind sie ihnen in die Gesichter blies.

Der fünfte Mann aber war Farisios Großvater.

7

WINDSCHIFFHAFEN VON AUSSICHT

Plötzlich verstummten alle Geräusche um ihn herum. Farisio vernahm noch nicht einmal sein eigenes Luftschnappen, als er in das ihm so vertraute und doch unbekannte Gesicht starrte. War das tatsächlich sein Großvater?

Er musste es sein. Als Kind hatte Farisio stundenlang das kleine Porträt des Mannes und einer liebevoll wirkenden Frau angestarrt, das seine Mutter im Schrank zwischen ihrem Schmuck versteckt hatte und von dem sie lange Zeit gedacht hatte, dass er es nicht kannte. Erst als sie ihn eines Tages beim verträumten Betrachten des Bildes erwischt und zur Strafe für seine Neugier verprügelt hatte, hatte sie das erste und einzige Mal über ihre Familie gesprochen. Er sollte nicht glauben, dass sein Großvater ihn aufnehmen würde, hatte sie gesagt. Farisio wäre schließlich ein Nichtsnutz, ein Vogel mit verkrüppelten Flügeln, und bei ihr zu Hause in *Sturm* hätten sie solche Vögel gleich nach dem Schlüpfen getötet.

Farisio erinnerte sich nur zu gut an die verächtliche Stimme seiner Mutter und daran, wie sie aus ihrem Hass und ihrer Verachtung für ihn keinen Hehl gemacht hatte. Zu weich war er ihr gewesen, zu introvertiert, zu wenig robust. Und während sich andere Jungen rauften, was sie für einen angemessenen Zeitvertreib und die einzig sinnvolle Vorbereitung auf das Leben hielt, hatte er sich davongeschlichen, um den anderen Musikern des Theaters beim Üben zuzuhören.

Seine Mutter hatte nur selten geübt. Sie hatte es auch nicht nötig gehabt, denn sie war von Natur aus mit einer begnadeten Stimme gesegnet gewesen, hatte sich die Lieder des Repertoires mühelos aneignen können und darüber hinaus mit ihrer Schönheit die Zuschauer in ganz Osirriso, Moronis und Tehmar bezaubert. Sie war eine der bekanntesten Sängerinnen des Ostens gewesen. Nur nach Pultaris, wo die Nachkommen der Wahrheitsmagierin ihre Lügen und ihre Machenschaften hätten aufdecken können, hatte sie sich nie getraut. Oder nach Hause nach Wirilat oder in eine der Geschwister-Domänen. Daher hatte Farisio seinen Großvater auch nie kennengelernt und seine Großmutter, das hatte er schließlich auch von seiner Mutter erfahren, war bereits kurz nach seiner Geburt gestorben.

Jahrelang hatte er davon geträumt wegzulaufen, sich bis nach Wirilat und in die Sturmberge durchzuschlagen, um dort an die Tür seiner Großeltern zu klopfen, die ihn erst ungläubig anstarren und dann freudestrahlend aufnehmen würden. Wie naiv er da noch gewesen war. Nicht nur, dass seine Großeltern nie von ihm erfahren hatten – seine Mutter hatte schon Jahre vor seiner Geburt keinen direkten Kontakt mehr mit ihrer Familie gehabt –, sie hätten auch keinen Grund gehabt, ihm zu glauben. Farisio wusste nichts über die Vergangenheit seiner Mutter und ihre Familie, zumindest nicht mehr als das, was bekannt war und er bei seinen Nachforschungen hatte erfahren können. Auch bestand zwischen ihm und seiner Familie in Wirilat keinerlei Ähnlichkeit, stattdessen kam er nach seinem unbekannten Vater. Und die Gabe, für die seine Familienangehörigen bekannt waren, schien spurlos an ihm vorübergegangen zu sein.

Also hatte Farisio diesen Traum ganz tief in sich vergraben und ihn noch nicht einmal wieder hervorgekramt, als seine Mutter gestorben war. Er hatte Ybbydus und dessen Freunde gehabt. Seine Blutsverwandten, die ihn möglicherweise ebenso abgelehnt hätten wie seine Mutter, hatte er damals nicht gebraucht. Doch dann war sein väterlicher Freund verschwunden und er war allein gewesen.

Und jetzt befand sich sein Großvater direkt vor ihm. Er hatte ihn endlich gefunden. Bei den Gründern, was sollte er ihm bloß sagen?

So lange waren die Sturmberge mit ihrer einzigen Stadt *Sturm* sein Ziel gewesen, dass der unerwartete Anblick seines Großvaters in *Aussicht* ihn jetzt völlig aus der Bahn warf. Er wusste nicht, was er fühlen oder gar sagen sollte. Zwar hatte er stets von dieser Begegnung geträumt, aber das war ihm so unwirklich vorgekommen, dass er sich bislang keine Gedanken gemacht hatte, was er sagen konnte. Blinzelnd starrte er die kleine Gruppe an, die aus dem Hafenamt gekommen war. Dennoch hätte er später weder die beiden Prinzen noch die Beamten beschreiben oder identifizieren können. Die einzige Person, die er wahrnahm, war sein Großvater. Sein Großvater, der ihm näher war, als er es jemals für möglich gehalten hätte.

Nur undeutlich war sich Farisio bewusst, dass Ileija in seinen Armen zappelte, weil sie heruntergelassen werden wollte, aber er hielt sie fest. Sein Freund, der Wind, der zu spüren schien, wie wichtig dieser Moment war, trug hilfsbereit die Stimme seines Großvaters und das leise Lachen seiner gut gelaunten Begleiter zu ihm herüber. Sie unterhielten sich über die Aufladung von Windkristallen, was anscheinend der Grund für den Besuch der Prinzen gewesen war. Schon bald würden die Beamten die Kristalle auf den demnächst anlegenden Luftschiffen aus *Bö* und *Hauch* austauschen.

Farisio warf einen Blick auf die drei bereits vor Anker liegenden Schiffe und erschrak. Wäre er ein paar Minuten früher oder später hier gewesen, hätte er einen der stolzen Windsegler betreten, ohne zu ahnen, wie nah er dem eigentlichen Ziel seiner Reise schon gewesen war. Nun jedoch konnte er nicht mehr an Bord eines der Segelschiffe gehen. Was wollte er in *Sturm*, wenn sein Großvater hier war?

Doch was wollte er in *Aussicht?* Er hatte keinen Plan, und sein Großvater wusste nicht, wer er war.

Farisio drehte sich um, um zu der Gruppe zurückzuschauen, und bemerkte entsetzt, dass er seine Chance verpasst hatte. Sein Großvater und die Prinzen befanden sich bereits auf dem Rückweg in die

Stadt, und Farisio blieb nichts anderes übrig, als den drei Männern mit großen Schritten zu folgen, während Ileija weiter in seinen Armen zappelte. Doch erneut war er zu langsam. Er hatte gerade den Hafenbereich hinter sich gelassen, als ihm Nari entgegenrannte, der bei ihrem Anblick erleichtert innehielt.

»Koll! Wo warst du? Ich hatte mir schon Sorgen um euch zwei gemacht. Hast du vergessen, dass wir etwas essen wollten? Das ist jetzt bestimmt kalt«, rief der Junge.

Und wieder verließen Farisio die Worte. Er hatte keine Erklärung für sein rücksichtsloses und unhöfliches Verhalten, denn er hatte nie geplant, Nari, die anderen Schattenanwärter oder die Schatten wiederzusehen. Doch nun war sein Großvater in *Aussicht* und Farisio konnte nicht mehr fort. Doch wenn er auf der *Klippe* blieb, dann würde er Nari und den anderen nicht aus dem Weg gehen können.

»Es tut mir wirklich leid, Nari«, erwiderte Farisio. »Ich …« Wieder warf er einen Blick in die Richtung, in die sein Großvater gegangen war, und wusste nicht, was er sagen sollte.

Doch zu seiner Überraschung gluckste Nari nur. »Ah, verstehe. Du warst neugierig auf die Prinzen und hast alles andere um dich herum vergessen. Kein Wunder. Das geht mir häufig auch so. Hast du sie am Gasthaus vorbeifliegen sehen? Einige von ihnen sind nämlich in der Lage, selbstständig zu fliegen. Es heißt, das sind die mächtigsten unter den Kindern von Wirilat.« Dankbar für Naris Erklärung, nickte er.

Naris Stimme klang nun aufgeregt und wie selbstverständlich schloss er sich Farisio an. Das im Gasthaus wartende Essen schien er vergessen zu haben, so begeistert plapperte er und gab sein Wissen über die Gründerfamilie an Farisio weiter. »Es heißt, es gibt keine zehn Mitglieder des Königshauses, die ihre Windmagie so sicher beherrschen, dass sie ohne einen geflügelten Vertrauten fliegen können. Die beiden jungen Prinzen vor uns gehören dazu. Als Kinder versuchen es natürlich alle von ihnen, denn es geht die Legende um, dass Wirilat nur den besten Flieger oder die beste Fliegerin als König oder

Königin seiner Domäne akzeptieren würde. Du kannst dir vorstellen, dass das nicht nur die Ehrgeizigen von ihnen anspornt, es immer wieder zu versuchen, ganz gleich wie viele Unfälle sie erleiden.«

»Unfälle?«, wiederholte Farisio beklommen. »Soll das heißen, es stürzen auch einige von ihnen aus der Luft zu Boden und verletzen sich?«

Mit Schaudern erinnerte er sich an einige seiner eigenen Stürze aus der Kindheit, bei denen er sich zum Teil schwer verletzt hatte. Er hatte Glück gehabt, wenn er danach nur einen gebrochenen Knochen zu beklagen gehabt hatte. Und wenn seine Mutter einem Heiler gestattet hatte, sich sofort um ihn zu kümmern, statt ihn für seine Ungeschicklichkeit zu bestrafen und ihm einige Stunden oder Tage die Heilung zu verwehren. Sollten die Prinzen und Prinzessinnen etwa ebenso wie er unter den beinahe unmöglich zu erfüllenden Erwartungen ihrer Eltern leiden? Unerwartet fühlte er sich mit den beiden rothaarigen jungen Männern verbunden, die trotz aller Widrigkeiten und Verletzungen die Kunst des eigenständigen Fliegens gemeistert hatten.

»Ja, aber es ist selten, dass etwas Schlimmes dabei passiert. Die Flugübungen finden unter Aufsicht der Erwachsenen und der Vertrauten statt. Hast du die riesigen Vögel schon gesehen? Sie fangen ihre Schützlinge in der Regel auf, bevor die Windmagier am Boden eingreifen müssen. Es ist wirklich Pech, falls sich mal jemand dabei verletzt. Aber das Beste an den Flugübungen ist: Sie finden öffentlich und einmal die Woche zu einem festen Zeitpunkt statt! Sprich, wir können sie uns mal gemeinsam angucken, falls du Lust hast und wir *Keine Sperenzchen* entkommen können.«

Nari drehte sich begeistert und hoffnungsvoll zu ihm um. Plötzlich begriff Farisio, dass Nari sonst immer allein zu den Flugübungen ging. Daher willigte er ein, bevor er lange darüber nachdenken konnte. »Sehr gerne.«

Dann jedoch verkrampfte sich sein Magen vor Sorge. Er wollte Nari nicht noch ein weiteres Mal enttäuschen. Das war nicht gerecht dem Jungen gegenüber, der nur nett zu ihm gewesen war und ihm geholfen hatte. Doch wer wusste, wann sie die Gelegenheit haben würden, sich von den Schattenanwärtern und ihrer Aufpasserin davonzustehlen? Er wusste nicht, ob er in ein paar Wochen noch hier sein würde. Er hatte nie geplant, die beiden Monate als Schattenanwärter komplett zu absolvieren. Und nun konnte er es sich noch weniger leisten, dass die Schatten seine Erinnerungen löschten, wenn er sich nach Ablauf der Frist weigerte, sich ihnen anzuschließen. Außerdem wusste er nicht, wie die Pläne seines Großvaters aussahen. War er in *Aussicht* nur zu Besuch und kehrte demnächst nach *Sturm* zurück? Oder wohnte er jetzt dauerhaft in der Hauptstadt? Möglich wäre es. Farisio musste mehr über ihn herausfinden.

Einstweilen begnügte er sich jedoch damit, seinem Großvater und den Prinzen durch die Stadt zu folgen. Wie Nari ihm erklärte, waren sie offenbar auf dem Rückweg zum Palast. Farisio lauschte schweigend, während Nari sich begeistert über die einzelnen Mitglieder des Königshauses, ihre Fähigkeiten und ihre geflügelten Gefährten ausließ. Und plötzlich begriff Farisio, warum Nari so von ihnen schwärmte. Der Waisenjunge liebte die Gründerfamilie, als wäre es seine eigene. Seine Zuneigung und Loyalität schwang in jedem Wort mit, in jeder Geschichte, die er über die Familie erzählte, in jeder kleinen Beobachtung und jedem nachsichtigen Lächeln über die Eigenheiten eines Prinzen oder einer Prinzessin. Farisio schämte sich. In seinem eigenen Leben hatte es nur eine Person gegeben, die er bedingungslos geliebt hatte und der er loyal gegenüber gewesen war. Aber Ybbydus war verloren, und als stets Umherreisender hatte er nie das Gefühl gehabt, in einer der Domänen zu Hause oder mit ihrer Gründerfamilie verbunden zu sein. Er beneidete Nari um dieses Zugehörigkeitsgefühl.

Zweifel schlichen sich in sein Herz. Warum sollte sich sein Großvater ihm zugehörig fühlen? Er war der unerwünschte Bastard der verlorenen Tochter. Würde sein Großvater dennoch irgendwann einmal voller Stolz sagen: »Das ist mein Enkel«?

Die düsteren Gedanken ließen ihn nur schweigend nicken, wenn Nari versuchte, ihn seinen Bekannten vorzustellen, denen sie bei der Wanderung durch die Straßen begegneten. Sie näherten sich dem Rand des Stadtzentrums, und auch wenn Farisio seinen Großvater und die Prinzen in der Ferne noch sehen konnte, wollte er nicht jedes Mal stehen bleiben müssen, nur weil es die Höflichkeit gebot, dass er an Naris Seite blieb. Nari schien wirklich jeden zu kennen und die meisten Kuftari begegneten ihm mit einem nachsichtigen Lächeln und einem freundlichen Gruß. Aber ein paar blieben auch stehen, um zu schwatzen.

Irgendwann ließ sich Farisios Ungeduld nicht mehr verbergen und der Schattenanwärter verabschiedete sich mit einem entschuldigenden Lächeln von seinen Bekannten. Dann endlich legte er einen Zahn zu.

»Es tut mir leid. Ich hatte ganz vergessen, wie langweilig das für dich sein muss, wenn du eigentlich nur die Prinzen sehen willst. Aber jetzt gehen wir auf direktem Weg zum königlichen Palast, versprochen. Siehst du die hohen Türme da im Norden? Dort oben leben die Gefährten, so nennen die Mitglieder der königlichen Familie ihre geflügelten Freunde.«

Farisio folgte dem Arm von Nari mit dem Blick. Sofort bemerkte er die riesigen Vögel, die über den königlichen Gebäuden schwebten. Einige von ihnen hatten Reiter auf dem Rücken. Farisios Herz klopfte ein wenig schneller.

Wenigstens einmal auf dem Rücken eines dieser prächtigen, intelligenten Tiere zu sitzen, über das Land zu fliegen und hinabzusehen – davon hatte er geträumt. Das war wahre Freiheit! Niemand, der ihm vorschrieb, wo er hinzugehen hatte, niemand, der ihn an einem Ort festhalten konnte, an dem er nicht sein wollte. Einfach *frei* sein und sich dorthin treiben lassen, wohin der Wind ihn führte …

Sehnsüchtig blickte er gen Himmel und seufzte leise. Dabei war er bislang noch nicht einmal auf einem Luftschiff gesegelt. *Flinkfinger* hatte ihn in die Stadt der Schatten teleportiert, sodass er nicht auf einem der stolzen Himmelssegler an der *Klippe* hatte ankommen dürfen. Plötzlich war sein Groll auf den hinterlistigen Schatten wieder da, der ihm bereits so vieles geraubt hatte. Doch er wollte verdammt sein, wenn er sich von *Flinkfinger* oder einem der anderen diese Chance wegnehmen ließ!

»Komm schon. Schneller! Sie sind gleich nicht mehr zu sehen«, fuhr er den armen Nari beinahe schon ruppig an, während er noch zügiger ausschritt.

Sein Großvater und die beiden Prinzen waren nur noch kleine Punkte in der Ferne. Doch zumindest hatten sie jetzt gute Sicht über die flache Ebene. Sie hatten die Stadt mit ihren Wohntürmen und Gärten hinter sich gelassen. Zwischen *Aussicht* und dem königlichen Palast lag etwa ein Kilometer unbebaute Fläche, die hauptsächlich aus Wiesen bestand. Vereinzelt konnte Farisio frei stehende Bäume entdecken, und neben dem Palastgelände gab es einen Wald, der ihnen jedoch nicht den Blick auf das eindrucksvolle Gebäude verstellte, das vor ihnen aufragte.

Der Palast war riesig und komplett aus glutroten Steinen erbaut. Glutrot war die Haarfarbe der Nachkommen von Wirilat und Farisio wunderte sich, ob es tatsächlich Steine in derselben Farbe gab oder ob jemand den kompletten Komplex gestrichen hatte. Was für eine Arbeit.

Schließlich bestand der Palast aus einem mehrstöckigen, verwinkelten Hauptgebäude, an dessen Ecken riesige Türme angebaut waren. Darüber hinaus gab es mehr als ein Dutzend frei stehender Türme, die lediglich mithilfe von hölzernen Hängebrücken untereinander oder mit dem Hauptgebäude verbunden waren. Die Hängebrücken und die Dachziegel der Türme waren die einzigen Dinge, die nicht glutrot waren. Dafür schienen sie bei jedem Turm eine andere Farbe zu haben.

»Ah, du hast die unterschiedlichen Farben bemerkt. Angeblich dienen sie den Gefährten zur Orientierung aus der Luft, damit sie wissen, wo sie hinmüssen. Aber wenn du mich fragst, benötigen eher ihre Reiter ein wenig Orientierungshilfe. Ich habe noch nie erlebt, dass sich ein Gefährte verflogen hätte, auch nicht, wenn er sich von unten den Türmen genähert hat«, erklärte Nari und grinste verschmitzt.

Farisio musste lächeln, als Ileija in seinen Armen immer aufgeregter wurde. Inzwischen hatte die Kleine die riesigen Greifvögel über ihren Köpfen bemerkt und plapperte aufgeregt. Bereitwillig hob er sie hoch, damit sie besser sehen konnte. Seine schlechte Laune von vorhin war weg.

Doch leider auch sein Großvater, wie er ein paar Minuten später feststellte, als Nari und er sich der Wiese vor dem Palast näherten, auf der die Vögel und ihre Reiter landeten und abhoben. Sie hatten Ileija die Gefährten zeigen wollen und dabei ganz vergessen, was sie hergeführt hatte. Nun waren sein Großvater und die beiden Prinzen nicht mehr zu sehen.

»Mist, sie sind weg!«

»Wer?« Doch dann ging Nari ein Licht auf. »Oh, die Prinzen. Bestimmt sind sie im Palast. Aber vielleicht haben wir Glück und sie kommen nachher noch mal raus. Hierher kommen sie eigentlich alle irgendwann. Wir müssen nur ein bisschen Geduld haben.«

Farisio hoffte, dass der Junge recht hatte. Notfalls würde er auch über Nacht vor dem Palast ausharren und warten, bis sein Großvater zurückkam. Aber dann erinnerte er sich daran, dass er Ileija dabeihatte. Er seufzte.

»Komm. Ich sehe Prinzessin Nadera!«, rief Nari nun aufgeregt und packte Farisio am Arm, um ihn und Ileija hinter sich herzuziehen.

»Prinzessin Nadera?«

»Na, die Kronprinzessin, über die wir vorhin gesprochen haben.«

Naris fehlendes Verständnis für Farisios Vergesslichkeit war deutlich aus seinem Tonfall herauszuhören. Gleich darauf strahlte er jedoch schon wieder, als er zielstrebig auf eine hübsche Rothaarige von Anfang dreißig zusteuerte, die von einer Schar junger Männer umgeben war. Farisio schmunzelte. Anscheinend wollte sich Nari auch den Verehrern der Kronprinzessin anschließen.

Der Junge seufzte begeistert und unterließ es sogar, Farisio weiter hinter sich herzuzerren, sodass er sich nun in Ruhe umsehen konnte. Sein Blick streifte die Prinzen mit den orangefarbenen Haaren aus Aklaj und die weißhaarigen Nachkommen von Gorgubi, bevor er kurz an den Prinzen der Wasserdomäne Diniri hängen blieb, die ihre hellroten Haare mit farbigen Strähnen aufgepeppt hatten. Vermutlich, um die Aufmerksamkeit der Prinzessin zu erregen. Einer von ihnen, ein attraktiver junger Mann mit einer breiten schwarzen Strähne, stand direkt neben der Kronprinzessin und unterhielt sich mit ihr. Seinem Verwandten, der mehrere dunkelblaue Strähnen hatte, schien das jedoch nicht zu gefallen. Farisio konnte seinen Zorn und seine Eifersucht bis zu seinem Platz spüren.

Doch im nächsten Moment erregte eine Bewegung am Rand seines Blickfelds seine Aufmerksamkeit und er drehte sich um. Ein wunderschöner, riesiger Greifvogel mit weißem Gefieder flog auf ihre Gruppe zu und ging in Kreisen immer tiefer, bevor er wenig später elegant nur ein paar Meter entfernt landete und Farisio, den Fremden in der Gruppe, mit seinen intelligenten, großen Augen neugierig musterte.

»Schau mal, Ileija. Der wunderschöne Vogel da«, flüsterte er ergriffen, und die Kleine streckte glucksend die Hände nach dem Greifvogel aus. Der Weiße neigte den Kopf und klackerte mit dem Schnabel, während er sie beide betrachtete. Doch auch wenn das nach einer freundlichen Begrüßung klang, Farisio traute sich weder näher heran noch ihn zu streicheln. Gefährten waren keine Haustiere und ihre scharfen Schnäbel konnten gefährliche Verletzungen verursachen, wenn sie zuschlugen. Besser, er brachte Ileija nicht in seine Nähe.

Doch dann machte der Greifvogel einen Schritt auf sie zu und Farisio stockte der Atem. Im nächsten Moment bekam er einen Ellenbogen in den Rücken, als jemand aus dem Kreis überraschend einige Schritte zurückwich und ihn anrempelte.

»He!«

Doch sein Ruf ging im plötzlich entstandenen Tumult unter. Die Verehrer schrien erschrocken, als völlig unvermittelt ein eisiger Wasserstrahl durch die Menge fuhr.

Farisio wirbelte herum und traute seinen Augen kaum, als er die beiden Gestalten, die sich wie wilde Straßenkinder auf dem Boden rauften, entdeckte: Es waren die beiden Prinzen aus Diniri. Ihre Wassermagie lief Amok und traf auf unbeteiligte Zuschauer. Der Favorit der Prinzessin mit der schwarzen Haarsträhne lag unter dem anderen. Auch das Verhalten der Umstehenden, die sich allesamt auf den anderen königlichen Raufbold konzentrierten und versuchten, ihn von seinem Verwandten fernzuhalten, deutete darauf hin, dass der Prinz mit den blau gefärbten Haaren angefangen hatte.

»Aufhören! Was ist bloß in euch gefahren?«

Die Prinzen aus der Wasserdomäne ignorierten die fassungslose Prinzessin und prügelten weiter mit Fäusten und Magie aufeinander ein, während die Umstehenden durchnässt und zitternd zurückwichen. Doch jemand anderes hatte sich entschlossen einzugreifen. Während der weiß gefiederte Greifvogel an Farisio vorbeipreschte, eilten auch die anderen Kinder von Wirilat herbei. Farisio sah die beiden jungen Prinzen herbeifliegen, die seinen Großvater begleitet hatten.

Doch bevor einer der beiden oder der weiße Greifvogel einschreiten konnten, ließ die Prinzessin ihre Windmagie auf den Angreifer los und fing ihn in einer Luftblase ein. Der Prinz kämpfte vergebens gegen ihre Magie an, denn sein Wasserstrahl konnte die Luftblase nicht durchdringen. Erst als er erkannte, wer ihn gefangen hielt, stellte er seinen Widerstand ein, worauf die Luftblase platzte, sodass er reden konnte.

»Also hat der Lügner Euch bereits um den Finger gewickelt. Ich bin enttäuscht, ich hätte Euch wirklich mehr Durchblick zugetraut. Warum könnt Ihr nicht sehen, wie verdorben sein Charakter ist? Kuwino mag Euch sein Lächeln schenken, doch hinter Eurem Rücken arbeitet er bereits an Eurem Untergang. Er ist ein machthungriger Intrigant! Kuwino liebt niemanden! Auch Euch nicht!« Der Wasserprinz mit den dunkelblauen Strähnen bebte vor Zorn, sein enttäuschter Blick wanderte immer wieder von Prinzessin Nadera zu seinem Rivalen und seine Miene verfinsterte sich.

Also war der Prinz aus Diniri mit der schwarzen Strähne – Kuwino – tatsächlich der Favorit der Kronprinzessin, von dem alle in *Aussicht* dachten, dass Nadera ihn heiraten würde.

»Wer hat mich denn hinterrücks angegriffen?«, entgegnete Kuwino empört und strich sich die nassen Haare aus dem Gesicht, bevor er sich daranmachte, seine verdreckte und teilweise zerrissene Kleidung zu richten. »Das ist stark, dass ausgerechnet du mir Heimtücke und Falschheit vorwirfst! Du bist doch derjenige, der seit Jahren bei jeder Gelegenheit versucht, mich schlechtzumachen.«

»Schluss damit!«, mischte sich nun einer der beiden jungen Windprinzen ein. »Kuwino, Lorino, das könnt ihr vor dem König klären.«

Während Nadera und die anderen Nachkommen von Wirilat die Streithähne Richtung Palasttor eskortierten, packte Nari ihn am Arm.

»Komm. Lass uns gehen.«

Der Schattenanwärter wirkte besorgt und niedergeschlagen, als er Farisio hinter sich herzerrte. Farisio wollte wissen, was aus dem weißen Greifvogel geworden war oder ob sein Großvater den beiden Windprinzen mit den glutroten Haaren aus dem Palast gefolgt war, doch Nari ließ ihm keine Chance dazu, das herauszufinden. Nari packte mit seiner Hand Farisios linken Ellenbogen und zog ihn hinter sich her.

»Was ist los?«

»Wir hätten nicht so dicht herangehen dürfen«, erklärte der Schattenanwärter beunruhigt. »Wetten, dass wir gerade auf den Bildschirmen von *Hundert Augen* aufgetaucht sind? Und das bedeutet, dass *Keine Sperenzchen* auch erfährt, dass wir nicht in der Stadt der Schatten sind, wo wir eigentlich sein sollten.«

»Bekommen wir deshalb Ärger?«

Nari nickte, ließ ihn los und begann zu laufen. Farisio folgte ihm ohne weiteren Protest. Sie rannten zurück nach *Aussicht* und Nari führte ihn zu einem Gasthaus, wo Farisio keuchend darauf wartete, dass der junge Schattenanwärter mit seiner zitternden Rechten den Riegel der Seitentür zurückschob, sodass sie hineinhuschen konnten. Dort wartete Ubneri bereits kopfschüttelnd auf sie. »Nein, ich will gar nicht wissen, was ihr angestellt habt. Verschwindet!«

Der blauhaarige Schatten deutete auf den weißen Kreis, der sich am Ende des Zimmers befand. Sie beeilten sich, seiner Aufforderung zu folgen, und im nächsten Augenblick spürte Farisio wieder das Kribbeln im ganzen Körper, das den bevorstehenden Transport ankündigte.

Unten angekommen, winkten sie Mukos nur kurz zu und rannten dann weiter. Die Treppen kamen Farisio dieses Mal noch länger vor. Die Einzige, die Spaß an der ganzen Rennerei hatte, war Ileija. Farisio glaubte, die Anstrengung keine weitere Minute mehr durchhalten zu können, als sie endlich das Stockwerk der Schattenanwärter erreichten … und *Keine Sperenzchen* direkt in die Arme liefen.

Ihr Gehstock schnellte vor und erwischte Farisio am Knie. Schmerz explodierte in seinem Gelenk. Schreiend ging er zu Boden und konnte gerade noch verhindern, auf Ileija zu fallen, während der Stab nun mit einem Knall auf Nari traf.

»Aua!«

»Das geschieht euch recht!«, donnerte *Keine Sperenzchen.* »Wer die Regeln bricht, wird bestraft. Das müsstest du inzwischen eigentlich wissen, Nari. Und du, Bürschchen, solltest es dir am besten gleich hinter die Ohren schreiben«, wandte sie sich erzürnt an Farisio. »Du magst dich für etwas Besseres halten, weil du ein Licht und der auserwählte Nachfolger von Udio bist, aber noch bist du nur ein Anwärter. Die Regeln gelten für alle, auch für dich. Und niemand, der nicht den Eid der Schatten oder einen Schwur der Verschwiegenheit geschworen hat, darf aus unserer Stadt an die Oberfläche, ohne von einem vollwertigen Schatten begleitet zu werden.«

Der Gehstock wanderte bei der Predigt drohend zwischen ihnen hin und her. Farisio wagte es nicht, etwas zu sagen oder sich aufzurichten, aus Angst, die Leiterin der Schattenanwärter noch weiter zu verärgern. Doch er protestierte, als sich *Keine Sperenzchen* nun bückte und Ileija hochhob.

»Ich nehme sie und bringe sie zurück.«

»Gar nichts wirst du«, rief *Keine Sperenzchen.* »Das Einzige, was du tun wirst, ist, dieses Stockwerk zu wischen, zusammen mit Nari. Und wenn ihr damit fertig seid, wartet die nächste Strafarbeit auf euch. Du wirst keine Zeit für deine Schwester haben. Und nun fangt an. Wenn ich aus der Krippe zurück bin, will ich euch den Boden schrubben sehen.«

Erstaunlich zackig drehte sie sich um, und Farisio konnte nichts anderes tun, als ihr und Ileija ungläubig hinterherzustarren. Das konnte sie doch nicht ernst meinen, oder?

»Sie kann mich doch nicht von meiner Schwester fernhalten.« Er drehte sich zu Nari um, der geknickt den Kopf hängen ließ. »Oder?«, fuhr er kleinlaut fort.

Doch Nari nickte nur schweigend, während er Eimer und Wischmopp holte und sie um die Ecke in eine Nische führte, wo es zu Farisios Überraschung einen Brunnen gab.

»Du musst das Wasser hochholen«, sagte Nari und bewegte seinen Stumpf.

Natürlich, das konnte er mit einem Arm nicht. Farisio fühlte sich elend. Es war seine Schuld, dass sie jetzt die Strafarbeiten am Hals hatten. Wenn er nicht unbedingt an die Oberfläche gelangen und fliehen hätte wollen, wenn er den gutmütigen Nari nicht überredet hätte, ihm zu helfen, dann wäre das nicht passiert.

»Es tut mir leid, Nari.«

»Vergiss es.«

Aber das konnte er nicht. Vor allem, da jeder Schattenanwärter, der an ihnen vorbeiging und sie bei ihrer Strafarbeit sah, es darauf anlegte, Nari zu triezen und zu verhöhnen. Als Gralit schadenfroh grinsend an ihnen vorbeiging und mit einem gezielten Tritt Naris Eimer umstieß, sodass das Wasser gegen dessen Hosenbeine spritzte und Gralits Freunde lachten, platzte Farisio der Kragen. Er schnappte sich seinen Eimer und als Gralit weiterging, holte er aus.

»Sag mal, spinnst du?«

Farisio betrachtete zufrieden den arroganten Nachwuchsschatten, der jetzt von oben bis unten triefte.

»Wieso? Ist doch witzig. Gerade habt ihr noch alle gelacht«, erwiderte er spöttisch. »Wer austeilt, muss auch einstecken können.«

»Du …!«

Gralit ballte die Hände zu Fäusten, und Farisio bereitete sich schon auf eine Prügelei vor, als *Eisenfaust* um die Ecke kam und bei seinem Anblick zu strahlen anfing. »Koll, mein Freund. Dich habe ich gesucht!«

Er ging an Gralit und dessen Freunden vorbei, direkt auf Farisio zu, und schien nicht zu bemerken, dass der Sohn seines Anführers klatschnass war und vor Zorn beinahe platzte. Mit seiner kräftigen Hand klopfte er Farisio freundschaftlich auf die Schulter, sodass der Junge beinahe zusammengebrochen wäre. Unterdessen warf Gralit ihnen einen letzten finsteren Blick zu, machte seinen Freunden ein Zeichen und verschwand.

»Und, mein Junge? Wie gefällt dir dein erster Tag bei uns? Hast du schon Freunde gefunden?«

Eisenfausts Herzlichkeit brachte Farisios Laune auf einen neuen Tiefpunkt. Welche Freunde? Etwa den Jungen, den er für seine eigenen Zwecke ausgenutzt hatte? Oder den Jungen, der ihn nach seinem Streich genauso hassen und triezen würde wie Nari? Nein, an diesem Tag hatte er alles gefunden, nur keine Freunde.

8

KANTINE DER SCHATTENANWÄRTER

Schlecht gelaunt betrachtete Farisio seine beiden Scheiben Brot mit Käse. Obwohl *Keine Sperenzchen* sie noch bis spät in die Nacht hatte schuften lassen und ihnen auch noch aufgetragen hatte, nach den Fußböden die Badezimmer zu schrubben, verspürte er keinen Hunger. Stattdessen kochte er vor Zorn.

Was dachte sich *Keine Sperenzchen* dabei, ihn von Gralit und seinen Kumpanen auf Schritt und Tritt begleiten zu lassen, als wäre er ein kleines Kind, das nicht allein zum Frühstück gehen konnte? Natürlich hatte Udios Sohn, sobald er sich von den Erwachsenen unbeobachtet gefühlt hatte, Farisio unentwegt beleidigt und ihn als unwürdig bezeichnet, die Nachfolge seines Vaters anzutreten. Doch damit hatte Farisio gerechnet. Außerdem hatten Gralits Schmähungen ihn nicht treffen können, anders als die seiner Mutter früher, schließlich hatte die immer seine Schwachstellen gefunden. Farisio war es gleich, was die Schattenanwärter von ihm hielten. Er hatte ohnehin nicht vor, länger als nötig hier zu bleiben. Doch wie sollte er etwas über seinen Großvater herausfinden, wenn er pausenlos unter Beobachtung stand und dazu auch noch in den Unterricht der Schattenanwärter musste? Sie hatten die meiste Zeit seines Tages verplant, als würde er ihnen gehören. Auch wenn er sich früher gefreut hätte, regelmäßig zur Schule gehen und mit anderen gemeinsam lernen zu können, statt mit seiner Mutter von Stadt zu Stadt und von Auftritt zu Auftritt zu reisen und nur gelegentlich Privatlehrer wie Ybbydus zu haben ... Jetzt konnte er es sich nicht vorstellen, Tag für Tag das Leben eines Schattenanwärters zu führen.

Schlimmer noch, sie ließen ihm noch nicht einmal Zeit, zur Kinderbetreuung zu gehen und Ileija zu besuchen. Für die Gelegenheit, die Kleine zu sehen, hätte er sofort das Frühstück ausfallen lassen, aber Gralit hatte es ihm verwehrt. Angeblich auf Anordnung von *Keine Sperenzchen*, langsam begann Farisio die beiden wirklich zu hassen.

Oder war das Absicht? Wollte ihn *Keine Sperenzchen* loswerden und machte ihm deshalb das Leben unerträglich? Farisio erinnerte sich noch genau daran, wie vehement die Leiterin der Schattenanwärter gegen seine Ernennung zu Udios Nachfolger protestiert hatte. *Aphrodisiakum* und sie waren am Vortag seine lautesten Gegner gewesen. Und ausgerechnet den Blender hatte Farisio nun in seiner allerersten Unterrichtsstunde.

»Das ist nicht euer Ernst!«

Ungläubig starrte Farisio auf seinen Stundenplan, den Gralit ihm soeben gegeben hatte.

»Iss auf. Bis zum Mittag gibt es nichts mehr und die Pausen zwischen den Stunden sind zu kurz zum Essen. Es wird niemand auf dich Rücksicht nehmen, wenn dein Magen knurrt, nur weil du ein Licht bist«, erwiderte Gralit. Der große Schattenanwärter stand auf, um sein Tablett wegzuräumen, und ignorierte Farisios Protest.

Widerwillig schlang Farisio eine halbe Scheibe Brot herunter, doch dann verließ ihn der Appetit. Er stand auf, begleitet von Gralits Anhängern, und trug sein Tablett zurück zur Essensausgabe, wo Gralit schon ungeduldig wartete.

»Komm mit.«

»Wieso? Beginnt der Unterricht schon?«

Nach der Uhr im Speisesaal hatten sie noch zwanzig Minuten Zeit und Farisio hatte keine Lust, sich von Gralit hetzen zu lassen, wenn es nicht nötig war. Und wenn er Besseres zu tun hatte.

»Ich gehe jetzt zu meiner Schwester«, verkündete er und drängte sich an Gralit vorbei, der nicht mit seiner Entschlossenheit gerechnet hatte.

»Aber *Keine Sperenzchen* hat es verboten!«

»Und? Tust du immer, was sie sagt? Selbst wenn es keinen Sinn ergibt?«

Farisio warf ihm einen herausfordernden Blick über die Schulter zu. Dass Gralit ihm folgte, überraschte ihn nicht. Immerhin waren seine Handlanger zurückgeblieben, denn anscheinend wollte sich niemand zwischen die Fronten begeben. Gut so! Mit Gralit wurde er auch allein fertig.

Als Farisio kurz darauf unbehelligt, aber mit dem Angeber im Schlepptau, die Krippe erreichte, begrüßte Brattira ihn lächelnd mit seinem falschen Namen.

»Koll! Schön, dass du dir vor dem Unterricht noch Zeit nimmst, sie zu sehen. Du bist ein guter großer Bruder«, lobte die Erzieherin ihn und drückte ihm Ileija in die Arme, die sofort auf ihn einplapperte.

»Hallo, Ileija«, flüsterte er und schloss für einen Moment die Augen. Zorn und Frust waren plötzlich wie weggewischt. »Wie geht es ihr?«, wollte er von Brattira wissen.

»Sehr gut. Sie hat sich schon gut eingelebt und gleich neue Freunde gefunden.« Sie deutete auf zwei kleine Kinder, die in einer Ecke lachend miteinander spielten. »Das ist enorm wichtig für Kinder ihres Alters: dass sie Freunde unter Gleichaltrigen finden. Das fördert nicht nur die Sozialisierung, sondern auch die geistige Entwicklung insgesamt.«

Nickend lauschte Farisio ihren Worten, während er vage wahrnahm, wie Gralit am Eingang zur Kinderbetreuungsstätte immer ungeduldiger wurde. Tat er das Richtige, wenn er zuließ, dass Ileija sich hier eingewöhnte? Obwohl er sie in ein paar Tagen wieder aus ihrem Umfeld herausreißen würde? Oder hätte er doch besser gestern an der Oberfläche bleiben und ihnen eine Unterkunft in *Aussicht* suchen sollen? Doch dann hätten die Schatten sein Gedächtnis gelöscht und er hätte vergessen, dass sein Großvater sich im Palast aufhielt. Und vielleicht hätte er dann auch niemanden gefunden, der sich um sie kümmern konnte, während er arbeitete. Und Ileija hätte keine anderen Kinder zum Spielen gehabt, etwas, das sie laut Brattira dringend brauchte …

Er seufzte. So schwer ihm die Erkenntnis auch fiel, die Stadt der Schatten mochte nicht der richtige Ort für ihn sein, aber für Ileija war er das möglicherweise schon. Und schuldete er es ihr nicht, dass er alles tat, um sie glücklich zu machen?

»Wir müssen los oder wir kommen zu spät zum Unterricht«, riss Gralit ihn nun aus seinen Grübeleien.

Widerwillig gab Farisio Ileija zurück in Brattiras Arme. »Bis bald. Ich komme heute Abend wieder.«

Vielleicht konnte er die Kinderbetreuerinnen dann überreden, dass Ileija in seinem Zimmer schlafen durfte. Obwohl es erst zwei Tage her war, dass er sie gefunden hatte, kam es ihm inzwischen vor, als sei Ileija schon immer bei ihm gewesen. Seltsamerweise hatte er auch das Gefühl, sie wäre die Einzige, der er hier in der Schattenbasis vertrauen konnte. Sie beide gegen eine ganze Verbrechergilde. Außerdem hatte er nicht vergessen, dass *Flinkfinger* und *Scharfauge* seine Schwester als Druckmittel benutzt hatten, um ihn zu erpressen. Farisio hatte kein gutes Gefühl, wenn Ileija nicht in seiner Nähe war. Dass er sie schlecht mit in den Unterricht nehmen konnte, sah er – wenn auch widerwillig – ein, aber zumindest in seiner Freizeit wollte er sie bei sich haben, auch wenn er noch nicht wusste, wie er das bewerkstelligen sollte. *Keine Sperenzchen* fragte er da besser nicht. Ihre Antwort konnte er sich schon denken.

Gralit hatte es eilig, ins Stockwerk der Schattenanwärter zurückzugelangen. Er rannte so schnell, dass Farisio sich anstrengen musste, um ihn nicht aus den Augen zu verlieren. Sie schlitterten um die Ecke und Farisio erkannte den Gang mit den Unterrichtsräumen wieder. Es war der einzige Gang gewesen, den Nari und er in Ruhe hatten wischen können, weil sich dort abends keine Schattenanwärter mehr aufhielten.

Nari war auch der Erste, den er sah, als sie den Klassenraum betraten. Neben ihm hielten sich noch etwa zwanzig andere Jungen und Mädchen im Raum auf, nur von *Aphrodisiakum* war noch nichts zu sehen. Sie hatten es also rechtzeitig geschafft.

Unschlüssig blieb Farisio am Eingang stehen. Alle anderen schienen feste Plätze zu haben, denn Gralit und zwei Jungen, die er nicht kannte, gingen zielstrebig auf ihre Stühle im hinteren Teil des Raums zu. Warum Gralit nicht versuchte, weiter vorn und damit näher bei seinem Schwarm zu sitzen, wusste Farisio nicht. Vielleicht lag es an Nari, der allein in der ersten Reihe saß, starr nach vorn blickte und Farisio ignorierte.

Sollte er sich neben den Jungen setzen oder würde Nari ihn dann weiter schneiden? Während ihrer Strafarbeit am Vorabend hatte Nari nur das Nötigste mit ihm gesprochen. Vermutlich gab er ihm die Schuld daran, dass *Keine Sperenzchen* sie erwischt hatte.

Doch es gab keine anderen freien Plätze. Also ging Farisio langsam auf den Stuhl zu Naris Rechten zu und schenkte ihm ein unsicheres Lächeln. Zu seiner großen Erleichterung erwiderte Nari es.

»Guten Morgen, meine liebsten Schattenanwärter!«

In einer Wolke aus Parfüm, guter Laune und Magie betrat *Aphrodisiakum* den Raum. Der Betörungszauber des Blenders wollte ihn zwingen, den Mann anzulächeln, doch Farisio kämpfte dagegen an und widerstand ihm.

»Koll, mein Lieber«, flötete *Aphrodisiakum*, als sein Blick auf Farisio fiel. Er lächelte strahlend, doch Farisio ließ sich davon nicht täuschen. Der Blender hatte bemerkt, dass seine Magie bei ihm nicht wirkte, und kniff nun nachdenklich und berechnend die Augen zusammen.

»Ihr Lieben, wir haben einen neuen Schüler in der Klasse. Begrüßt Koll ganz herzlich!«

Die anderen Schattenanwärter murmelten einen Willkommensgruß, der alles war, nur nicht herzlich. Anscheinend hatte selbst der magische Einfluss von *Aphrodisiakum* seine Grenzen. Doch der Blender ignorierte es und klatschte stattdessen begeistert in die Hände.

»Nun, Koll, da du neu bist, werde ich dir zu Beginn erklären, wofür wir uns hier versammelt haben. Zweimal die Woche werdet ihr von mir die Kunst der Verführung erlernen.« Er zwinkerte ihm zu. »Ja, ich weiß, wer könnte besser dafür geeignet sein als ich? Es gibt keine Frau und keinen Mann, die mir auf Dauer widerstehen könnten, wenn ich sie mir zum Ziel mache. Denn ich kenne alle Tricks, und ich bin bereit, sie euch beizubringen! Von mir werdet ihr lernen, wie ihr eure Zielpersonen am besten einschätzen könnt, wie ihr euch kleiden, euch schminken, euch bewegen und ja, wie und worüber ihr reden müsst, um sie auf euch aufmerksam und unsterblich in euch verliebt zu machen, bis sie euch buchstäblich aus der Hand fressen und alles für euch tun: ihren Ehepartner verraten, die Familie hintergehen, ihre größten Geheimnisse enthüllen, ein Verbrechen begehen und vieles mehr.«

Aphrodisiakum lächelte erneut, während die anderen Schüler hinter Farisio und Nari aufgeregt wisperten. Anscheinend konnten sie es kaum erwarten, endlich loszulegen. Nur Farisio hatte keine Lust, sich in einen Abklatsch seiner Mutter zu verwandeln, die es geliebt hatte, vermögende Männer und Frauen um den Finger zu wickeln und sie fallen zu lassen, wenn sie bekommen hatte, was sie wollte: die Hauptrolle, Geld, Schmuck, Sex oder die Vernichtung ihrer Feinde. Er würde niemals zu dem verabscheuungswürdigen Kuftari werden, zu dem sie ihn zeitlebens hatte machen wollen. Wenn es das war, wofür die Schatten standen, dann konnten noch nicht einmal die freien Mahlzeiten und Ileijas Glück bei ihren neuen Spielkameraden ihn dazu bringen, sich der Gilde anzuschließen.

Voller Abscheu ließ er den Monolog des Blenders über sich ergehen, der sich nun lang und breit über die Bedeutung von Blicken, verführerischem Lächeln, gespielter Zurückweisung, Nähe und Distanz, Gerüchen, Gesten und vielem mehr ausließ. Das vermutlich

Schlimmste an der ganzen Sache war, dass nichts von alledem für Farisio wirklich neu war. *Aphrodisiakum* mochte ein Meister in seinem Fach sein, aber Farisio hatte jahrelang mit einer ebenso erfahrenen Meisterin der Verführung und der Manipulation zusammengelebt und hätte ihre Tricks selbst im Schlaf kopieren können, wenn er es gewollt hätte. Nur dass er sich nicht vorstellen konnte, jemals in eine Lage zu geraten, in der er dieses Wissen einsetzen wollte.

»In diesem Grundkurs werden wir die einzelnen Themen durchgehen und gemeinsam üben, das Erlernte einzusetzen«, fuhr *Aphrodisiakum* fort. »Später, im Fortgeschrittenenstadium, wenn es darum geht, die Fische an Land zu holen, wie die Dinirianer sagen würden …« Er hob vielversprechend die Augenbrauen, und Farisio hörte hinter sich jemanden sehnsüchtig seufzen. »… wenn es darum geht, die Beziehung zu unseren Zielpersonen zu *vertiefen*, dann werdet ihr von mir auch Einzelunterricht erhalten. Ich freue mich schon darauf.«

Er schenkte ihnen einen lüsternen Blick, bei dem Farisio zurückzuckte. »Ohne mich«, rief er.

Hatte er das richtig verstanden? Nutzte *Aphrodisiakum* den vermeintlichen Einzelunterricht, um die Schüler zu verführen und ins Bett zu bekommen?

Aphrodisiakum lachte perlend. Dann schenkte er ihm ein übertriebenes Lächeln, während er innerlich vor Zorn brodelte. Doch zum Glück hatte Farisio zu viel Erfahrung mit der *guten Laune* seiner Mutter, um sich von der gespielten Heiterkeit täuschen zu lassen.

»Ich glaube, unser Licht ist ein wenig schüchtern und hat den Nutzen von Verführung noch nicht verstanden. Warum sollen wir Gewalt einsetzen und uns Kuftari zu Todfeinden machen, wenn es auch anders geht? Ist eine gewaltfreie Lösung ohne potenzielle Todesopfer nicht vorzuziehen? Ich meine, Koll, das musst du doch genauso sehen, oder?« Fragend zog er eine Augenbraue hoch, aber Farisio schwieg.

Schließlich schüttelte der Blender mit einem übertriebenen Seufzen den Kopf, als akzeptierte er Farisios Verhalten nur aus reiner

Nachsicht. »Ich fürchte, hier ist eine Demonstration notwendig, um unseren lieben Koll zu überzeugen. Gibt es einen Freiwilligen, der sich als Zielperson für eine Verführung zur Verfügung stellt?«

»Hier, ich!«

Farisio biss sich auf die Unterlippe, um nicht laut loszuprusten, als Gralit sich sofort begeistert meldete und daraufhin von *Aphrodisiakum* nach vorne gebeten wurde. Er hatte wohl gehofft, dass ihr Lehrer derjenige sein würde, der ihn verführen würde, aber jener hatte andere Pläne. Suchend sah sich der Blender im Klassenzimmer um, bis sein Blick auf Nari fiel.

»Nari, perfekt! Komm nach vorne, Junge. Zeig uns, was du in den letzten Wochen gelernt hast«, rief er.

Schlagartig wich alle Begeisterung aus Gralits Miene. »Nari?«, wiederholte er ungläubig. »Aber ...«

Aphrodisiakum ignorierte ihn und bedeutete unterdessen dem einarmigen Schattenanwärter, der auf Farisio ebenso entsetzt wirkte wie Gralit, nach vorne zu kommen. Während sich Nari langsam erhob, begannen die anderen Schattenanwärter zu kichern. Nur Farisio verspürte Mitleid mit den beiden Jungen, die unglücklich vor der Klasse standen, während *Aphrodisiakum* erst Nari und dann Gralit etwas ins Ohr flüsterte.

Gralit wirkte immer noch etwas benommen von *Aphrodisiakums* Lächeln, als Nari den ersten Schritt auf ihn zu machte. Zu Farisios großer Überraschung änderte sich plötzlich Naris gesamte Körperhaltung. Sonst wirkte er ja eher verzagt und unsicher und schien sich unsichtbar machen zu wollen, wenn er sich in der Gegenwart von Gralit und den anderen Schattenanwärtern befand. Doch jetzt hatte er den Kopf selbstbewusst erhoben und starrte Gralit direkt in die Augen, während er langsam den Kopf zur Seite neigte.

Völlig perplex erwiderte Gralit seinen Blick. Über Naris Lippen breitete sich langsam ein Lächeln aus. Beinahe scheu senkte er die Augen, um Gralit dann mit flatternden Lidern unverwandt anzusehen. Der andere Schattenanwärter begann, unruhig zu werden, je länger Nari ihn beobachtete, ohne den Blick auch nur einmal von ihm abzuwenden. Gralits Wangen liefen dunkelblau an, und Naris Lächeln erhellte nun sein gesamtes Gesicht, als er heiser »Hallo, Gralit« sagte.

Als die anderen erkannten, dass sich vor ihren Augen der Anfang von etwas Unglaublichem abspielte, herrschte mit einem Mal Stille im Klassenzimmer. Als Naris Zunge dann hervorkam, um sinnlich über seine Unterlippe zu fahren, schluckte Gralit schwer. Er wich Naris Blick aus, versuchte, den anderen Jungen zu ignorieren, doch Nari wandte den Blick nicht von ihm ab und ging noch ein paar Schritte auf ihn zu.

Plötzlich schien Gralit Nari nicht mehr ignorieren zu können. Er starrte ihn mit großen Augen an, sein Atem ging schneller und stockte, als Nari unerwartet mit dem Zeigefinger über seine Brust fuhr.

»Großartig!«

Aphrodisiakum klatschte und strahlte übers ganze Gesicht. Gralit zuckte zusammen, als ihm wieder bewusst wurde, dass er keineswegs mit Nari allein war und dass der andere Junge lediglich zu Unterrichtszwecken seine Verführungskünste an ihm erprobt hatte. Mit dunkelblauen Wangen rannte er fast schon auf seinen Platz zurück und ignorierte die Pfiffe und kleinen Spitzen seiner Freunde. Nari hingegen wirkte verlegen, aber auch ein wenig überrascht von seinem unerwarteten Erfolg, als er wieder neben Farisio Platz nahm.

»Das, meine lieben Schattenanwärter, nenne ich ein perfektes Beispiel für eine Verführung«, verkündete *Aphrodisiakum* laut, als die beiden Jungen wieder saßen. »Bei der richtigen Anwendung eurer Lektionen werdet ihr feststellen, dass es keine Rolle spielt, ob eure Zielperson euch zuvor anziehend gefunden hat oder nicht. Es spielt auch keine Rolle, ob sie euch mag oder nicht, wie ihr am Beispiel von Gralit und Nari feststellen konntet. Wenn ihr es richtig anstellt, dann wird euer Opfer gar nicht anders können, als euren Verführungskünsten zu unterliegen. Und darum geht es uns. Ihr habt ein Ziel, eine Mission, und die Verführung ist euer Weg, es zu erreichen. Ihr dürft euch von einer kleinen Zurückweisung nicht unterkriegen lassen. Denn ihr habt ja gesehen: Als Gralit wieder zu ihm gesehen hat, hing er fest an Naris Angel!«

Farisio warf Nari einen kurzen Blick zu, doch der schien nicht zu wissen, was er mit all dem Lob anfangen sollte, und starrte auf die Tischplatte vor sich, während *Aphrodisiakum* sie zum Ende des Unterrichts noch aufforderte, bis zur nächsten Stunde fleißig vor dem Spiegel oder mit einem Partner zu üben. Die anderen Schattenanwärter begannen sofort, aufgeregt über die Vorführung zu sprechen, während Naris Gesicht dunkel anlief.

Innerhalb kurzer Zeit war das Klassenzimmer leer. Farisio und Nari gehörten zu den Letzten, die ihr Schreibzeug wegpackten. Nicht dass Farisio das Papier und den Kohlestift, die Nari ihm abgegeben hatte, im Unterricht benötigt hätte. Für ihn war die Lektion in »Wie werde ich ein Verbrecher und nutze meine Opfer aus, ohne dass sie mich durchschauen« nichts, was er sich hätte merken wollen.

Gralit huschte mit dunkelblauen Wangen an ihnen vorbei. Doch seine Verlegenheit und die neckenden Pfiffe seiner Freunde, die an der Tür auf ihn warteten, konnten ihn nicht davon abhalten, Nari einen kurzen, beinahe sehnsüchtigen Blick zuzuwerfen. Und Nari erwiderte seinen Blick.

Dann waren Gralit und seine Anhänger fort, und Farisio fand endlich seine Sprache wieder. »Was war das denn? Sag mal, Nari, *magst* du diesen Angeber etwa?«

»Was? Ach, Quatsch! Das war … das war nur …«

Anscheinend fehlten ihm die Worte oder er wusste selbst nicht, was da zwischen ihnen vorgefallen war, denn er verstummte. Schnell verabschiedete er sich von Farisio, um zu seiner nächsten Stunde, Nahkampf, zu rennen.

Farisio warf einen Blick auf seinen eigenen Stundenplan, doch er hatte nicht dasselbe Fach. Bei ihm stand Bombenkunde bei *Ruhige Hand* an.

»Großartig«, murmelte er.

Wieso hatte er überhaupt Unterricht bei ihr? Bildeten die Schatten tatsächlich all ihre Mitglieder im Bombenbau aus?

Anscheinend nicht, denn zu seiner großen Überraschung fand sich Farisio in einem Werkraum am Ende des Ganges allein mit der Bombenexpertin wieder.

»Koll. Herzlich willkommen! Es freut mich, dass der Test dich mir zugeteilt hat. Es ist selten, dass ich Schattenanwärter in der Kunst des Bombenbaus und der Entschärfung unterrichten darf.«

Ruhige Hand strahlte ihn an und klopfte ihm begeistert auf die Schulter. Dann strich sie sich die weiß-blauen Haare aus dem Gesicht und band sie sich hinten zusammen.

»Hast du Erfahrungen mit Bomben?«, wollte sie wissen und winkte ab, bevor er verneinen konnte. »Nein, das hätte ich auch nicht vermutet. Aber das macht nichts. Ich werde dir in den nächsten Monaten alles beibringen, was du über die verschiedenen Bombentypen, ihre Erkennungsmerkmale, ihre Zündmechanismen und ihre Entschärfung wissen musst. Da der Unterricht gefährlich ist, wird er nicht hier oben im Stockwerk der Schattenanwärter stattfinden. Die riskanten Lektionen und explosiven Materialien sind auf ein separates Stockwerk tief im Reich der Schatten beschränkt. Dort lagern wir auch unsere Bombenbestände, fernab von den Wohnquartieren, sollte es doch mal zu einer Explosion kommen. Und dorthin werden wir jetzt gehen.«

Farisio schluckte beklommen. Was hatte sie vor? Ihm war gar nicht wohl bei der Vorstellung, sich jetzt in die Nähe von extrem gefährlichen Mordwerkzeugen begeben zu müssen. Und warum bekam er überhaupt Unterricht in diesem Fach? Warum hatte der Test ergeben, dass ausgerechnet er geeignet war, das Bombenbauen zu erlernen? Er hatte doch überhaupt kein Interesse daran.

»Ähm, *Ruhige Hand?*«

»Ja, Koll?«, fragte sie, während sie ihn den Gang entlangführte.

»Sind Sie sicher, dass die Testergebnisse richtig sind? Ich meine, dass ich wirklich geeignet bin, Bomben zu bauen? Ich könnte mir nichts vorstellen, was mir ferner liegen würde. Macht der magische Stuhl manchmal Fehler?«, wollte er wissen.

Sie gingen eine lange Treppe hinunter. Es war eine andere als die, die Gralit und er am Vortag benutzt hatten, um in die Etagen der Schatten zu kommen.

Ruhige Hand schmunzelte, als sie über die Schulter zu ihm zurücksah. »Ich habe mich schon gefragt, wann du mir diese Frage stellen würdest. Immerhin bist du ein Licht und ja, es scheint eher ungewöhnlich, dass ein Licht eine Begabung auf diesem Gebiet zeigt. Lichter haben meistens keine offensiven oder technischen Begabungen. Aber auch sonst ist die Gabe eher selten, nur etwa ein Prozent der Anwärter besitzt sie, sodass wir jeden Jungen und jedes Mädchen, die Talent in diesem Fach haben, auch ausbilden. Natürlich kann sich im Laufe des Unterrichts immer noch zeigen, dass der Schüler zwar das Verständnis für die Aufgabe hat, nicht aber beispielsweise die Hände. Also ja, der Test ist nicht perfekt, aber er macht dennoch keine echten Fehler. Wenn er dich in meinen Unterricht gesteckt hat, dann deshalb, weil du etwas von mir lernen kannst.«

Die Antwort von *Ruhige Hand* beruhigte ihn nicht. Immerhin hatte der Stuhl ihn auch in den Unterricht von *Aphrodisiakum* gesteckt und der Blender und all das, wofür er stand, widerten Farisio an. Was sollte er bitte schön von *Aphrodisiakum* lernen?

Er schwieg, während *Ruhige Hand* ihn Stufe um Stufe weiter hinabführte, bis sie am Fuß der Treppe ankamen und er das obere Ende nicht mehr sehen konnte. Wie viele Hundert Meter waren sie hinabgestiegen? Müssten sie nicht langsam den Fuß der *Klippe* erreicht haben?

»In der Tat. Wir befinden uns sogar inzwischen noch weit darunter«, erklärte sie ihm auf seine Nachfrage. »Um die Sicherheit der Bewohner der unterirdischen Stadt und der darüber nicht zu gefährden, haben wir einen Bereich angelegt, der fernab von ihr liegt. Du wirst sehen, dass wir auch jetzt unser Ziel noch lange nicht erreicht haben, sondern noch einige Hundert Meter gehen müssen. Unser Ziel liegt ein ganzes Stück neben der *Klippe*. Nur so können wir gewährleisten, dass im Fall einer Katastrophe die Stabilität unserer Höhlen und der *Klippe* insgesamt nicht gefährdet ist. *Sicherheit geht immer vor!* Das ist die wichtigste Lektion, Koll, sowohl im Bombenbau als auch in der Bombenentschärfung.«

Na, klasse. Das hätte er sich selbst denken können. Er hatte auf jeden Fall keine Lust, durch eine Bombe zu sterben, und erst recht nicht während des Unterrichts bei den Schatten.

Ruhige Hand schien seinen Widerwillen nicht zu bemerken. Oder vielleicht kannte sie ihn schon zur Genüge von ihren früheren Schülern.

»Sind eigentlich schon mal Schattenanwärter durch selbst gebaute Bomben gestorben?«

»Ich weiß, was du denkst, Koll«, meinte *Ruhige Hand* ernst. »Aber die Todesfälle sind seltener, als du vielleicht vermutest. Klar, es kommt hin und wieder zu Selbstüberschätzung, Fehleinschätzungen der Bombe oder schlichtweg zu Fehlern aufgrund von Unkonzentriertheit oder anderem Fehlverhalten, aber wenn man sich gewissenhaft an die Regeln hält, dann überlebt man auch. Merke dir die zweite Regel gut, Koll: *Im Zweifelsfall teleportieren!* Ganz wichtig. Wir Schatten haben nur ein bestimmtes tägliches Kontingent, um zu teleportieren. Das von uns Bombenexperten ist dabei doppelt so hoch wie das der anderen Schatten, denn wenn wir zu einem Einsatz kommen und es gelingt uns nicht, die Bombe zu entschärfen, müssen wir die Bombe oder uns selbst an einen sicheren Ort teleportieren. Wer in dieser Situation feststellt, dass er sein Kontingent bereits aufgebraucht hat, ist tot. Daher planen wir immer mindestens zwei Sprünge als Reserve ein, besser drei. Und für uns Bombenexperten gilt: *Wer innerhalb der* Klippe *teleportiert, ist lebensmüde.* Auch wenn du mich für diese Regel vermutlich noch lautstark verfluchen wirst, wenn es für uns Zeit wird, die Treppe wieder nach oben zu steigen.«

Sie zwinkerte ihm zu und Farisio stellte überrascht fest, dass er sie mochte. Sie hörte ihm zu, nahm seine Sorgen ernst und ihr schien etwas an seinem Wohlergehen zu liegen. Darüber hinaus nahm sie sich selbst nicht zu ernst. Wenn Farisio nicht gewusst hätte, dass sie eine Bombenbauerin war, dann hätte er es nie vermutet. Sie kam ihm nicht wie eine Kuftari vor, die andere hinterrücks ermordete. Und falls sie nur Bomben entschärfte und die Kunst des Bombenbauens gehörte dazu, um das Handwerk zu erlernen?

Bevor er sich entscheiden konnte, wie er sie am besten danach fragte, hatten sie eine Tür am Ende des Ganges erreicht. Anders als die Türen in der verborgenen Stadt der Schatten war diese jedoch nicht aus Holz, sondern aus Metall. *Ruhige Hand* ächzte leise, als sie aufschloss, den Griff herunterdrückte und sie mühsam aufzog.

»Eine weitere Sicherheitsvorkehrung: Metall brennt nicht, und diese Türen schmelzen auch erst bei sehr hohen Temperaturen. Auch wenn es eine Plackerei war, bis wir sie hier heruntergeschafft und eingesetzt hatten. Und leider ist dies nicht die einzige Metalltür«, erzählte sie.

Dann bedeutete sie ihm, voranzugehen, bevor sie die Tür hinter ihnen wieder schloss, aber nicht verriegelte. »Die Türen hier unten dürfen niemals – ich wiederhole, niemals – offen stehen. Im Falle einer Explosion kann die Druckwelle durch eine geschlossene Tür aufgehalten oder zumindest verlangsamt werden.«

Überraschend gabelte sich der Weg an dieser Stelle. Ein Gang führte nach links, ein anderer nach rechts.

»Eine weitere Lektion für dich: *Niemals dich oder andere in den direkten Weg einer potenziellen Explosion stellen!* Hier unten gibt es aus diesem Grund auch mehr Abzweigungen als Räume. Eine Druckwelle folgt dem Weg des geringsten Widerstandes und der führt nicht um die Ecke. Weiter geht's!«

Wider Erwarten fand er ihre Ausführungen von Minute zu Minute spannender. Er wusste nicht, was er erwartet hatte, aber nicht dieses perfekt durchdachte, unterirdische Tunnelsystem, das auf höchste Sicherheit ausgelegt war. Beeindruckt folgte er ihr weiter.

Ein paar Metalltüren und Weggabelungen später standen sie endlich vor ihrem Ziel.

»Hier drin lagern wir die verschiedenen Bombentypen. Sie sind alle entschärft, aber noch intakt, weshalb wir sie als Anschauungsmaterial für unsere Schüler nutzen«, erklärte *Ruhige Hand*. »Nichtsdestotrotz ist jede einzelne Bombe eingeschlossen, um Diebstähle zu verhindern. Deshalb muss auch jede einzelne Tür hier unten von einem Schatten aufgeschlossen werden.«

»Aber haben wir dann nicht gerade den Dieben die Arbeit erleichtert?«, wollte Farisio verwirrt wissen. »Ich meine, Sie haben die Türen, die wir passiert haben, zwar auf-, aber nicht wieder abgeschlossen.«

»Eine weitere Sicherheitsvorkehrung. Sollte es eine Explosion geben und mir etwas passieren, hast du auf diese Weise die Möglichkeit, dich selbst zu retten, statt vor einer geschlossenen Tür zu stehen und zu verbrennen.«

Kein schönes Bild, das *Ruhige Hand* da heraufbeschwor. Farisio erschauderte.

Sie betraten den Raum und Farisios Blick fiel sofort auf die zahlreichen Kästen an den Wänden. Die Kammer, die wie die Gänge über eine Deckenbelüftung verfügte, war überraschend geräumig und enthielt mehr Bomben, als Farisio je hatte sehen wollen.

Ruhige Hand wies auf einen Schaukasten zu ihrer Linken. »Hier haben wir die sogenannten Funktionsbomben. Sie zählen zu den Bomben mit geringer Sprengkraft und dienen dazu, Schlösser oder Safes zu sprengen. Auch die Rauchbomben daneben verursachen nur geringe Schäden. Wenn Verfolger ihren Rauch einatmen, sind die Atemwege eine Weile gereizt und die Sicht ist eingeschränkt, weshalb diese Bomben gerne zur Flucht eingesetzt werden. Schau sie dir in Ruhe an, Koll. Mit beiden Arten wirst du es demnächst zu tun bekommen, denn das sind Bombentypen, die auch die anderen Schatten gerne einsetzen.«

»Und was passiert, wenn die Schüler dabei einen Fehler machen?«, fragte Farisio, während er näher herantrat und sich zunächst die Funktionsbomben ansah. Die erste schien aus einem einzigen Material zu bestehen, aus dem eine Schnur ragte. Für Farisio sah sie noch funktionstüchtig und keinesfalls entschärft aus, egal was *Ruhige Hand* behauptet hatte.

»Dann ist der Schüler entweder nicht richtig in den Umgang mit den Bomben eingewiesen worden oder ziemlich dämlich«, antwortete seine Lehrerin trocken. »Diese beiden Typen gehören zu den einfachsten Bomben, mit denen wir es zu tun bekommen können. Sie sind sowohl einfach herzustellen und einfach zu entzünden, als auch unkompliziert zu entschärfen. Das könnte ich nicht nur allen Anwärtern beibringen, sondern das tue ich auch regelmäßig. Wenn ich einen Schatten dabei erwische, dass er einen Experten für einen dieser beiden Bombentypen anfordert, brumme ich ihm Strafaufgaben auf. Ich erwarte von den Schatten, dass sie ihre Hausaufgaben machen und unsere Zeit nicht mit Pipifax verplempern, während wir eventuell an anderer Stelle dringend gebraucht werden.«

Farisio nickte ein wenig eingeschüchtert und schwieg, während sie ihn weiterführte. Er musterte die Rauchbomben eine Weile, bevor sie zum nächsten Schaukasten gingen.

»Die Kontaktbomben«, stellte *Ruhige Hand* kurz und knapp vor. »Sie werden nicht angezündet, sondern explodieren bei Kontakt mit bestimmten Materialien, zum Beispiel Wasser. Diese Bomben sind schon ein wenig kniffliger und erfordern Wissen, das über die Grundlagen hinausgeht.«

Funktionsbomben, Rauchbomben, Kontaktbomben – Farisio hatte nicht geahnt, dass es so viele verschiedene Bombenarten gab.

»So langsam kommen wir zu den fiesen Bomben, die darauf ausgelegt sind, zu verletzen oder zu töten.«

Sie deutete auf die nächste Wand. »Auf dieser Seite befinden sich Bomben, die ein Gas freisetzen, die mit Glas- oder Metallsplittern gefüllt sind, die bei der Explosion schwere Schäden, Verstümmelungen oder sogar den Tod verursachen und viele fiese Dinge mehr. Erschreckt dich das? Ja, mich manchmal auch, wenn ich sehe, welche Erfindungen manche Kuftari entwickeln, um möglichst viel Leid und

Tod zu verursachen. Die Bomben an dieser Wand nennen wir Attentatsbomben. Aber das sind noch nicht die schlimmsten.«

»Was kann denn noch schlimmer sein?«, fragte Farisio entsetzt, als sie langsam an den einzelnen Bomben vorbeigingen und *Ruhige Hand* nüchtern aufzählte, worum es sich bei jeder davon handelte.

»Diese«, sagte die Bombenexpertin schließlich. Der Schaukasten an der dritten Wandseite war der kleinste und er enthielt nur eine einzige Bombe. »Das ist die Nichtsbombe und die einzige Bombe, die auch entschärft noch genauso gefährlich und tödlich ist wie mit einem aktiven Zünder.«

»Die … Nichtsbombe?«, wiederholte er ungläubig. »Soll das heißen, dass diese Bombe mit *Nichts* gefüllt ist? Das wäre Wahnsinn!«

Ruhige Hand nickte. »Du wirst leider feststellen, dass einige Bombenbauer durchaus wahnsinnig sind. Wahnsinnig, aber leider auch genial. Zum Glück haben wir seit Jahren niemanden mehr geschnappt, der die Schutzschilde der Domänen durchbrochen hätte, um das Nichts in magischen Kapseln einzusammeln und zu Bomben zu verarbeiten. Nicht nur, dass die Schutzschilde der Domänen konstant den zerstörerischen Kräften des Nichts standhalten müssen und dieser Eingriff sie stellenweise gefährlich instabil gemacht hat, nicht nur, dass wir alle wissen, was passiert, wenn die Schutzschilde einer Domäne in sich zusammenfallen und ein ganzes Reich vom Nichts aufgefressen wird. Nein, der Bombenbauer hat mithilfe seiner Nichtsbomben ganze Städte und Landstriche ausrotten wollen. Zum Glück konnte er gestoppt werden, bevor er sie eingesetzt hat. Aber das auch nur, weil er seine Tat zuvor angekündigt hat. Wirilat ist damals einer Katastrophe entgangen.«

»Wann war das? Haben Sie die Bombe entschärft?«

»Zum Glück ist das schon über sechs Jahrzehnte her. Es geschah in meinen Anfangszeiten als Schatten. Mein Lehrer und ich gehörten damals mit zu dem Team, das die Bombe untersucht und entschärft hat. Du wirst feststellen, dass Bombenbau eine einsame Tätigkeit ist, Bombenentschärfung dagegen häufig Teamarbeit. Versuche niemals, eine Bombe allein zu entschärfen, mit der du dich nicht auskennst!«

»Das heißt, Ihre Aufgabe ist es in erster Linie, Bomben zu entschärfen, wenn ich es richtig verstanden habe? Aber warum tun Sie das?«

»Na, um die Domäne zu beschützen.«

»Dann setzen Sie niemals Bomben ein, um anderen zu schaden? Sie haben noch nie einen Kuftari mit einer selbst gebauten Bombe getötet?«

Der Blick, den *Ruhige Hand* ihm nun schenkte, war verständnisvoll und ein wenig mitleidig. »Doch, Koll«, erwiderte sie langsam. »Bomben sind immer auch Waffen und natürlich baue ich auch selbst welche. Und ja, dabei sind auch Kuftari zu Schaden gekommen und gestorben. Wahrscheinlich möchtest du jetzt gerne hören, dass es tragische Unfälle waren, aber da muss ich dich leider enttäuschen. Ihre Tode waren notwendig und geplant. Wir sind nicht die Wache, Koll, sondern die Gilde der Schatten. Wir setzen auch Waffen ein, für die sich die Soldaten zu fein sind. Und wenn du damit nicht umgehen kannst, solltest du uns besser verlassen.«

9

UNTERIRDISCHE BOMBENWERKSTATT

Nach dieser Antwort hatte ihn *Ruhige Hand* aus dem Raum geführt und jede Tür, die sie auf dem Rückweg passierten, wieder abgeschlossen. Sie legten den Weg schweigend zurück. *Ruhige Hand* schien zu wissen, dass Farisio Zeit brauchte, um seine Eindrücke und ihre harten, wenn auch gut gemeinten Worte zu verarbeiten.

Dachte er zu sehr in Kategorien wie Gut und Böse? Wie konnte *Ruhige Hand* einerseits eine Heldin sein, die ihr Leben riskierte, um Erfindungen wie Nichtsbomben unschädlich zu machen, und andererseits eine Mörderin, die Bomben baute? Wie hatten diese Morde notwendig sein können? Sie schien ihre Taten nicht zu bereuen, sie beinahe für *gute Morde* zu halten, aber Morde waren niemals gut.

Und wie konnte sie so selbstverständlich davon sprechen, dass sie die Domäne beschützte? Sah sie das als ihre Aufgabe als Bombenexpertin an? Oder gar als Aufgabe der Schatten?

Inzwischen war er völlig verwirrt und wusste nicht mehr, was er denken sollte. *Aphrodisiakum* verfolgte ganz klar eigennützige Ziele, wie sein Unterricht bewiesen hatte, die Bombenentschärfer aber riskierten täglich ihr Leben für andere, und doch waren sowohl *Ruhige Hand* als auch *Aphrodisiakum* Mitglieder der Schatten. Was waren die Schatten? Ein Zusammenschluss von Verbrechern mit unterschiedlichen Zielen? Oder verfolgten sie eventuell doch alle dasselbe Ziel, das er jedoch nicht kannte?

Und welche Rolle spielten dabei die Lichter, die eine Sonderstellung einzunehmen schienen, auch wenn es wohl schon lange keine mehr gegeben hatte? Die bisherigen Bemerkungen des Schattenrats hatten ja angedeutet, dass die Lichter mit manchen Methoden der Schatten nicht einverstanden waren. Aber galt das auch für deren Ziele?

»Da sind wir.«

Die Stimme von *Ruhige Hand* riss ihn aus seinen Gedanken. Völlig verdutzt stellte er fest, dass sie nicht nur die unterirdische Sicherheitszone hinter sich gelassen hatten, sondern auch den Aufstieg, ohne dass er sich daran erinnern konnte, auch nur eine einzige Stufe erklommen zu haben. Allerdings merkte er jetzt durchaus, dass er außer Atem war.

Seine Lehrerin gluckste. »Du bist tatsächlich der Einzige, der mich beim ersten Aufstieg nicht verflucht hat. Ich freue mich schon auf unsere nächste Stunde – und die zahlreichen Fragen, die du dann haben wirst.«

Sie zwinkerte ihm zu und machte sich wieder an den Abstieg. Während Farisio noch blinzelte, verschwand sie in einem der Stockwerke der Schatten.

»Unterricht. Ich habe Unterricht«, erinnerte sich Farisio schließlich. Das Ganze war noch so neu und ungewohnt für ihn, dass er schon auf halbem Weg zur Kinderbetreuung gewesen war, bevor ihm einfiel, dass er sich jetzt an feste Uhrzeiten und Themen halten musste und nicht mehr wie früher mit seinem Privatlehrer besprechen konnte, wann sie welchen Stoff durchgehen wollten. Häufig hatte er auch allein in einer Umkleide oder einem Abstellraum mit einem Buch gelernt, wenn seine Mutter einen Auftritt oder ein Stelldichein mit einem ihrer Gönner gehabt hatte. Trotz der Einsamkeit war das manchmal die schönste Zeit für ihn gewesen, weil er allein hatte entscheiden können, was und wann er lernte. Diese Freiheit hatte er nun nicht. Seufzend blieb er stehen und begann, nach seinem Stundenplan zu suchen, bevor er sich daran erinnerte, dass er seine

Schreibsachen und den Zettel im Werkraum zurückgelassen hatte. Nur wo war der noch mal?

»Mist«, murmelte er, während er sich umdrehte und zurück zu den Unterrichtsräumen ging. Die Stunde mit *Ruhige Hand* hatte ihn dermaßen verwirrt, dass er es nicht mehr wusste.

Er öffnete wahllos eine der Türen, doch leider die falsche, und er musste sich bei einer streng wirkenden Lehrerin dafür entschuldigen, dass er ihren Unterricht gestört hatte. Die Ohren klingelten ihm von ihren scharfen Worten, als er die Tür wieder geschlossen hatte. So konnte er definitiv nicht vorgehen.

Und wenn er einen der Schatten fragte? Ärgerlicherweise konnte er aber gerade keinen von ihnen auf dem Gang entdecken. Die Schattenanwärter wollte er nicht fragen, sie hielten vermutlich alle zu Gralit und mit dem war er verkracht. Aber leider konnte er auch Nari nirgends entdecken. Und wenn er darauf wartete, bis der andere Junge aus seinem Unterricht kam?

Wie schlimm war es überhaupt, wenn er eine Stunde verpasste? Immerhin war er ja nicht freiwillig im Unterricht und wollte lernen, wie man ein Verbrecher wurde. Würde es auffallen, wenn er zu spät kam oder eine Stunde versäumte? Und falls doch, was konnten sie schon tun? Er hatte doch nie versprochen, den ganzen Tag im Klassenzimmer zu sitzen. Er hatte nur geschworen, sich das Ganze hier zwei Monate lang anzusehen …

Plötzlich jedoch tauchte das Gesicht von *Keine Sperenzchen* vor seinem inneren Auge auf. Sie hätte bestimmt kein Verständnis dafür, wenn er den Unterricht verpasste. Das hatte sie ihm bereits mit der Strafarbeit gestern deutlich gemacht. Was, wenn sie ihn wieder bestrafte und ihm dieses Mal den Kontakt zu Ileija ganz verbot?

Farisio schluckte und machte sich erneut auf die Suche nach seinem Klassenzimmer oder einem Schatten. Ein paar Minuten vergingen, ohne dass sich jemand auf dem Gang blicken ließ, und langsam wurde Farisio unruhig. Hatte die nächste Stunde bereits begonnen?

Erleichtert hörte er ein paar Sekunden später eine Tür zuklappen.

Jemand kam auf ihn zu. Leider war dieser Jemand ausgerechnet Gralit.

Farisio seufzte. Es half alles nichts. Er würde Gralit um Hilfe bitten müssen. Am besten entschuldigte er sich bei ihm. Auf eine Dauerfehde wie die zwischen Gralit und Nari hatte er keine Lust. Wahrscheinlich würden der große Schattenanwärter und er nie Freunde werden, aber zumindest konnten sie miteinander auskommen, oder nicht?

»Was machst du hier?«, wollte Gralit wissen.

Erneut seufzte Farisio. »Hör mal, Gralit, ich wollte mit dir reden«, begann er. »Können wir vielleicht noch einmal von vorne anfangen? Es tut mir leid, dass ich dich gestern mit Wasser übergossen habe. Das war wirklich nicht nett von mir. Ich habe meine schlechte Laune an dir ausgelassen, weil *Keine Sperenzchen* uns für unseren Ausflug an die Oberfläche bestraft hat. Dabei hatte ich nur *Aussicht*, die Luftschiffe und den königlichen Palast sehen wollen. Und anschließend hat sie mir auch noch Ileija weggenommen und mir gedroht, dass sie mich so beschäftigen wird, dass ich keine Zeit mehr für meine Schwester haben werde. Ich war wütend und frustriert und dann kamst du vorbei und hast dich über Nari und mich lustig gemacht. Das hat das Fass zum Überlaufen gebracht. Es tut mir wirklich leid.«

Gralit schwieg und starrte ihn unbewegt an, sodass Farisio weiterredete. Kurz hatte er geglaubt, die Miene des muskulösen Jungen wäre für einen Augenblick weicher geworden, aber Gralit erwiderte nichts. Noch hatte er Farisios Entschuldigung nicht angenommen. Anscheinend war nicht der Streich der Grund für Gralits Abneigung ihm gegenüber. Nahm er ihm etwa übel, dass ausgerechnet er, Farisio, zum Nachfolger seines Vaters erklärt worden war?

»Hör zu«, fuhr er fort und beschloss, das Problem direkt anzugehen. Er hatte keine Geduld für Gralits verletzten Stolz. »Ich weiß nicht, warum der magische Stuhl mich zum Nachfolger deines Vaters erklärt hat. Vermutlich hast du davon geträumt, einmal seine Stelle einzunehmen, und dann komme ich und bin noch nicht einmal bei den Schatten aufgewachsen. Dabei will ich die Schatten gar nicht leiten. Ich habe nicht darum gebeten, weißt du. Weder um die Position noch darum, überhaupt hier zu sein. *Scharfauge* und *Flinkfinger* haben meine Schwester entführt, um mich herzulocken. Ich will eigentlich gar kein Dieb und kein Schatten sein. Sie zwingen mich, zwei Monate als Schattenanwärter zu verbringen, aber danach bin ich weg und du bist mich los. In Ordnung?«

»Du machst es dir verdammt einfach! Was, Koll?«, zischte Gralit jetzt wütend. Farisio war von seiner heftigen Reaktion völlig überrascht. »Hältst dich wohl zu gut für uns! Dabei bist du nur verantwortungslos und eingebildet, glaubst, alles zu wissen, ohne die geringste Ahnung zu haben, und verurteilst dabei alle. Typisch Licht. Ich hatte mich so gefreut, als dein Testergebnis feststand. Du weißt ja nicht, wie selten Lichter sind und was sie für uns bedeuten. Doch alles, was du bislang getan hast, ist, unsere Bemühungen mit den Füßen zu treten. Du willst dich uns nicht anschließen. Du hältst dich nicht an die Regeln. Du glaubst, dass du tun und lassen kannst, was du willst, nur weil du ein Licht bist. Aber dem ist nicht so. Du denkst, du könntest dir aussuchen, was du lernst, und rümpfst über *Aphros* Unterricht die Nase, als wäre er eine Hure und du was Besseres. Weißt du eigentlich, welch eine wertvolle Arbeit er erledigt und welchen Preis er dafür bezahlt? Aber nein, das interessiert dich ja gar nicht. Die Drecksarbeit dürfen andere machen, dich interessiert ja nur der Ruhm!«

Wovon, beim Nichts, sprach Gralit überhaupt? Welche Bemühungen der Schatten meinte er? Und was genau waren diese Schatten, deren Aufgabe ihm noch immer niemand erklärt hatte? Und was war die Rolle der Lichter, über die sich bislang jeder ausgeschwiegen hatte?

»Ich habe keine Ahnung, wovon du überhaupt sprichst«, antwortete Farisio. »Aber ich halte mich keineswegs für etwas Besseres, und Ruhm interessiert mich wirklich nicht. Ich habe nur mein eigenes Leben führen wollen, für meine Schwester sorgen und den Rest meiner

Familie finden. Aber ihr lasst mich nicht. Du nennst mich arrogant, ignorant, was weiß ich! Und wessen Schuld ist das, wenn mir niemand etwas erklären will? Gewiss nicht meine. Keine meiner Fragen zu den Schatten und den Lichtern wurde bislang beantwortet und ich wette, wenn ich dich jetzt nach dem Weg zum Werkraum von *Ruhige Hand* frage, dann gibst du mir auch keine Auskunft.«

»Völlig richtig. Finde ihn doch selbst! Kannst dir ja leuchten, du mickriges Lichtlein.«

Gralit machte eine ordinäre Geste und stolzierte davon.

Wer war hier denn eingebildet?

Total genervt ging Farisio weiter den Gang entlang und versuchte, sich an die Nummer des Raums zu erinnern. Leider sahen alle Türen exakt gleich aus und Farisio konnte sich beim besten Willen nicht entsinnen, auf welcher Höhe die Tür gewesen war. Dekorationen wie Bilder, an denen er sich hätte orientieren können, gab es nicht. Er hatte noch in keinem Teil der Schattenbasis Bilder oder Krimskrams entdecken können und daran hätte sich Farisio bestimmt erinnert. Schließlich hatte er hier den Boden gewischt.

Er seufzte, strahlte im nächsten Moment aber erleichtert, als er drei Mädchen in hellblauer Uniform entdeckte. Er kannte die Schattenanwärterinnen zwar nicht, aber das konnte nur von Vorteil sein. Hoffentlich standen sie nicht auf Gralits Seite.

»Entschuldigung«, sprach er die Mädchen höflich an. »Könnt ihr mir sagen, wo ich den Werkraum von *Ruhige Hand* finde? Ich habe meinen Stundenplan dort vergessen.«

»Du bist der Neue, nicht wahr?«, wollte ein Mädchen mit blauen Haaren wissen. Er nickte.

Sie lächelte und wollte ihm schon antworten, als eine der beiden anderen sie aufhielt. »Nicht. Das ist der Junge, der Gralit gestern diesen fiesen Streich gespielt hat. Er kann alleine klarkommen.«

»Ich dachte, das wäre Nari gewesen?«

»Nein, das war der«, bestätigte das dritte Mädchen. Daraufhin behandelten ihn alle drei, als wäre er Luft. Na, vielen Dank auch.

Er brauchte noch ein paar Minuten, bis er dank vorsichtigem Lauschen an den Türen und anschließendem Ausprobieren den richtigen Raum gefunden hatte. Erleichtert nahm er sein Schreibzeug und den Stundenplan an sich.

Sein Magen rutschte ihm in die Kniekehlen, als er sah, bei wem er als Nächstes Unterricht hatte. Ausgerechnet!

Entsetzt machte er sich auf den Weg. Ihm graute vor der Stunde, aber er hatte keine andere Wahl. Überhaupt nicht aufzutauchen, war leider auch keine Lösung. Außerdem sollte man diese Lehrerin nicht verärgern.

»Du kommst zu spät«, blaffte ihn auch gleich ihre Stimme an, als er die Tür zum Klassenraum öffnete.

»Es tut mir leid, *Blutdolch*.«

Die Assassine wirkte nicht, als würde sie ihm glauben. Stattdessen musterte sie ihn von oben bis unten, als wollte sie ihn sezieren. Oder die Stelle auswählen, an der sie als Erstes mit ihrem Dolch zustechen würde. Irgendwie kam es ihm so vor, als müsste sie es lieben, jemanden zu bestrafen und zu quälen. Oder wie sonst wurde man zur professionellen Mörderin?

»Setz dich auf einen freien Platz«, fuhr ihn *Blutdolch* an.

Und natürlich saß im selben Unterricht auch Gralit. Ob sie ihn auch angepflaumt hatte, weil er zu spät gekommen war? Oder genoss er als Udios Sohn bestimmte Sonderrechte?

Farisios Laune war auf dem Tiefpunkt, als er sich in die hinterste Reihe setzte. Anders als bei *Aphrodisiakum* saßen hier Gralit und seine Freunde in den vorderen Reihen. Andererseits nahm dieses Mal auch nicht Nari am Unterricht teil, den sie schneiden mussten.

Dieses Klassenzimmer war anders als das von *Aphrodisiakum*, denn abgesehen von einem Pult, einer Tafel und ihren Tischreihen, gab es hier auch noch einen großen Bereich, der mit Matten ausgelegt war. Anscheinend fand dort das Kampftraining statt. Er schluckte.

»Ich muss gestehen, ich bin sehr überrascht, dich hier zu sehen, Koll«, richtete *Blutdolch* in diesem Moment die Aufmerksamkeit wieder auf ihn. »Nach dem, was ich von *Zerstreuter Bibliothekar* weiß, nehmen Lichter eher nicht an Lektionen in Mord und Totschlag teil. Du musst das erste Licht sein, das diese Art von Unterricht besucht, und ich frage mich, woran das liegt.«

Sie musterte ihn, während sie mit dem Dolch in ihrer Hand spielte und Schritt für Schritt näher kam. Schließlich stand sie unmittelbar vor ihm und ihre Hand zuckte vor.

»Sag, Koll«, raunte sie heiser, und er schluckte, als er die Waffe nun an seiner Kehle spürte. Es brannte, als die Klinge seine Haut ritzte. »Hast du womöglich eine dunkle Seite? Bist du anders als die anderen Lichter? Welche düsteren Geheimnisse verbirgst du hinter deinem unschuldig wirkenden Gesicht? Hm? Keine Antwort? Schade. Aber ich finde es schon noch heraus.«

Die Assassine nahm ihren Dolch weg und drehte sich um. Farisio atmete erleichtert aus. Das war knapp gewesen. Er griff sich an den Hals und betrachtete anschließend seine blutigen Fingerspitzen.

»Nun gut, dann werden wir mal herausfinden, wie gut du mit einer Waffe umgehen kannst, Koll.«

Was?

»Komm nach vorn.«

Auch das noch! Er unterdrückte ein Ächzen, als Gralit und seine Freunde schadenfroh kicherten. Sie hofften wohl, dass er sich blamierte, und auch wenn er nicht ohne Kampferfahrung war, so hatte er Waffen doch nie gemocht.

Blutdolch reichte ihm eine Holzwaffe, was für ein Glück. Er wollte niemanden verletzen, auch wenn die Wahrscheinlichkeit gering war, dass er gegen eine erfahrene Kämpferin wie *Blutdolch* überhaupt etwas ausrichten konnte.

»Stell dich auf die Matte und heb deine Waffe. Nein, doch nicht so! Hast du noch nie eine Waffe in der Hand gehabt? Bei den Gründern, noch schlimmer! Wenn du den Dolch so hältst, kann man ihn dir jederzeit aus der Hand schlagen.«

Blutdolch schüttelte gereizt den Kopf, kam auf ihn zu und korrigierte seinen Griff. Nicht zu fest, aber auch nicht zu locker sollte er sein. Farisio brauchte mehrere Minuten, bis er seine Holzwaffe so hielt, wie sie es wollte.

Dann jedoch sollte er sie angreifen und alles kam noch schlimmer.

»Was ist? Hast du etwa Angst? Bitte schön, ich stecke meinen Dolch weg. Ich bin unbewaffnet, du brauchst also nicht zu befürchten, dass ich zurücksteche.«

Er versuchte, ihren Spott nicht an sich herankommen zu lassen. Es war nicht so, dass er Angst hatte.

In Ordnung, er hatte Angst. Doch es war trotzdem nicht so, wie sie dachte. Er hatte stets versucht, seine Aggressionen zu zügeln, um nicht die Dunkelheit in sich an die Oberfläche kommen zu lassen. In diesem Versuch, die Dunkelheit zu beherrschen, hielt er sich meistens dermaßen zurück, dass er überhaupt nicht mehr richtig kämpfen konnte. Und wenn er sich mehr anstrengen wollte, dann entglitt ihm wieder die Kontrolle über das finstere Schicksal. Es war ein ewiger Kreislauf, aus dem es keinen Ausweg gab.

Und leider gab es den auch nicht aus *Blutdolchs* Lektionen. Wieder bedeutete sie ihm, sie endlich anzugreifen, und er stieß seufzend seinen Holzdolch nach vorne.

Im nächsten Moment wurde ihm der Arm schmerzhaft verdreht und die Hand qualvoll zusammengequetscht, sodass ihm die Waffe entglitt. Dann lag er schon auf dem Boden und stöhnte. Rasch griff er sich an den Kopf, doch sein Hut saß erstaunlicherweise immer noch fest über den spitzen Ohren.

»Viel zu langsam«, urteilte *Blutdolch*. »Du hast gezögert, und ich konnte erkennen, wohin der Stich gehen sollte, wodurch es mir ein Leichtes war, ihn abzuwehren. Denk nicht so viel nach, Koll. Die Bewegungen müssen dir in Fleisch und Blut übergehen. Du musst dich deinem Gegner jederzeit anpassen können. Außerdem hast du noch zu viel Angst, mich zu verletzen. Noch mal!«

Im Nachhinein wusste Farisio nicht zu sagen, wie häufig er auf der Matte gelandet war. Mehrfach hatte er seinen Hut verloren, aber zum

Glück nicht die eng anliegende Mütze darunter, was ihn verraten hätte. Seine Mutter hatte ihn irgendwann als hoffnungslosen Fall aufgegeben und ihm weiteren Kampfunterricht erspart, aber an diesem Punkt war *Blutdolch* noch lange nicht, sodass Farisio sich auf viele zukünftige Unterrichtsstunden voller Schmerzen und Demütigungen einstellte.

Und auf Gelächter. Gralit und die anderen hatten jedoch nicht lange in *Blutdolchs* Anwesenheit gelacht, nachdem sie der Klasse angedroht hatte, dass der Nächste, der sich über ihn lustig machte, mit ihm tauschen durfte. Doch die Quälerei zog sich leider in die Länge.

Nach dem Zweikampf war Messerwurf dran. Dieses Mal drückte sie ihm jedoch eine scharfe Waffe in die Hand.

»Die Ziele befinden sich auf der Rückseite des Raumes, hinter den Matten. Such dir einfach eins aus«, forderte sie ihn auf.

Er nickte, stellte sich in Position, sah nach hinten und zögerte erneut. »Was ist das denn?«, fragte er überrascht, als er die Ziele sah.

»Das sind die Zielpersonen. Du wirst jetzt eine von ihnen töten.«

»Aber das sind die anderen Anwärter!«

Erwartete sie etwa ernsthaft, dass er einen seiner Klassenkameraden herauspickte und Zielübungen auf eine Scheibe mit dessen Gesicht machte? Wenn die anderen ihn eh schon hassten? Na, das konnte ja heiter werden.

Aber eigentlich war es da auch egal, wen er sich aussuchte. Warum nicht den auswählen, mit dem er eh schon Streit hatte? Schlimmer konnte es ja nicht werden.

Also visierte er kurzerhand Gralits Gesicht an, hob den Arm, zielte und ließ die Waffe fliegen.

Die anderen Schattenanwärter schnappten nach Luft. Nur *Blutdolch* lachte.

»Du hast Gralit die Nase zerfetzt! Nicht schlecht, wenn auch nicht tödlich. Hol dir den Dolch zurück und dann noch mal.«

Zehn Minuten später erlöste sie ihn endlich von der Tortur. Inzwischen sah Gralits Scheibe aus wie Löcherkäse, sein richtiges Gesicht jedoch leider wie ein Wasserkessel kurz vor der Explosion.

»Schluss für heute! Wir sehen uns in der nächsten Stunde wieder. Und Koll? Gute Arbeit bei den Wurfübungen.«

Hatte sie das unbedingt erwähnen müssen?

Farisio seufzte erneut, während er sich seine Sachen schnappte, auf seinen Stundenplan blickte und erleichtert feststellte, dass der Horrorvormittag endlich ein Ende hatte. Mittagspause.

Zum Speisesaal fand er zum Glück mühelos zurück und selbst wenn er den Weg nicht gewusst hätte, hätte er dieses Mal ganz einfach den anderen Schattenanwärtern folgen können. Alle schienen es eilig zu haben und Hunger zu verspüren, doch daran allein lag es nicht, dass ihn alle überholten. Das erkannte er, als ihm der Dritte mit dem Ellenbogen in die Seite stieß. Das war Absicht.

Farisio ballte die Fäuste und atmete langsam ein und aus. Er durfte sich nicht aufregen und die Kontrolle verlieren. Und außerdem hatte er damit rechnen müssen, oder nicht? Gralit hatte es überhaupt nicht lustig gefunden, dass Farisio ausgerechnet sein Gesicht für die Zielübungen benutzt hatte. Das wäre natürlich anders gewesen, falls sich Farisio dabei blamiert hätte. Aber das hatte er nicht, ganz im Gegenteil. Er hatte nicht ein einziges Mal vorbeigeworfen.

Er erreichte den Speisesaal und wollte sich an der Essensausgabe anstellen. Im nächsten Moment packte ihn jemand und zerrte ihn zurück.

»Die Neuen essen als Letzte«, erklärte ihm ein älterer Junge, den er nicht kannte. »Warte, bis du an der Reihe bist.«

Bitte? Sollte das ein Witz sein?

Dann jedoch sah er, dass Gralit und seine Freunde sich noch nicht angestellt hatten. Stattdessen unterhielten sie sich und warfen immer wieder zornige Blicke auf ihn. Anscheinend hatten sie sich nicht mit dem älteren Jungen abgesprochen und diese Regel gab es tatsächlich. Damit hatte er nicht gerechnet.

Nun gut, dann wartete er eben, auch wenn ihm jetzt der Magen knurrte. Vielleicht konnte er zumindest herausfinden, was Gralit und seine Anhänger planten. Denn dass sie etwas gegen ihn ausheckten, war klar.

Doch leider gab es hier drinnen keinen Wind, der ihm ihr Gespräch zutragen konnte. Und darüber hinaus herrschte ein unheimlicher Lärm im großen Saal. Etwa einhundertzwanzig Jungen und Mädchen hielten sich hier auf und die meisten von ihnen redeten wild durcheinander oder hantierten mit dem Besteck auf ihren Tellern. Ein Gespräch aus der Ferne zu belauschen war unmöglich. Genauso wenig konnte er sich näher an Gralits Gruppe heranschleichen. Das wäre sofort aufgefallen, zumal jetzt endlich die Anfänger unter den Schattenanwärtern mit Essen holen dran waren.

Jemand klopfte ihm auf die Schulter. Farisio zuckte zusammen.

»Alles in Ordnung, Koll?«

»Nari.« Erleichtert lächelte er. »Nicht wirklich, aber ich bin froh, dass jetzt erst mal Mittagspause ist.«

»Seltsamer Vormittag, oder?« Nari warf einen Blick nach hinten auf Gralit. »Er hasst mich jetzt bestimmt noch mehr«, murmelte er besorgt.

Farisio zuckte hilflos mit den Achseln. Um sie herum hörte er, wie Anwärter, die in *Aphrodisiakums* Unterricht dabei gewesen waren, anderen von Naris Vorführung erzählten. Manche wirkten ungläubig, andere lachten schallend und deuteten abwechselnd auf Nari und Gralit. Bis zum Abend würde jeder Schattenanwärter Bescheid wissen und vermutlich auch die meisten Schatten. Dann würde Gralit reagieren, *reagieren müssen*, doch wie, wagte Farisio nicht vorherzusagen.

»Lass uns essen«, schlug er vor, als sie endlich ihre Portionen entgegengenommen hatten.

Sie setzten sich an den Tisch ganz am Rand. Doch anders als beim Frühstück war es um diese Zeit so voll, dass sich selbst ihre Klassenkameraden gezwungenermaßen mit an ihren Tisch setzten. Farisio war wenig begeistert, als er sich unvermittelt Gralit gegenüber fand.

Jener ignorierte ihn zum Glück aber völlig und starrte mit einer ausdruckslosen Miene Nari an, ohne sich darum zu scheren, dass sein Verhalten weitere Gerüchte in Gang setzte. Anscheinend war in seinen Augen der Vorfall mit Nari noch wichtiger als sein Streit mit Farisio.

Der versuchte unterdessen, die anderen Schattenanwärter nicht zu beachten. Das Essen war erstaunlich gut. Farisio genoss jeden Bissen und versuchte, ihn so lange wie möglich auszukosten und nicht zu schlingen, wie es der Hunger von ihm verlangte. Das Beste an seinem Aufenthalt in der Stadt der Schatten waren die kostenlosen Mahlzeiten.

Das Schlechteste: leider die Schattenanwärter.

Farisio funkelte Gralit wütend an, der Nari jetzt nicht mehr ignorierte, sondern ihm unter dem Tisch einen Tritt gegen den Unterschenkel verpasste. »Hast du Zuckungen im Bein, Gralit? Vielleicht solltest du dann einen Heiler aufsuchen, es könnte sonst noch was Ernstes sein«, schlug er vor.

Der andere Junge lächelte falsch. »Deine Besorgnis ist rührend, Koll. Aber mir geht es bestens. Iss weiter. Nicht dass du wieder zu spät zum Unterricht kommst, wie bei *Blutdolch*.«

Farisio verkniff sich die Beleidigung, die ihm auf der Zunge lag. Mit einem hatte Gralit recht. Das Essen war wichtiger als ihr Streit.

Er schob den nächsten Bissen Eintopf auf seinen Löffel, führte ihn zum Mund und schluckte. Auf einmal brannte seine Mundhöhle wie Feuer und eine Walze aus Flammen folgte dem Bissen die Kehle hinab bis in den Magen. Tränen schossen ihm in die Augen, als er erschrocken Luft holte und hustete. Panisch griff er nach seinem Becher und nahm einen großen Schluck Wasser … ein Fehler! Sofort brannte es noch mehr.

Was war das?

»Hier! Iss das, schnell!«, rief Nari besorgt und drückte ihm seinen Kanten Brot in die Hand.

Farisio gehorchte, auch wenn jede Kaubewegung wehtat. Nach ein paar Sekunden ließ der Schmerz nach, und er schluckte. Erst jetzt nahm er das Gelächter der anderen Schattenanwärter wahr sowie das schadenfrohe Glitzern in ihren Augen. Sie hatten alle gewusst, was geschehen würde. Sie waren alle in den Streich eingeweiht und Gralits Tritt war ein Ablenkungsmanöver gewesen, damit Farisios Nebenmann ihm etwas aufs Essen schütten konnte.

Er stand auf und nahm sein Tablett mit dem nun ungenießbaren Eintopf, um die Reste wegzuwerfen. Nari folgte ihm.

»Das haben sie mit mir auch schon gemacht«, flüsterte er, als sie zur Essensausgabe gingen. »Es tut mir so leid, Koll.«

»Es ist nicht deine Schuld, sondern Gralits«, presste Farisio mit rauer Stimme hervor. Selbst reden tat weh. »Er ist derjenige, der die anderen gegen uns aufhetzt.«

Ihm tat es leid, dass Nari dies schon so lange erdulden musste. Warum griff von den Schatten niemand ein? Merkten sie nicht, was unter ihrer Nase bei den Anwärtern geschah? Oder konnte Gralit tun und lassen, was er wollte, weil er Udios Sohn war?

Mit Bedauern kippte er das verdorbene Essen in den Müll. Nachdem er beim Frühstück kaum etwas gegessen und den Eintopf genossen hatte, tat es ihm nicht nur leid wegen der Verschwendung, sondern ihm knurrte auch der Magen. Der Vormittag mit all den Treppenstufen und dem Kampftraining bei *Blutdolch* war anstrengend gewesen.

Mit einem Seufzen stellte er sich erneut vor die Essensausgabe, doch der junge Mann, der dort Dienst tat, schüttelte bereits bedauernd den Kopf, bevor er um Nachschlag bitten konnte. »Es tut mir leid, mein Junge, aber der Eintopf ist bereits alle. Ich kann dir nur noch einen Kanten Brot anbieten.«

Besser als nichts. »Nehme ich. Danke«, murmelte er.

Er streckte die Hand aus und schlang das Stück dankbar hinunter. Anschließend waren die Schmerzen in Mund und Hals endlich wieder erträglich.

»Komm, lass uns Ileija besuchen gehen«, schlug Nari vor, der ihn nach einem Tag schon erstaunlich gut zu kennen schien.

»Gute Idee. Danke, Nari.«

Der schmächtige Schattenanwärter hatte sein Essen auf dem Tisch stehen gelassen und ihm sein Brot abgeben, obwohl er selbst Hunger haben musste. Dankbar lächelte Farisio ihn an. Unter dem Getuschel der anderen Schattenanwärter verließen sie den Speisesaal.

»He, Krüppel!«, schrie jemand, doch Nari sah stur geradeaus und tat, als hätte er es nicht gehört. »Übst du jetzt deine Verführungskünste beim Licht? Pass auf, nicht dass Gralit noch eifersüchtig wird.«

Der Scherzkeks lachte und seine Freunde stimmten in das Gelächter ein, während Naris Wangen dunkel anliefen. Farisios Blick wanderte unwillkürlich weiter zu Gralit, der ebenfalls im Fokus des Spottes gestanden hatte, was ungewohnt für ihn sein musste. Daher war er nicht überrascht, dass der große Junge den Schreihals wütend anstarrte.

»Komm«, flüsterte Farisio.

»Ich weiß. Lass sie einfach reden, irgendwann verlieren sie die Lust an den Sticheleien«, erwiderte Nari, als sie auf dem Gang waren.

»Du solltest dir das nicht anhören müssen, Nari«, sagte Farisio kopfschüttelnd. Er wusste nicht, ob er an seiner Stelle das alles so geduldig hätte über sich ergehen lassen können. »Kann *Keine Sperenzchen* denn nichts dagegen tun?«

Der schmächtige Junge ließ den Kopf hängen. »Bei ihr war ich doch schon längst«, gestand er niedergeschlagen. »Sie greift nur ein, wenn die Ordnung oder die Sicherheit gefährdet sind. Hänseleien und kleine Raufereien hält sie für normal und – wie hat sie sich ausgedrückt? – *charakterbildend*. Sie meint, dass man als Schatten lernen muss, Widerstände zu brechen oder zu umgehen, und ich könnte nicht früh genug damit anfangen. Nein, Koll, wir sind auf uns gestellt, von den Schatten wird uns keiner helfen.«

Farisio seufzte. Doch der ganze Kummer war vergessen, als er die Tür zur Kinderbetreuung vor sich sah und sich darauf freute, die Kleine wieder in die Arme zu nehmen.

»Ich besorge uns noch etwas zu essen und komme gleich nach«, rief Nari ihm zu, als Farisio die Klinke herunterdrückte. Er nickte geistesabwesend.

Im Raum war es ungewöhnlich still und aufgeräumt. Farisio musterte seine Umgebung verwirrt. Wo waren die Kinder?

Aus dem Nebenraum kam ihm eine der Kinderbetreuerinnen entgegen. Es war nicht Brattira, sondern eine alte Frau, und sie wirkte nicht erfreut, ihn zu sehen.

»Jetzt sind keine Besuchszeiten, junger Mann«, zischte sie ihn leise an. »Die Kinder schlafen.«

»Das macht nichts. Ich will meine Schwester nur mal kurz sehen. Dann gehe ich wieder«, entgegnete er.

»Das geht nicht, Koll«, mischte sich da Brattira von der Tür aus ein. Sie hatte Besorgungen erledigt und stand nun mit ihrem Einkaufskorb auf der Türschwelle. »Es tut mir leid, aber wenn wir ein Kind wecken, dann weckt es in der Regel die anderen und es dauert Ewigkeiten, bis sie alle wieder schlafen. Du kannst jetzt nicht zu ihr rein. Komm heute Abend nach dem Unterricht wieder.«

Der blöde Unterricht. Er hatte ihn so satt.

Am liebsten wäre er durch den Raum zu Ileija gestürmt, hätte sie aus dem Bett gerissen und wäre mit ihr rauf nach *Aussicht* teleportiert, ohne jemals zurückzukommen. Und wenn sie ihm deswegen die Erinnerungen löschten! Es musste doch Wege geben, die Wirkung von Gedächtnissteinen wieder aufzuheben, oder nicht? Und wer sagte denn, dass das Wissen, dass sich sein Großvater oben auf der *Klippe* befand, von der Löschung betroffen sein würde? Es handelte sich nicht um eine Erinnerung an die Schatten und nur diese wollten sie ihm ja ausradieren.

Oder würden sie etwa nicht gezielt gegen einzelne Erinnerungen vorgehen, sondern die ganze Zeit auslöschen, die er hier in der *Klippe* verbracht hatte, wenn sie ihn und Ileija nach *Brise* zurückbrachten? Dann würde er sich mit der Kleinen auf den Weg nach *Sturm* begeben, wie er es vor der Begegnung mit *Flinkfinger* und *Scharfauge* geplant hatte, ohne zu ahnen, dass er dort verkehrt war, dass sich sein Großvater längst woanders befand.

Das war nicht gut. Er konnte nicht kopflos alles hinwerfen und türmen, auch wenn er jede Minute, die er hier bei den Schatten verbringen musste, hasste. Ohne einen Plan würde er scheitern. Und selbst wenn ihm die Flucht gelang, konnten ihn die Schatten jederzeit wieder schnappen, sobald er versuchte, sich seinem Großvater zu nähern. Der königliche Palast stand unter ihrer Beobachtung, so viel wusste er bereits. Und er hatte keine Ahnung, wer zu den Schatten gehörte oder für sie arbeitete und wer nicht. Dass es ihm gelang, seinen Großvater in einem unbeobachteten Moment abzupassen und ihn zu überreden, *Aussicht* zu verlassen, war doch recht unwahrscheinlich. Und selbst wenn sie nach *Sturm* gingen, war nicht gesagt, dass es dort keine Schatten gab. Immerhin konnten sie teleportieren, und *Flinkfinger* und *Scharfauge* hatten sich auch in *Brise* wie zu Hause gefühlt. Nein, egal, wie er es drehte und wendete, es gab keine Alternative. Entweder er blieb bei den Schatten oder sie würden ihm das Gedächtnis löschen.

Und was war mit Ileija? Er musste schließlich auch bedenken, was für sie das Beste war. Sie schien es hier gut zu haben. Brattira und die anderen Erzieherinnen kümmerten sich gut um sie, ja, sie waren sogar bereit, sie vor ihm zu beschützen, weil es das Beste für sie war. Doch was war das Beste, was er für sie tun konnte? Er hatte keine Unterkunft, keine Arbeit, kaum Geld. Vermutlich würde es Tage geben, an denen sie hungern würden oder frieren. Das war kein Leben für ein Kleinkind.

Und wenn er sie einfach bei den Schatten zurückließ? Doch was würde dann mit ihr geschehen, wenn sie älter war? Würde man sie ebenfalls zwingen, sich den Schatten anzuschließen?

»Koll?«, fragte irgendjemand und da bemerkte er erst, dass Nari, Brattira und die andere Erzieherin ihn besorgt ansahen. Es war so ungewohnt und so lange her, dass ihn jemand mit Zuneigung und Fürsorge angeschaut hatte, dass er im ersten Moment nicht wusste, wie er reagieren sollte.

»Ist alles in Ordnung? Du warst irgendwie weggetreten«, erkundigte sich Brattira, während Nari die Hand von seiner Schulter nahm.

»Ich war lediglich in Gedanken.«

»Das müssen aber tiefgründige Gedanken gewesen sein«, merkte Nari an und musterte ihn intensiv. »Ich habe dich mehrfach angesprochen, ohne dass du mich gehört hast.«

Im ersten Moment wollte Farisio sie einfach anlächeln und so tun, als wäre alles in Ordnung. Vermutlich wäre ihm das auch gelungen, aber in Naris Worten und Blicken lag etwas, das er instinktiv erkannte: Einsamkeit, der Wunsch, endlich einen Freund zu haben, mit dem er reden konnte, und gleichzeitig stille Resignation, weil dieses Angebot höchstwahrscheinlich wieder einmal abgewiesen werden würde. Plötzlich wurde sich Farisio bewusst, dass es in seiner Hand lag, dass er nicht einsam sein musste, dass er mit jemandem reden konnte. Dass es an ihm lag, ein Risiko einzugehen und den ersten Schritt auf jemanden zuzumachen. Er musste Nari und den beiden Kinderbetreuerinnen ja nicht gleich seine Geheimnisse verraten, aber vielleicht konnten sie ihm helfen, zu entscheiden, was das Beste für Ileija war?

»Tut mir leid«, sagte Farisio schließlich und atmete kurz durch, bevor er den Sprung ins Ungewisse wagte. »Ich habe nur darüber nachgedacht, was das Beste für Ileija und mich ist. Mir wird von Stunde zu Stunde mehr klar, dass ich nicht zum Schattenanwärter tauge. Mein Platz ist woanders, und ich hatte auch ganz andere Pläne. Doch auf der anderen Seite geht es Ileija hier gut, sie wird umsorgt, besser, als ich das allein könnte. Ich weiß einfach nicht, was ich tun soll: gehen oder bleiben. Aber wenn ich gehe und Ileija hier aufwächst, dann werde ich sie vermutlich nie wiedersehen. Ich werde mich nicht erinnern, was mit ihr geschehen ist, wenn die Schatten die Erinnerungen an meine Zeit hier auslöschen. Werde ich dann bis in alle Ewigkeit nach ihr suchen und sie doch nie finden? Oder werde ich vergessen haben, dass es sie gibt? Aber wenn genau das das Beste für sie ist?«

»Oh, Junge.«

Brattira umarmte Farisio plötzlich und drückte ihn fest an sich. Sie überwältigte ihn mit ihrer Rührung, sodass Farisio kaum Luft bekam. Er kämpfte gegen die Umklammerung und ihre Erdrückung an, bis er sie fest, aber doch sanft von sich schob.

»Du bist ein guter Bruder«, wiederholte Brattira ihre Worte vom Morgen. »Ich wünschte, alle Geschwister oder Eltern würden sich solche Gedanken um die Kinder in ihrer Obhut machen. Ich habe schon so viel Kinderleid gesehen. Kinder, die von ihren Eltern einfach ausgesetzt werden und sich auf der Straße durchschlagen müssen oder verhungern. Kinder, die misshandelt oder gar zu Tode geprügelt werden von denen, denen sie vertraut haben. Vergewaltigte Kinder. Kinder, die dermaßen verstört sind, dass sie nicht mehr sprechen und auf nichts reagieren. Es zerreißt mir jedes Mal das Herz, selbst wenn ich die Kinder nicht persönlich kenne. Wenn ich auch nur höre, welche Neuigkeiten die Schatten wieder aus allen Teilen von Wirilat mitgebracht haben: von einer Kinderleiche in *Hauch*, einem Kleinkind einer wohlhabenden Familie aus *Bö*, das entführt wurde, weil seine Eltern sich mit einer anderen Familie im Streit befinden, oder von den Kindern einer Großfamilie, die tagelang neben den Leichen ihrer Eltern leben, die sich gegenseitig ermordet haben, ohne dass es einem einzigen Nachbarn auffällt oder sich jemand um die Kinder kümmert. Das erschreckt mich.«

Sie weinte und ihre Kollegin reichte ihr stumm ein Taschentuch. Farisio blickte Nari an und wusste nicht, was er sagen sollte, um Brattira zu trösten. Er wusste nur zu gut, wie schlimm das Leben für Kinder war, wenn sie niemanden hatten, der sich um sie kümmerte. Eine richtige Familie war alles, was er sich stets gewünscht hatte.

»Und dann haben wir Jungen wie dich, Koll«, fuhr Brattira fort, als sie sich ein wenig beruhigt hatte. »Einen älteren Bruder, der das Wohl seiner Schwester über sein eigenes stellt und sogar alles opfern würde, nur damit es ihr gut geht. Ich wünschte, es gäbe mehr Kuftari wie dich.«

Farisio zwang sich zu einem Lächeln, als sie ihn erneut umarmte.

Doch noch nie hatte er sich so elend gefühlt wie in diesem Moment. Zum ersten Mal verstand er, warum Ybbydus alles geopfert und sogar die Misshandlungen seiner Mutter erduldet hatte, nur um sein Privatlehrer und in Farisios Nähe bleiben zu können.

Ja, er wusste, was das Beste für Ileija war. Aber er konnte sich nicht dazu überwinden, sie bei den Schatten zurückzulassen und sie zu vergessen.

Also blieb ihm nichts anderes übrig: Er würde ein Verbrecher werden und sich den Schatten anschließen, auch wenn seine Seele darunter litt. Er hatte bereits einmal gestohlen, um Ileija zu beschützen – auch wenn ihm das Geld zugestanden hatte. Und er würde es wieder tun. Für Ileija würde er alles tun.

10

SCHATTENBASIS

Am nächsten Tag war die Stimmung der Jungen immer noch gedrückt. Wieder waren sie auf dem Rückweg von einem Besuch bei Ileija in das Stockwerk der Schattenanwärter. Keiner der beiden hatte die geringste Lust, zum Unterricht zu gehen.

»Als Nächstes habe ich Beobachten bei *Scharfauge*. Und du?«, wollte Farisio wissen. Er freute sich nicht darauf, den dicken, großen Schatten wiederzusehen, der ihm den ganzen Schlamassel eingebrockt hatte.

»Ebenfalls. *Scharfauge* ist in Ordnung«, verkündete Nari. »Er ist ein guter Lehrer. Im Gegensatz zu vielen anderen ist er gerecht und legt es nicht darauf an, jemanden aus der Klasse bloßzustellen. Ich gehe gern in seinen Unterricht. Vielleicht werde ich später selbst ein Beobachter. Was mich noch davon abhält, ist die Vorstellung, was Gralit dazu sagen würde. Ich meine, ein Beobachter zu sein, ist fast wie die Arbeit in der Zentrale, nur dass man nicht auf Kristallplatten starrt, sondern Orte und Personen aus der Nähe beobachtet. Gralit würde denken, dass er recht gehabt hat, dass ich zu nichts anderem tauge, nur weil mir ein Arm fehlt. Dabei wollte ich immer etwas verändern. Ich will nicht nur untätig zugucken und Informationen sammeln.«

»Dann tu das nicht. Beweis diesem arroganten Schnösel, dass er unrecht hat! Du kannst viel mehr, Nari. Außerdem kannst du gut mit

Leuten umgehen, wie wir gestern in *Aussicht* gesehen haben. Warum muss es unbedingt Kämpfer oder Verwaltungsmitarbeiter sein? Gibt es nicht noch andere Positionen bei den Schatten?«, versuchte Farisio Nari Mut zu machen.

»Du hast recht«, sagte Nari nach einer kurzen Pause, in der er Farisio überrascht angestarrt hatte. »Ich kann mehr. Und vielleicht hast du auch recht, was meine Möglichkeiten betrifft. Vielleicht sollte ich eine Karriere als Gesichtsloser in Betracht ziehen? Dort hat man viel mit anderen Kuftari zu tun und ich wäre nicht zum Zuschauen verdammt. Danke, Koll! Ich bin froh, dass du mein Freund bist. Und ich hoffe sehr, dass du es dir noch mal überlegst und bleibst.«

Farisio wusste nicht, was er darauf erwidern sollte. Langsam begann er Nari ebenfalls als Freund zu sehen, obwohl er die Schattenanwärter und die Schatten auf Abstand hatte halten wollen. Und obwohl Nari ihn gar nicht richtig kannte und ihn immer noch für jemanden namens Koll hielt. Doch wäre er immer noch sein Freund, wenn er die Wahrheit wüsste? Wenn er wüsste, was und wer Farisio wirklich war?

Seine Zweifel begleiteten ihn in den Klassenraum, wo sie die Ersten waren. Lediglich *Scharfauge* war bereits da und strahlte bei ihrem Anblick.

»Kleiner Mann!«

Der dicke Riese schlang seine gewaltigen Arme um ihn. Farisio fühlte sich, als würde er unter einem Berg aus Fett und Muskeln begraben. Er bekam keine Luft, während *Scharfauge* ihn mit Gutmütigkeit und Freude erdrückte.

»Lass ihn los, *Scharfauge!* Er kann nicht atmen!«, rief Nari, worauf Farisio endlich wieder freigelassen wurde. Sofort schnappte er gierig nach Luft.

»Geht es dir gut, Junge?«, fragte *Scharfauge* zerknirscht. »Bitte entschuldige, ich vergesse manchmal, wie klein und zerbrechlich ihr alle seid. Ich habe mich nur so gefreut, dich wiederzusehen. Ein Licht! Warte es nur ab, bald wirst du die Geschicke der Schatten auf den

Kopf stellen! Und ich durfte meinen kleinen Beitrag dazu leisten. Das macht mich stolz. Setz dich. Setzt euch.«

Nari nahm wieder in der ersten Reihe Platz und Farisio folgte ihm. Von dort beobachteten sie, wie *Scharfauge* die Tafel wischte, Notizzettel auf den Tischen verteilte und dann eine Tasche auf das Lehrerpult stellte. Inzwischen trudelten auch die anderen Schattenanwärter nach und nach ein.

»So, jetzt sollten alle da sein«, stellte *Scharfauge* irgendwann zufrieden fest und Farisio sah sich um. Es hatte ihn überrascht, dass drei Mädchen neben ihnen in der ersten Reihe Platz genommen hatten, aber die Klasse war ungewöhnlich groß. Alle Plätze bis auf einen einzigen waren besetzt.

»Willkommen zur nächsten Lektion im Beobachten! Wer aufmerksam gewesen ist – und ich hoffe doch mal, dass das alle von euch gewesen sind –, wird bemerkt haben, dass wir einen neuen Schüler in unserer Mitte haben. Herzlich willkommen, Koll!«

Scharfauge strahlte ihn erneut an. Obwohl der Schatten all seine Pläne durchkreuzt und sein Leben zerstört hatte, machte er es Farisio beinahe unmöglich, ihn nicht zu mögen. Wie konnte man als Verbrecher nur so ein sonniges Gemüt haben?

»Als Erklärung für Koll und für euch als Erinnerung will ich noch mal zusammenfassen, worauf es beim Beobachten ankommt: auf eure scharfen Augen, euren Verstand, euer Erinnerungsvermögen und auf Unauffälligkeit! Verstanden? Gut. All diese Fähigkeiten werden wir im Unterricht üben, denn ein guter Beobachter erinnert sich auch Monate später noch an ein winziges Detail, das damals unwichtig erschien, nun aber in Kombination mit neuen Informationen den entscheidenden Hinweis liefert. Deshalb müsst ihr ständig aufmerksam sein. Das ist ganz wichtig!«

Er deutete auf seine Tasche, die noch immer mitten auf dem Pult stand. »Ihr denkt vielleicht, als Beobachter blicken wir lange auf einen bestimmten Fleck und haben alle Zeit der Welt, um uns alles einzuprägen, aber dem ist nicht so. Ein Beobachter muss schnell sein. Wer regungslos auf einen einzigen Punkt starrt, fällt auf, daher sind wir meistens in Bewegung und müssen uns vieles innerhalb kürzester Zeit einprägen. Um eure Schnelligkeit und euer Gedächtnis zu trainieren, werden wir jetzt eine Übung machen. In dieser Tasche befinden sich zehn Gegenstände. Ich werde sie gleich herausnehmen und auf das Pult stellen. Danach habt ihr genau fünf Sekunden Zeit, um euch so viele Gegenstände wie möglich einzuprägen. Anschließend, wenn ich euch dazu auffordere – und nicht vorher! –, notiert ihr auf den Zetteln, die ich ausgeteilt habe, so viele Dinge wie möglich. Verstanden? Gut.«

Er stellte sich mit dem Rücken zur Klasse, um die Tasche zu öffnen. Die Mädchen neben Farisio und Nari beugten sich vor, um etwas zu erkennen, aber *Scharfauge* war so dick und breit, dass er ihnen mit seinem Körper die Sicht versperrte.

»Fertig?«, fragte er schließlich. »Dann los!«

Überraschend schnell sprintete er um den Tisch herum und zählte: »Eins ... zwei ... drei ... vier ... fünf ...« Er hatte erneut in seine Tasche gegriffen und warf nun ein großes Tuch über die mitgebrachten Dinge. »Fertig!«

Zufrieden ließ er den Blick über die Klasse streifen. »So! Und um auszuschließen, dass jemand geschummelt hat, werde ich jetzt eure Zettel kontrollieren. Denn ein Beobachter hat in den seltensten Fällen die Gelegenheit, sich unmittelbar vor Ort Notizen zu machen. Ihr müsst euch also auch noch Stunden, Tage oder gar Jahre später auf euer Gedächtnis verlassen können.«

Farisio bemerkte, dass hinter ihm Unruhe aufkam. Anscheinend hatte sich nicht jeder an *Scharfauges* Anweisungen gehalten und manche versuchten nun, ihre Zettel verschwinden zu lassen. »Derlit, Haberni, das habe ich gesehen. Her mit den Zetteln und vor die Tür! Ich werde euch nach der Übung wieder hereinholen, also lauft nicht weg.«

Selbst *Scharfauges* Tadel klang gutmütig und er zwinkerte den beiden Jungen, die geschummelt hatten, zu. Während sie das Klassenzimmer verließen, wandte sich der Beobachter an alle anderen. »Der Rest der Klasse darf jetzt anfangen aufzuschreiben, woran er oder sie sich erinnert.«

Farisio schloss die Augen. Sofort stand ihm die kleine Sammlung an Gegenständen wieder vor Augen und er notierte: »Ein silberner Ring mit einem mittelgroßen roten Stein, ein Stück grüne Kreide, ein gefalteter Vogel aus gelbem Papier, ein brauner Holzbecher mit der Aufschrift *Flinkfinger* ...« Ob der Dieb wohl wusste, dass sich sein Kumpel den Becher ausgeborgt hatte? »... eine unreife Madmas-Beere, ein rostiger Dolch, eine kleine Vase aus Glas, ein blaues Wollknäuel, eine Lupe und eine graue Wollmütze.«

Zufrieden legte er den Stift beiseite. Kurz darauf fragte *Scharfauge*: »Sind alle fertig? Dann sammle ich die Zettel jetzt ein.«

Er ging durch die Reihen, brachte den Stapel zum Pult und marschierte dann zur Tür. »Derlit, Haberni, ihr dürft wieder hereinkommen. Die anderen haben die Übung schon erledigt, jetzt seid ihr dran – und die anderen helfen bitte nicht. Hier habt ihr zwei neue Zettel. Nun notiert, woran ihr euch erinnert.«

»Aber wir dachten ...«, begann der größere der beiden Jungen und zuckte hilflos mit den Schultern.

»... dass ihr euch nun nicht mehr erinnern müsst?«, vervollständigte *Scharfauge* seinen Satz. »Dass die Aufgabe für euch damit erledigt ist? Ich sagte doch, ihr müsst eure Erinnerungen auch zu einem späteren Zeitpunkt noch abrufen können. Der ist jetzt. Und bitte Ruhe, während ich die Antworten durchgehe.«

Die beiden Jungen setzten sich wieder auf ihre Plätze und fingen an zu schreiben. Man hörte nur das Kratzen ihrer Stifte auf dem Papier und das Rascheln der Blätter, wenn der dicke Schatten zum nächsten Bogen griff. Die Anwärter schwiegen.

Schließlich bat *Scharfauge* die beiden Nachzügler, ihre Antworten ebenfalls nach vorne zu bringen, und beendete die Durchsicht. Er wirkte nicht zufrieden. »Das üben wir aber noch mal. Leider hatte nur ein Einziger alle zehn Gegenstände richtig. Ein paar von euch, um genau zu sein fünf, haben sich sieben Gegenstände merken können, eine zufriedenstellende Leistung, die mir verrät, dass ihr seit der letzten Stunde geübt habt. Von allen, die sechs Dinge oder weniger richtig hatten, erwarte ich bis zum nächsten Mal eine Steigerung. Das ist kein Spiel, von eurem Gedächtnis können Leben abhängen, ihr solltet es also genauso trainieren, wie ihr den Umgang mit einer Waffe üben würdet. Verstanden? Gut.«

Scharfauge schlängelte sich wieder erstaunlich flink durch die Reihen, während er die Zettel zurückgab. »Schreib bitte nächstes Mal deinen Namen auf den Zettel«, bat er Farisio. Der Junge nickte, während er auf das Ergebnis starrte. Zehn Richtige. »Sehr gut, Koll!«, hatte der Schatten oben notiert.

Nari schielte zu ihm herüber. »Wie viele hast du?«, wisperte er und zeigte ihm unauffällig *Scharfauges* Anmerkung: »Sieben von zehn richtig. Gut, Nari.«

Schweigend schob Farisio seinen Zettel ein Stückchen näher und Nari riss beeindruckt die Augen auf. Dann hatte *Scharfauge* die restlichen Blätter zurückgegeben und war ans Pult zurückgekehrt.

»So, das war der erste Teil des Unterrichts. Jetzt kommen wir zum Praxisteil. Ihr habt in den letzten Wochen von mir erfahren, worauf es bei der Beobachtung von Kuftari ankommt. Nun wird es Zeit, das Wissen in die Tat umzusetzen. Ich hoffe also, ihr habt alle gut aufgepasst. Denn nun geht es nach *Aussicht*.«

Die Klasse jubelte. Alle wirkten aufgeregt und selbst Farisios Herz klopfte schneller. Dass er so rasch wieder an die Oberfläche kommen würde, überraschte Farisio. Vielleicht sah er sogar seinen Großvater und konnte in einem unbeobachteten Moment mit ihm sprechen.

»Folgt mir! Eure Notizzettel und Stifte bleiben hier. Erinnert euch daran, auf euren scharfen Blick und euer Gedächtnis kommt es an. Und immer unauffällig bleiben.«

Sie nickten und es kam Geschnatter auf, als der Schatten sie in die große Halle und zu den Ringen dort führte. An jedem bis auf einem wartete ein Schatten auf sie.

»Immer fünf Leute in einen Transportkreis! Koll, Nari, ihr kommt mit mir.« Sie folgten ihm in den freien Ring. Auch die Mädchen aus der ersten Reihe gesellten sich zu ihnen.

»Fasst euch an den Händen. Wir bilden jetzt einen Kreis«, sagte *Scharfauge*.

Bevor es für Nari komisch werden konnte, hatte sich *Scharfauge* auf seine linke Seite begeben und berührte ihn dort an der Schulter. Farisio nahm Naris Hand und streckte seine Rechte dann nach dem Mädchen neben ihm aus.

Kaum hatte sich ihr Kreis geschlossen, spürte er auch schon wieder das Kribbeln. Energie schien über seine linke Hand in seinen Körper zu gelangen, sich in ihm aufzustauen und dann teilweise zu dem Mädchen neben ihm weiterzufließen. Es dauerte nicht lange und Farisio fühlte sich, als müsste er gleich platzen. In diesem Moment teleportierte *Scharfauge* sie.

Farisio blinzelte, als sie nicht länger in der Halle, sondern auf einer von der Sonne beschienenen Wiese etwas außerhalb der Stadt standen. Um sie herum tauchten nun auch die anderen Schatten mit ihren Schützlingen auf.

»Danke schön.«

Scharfauge nickte seinen Kollegen kurz zu, bevor er einmal durchzählte. »Gut, alle da. Wir werden gleich *Aussicht* betreten. Dort werdet ihr für etwa eine Stunde einer Person folgen und versuchen, durch Beobachtung möglichst viel über sie zu erfahren. Die jeweilige Zielperson wird von mir ausgewählt. Eure wichtigste Regel lautet: *Unauffällig bleiben!* Ihr dürft nicht mit eurer Zielperson sprechen, und sie darf euch nicht bemerken. Spricht eure Zielperson euch an, so habt ihr automatisch verloren. In etwa einer Stunde treffen wir uns wieder hier auf dieser Wiese. Falls jemand von euch auf die Idee kommen sollte, die Aufgabe auszusetzen und seine Zeit anderweitig zu verbringen, dann möchte ich denjenigen darauf hinweisen, dass ich *Hundert Augen* gebeten habe, einen Blick auf jeden Einzelnen von euch zu werfen. Die Kollegen in der Zentrale machen Überstunden, um euch zu beschützen. Also respektiert das und versucht gar nicht erst zu schwänzen. Verstanden? Gut.«

Der große Schatten gab ihnen einen Wink, worauf sie ihm Richtung Stadt folgten. Farisio seufzte. Warum nur hatte *Scharfauge Hundert Augen* auf sie hetzen müssen? Nun konnte er sich nicht mehr in einem unbeobachteten Moment absetzen und nach seinem Großvater suchen. Er wollte nicht, dass die Schatten von ihm erfuhren.

»Alles in Ordnung?«, fragte Nari leise.

Farisio sah zu ihm hinüber. »Ja. Wieso?«

»Du hast geseufzt. Denkst du immer noch darüber nach, ob du die Schatten verlassen sollst?«

»Ständig«, gab er zu. »Aber das war es nicht. Ich musste an unsere Aufgabe denken.«

»Keine Sorge, du schaffst das! Immerhin warst du der Einzige, der sich alle Gegenstände merken konnte. Als Beobachter bist du ein Naturtalent!«, stellte Nari fest.

»Danke. Aber ich weiß nicht. Ihr habt seit Wochen gelernt, worauf es beim Beobachten ankommt. Für mich ist das meine erste Stunde.«

»Und manche lernen es auch nach der hundertsten Stunde nicht. Nein, Koll, du hast ein Talent hierfür. Glaub an dich selbst.«

Während sie sich unterhalten hatten, hatte sich ihre Klasse der Stadt genähert und *Scharfauge* bat sie nun, sich in kleinen Gruppen langsam dem zentralen Marktplatz zu nähern. »Wenn sich große Gruppen plötzlich auflösen, fällt das mehr auf als bei kleinen. Bildet daher Gruppen von maximal vier Personen und haltet Abstand zu den anderen. Verstanden? Gut. Ich komme dann auf euch zu und weise euch eure Zielpersonen zu. Los geht's!«

Es war ein schöner Nachmittag und schon bald wanderten die Schattenanwärter schwatzend durch die Straßen. Niemand hätte vermutet, dass sie zum Spionieren gekommen waren. Lediglich die hellblaue Kleidung, die wie eine Uniform anmutete, erregte Aufmerksamkeit.

»Ist es nicht zu auffällig, wenn wir alle dieselbe Kleidung tragen?«, wollte Farisio von Nari wissen.

Der andere Junge schüttelte den Kopf. »Nein, gerade weil alle unsere Kleidung kennen, fallen wir nicht auf. Auf uns achtet keiner mehr, weil alle wissen, wir gehören zur Förderschule für Waisen und Halbwaisen aus *Brise*.«

»Bitte was?«

Zu welcher Schule sollten sie gehören?

»Das ist die Tarngeschichte, die sich die Schatten ausgedacht haben«, erklärte Nari leise und winkte einigen seiner Bekannten ein paar Meter weiter zu. »Angeblich ist die Schule in *Brise* überfüllt und schickt daher immer wieder Gruppen von älteren Schülern zu Gelehrten hier auf der *Klippe*. Also falls dich jemand nach deinen Eltern oder deiner Schule fragt, weißt du Bescheid.«

Farisio nickte und beobachtete aus dem Augenwinkel, wie sich *Scharfauge* zu einer Gruppe gesellte und diese langsam auflöste. Er hatte jedoch nicht erkennen können, wem er welche Zielperson zugewiesen hatte, und die Schüler waren so geschickt, dass sie sich nicht durch ihr Verhalten verrieten.

Weitere Minuten vergingen und sie hatten schon fast den Marktplatz erreicht, als *Scharfauge* endlich auch zu ihnen kam. »So, meine Lieben!« Er rieb sich freudig die Hände. »Die größte Herausforderung habe ich mir wohlweislich bis ganz zum Schluss aufgehoben. Und noch habe ich auch keine Ahnung, wen ich dir zuweisen werde. Schließlich will ich es dir nicht zu leicht machen. Und ich gehe davon aus, dass du alle Bewohner von *Aussicht* kennst, so häufig wie meine Kollegen und ich dich schon unerlaubterweise hier oben erwischt haben. Oder, Nari?«

Nari machte sich ein wenig kleiner und nickte.

»Also muss es ein Fremder sein, der nur zu Besuch in der Stadt ist. Lass mich gucken. Ah! Siehst du den etwa sechzigjährigen Mann mit den weiß-blauen Haaren dort drüben beim Rathaus? Nicht hinüberstarren! Folge ihm und finde heraus, was ihn in die Stadt geführt hat.«

Der Schattenanwärter warf einen kurzen Blick zu einem breiten, hohen Turm, der Farisio am Vortag nicht aufgefallen war, und nickte. Kurz darauf stand Farisio allein mit *Scharfauge* auf dem Platz. Plötzlich war ihm mulmig zumute. Was erwartete ihn jetzt?

»Koll, da du hier oben noch niemanden kennst, bist du in einer einmaligen Situation. Du darfst dir deine Zielperson selbst aussuchen. Ich bin gespannt, für wen du dich entscheidest.«

Der Beobachter blickte Farisio erwartungsvoll an, doch dessen Gehirn war auf einmal leer. Damit hatte er nicht gerechnet und plötzlich erinnerte er sich an keine einzige Person, die er soeben noch gesehen hatte. Wen sollte er auswählen? Wie sollte er sich entscheiden?

Ratlos sah er sich um. Es befanden sich weit über hundert Kuftari in ihrer unmittelbaren Umgebung, was die Auswahl nicht gerade vereinfachte. Perfekt wäre es natürlich gewesen, wenn er seinen Großvater in der Nähe hätte entdecken können, aber er sah ihn leider nicht. Schade. Schließlich fiel sein Blick jedoch auf eine andere interessante Person und er entschied sich für die zweitbeste Lösung.

»Ich nehme ihn. Den jungen Mann mit den glutroten Haaren«, wandte er sich an *Scharfauge*.

Überrascht hob der Schatten die Augenbrauen. »Interessante Wahl. Einfach, aber auch schwer. Dass er ein Nachkomme von Wirilat ist, weißt du vermutlich?« Farisio nickte. »Nun gut, dann folgen wir dem Prinzen. In der Hoffnung, dass er uns nicht irgendwann davonfliegt.«

»Wir?«

»Ja, da dies deine erste Stunde im Beobachten ist, begleite ich dich. Auf diese Weise kann ich dir ein paar Tipps geben, und du kannst ein paar der Lektionen nachholen, welche die anderen schon gelernt haben. Mein erster Tipp, wenn du jemanden beobachtest: Richte deinen Blick nur ganz selten direkt auf ihn. Manche Kuftari spüren es, wenn sie beobachtet werden. Schau lieber immer ein kleines Stückchen an demjenigen vorbei.«

»In Ordnung«, sagte Farisio. Das ergab Sinn.

Sie setzten sich langsam in Bewegung. Der Prinz wanderte zielstrebig Richtung Norden. »Vermutlich ist er auf dem Weg zum Palast, oder?«, nahm Farisio flüsternd an.

»Wahrscheinlich. Aber sprich einen kleinen Tick lauter. Nicht so sehr, dass die Passanten uns gut hören können. Nur so, dass sie nicht länger ein Flüstern wahrnehmen. Wenn wir ein Flüstern hören, versuchen die meisten von uns instinktiv, sich dem Geräusch zuzuwenden und genauer hinzuhören. Wer leise spricht, fällt eher auf als derjenige, der eine normale Unterhaltung führt.«

»Oh.«

»Und schau hin und wieder mal nach rechts und nach links«, forderte *Scharfauge* ihn als Nächstes auf. »Nicht nur in der Stadt ist es von großer Wichtigkeit, dass man trotz seiner Aufgabe auch einen Überblick über das Ganze behält. Konzentriere dich niemals zu stark nur auf eine Sache. Behalte immer die Umgebung mit im Auge, wer weiß, wofür das noch nützlich sein kann. Und sei es nur, um einen Zusammenstoß mit einem anderen Passanten zu vermeiden.« Der riesenhafte Schatten zwinkerte ihm zu, während er um eine ältere Dame herumtänzelte, die aus einer der Seitenstraßen getreten war.

Farisio musste kichern. Etwas, was er schon lange nicht mehr getan hatte.

»Sehr schön. Immer natürlich bleiben«, meinte *Scharfauge* zufrieden.

Die Verfolgung lief anschließend wie von selbst. Hin und wieder ließ Farisio den Blick über seine Zielperson schweifen, doch der Prinz wich nicht von seinem Weg ab, hielt nicht inne und grüßte auch keinen der Stadtbewohner.

»Ist er hier fremd? Ich hätte erwartet, dass er zumindest hin und wieder stehen bleiben und mit jemandem reden würde«, wandte er sich überrascht an den Beobachter.

»Ah, sehr gut erkannt. Das war Nummer zwei von den Dingen, die wir im Unterricht trainieren: der Verstand. Wir stellen Hypothesen aufgrund unserer Beobachtungen an. Doch das allein reicht nicht. Was fehlt?«

»Wir müssen sie entweder beweisen oder widerlegen?«

»Sehr gut, Koll.«

Mehr sagte er nicht und Farisio begriff, dass er die Antwort auf seine Frage selbst herausfinden musste. Doch wie sollte er das am besten anstellen? Er konnte den Prinzen ja schließlich nicht fragen!

Aber er konnte zuhören. Vielleicht sprach er ja mit jemandem darüber? Und möglicherweise unterhielten sich auch andere Kuftari über den Prinzen. Immerhin war er eine illustre Persönlichkeit. Über Prinzessin Nadera hatten die Stadtbewohner auch getratscht.

Farisio entspannte sich, während er seine Aufmerksamkeit auf seinen Freund, den Wind, richtete und ihn um Hilfe bat. Die Stimmen der Passanten waren von der einen Sekunde auf die andere viel lauter, und Farisio ließ das Wirrwarr über sich hinwegplätschern. Die meisten Unterhaltungen – das große Ganze, wie *Scharfauge* es genannt hätte – interessierten ihn nicht. Sobald er erkannt hatte, dass diese Gespräche nicht die Königsfamilie betrafen, blendete er sie aus. Nach all den Jahren der Übung beherrschte er die Kunst, einzelne Stimmen und Unterhaltungen aus Dutzenden herauszufiltern, mühelos. Das hatte ihm das Überleben auf der Straße gesichert, wo jeder in seiner Umgebung ein potenzieller Feind gewesen war und er niemandem hatte trauen können.

Einen Teil seiner Aufmerksamkeit richtete er jedoch weiterhin auf den Prinzen und auch *Scharfauge* hatte er nicht vergessen, selbst wenn dieser jetzt belanglose Informationen über die Stadt von sich gab und ihm keine weitere Lektion erteilte, sodass er nur hin und wieder eine kurze Antwort einwerfen musste. Zuzuhören und zu antworten, ohne sich wirklich am Gespräch zu beteiligen, hatte er ebenfalls vor Jahren gelernt.

Viel zu schnell hatten sie jedoch den Rand von *Aussicht* erreicht. Vor ihnen lagen nun einige vereinzelte Felder und die Wiesen, welche die Stadt vom königlichen Gelände trennten. Jetzt wurde es schwieriger, den Gesprächen in der Stadt zu folgen, und Farisio wollte seine Versuche schon fast einstellen, als er endlich die Information hörte, auf die er gewartet hatte. Jemand nannte den »Prinzen aus *Sturm*« arrogant, weil er nie stehen blieb, um sich mit Einheimischen zu unterhalten.

Also hatte er recht gehabt. Der Prinz kam ursprünglich nicht von der *Klippe*, sondern aus *Sturm*, von wo auch sein Großvater kam.

Farisio lächelte zufrieden und bedankte sich bei seinem Freund, der seine Aufmerksamkeit, genau wie er selbst, nun wieder auf andere Dinge richtete.

»Warum sind eigentlich so wenige Leute auf den Weg zum Palast?«, wollte er wissen, als er sich erneut umgesehen hatte.

»Was sollen sie dort? Der König spricht nur zweimal die Woche Recht. Einmal pro Woche zieht der Flugunterricht die Schaulustigen an, aber ansonsten machen sich nur neugierige Auswärtige auf den Weg dorthin oder diejenigen, die zu Besuch bei jemandem im Palast sind. Und uns könnte man als Schaulustige von auswärts bezeichnen«, erwiderte *Scharfauge*.

Farisio nickte nachdenklich. Er war froh, dass er daran gedacht hatte, seine Frage unverfänglich zu formulieren, und dass der Schatten auf dieselbe Weise geantwortet hatte, denn als Windmagier war es gut möglich, dass auch der Prinz seine Gabe nutzte, um seine Umgebung abzuhören. Hoffentlich hatte er nicht vorher schon ihr ganzes Gespräch mitbekommen.

»Wir haben allerdings nicht lange Zeit am Palast«, sagte *Scharfauge* kurz darauf. »Du erinnerst dich bestimmt an unseren Termin.«

»Zehn Minuten? Nur mal kurz gucken«, bat er.

»Na schön. Zehn Minuten.«

Scharfauge, der genau zu wissen schien, dass er den jammernden Jungen nur gespielt hatte, zwinkerte ihm zu und klopfte ihm anerkennend auf die Schulter. Leider wieder einmal viel zu kräftig.

»Aua!«

»Entschuldige.«

»Ja, ich weiß, du hast es vergessen.« Farisio schüttelte den Kopf, konnte dem Schatten aber irgendwie nicht böse sein.

Inzwischen hatte der Prinz die Grenze des Palastgeländes – einen künstlichen Wassergraben, der das Hauptgebäude, die Türme, die Flugwiesen und den Park umgab – erreicht und schlenderte über die kleine Brücke. Was Farisio daran erinnerte, dass er nicht mehr viel Zeit hatte, um seine Aufgabe zu erfüllen. Bislang hatte er nur herausgefunden, dass der Prinz nicht im königlichen Palast aufgewachsen war.

Farisio wollte gerade wieder den Wind um Hilfe bitten, als dieser ihm unvermittelt ins Gesicht klatschte.

Gefahr!

Farisio wusste, dass etwas ganz gewaltig schieflief. Doch die Gefahr befand sich nicht unmittelbar vor ihnen. Er konnte nichts sehen, das auf Panik oder Angst unter den Nachkommen von Wirilat hindeutete.

»Wohin muss ich?«, fragte er seinen Freund kaum hörbar.

In den Wald.

Sofort richtete er den Blick auf das Wäldchen, das auf der anderen Seite des Weges lag. Er rannte los.

»He!«, rief *Scharfauge*, den er damit völlig überrumpelt hatte. »Wo willst du hin?«

»Etwas stimmt nicht«, brüllte er zurück. Dann sah er sofort wieder nach vorn. Sein Herz klopfte wie verrückt, als er zwischen den Bäumen hindurchhuschte. Noch wusste er nicht, was genau nicht in Ordnung war, aber das Gefühl der Dringlichkeit, das ihm der Wind vermittelte, ließ ihn Schlimmes vermuten. Jemand befand sich in Lebensgefahr. Er musste sich beeilen.

Farisio rannte, so schnell er konnte. *Scharfauge* hatte er längst abgehängt, er war also auf sich gestellt.

Beklommen lauschte er dem Wispern seines Freundes, der ihn immer tiefer in das Wäldchen führte. Kurz darauf sah er eine Lichtung zwischen den Bäumen auftauchen und der Luftzug, der seine Nase kitzelte, verriet ihm, dass er gleich einen kleinen See erreichen würde. Ertrank da etwa jemand gerade?

Keuchend hielt er am Ufer inne und sah sich rasch um. Da! Dort drüben auf der anderen Seite lag jemand im Wasser.

Wieder sprintete Farisio los. Dieses Mal wusste er, wo er hinmusste, daher blieb er am anderen Ufer nicht stehen, sondern warf sich gleich in den See.

Fast wäre er auf einigen glatten Steinen am Ufer ausgerutscht. Vielleicht war das demjenigen passiert, der dort im Wasser trieb? Hatte sich der Mann etwa bei seinem Sturz den Kopf angeschlagen?

»Halten Sie durch. Ich komme!«

Der Mann reagierte nicht. Wie Farisio es befürchtet hatte, war er bewusstlos.

Inzwischen stand Farisio bis zur Brust im Wasser, doch zum Glück hatte er den Mann mit den roten Haaren jetzt fast erreicht. Ein Prinz! Es war ein Prinz, der dort mit dem Gesicht nach unten im Wasser trieb.

Beherzt griff er zu, packte den Prinzen am Kragen und zog ihn zu sich heran. Er musste ihn umdrehen und sein Gesicht aus dem Wasser bekommen.

Es war mühsam. Die Kleidung des Prinzen hatte sich bereits mit Wasser vollgesogen, außerdem war der Mann größer und schwerer als er und Farisio war durch das wochenlange Hungern und die zu kleinen Mahlzeiten am Vortag geschwächt. Mehrmals ging er selbst unter, bis er den Ertrinkenden ans seichte Ufer gezerrt hatte.

Und erst jetzt erkannte er den Mann wieder. Es war kein Nachkomme von Wirilat, wie er zunächst vermutet hatte. Die Haare des Mannes waren im trockenen Zustand viel heller. Und an Kuwino, den Prinzen aus Diniri und Favoriten von Kronprinzessin Nadera, erinnerte er sich noch zu gut.

Keuchend versuchte er zu lauschen. Atmete der Prinz noch? Oder hatte er zu viel Wasser geschluckt?

»Aus dem Weg«, rief ihm plötzlich jemand zu.

Farisio wurde von einer riesigen, aus Luft geformten Hand beiseitegedrängt, die jetzt den Prinzen aus Diniri aus dem Wasser hob und an Land brachte. Ein dünner Windfinger fuhr dem Bewusstlosen in Mund und Nase. Kurz darauf erbrach Kuwino das verschluckte Wasser und begann zu husten.

Den Gründern sei Dank!

Farisio schleppte sich die restlichen Meter ans Ufer und sackte neben Kuwino und seinem Retter zusammen. Es überraschte ihn nicht, ausgerechnet den Prinzen aus *Sturm* zu sehen, den sie verfolgt hatten. Er war ihnen am nächsten gewesen und musste mitbekommen haben, wie Farisio im Wald verschwunden war.

»Ihr habt ihn gerettet«, sagte er erleichtert, als Kuwino wieder eigenständig atmete.

Der Prinz sah ihn an und schüttelte den Kopf. »Nein, Junge, das warst du. Du hast ihn gefunden, sonst hätte ich ihn niemals rechtzeitig entdeckt.«

Dummerweise musste Farisio gerade jetzt daran denken, was *Scharfauge* zu Beginn der Stunde gesagt hatte. Derjenige, der von seiner Zielperson entdeckt wurde, hatte verloren. Doch das war nicht der Grund, warum er jetzt dem Blick des Prinzen auswich. Noch hatte dieser es nicht angesprochen, aber Farisio hätte die Gefahr mit bloßem Gehör niemals wahrnehmen können. Dafür war der See viel zu weit vom Waldrand entfernt. Wie lange würde es dauern, bis er oder *Scharfauge* Verdacht schöpften? Und Farisio konnte ihnen nicht die Wahrheit erzählen. Dass er mit dem Wind reden konnte.

Ausgerechnet in diesem Moment musste *Scharfauge* angerannt kommen. Er erfasste die Situation mit einem geübten Blick.

»Bei den Gründern! Zum Glück lebt er noch!«

»Ja, in der Tat«, erwiderte der Prinz aus *Sturm* und musterte den Bewusstlosen kritisch. »Doch wir sollten ihn auf schnellstem Weg zu einem Heiler bringen. Ich kann ihn mit meiner Magie leider nicht über diese Strecke transportieren. Er würde keine Luft bekommen, wenn ich fliege. Sie wirken kräftig. Denken Sie, Sie schaffen es zusammen mit dem Jungen, den Prinzen zum Palast zu bringen? Ich fliege unterdessen zurück, verständige den Heiler und komme Ihnen dann wieder entgegen.«

»Ja, natürlich«, antwortete *Scharfauge*.

Der junge Nachkomme von Wirilat nickte zufrieden. Im nächsten Moment spürte Farisio seine Windmagie. Wie ein Katapult schoss sie ihn in die Höhe und wenige Augenblicke später war er außer Sicht.

»Hör zu, Koll. Ich muss die Basis verständigen. Kann ich dich zwei Minuten mit dem Mann alleine lassen? Ich bin gleich wieder da.«

»Was?«

»Keine Sorge, es dauert nicht lange«, versicherte ihm der Schatten.

Dann löste er sich in Luft auf. Farisio starrte fassungslos auf den leeren Fleck. Sollte er den Bewusstlosen jetzt etwa allein tragen oder was?

Gezwungenermaßen wartete er ab. Hoffentlich hielt *Scharfauge* sein Versprechen und es dauerte wirklich nicht lang. Er wollte dem Windprinzen, wenn er zurückkehrte, nicht erklären müssen, wo der Schatten abgeblieben war.

In diesem Moment stöhnte der Bewusstlose. Seine Augenlider flatterten. Farisio schwankte zwischen Erleichterung und Entsetzen, als Kuwino die Augen öffnete und ihn verwirrt anstarrte.

»Wer sind Sie?«

»Das ist unwichtig«, sagte er rasch und stützte den Prinzen, als dieser versuchte, sich aufzurichten. »Wie geht es Euch?«

»Mir tut alles weh. Was ist geschehen?«

»Ihr wärt beinahe ertrunken. Zum Glück haben wir Euch gerade noch rechtzeitig gefunden. Ein Nachkomme von Wirilat hat Euch gerettet. Er ist jetzt unterwegs, um Hilfe für Euch zu holen, Prinz Kuwino.«

»Wer ist Prinz Kuwino?«

Farisio starrte ihn ungläubig an. Doch leider wirkte der Favorit nicht, als würde er Scherze machen. Er hatte tatsächlich sein Gedächtnis verloren.

11

KÖNIGLICHER PALAST VON WIRILAT

»Vorsicht! Passen Sie bei der Tür auf!«, befahl der Heiler *Scharfauge*, als dieser Prinz Kuwino in den frei stehenden Palastturm trug, der dem Wald am nächsten war. Der Wasserprinz war erneut bewusstlos und bemerkte es nicht, als der Beobachter aus Versehen seinen Fuß gegen den Türrahmen stieß. Der Heiler warf *Scharfauge* einen tadelnden Blick zu.

»Entschuldigung.«

»Legen Sie ihn hier auf das Sofa. Gut so.«

Der Windprinz und Farisio betraten ebenfalls den Turm und verfolgten aus ein paar Metern Entfernung besorgt, wie sich der Heiler über seinen Patienten beugte. Er würde auch Kuwino helfen können, bestimmt.

Unruhig verfolgte Farisio, wie der Mann den Favoriten von Prinzessin Nadera untersuchte. Er konnte seine Sorge immer noch nicht ganz abschütteln. Nicht nur, dass Prinz Kuwino kurz nach ihrem Gespräch wieder das Bewusstsein verloren hatte, auch *Scharfauge* hatte viel länger gebraucht als angekündigt, sodass Farisio angefangen hatte, Kuwino hinter sich her um den See zu schleifen. Und als der Schatten endlich aufgetaucht war, hatte er nicht mit ihm reden können, weil sich der Riese den Bewusstlosen sofort über die Schulter geworfen hatte und losgerannt war. Bevor Farisio ihn aber eingeholt hatte, war der Windprinz bereits zurückgekehrt gewesen und die wilde

Hatz war weitergegangen bis zum Waldrand, wo ihnen der Heiler entgegengekommen war.

Nun spürte Farisio die Lebensmagie des Heilers aufwallen. Mit sachten Bewegungen fuhr der Mann über Kopf und Brust des Bewusstlosen und leitete seine Kraft in die Verletzungen. Fasziniert verfolgte Farisio, wie diese vor seinen Augen verschwanden, und das waren nur die oberflächlichen Wunden. Auch um die inneren Schäden in Kopf und Lunge kümmerte der Heiler sich. Erleichtert atmete Farisio aus, als der Mann zurücktrat. Jetzt war alles gut.

»Prinz Kuwino sollte in Kürze erwachen, Prinz Geris«, wandte der Heiler sich an den Windprinzen.

»Ich danke Euch. Was ...«

Prinz Geris brach ab und drehte sich zur Tür. Ein paar Sekunden später hörten sie schnelle Schritte von draußen. Vier Soldaten der königlichen Wache stürmten durch die offene Tür in den Turm, gefolgt von einem stattlichen Mann mit mächtiger Ausstrahlung und Prinzessin Nadera, die sich bei Kuwinos Anblick entsetzt die Hand vor den Mund schlug.

Zum Glück bestand das Erdgeschoss des Turms nur aus einem einzigen großen Raum mit ein paar wenigen gemütlichen Sitzgelegenheiten, sonst wäre es jetzt sehr voll geworden, zumal die Soldaten dafür sorgten, dass sich niemand dem Mann und der Kronprinzessin nähern konnte.

»Was ist geschehen?«, wollte der Mann wissen, der der König von Wirilat sein musste.

»Wir wissen es nicht genau. Der Junge ...« Farisio wäre am liebsten geflohen, als Prinz Geris auf ihn zeigte. Nun richteten alle – selbst Prinzessin Nadera – ihre Aufmerksamkeit auf ihn und musterten ihn neugierig. »... und ich haben ihn bewusstlos im See im Wald treibend gefunden. Er muss schon eine Weile dort gelegen haben, denn es befand sich reichlich Wasser in seiner Lunge.«

»Wasser in der Lunge?«, wiederholte der König und kniff die Augen zusammen. »Wie ist das möglich? Er ist ein Nachkomme von

Diniri! Wasserprinzen ertrinken nicht. Dann glaubst du, dass es kein Unfall war, sondern ein Mordversuch?«

Misstrauisch ließ er seinen Blick auf Farisio ruhen. Noch bevor Farisio seine Unschuld beteuern konnte, wurde er bereits von einer eiskalten Welle der Magie erfasst und gegen die Wand geworfen. Es waren zwar nur wenige Zentimeter, dennoch trieben der Aufprall und der Schmerz Farisio die Tränen in die Augen, und er schrie auf, als die Magie nun seine Hände an den Stein presste und festfror.

»Mordversuch?«, keifte eine schrille Stimme empört. Plötzlich stand eine Frau in der Nähe des Eingangs und musterte ihn zornig. Durch den Tränenschleier konnte er sie nur unscharf erkennen. »Wer bist du, dass du es wagst, einen der Meinen anzugreifen, du Wicht?«, schrie sie ihn an.

»Königin Liria! Hört sofort auf damit! Der Junge hat Kuwino das Leben gerettet. Und wir wissen noch nicht, was geschehen ist«, rief Prinz Geris und zerschlug mit einem Windschlag Farisios eisige Fesseln. Anschließend stellte er sich schützend vor ihn.

»Das Leben gerettet?«, wiederholte Königin Liria zweifelnd. »Seid Ihr sicher?«

»Ja. Der Junge hätte es nicht tun können. Zu dem Zeitpunkt, als es geschah, befand er sich in meiner Nähe, weit vom See entfernt. Wir kamen ungefähr zeitgleich dort an.«

Prinz Geris warf einen Blick über seine Schulter zurück und betrachtete ihn ein paar Sekunden lang. Nicht nur, dass er Farisio in Schutz genommen und ihm ein Alibi gegeben hatte, er verschwieg auch, dass Farisio Kuwino entdeckt und etwa zwei Minuten früher erreicht hatte. Was war hier los? Warum deckte der Prinz ihn? Er musste doch wissen, dass Farisio Magie eingesetzt hatte. Warum versuchte er, das zu verschleiern?

»Wir werden den Vorfall aufklären, Königin Liria«, mischte sich nun der König ein, und als Farisio am Windprinzen vorbei zu ihm sah, bemerkte er, dass auch der Blick des Herrschers nachdenklich auf ihm ruhte.

»Ich will, dass alle verfügbaren Soldaten den Schuldigen suchen«, forderte die Königin mit ihrer schrillen Stimme. Als Farisio vorsichtig um Prinz Geris herumlinste, erkannte er, dass es sich bei ihr um eine kleine Frau von etwa hundertfünfzig Jahren handelte. Sie erinnerte ihn an *Keine Sperenzchen* und ihr gnadenloser Blick verriet ihm, dass es besser war, nicht ihren Unmut auf sich zu ziehen. Plötzlich war er froh, dass Prinz Geris ihn beschützt hatte.

»Königin Liria ...«

Sie fiel dem Herrscher von Wirilat augenblicklich ins Wort. »Das ist ungeheuerlich! Der Angriff auf Kuwino ist ein Angriff auf ganz Diniri. Wir erwarten, dass er umgehend umfassend aufgeklärt wird, mit allen verfügbaren Kräften! Der Schuldige muss gefunden und bestraft werden. Mit dem Tod. Wir müssen dem Volk zeigen, dass es keine Angriffe auf das Herz und das Blut der Domäne geben darf! Niemals und unter keinen Umständen! Wehret den Anfängen, sage ich Euch.«

»Königin Liria«, meldete sich der König geduldig zu Wort. »Wir wissen noch nicht, was geschehen ist. Aktuell können wir einen Unfall noch nicht ausschließen.« Er hob die Hand, als sie ihn erneut empört unterbrechen wollte. »Auch wenn, das gebe ich zu, es unwahrscheinlich ist, dass ein Prinz von Diniri bei einem Unfall beinahe ertrinkt.«

»Warum fragen wir den Prinzen nicht selbst, was geschehen ist? Er wird es uns am besten sagen können«, mischte sich nun der Heiler ein.

Oder auch nicht, dachte Farisio beklommen, als die beiden Herrscher und Prinzessin Nadera zum Sofa traten, wo *Scharfauge* immer noch neben dem Heiler stand, ohne dass die Soldaten den Riesen bislang wie eine mögliche Bedrohung behandelt hatten. Zwei von ihnen zuckten jetzt zusammen, als *Scharfauge* den Kopf neigte und höflich ein paar Schritte zurücktrat, um Platz zu machen.

»Wie lautet dein Name, Junge?«, wollte Prinz Geris von Farisio wissen und auf einmal verstummten alle Geräusche, als der Windmagier einen Luftschild zwischen ihnen und dem Rest des Raums errichtete.

Farisio schluckte. »Koll«, sagte er unwillkürlich, bevor er es sich besser überlegen konnte.

»Du gehörst zu dieser Schule, nicht wahr? Ich erkenne eure Uniform. Wie heißt sie noch mal?«

»Es ist die Förderschule für Waisen und Halbwaisen aus *Brise*. Einige von uns werden hierhergeschickt, weil dort zu wenig Platz für uns alle ist«, antwortete Farisio und war froh, dass Nari ihm diese Tarngeschichte vor einer Stunde erzählt hatte.

»Dann bist du eine Waise oder Halbwaise?«

Farisio nickte. »Meine Mutter ist seit Jahren tot und meinen Vater habe ich nie kennengelernt.«

»Weißt du, ob es Magier in deiner Familie gibt?«, stellte Prinz Geris nun die Frage, vor der sich Farisio gefürchtet hatte.

Der Prinz wusste, dass er Kuwino nicht ohne Magie hatte finden können. Doch was sollte er jetzt tun? Er war nicht bereit, ihm die Wahrheit zu sagen. Was, wenn sie ihm nicht glaubten und ihn für eine Gefahr hielten? Die Königin von Diniri wollte ihn bereits tot sehen. Und wenn Prinz Geris und der König ihm ihren Schutz entzogen?

Er schüttelte den Kopf und bemerkte zu spät, dass Prinz Geris dies für die Antwort auf seine Frage hielt. »Hm. Vielleicht ist dein Vater ein Nachkomme von Wirilat?«

Beinahe hätte Farisio gelacht, weil der Windprinz so danebenlag. Erneut schüttelte er den Kopf.

»Ich weiß zwar nicht, wer mein Vater ist«, erwiderte er, »aber das kann ich ausschließen. Ich komme aus den östlichen Domänen und das Wenige, das ich weiß, passt nicht zu Eurer Vermutung.« Er holte tief Luft. »Und ich habe keine glutroten Haare«, ergänzte er leise.

»Oh.«

Hinter ihnen kam Unruhe auf. Königin Liria gestikulierte wild, während Prinzessin Nadera neben dem Sofa, auf dem Kuwino sich inzwischen aufgerichtet hatte, zu Boden sank und die Soldaten ihre Waffen fester packten. Rasch ließ Prinz Geris seinen Luftschild fallen.

»Wir reden später weiter, Koll«, sagte er schlicht. »Was ist los?«

»Er erinnert sich nicht!«, rief Nadera entsetzt, bevor die Königin oder der König den Mund aufmachen konnten.

»Du meinst, er kann uns aufgrund der Kopfverletzung nicht sagen, was ihm zugestoßen ist?«, fragte Geris verwirrt.

»Ich glaube, deine Schwester will damit sagen, dass Prinz Kuwino das Gedächtnis verloren hat«, klärte der König ihn auf.

»Was für ein erbärmlicher Heiler seid Ihr denn, dass Euch das nicht aufgefallen ist! Heilt ihn! Sofort!«, forderte Königin Liria.

Noch immer stand der Heilkundige neben seinem Patienten, doch inzwischen hatte sich ein Soldat unauffällig zwischen ihn und die zornige Königin geschoben. Der Heiler äußerte sich nicht, während er den schweigenden und verwirrt wirkenden Prinzen ein weiteres Mal untersuchte.

»Was auch immer den Gedächtnisverlust von Prinz Kuwino verursacht hat«, stellte er schließlich fest, »ist nichts, das ich heilen kann. Seine Hoheit ist bereits geheilt. Es gibt keinerlei körperliche Ursache für seine Amnesie. Wenn ich etwas vorschlagen darf? Ich würde raten, einen Geistheiler hinzuzuziehen.«

»Könnte es sein, dass er aufgrund des Angriffs unter Schock steht und sich deshalb nicht erinnert?«, wollte Prinzessin Nadera wissen und bemerkte nicht, wie ihr Vater kurz den Kopf schüttelte.

»Angriffe auf die königliche Familie von Diniri. Das ist ein Skandal! Als Ihr uns eingeladen habt, hieß es, dass Ihr uns Gastfreundschaft und Schutz gewähren würdet! Dass es nicht notwendig sei, ein Regiment unserer treuen Wassersoldaten mitzubringen, schließlich seien unsere Domänen Freunde und Verbündete. Und nun dies! Ich erwarte, dass Ihr uns den Schuldigen in den nächsten sieben Tagen präsentiert! Ansonsten muss ich davon ausgehen, dass Ihr mit den feigen Attentätern unter einer Decke steckt.«

»Königin Liria.« Der König wirkte jetzt, als sei seine Geduld mit der keifenden Königin am Ende. Sein Tonfall war energischer geworden. »Ich vergewissere Euch, dass – sollte es einen Angriff auf Prinz Kuwino gegeben haben, was noch nicht erwiesen ist – weder ich noch ein Mitglied meiner Familie oder meine Leute etwas damit zu tun haben. Und wer sollte überhaupt einen Grund haben, Kuwino anzugreifen?«

»Der Prinz mit den blauen Strähnen«, murmelte Farisio unwillkürlich und biss sich dann auf die Lippe, als sich der König, Nadera und Geris sofort ihm zuwandten. Er hatte vergessen, dass er sich in Anwesenheit von drei geübten Windmagiern befand, die selbst jedes geflüsterte Wort verstanden.

»Was meinst du damit, Junge?«, wollte der König wissen. »Weißt du etwas? Sprich!«

Prinz Geris schob Farisio jetzt näher an die Gruppe heran. »Erzähl uns, was du weißt, Koll. Du musst keine Angst haben.«

Der Prinz hatte gut reden. Königin Liria starrte ihn schon wieder so an, als stünde sie kurz davor, ihn anzugreifen!

»Ich war gestern mit einem Klassenkameraden und meiner Schwester in der Nähe des Palastes und wir haben dort auch Prinzessin Nadera, Prinz Kuwino und ein paar andere Prinzen gesehen. Einer von ihnen, ein Prinz aus Diniri mit blauen Strähnen, sie nannten ihn Prinz Lorino, war eifersüchtig, weil Prinzessin Nadera seinem Rivalen Aufmerksamkeit schenkte, und griff Prinz Kuwino an. Es war deutlich zu sehen, dass er Kuwino hasst.«

»Womit er einen Grund hätte, Kuwino Schaden zufügen zu wollen«, schlussfolgerte Prinz Geris und nickte. »Und Lorino hat uns gestern in der Tat keinen nachvollziehbaren Grund für den Angriff gegeben.«

»Das ist lächerlich!«, widersprach Königin Liria sofort. »Das würde Prinz Lorino niemals tun!« Sie richtete ihren eisigen Blick auf Farisio. »Und du! Wie kommst du dazu, ein Mitglied meines Hauses des versuchten Mordes zu beschuldigen?«

»Das hat er nicht getan«, mischte sich nun der König ein, bevor die alte Frau wieder auf Farisio losgehen konnte. »Er hat nur gesagt, dass es – anders als ich dachte – jemanden gibt, der einen Grund hat, Kuwino anzugreifen. Jemanden, der ihn bereits angegriffen hat. Ihr erinnert Euch an den gestrigen Vorfall?«

»Ich verstehe das alles nicht«, sagte nun Kuwino zu ihrer aller Überraschung. Er hatte ihnen bislang still zugehört. Jetzt musterte er die um ihn herum Versammelten ängstlich. »Wo bin ich? Und wer sind Sie alle? Woher kennen Sie mich? Und was soll das heißen: Ich wurde angegriffen? Das heißt, jemand hat versucht, mich zu töten? Möglicherweise dieser Lorino? Aber warum? Bin ich in Gefahr?«

»Wir wissen es nicht«, antwortete Nadera besorgt. »Keine Angst, wir finden heraus, was geschehen ist. Und bis es so weit ist, werden wir dich beschützen.«

Der König pflichtete ihr bei und legte tröstend eine Hand auf die Schulter des unglücklichen Wasserprinzen. »Sehr richtig. Prinz Kuwino, ich weiß, das muss alles sehr verwirrend für Euch sein. Ihr werdet Euer Gedächtnis zurückerlangen. Wir werden alles in unserer Macht Stehende dafür tun. Geris, flieg in den Palast und bitte darum, dass uns ein Geistheiler zur Hilfe kommt.«

Prinz Geris nickte und war schneller zur offen stehenden Tür hinaus, als Farisio ihm hinterhersehen konnte. Plötzlich seines Schutzes beraubt, fröstelte er unter dem kalten Blick der verärgerten Königin. Und er glaubte nicht, dass *Scharfauge*, der sich zudem auch noch auf der anderen Seite des Raums befand, ihm im Notfall zur Hilfe kommen konnte.

»Gut. Lasst uns in den Palast zurückkehren. Dort kann sich Prinz Kuwino auf seinem Zimmer ausruhen und vielleicht hilft ihm ja die vertraute und sichere Umgebung …« Er schien das Wort *sicher* besonders zu betonen. Vermutlich wegen Königin Liria. »… dabei, sich wieder zu erinnern. Heiler Miritos, ich danke Euch für Eure Hilfe.«

Der Heiler neigte den Kopf. »Jederzeit gerne, Eure Majestät.« Er verneigte sich leicht vor der Königin von Diniri. »Königin Liria.«

»Auch Ihnen beiden danke ich sehr«, riss der König Farisio aus seinen Grübeleien. »Prinz Kuwino verdankt sein Leben Ihrer schnellen Hilfe, besonders dir, mein Junge.« Er nickte Farisio wohlwollend zu. »Sei dir gewiss, dass wir dies nicht vergessen werden. Kommt, Königin Liria. Lasst uns in den Palast zurückgehen. Ich könnte jetzt einen kleinen Schluck auf den Schreck vertragen. Ihr auch?«

Der König bot ihr seinen Arm an, den sie widerwillig, aber hoheitsvoll akzeptierte. Die beiden verließen zusammen den Turm, begleitet von zwei Soldaten, während die anderen beiden den verängstigten Kuwino flankierten.

Als sie draußen waren, atmete Farisio erleichtert aus. Was für ein Nachmittag!

»Wie heißt du?«

Wie aus dem Nichts tauchte plötzlich Kronprinzessin Nadera neben ihm auf. Sie war so still gewesen, dass er vergessen hatte, dass sie sich noch im Raum befand.

»Sein Name ist Koll, Eure Hoheit«, antwortete *Scharfauge* für ihn.

Die Prinzessin nahm seine Hände in ihre. »Koll, auch ich danke dir von ganzem Herzen. Ich hoffe, wir können eines Tages den Dienst erwidern, den du uns geleistet hast. Wärest du nicht gewesen, wäre Kuwino – so unglaublich das auch klingt – vermutlich ertrunken und das wäre eine Tragödie gewesen, sowohl für mich persönlich als auch für unsere beiden Domänen. Es hätte sogar Krieg geben können. Das Geringste, was wir daher tun können, ist, dich und deine Familie zu unserem Empfang anlässlich meines Geburtstags in einer Woche einzuladen. Und ich akzeptiere kein Nein. Du bist mein Ehrengast.«

»Ähm …«, stammelte Farisio hilflos. Der Ehrengast der Prinzessin auf ihrem Geburtstag?

»Ich hoffe, Sie erlauben ihm, zu kommen, Herr …? Die Feierlichkeiten beginnen zur ersten Abendglocke«, wandte sich die Prinzessin dann an *Scharfauge*.

Der Schatten verbeugte sich vor ihr. »Diris, Eure Hoheit. Ich bin einer von Kolls Lehrern. Aber selbstverständlich. Unsere Schule ist stolz auf Kolls Heldentat. Ein freier Abend wird ihm mit Sicherheit gewährt.«

»Sehr gut.« Die Prinzessin nickte zufrieden, bevor sie sich erneut Farisio zuwandte, der seine Sprache noch nicht wiedergefunden hatte. Sie lächelte ihn an, hauchte ihm einen kurzen Kuss auf die Wange und war zur Tür hinaus, bevor Farisio blinzeln konnte.

»Oho«, lachte *Scharfauge* gutmütig und klopfte Farisio auf die Schulter, sodass er unter dem Schlag des Riesen fast zusammenbrach. »Die Prinzessin mag dich! Vielleicht sollte ich auch bei den Wetten der Anwärter mitmachen und auf dich setzen! Was meinst du?«

Seine Neckerei ging an Farisio vorbei. Ihn beschäftigten wichtigere Dinge. Denn falls sein Großvater sich immer noch im Palast befand, würde er in einer Woche die perfekte Gelegenheit haben, ihn zu sehen und mit ihm zu sprechen. Und bis dahin musste er sich dringend überlegen, was er ihm sagen wollte.

12

KÖNIGLICHER PALAST VON WIRILAT

»Komm«, rief *Scharfauge* gut gelaunt. Farisio folgte ihm aus dem Turm in Richtung Stadt.

Sie waren bereits einige Minuten unterwegs, als ihm aufging, dass der Schatten sie auch teleportieren konnte. Er brauchte keinen der Transportringe. *Flinkfinger* hatte auch keinen gehabt, als er sie von *Brise* in die Stadt der Schatten gebracht hatte. Oder war das ein Geheimnis, das die Schattenanwärter noch nicht erfahren durften? Immerhin hätten *Scharfauge* und seine Kollegen sie vorhin auch direkt aus dem Klassenzimmer nach oben teleportieren können … Wusste *Scharfauge* nicht, dass er das Geheimnis bereits kannte?

Und noch etwas war merkwürdig. Der Beobachter schien beinahe vor Aufregung zu platzen. Er wandte Farisio immer wieder den Kopf zu und öffnete den Mund, um etwas zu sagen, überlegte es sich dann jedoch anders und schwieg.

Farisio musterte den Schatten aus dem Augenwinkel, bis sie *Aussicht* betraten und sich andere Kuftari in ihrer Nähe befanden.

»Komm, Koll«, sagte *Scharfauge* und lotste den Jungen in eine leere Seitengasse mit wenigen Fenstern. Dort packte er unerwartet Farisios Hand.

Anscheinend hatte er den Zauber bereits vorbereitet, denn Farisio fühlte sich, als hätte ihn der Blitz getroffen, und im nächsten Moment stand er in einem der Transportringe in der unterirdischen Stadt.

»Komm mit! Wir müssen reden«, sagte *Scharfauge* plötzlich ernst, und Farisio wurde flau im Magen. Hatte der Beobachter Verdacht geschöpft, dass Farisio vorhin Magie eingesetzt hatte?

Scharfauge führte ihn in sein Gästezimmer und deutete mit einladender Geste auf das Bett. »Setz dich, Koll.«

»Was ist los?«

Scharfauge gluckste. »Nun schau nicht so besorgt, Koll! Du hast heute wirklich etwas Großartiges geleistet. Prinzessin Nadera hatte vollkommen recht. Ohne dich wäre nicht nur Prinz Kuwino tot, sondern Königin Liria, die alte Eishexe, hätte uns vermutlich inzwischen den Krieg erklärt und die *Klippe* mit einem gewaltigen Eisregen überzogen. Die Frau kennt kein Mitleid, mir tun ihre Untertanen und die Schatten dort leid.«

»Oh.«

»Nein, ich wollte lediglich mit dir reden, ohne dass uns ein Nachkomme von Wirilat oder einer der anderen dort oben belauschen kann«, fuhr *Scharfauge* fort. »Von dem außergewöhnlich verstärkten Gehör der Windmagier scheinst du ja zu wissen.« Er musterte Farisio intensiv.

Farisio nickte. In der Tat kannte er sich mit den Fähigkeiten von Windmagiern aus. Wollte *Scharfauge* ihm etwas Bestimmtes damit sagen? Hoffte er, dass Farisio sich verplapperte?

Doch da sprach der Schatten schon weiter. »Aber dir ist vermutlich nicht klar, in welch einzigartiger Position du dich befindest, Koll.«

»Was meinst du damit? Welche Position?«

»Der König, Prinzessin Nadera und selbst Prinz Geris, ihr Bruder, sind dir überaus dankbar. Du bist zum Geburtstag der Kronprinzessin eingeladen und das auch noch als ihr Ehrengast, was dir Zugang zum Palast und zu zahlreichen hochrangigen Persönlichkeiten verschafft. Wenn du deine Karten richtig ausspielst, kannst du als Freund der Gründerfamilie sogar Veranstaltungen und Räumlichkeiten aufsuchen, die wir sonst nur unter großem Risiko betreten können. Du …«

»Vergiss es!«

Plötzlich war Farisio stinksauer, doch leider nicht überrascht. Er hatte erwartet, dass die Schatten es nicht bei zwei Monaten Kennenlernen belassen, sondern schon früher Forderungen stellen würden.

»Ich hatte euch von Anfang an gesagt, dass ich nicht stehlen werde! Wenn es das ist, was ihr wollt, dann gehe ich jetzt zu Ileija und verschwinde mit ihr!«

»Warte! Du verstehst es völlig falsch.«

»Ach ja? Und um was wolltest du mich dann gerade bitten? In meiner *einzigartigen Position* mit den *richtigen Karten?*«

»Du kannst uns Informationen beschaffen und am richtigen Ort sein. Orte aufsuchen, zu denen unsere Leute keinen Zugang haben, weil sie eben nicht in die gehobenen Kreise gehören«, erklärte *Scharfauge*.

»Also nicht stehlen, sondern nur anderen Leuten helfen zu stehlen, ja? Meine Antwort bleibt dieselbe: Vergiss es.«

»Koll!«

Farisio sprang auf und rannte zur Tür. Das war's! Er hatte die Nase voll von den Lügen, Manipulationen und Gemeinheiten der Schatten und ihrer Schüler.

»He! Pass doch auf!«

Er rannte an Schattenanwärtern und anderen Bewohnern der unterirdischen Stadt vorbei und rempelte dabei einige von ihnen an, aber das kümmerte ihn nicht. So schnell er konnte, eilte er zur Krippe und riss die Tür auf. Zum Glück schliefen die Kinder dieses Mal nicht, sondern spielten lachend auf dem Boden. Sofort begann er, nach Ileija Ausschau zu halten, und atmete erleichtert auf, als er sie entdeckt hatte.

»Koll!«, grüßte Brattira ihn erfreut.

Mit großen Schritten ging er auf Ileija zu und riss die Kleine hoch. Sie fing vor Schreck an zu weinen, beruhigte sich aber, als sie ihn erkannte.

»Koll?«

»Es tut mir leid, Brattira, aber wir müssen gehen.«

»Was ist denn los? Koll? Koll!«

Er ignorierte sie und die andere Kinderbetreuerin. Seine Gedanken rasten. Einen Fluchtweg! Er brauchte dringend einen Fluchtweg!

Ob Mukos ihm helfen würde, zur Oberfläche zu gelangen, wenn er ohne Nari bei ihm aufkreuzte? Doch in *Aussicht* würden die Schatten sie vermutlich zuerst suchen. Nein, das schien ihm keine gute Idee zu sein.

Oder sollte er über die Treppe, die *Ruhige Hand* ihm gezeigt hatte, in die Tiefe steigen? Auch wenn sie es nicht gesagt hatte, vermutete er doch stark, dass es am Fuß der *Klippe* irgendwo einen versteckten Ausgang gab. Die Schatten hatten die unterirdische Anlage so gut durchdacht und alles auf höchstmögliche Sicherheit angelegt, dass es einfach einen Fluchtweg geben musste.

Doch damit würde er sich auch die Möglichkeit nehmen, seinen Großvater zu treffen. War es das wert?

»Koll!«

Flinkfinger stand unvermittelt vor ihm in der Kinderbetreuung. Farisio fluchte. Mist! Er hatte zu lange gezögert! Natürlich hatten sie gewusst, wo sie nach ihm suchen mussten!

»Lass mich in Ruhe!«

»Das kann ich nicht, Koll«, sagte der Schatten bedauernd.

In der nächsten Sekunde war der Dieb verschwunden und Farisio bemerkte zu spät, dass sich *Flinkfinger* nun direkt hinter ihm befand. Denn da spürte er *Flinkfingers* Hand schon auf der Schulter und das verräterische Kribbeln. Dann löste sich der Raum um sie herum auf. Farisio fluchte.

»Verlogener Mistkerl!«

Er ballte seine Rechte zur Faust, doch er trug Ileija in seinen Armen. So konnte er nicht kämpfen, und er würde es niemals riskieren, dass sie wieder in die Hände der Schatten fiel oder dass sie bei einer Auseinandersetzung mit diesen Verbrechern gar verletzt wurde.

»Koll, hör mir zu!«

»Nein! Ihr habt geredet, nun ist es genug! Ich lasse mich nicht länger vertrösten, an der Nase herumführen oder belügen! Ich will kein Wort mehr von dir hören. Auch nicht von *Scharfauge* oder irgendeinem der anderen. Ihr könnt mich in eine Zelle sperren, doch das wird mich nicht aufhalten.«

»Koll, sieh dich um! Du bist in deinem Gästezimmer.« *Flinkfinger* seufzte und fuhr sich durch die Haare. Er murmelte etwas, das klang, als würde er *Scharfauge* und die anderen verfluchen.

Farisio sah sich um und hielt überrascht inne. *Flinkfinger* hatte recht. Das Zimmer kam ihm nicht nur bekannt vor, es war tatsächlich seins.

»Beruhige dich erst einmal und wir sprechen morgen weiter, in Ordnung?«

»Nein«, erwiderte Farisio störrisch. Er würde den Schatten keine weitere Chance geben, ihn zu manipulieren. »Wir gehen. Sofort.«

Flinkfinger starrte ihn lange an und schien zu überlegen, bevor er schließlich den Kopf schüttelte. »Es tut mir leid, Koll, aber wir können dich nicht einfach gehen lassen. Wenn du mir die Chance geben würdest, alles zu erklären, würdest du es verstehen ...«

»Also bin ich euer Gefangener. Und Ileija gleich mit dazu. Keine Zelle, sondern ein Gästezimmer. Super! Bekommen wir wenigstens etwas zu essen und zu trinken oder lasst ihr ein Kleinkind hungern?«

»Mit dir kann man nicht reden.« Frustriert schüttelte der Schatten den Kopf. »Gut, wie du willst! Ihr bleibt hier. Die Tür ist verschlossen, davor stehen Wachen. Versuch also gar nicht erst zu fliehen. Essen bekommt ihr aufs Zimmer gebracht. Ich hoffe, morgen bist du etwas kooperativer. Wir sind nicht deine Feinde.«

Farisio glaubte ihm nicht. *Flinkfinger* schien nicht auf eine Antwort zu warten, denn er verschwand.

»Verdammter Mist«, fluchte Farisio, bevor er sich an Ileija erinnerte, die ihn schweigend und mit großen Augen anstarrte. Sie schien zu spüren, dass etwas nicht stimmte.

»Schhh! Alles in Ordnung, meine Kleine«, versprach er, während er sie sanft an sich drückte.

Er würde einen Weg finden, wie sie diesem unterirdischen Gefängnis entfliehen konnten. Vielleicht konnte er ja denjenigen überwältigen, der ihnen das Essen brachte? Oder die Tür aufbrechen? Nein, das war auch keine Lösung, falls *Flinkfinger* nicht gelogen hatte. Erstens besaß er zu wenig Kraft, um eine Tür gewaltsam zu öffnen, und Schlösserknacken hatte er noch nicht im Unterricht gelernt. Zweitens musste er dann noch die Wachen vor seiner Tür überwältigen, und so wie er *Flinkfinger* einschätzte, würde der keine Anfänger dort positionieren, sondern erfahrene Kämpfer.

Aber falls er dazu noch keine Gelegenheit gehabt hatte? Vielleicht war die Tür noch gar nicht abgeschlossen und es standen auch noch keine Wachen auf dem Gang?

Rasch eilte er mit der Kleinen zur Tür, drückte die Klinke hinunter, wollte die Tür öffnen und … sie bewegte sich keinen Millimeter. Verfluchter *Flinkfinger!* Er hatte sie tatsächlich eingeschlossen. Und jetzt?

Mutlos setzte er sich auf das Bett und ließ Ileija los, als sie anfing zu strampeln. Lachend erkundete sie das Bett und spielte Verstecken mit ihm und der Bettdecke. Sie abzulenken ließ die ersten beiden Stunden der Wartezeit verstreichen. Doch trotz *Flinkfingers* Ankündigung, dass sie ihnen etwas zu essen bringen würden, tauchte zunächst keiner auf. Es war bereits spät und Ileija quengelte vor Hunger und Müdigkeit, als Farisio das Kribbeln eines Transportzaubers spürte.

Angespannt sah er sich um. Wen würden sie schicken? Wo würde derjenige auftauchen? Konnte er ihn überwältigen?

Die Gedanken rasten durch seinen Kopf, doch seine Aufregung ließ abrupt nach, als er das Tablett auf dem Nachttisch entdeckte. Diese Bastarde! Trauten sie sich nicht zu ihnen ins Zimmer?

»Abendessen, Ileija!«, sagte er gespielt fröhlich. »Schau mal, es gibt sogar Pudding.«

Das Wort schien sie zu kennen, denn sie plapperte etwas Unverständliches vor sich hin und krabbelte zum Rand des Bettes.

»Vorsicht!«, rief Farisio erschrocken. »Warte, ich helfe dir.«

Er nahm sie auf den Schoß und begann, sie zu füttern, was sie sich glücklich gefallen ließ. Auch Farisio musste lächeln, als sie nach dem Schälchen Pudding und einem Becher Wasser in seinen Armen einschlief.

»Ich werde dich beschützen, Ileija«, wisperte er. »Du sollst ein besseres Leben haben als ich. Glücklich sein, frei, deine Träume verfolgen dürfen. Eine Familie und Freunde haben, ein richtiges Zuhause. Ich hole uns hier raus und werde alles tun, um dir das zu ermöglichen. Ich werde immer für dich da sein und dich lieb haben. Versprochen.«

Er legte sich neben der Kleinen aufs Bett und deckte sie beide zu. Es dauerte nicht lange und ihm fielen ebenfalls die Augen zu.

»Oll … Oll …«

Etwas streifte sein Gesicht und eine Stimme lachte. Farisio blinzelte müde und verwirrt, als Ileija ihm mit ihrer Hand ins Gesicht patschte. Er zuckte zusammen. Sie lachte fröhlich, weil er endlich die Augen aufgeschlagen hatte.

Dann wurde er schlagartig wach. »Hast du etwa gerade mit mir gesprochen, Ileija? Hast du versucht, Koll zu sagen?«

Sie lachte erneut und griff nach seiner Nase, während er sie gerührt ansah. Sollte ihr erstes Wort etwa sein Name sein?

Nun gut, sein falscher Name, aber seinen richtigen hatte sie auch nie gehört. Und wahrscheinlich wäre Farisio für sie auch um einiges schwieriger auszusprechen als Koll. Für Ileija war er gerne Koll.

Doch dann verging ihm die gute Laune, als er sich aufsetzte und zusätzlich zu einem neuen Essenstablett auf dem Nachttisch den neben der Tür wartenden *Flinkfinger* entdeckte.

»Was machst du hier?«

Finster starrte er den Schatten an, der nicht auf seine Frage reagierte. »Ich habe darauf gewartet, dass du endlich die Augen aufschlägst. Udio will dich sehen.«

»Und warum?«

»Das weiß ich nicht. Vermutlich hat er eine Entscheidung getroffen, was nun mit dir geschehen soll. *Scharfauge* und ich haben ihn gestern Abend über deinen Fluchtversuch informiert.«

Mist! Das bedeutete vermutlich, dass Udio ihn zwingen wollte, sich ihnen doch noch anzuschließen, damit sie seine einzigartige Position ausnutzen konnten. Oder er würde ihm jetzt die Erinnerungen an die Schatten nehmen und ihn zurück nach *Brise* bringen.

Doch halt! Dann würde er bei den Geburtstagsfeierlichkeiten der Prinzessin fehlen und das konnte nicht im Interesse der Schatten sein. Nein, was auch immer Udio und seine Schergen vorhatten, es war vermutlich nichts, das er erwartet hätte. Nur eines konnte er schon mit Sicherheit sagen: Es würde ihm nicht gefallen.

»Iss!«, forderte *Flinkfinger* ihn nun auf.

Misstrauen flammte in ihm auf. »Wieso? Enthält das Essen ein Betäubungsmittel, damit ihr mich leichter überwältigen könnt?«

Der Schatten schüttelte den Kopf und seufzte. »Junge, wenn ich das gewollt hätte, hätte ich dich mit Leichtigkeit fesseln können, als du noch geschlafen hast. Nein, es ist einfach nur Essen und Wasser. Aber wenn du mir nicht glaubst ... Ich esse gerne mit. Bin auch noch nicht zum Frühstücken gekommen.«

Am Ende nahm Ileija ihm die Entscheidung ab. Farisios Unterhaltung mit dem Dieb hatte ihr zu lange gedauert, denn sie zog sich schon eine Scheibe Brot heran und steckte sich das eine Ende in den Mund.

»Ileija!« Hilflos starrte er sie an, doch die Kleine kaute glücklich.

»Wir tun Kleinkindern nichts. Ich weiß, du traust uns nicht, aber wir würden Ileija niemals Schaden zufügen.«

Flinkfinger wirkte empört, aber nachdem Farisio mit eigenen Augen gesehen hatte, wie die Schatten lernten, ihre Gestik und Mimik zu kontrollieren, um ihre Ziele zu erreichen, traute er ihm kein Stück.

Dennoch griff er nun ebenfalls nach einer Scheibe Brot und begann zu essen. Falls die Schatten ihn betäuben wollten, hatten sie auch andere Möglichkeiten – in diesem Punkt hatte *Flinkfinger* recht.

»Und jetzt?«, wollte er wissen, nachdem er Ileija beim Trinken geholfen hatte. »Können wir nun ins Bad und uns umziehen? Oder ist das nicht gestattet?«

Der Schatten ließ sich von seinem genervten Tonfall nicht provozieren. Er wirkte nur überrascht. »Aber natürlich könnt ihr das. Während ihr im Bad seid, besorge ich Kleidung. Bin gleich wieder da.«

Flinkfinger hielt Wort. Als Farisio und Ileija ein paar Minuten später wieder aus dem Bad kamen, hielt der Dieb ein neues Kleid für die Kleine und eine frische Uniform für Farisio in den Händen. Er drehte sich sogar um, ohne dass Farisio ihn erst darum bitten musste, damit er sich umziehen und Ileija neu einkleiden konnte.

Als sie fertig waren, räusperte sich Farisio. Der Schatten drehte sich um und nickte zufrieden.

»Jetzt gehen wir zu Udio.«

Flinkfinger öffnete die Tür und Farisio begriff, dass sie schon die ganze Zeit aufgeschlossen gewesen war. Hätten sie womöglich fliehen können?

Doch der Gedanke verflüchtigte sich, als er mit Ileija in den Armen an dem Schatten vorbeiging und neben *Blutdolch* auch noch *Eisenfaust* auf dem Gang warten sah. Gegen die beiden hätte er im Kampf keine Chance gehabt. Und noch war er nicht so verzweifelt, dass er die Dunkelheit in seinem Innern freigelassen hätte.

»Koll«, grüßte *Eisenfaust* ihn freundlich, während die Assassine ihn prüfend musterte, aber schwieg. »Gehen wir. Danke, *Flinkfinger*.«

Der Dieb nickte und blieb zurück, während die beiden Kämpfer Farisio zwischen sich nahmen und ihn durch die Gänge eskortierten. Es musste kurz nach der Frühstückszeit sein, denn nachdem sie die Halle durchquert hatten, begegneten sie Dutzenden Schattenanwärtern auf dem Weg zum Unterricht. Alle blieben bei ihrem Anblick stehen und verstummten. Erst als sie an ihnen vorbei waren, begannen sie zu wispern und zu tuscheln. Farisio fragte sich kurz, was sie über die Ereignisse vom Vortag gehört hatten und was sie nun daraus machen würden. Es kam bestimmt auch nicht so häufig vor, dass zwei hochrangige Schatten einen Anwärter wie einen Schwerverbrecher durch die Basis geleiteten.

Sie brauchten etwa zehn Minuten, bis sie das dritte Stockwerk der Schatten und ihr Ziel erreicht hatten. *Eisenfaust* klopfte mit der Faust an eine Tür, sodass es über den Gang hallte.

»Herein!«, rief jemand.

Eisenfaust öffnete die Tür und bedeutete Farisio einzutreten. Er betrat das Arbeitszimmer. Udio saß hinter einem Schreibtisch und sah ihn ernst an.

»Danke, *Eisenfaust. Blutdolch*. Ihr könnt gehen«, sagte der Anführer der Schatten.

Die beiden Kämpfer nickten, und Farisio hörte, wie die Tür hinter ihm zufiel.

»Sie haben keine Angst vor mir?«

»Sollte ich das, Koll?«, fragte Udio mit einem Lächeln und bat ihn mit einer Geste, auf einem der beiden Stühle vor dem Schreibtisch Platz zu nehmen. Langsam folgte Farisio der Aufforderung, während Udio weitersprach. »Du bist ein Licht. Du wirst mich nicht angreifen, wenn ich dich nicht provoziere.«

Udios Gewissheit nervte ihn. Wieder schien sich der Schatten auf Wissen über Lichter zu beziehen, das ihm fehlte.

»Und nun habe ich dich verärgert«, stellte der Schattenanführer scharfsinnig fest. »Das wollte ich nicht. Es tut mir leid. Eigentlich hatte ich dich hergebeten, um dein Missverständnis mit *Scharfauge* von gestern Abend aufzuklären. Es ist meine Schuld. Wir haben dich in den letzten beiden Tagen wie einen gewöhnlichen Schattenanwärter behandelt, aber das bist du nicht. Du bist ein Licht.«

»Die geheimnisvollen Lichter.« Farisio lächelte freudlos. »Werden Sie mir endlich verraten, was ein Licht ist?«

»Ja.«

Er setzte sich aufrechter hin. Udios schlichtes Ja hatte er nicht erwartet.

»Echt jetzt?«

»Ja, Koll.« Der Anführer der Schatten nickte. »Bitte verzeih, dass ich mir nicht schon früher Zeit genommen habe, ausführlich mit dir zu sprechen. Normalerweise klären wir unsere Anwärter erst zu einem späteren Zeitpunkt über die Entstehungsgeschichte und die Ziele unserer Organisation auf. Aber nach deinen Testergebnissen hätte ich bedenken sollen, dass du nicht damit zufrieden sein würdest, dich einer Verbrecherorganisation anzuschließen, im Gegenzug für Unterkunft, Essen und Sicherheit. Deine Auseinandersetzung mit *Scharfauge* gestern hat mir verdeutlicht, dass ich da einen Fehler gemacht habe. Deshalb habe ich seit gestern Abend mit jedem deiner bisherigen Lehrer gesprochen. Mir ist jetzt klar, welch ein Bild du von uns haben musst. Du vertraust uns nicht. Verständlicherweise.«

Schnaubend lehnte sich Farisio zurück und zog Ileija näher an sich, als sie ihre Hände nach dem Stiftebehälter auf dem Schreibtisch ausstreckte.

»Ich weiß, du fühlst dich bei uns nicht wohl und würdest nichts lieber tun, als uns so schnell wie möglich wieder zu verlassen«, fuhr Udio fort. »Und das ist nicht nur meine Schuld und die meiner Leute, die dich ihre Zweifel haben spüren lassen, sondern auch die meines Sohnes und seiner Freunde. Ja, ich habe von deinem Streit mit ihm gehört. Ich habe mit ihm gesprochen, auch darüber, wie er Nari behandelt. Er mag mein Sohn sein und klare Vorstellungen von den Schatten haben, aber er hat noch nicht verstanden, dass die Gaben eines Schattens nichts mit seiner körperlichen Erscheinung zu tun haben. Ich hoffe, dass er diese Lektion jetzt verstanden hat, ansonsten werde ich dafür sorgen.«

»Und wie?«, fragte Farisio skeptisch.

»Lass das meine Sorge sein.«

Mit anderen Worten: Udio wusste es auch noch nicht. War ja klar.

»Aber wir sind vom Thema abgekommen. Wir wollten über die Schatten und die Bedeutung der Lichter sprechen. Sag, Koll, was weißt du über die Entstehung der Welt und die Gründer?«

»Was hat das damit zu tun?«

»Dazu komme ich gleich. Bitte beantworte meine Frage.«

Farisio musterte Udio irritiert. Sollte das jetzt eine Geschichtsstunde werden?

»Nun, ich weiß, dass die Kuftari früher in einer anderen Welt lebten. Zehn von ihnen, Geschwister und Freunde, gingen vor über elftausend Jahren auf eine magische Universität. Dort soll einer oder mehrere von ihnen das Geheimnis der Weltenträumer entdeckt haben, wie das geheimnisvolle Volk Materie aus dem Nichts entstehen lassen kann, und sie erschufen gemeinsam eine neue Welt. Diese Welt, die Splitterwelt. Doch auch ihre gemeinsamen Kräfte reichten nicht an die eines Weltenträumers heran. Sie konnten nicht die komplette Weltenblase füllen, das Nichts wurde zusammen mit den Ländern eingeschlossen und beinahe wäre ihr Experiment noch gescheitert, als das Nichts drohte, die Domänen wieder zu verschlingen. Doch die geschwächten Gründer vereinten noch ein letztes Mal ihre Kräfte, um machtvolle Barrieren um die einzelnen Länder herum zu erschaffen, die das Nichts fernhalten. Gerüchten zufolge soll das ihre Kräfte enorm geschwächt haben. Sie sind zwar immer noch sehr mächtige Magier und langlebig, weil ihre Lebenskräfte mit ihren Domänen und somit mit deren geballter Energie verbunden sind. Aber sie können die Macht des Weltenträumens kein weiteres Mal einsetzen und haben das Geheimnis auch mit niemandem geteilt.«

»Sehr gut, Koll. Deine Lehrer haben dich gut in der Geschichte unserer Welt unterwiesen. Ich bin beeindruckt. Weißt du auch, warum sie die Splitterwelt heißt?«

»Weil sie das ist. Neun zusammengesetzte, aber nicht zusammengehörige riesige Teile, während die Welten der Weltenträumer im Gegensatz dazu aus einem einzigen Teil bestehen, wo alles ineinandergreift und zusammenpasst«, antwortete Farisio und musste an

Ybbydus denken, der ihn einst in der Geschichte der Splitterwelt unterwiesen hatte.

»Richtig. Unsere Welt ist eine kosmische Ausnahme, und wenn du den *Zerstreuten Bibliothekar* mal betrunken erlebst, dann wird er dir auch ganz genau ausführen, warum diese Welt eigentlich nie hätte funktionieren dürfen. Die Gründer waren zu unterschiedlich und wollten zu viele verschiedene Dinge. Dennoch funktionierte ihr gemeinsamer Weltentraum irgendwie.«

»Wegen Injati.«

»Was weißt du über die Beziehung der Gründer untereinander und über Injati?«

Farisio wurde langsam ungeduldig. Worauf beim Nichts wollte Udio eigentlich hinaus?

Trotzdem beantwortete Farisio die Frage. »Die Beziehung der Gründer untereinander lässt sich an der Lage der Domänen ablesen.«

Damit hatte er Udio zum ersten Mal verblüfft, denn dessen rechter Ellenbogen, mit dem er sich abgestützt hatte, rutschte vom Schreibtisch. Fast wäre der Schatten vom Stuhl gefallen.

»Was soll das heißen? Ich dachte, die Lage der Domänen sei zufällig? So hat es mir jedenfalls der *Zerstreute Bibliothekar* immer erklärt.«

Anscheinend wussten die Schatten auch nicht alles. Diese Erkenntnis erfüllte Farisio mit Zufriedenheit. In Gedanken versunken griff er nach einem kleinen Ball, der auf dem Tisch lag, und reichte ihn Ileija, die unruhig geworden war, zum Spielen.

»Nun, der Grund, warum die Erschaffung unserer Welt funktionierte, war Injati. Er war ein Verbindungsmagier. Das heißt, er konnte Energien unterschiedlichster Art zu einem großen Ganzen bündeln. Er konnte aber auch verschiedene Personen zu einem Magierkreis zusammenschließen. Verbindungsmagier waren daher bei großen magischen Projekten, bei denen mehrere Arten von Magie gebraucht wurden, unerlässlich«, erklärte Farisio.

»In Ordnung, das habe ich verstanden«, sagte Udio. »Aber was hat seine Gabe mit der Lage der einzelnen Domänen zu tun?«

»Verbindungsmagier wie Injati arbeiten trotz ihrer Gabe nicht mit jedem gleich gut zusammen. Sie bevorzugen Personen, mit denen sie sich gut verstehen. Injatis Domäne lag in der Mitte, weil er das Herz und Verbindungsstück der Gruppe war. Direkt an seine Domäne schlossen sich die seiner Geschwister und Freunde an. Da hätten wir zum einen seine Schwester Pultaris im Osten und zum anderen seine engsten Freunde. Injati hat es fertiggebracht, sowohl mit den Zwillingen Osirriso und Ectorui befreundet zu sein, als auch ihre gegensätzlichen Magien, Ordnung und Chaos, miteinander zu verknüpfen. Ist Ihnen schon mal aufgefallen, dass sich ihre beiden Domänen direkt gegenüberliegen? Das Gleiche gilt für Aklaj und seine Schwester Diniri. Injati war zwar mit Wirilat und Gorgubi befreundet, aber ihre Geschwister gehören nur mit zu den Gründern, weil ihr Band untereinander so stark war.«

»Aber was ist dann mit Moronis und Tehmar? Keiner der beiden hat eine direkte Verbindung zu Injati. Warum hat er dann die Brüder mit aufgenommen?«

»Wegen ihrer Beziehung zu Pultaris. Seine Schwester war auf der Universität zunächst mit Tehmar und dann mit Moronis zusammen. Sie bemühte sich trotz der Trennung stets um eine gute Beziehung zu Tehmar.«

»Und ihre Domänen sind wieder untereinander verbunden«, schloss Udio. »Faszinierend. Schade, dass *Zerstreuter Bibliothekar* nicht hier ist. Er hätte deine Erklärung mit Sicherheit auch gerne gehört. Er ist begeistert, wenn er etwas Neues lernen kann.«

»In Ordnung, genug Geschichtsunterricht. Was hat das Ganze mit den Schatten zu tun?«

»Injatis Untergang.« Udio seufzte.

»Wie bitte?«

»Du weißt sicher, wie die zehnte Domäne zerstört wurde?«

»Injati beging Selbstmord. Das Nichts hat seine Domäne daraufhin verschlungen. All ihre Bewohner, die sich nicht rechtzeitig in Sicherheit bringen oder teleportieren konnten, starben.«

Farisio erschauderte, als er an die entsetzliche Tragödie dachte. Injati hatte sich immer stärker mit seinen Nachkommen verbunden gefühlt als die anderen Gründer. Als man seine Kinder einiger schrecklicher Verbrechen beschuldigt hatte und ein rachsüchtiger Mob sie gejagt und ermordet hatte, war er wahnsinnig geworden vor Schmerz, Trauer und Zorn. Es hieß, er habe noch versucht, den Mob aufzuhalten, doch als der letzte seiner Nachkommen gestorben war, hat er Selbstmord begangen. Er hat nicht nur die Mörder seiner Nachkommen mit in den Tod gerissen, sondern auch viele Unschuldige.

»Über zehntausend Jahre hat diese Welt funktioniert«, sagte Udio. »Vielleicht nicht immer gut, aber sie hat funktioniert. Dann kamen der Mob, die Morde, Injatis Selbstmord und die Zerstörung seiner Domäne. Das war der Weckruf für die anderen Gründer und Domänen. Nicht nur Pultaris und Osirriso waren entsetzt, aber sie waren die treibende Kraft hinter der Gründung der Gilde von Licht und Schatten. Heute nur noch bekannt als die Gilde der Schatten.«

»Moment mal … Die Wahrheitsmagierin und der Ordnungsmagier haben die Schatten gegründet? Wollen Sie mich veräppeln? Warum sollten sie das tun? Und falls das stimmen würde, müsste davon doch etwas in den Geschichtsbüchern stehen.«

Und Ybbydus hätte es ihm erzählt.

»Nein, Koll. Das ist die Wahrheit. Die verbliebenen neun Gründer haben gemeinsam beschlossen, eine Geheimgesellschaft zu gründen, um zu verhindern, dass sich eine solche Tragödie wiederholt. Sie hatten Angst, ihre eigenen Nachkommen zu verlieren. Angst davor, was sie dann tun könnten. Die Gilde von Licht und Schatten dient nicht nur dem Schutz der Gründer und ihrer Nachkommen, sondern auch dem Schutz der Domäne insgesamt und ihrer Bewohner. Es war ein hehres Ziel. Zahlreiche Mitglieder der Gründerfamilien waren nur zu gerne bereit, sich ihm anzuschließen. Es müssen wohl einige Verbindungsmagier ohne Gründerblut überlebt haben, denn nach dem, was du erzählt hast, wäre ein magisches Unterfangen dieser Größenordnung sonst wohl nicht möglich gewesen.«

»Welches magische Unterfangen? Was haben die Gründer getan?«

»Sie schlossen ihre Kräfte und die ihrer Nachkommen zusammen, außerdem die einiger Hundert nicht verwandter Magier und die einiger Tausend Freiwilliger, die nichts beitragen konnten außer ihrer Entschlossenheit und ihrer Bereitschaft, ihr Leben in den Dienst der Sache zu stellen … All diese Energien bündelten sie. Sie erschufen in jeder Domäne eine Geheimbasis der Gilde und statteten sie mit ihrer Magie und magischen Werkzeugen aus wie zum Beispiel dem magischen Stuhl. Dann gaben sie all den neuen Mitgliedern, die einen bindenden magischen Eid schworen, einen kleinen Teil dieser Kräfte. Aus diesem Grund können wir auch teleportieren und haben teilweise andere magische Gaben, obwohl wir keine Nachkommen von Moronis sind und unsere Transportkreise nicht aus Raumsteinen bestehen. Der Eid verleiht uns diese Fähigkeit.«

Farisio versuchte, sich vorzustellen, welche Mengen an Magie dazu notwendig gewesen sein mussten, aber er konnte es nicht. Das war unglaublich! Fast so gewaltig wie die Erschaffung der Welt selbst.

»Ja, es war eine gute Sache. Eine große Sache«, riss Udios Stimme ihn aus seinen Überlegungen. »Doch wie bei allen Dingen, die aus einer akuten Tragödie geboren wurden, verflog auch die Unterstützung für die Gilde im Lauf der Jahrhunderte. Neue Probleme beschäftigten die Gründer und ihre Familien. Bestand die Gilde früher noch zur Hälfte aus Mitgliedern der Gründerfamilien und anderen Magiern, so schrumpfte ihr Anteil von Generation zu Generation. Das letzte Licht – so nennen wir diejenigen, die selbst über Magie verfügen und sie mit uns Nicht-Magiern teilen –, hat sich uns vor über zweihundert Jahren angeschlossen. Wir glauben, dass das Wissen über die Gilde inzwischen nur noch als verstaubte, ferne Erinnerung der Gründer in den Familien existiert. Und mit dem Vergessen kam auch die Armut. Die Finanzierung durch die Herrscher blieb aus. Unsere Mitglieder sind Freiwillige, die ihr ganzes Leben in den Dienst der Gilde stellen, zum Schutz der Gründer, ihrer Familien und der Domäne. Anfänglich versuchte die Gilde noch, die Kosten selbst zu decken. Doch je ärmer sie wurde, desto weniger Freiwillige schlossen sich ihr an. Und schließlich warben ihre Anführer bei denjenigen um neue Mitglieder, die eh nichts mehr zu verlieren und nur noch etwas zu gewinnen hatten: bei den Armen, den Straßenkindern, Bettlern, Dieben und anderen Verbrechern. Jetzt, über tausend Jahre nach der Gründung der Gilde, existieren wir immer noch, wir verfolgen immer noch dasselbe Ziel, aber unsere Methoden werden wohl dafür sorgen, dass wir keine Unterstützer in den Familien mehr finden werden. Die meisten unserer Mitglieder sind ehemalige Kriminelle, wir finanzieren uns, unsere Geheimbasen und den Unterhalt für unsere Familien über Diebstähle. Anders geht es leider nicht.

Ich will dir nichts verheimlichen und dir nichts vormachen, Koll. Ich weiß, du möchtest kein Verbrecher werden. Das musst du auch nicht. Aber solltest du dich uns anschließen, dann musst du mit Verbrechern zusammenarbeiten. Du musst akzeptieren, dass Diebe wie *Flinkfinger* dafür sorgen, dass Ileija, du und alle anderen etwas zu essen haben. Du musst akzeptieren, dass Männer wie *Scharfauge* lohnende Ziele ausspähen und Blender wie *Aphrodisiakum* und Assassinen wie *Blutdolch* ihre Fähigkeiten einsetzen, damit wir nicht von den Gesetzeshütern verfolgt werden. Kannst du das? Kannst du das akzeptieren, wenn wir damit jedes Jahr Hunderte Leben retten, unzählige Mordanschläge verhindern und Bomben entschärfen? Falls nicht, sag es mir jetzt.«

»Und falls ich es nicht akzeptieren kann, falls ich mich euch nicht anschließen kann?«, wollte Farisio nach einer kurzen Pause wissen.

»Dann würde ich dich bitten, unser Geheimnis zu bewahren und niemandem von uns zu erzählen, auch Ileija nicht, wenn sie älter ist.«

»Einfach so? Ihr löscht mir nicht das Gedächtnis?«

»Nein, Koll. Das würden wir bei einem Schatten tun, der uns verlässt, aber du bist ein Licht. Wenn du mir dein Wort gibst, dann glaube ich dir. Lichter sind anders, nicht nur aufgrund ihrer Magie. Ohne Lichter gibt es keine Schatten. Ich weiß, ich kann dir vertrauen, weil ich den Rang gesehen habe, den du laut des Stuhls hast. Das

System hätte dich nicht zu meinem zukünftigen Nachfolger erklärt, wenn du nicht die für unsere Sache nötige Überzeugung und Loyalität mitbringen würdest. Ich weiß, dass du hinter unseren Zielen stehst, wenn auch nicht hinter unseren Methoden.«

Udio hatte recht. Das tat er. Injatis Tod und Zerstörung waren schrecklich gewesen. Jede Domäne war von dem Verlust betroffen gewesen, nicht nur die Gründer und ihre Familien, die mit den Nachkommen von Injati eng verwandt waren. Auch die gewöhnlichen Kuftari hatten Familienmitglieder, Freunde und Bekannte verloren, die sich zum Zeitpunkt der Tragödie in Injati aufgehalten hatten. Das Trauma hatte langfristige Auswirkungen auf den Handel, auf die Reisen zwischen den Domänen, die Kunst und die Literatur, ja sogar auf die Kommunikation zwischen den einzelnen Gründerfamilien. Durch den Untergang der zehnten Domäne im Nichts war die zentrale Verbindung zwischen West und Ost, zwischen Nord und Süd gekappt worden und über die Jahrhunderte hatten sich immer mehr Unterschiede und Meinungsverschiedenheiten zwischen den Domänen gebildet. Und es gab keinen Injati mehr, der zwischen den Parteien schlichtete.

Wenn er in der Lage war, eine ähnliche Katastrophe zu verhindern, wäre Farisio sofort dabei.

Aber die Methoden der Schatten schreckten ihn ab und einige von ihnen, wie *Aphrodisiakum* und *Blutdolch*, jagten ihm Angst ein. Udio hatte zwar gesagt, dass er selbst keine Verbrechen begehen musste, aber was war dann seine Rolle als Licht?

»Was erwartet ihr von mir, falls ich mich euch anschließe?«

»Wie *Scharfauge* gestern schon gesagt hat: Du bist momentan in einer einzigartigen Position. Wir haben zwar Schatten im Palast, aber das sind überwiegend Angestellte, hin und wieder Geliebte. Die Angestellten müssen ihre Arbeit erledigen, was manchmal ihren Schattenpflichten im Wege steht. Sie können nicht überallhin, ohne aufzufallen. Die Geliebten, nun ja, wir alle kommen aus einfachen Verhältnissen, sie sind niemand, den die Prinzen und Prinzessinnen heiraten würden. Auch heiraten die Nachkommen meistens Mitglieder anderer Gründerfamilien oder der Oberschicht. Wir haben niemanden im engeren Kreis der Familie, niemanden unter ihren Freunden. Und da kommst du ins Spiel. Du könntest ein Freund der königlichen Familie sein. Du könntest auf diesem Wege Geheimnisse erfahren, die uns verborgen bleiben. Fehltritte, Dummheiten und andere Taten, die sie verheimlichen.«

»Was meinen Sie damit?«

»Beleidigungen, für die man sich rächt. Kränkungen, die zu Hass und Mordanschlägen führen. Vergewaltigungen, die vertuscht werden, aber die Familien der Opfer gegen den Täter und die gesamte Gründerfamilie aufwiegeln. Wir schützen die Nachkommen der Gründer, ja, aber nicht um jeden Preis. Begehen sie Verbrechen, müssen wir das wissen und es muss Gerechtigkeit geben. Es darf niemals wieder ein Mob entstehen, der eine gesamte Gründerfamilie tot sehen will. Wir können viel, aber einen Mob aufhalten? Ich bezweifle es.«

Udio verstummte und auch Farisio schwieg, während er nachdenklich die friedlich spielende Ileija betrachtete.

»Bist du bereit, dich den Zielen der Gilde von Licht und Schatten zu verschreiben?«, wollte Udio eine Weile später wissen.

»Ja.«

13

UDIOS ARBEITSZIMMER

Für ein paar Sekunden starrte Udio ihn einfach nur an, dann blinzelte er und begann zu strahlen. Freudig sprang er auf.

»Das ist großartig! Du glaubst gar nicht, wie sehr ich mich über deine Entscheidung freue. Ich hatte fest damit gerechnet, dich in diesem Moment für immer verabschieden zu müssen. Danke, Koll! Wir brauchen dich. *Ohne Lichter keine Schatten* heißt eine Redewendung bei uns. Und wir hatten seit zweihundert Jahren kein neues Licht mehr bei uns.«

»Und was passiert jetzt? Muss ich jetzt in den Unterricht?«

»Ich weiß, ich wiederhole mich, aber du bist in einer einzigartigen Position. Du bist ein Licht. Unser Unterricht ist jedoch auf Schatten ausgerichtet. Ich hatte dich in jedes Fach eingeteilt, damit du erfahren kannst, was in den einzelnen Bereichen gemacht wird. Dir werden wahrscheinlich nicht alle Unterrichtsfächer liegen. Falls du also eins nicht erträgst …«

»Blenden«, rief Farisio sofort. Er konnte *Aphrodisiakum* einfach nicht ausstehen.

Udio lächelte. »Kannst du es abwählen, wollte ich gerade sagen. Von deiner Abneigung für unseren Verführer habe ich übrigens schon gehört. Ich muss dich warnen, Koll. Ich nehme dich aus seinem Unterricht, aber *Aphro* wird das als Herausforderung verstehen. Er wird versuchen, dich zu manipulieren und zu verführen, bis du ihm aus der Hand frisst. Geh ihm besser aus dem Weg, und falls er sich ungebührlich benimmt, wende dich an einen anderen Schatten oder an mich. *Aphrodisiakum* weiß zwar, dass er euch Anwärter in Ruhe lassen soll, aber für ihn ist Verführung ein Spiel. Hat er jemanden in sich verliebt gemacht, lässt er die Person fallen und wendet sich der nächsten Herausforderung zu. Ihn kümmert es nicht, dass er ein gebrochenes Herz zurücklässt. Ich habe ihn zwar schon oft ermahnt, aber leider scheint er das nach einer Weile immer zu vergessen. Sei daher vorsichtig.«

»Ich denke, das sollten Sie lieber Ihrem Sohn sagen. Er scheint in *Aphrodisiakum* verliebt zu sein«, erwiderte Farisio trocken.

Udio seufzte und ließ den Kopf hängen. »Glaub mir, ich habe mit ihm gesprochen. Mehrfach.« Er nahm einen Stift aus dem Becher, schnappte sich ein Blatt Papier und begann, etwas zu notieren. »Also gut, ich nehme dich aus seinem Unterricht. Hast du sonst noch Probleme mit einem Lehrer oder einem Fach?«

Farisio überlegte. Sollte er *Blutdolchs* Unterricht abwählen? Er würde niemals zum Mörder werden. Andererseits wäre ihr Unterricht bestimmt hilfreich, um andere Assassinen zu erkennen. Und ging es bei den Schatten nicht darum, Mörder aufzuhalten?

»Bislang nicht.«

»Gut. Falls sich das ändern sollte, komm einfach wieder zu mir. Meine Tür steht dir jederzeit offen. Ich passe deinen Stundenplan gerne an. Aber bitte behalte das für dich, in Ordnung? Die anderen Anwärter haben keinen Einfluss auf ihre Stundenpläne. Wenn das bekannt wird, wollen sie alle Lehrer oder Fächer abwählen, die ihnen aus irgendeinem Grund nicht zusagen. Das geht natürlich nicht und wir wollen keinen Neid schüren.« Er schob seinen Zettel und den Bleistift beiseite. »Wir behalten erst mal die zweimonatige Probezeit bei. Dann können wir die Anpassungen deines Stundenplans auf diesen Umstand schieben. Und nach Ablauf der Frist wirst du dann offiziell zum Schattenanwärter – entschuldige, zum Lichtanwärter muss es natürlich heißen – und beziehst ein neues Zimmer in eurem Stockwerk.«

»Und was ist mit Ileija? Ich möchte sie bei mir haben.«

»Ist sie das denn momentan nicht?«, wunderte sich Udio.

»Nein.«

»Ich gebe es an *Keine Sperenzchen* weiter. Es ist kein Problem, wenn sie bei dir wohnt. Ich kann verstehen, dass du so viel Zeit wie möglich mit ihr verbringen möchtest, wenn du sie aufgrund des Unterrichts schon den ganzen Tag nicht siehst. Wir reißen keine Familien auseinander. Und wenn sie älter wird und irgendwann ein eigenes Zimmer haben möchte, werden wir auch das ermöglichen«, versprach der Schatten.

»Danke.«

»Gut, ich habe mir notiert, dass du eines der größeren Anwärterquartiere auf der Fensterseite benötigst. Dann können wir noch ein Bett für Ileija reinstellen. Hast du noch Fragen, Koll?«

»Momentan nicht.«

»Und falls doch, weißt du ja, dass du jederzeit zu mir kommen kannst. Ich freue mich auf jeden Fall über deine Entscheidung.«

Farisio atmete tief durch und stand auf. Als schwierig erwies sich nur, Ileija von dem Ball zu trennen. Farisio hatte schon fast vergessen, dass er ihn ihr gegeben hatte, um sie abzulenken.

»Ileija! Das ist nicht deiner.«

Udio schmunzelte. »Lass nur! Sie kann ihn gerne behalten. Das war früher Gralits Spielzeug, wenn er mich hier besucht hat. Aber inzwischen spielt er nicht mehr damit, wie du dir denken kannst. Ich sollte mein Büro sowieso mal wieder gründlich aufräumen.«

»Danke.«

Udio geleitete ihn zur Tür und verabschiedete sich von ihnen – er schien ein Herz für Kinder zu haben. Dann fand sich Farisio allein mit Ileija auf dem Korridor wieder und fragte sich, auf was er sich da eingelassen hatte.

In dem Moment war es ihm richtig erschienen. Er hatte gar nichts anderes tun können, als Ja zu sagen. Aber Udio hatte recht: Die Methoden der Schatten gefielen ihm ganz und gar nicht. Dennoch war ihre Aufgabe wichtig und richtig und wenn er ein Leben retten konnte, dann würde er das auch tun, ganz gleich, was diese Entscheidung ihn selbst kostete. Er konnte nicht anders. Vielleicht steckten dahinter Schuldgefühle, weil er so vielen nicht hatte helfen können, die Opfer seiner Mutter geworden waren oder die mit ihm auf der Straße gelebt hatten. Er hatte zu viel Elend, Leid und Tod gesehen, um sich davon abwenden zu können. Auch Ileija hatte er nicht im Mülleimer oder in einem Waisenhaus in *Brise* zurücklassen können.

Tief ein- und ausatmend machte sich Farisio auf den Weg. Nachdem er sich entschieden hatte zu bleiben, musste er wieder in den Unterricht und das hieß, dass er Ileija in die Kinderbetreuung zurückbringen musste. Brattira würde sich bestimmt schon Sorgen machen. Oder hatten die Schatten ihr Bescheid gegeben?

»Koll, ich sehe, du bist noch bei uns?«

Eisenfaust kam ihm auf der Treppe entgegen und blieb stehen.

»Ja, ich habe mich entschieden hierzubleiben.«

»Das freut mich. Ich weiß nicht genau, was *Scharfauge* und *Flinkfinger* gestern angestellt haben, um dich dermaßen zu verärgern, aber ich hoffe, das Problem ist inzwischen geklärt? Und falls du jemanden brauchst, der den beiden eine verpasst, sag Bescheid. Du weißt ja, ich trage nicht ohne Grund den Namen *Eisenfaust*.« Er zwinkerte ihm zu.

»Danke«, erwiderte Farisio. »Aber das ist nicht notwendig.«

Der Schattenkämpfer nickte. »Gut. Aber mal im Ernst. Du bist ein Licht, Koll. Der zukünftige Nachfolger von Udio. Denk immer daran. Du hast die Chance, die Dinge hier zu verändern. Nutze sie!«

Du hast die Chance, die Dinge hier zu verändern.

Farisio nickte nachdenklich. *Eisenfaust* hatte recht. Er wusste zwar noch nicht, wie, aber er würde die Möglichkeit nutzen. Udio schien bereit zu sein, die Situation zu ändern. Seine Erklärung hatte durchblicken lassen, dass einige Dinge eher aus Notwendigkeit denn aus Überzeugung so waren, wie sie aktuell waren. Farisio konnte mit ihm reden und ihn wahrscheinlich überzeugen, aber zunächst musste er erst einmal verstehen, wie die Dinge bei den Schatten liefen und was er tun konnte, um sie zu verbessern. Er musste seinen eigenen Platz in der Organisation finden, und das würde dauern und nicht einfach werden, wenn es so lange kein Licht mehr gegeben hatte. Ob es vielleicht Bücher über Lichter gab, die er sich ausleihen konnte? Vielleicht konnte *Zerstreuter Bibliothekar* ihm mehr erzählen? Irgendwoher mussten ja auch die Schatten ihr Wissen beziehen …

Farisio hatte wie ein Schlafwandler die Strecke bis zur Kinderbetreuung zurückgelegt und bemerkte erst an Ileijas erfreutem Quietschen, dass sie am Ziel waren. Ihre Freude zeigte ihm, dass er das Richtige getan hatte. Sie fühlte sich wohl hier.

»Koll«, sagte Brattira überrascht, als er die Krippe betrat. »Ich hatte nicht damit gerechnet, einen von euch beiden wiederzusehen.«

»Ich hatte gerade ein längeres Gespräch mit Udio. Wir bleiben.«

»Das freut mich.«

»Übrigens wird Ileija ab sofort ihre Abende und Nächte bei mir verbringen«, fügte er hinzu und stellte sich auf Widerspruch ein.

»Gut«, meinte Brattira jedoch nur. »Dann bis heute Abend.«

»Bis dann.«

Er machte sich auf den Weg in sein Zimmer, um seine Schreibsachen und seinen Stundenplan zu holen. Zwar hatte er an den Tagen zuvor nicht ein Wort notiert, doch da war er auch gezwungen worden, in den Unterricht zu gehen. Nun wollte er etwas lernen.

Im Gästezimmer angekommen, wusste er plötzlich, warum ihm *Eisenfaust* auf der Treppe entgegengekommen war. Er hatte den Unterricht bei ihm verpasst und nun war er zu spät für seine erste Stunde bei *Freundliches Gesicht*.

Farisio schnappte sich seine Sachen und rannte los. Inzwischen fand er den richtigen Klassenraum mühelos. Vor der Tür blieb er stehen und verschnaufte einen kleinen Moment. Dann klopfte er und betrat das Zimmer.

Zu seiner großen Verwunderung war der Gesichtslose allein und las gerade ein Buch.

»Entschuldigung …«

»Koll.«

Freundliches Gesicht sah überrascht auf. »Ich wusste nicht, ob du kommst. Das heißt, dein Gespräch mit Udio ist gut gelaufen? Sehr schön. Bitte, nimm Platz.«

Farisio sah sich im Klassenzimmer um. Ihm war bereits aufgefallen, dass jeder Unterrichtsraum anders aussah, aber der von *Freundliches Gesicht* wirkte nicht, als könnte man hier etwas lernen. Stattdessen erinnerte ihn hier alles an ein Ankleidezimmer einer vornehmen Dame. Überall standen Schränke und Regale an den Wänden. Ein großer, bodenlanger Spiegel hing zwischen zwei Schuhschränken. Auf den Möbeln waren Perückenhalter und Hüte platziert. Ein Schminktisch mit einem weiteren Spiegel darüber war in einer Ecke aufgebaut. Lediglich die künstlichen Bärte passten nicht zum Gesamteindruck.

»Was ist das alles hier?«, fragte er staunend, während er sich an den kleinen runden Tisch in der Mitte des Raums setzte, der wohl für den Unterricht gedacht war.

»Dies, mein Junge, sind die Grundlagen meines Handwerks. Neben der Kleidung, der Mimik und der Körperhaltung können auch Schminke, Perücken und andere Utensilien darüber entscheiden, ob dich die Leute wiedererkennen oder nicht. Als Gesichtslose müssen wir unauffällig sein. Weißt du, warum?«

Farisio schüttelte den Kopf.

»Wir sind die Spione und heimlichen Leibwächter unter den Schatten. Ich nehme an, Udio hat dich inzwischen aufgeklärt, aus welchem Grund wir existieren und was unsere Aufgabe ist?«

»Ja.«

»Gut. Dann weißt du ja, dass wir die Gründerfamilien beschützen und Bedrohungen für die Domänen unschädlich machen wollen. Manchmal bekommen wir zwar eine Warnung, dass jemandem Gefahr droht, aber wir wissen nicht, wie oder wodurch, geschweige denn, wann der Anschlag stattfinden soll. In solchen Fällen kommen wir Gesichtslosen ins Spiel. Wir lassen das potenzielle Opfer nicht aus den Augen. Dafür müssen wir uns immer wieder anpassen. Nicht nur die Person, die wir beschatten, darf nichts erfahren. Auch der Täter darf keinen Verdacht schöpfen. Wir Gesichtslosen beherrschen die Kunst, verschiedene Personen zu verkörpern, ohne dass man uns wirklich wahrnimmt. Manchmal müssen wir auch eine Person spielen, die es wirklich gibt, aber niemand darf durchschauen, dass wir nicht diese Person sind. Das ist nicht leicht.«

»Dann seid ihr so etwas wie Schausteller?«

»Nein, Koll. Wir verkleiden uns nicht, um die Aufmerksamkeit auf uns zu lenken und zu unterhalten. Im Gegenteil. Wir Gesichtslosen müssen lernen, vollkommen unauffällig zu sein. Wir haben unseren Namen, weil wir nicht nur ein Gesicht haben, sondern Hunderte und an keins davon sollten sich die Personen, denen wir begegnen, erinnern.«

»Das klingt ... schwierig.«

Freundliches Gesicht nickte. »Du wirst bemerkt haben, dass du der Einzige in meiner Klasse bist. Keiner von den anderen Anfängern besitzt das Talent hierfür.«

»Ich weiß auch nicht, ob ich es besitze«, gestand Farisio. »Udio hat mich in jedes Fach gesteckt, unabhängig von meinen Testergebnissen.«

»Glaub mir, du hast die Gabe, *Koll*.«

Farisio erschrak, als der Gesichtslose seinen Namen so seltsam betonte und ihn nun scharf ansah.

»Keine Sorge, ich werde niemandem verraten, dass Koll nicht dein richtiger Name ist«, versicherte ihm *Freundliches Gesicht*. »Aber glaube mir, ein Gesichtsloser erkennt einen anderen Gesichtslosen. Auch wenn du das mit der Schminke und dem Licht und Schatten, auch dank deines allgegenwärtigen Hutes, gut gelöst hast, um dein Gesicht anders wirken zu lassen, ich weiß, worauf ich achten muss. Außerdem hast du heute, vermutlich wegen des Trubels mit *Scharfauge* und *Flinkfinger*, vergessen, deine Schminke zu erneuern. Wir sollten sie gleich neu auftragen.«

»Werden Sie mich verraten?«

Farisio hatte keine Ahnung, was er dann tun würde. Er war zwar nur wenige Jahre jünger als die anderen Schattenanwärter, auch wenn er sich aufgrund seiner Erfahrungen auf der Straße älter fühlte. Aber auch in der Gilde von Licht und Schatten schien es eine Altersgrenze für Lehrlinge zu geben.

»Nein. Ein Gesichtsloser verrät niemals einen anderen – außer er ist eine Gefahr für die Domäne. Deine Geheimnisse sind bei mir sicher. Ich weiß nicht, vor wem oder was du dich versteckst, warum du denkst, dass deine Tarnung notwendig ist. Und ich werde auch nicht nachfragen. Das ist der Vorteil, wenn du dich den Schatten anschließt. Sofern du dein Leben dem Schutz der Gründerfamilien und der Domäne widmest und den Eid der Schatten schwörst, ist es egal, wer du bist und was du vorher getan hast. In den letzten Jahrhunderten haben sich viele Verbrecher unserer Organisation angeschlossen. Glaube mir, wir verstehen die Notwendigkeit für eine neue Identität und einen kompletten Neuanfang. Selbst wenn Udio und die anderen Mitglieder des Schattenrats irgendeinen Verdacht schöpfen sollten, wird dich niemand zwingen, deine Geheimnisse zu enthüllen. Du bist hier sicher.«

Erstaunlicherweise glaubte Farisio ihm, obwohl *Freundliches Gesicht* im Moment undurchschaubar war. Anders als bei ihrer ersten Begegnung verrieten seine Mimik und Gestik keinerlei Gefühlsregungen. Es war nicht so, dass er nicht lächelte oder sein Gesichtsausdruck sich nicht veränderte, aber jetzt, da Farisio darauf achtete, merkte er, dass es sich dabei um eine Maske handelte, die der Gesichtslose kontrollierte.

»Danke«, erwiderte Farisio.

Freundliches Gesicht stand auf. »Dann lass uns anfangen. Stell dich mit mir zusammen vor diesen Spiegel, damit wir uns um deine Tarnung kümmern können.«

Farisio folgte ihm in die Ecke und musterte neugierig den Schminktisch, der sich unter einem großen Spiegel befand. Auf drei verschiedenen Ebenen des Möbelstücks befanden sich Tiegel, Cremes und Puder für unterschiedliche Hautfarben.

»Zunächst einmal sollten wir die Überreste der gestrigen Schminke entfernen«, schlug der Gesichtslose vor. »Besitzt du Reinigungswasser und Tücher? Sie sind effektiver als Wasser und Seife. Außerdem solltest du über Nacht deinem Gesicht Ruhe und Erholung gönnen und eine Pflege auftragen. Hast du so etwas?«

Farisio konnte nur jedes Mal den Kopf schütteln. Nach den Jahren auf der Straße konnte er froh sein, dass er überhaupt noch Überreste der Schminke seiner Mutter besaß. Mit der Zeit hatte er den Großteil davon aufgebraucht.

»Kein Problem. Du kannst dich aus meinen Vorräten bedienen und mitnehmen, was du benötigst«, erklärte *Freundliches Gesicht* großzügig, als er Farisio ein Fläschchen mit Gesichtswasser und Tücher reichte. »In den nächsten Wochen werde ich dir auch zeigen, wo du in *Aussicht* und den anderen Städten entsprechende Utensilien kaufen kannst. Und wenn du die Grundlagen beherrschst, werden wir anfangen, selbst Schminke herzustellen. Es ist nicht schwer, wenn man weiß, wie. Denn wenn wir als Männer zu häufig in die Läden gehen, um einzukaufen, fallen wir auch auf. Obwohl ... dich könnten wir wahrscheinlich gut als junge Frau tarnen. Deine Statur und deine Gesichtszüge sind fein genug.«

Farisio hielt beim Abschminken inne und begegnete dem kritischen Blick des Schattens im Spiegel. Auf einmal fühlte er sich nackt ohne seine Tarnung. Seit Jahren war *Freundliches Gesicht* – abgesehen von Ileija – der erste Kuftari, der ihn, Farisio, sah und nicht Koll oder eine andere Tarnidentität. Hatte er bemerkt, wie jung Farisio tatsächlich war?

»Ah«, meinte *Freundliches Gesicht* leise. »Ich verstehe. Diesen Blick habe ich leider zu häufig in den Augen von Straßenkindern gesehen. Nun weiß ich, warum du *Aphrodisiakum* ablehnst. Du fürchtest Männer wie ihn und das aus gutem Grund. Aber Koll, du hast von mir nichts zu befürchten und sexueller Missbrauch oder Vergewaltigung werden bei uns Schatten nicht geduldet. Falls du dich von jemandem bedroht fühlst, kannst du jederzeit zu mir kommen oder denjenigen Udio melden. Wir kümmern uns darum.«

Farisio nickte kurz, schwieg aber. Er schloss für einen Augenblick die Augen, denn er wollte nicht, dass *Freundliches Gesicht* seine Gedanken und Emotionen aus ihnen ablesen konnte. Er hasste es, wenn ihn jemand als Opfer sah. Er wollte sich nie wieder hilflos fühlen. Und dabei hatte er noch Glück gehabt, denn ihm war sein Freund, der Wind, stets zur Hilfe geeilt und hatte ihn gerettet. Dennoch konnte er das Gefühl der Ohnmacht nicht vergessen oder das Entsetzen, wenn die Dunkelheit in ihm seine Schwäche ausgenutzt und sich befreit hatte.

Erst als er sich beruhigt hatte, griff er erneut zu Abschminktuch und Fläschchen und tupfte sein Gesicht ab. Auch *Freundliches Gesicht* schwieg.

»In Ordnung«, sagte er, als Farisio fertig war. »Nun sollten wir darüber sprechen, welche Wirkung du erzielen möchtest. Danach wählen wir die passenden Utensilien aus.«

»Härter, kantiger und … älter«, antwortete Farisio.

Freundliches Gesicht nickte und betrachtete die aufgebauten Tiegel auf dem Schminktisch, bevor er zwei von ihnen und ein kleines Puderdöschen auswählte. »Du weißt bereits, dass sich die Gesichtszüge eines Kuftari im Laufe seines Lebens ändern. Mithilfe von Schminke und angedeuteten Schatten kannst du dein Gesicht nicht nur schmaler oder runder wirken lassen, sondern auch älter oder jünger. Das hast du bereits geschickt gemacht, doch ich vermute, du hast dir deine Schminke nicht selbst ausgewählt, oder? Sie passte nicht ganz zu deiner hellen Hautfarbe.«

Farisio hatte zwar gewusst, dass *Freundliches Gesicht* ungewöhnlich viel sah. Dennoch überraschte ihn seine Aussage, denn er selbst hatte nie darüber nachgedacht, dass die Schminke seiner Mutter, deren Haut einen dunkleren Blauton besessen hatte, nicht für ihn geeignet sein könnte.

»Sollte ich mich deshalb abschminken? Damit Sie meine natürliche Hautfarbe sehen können?«

»Unter anderem. Die ideale Tarnung wirkt auf den Betrachter natürlich, sodass er nicht einmal auf die Idee kommt, du könntest dein Aussehen verändert haben. Selbstverständlich könnten wir dein Gesicht auch dunkler schminken, doch dann müsstest du auch alle anderen Hautpartien, die frei liegen, nachdunkeln. Da dies für den Effekt, den du erzielen möchtest, nicht notwendig ist, lassen wir das. Eine Grundregel lautet: *Geh immer sparsam mit Schminke um. Weniger ist mehr.*«

Farisio nickte, während der Gesichtslose die beiden Tiegel öffnete und dann sein Gesicht zu sich drehte. »Ich werde heute ausnahmsweise deine Tarnung auftragen, sonst erwarte ich von meinen Schülern, dass sie es selbst tun. Aber schau genau hin, was ich mache. Ich werde nach jedem Schritt eine Pause einlegen, damit du dich im Spiegel betrachten kannst. Als Erstes trägst du den dunkleren Ton hier auf …«

Fasziniert verfolgte Farisio, wie der Schatten ihn mit wenigen Veränderungen älter erscheinen ließ. Und doch sah er im Spiegel immer noch sein eigenes Gesicht unter der Hutkrempe und nicht das eines Fremden. Ileija würde ihn immer noch erkennen.

»Fällt es nicht auf, dass mein Gesicht jetzt anders aussieht als gestern?«, wandte er besorgt ein. »Ich meine, ich sehe jetzt mehr nach mir selbst aus.«

Freundliches Gesicht musterte ihn kritisch. »Du hast recht«, gab er zu. »Wir müssen den Übergang fließender machen. Es gibt hier zu viele Beobachter und Gesichtslose, als dass deine plötzliche Veränderung nicht auffallen würde. Laien sind unaufmerksam genug, aber wir schulen unsere Leute, auf solche Details zu achten. Daher sollten wir jeden Tag ein bisschen weniger von deiner alten Technik und ein wenig mehr von deiner neuen anwenden. Aber keine Sorge, ich werde dir helfen und dich jeden Morgen vor dem Frühstück beim Auftragen unterstützen.«

»Aber wird sich niemand wundern, wenn Sie mich so häufig außerhalb der Unterrichtszeiten aufsuchen?«

»Ich werde hinein- und hinausteleportieren. Das heißt, niemand bekommt mit, dass ich überhaupt da war.«

Freundliches Gesicht hatte anscheinend an alles gedacht, sodass Farisio kein Einwand mehr einfiel, während der Schatten die notwendigen Anpassungen vornahm. Anschließend schminkte er sich selbst und zeigte Farisio, wie er seine Mimik bewusst verändern konnte, um eine bestimmte Emotion auszudrücken. Er war überrascht, wie schnell die Doppelstunde verflogen war und wie viel er in dieser Zeit gelernt hatte.

»Ich bringe dir deine neuen Schminkutensilien, das Reinigungswässerchen, ein paar Tücher zum Abschminken und Pflegeprodukte auf dein Zimmer«, versprach ihm *Freundliches Gesicht* zum Abschied.

»Danke«, erwiderte Farisio.

Noch wusste er nicht, ob er dem Gesichtslosen wirklich vertrauen konnte, ob er tatsächlich wie versprochen sein Geheimnis wahren würde, aber er hatte ihn in den letzten beiden Stunden schätzen gelernt. *Freundliches Gesicht* verstand unheimlich viel davon, wie man sein Aussehen und sein Auftreten verändern konnte, und er besaß viel Geduld. Nicht ein einziges Mal hatte er Farisio kritisiert oder eine seiner Fragen nicht beantwortet. Doch am wichtigsten war, dass der Schatten – anders als Farisios Mutter – keine boshafte Freude angesichts einer gelungenen Täuschung empfand, sondern sie lediglich als notwendiges Mittel betrachtete.

Nachdenklich verließ Farisio den Unterrichtsraum, nachdem sich der Gesichtslose mit seinen neuen Sachen wegteleportiert hatte. Anders als *Ruhige Hand* schien *Freundliches Gesicht* keine Hemmungen zu haben, was das Teleportieren innerhalb der Schattenbasis anging. Oder tat er das nur, um Farisios Geheimnis zu wahren?

Es machte ihm Sorgen, wie viele Personen nun Dinge über ihn wussten oder vermuteten, die er jahrelang verborgen gehalten hatte. Nicht nur, dass die Schatten aufgrund seiner Einstufung als Licht wussten, dass er magische Fähigkeiten hatte – wenn auch hoffentlich nicht, welcher Art –, auch Prinz Geris und *Scharfauge* mussten inzwischen erkannt haben, dass er seine Fähigkeiten eingesetzt hatte, um Prinz Kuwino zu finden. Was hatte der Beobachter den anderen erzählt? Er war länger fort gewesen, um nach Kuwinos Rettung Bericht zu erstatten, als er versprochen hatte … Was genau hatte der magische Stuhl über ihn herausgefunden? Und gab es außer dem *Zerstreuten Bibliothekar* noch andere Schatten, die die Ergebnisse interpretieren konnten? Falls er Glück hatte, war der vergessliche Gelehrte der Einzige und hatte noch nicht all seine Erkenntnisse an Udio und die anderen weitergegeben. Doch wie konnte er *Zerstreuter Bibliothekar* unauffällig aushorchen?

Farisio war überrascht, als er sich plötzlich vor der Kantine der Schattenanwärter wiederfand. Und noch verblüffter, als er begriff, dass er nicht allein war. Alle anderen Schüler befanden sich vor oder hinter ihm, starrten ihn aber lediglich schweigend an. Er hatte mit Beleidigungen, gehässigem Getratsche oder neugierigen Fragen gerechnet, je nachdem, was die Jungen und Mädchen inzwischen gehört hatten. Doch diese Stille war ungewöhnlich und ließ sich für ihn noch weniger ertragen als ihr Verhalten vom Vortag. Die Wucht ihrer Aufmerksamkeit brachte sein Herz zum Rasen und er zitterte.

»Koll!«

Farisio wäre vor Erleichterung beinahe in Tränen ausgebrochen, als Nari das beklemmende Schweigen durchbrach und auf ihn zurannte. Zudem hatte sein Freund Ileija auf dem Arm, und ihr Anblick gab Farisio die nötige Ruhe zurück.

»Nari! Ileija! Aber …«

»Keine Sorge, Brattira hat es erlaubt«, meinte Nari fröhlich und ließ zu, dass Farisio ihm die Kleine abnahm. »Und *Keine Sperenzchen* wird es nicht wagen, etwas dagegen zu sagen. Nicht heute, nicht nach deiner Heldentat gestern«, fügte er zufrieden wispernd hinzu.

»Danke.«

»Setz dich ruhig schon mal mit ihr an unseren Tisch. Ich bringe dir gleich ein Tablett mit«, sagte Nari laut, und endlich begannen die anderen Schattenanwärter, sich zu unterhalten.

Farisio nickte und beschäftigte sich mit seiner kleinen Schwester, die ihn wieder glücklich mit »Oll, Oll!« ansprach und sich neugierig umsah.

»Er heißt Koll, Kleines«, mischte sich zu seiner Überraschung nun Gralit ein. Der große Schattenanwärter stellte sein Essenstablett auf dem Tisch ab und setzte sich direkt neben sie. Farisio traute seinen Augen kaum, als er lächelte. Welche Gemeinheit hatte Udios Sohn jetzt schon wieder im Sinn? Oder hatte die Strafpredigt seines Vaters tatsächlich geholfen?

»Oh!«, entfuhr es Nari ein paar Sekunden später, als er mit dem ersten Tablett zurückkam und Gralit neben Farisio entdeckte. Farisio bewunderte ihn für sein Geschick. Es konnte nicht einfach sein, das voll beladene Tablett auf dem Unterarm zu balancieren.

Farisio zuckte mit den Schultern, um ihm mit Gesten zu verstehen zu geben, dass er Gralit nicht eingeladen hatte und auch keine Ahnung hatte, was er wollte. Doch da sprang der muskulöse Schattenanwärter wieder auf und verkündete: »Warte, ich nehme dir das ab.«

Vermutlich dachte auch Nari, dass gleich ein neuer fieser Streich folgen würde, aber Gralit tat genau das, was er angekündigt hatte: Er platzierte das Tablett mit den anderthalb Portionen vor Farisio.

»Äh, dann hole ich mir jetzt mal mein Essen«, sagte Nari und flüchtete.

Doch die Überraschungen hatten damit noch kein Ende. »Lasst einen Platz für Nari auf Kolls rechter Seite frei«, bat Gralit seine Freunde, die Farisio neugierig musterten. Sie hielten sich an die ungewöhnliche Bitte von Gralit, der Nari sonst als Krüppel beleidigt hatte, und hoben noch nicht einmal die Brauen.

Als Nari zurückkam, zögerte er kurz, bevor er neben Farisio Platz nahm. »Was ist hier los?«, wollte der Einarmige im Flüsterton wissen.

»Keine Ahnung.«

Auch Farisio verstand es nicht. Das Dutzend Jungen und Mädchen, das Gralits engsten Freundeskreis bildete, hatte ihn weder geärgert noch versucht, ihn auszufragen. Stattdessen verhielten sie sich, als wäre es total normal, dass sie mit ihnen zusammen aßen.

Wie mechanisch fütterte er Ileija, die glücklich gluckste und zwischen den Bissen plapperte, während er versuchte, Gralit und die anderen aus dem Augenwinkel zu beobachten.

»Soll ich sie dir abnehmen, damit du auch mal zum Essen kommst?«, schlug Gralit irgendwann vor. Er lächelte Ileija an und streckte die Hände nach ihr aus. »Hallo, Kleines! Ileija, nicht?«

»Äh, ja, das ist ihr Name.«

Farisio zögerte. Er traute Gralits plötzlicher Freundlichkeit nicht, auch wenn er nicht glaubte, dass er ein Kleinkind wie Ileija in ihren Streit mit hineinziehen würde. Bevor er aber ablehnen konnte, schob Nari sein Tablett von sich.

»Ich bin auch mit dem Essen fertig und kann sie nehmen. Mich kennt sie schon.«

»Danke, Nari«, sagte Farisio erleichtert und reichte ihm Ileija. Voller Heißhunger stürzte er sich auf sein Essen. Nach den mageren Portionen in den vergangenen Tagen und seiner Appetitlosigkeit während ihrer Gefangenschaft hätte er jetzt auch die doppelte Menge verschlingen können. Rasch hatte er seinen Teller geleert und nahm dankbar die Reste an, die Nari ihm anbot.

»Wir sollten Ileija jetzt zurückbringen«, merkte er anschließend an, auch um der seltsamen Stimmung am Tisch und im Speisesaal zu entkommen.

»Wartet, ich begleite euch. Räumt ihr unsere Tabletts ab? Danke, Leute!«

Gralit war aufgesprungen, bevor sie protestieren konnten. Und bevor sie reagieren konnten, hatten die beiden Jungen auf der gegenüberliegenden Tischseite auch schon ihre Tabletts zu sich herangezogen und begannen, sie übereinanderzustapeln.

»Danke«, sagte Farisio langsam und sah Nari erneut verwirrt an.

Anscheinend hatte Gralit schon die ganze Zeit mit ihm reden wollen, denn kaum hatten sie den Speisesaal ein paar Meter hinter sich gelassen und waren allein auf dem Korridor, wandte er sich auch schon an Farisio.

»Hör zu, Koll. Ich habe dich möglicherweise falsch eingeschätzt. Das tut mir leid. Es war mutig, was du gestern getan hast. Du hast Prinz Kuwino das Leben gerettet, inzwischen kursieren im Palast und in unserer Stadt schon die wildesten Gerüchte darüber, was du getan hast«, erzählte er ernst.

»Und?«

Ganz so einfach würde er es Gralit nicht machen. Er mochte sich zwar entschuldigt haben, aber meinte er das auch ernst?

»Ich wollte dich bitten, über die genauen Ereignisse von gestern Stillschweigen zu wahren. Auch gegenüber unseren Klassenkameraden und den anderen Schattenanwärtern«, fuhr Gralit fort. »Ich weiß zwar, was geschehen ist, doch die anderen nicht. Und so soll es auch bleiben. Die Geheimnisse der Schatten sind die Geheimnisse der Schatten. Sie entscheiden, welches Wissen sie an uns Anwärter weitergeben. Das gilt sowohl für das, was wir im Unterricht lernen, als auch für alles andere. Ich weiß nicht, ob man dir das schon gesagt hat. Aber Geheimhaltung ist das höchste Gebot, wenn du bei uns bist. Sowohl für unsere eigene Sicherheit als auch für die Sicherheit von denjenigen, die wir beschützen.«

»Du sprichst, als wärst du bereits ein Schatten. Das bist du aber nicht. Und warum hast du ein Recht darauf zu erfahren, was geschehen ist, und ich nicht? Du kannst uns nichts vorschreiben. Das dürfen nur Udio und die anderen Schatten«, fuhr Nari Gralit an. Farisio hatte seinen neuen Freund noch nie so wütend erlebt.

»Das habe ich so nicht gesagt«, protestierte Gralit.

»Aber so gemeint!«

»Nein!«

»Udio hat mir nicht verboten, über die Vorfälle von gestern zu sprechen, und auch keiner der anderen«, mischte sich Farisio ein. Nur über seine Freiheiten als Licht sollte er nicht reden.

Gralit seufzte. »Ich weiß. Das tut er nie. Sofern du es nicht weitererzählst, Nari, spricht nichts dagegen, wenn Koll es dir erzählt«, lenkte er ein. Unter Farisios und Naris Blicken schien ihm unbehaglich zu werden. »Ich gehe zurück in den Aufenthaltsraum. Kommt nicht zu spät zum Unterricht.«

Er drehte sich mit einem gequälten Lächeln auf dem Absatz um und ging mit großen Schritten wieder zurück.

»Was war das denn?«

Nari schnaubte. »Das war Gralit in seinem typischen Besserwisser-Modus. Genauso hat er auch geredet, als der Stuhl mich getestet hat. Ich wäre nicht geeignet, in den Außendienst zu gehen, und sollte nicht an den entsprechenden Unterrichtsfächern teilnehmen. Das wären Schattengeheimnisse, die nicht für Anwärter wie mich bestimmt seien.« Er legte eine kurze Pause ein. »Du musst wissen, früher hat er mich nie einen Krüppel genannt«, ergänzte er leise und Farisio erkannte, wie sehr Gralits Verhalten seinen Freund verletzt hatte.

»Ihr wart mal Freunde, oder?«

Nari nickte. »Ich will nicht über den Idioten sprechen. In Ordnung?«

»Klar.«

Schweigend legten sie die restlichen Meter zur Krippe zurück. In der Kinderbetreuung herrschte Stille. Anscheinend hatten sich die anderen Kinder schon für den Mittagsschlaf hingelegt. Brattira begrüßte sie mit einem gezischten »Schhh!« an der Tür. Sie schwiegen, während Brattira Ileija auf den Arm nahm.

»Bis heute Abend, ihr zwei«, flüsterte sie.

»Auf Wiedersehen, Ileija.« Farisio nickte Brattira dankbar zu.

Im nächsten Moment standen sie wieder in der großen Halle und sahen sich an. Farisio wusste, dass Nari inzwischen vor Neugier platzte, doch Gralits Bitte ließ ihn nicht los.

»Lass uns in mein Zimmer gehen«, sagte er mit einem Blick auf die Uhr. Wenn er sich kurzfasste – und das wäre eh besser, wenn er sich nicht verplappern wollte –, schaffte er es noch, Nari alles zu erzählen, bevor der Nachmittagsunterricht anfing.

»In Ordnung.«

Ein paar Minuten später schloss Farisio die Tür hinter ihnen und begann zu erzählen. Wie er sich Prinz Geris als Zielperson ausgesucht hatte und ihm zusammen mit *Scharfauge* zum Palast gefolgt war. Wie er etwas Verdächtiges gehört hatte – hier blieb er vage und ging schnell zum nächsten Punkt über – und dann Prinz Kuwino im Teich treibend gefunden hatte.

»Aber ich habe ihn nicht gerettet, das war Prinz Geris mit seiner Windmagie«, betonte er. »Ihm und dem Heiler gebührt der Dank. Ich habe eigentlich nichts Besonderes oder Mutiges getan. Es war ... Zufall, dass ich etwas bemerkt habe. Jeder andere in meiner Situation hätte dasselbe getan. Aber die Prinzessin war dankbar und nun hat sie mich zu ihrer Geburtstagsfeier eingeladen, und die Schatten flippen deswegen völlig aus.« Er seufzte.

»Dann stimmt es nicht, dass sich Prinzessin Nadera Hals über Kopf in dich verliebt hat?«, fragte Nari.

»Was?«

»Das habe ich gehört.«

»Wer erzählt denn so einen Blödsinn?« Farisio stöhnte. »Natürlich! *Scharfauge!*«

»Er ist ein Beobachter. Wenn er das sagt, muss es stimmen«, behauptete Nari und konnte vor lauter Aufregung kaum still sitzen.

»*Scharfauge* übertreibt. Sie war nur dankbar, dass Kuwino noch lebt. Er ist ihr Favorit.«

»Aber wäre es nicht toll, wenn es stimmen würde? Wenn sich die Prinzessin in einen von uns verlieben würde?«

Seufzend rieb sich Farisio die Stirn. Er hatte Naris Begeisterung für die Gründerfamilie vergessen. Nari *wollte* es glauben. Vielleicht war er insgeheim auch ein wenig in die Kronprinzessin verliebt.

»Hör zu«, begann Farisio behutsam. »Ich kenne die Prinzessin nicht. Wahrscheinlich ist sie sehr nett, aber ich habe kein Interesse an ihr. Jedenfalls nicht so.«

»Oh«, machte Nari und starrte ihn an. Dabei kaute er unruhig auf seiner Unterlippe. »Dann interessierst du dich für Jungen, so wie Gralit? Das ist in Ordnung«, sagte er rasch, als Farisio den Mund öffnen wollte. »Ich versuche es nur zu verstehen.«

Farisio musste sich in Erinnerung rufen, dass Nari drei Jahre älter war als er. Für Nari, Gralit und die anderen gab es vermutlich nichts Wichtigeres als ihre Schwärmereien, aber wenn man wie er jahrelang auf der Straße gelebt hatte und sich vor Kinderschändern und Jägern für die Bordelle in Acht hatte nehmen müssen, dann sah man diese Dinge anders. Er hoffte, dass er sich nicht ähnlich dämlich anstellen würde wie Gralit, wenn er erst einmal in ihrem Alter war und Gefühle für jemanden entwickelte.

»Das habe ich nicht gesagt«, antwortete er geduldig. »Nur, dass die Prinzessin mich nicht auf diese Weise interessiert. Aber wir sollten uns auf den Weg machen. Der Unterricht fängt gleich wieder an.«

Nari sprang auf. »Du hast recht. Und heute Nachmittag sind wir bei *Hundert Augen*, da dürfen wir keinesfalls zu spät kommen.«

Schmunzelnd ließ sich Farisio von dem aufgekratzten Nari zurück ins Stockwerk der Schattenanwärter hetzen. Dort führte er ihn in den Aufenthaltsraum, wo sich schon die anderen Anfänger versammelt hatten. Als sich Farisio setzte, fiel ihm auf, dass er seine Schreibsachen im Raum von *Freundliches Gesicht* vergessen hatte.

»Mist«, murmelte er.

»Was ist?«

»Glaubst du, ich kann noch mal los und meine Notizzettel und Stifte holen?«

Nari öffnete den Mund, doch bevor er etwas sagen konnte, betrat *Hundert Ohren* den Aufenthaltsraum. Sofort herrschte Stille.

»Sind alle da?«, wollte er wissen und ließ den Blick über sie wandern. Farisio hatte den Eindruck, als würde der stellvertretende Leiter der Kommandozentrale stumm durchzählen, denn kurz darauf nickte er zufrieden. »Bitte folgt mir. Der Unterricht findet in unserer Geheimbasis statt. Ihr werdet über das, was ihr dort seht und hört, Stillschweigen bewahren. Auch Notizen sind verboten, da sie in falsche Hände fallen können. Falls ihr euch nicht daran haltet, bekommen wir das mit und im Zweifelsfall werdet ihr von den Schatten ausgeschlossen und eure Erinnerungen gelöscht.«

Hundert Ohren äußerte diese Drohung so unbekümmert, als würden sie ständig ungehorsame Schattenanwärter aufspüren und bestrafen. Sie wirkte. Farisio konnte sehen, dass seine Klassenkameraden eingeschüchtert waren. Selbst Gralit nickte nur zustimmend.

»Gut«, stellte *Hundert Ohren* zufrieden fest, der sie genau beobachtet hatte. »Nachdem nun jeder den Ernst der Lage begriffen hat, werde ich euch runterbringen. Einer von uns – entweder meine Schwester, ich oder ein anderer Schatten – wird euch immer hier oben abholen. Niemand von euch macht sich allein auf den Weg zu uns. Für diejenigen, die ohne Begleitung in den Stockwerken der Schatten angetroffen werden, gilt dasselbe wie für Geheimnisverräter. Ihr könnt euch dann von eurem Traum, ein Schatten zu werden, und von euren Erinnerungen verabschieden. Es gibt keine Entschuldigung für einen Verstoß. Kapiert?«

Sie nickten alle.

»Dann folgt mir!«

Jeder von ihnen war schon einmal unten gewesen, um den Einstufungstest zu machen. Dennoch bemerkte Farisio, dass sich seine Klassenkameraden, alle bis auf Gralit, mit großen Augen in den verbotenen Stockwerken der Schatten umsahen. Doch die meisten Türen waren verschlossen. Nur hin und wieder konnten sie einen kurzen Blick in einen der Räume erhaschen, wenn ein Schatten ihn gerade betrat oder verließ. Farisio konnte nur spekulieren, was sie dort drinnen taten.

»Ich dachte immer, *Hundert Ohren* sei entspannter als seine Zwillingsschwester«, murmelte Nari an seiner Seite. »Doch jetzt hat er mir Angst gemacht. Dir auch?«

Farisio nickte, doch mehr Zeit, um sich zu unterhalten, blieb ihnen nicht, denn sie hatten ihr Ziel erreicht. *Hundert Ohren* öffnete die Tür zu seiner Linken und bedeutete ihnen, einzutreten.

Sofort überschwemmte das Surren und Knistern von Magie Farisios Sinne und wieder verstand er nicht, wie seine Klassenkameraden das nicht spüren konnten. Er kämpfte um die Kontrolle über die Dunkelheit, während er langsam ein- und ausatmete und die anderen Jungen und Mädchen in den riesigen Raum strömten und sich aufgeregt wispernd umsahen.

Farisios Blick fiel auf den gewaltigen Bildschirm auf der anderen Seite des Saals. Erst als die Ansicht wechselte und verschiedene Straßen und Häuser darauf zu erkennen waren, begriff er, dass es sich nicht um eine einzige Kristallplatte handelte, sondern um Dutzende kleine, die miteinander verknüpft waren und die von den Schatten in der Zentrale gesteuert wurden. Während *Hundert Augen*, die Kommandantin, vorne Befehle gab und auf ihre Ankunft noch nicht reagiert hatte, sah sich Farisio weiter um.

Sein Körper kribbelte noch schlimmer als auf dem magischen Stuhl, denn in der Zentrale gab es nicht nur einen magischen Gegenstand, auch die etwa zwei Dutzend Tischreihen waren mit Technik ausgestattet. In jeder Reihe standen acht Stühle. Dass es sich dabei um Arbeitsplätze handelte, erkannte Farisio an den Schatten, die vor Stein- und Kristallplatten in unterschiedlichen Farben saßen und auf blinkende Symbole tippten. Er sah Platten aus Raumsteinen – aus ihnen musste auch die große Platte an der Wand bestehen, denn sie erlaubten es den Schatten, zu sehen, was anderswo in der Domäne geschah. Außerdem entdeckte er unter anderem Arbeitsplätze mit farblosen Tehmar-Kristallen und Emotionssteinen sowie blaue Platten aus Ordnungssteinen in seiner Nähe. Einige Steine und Kristalle schienen häufiger vorzukommen, doch in keiner Reihe gab es mehr als zwei gleiche Arbeitsplätze.

Von den gut zweihundert Plätzen in der Zentrale waren jedoch nur knapp dreißig besetzt. Hatten die übrigen Kollegen etwa gerade Pause?

»Ah, unsere Schattenanwärter sind da.«

Die laute Stimme von *Hundert Augen* ließ nicht nur Farisio zusammenzucken. Sofort wandten sich alle nach vorne, von wo ihnen die junge Kommandantin mit den langen, weiß-blauen Haaren entgegenkam. Sie nickte ihrem Zwillingsbruder kurz zu, bevor sie sich ihnen wieder zuwandte.

»Ich heiße euch alle zu eurer ersten Unterrichtsstunde in der Zentrale herzlich willkommen«, begrüßte sie die Schülerinnen und Schüler. »Leider mussten die ersten Stunden ausfallen, da es aufgrund der Ankunft der Verehrer der Kronprinzessin und ihrer Begleiter in den letzten Wochen etwas hektisch bei uns war. Jeder Gast im Palast ist eine potenzielle Bedrohung für die Gründerfamilie, weshalb wir alle gründlich überprüft haben. Bei so vielen Gästen anlässlich von Prinzessin Naderas Geburtstag in sechs Tagen hat das viel Zeit gekostet. Aus diesem Grund konnte der Unterricht in den letzten Wochen leider nicht stattfinden.«

Hundert Augen hatte sie erreicht und musterte nun jeden von ihnen einzeln. Ihr Blick blieb bei Farisio hängen. »Inzwischen sollte jeder von euch wissen, welche wichtige Aufgabe wir in der Gilde von Licht und Schatten haben … und ja, ich sage extra nicht *wir Schatten*, denn inzwischen haben wir wieder ein Licht unter uns. Herzlich willkommen, Koll!«

»Danke«, murmelte Farisio und war froh, als sie ihre Aufmerksamkeit anschließend auf ihren Bruder *Hundert Ohren* richtete, der ihr etwas ins Ohr wisperte. Das Ganze war ihm unangenehm.

Hundert Augen nickte einmal, dann verließ ihr Bruder den Saal, und sie fuhr fort, als wäre sie nicht unterbrochen worden: »Vermutlich träumt ihr alle – oder die meisten von euch – davon, ein respektierter Kämpfer, eine geschickte Diebin oder ein erfolgreicher Blender zu werden. Und die Tätigkeiten im Außendienst sind auch alle sehr wichtig. Doch häufig vergessen die anderen Schatten, dass wir es sind, die ihnen den Arsch retten, wenn sie ihre Transportmagie für den Tag erschöpft haben, sich in Schwierigkeiten bringen, bewusstlos werden oder ein Ablenkungsmanöver, zusätzliche Augen und Ohren oder Hintergrundwissen für eine Mission brauchen. Ohne uns in der Zentrale wären wir eine gewöhnliche Bande, die nur zufällig teleportieren kann. Was ich damit sagen will: Die Aufgaben hier in der Kommandozentrale sind nicht nur wichtig, sie sind lebenswichtig. Ohne uns bricht die Organisation zusammen. Wir sind die Augen und Ohren der Domäne – und wir sind unterbesetzt.«

Sie wies mit einer Handbewegung auf die zahlreichen leeren Plätze hin und Farisio musste schlucken, als er begriff, dass gut dreißig Schatten die Aufgaben erfüllten, für die eigentlich etwa zweihundert vorgesehen waren.

»Heißt das, der Überfall auf Prinz Kuwino hätte verhindert werden können, wenn wir mehr Mitarbeiter in der Zentrale hätten?«, erkundigte sich ausgerechnet Nari. Er sah blass und verunsichert aus.

»Möglicherweise«, antwortete *Hundert Augen*. Es störte sie nicht, dass Nari ihre Einführungsrede unterbrochen hatte. Vielleicht hatte sie auch mit einer Frage gerechnet und deshalb eine kurze Pause gemacht.

»Was soll das bedeuten? Warum möglicherweise?«, hakte Nari verwirrt nach.

»Es kommt darauf an, wie schnell der Angriff geschah«, erklärte die Kommandantin. »Bei Affekthandlungen können wir wenig tun. Ihr seht, dass wir in diesem Raum verschiedene Platten aus magischen Kristallen und Steinen haben. Mit einer Emotionsplatte können wir beispielsweise diejenigen erkennen, die Hass, Zorn oder andere negative Empfindungen gegenüber der Gründerfamilie verspüren. Der Nachteil dabei ist jedoch, dass wir nicht die ganze Domäne auf einmal beobachten können. Die Reichweite einer einzelnen Platte ist begrenzt und selbst wenn wir eine Gefahr bemerken, müssen wir immer noch eingreifen.

Bei einer Affekthandlung, die innerhalb von Sekunden oder Sekundenbruchteilen geschieht, werden wir immer zu spät sein. Um sie zu verhindern, bedarf es einer Vision, die uns rechtzeitig vor der Tat warnt. Bedauerlicherweise haben wir niemanden, der den Umgang mit den Tehmar-Platten beherrscht. Der Umgang mit Visionen fällt schon den Nachkommen von Tehmar nicht leicht und da wir die Magie ja erst erlernen müssen, auch wenn wir nur mit Kristallen und Steinen arbeiten, haben wir noch mehr Schwierigkeiten. Vielleicht wäre es einfacher, wenn die Gründerfamilien uns im Umgang mit der Magie unterweisen würden, aber sie haben uns vergessen. Daher müssen wir uns alles selbst beibringen und manches Wissen ist ohne einen fähigen Lehrer verloren gegangen. Die Bedienung der Platten erfordert von uns Schatten jahrelange Erfahrung.«

Erneut warf sie Farisio einen Blick zu und er hatte den Verdacht, dass sie dieses Mal bewusst nur von den Schatten gesprochen hatte und hoffte, dass es ihm als Licht anders erging.

»Hinzu kommt, dass die Platten vor über tausend Jahren erschaffen und von den Gründern aufgeladen wurden«, ergänzte sie noch.

»Soll das heißen, dass die Magie der Kristalle und Steine irgendwann erschöpft ist?«, sprach Farisio seinen Verdacht laut aus. Er musste an die Windkristalle der Luftschiffe denken, die regelmäßig aufgeladen werden mussten.

Sie nickte. »Genau das heißt es. Wir sind nicht nur unterbesetzt, sondern auch unsere Magie ist endlich. Zwar sind die Gründer um einiges stärker als ihre Kinder und über die Jahrhunderte haben die Lichter in unserer Gilde die Platten regelmäßig aufgeladen, doch als der Dienst bei uns in Vergessenheit geriet, blieb das aus. Es gab immer weniger Lichter und die Gilden der verschiedenen Domänen hüteten *ihre* eigenen Magier eifersüchtig. Es fand kein Austausch der Lichter mehr statt und wüssten die anderen Schattenanführer, dass wir wieder ein Licht haben, könnt ihr darauf wetten, dass sie versuchen würden, uns Koll abspenstig zu machen.«

Farisio wurde übel, als er begriff. Er hatte doch überhaupt keine Ahnung, wie man die Kristalle oder Steine auflud.

»Die Gründer und ihre Nachkommen sind sorglos geworden, nur weil in den letzten tausend Jahren keine weitere Katastrophe passiert ist. Sie fühlen sich sicher und vertrauen darauf, dass ihre eigenen Kräfte sie schon retten werden. Dabei sind wir es, die ihnen immer wieder heimlich das Leben retten«, sagte *Hundert Augen* wütend. »Das ist dumm und arrogant. Das hat ja schon bei dem Mob und Injatis Selbstmord nicht geklappt. Und wir alle wissen, was die Folge war.«

Sie verstummte und der ganze Saal schwieg, als wagten Anwärter und Mitarbeiter nicht einmal zu atmen, um nicht den Zorn von *Hundert Augen* auf sich zu ziehen. Lediglich Farisio hörte noch das Summen der magischen Platten, aber auch er empfand die Stille als unheimlich.

»Aber zurück zu deiner Frage, Koll«, meinte die Kommandantin plötzlich und seufzte. »Ja, die Energien einiger Platten sind bereits erschöpft und selbst wenn wir genug Leute hätten, um alle zweihundert Plätze rund um die Uhr zu besetzen, würde uns das nicht weiterbringen. Aktuell brauchen wir dringend eine Aufladung der Emotionsplatten. Ich habe euch ja schon erklärt, dass sie es uns erlauben, Gefahren im Umfeld der Gründerfamilie zu erkennen. Leider funktionieren sie schon seit etwa hundertfünfzig Jahren nur noch unzuverlässig, weshalb wir auch nicht genügend Schatten haben, die sie beherrschen. Aggressionen gegen die Gründer und ihre Nachkommen werden heute hauptsächlich von den Beobachtern und Gesichtslosen erkannt. Übrigens wurden diese erst eingeführt, als die Magie zu schwinden begann. Zuvor haben wir diese Aufgabe in der Zentrale durchgeführt.«

Farisio lauschte ihr gebannt und warf einen Blick zu Nari hinüber, der ebenfalls sehr interessiert wirkte. Dann ließ er seinen Blick weiterwandern. Es überraschte ihn für einen kurzen Augenblick, dass Gralit nicht zuzuhören schien, wenn er die Aufgabe der Schatten doch angeblich so ernst nahm, doch vermutlich wusste er all dies als Udios Sohn schon. Dann begriff er jedoch, dass Gralit aus irgendeinem Grund wütend war, und das zur Abwechslung mal nicht auf Nari oder ihn, sondern auf zwei seiner Freunde. Die beiden Jungen tuschelten, deuteten auf ein paar andere Anwärter vor ihnen und stießen sich gegenseitig an.

Hundert Augen klatschte so laut in die Hände, dass Farisio und die unaufmerksamen Jungen zusammenzuckten.

»Langweile ich euch?«, fragte die Kommandantin spitz und ihre Augen funkelten wütend. »Nun, wenn ihr das alles so unwichtig findet, dann werdet ihr jetzt die Arbeitsplätze übernehmen! Mal schauen, wie ihr euch als Augen und Ohren der Domäne macht, wenn die Sicherheit von Wirilat in euren Händen liegt.«

14

KOMMANDOZENTRALE DER SCHATTEN

»Kommandantin?«, fragte eine Mitarbeiterin verunsichert.

Doch *Hundert Augen* machte nur eine zackige Handbewegung. »Los, Leute, aufstehen. Die Anwärter nehmen jetzt eure Plätze ein.«

Die Schatten erhoben sich langsam, während die Leiterin der Kommandozentrale die Schüler zu ihnen schickte, damit sie tauschen konnten. Da es in der Klasse ein paar Schüler mehr als Mitarbeiter in der Zentrale gab, ließ *Hundert Augen* Farisio, Nari, Gralit, die beiden Störenfriede und noch ein paar andere an jeweils einer der freien Platten Platz nehmen.

»Nun, Anwärter. Meine Leute werden euch jetzt erklären, wie die Platten funktionieren. Doch bevor ihr glaubt, dass ihr damit aus dem Schneider seid, sollte etwas passieren, irrt ihr euch. *Ihr* sitzt vor den Steinen und Kristallen. Es ist *eure* Verantwortung, sie richtig zu bedienen und Gefahren zu erkennen. Ihr könnt euch nicht darauf verlassen, dass andere euch helfen. Ihr seid die Hilfe. Verstanden? Also hört dieses Mal gut zu, wenn wir euch etwas erklären.«

»Äh, Kommandantin?«, meldete sich Gralit ungewohnt zaghaft.

»Ja, Gralit?«

»Und wenn wir keinen Schatten haben, der uns etwas erklärt, sondern allein vor einem Arbeitsplatz sitzen?«

»Nun, dann habt ihr Pech gehabt und es ergeht euch wie vielen von uns, als wir zum ersten Mal vor einigen der schwierigeren Platten gesessen haben: Ihr müsst Dinge ausprobieren und hoffen, dass sie funktionieren. Viel Glück!«

Farisio hoffte, *Hundert Augen* niemals wieder so wütend zu erleben. Die anderen Schatten begannen, ihren Schützlingen zu erklären, wie die Platten funktionierten, doch als Farisio sich hektisch umsah, konnte er niemanden in seiner Nähe entdecken, der ebenfalls vor einer Osirriso-Platte saß. Es war so, wie es *Hundert Augen* gesagt hatte: Er war ganz auf sich allein gestellt.

Verzweifelt starrte er auf den großen blauen Ordnungsstein vor sich. Er war sechseckig, so groß wie vier nebeneinanderliegende Männerfäuste und auf der oberen Seitenfläche blinkten verschiedene Symbole. Die Spitzen hingegen waren über hauchdünne, durchscheinende Kristalldrähte mit dem nächsten Arbeitsplatz sowie einem etwas dickeren Kabel verbunden, das an der Wand nach vorne führte. Hieß das, dass man sich die Ergebnisse seiner Platte auch auf den anderen sowie auf dem großen Bildschirm vorne anzeigen lassen konnte?

Farisio seufzte, während er versuchte, die Platte und ihre Magie zu verstehen. Es half, dass es sich dabei um einen Ordnungsstein handelte. Nicht nur, dass ihn sein Summen beruhigte, auch wusste er bereits, dass er dessen Magie beeinflussen konnte, wenn er sich der Melodie des Steins anpasste. Das war es ja gewesen, womit er *Scharfauges* und *Flinkfingers* Aufmerksamkeit erregt hatte.

Dennoch zögerte er. Die Dunkelheit in ihm regte sich. All die Energie lockte sie, und ihr Hunger nach mehr, nach all der Macht in diesem Raum war gefährlich. *Hundert Augen* mochte hoffen, dass er die Platten auflud, doch wenn er nicht aufpasste, konnte es geschehen, dass er ihnen stattdessen auch noch den letzten Tropfen Magie raubte.

»Probleme, Koll?«, fragte sie, als schien sie geahnt zu haben, dass er an sie gedacht hatte.

»Nein, Kommandantin«, log er leise.

Seufzend ließ er einen Finger auf eines der blinkenden Symbole sinken, während er mit eisernem Griff die Finsternis umklammerte, damit sie nicht ausbrach. Für einen langen Augenblick geschah gar nichts auf der Platte, dann veränderte sich die Ansicht und der Stein zeigte ihm ein Muster aus leuchtenden Linien.

Was bei den Gründern war das?

Das von der Kommandantin erhoffte Naturtalent war er schon mal nicht. Das war klar. Er hatte keine Ahnung, was der Osirriso-Stein ihm da zeigte. Es musste etwas mit Ordnung zu tun haben. Ein Muster, das für einen bestimmten Zweck eingesetzt wurde? Nur für welchen?

Farisio starrte es einige Minuten an, bevor er begriff, dass er so nicht weiterkam. Lediglich ein Symbol am linken oberen Rand war neben dem Muster noch zu sehen, also drückte er es und kam zur ersten Ansicht zurück. Wieder sah er eine Reihe von Symbolen, dieses Mal wählte er jedoch ein anderes aus und landete auf einer Karte von Wirilat. Das war doch mal hilfreich!

Er starrte sie an und tippte versuchsweise auf die Sturmberge, die ja einmal sein Ziel gewesen waren. Zu seiner großen Überraschung vergrößerte sich dieser Ausschnitt nun und plötzlich veränderte sich die Melodie der Platte. Nicht nur wurde das Summen lauter, auch gab der Ordnungsstein plötzlich eine andere Tonfolge von sich. Nur was sie bedeutete, war ihm nicht klar.

Und noch etwas fiel ihm auf. Die Grenze gegen das Nichts oberhalb der Sturmberge leuchtete auf einmal, während das Gebirge und die Stadt *Sturm* farblos blieben. Fasziniert tippte er erneut auf die Platte, dieses Mal direkt auf die Grenze. Wieder kam der Kartenausschnitt näher und die Melodie veränderte sich. Noch immer behielt der Stein sein Lied bei, doch jetzt hatte er den Eindruck, als würden Dutzende Instrumente dieselbe Melodie spielen. Es war wunderschön.

Und dann begriff er.

Das war die Schutzbarriere! Er hörte die Ordnungsmagie, mit der Osirriso und die anderen Gründer die Domäne bei der Erschaffung der Welt gegen das Nichts abgeschirmt hatten!

Ehrfurcht ergriff ihn, als er erneut auf die immer größer werdende Grenze auf dem Stein tippte und nun sogar Hunderte an Instrumenten hörte. Nur dass eines von ihnen einen seltsamen Misston abgab.

»Oh, Mist!«, fluchte er leise.

Panik erfasste ihn. Irgendwo stimmte etwas mit der Ordnungsmagie an der Grenze nicht!

»Koll?«, fragte *Hundert Augen*, doch er ignorierte sie, während er fieberhaft die Grenze weiter heranholte. In der nächsten Ansicht fehlte der Misston, doch das beruhigte ihn nicht. Er sprang mit dem Symbol am linken oberen Rand eine Ansicht zurück und nahm sich dann den nächsten Abschnitt vor und dann den nächsten. Immer wieder tat er das und ging immer näher heran, bis er den falschen Ton genau hörte und wusste, welches Grenzstück fehlerhaft war.

»Hier!«, rief er. »Hier droht die magische Abschirmung gegen das Nichts demnächst zu versagen.«

Plötzlich spürte er, wie sich die Stimmung im Raum änderte. Er sah auf und merkte, dass ihn alle gleichermaßen anstarrten: Schatten, Anwärter und die Kommandantin, die neben ihm stand.

»Koll, bist du dir sicher?«, fragte sie zweifelnd. Sie wirkte ernst und unter ihrer Skepsis auch ein wenig besorgt. »Was genau siehst du?«

Farisio bremste sich, bevor er sagen konnte: »Aber das ist doch offensichtlich! Sind Sie blind und taub?« *Hundert Augen* war ein Schatten, sie hörte die Magie des Ordnungssteins nicht, wie er sie hörte.

»Die Ordnungssteine haben jeder eine Melodie«, erklärte er also. »Melodien sind eine Form der Ordnung. Diese Platte hier scheint die Fähigkeit zu haben, Ordnungsmagie in Wirilat in Form von Musik wiedergeben zu können. Ich habe auf einer Karte entdeckt, dass die Grenzabschirmungen Ordnungsmagie enthalten. Was, wenn man darüber nachdenkt, logisch ist. Das Nichts zersetzt Materie, es hat demnach chaotische Elemente. Ordnung ist daher die beste Form der Magie, um das Nichts von den Domänen fernzuhalten.«

»Weiter«, forderte ihn *Hundert Augen* auf. »Bis hierhin habe ich es verstanden. Ich habe zwar gewusst, dass die Osirriso-Platten Geräusche von sich geben, nicht aber, was diese bedeuten. Oder dass sie gar eine Melodie darstellen.«

»Man muss genau hinhören und alles andere ausblenden, um die Melodie wahrzunehmen. Falls hier ständig ein gewisser Geräuschpegel herrscht, kann es gut sein, dass man die Musik nicht hört«, sagte er. »Wichtig ist, dass die Melodie stimmen muss. Je näher ich herangegangen bin, desto deutlicher konnte ich die Magie in den einzelnen Abschnitten der Grenze unterscheiden. Und dabei ist mir ein Abschnitt aufgefallen, der nicht dieselbe Melodie spielt wie alle anderen. Ein Ton passt nicht, als hätte sich der Musiker vergriffen und um eine halbe Note verspielt. Das ist dieses Grenzstück hier. Noch ist es nur ein Ton, nur eine halbe Note Abweichung, doch dabei wird es nicht bleiben. Misstöne wie dieser bringen die gesamte Melodie durcheinander. Ordnungsmagie basiert auf Harmonie, auf Gleichklang. Misstöne sind Chaos und Chaos breitet sich immer aus, wenn man nicht dagegen vorgeht. Das weiß ich aus meiner Zeit in Ectorui. Und das bedeutet, dass dieses Grenzstück repariert werden muss. Dringend!«

Farisio, der zuvor den Atem angehalten hatte, stieß nun die Luft aus, als er unter dem strengen Blick von *Hundert Augen* seine Erklärung beendet hatte. Hoffentlich dachte sie nicht, dass er den Fehler korrigieren konnte. Er war froh, dass er ihn überhaupt bemerkt hatte.

»In Ordnung, Koll. *Hundert Ohren?*« Sie drehte sich um und runzelte die Stirn. »Jemand soll meinen Bruder herholen«, rief sie, worauf eine Mitarbeiterin ihren Arbeitsplatz und die Anwärterin davor verließ, um aus dem Raum zu eilen.

»Das hast du sehr gut gemacht, Koll«, meinte die Kommandantin und lächelte dann überraschend, während sie ihm auf die Schulter klopfte. »Ich erinnere mich daran, was *Scharfauge* und *Flinkfinger* erzählt haben. Du hast die Ordnungssteine bei einem Pfandleiher auf eine ähnliche Weise manipuliert, um dort einzubrechen. So haben die beiden dich entdeckt. Anscheinend besitzt du als Licht ein Talent für Ordnungsmagie. *Hundert Ohren?*«

»Ja, Schwesterherz?«

Ihr Stellvertreter musterte sie beide neugierig, während er auf sie zuging.

»Koll hat eine Schwäche der Grenzmagie festgestellt. Er besitzt eine Begabung für Ordnungsmagie. Ich will, dass du mit einem Nachkommen von Osirriso Kontakt aufnimmst und ihn diesen Abschnitt hier …« Die Kommandantin deutete auf die Platte vor Farisio und ihr Zwillingsbruder kam noch näher an sie heran. »… überprüfen lässt. Sobald die Abschirmung gegen das Nichts repariert ist, möchte ich, dass du zurückkommst. Außerdem möchte ich, dass der Rest der Grenze in den nächsten Tagen auf weitere Schwachstellen überprüft wird. Teil Koll dafür ein!«

»Koll?«, fragte *Hundert Ohren* überrascht. »Aber er ist gerade erst ein paar Tage hier und noch ein Anwärter.«

»Das ist mir egal. Ich will ihn hier regelmäßig sitzen haben. Pass seinen Stundenplan an und streich andere Fächer, wenn es sein muss. Falls Udio oder andere Schatten sich beschweren, schick sie zu mir. Ich kümmere mich darum. Kein Unterricht ist wichtiger als diese Aufgabe. Kolls Gabe rettet Leben. Falls die Grenze bricht und wir das zu spät entdecken, werden Hunderte oder möglicherweise Tausende Kuftari vom Nichts verschlungen. Also setz ihn an die Platte.«

Hundert Ohren nickte und rannte dann aus dem Raum, bevor Koll protestieren konnte. »Aber das war nur Glück, dass ich den Fehler entdeckt habe. Ein anderer Anwärter oder ein Schatten hätte das auch gekonnt«, wandte er ein.

Einerseits freute er sich, dass er hatte helfen können. Aber andererseits graute ihm davor, was passieren konnte, wenn sie ihm die Verantwortung für die Grenzüberwachung übertrug. Er hatte doch keine Ahnung davon, wie die Platte funktionierte. Es war Zufall gewesen, dass er über die Karte und die fehlerhafte Melodie gestolpert war. Und was passierte, wenn er einen Fehler machte oder mal einen schlechten

Tag und die Dunkelheit in sich nicht im Griff hatte? Das wäre eine Katastrophe. Er könnte mehr Schaden anrichten, wenn er die Kontrolle verlor, als ein kleiner Riss in dem Schutzschild an der Grenze.

Doch *Hundert Augen* ließ seinen Einspruch nicht gelten. »Koll, wir brauchen dich hier. Keiner von uns beherrscht die Osirriso-Platten und in den wenigen Minuten, die du an diesem Platz gesessen hast, hast du mehr gelernt als einer von uns in Jahren. Nein, dieser Platz ist ab sofort deiner«, bestimmte sie und ihr zufriedener Gesichtsausdruck brachte ihn zum Verstummen.

Mist!

15

KOMMANDOZENTRALE DER SCHATTEN

»In Ordnung, der Unterricht ist für heute beendet«, verkündete *Hundert Augen* nun. »Ich möchte euch noch einmal daran erinnern, Stillschweigen zu bewahren. Auch wenn die heutigen Ereignisse und der drohende Bruch der Schutzbarriere mit Sicherheit aufregend sind und ihr nichts lieber tun würdet, als darüber zu diskutieren, darf dieses Wissen diese Etage nicht verlassen. *Übersicht?*«

Eine junge Frau, die nicht viel älter war als die Anwärter, schaute überrascht auf. »Ja, Kommandantin?«

»Die Anwärter dürfen noch ein paar Minuten im Pausenraum über das Erlebte sprechen. Wir können ihnen ja doch nicht völlig den Mund verbieten, so aufgeregt wie alle sind. Und ich möchte nicht, dass sie oben reden. Anschließend bringst du sie zurück in ihr Stockwerk.«

»Zu Befehl, Kommandantin. Folgt mir!«, rief die Frau namens *Übersicht*.

Farisios Klassenkameraden erhoben sich von den Arbeitsplätzen, sichtlich erleichtert, dass sie nicht länger für die Sicherheit der Domäne verantwortlich waren. Sofort plapperten sie wild durcheinander und er erkannte, dass *Hundert Augen* recht gehabt hatte. Die geballte Aufregung hätte sich niemals völlig unterdrücken lassen.

Die Mädchen und Jungen strömten aus dem Raum, als könnten sie nicht schnell genug fliehen. Nur Farisio fühlte sich, als hätte man ihn an seinen Stuhl gefesselt. Und irgendwie hatte *Hundert Augen* das ja auch.

Er konnte nicht jeden Tag an diesem Platz sitzen und ständig allein für die Sicherheit der Schutzbarriere sorgen! Wie stellte sich die Kommandantin das vor? Er war kein Ordnungsmagier und wie die Schatten hatte er nie eine magische Unterweisung erhalten! Die meiste Zeit, in der er Magie einsetzte, geschah das zufällig und er hatte keine Ahnung, was er da überhaupt tat … Er konnte es nicht kontrollieren!

Panik überschwemmte ihn erneut und er wandte sich schluckend an die Kommandantin, die noch immer neben ihm stand. Inzwischen hatten seine Mitschüler, bis auf Nari und Gralit, die an der Tür auf ihn warteten, die Zentrale verlassen.

»Kommandantin, ich fürchte, das ist keine gute Idee. Ich bin kein Nachkomme von Osirriso.«

Sie machte ihm ein Zeichen zu schweigen, und er verstummte abrupt. Dem geübten Blick von *Hundert Augen* waren die beiden herumlungernden Gestalten am Eingang nicht entgangen. »Gralit, Nari, ab in den Pausenraum mit euch! Koll kommt nach. Und macht die Tür hinter euch zu.«

Sie wartete, bis die beiden verschwunden waren, bevor sie sich wieder ihm zuwandte. »Koll, ich weiß, dass die neue Verantwortung für die Sicherheit beängstigend sein muss. Du zweifelst an dir selbst und deinen Fähigkeiten, das ist nur natürlich. Jedem von uns erging es am Anfang ganz genau wie dir. Und ja, auch wir machen Fehler, auch wir bemerken Dinge und Vorfälle nicht rechtzeitig, wie zum Beispiel den Angriff auf Prinz Kuwino. Wir sind weder allwissend noch allmächtig, wir sind nur gewöhnliche Kuftari, nur Schatten – und Lichter. Ich erwarte nicht von dir, dass du allein jede mögliche Katastrophe aufspürst und verhinderst. Dafür gibt es uns alle, deswegen arbeiten wir zusammen. In Ordnung? Ich erwarte auch nicht von dir, dass du die Grenze reparierst. Und wenn ich etwas von dir verlange, was du nicht kannst, dann sag es. Aber ich erwarte von dir, dass du es zuerst versuchst und dein Bestes dabei gibst. Du wirst von heute an an dieser Platte sitzen und idealerweise nicht allein. Wir werden versuchen, einen Schatten zu finden, der ebenfalls ein Talent für Ordnungssteine hat und mit dem du gemeinsam den Umgang mit der Platte erlernst, damit ihr euch abwechseln könnt. Du brauchst also keine Angst zu haben, in Ordnung?«

Die strenge Kommandantin sah ihn verständnisvoll an und drückte seine Schulter. Ihre Worte beruhigten ihn etwas, und wäre dies sein einziges Problem gewesen, so hätte sie ihm wohl die Angst genommen. Aber *Hundert Augen* wusste nichts von der Gefahr in seinem Inneren und Farisio konnte nicht darüber reden.

»Ich hatte sowieso noch mit dir sprechen wollen«, fuhr die Kommandantin fort, während ihre Mitarbeiter wieder die Arbeit aufnahmen. »Komm mit nach vorn.«

Verwirrt folgte er ihr. Was wollte *Hundert Augen* von ihm? Ging es um den gestrigen Vorfall oder um *Scharfauges* Bericht?

»*Hundert Ohren* hat mir am Anfang der Stunde vom aktuellen Gesundheitszustand von Prinz Kuwino berichtet. Ein Geistheiler hat ihn heute Mittag untersucht. Leider erging es ihm wie Heiler Miritos: Er hat keine Ursache finden können. Dafür kennen wir jetzt das Ausmaß von Kuwinos Gedächtnisverlust: Es ist fast alles weg.«

»Fast alles? Aber wie ist das möglich?«

Farisio verstand es nicht. Keine einzige Erinnerung an sein bisheriges Leben mehr da? Hieß das, dass der Prinz sogar alltägliche Dinge wie seine Magie, die höfische Etikette, seine Vorlieben beim Essen oder selbst manche Wörter komplett neu erlernen musste? Er konnte sich nicht vorstellen, wie sich der Wasserprinz fühlen musste. Alles, was ihn ausmachte, alles, was ihm je Freude oder Kummer bereitet oder ihn geprägt hatte, war jetzt weg. Es war, als hätte man ihn getötet, ohne ihm das Leben zu nehmen.

»Das versuchen wir gerade herauszufinden. Doch dafür brauchen wir deine Hilfe, Koll«, unterbrach *Hundert Augen* seine Grübeleien. »Ruft den See auf«, befahl sie.

»Wie kann ich helfen?«

Die Kommandantin wartete, bis der ältere Schatten am vorderen Pult ihrem Befehl nachgekommen war. Kurz darauf zeigte die Hälfte der Wand den kleinen See im Wald, wo er den Prinzen gefunden hatte.

»Wir müssen wissen, wo du den Prinzen genau gefunden hast. Jedes Detail ist wichtig.«

»Aber habt ihr uns gestern Nachmittag nicht beobachtet?«, wunderte sich Farisio. Das jedenfalls hatte *Scharfauge* behauptet.

Hundert Augen seufzte. »Das haben wir. Aber du hast ja gesehen, wie unterbesetzt wir sind. Und wir durften auch unsere regulären Aufgaben nicht vernachlässigen. Daher war jeder meiner Mitarbeiter für fünf Schüler verantwortlich. Und der Mitarbeiter, der dich beobachtet hat, hat dich weniger häufig aufgerufen als die vier anderen, da er deinen Schutz aufgrund von *Scharfauges* Anwesenheit als weniger dringend eingestuft hat. Normalerweise wäre das auch richtig gewesen. Doch dadurch haben wir verpasst, wie du den Prinzen gefunden hast. Unsere Aufzeichnungen beginnen erst, nachdem *Scharfauge* in die Basis zurückgekehrt ist und Bericht erstattet hat. Und zu diesem Zeitpunkt hattest du Kuwino schon teilweise um den See gezogen.«

War es etwa ein Fehler gewesen, nicht auf *Scharfauges* Rückkehr zu warten?

»Unser Fehler«, betonte *Hundert Augen,* als könnte sie die Schuldgefühle an seiner Körperhaltung ablesen. »Daher sind deine Erinnerungen jetzt umso wichtiger. Doch glücklicherweise scheinst du eine Begabung für das Beobachten zu haben, wie *Scharfauge* uns berichtet hat. Deine Informationen werden uns helfen, den Vorfall aufzuklären. Erinnerst du dich denn an die Stelle, wo du Prinz Kuwino gefunden hast?«

Farisio wandte seine volle Konzentration dem Bildschirm zu. Die Hälfte der Platten zeigte den See aus der Vogelperspektive, und er benötigte einen Moment, um sich zu orientieren. Da!

»Benutz den Zeigestab«, sagte die Kommandantin und drückte ihm einen langen, dünnen Holzstab in die Hand.

Farisio nickte geistesabwesend, ohne die Stelle aus den Augen zu lassen. Das Holzstück war erstaunlich leicht und so konnte er mühelos auf die Stelle deuten.

Hundert Augen fluchte. »So weit im Osten und vom Ufer entfernt! Das heißt, die Soldaten des Palasts und unsere eigenen Leute haben an der falschen Stelle gesucht. Sie konnten gar keine Spuren finden.« Sie wandte sich an ihren Mitarbeiter. »Markiere die Position und lass den See und das Ufer in der Nähe der Stelle erneut absuchen. Vielleicht haben wir etwas Wichtiges übersehen.«

»Jawohl, Kommandantin.«

Im nächsten Moment blinkte ein Licht unter der Spitze von Farisios Zeigestab.

»Gut. Nun haben wir die Stelle. Ein Unfall ist meiner Meinung nach inzwischen mehr als unwahrscheinlich.«

»Könnte der Prinz nicht im seichten Uferbereich gestanden haben und ausgerutscht sein?«, wandte Farisio ein. »Das war mein erster Gedanke, weil dort im Wasser einige Steine lagen, auf denen ich fast ausgerutscht wäre.«

»Ich bezweifle, dass er dann so weit in den See getrieben worden wäre«, sagte *Hundert Augen* überzeugt. »Nein, dann hättest du ihn in Ufernähe finden müssen. Auch spricht sein umfassender Gedächtnisverlust gegen diese Hypothese. Dies ist keine gewöhnliche Amnesie. Das lässt sich nur mithilfe von Gedächtnissteinen bewirken, was auf Absicht hindeutet. Gut, eine falsche Handhabung der Steine im Affekt wäre auch noch möglich. Aber damit die magischen Steine eine Erinnerung auslöschen, benötigt es einen Benutzer mit der entsprechenden Intention. Man kann nicht einfach auf einen Stein fallen und sich versehentlich selbst das Gedächtnis löschen.«

Farisio musste da auf ihr Wissen vertrauen. Anders als er hatten die Schatten Erfahrung im Umgang mit diesen Steinen.

Noch etwas fiel ihm nun auf. »Prinz Kuwino hatte auch keine Platzwunde am Kopf. Die hätte er bei einem Sturz ebenfalls haben müssen.«

»Keine Platzwunde?« *Hundert Augen* drehte sich zu ihm und kniff die Augen zusammen. »Das heißt, er wurde auch nicht mithilfe eines Gedächtnissteins bewusstlos geschlagen. Doch wodurch hat er dann das Bewusstsein verloren?«

Farisio kam ein schrecklicher Gedanke. »Und wenn er vergessen hat, wie man schwimmt? Ich meine, ein großer Teil von seinem Kurz- und Langzeitgedächtnis wurde gelöscht, also auch die Erinnerungen an seine Wassermagie! Er hat nicht gewusst, was er tun muss, um sich selbst zu retten. Und wenn er auf diese Weise vergeblich um sein Überleben gekämpft hat, dann erklärt das auch, wieso er so viel Wasser geschluckt hat.«

»Bei den Gründern! Du hast recht. Das ist die Erklärung«, rief *Hundert Augen* und der Schatten am Pult nickte zustimmend.

»Darauf wäre ich nie gekommen«, sagte er.

Plötzlich wurde der Gesichtsausdruck der Kommandantin nachdenklich. »Vielleicht der Täter auch nicht. Ich meine, warum hat er Prinz Kuwino nicht direkt getötet? Warum hat er sich darauf beschränkt, ihm die Erinnerungen zu nehmen? Nein, vermutlich wollte er den Wasserprinzen gar nicht töten. Er wollte ihn aus dem Weg räumen, entweder weil er etwas wusste, was er nicht wissen sollte, oder um die Gunst von Prinzessin Nadera zu erlangen. Nur dass die Kronprinzessin viel zu loyal ist, um jemanden fallen zu lassen, zumal wenn derjenige verletzt ist. Nein, das wahrscheinlichste Motiv ist Rache. Jemand wollte Prinz Kuwino leiden sehen und der Tod erschien ihm viel zu gut – und zu kurz – dafür. Er wollte, dass der Favorit begreift, was ihm angetan wurde. Sehr gut, Leute! Wir sind der Auflösung ein Stück nähergekommen.«

Farisio hatte sich von ihrer Aufregung anstecken lassen. »Und das Motiv lässt auch Prinz Lorino wieder zum Hauptverdächtigen werden. Nicht?«

Auch wenn Königin Liria einem Mitglied ihres Hauses eine solche Tat nicht zutraute.

Doch überraschenderweise schüttelte *Hundert Augen* nun den

Kopf. »Das würde man denken. Aber Prinz Lorino hat für die Tatzeit ein Alibi. Er war in *Aussicht*, um dort ein Geburtstagsgeschenk für die Prinzessin zu kaufen. Nicht nur, dass ihn etliche Zeugen dabei gesehen und seine Angaben bestätigt haben, er ist auch einigen der anderen Anwärter begegnet und daher auf unseren Bildschirmen aufgetaucht. Nein, er kann es nicht gewesen sein. Jedenfalls nicht persönlich und momentan haben wir noch kein Indiz dafür, dass er jemanden beauftragt hätte. Außerdem hat er das gegenüber dem König geleugnet und sofern er nicht die Kunst beherrscht, einen Nachkommen von Pultaris zu belügen – was ich nicht glaube –, dann spricht Prinz Lorino die Wahrheit. Er scheint mit dem Angriff auf seinen Cousin nicht das Geringste zu tun zu haben.«

»Das heißt, wir sind wieder am Anfang«, stellte Farisio niedergeschlagen fest.

»Aber nein, ganz im Gegenteil«, rief die Kommandantin aus. »Wir wissen jetzt, dass es kein Unfall war. Wir kennen die genaue Stelle, wo du den Prinzen gefunden hast. Außerdem kennen wir das Ausmaß von Kuwinos Gedächtnisverlust und können uns somit auf die Suche nach dem Gedächtnisstein machen. Es gibt Hoffnung, dass sich seine Erinnerungen wiederherstellen lassen, sollten wir den Stein finden, der benutzt wurde. Du musst nämlich wissen, die Steine speichern die Erinnerungen für eine gewisse Zeit. Es ist also möglich, ausgelöschte Erinnerungen wiederherzustellen.«

»Aber weiß das dann nicht auch der Täter und wird den Stein vernichtet oder versteckt haben? Kann man Gedächtnissteine zerstören?«, wollte Farisio wissen.

»Nein. Das geht nicht. Aber du hast recht. Die Wahrscheinlichkeit, den Stein am Tatort zu finden, ist gering. Sofern der Täter vorausschauend gehandelt hat, wird er die Tatwaffe woanders aufbewahren.«

»Das heißt, wir suchen nicht nur den Stein, sondern auch den Täter, und die beiden müssen sich nicht am selben Ort befinden.«

»Sehr gut, Koll! Ich sehe schon, du passt genau hierher«, lobte ihn *Hundert Augen* erfreut.

Farisios Hochstimmung verflog langsam. Hatte er einen Fehler gemacht? Nun würde ihn *Hundert Augen* erst recht nicht mehr von seinen Pflichten entbinden. Doch er hatte helfen müssen, nicht nur weil Prinz Kuwino ihm leidtat. Fast wären ihm selbst einige Erinnerungen genommen worden. Um ein paar wäre es zwar nicht schade gewesen. Doch das ganze Gedächtnis zu verlieren? Niemand hatte solch ein Schicksal verdient.

»In Ordnung, ich bringe dich noch kurz zum Pausenraum. Dann kannst du mit den anderen zurückgehen«, meinte die Kommandantin zum Abschluss.

Er folgte ihr zur Tür. Einige der Schatten sahen auf, als er vorbeiging, und nickten oder lächelten ihm zu. Anscheinend hatte er sich mit seiner Arbeit ihren Respekt verdient.

Hundert Augen öffnete die Tür zum Korridor und blieb abrupt stehen. »Gralit, was machst du denn hier? Warum bist du nicht im Pausenraum bei den anderen?«

Der Schattenanwärter lehnte an der gegenüberliegenden Wand und sah ganz entspannt aus. Nichts deutete darauf hin, dass er hier nichts zu suchen hatte. Aber er war Udios Sohn, er nahm sich sowieso andere Rechte heraus als alle anderen.

»*Übersicht* hat sich bereits mit den anderen auf den Weg nach oben gemacht«, entgegnete Gralit. »Ich habe mich bereit erklärt, auf Koll zu warten und ihn nach oben zu bringen. Ich dachte, ich erspare es Ihnen, dass Sie einen Schatten abstellen müssen, um ihn zu begleiten.«

»Oh, anscheinend haben wir länger geredet, als ich gedacht hatte.« Die Kommandantin nickte ihnen kurz zu. »Danke, Gralit. Und vor allem dir für deine Hilfe, Koll.«

Im nächsten Moment stand Farisio allein mit Gralit auf dem leeren Korridor und wusste nicht, was er sagen sollte. In der Gegenwart des großen Schattenanwärters fühlte er sich immer noch unwohl, auch wenn sich dessen Verhalten ihm gegenüber drastisch gewandelt hatte. Auch jetzt nickte Gralit ihm wieder respektvoll zu.

»Das war echt beeindruckend mit der Ordnungsplatte, Koll. Ich habe mich geirrt. Du bist eine Bereicherung für die Schatten. Können wir noch einmal von vorne anfangen?«

Gralit streckte ihm die Hand entgegen und Farisio ergriff sie nach kurzem Zögern. Er hatte keine Lust, den Streit fortzuführen.

»Das heißt, du lässt Nari und mich jetzt in Ruhe?«, wollte er zur Sicherheit wissen.

Gralit seufzte, als er sich in Bewegung setzte. »Ich will ehrlich mit dir sein, ich verstehe Naris Entscheidung immer noch nicht. Du hast ja gesehen, wie ernst die Lage in der Zentrale ist. Meiner Meinung nach ist er perfekt für diesen Job. Er kennt sich mit der Geografie des Landes, der Gründerfamilie und vielen wichtigen Dingen mehr aus, die man wissen muss, wenn man an einem dieser Arbeitsplätze sitzt. Er kann Leute einschätzen, bemerkt Dinge, die anderen nicht auffallen, und hat ein gutes Gedächtnis. Doch stattdessen will er unbedingt in den Außendienst und ein Kämpfer werden. Ich meine, warum? Wir haben genügend Leute, die kämpfen können. Hinzu kommt, dass er sich immer mehr anstrengen muss als alle anderen, einfach weil ihm ein Arm fehlt. Attentäter werden sich immer zuerst auf ihn stürzen, wenn er sich ihnen zusammen mit anderen Schatten im Kampf stellt. Doch er bleibt dickköpfig und ist eher bereit, sich in ein frühes Grab zu begeben, als mir einmal zuzuhören!«

Völlig verdutzt war Farisio stehen geblieben. Das war der Grund, warum Gralit Naris Entscheidung ablehnte?

»Es hat also nichts damit zu tun, dass du ihn für einen Krüppel hältst? Du … *sorgst* dich tatsächlich um ihn?«

Gralit bemerkte erst jetzt, dass Farisio ihm nicht weiter gefolgt war, blinzelte einen Moment verwirrt und lief dann dunkelblau an. »Quatsch! Das tue ich nicht«, widersprach er. »Ich verstehe nur nicht, warum er sich wie ein Dummkopf verhält.«

Farisio glaubte ihm kein Wort. Doch nun verstand er, warum Nari einst mit Gralit befreundet gewesen war. Anscheinend hatte der Junge auch eine nette Seite, die er nur geschickt verbarg.

»Hör auf, Nari einen Krüppel zu nennen, verstanden? Wenn du möchtest, dass wir neu anfangen, dann ist das meine Bedingung«, verlangte er und Gralit nickte überrascht.

»Einverstanden. Ich weiß, dass das nicht nett von mir war. Und ich halte ihn nicht für einen Krüppel«, gab der große Junge zu.

»Dann entschuldige dich bei ihm, denn du hast ihn wirklich verletzt.«

Gralit nickte beschämt und ließ den Kopf hängen. Fast wäre er mit jemandem zusammengestoßen, als er um die Ecke ging.

»Hoppla!«

Farisio sah eine Mähne aus weißen, orangefarbenen und roten Strähnen und sein Magen verkrampfte sich, noch bevor das klingende Lachen von *Aphrodisiakum* erklang.

»Na, so stürmisch, mein Lieber? Wo willst du so eilig hin?« Dann musste er Farisio bemerkt haben, denn seine Stimme verlor abrupt jegliche Heiterkeit. »Koll. Ich war vorhin bei Udio. Wir sollten uns über deinen Unterricht bei mir unterhalten, findest du nicht auch?«

Dummerweise konnte Gralit Farisios Widerwillen nicht sehen. Er hörte nur Unterricht und war zu gerne bereit, ihn dem Blender direkt auszuliefern.

»Oh, natürlich. Kein Problem. Dann warte ich so lange um die Ecke, während ihr euch unterhaltet, ja?«

»Danke, Gralit!«, flötete *Aphrodisiakum* laut und übertönte damit Farisios »Das ist nicht nötig«.

Der große Schattenanwärter ging weiter, vermutlich mit vor Verlegenheit dunkelblauen Wangen, während der Blender mit einem raubtierhaften Lächeln und großen Schritten auf Farisio zukam.

»Udio hat mir verraten, dass du nicht länger an meinem Unterricht teilnehmen möchtest«, begann der Schatten, ohne Farisio aus den Augen zu lassen. »Wie bedauerlich! Aber ich kann natürlich verstehen, wenn dich die Gefühle, die ich in dir wecke, beunruhigen. Für Jungen in deinem Alter kann Lust überwältigend und auch ein wenig angsteinflößend sein. Dabei ist sie doch das Natürlichste der Welt.«

Farisio lachte. Diese dreiste Unterstellung war einfach unglaublich! War *Aphrodisiakum* so selbstbewusst oder tat er nur so?

»Keine Sorge, mit Abneigung kann ich umgehen. Nichts Angsteinflößendes dabei.«

»Ach, wirklich?« Für einen Moment verrutschte *Aphrodisiakums* verführerische Maske und Zorn blitzte in seinen Augen auf. Dann hatte er sich wieder im Griff und schenkte Farisio erneut ein vielversprechendes Lächeln, während seine Magie dessen Sinne flutete.

Farisio keuchte, als ihm unter dem Angriff schwindelig wurde. Für einen Moment wusste er nicht, ob er ihm standhalten konnte. Dann reagierte die Dunkelheit und schlug die feindliche Magie zurück. Furcht kam in Farisio hoch. Er durfte sie nicht gewinnen lassen. Weder die Finsternis noch den Blender.

»Zurück!«, befahl er beiden zischend.

Doch während das dunkle Schicksal gehorchte, dachte *Aphrodisiakum* gar nicht daran. Erst unmittelbar vor Farisio blieb er stehen und lachte erneut glockenhell.

»Du bist nicht leicht zu knacken, nicht wahr, Koll? Aber weißt du was? Ich liebe Herausforderungen! Niemand kann mir auf Dauer widerstehen. Auch du nicht!«

Schneller, als Farisio ausweichen konnte, hatte er sich vorgebeugt, ihn auf die Wange geküsst und war wegteleportiert. Farisio zitterte vor Entsetzen. Er fühlte sich von der Berührung des Lüstlings besudelt, auch wenn es nur ein Kuss auf die Wange gewesen war. Aber es war ein Kuss gewesen, den er nicht gewollt hatte. Kein Kuss aus Zuneigung, sondern einer aus Stolz, Machthunger und sexueller Gier.

Er griff sich an die Wange, um ihn wegzuwischen, um ihn ungeschehen zu machen, obwohl er wusste, dass er das nicht konnte. Im selben Moment hörte er ein leises Geräusch, das er nicht zuordnen konnte, und sah den Gang entlang, wo Gralit wie festgenagelt an der Ecke stand und ihn voller Eifersucht und Hass ansah, bevor er auf dem Absatz kehrtmachte und davonlief.

Sein Frieden mit Gralit hatte nicht mal fünf Minuten angehalten und nun musste er auch noch zusehen, dass er schnellstens ungesehen in sein Stockwerk zurückkam, bevor ihn einer der Schatten erwischte und *Hundert Augen* oder *Hundert Ohren* ihm wie angekündigt das Gedächtnis löschte. Und an allem war der Blender schuld!

16

KANTINE DER SCHATTENANWÄRTER

»Das ist nicht Ihr Ernst!«

Das Frühstück war vergessen. Farisio hatte schon vor dem Besuch von *Keine Sperenzchen* an seinem Tisch kaum Appetit gehabt und auch auf den Versuch von *Freundliches Gesicht*, mit ihm gleich nach dem Aufstehen ein kleines Schwätzchen zu halten, nur einsilbig reagiert, doch nun war seine Laune endgültig auf dem Tiefpunkt. Das würde er nicht hinnehmen!

Empört wedelte er mit dem Zettel vor *Keine Sperenzchens* Nase herum und bemerkte dabei kaum, dass Nari ihm Ileija abnahm und die Kleine auf seinen Schoß setzte.

»Wer hat den Stundenplan gemacht?«, verlangte er zornig zu wissen und hatte den Verdacht, dass die Verantwortliche vor ihm stand. Die Leiterin der Schattenanwärter versuchte, ihm das Leben so schwer wie möglich zu machen.

»Das ist dein neuer Stundenplan ab heute. Wie von Udio und *Hundert Augen* gewünscht, habe ich ihre Änderungen umgesetzt. Als Anwärter hast du sie zu akzeptieren und pflichtbewusst zum Unterricht zu gehen. Aber ich habe schon gehört, dass das nicht deine Stärke ist.«

Farisio verschlug es für einen Augenblick die Sprache. Dann fasste er sich wieder. Er würde sich von ihr nicht provozieren lassen.

»Ich bezweifle, dass Udio oder *Hundert Augen* angeordnet haben, dass ich jeden Abend nach dem Essen noch drei Stunden Dienst in der Zentrale leisten muss. Das war so nicht vereinbart. Ileija sehe ich dann gar nicht mehr.«

Keine Sperenzchen wischte seinen Einwand beiseite. »Papperlapapp!«, widersprach sie. »Du hast noch ausreichend Zeit für sie.«

»Wann denn? Nachts, wenn sie schläft? Oder meinen Sie das Frühstück und das Mittagessen?« Farisios Tonfall wurde bissig.

»Ich verbitte mir diesen Ton, junger Mann! Ich bin die Leiterin der Schattenanwärter!«, keifte sie.

Farisio schnaubte unwillkürlich und bekam daraufhin sofort eine mit *Keine Sperenzchens* Gehstock verpasst. Das tat weh.

»Nun ist das Maß voll«, donnerte sie. »Diese Respektlosigkeit dulde ich nicht länger! Ich gehe zu Udio und dann wirst du sehen, was du von deinem ungehörigen Benehmen hast!«

Die Drohung ließ Farisio kalt. »Bitte! Gehen Sie zu ihm! Dann komme ich mit und beschwere mich über Sie!«

Er sprang auf und stolzierte zornig auf den Ausgang des Speisesaals zu, in dem man eine Stecknadel hätte fallen hören, so still war es geworden. Ihm war nur am Rande bewusst, dass ihn alle fassungslos anstarrten, aber das war ihm egal. Er ließ sich von dieser gehässigen alten Frau nicht die kostbare Zeit mit Ileija stehlen!

Keine Sperenzchen brüllte ihm hinterher. Erst, dass er stehen bleiben sollte, und dann, als das nichts fruchtete, dass er langsamer gehen sollte. Anscheinend kam sie nicht hinterher und hatte Angst, dass er Udio vor ihr erreichte. Geschah ihr ganz recht.

Doch Farisios Schadenfreude verflog, als er, kaum dass er im Stockwerk der Schatten angekommen war, einem unbekannten Mann in die Arme lief, der seine Uniform bemerkte und ihn sofort anhielt.

»Wer bist du? Und wo ist deine Begleitung, Junge?«

»Koll, und *Keine Sperenzchen* war eben noch direkt hinter mir. Anscheinend habe ich sie auf der Treppe abgehängt, ohne es zu bemerken. Die Ärmste ist ja nicht mehr die Jüngste«, erwiderte er und konnte sich den Seitenhieb auf die Alte nicht verkneifen.

Glücklicherweise tauchte sie in diesem Moment schnaufend aus dem Treppenhaus auf, sodass der Schatten ihn passieren ließ. In Sekundenschnelle stand Farisio vor Udios Tür und klopfte.

»Herein!«, hörte er dessen Stimme von drinnen.

Farisio wollte gerade die Klinke herunterdrücken, als er feststellte, dass er in seiner Faust immer noch den verhassten neuen Stundenplan hielt, der nun schon etwas in Mitleidenschaft gezogen war. Er öffnete die Tür mit der anderen Hand und versuchte dann, das Papier etwas zu glätten, während er Udios Arbeitszimmer betrat.

»Koll!«, grüßte Udio ihn überrascht und erfreut. Dann jedoch bemerkte er Farisios Gesichtsausdruck. »Was ist los?«

»Ich habe gerade meinen neuen Stundenplan von *Keine Sperenzchen* bekommen und sie wirft mir Respektlosigkeit vor, weil ich dagegen protestiert habe. Sehen Sie sich das an.« Farisio legte das Blatt vor dem Schattenanführer auf den Schreibtisch. Im selben Moment kam *Keine Sperenzchen* keuchend an ihrem Gehstock durch die Tür gehumpelt. Es sah aus, als hätte sie sich bei der Verfolgung von Farisio verletzt. Möglicherweise tat sie aber auch nur so.

»Ich verlange, dass der Junge bestraft wird! Noch nie bin ich dermaßen von einem Schüler angegriffen worden«, ereiferte sie sich. Ihre Dreistigkeit verschlug Farisio erneut die Sprache.

»Einen Moment bitte«, erwiderte Udio und hob die Hand, während er Farisios neuen Stundenplan studierte. Es dauerte nicht lange, bis er aufsah und Farisio und *Keine Sperenzchen* gründlich musterte.

»Was höre ich da? Welcher Angriff? Hast du etwa *Keine Sperenzchen* attackiert, Koll?«

»Natürlich nicht!«, entgegnete er zornig. »Sie empfindet es als Angriff, dass ich ihr widersprochen und den Stundenplan nicht akzeptiert habe. Dabei ist er eine reine Schikane! Wenn das so weitergeht, sehe ich Ileija gar nicht mehr! Oder nur noch, wenn sie schläft! Bis *Keine Sperenzchen* einen Weg findet, um auch das noch zu verhindern.«

Udio seufzte, bevor er sich an die Leiterin der Schattenanwärter wandte. »Wir hatten doch besprochen, dass Koll Zeit mit seiner Schwester verbringen darf und dass sie ab sofort bei ihm bleibt, abgesehen von der Zeit, die er im Unterricht verbringt.« Er schaffte es, seine Worte wie eine Erinnerung und nicht wie einen Tadel klingen zu lassen. »Ich muss gestehen, ich kann Kolls Unmut nachvollziehen, wenn er nach meiner Zusicherung plötzlich noch weniger Zeit mit Ileija verbringen kann.«

»Ich habe nur getan, was Sie und *Hundert Augen* von mir verlangt haben«, protestierte *Keine Sperenzchen*. »Das ist nicht meine Schuld!«

»Aber jeden Abend in der Woche drei Stunden Dienst in der Zentrale?«

»*Hundert Augen* wollte, dass Koll jeden Tag an der Osirriso-Platte sitzt und die Grenze sichert. Das ist eine wichtige Aufgabe.«

»Gewiss«, gestand Udio seufzend. »Aber ich hatte seinen Unterricht bei *Aphrodisiakum* gestrichen. Warum haben Sie den Dienst nicht auf diese Zeiten gelegt?«

»Dort hatte ich schon Stunden bei *Zerstreuter Bibliothekar* und *Ruhige Hand* eingetragen. Aufgrund seiner Position als Licht und seiner angeblichen Begabung für Bombenkunde hatten mich beide um die freien Stunden gebeten. Es war schwierig genug, die beiden zufriedenzustellen. Ich konnte die Vergabe nicht wieder rückgängig machen.«

Farisios Zorn verflog, als er feststellte, dass *Keine Sperenzchen* ehrlich klang. Auch wenn sie ihn nicht ausstehen konnte, schien sie dieses Mal nur ihre Arbeit gemacht zu haben.

Udio rieb sich die Nase, während er nachdachte. »Schön und gut, dann müssen wir eine andere Lösung finden. Koll ist ein Anwärter, er braucht Pausen zwischen den einzelnen Stunden und nicht nur ein Minimum an Zeit zum Essen und Schlafen. Wie jedem anderen steht ihm Freizeit zu. Wir müssen Fächer streichen«, verkündete er zu Farisios großer Erleichterung.

»Und welche?«, wollte *Keine Sperenzchen* wissen.

»Hm, mal schauen. *Ruhige Hand, Freundliches Gesicht* und *Zerstreuter Bibliothekar* müssen bleiben, ganz klar. Koll wird Kenntnisse in Selbstverteidigung benötigen, deshalb können wir auch den Unterricht bei *Eisenfaust* nicht streichen.«

»Dann bleibt nicht mehr viel zum Streichen«, wandte *Keine Sperenzchen* ein. »Ich würde nicht versuchen, ihn aus *Scharfauges* oder *Flinkfingers* Unterricht zu nehmen. Dann machen die beiden einen Aufstand. Sie haben ihn entdeckt und sind stolz darauf. Sie wollen ihn unbedingt unterrichten.«

Udio stöhnte. »Ich erinnere mich an ihren letzten Aufstand. Bloß nicht!« Seufzend wandte er sich an Koll. »Ich fürchte, ich kann nur den Unterricht bei *Blutdolch* guten Gewissens streichen. Wärst du damit einverstanden? Damit hättest du eine Einzelstunde und eine Doppelstunde frei, die du in der Zentrale verbringen kannst.«

»Mit drei Stunden ist *Hundert Augen* niemals einverstanden.« *Keine Sperenzchen* wirkte skeptisch.

»Ich weiß«, gestand Udio seufzend. »Wir streichen an den beiden Tagen den Abenddienst. Ich fürchte, ganz wirst du nicht um ihn herumkommen, Koll. Aber wir reduzieren ihn auf zwei Abende die Woche und jeweils zwei Stunden. Ich hoffe, das reicht aus. Falls nicht, müssen wir wohl einen Aufstand unserer beiden Störenfriede riskieren.«

Farisio verzog unglücklich das Gesicht. Der faule Kompromiss schmeckte ihm nicht, aber er sah ein, dass es keine bessere Lösung gab. Und vorzuschlagen, den Dienst in der Zentrale zu streichen, war aussichtslos. Abgesehen davon würde das sein Verantwortungsbewusstsein nicht zulassen, wenn er der Einzige war, der die Ordnungsplatte benutzen und die Grenzen auf Fehler prüfen konnte.

Udio nahm die Änderungen an seinem Stundenplan vor und gab ihn dann an Farisio zurück. »Ich habe notiert, dass du dich auch ohne Begleitung eines Schattens hier unten aufhalten darfst. Du musst ja irgendwie vom Unterricht zum Dienst kommen und umgekehrt.

Dein Abenddienst ist nun auf zwei der Abende beschränkt, die du nicht sowieso in der Zentrale bist. Mit der Lösung sind dann hoffentlich alle zufrieden.«

Farisio warf einen Blick auf den neuen Plan und nickte. »Danke.«

Statt als erste und zweite Stunde Unterricht bei *Blutdolch* hatte er nun Dienst an der Osirriso-Platte, was bedeutete, dass er direkt dorthin gehen konnte. Aber was war dann mit Ileija? Hatte Nari sie in die Krippe gebracht, als er aus dem Speisesaal gestürmt war? Oder wartete er immer noch auf seine Rückkehr?

Widerwillig wandte er sich an *Keine Sperenzchen*. »Könnten Sie mir bitte einen Gefallen tun und Nari informieren, dass ich jetzt Dienst in der Zentrale habe, damit er Ileija in die Krippe bringt?«, fragte er mit ausgesuchter Höflichkeit.

Er sah ihr an, dass sie am liebsten abgelehnt hätte. Noch immer hatte sie ihm nicht verziehen. Aber Udio beobachtete sie beide, daher sagte sie: »Meinetwegen.«

»Danke.«

»Gut, dann wäre das ja geklärt«, sagte Udio zufrieden und ergänzte, zum Unmut von *Keine Sperenzchen*: »Komm gerne jederzeit wieder zu mir, wenn du Probleme hast, Koll.«

Farisio nickte und eilte dann mit seinem Stundenplan und der schriftlichen Sondererlaubnis zu *Hundert Augen*. Nur war die gar nicht da.

Eine fremde Frau, die um einiges älter war als die Zwillinge, stand vorne und starrte ihn verdutzt an, als er die Zentrale betrat.

»Was willst du denn hier, Junge? Heute ist kein Unterricht vorgesehen und erst recht nicht um diese Uhrzeit!«

»Mein Name ist Koll und ich bin von *Hundert Augen* für die Osirriso-Platte eingeteilt worden«, erklärte er.

»Ah, du bist das Licht, das unsere Grenzen überwachen soll. Ich habe von dir gehört.« Sie kam auf ihn zu. »Ich bin *Rundumblick*«, stellte sie sich vor, während sie ihm die Hand reichte. »Ich leite die Nachtschicht, während *Hundert Augen* und *Hundert Ohren* die Verantwortung für die beiden Tagesschichten haben. Es freut mich, dass du bei uns bist.«

Farisio schüttelte kurz ihre Hand und ließ sie dann rasch wieder los. »Ähm, dann setze ich mich einfach an eine der Ordnungsplatten und fange an, ja?«

»Gerne. Melde dich einfach bei mir, wenn dir etwas auffällt. *Hundert Ohren* und seine Schicht kommen erst in ein paar Minuten. *Hundert Augen* hat die Spätschicht, sie ist aber meistens schon früher da und übernimmt dann«, ergänzte sie.

Er nickte und nahm schnell Platz. Erst dann bemerkte er, dass er an einer anderen Platte saß als am Vortag, aber sie funktionierte genauso wie die erste, weshalb er sich rasch in das Studium der Ordnungsmagie in der Barriere vertiefte.

Seine Konzentration wurde unterbrochen, als er Schritte hörte. Auch die Gespräche nahmen zu und wurden lauter. Besorgt blickte er hoch.

»Wachwechsel«, erklärte ihm *Rundumblick*.

In der Tat waren jetzt mehr Schatten in der Zentrale als zuvor. Sie tauschten in Zweier- oder Dreiergrüppchen Informationen aus, während *Hundert Ohren* durch die Reihen ging und mal hier und mal dort zuhörte. Als er Farisio und die Leiterin der Nachtschicht erreichte, nickte er ihnen kurz zu. Anders als *Rundumblick* war er nicht verwundert, Farisio zu sehen.

»Guten Morgen! Alles in Ordnung, *Rundumblick?*«

»Keine besonderen Vorkommnisse.«

»Fortschritte im Fall Kuwino?«

Sie schüttelte den Kopf und *Hundert Ohren* fluchte leise.

»Mist! Königin Liria hat König Oprios nur noch fünf Tage Zeit für die Aufklärung gegeben. Wir füttern seine Soldaten zwar schon unauffällig mit unseren Erkenntnissen, aber langsam wird es eng.«

Er wirkte besorgt und auch Farisio erinnerte sich nur zu gut an die Drohungen der Königin von Diniri. »Denken Sie, dass sie uns tatsächlich den Krieg erklären wird?«

»Skrupel, die sie aufhalten würden, hat sie schon mal nicht«, meinte *Hundert Ohren* grimmig. »Unseren Informationen von den Kollegen aus Diniri zufolge hat sie einst ihren eigenen Ehemann, den Vater ihrer Kinder, getötet, als sie ihn dabei erwischt hat, wie er sie mit einer anderen betrogen hat. Hat die beiden in Eisstatuen verwandelt, ausstellen lassen und dann vor Zeugen, darunter ihre Kinder, mit Schneebällen beworfen und auf diese Weise zerschmettert. Wenn sie Rache will, dann lässt sie sich durch nichts aufhalten.«

Farisio erschauderte, erneut dankbar, dass Prinz Geris ihn vor ihr beschützt hatte. Doch wer beschützte die Domäne?

»In Ordnung. Wir suchen weiter nach dem Täter. Koll, wenn du etwas findest, melde dich bitte«, sagte er und nickte *Rundumblick* zu, die sich mit einem Gähnen und einem kurzen Winken verabschiedete.

»Koll, du bleibst bei der Überprüfung der Barriere. Wenn die Schutzschilde gegen das Nichts versagen, dann spielt eine verärgerte kleine Eiskönigin keine Rolle mehr. Dann haben wir viel größere Sorgen«, sagte *Hundert Ohren* und ging nach vorne, um sich seiner Arbeit zu widmen.

Gehorsam vertiefte sich Farisio wieder in das Studium der Ordnungsmagie, doch obwohl er angestrengt lauschte und nahe an die Grenze heranging, vernahm er keinen Missklang mehr. Selbst die fehlerhafte Melodie nördlich der Sturmberge war verschwunden. Und das sollte er jetzt jeden Tag machen?

Irgendwie kam er sich überflüssig vor. Die anderen versuchten, einen Krieg zu verhindern, und er hörte sich nur Musik an. Und dazu noch Musik, die stets gleich blieb. Er seufzte.

Doch was konnte er sonst tun?

Farisio sah sich unauffällig um und versuchte herauszufinden, was die Schatten machten. Die meisten von ihnen saßen vor Platten aus Raumsteinen oder Windkristallen und beobachteten und belauschten Personen an verschiedenen Orten in Wirilat. In der Regel waren die beiden Platten direkt nebeneinander angeordnet, sodass einer der

Schatten als Augen fungierte und der andere als Ohren. Eine Handvoll hingegen saß vor Pultaris-Platten, doch die Wahrheitskristalle schienen nicht die Ergebnisse zu liefern, die sich ihre Benutzer erhofften, denn die Schatten wirkten frustriert.

Nutzten die Schatten wirklich nur drei verschiedene Platten-Arten? Er sah auf seinen eigenen Arbeitsplatz hinab. Vier, wenn man seine Osirriso-Platte mitrechnete. Doch was war mit den anderen?

Sein Blick fiel auf die Tehmar-Platte direkt neben ihm. Sie sah unbenutzt aus. Noch nicht einmal Fingerabdrücke waren auf dem farblosen Kristall zu erkennen. Stattdessen verkündete eine dünne Staubschicht, dass die Platte lange Zeit weder einen Benutzer noch einen Putzlappen gesehen hatte.

Farisio sah sich in der Zentrale um und entdeckte weitere Tehmar-Platten, doch auch vor ihnen saß niemand. War es wirklich so schwer, sie zu benutzen? Das erschien ihm seltsam, denn eigentlich handelte es sich bei den Arbeitsplätzen um Technik, die theoretisch jeder Kuftari nutzen konnte. Und klar, Begabung spielte sicher auch eine Rolle, aber warum sollte es so viele Schatten geben, die mit den Raum-, Wahrheits- und Windplatten zurechtkamen, aber niemanden, der aus den Ordnungs- und Zeitplatten schlau wurde? Die Platten waren immerhin so gestaltet worden, dass sie auch von jemandem ohne Magie einfach zu nutzen waren. Man benötigte nur etwas Wissen über die Funktionsweise und etwas Erfahrung in der Handhabung. Dabei wäre eine gezielte Suche mit einer Tehmar-Platte vermutlich der einfachste Weg, um herauszufinden, was mit Prinz Kuwino geschehen war. Sie mussten sie nur auf den gewünschten Ort und Zeitpunkt ausrichten und eine Vision vom Angriff würde ihnen den Schuldigen zeigen.

Der Gedanke setzte sich in seinem Kopf fest und ließ ihn nicht mehr los. Es wäre so einfach … aber *Hundert Ohren* hatte ihm befohlen, an der Osirriso-Platte sitzen zu bleiben und die Grenzen zu überwachen … nur dass dort alles in Ordnung war.

Farisio sah sich unauffällig um, aber niemand blickte in seine Richtung, und da er in einer der hinteren Reihen saß, die Schatten aber vorne, würde es niemand mitbekommen, wenn er einen Platz weiterrutschte. Also tat er es.

Nach dem Summen und der warmen Färbung der Ordnungsplatte kam ihm der stumme, blasse Kristall der Tehmar-Platte ungewöhnlich kalt und fast schon tot vor. Noch nicht einmal ein Blinken war darauf zu erkennen. Musste er den Kristall irgendwo berühren, um ihn benutzen zu können?

Ratlos fuhr er mit den Fingern über die Oberfläche und die Seiten, aber die Platte reagierte nicht. Erst als er die Augen schloss, die Finger verharren ließ und unwillkürlich lauschte, wie er es bei der Osirriso-Platte getan hatte, spürte er etwas. Ein kaum wahrnehmbares Kribbeln an seinen Fingerspitzen, dort wo sie den Kristall berührten.

Ein magischer Funke!

Er konzentrierte sich auf die Magie, versuchte, sie mittels Gedankenkraft zu verstärken und tatsächlich nahm das Kribbeln zu. Plötzlich fühlte sich der Kristall unter seinen Fingern nicht länger kalt an, und als er erleichtert die Augen aufschlug, leuchteten ihm Symbole entgegen. Leider waren es bis auf das Zeichen ganz links oben vollkommen andere als auf der Ordnungsplatte. Nun gut, das ergab Sinn, wenn es sich um eine andere Art der Magie handelte.

Farisio nahm die Hand weg und wollte die Symbole studieren, doch im selben Moment verblassten die Zeichen auch schon wieder. Was war denn jetzt geschehen? Er verstand es nicht. Gerade eben hatte die Platte doch funktioniert!

Dann begriff er. *Er* war es gewesen, *er* hatte die Tehmar-Platte mit Energie versorgt! Sie gehörte zu den Arbeitsplätzen, deren Magie bereits erschöpft war, deshalb hatte so lange niemand mehr an ihr gesessen!

Bei den Gründern! Hatte das jemand gesehen?

Rasch blickte er sich um, doch *Hundert Ohren* stand nicht neben ihm und auch die anderen Schatten schenkten ihm nicht die geringste Aufmerksamkeit. Stattdessen war eine kleine Gruppe um den stellvertretenden Kommandanten versammelt und diskutierte irgendetwas, während die übrigen Mitarbeiter weiter an ihren Arbeitsplätzen nach dem Angreifer von Prinz Kuwino Ausschau hielten. Niemand hatte gesehen, was er getan hatte.

Farisio senkte seine zitternden Hände wieder auf den Kristall, dieses Mal ganz bewusst. Einatmen, ausatmen! Und noch mal!

Langsam beruhigte sich sein Herzschlag wieder und seine Angst, entlarvt zu werden, schwand. Niemand hatte gesehen, was er getan hatte, und wenn er nur geringe Mengen an Magie in die Platte lenkte, würde diese später wieder von selbst ausgehen. Niemand würde bemerken, dass er den Kristall benutzt hatte. Es gab also keinen Grund, es nicht zu versuchen.

Seine Finger kribbelten, als er Energie durch sie hindurchfließen ließ. In der nächsten Sekunde konnte er die Symbole eins nach dem anderen aufflackern sehen, dann hatte die Platte genug Magie und Farisio ließ seinen Blick über die Oberfläche wandern. Leider konnte er kein ähnliches Symbol entdecken wie das, mit dem er auf der Ordnungsplatte die Karte aufgerufen hatte. Eine Karte von Wirilat, auf der er einen Ort auswählen konnte, wäre jetzt praktisch gewesen.

Schließlich drückte er einfach irgendein Symbol. Wenn er nicht wusste, was sie bedeuteten, war eins so gut wie das andere.

Farisio keuchte erschrocken, als die ganze Oberfläche plötzlich hell aufleuchtete. Das Bild änderte sich, und er hatte das Gefühl, in einen Abgrund zu fallen, als die Orte und Leute an ihm vorbeirasten. Ihm wurde schwindelig und im nächsten Moment rebellierte sein Magen.

Sofort riss er die Hände von der Platte weg und atmete kontrolliert ein und aus, um seine Übelkeit in den Griff zu bekommen. Er durfte sich jetzt nicht übergeben! Sie durften nicht erfahren, was er getan hatte.

Er brauchte bestimmt ein oder zwei Minuten, bis er die Augen wieder aufschlagen und auf den Kristall sehen konnte. Zum Glück waren die Bilder inzwischen erloschen. Jetzt wusste er, warum niemand an den Tehmar-Platten saß. Sie waren um einiges schwieriger zu bedienen als die Ordnungssteine und bereits die galten bei den Schatten als schwierig.

Oder hatte er etwas falsch gemacht?

So leicht wollte er auf jeden Fall nicht aufgeben. Er atmete noch einmal tief ein und aus, bevor er seine Hände wieder auf den Kristall senkte. Erneut dauerte es ein paar Sekunden, bevor er eines der Symbole auswählen konnte. Dieses Mal tippte er auf ein anderes Zeichen.

Ein Bild baute sich vor ihm auf. Doch leider war es das falsche. Er sah weder einen See noch einen Wald, noch nicht einmal den Palast mit seinen Türmen, sondern eine Stadt. Zu allem Überfluss war es eine Stadt, die er nicht wiedererkannte, obwohl er mit seiner Mutter viele der Domänen bereist hatte. Wo war das?

Wann war das?

Ratlos starrte er auf das Bild. Warum zeigte die Platte ihm das? Zumal es Nacht war und sich auf den Straßen der unbekannten Stadt niemand bewegte. Er entdeckte einfach nichts, was eine Vision wert gewesen wäre. Etwas machte er anscheinend immer noch falsch.

Er versuchte, sich zu konzentrieren und dem Kristall zu vermitteln, was er wissen wollte, indem er an Prinz Kuwino dachte und an den Moment, in dem er den Wassermagier leblos im See treibend gefunden hatte, aber das Bild kräuselte sich lediglich und verharrte dann auf der Straßenansicht. Egal, wie sehr Farisio sich bemühte, es zu verändern.

So funktionierte das nicht. War die Platte eventuell so erschaffen worden, dass sie ihm zeigte, was er sehen *musste*, und nicht, was er sehen *wollte*? Dann würde es gar nichts bringen, gegen den Kristall und die Vision anzukämpfen. Er würde sie sich zunächst ansehen müssen, bevor er etwas erreichen konnte.

Als er das akzeptierte und sich nicht länger gegen die Vision wehrte, sondern sie willkommen hieß, geschah etwas Unerwartetes: Das Bild änderte sich!

Plötzlich schien es, als würde er durch die nächtliche Straße wandern. Mehrfach bog er ab und erst als das Licht einer Straßenlaterne auf ein Windspiel fiel, begriff Farisio, dass er irgendwo in Wirilat war. Doch wo und wann? Die Szene konnte aus der Zukunft oder der Vergangenheit stammen.

Doch sobald er das erkannte, änderte sich das Bild erneut. Es war so, als würde er immer erst einen Schritt weiterkommen, wenn er dafür bereit war. Kein Wunder, dass die Schatten Probleme mit den Tehmar-Platten hatten. Sie ließen sich nicht kontrollieren, stattdessen musste man bewusst die Kontrolle aufgeben und sich auf die Visionen einlassen. Eine beängstigende Vorstellung, deshalb hatte er vermutlich auch anfänglich das Gefühl gehabt abzustürzen.

Nun war es, als würde er dem Wind folgen, wenn dieser ihm etwas zeigen wollte. Hatte der Kristall etwa auch ein Bewusstsein?

Er vergaß die Frage, denn bei dem neuen Bild stockte ihm plötzlich der Atem. Diese Straße kannte er! Dort war er bereits gewesen! Das war die dunkle, heruntergekommene Gasse in *Brise*, in der er Ileija gefunden hatte!

Auf einmal war er sich ganz sicher, auch wenn er die Sackgasse zuvor nur einmal kurz gesehen hatte, und das bei Tageslicht. In der Vision war es aber Nacht. Doch warum zeigte ihm die Platte das?

Er hielt den Atem an, als auf dem Bild eine große Gestalt auftauchte. Sie wich dem Lichtschein der einzigen Laterne am Eingang der Gasse aus. Es war ganz klar, dass die Person, die er beobachtete, von niemandem gesehen werden wollte. Auch schien sie dunkle Kleidung zu tragen, ein Umhang mit Kapuze machte sie nahezu unkenntlich. Farisio konnte nicht sagen, ob es sich um einen Mann oder eine Frau handelte. Nur dass die Person wie ein Verbrecher durch die Nacht huschte und ausgerechnet die Gasse ihr Ziel war, in der er Ileija gefunden hatte. Das konnte kein Zufall sein.

War es auch nicht, wie er Augenblicke später erkannte. Der Mond trat hinter den Wolken hervor und warf seine Strahlen auch in die schmale Gasse. Farisio sah, dass die Person etwas in den Händen trug. Ein Bündel, eingeschlagen in eine Decke, die viel zu fein für diese Gegend war. Er konnte das Material nicht erkennen, dafür war es immer noch zu dunkel, wohl aber die Hände. Es waren große, raue Hände. Männerhände, die viel schwere Arbeit geleistet hatten. Keine Hände, in die diese Decke gehörte.

Und dann ging der Mann auf die Mülltonne zu, an die sich Farisio nur zu gut erinnerte. Sie sah noch sauberer aus als in seiner Erinnerung. So als wäre sie gerade erst dort aufgestellt worden – vielleicht von dem Mann selbst? Eine schwielige Hand packte den Deckel und öffnete ihn.

Wollte der Mann etwa nachsehen, ob Ileija noch da war und ob sie noch lebte? Wusste der Mann von ihr?

Farisio hatte es sich nicht vorstellen können, es sich nicht vorstellen *wollen*, doch er musste erkennen, dass er sich geirrt hatte, als der Mann nun die Decke entfernte und das Bündel sichtbar wurde. Es war Ileija, die das bevorstehende Verbrechen nicht ahnte, sondern friedlich in seinem Arm schlief.

Dann warf der Mann die Kleine einfach in die Tonne und schloss den Deckel, als wäre sie Abfall.

Fassungslos starrte Farisio auf die Vision, während ihm die Tränen kamen. Er bemerkte nicht, wie sich seine Finger auf dem Kristall verkrampften und die Magie Funken sprühte. Er konnte den Blick nicht von dem schrecklichen Mann lösen, der keine Schuldgefühle zu empfinden schien. Stattdessen verzog der Mann zufrieden das Gesicht, als Ileija nun zu weinen begann.

»Schrei nur! Ruf nur nach deinen Eltern, Kleine! Sie werden dich niemals finden und sie werden bereuen, was sie getan haben, das verspreche ich dir!«

Dann drehte er sich um und das Mondlicht fiel direkt auf sein Gesicht. Seine Züge brannten sich zusammen mit dem Gefühl des Hasses in Farisios Erinnerung ein. Dieses Antlitz würde er niemals wieder vergessen.

Farisio nahm die bebenden Hände von der Tehmar-Platte, als die Vision endete. Selbst wenn der Kristall ihm jetzt noch gezeigt hätte, was mit dem Wasserprinzen geschehen war, hätte er es sich nicht ansehen oder auch nur ein Detail davon wahrnehmen können.

Denn ihn beherrschte nur noch ein Gedanke: Es waren nicht Ileijas Eltern gewesen, die sie hatten töten wollen! Im Gegenteil, ihre Eltern suchten wahrscheinlich überall ganz verzweifelt nach ihr und das bedeutete, dass er kein Anrecht auf sie hatte. Sie war nicht seine kleine Schwester, auch wenn diese Fantasie ihn in den vergangenen Tagen glücklich gemacht hatte. Sie war überhaupt nicht Ileija, sondern ein kleines Mädchen, das irgendjemand entführt hatte, um ihren Eltern zu schaden.

Er hatte kein Anrecht auf sie. Und er würde ihr ein ebenso großes Unrecht tun wie der Mann, der sie fast getötet hatte, wenn er nicht nach ihren Eltern suchte. Auch wenn ihm die Suche das Herz brach und er sie anschließend womöglich nie wiedersah.

17

KOMMANDOZENTRALE DER SCHATTEN

Plötzlich wusste er nicht, was er tun sollte. Er konnte Ileija nicht wieder verlieren! Nicht jetzt! Nicht so!

Farisio kämpfte zitternd gegen die Tränen an, die seinen Blick verschleierten. Blind tastete er sich zurück auf den anderen Stuhl. Trotz des Aufruhrs in seinem Inneren war ihm klar, dass er es sich nicht leisten konnte, vor der Tehmar-Platte erwischt zu werden. Sie würden wissen wollen, was er dort gemacht hatte, vielleicht sogar erkennen, dass er mit ihrer Hilfe eine Vision gehabt hatte. Und dann würden sie ihn zwingen, sich wieder vor den Zeitkristall zu setzen – und das, obwohl er momentan bereute, sich überhaupt jemals vor den verfluchten Arbeitsplatz gewagt zu haben. Am liebsten hätte er jede Entscheidung rückgängig gemacht, die ihn zu diesem Moment geführt hatte.

Er war so glücklich mit Ileija gewesen, als es nur sie beide gegeben hatte! Sie hatte ihn gebraucht und als sie ihn zum ersten Mal angelächelt hatte, war es das schönste Gefühl seines Lebens gewesen.

Er brauchte sie. Nicht umgekehrt.

Bei den Gründern! Warum hatte er das nicht schon früher erkannt? Und war er deshalb so egoistisch, dass er sich wünschte, ihre Eltern nie zu finden und sie ihnen nie zurückgeben zu müssen? War er so schwach, dass ihm der Mut fehlte, sein Leben ohne sie zu leben? War er feige, weil er sich so sehr eine Familie, ein Zuhause und Liebe wünschte, aber sich nicht traute, sich seiner eigenen Familie zu nähern? Denn dann müsste er ihnen auch von sich und seinen dunklen Geheimnissen erzählen. Und dann würden sie ihn vermutlich verurteilen und nichts mit ihm zu tun haben wollen. Außerdem müsste er ihnen erzählen, dass seine Mutter eine sadistische, machthungrige Mörderin gewesen war. Das würde seinem Großvater aber vermutlich das Herz brechen.

Und wenn er log? Wenn er einfach so tat, als hätte seine Mutter ihn nach der Geburt weggegeben und er wäre ahnungslos aufgewachsen? Aber wie sollte er seinem Großvater dann erklären, woher er wusste, dass sie verwandt waren? Nein, das kam auch nicht infrage.

Ileijas Zuneigung war nicht mit all diesen Problemen verknüpft. Ihre Liebe war echt, unschuldig, sie sah ihn und verurteilte ihn nicht. Abgesehen von Ybbydus war sie die einzige Person, die ihn bedingungslos liebte, und er hatte schreckliche Angst, sie ebenso plötzlich zu verlieren, wie er seinen väterlichen Freund verloren hatte. Wäre Ybbydus noch da, wäre er niemals auf der Straße gelandet. Aber dann hätte er Ileija wahrscheinlich nie gefunden und sie wäre in dieser dunklen Gasse gestorben. Er wäre nie zur *Klippe* gekommen und hätte seinen Großvater gesehen.

Einen Mann, mit dem er noch nicht einmal ein Wort gewechselt hatte und der immer noch nicht wusste, dass er überhaupt existierte. Der es vielleicht auch nie tun würde, weil Farisio zu feige war, ihn anzusprechen und ihm die Wahrheit zu sagen. Genauso wie er zu feige war, Ileijas Familie zu suchen …

»Alles in Ordnung?«

»Was?«

Farisio schreckte hoch und bemerkte verwirrt, dass *Hundert Ohren* mit ihm gesprochen hatte. Der stellvertretende Kommandant kam auf ihn zu und musterte ihn prüfend.

»Du hast so konzentriert auf den Stein gestarrt und dabei sehr besorgt ausgesehen. Ist alles in Ordnung?«

Der Stein! Natürlich, *Hundert Ohren* musste denken, dass mit der Grenze etwas nicht stimmte.

»Entschuldigung. Die Ordnungsmagie in der Abschirmung weist keine Schwächen auf. Ich war nur in Gedanken.«

»Das habe ich gemerkt. Du warst so vertieft, dass du die Zeit ganz vergessen hast. Fängt deine nächste Stunde nicht in diesen Minuten an?«

Mist! Er kam zu spät.

»Ich muss gehen.« Farisio schnappte sich seinen Stundenplan und den Passierschein und rannte los.

»Bis zum nächsten Mal«, rief *Hundert Ohren* ihm noch hinterher, aber die Tür fiel bereits hinter Farisio zu, bevor er antworten konnte.

Er keuchte, als er endlich die drei Stockwerke hochgerannt war. Seine Lungen brannten bei jedem Schritt, doch darauf konnte er keine Rücksicht nehmen. Denn *Keine Sperenzchen* hatte recht gehabt. Wie sollte man ihn ernst nehmen, wenn er es noch nicht einmal schaffte, pünktlich zu seinem Unterricht zu kommen? Und schon wieder hatte er seine Schreibsachen vergessen! Es war doch zum Verrücktwerden!

Sein Blick verschwamm, als er vor dem Klassenzimmer zum Stehen kam. Alles drehte sich um ihn, sodass er sich schnell zu Boden sinken ließ. Farisio hatte wieder das Gefühl, in den Abgrund der Tehmar-Platte zu starren, erneut hatte er die schrecklichen Bilder aus der Gasse vor Augen, als der Mann Ileija in den Mülleimer geworfen hatte. Ihm war schlecht.

Dass er regungslos auf die Tür gestarrt hatte, bemerkte Farisio erst, als Nari ihm besorgt eine Hand auf die Schulter legte und leicht zudrückte.

»Ist alles in Ordnung mit dir?«

»Was? Ja. Wieso?«

»Du zitterst und du bist ganz blass«, mischte sich Gralit ein. Farisio zuckte zusammen, er hatte nicht einmal bemerkt, dass der große Schattenanwärter vor ihm stand.

»Außerdem hast du mich erst bemerkt, als ich dich berührt habe.

Was ist vorgefallen? Du warst Domänen entfernt. Ist etwas bei Udio passiert?«, fragte Nari.

»In *Blutdolchs* Unterricht warst du auch nicht.« Sogar Gralit wirkte besorgt. Oder tat er nur so? Hasste er Farisio nicht, weil er dachte, dass *Aphrodisiakum* Interesse an ihm hatte?

»In den muss ich nicht mehr. Ich hatte stattdessen Dienst in der Zentrale«, erklärte er.

»Oh.«

Gralit und Nari wechselten einen Blick, den Farisio nicht deuten konnte. Er versuchte zu lächeln und stand auf, um ihnen zu zeigen, dass es ihm gut ging. Doch das war ein Fehler, denn die Bilder tanzten wieder vor seinen Augen. Erst jetzt begriff Farisio, dass mit ihm tatsächlich etwas nicht stimmte. Wieso hatte er immer noch Visionen, wenn er nicht mehr an der Tehmar-Platte saß? Denn er glaubte nicht, dass es sich lediglich um Erinnerungen handelte.

»Hoppla!«, rief Nari und packte ihn am Ellenbogen, um ihn aufrecht zu halten, als die Beine unter Farisio wegsackten.

»Warte, ich helfe dir!«

Gralit stützte ihn auf der anderen Seite. Besorgt halfen die beiden Schattenanwärter ihm über den Gang und wimmelten dabei die anderen Schüler mit ihren neugierigen Fragen ab.

»Was ist hier los?«

»Koll geht es nicht gut, *Keine Sperenzchen*«, sagte Gralit. »Wir bringen ihn auf sein Zimmer. Ich fürchte, er kann nicht am Unterricht teilnehmen.«

Farisio rechnete schon damit, dass die Leiterin der Schattenanwärter ihn dennoch zum Unterricht schicken würde, aber das geschah nicht. Stattdessen meinte sie: »Ich gebe *Zerstreuter Bibliothekar* und *Flinkfinger* Bescheid.«

Er musste schlechter aussehen, als er dachte, wenn *Keine Sperenzchen* einfach so einwilligte. Die Frau hasste ihn und hielt ihn bereits für einen verantwortungslosen Anwärter, der den Unterricht nicht ernst genug nahm.

Oder vielleicht lag es an Gralit. Udios Sohn würde sie mit Sicherheit besser behandeln als ihn.

Von dem restlichen Weg bekam er nicht mehr viel mit, weil plötzlich seine Sinne verrücktspielten. Die Stimmen von Gralit und Nari kamen ihm mit einem Mal schrecklich laut vor, als würden sie ihm die ganze Zeit ihre Gedanken und Empfindungen ins Ohr brüllen. Ihre Hände schienen zu brennen und seine Haut zu verbrutzeln, obwohl sie lediglich seine Kleidung berührten. Zusätzlich plagten ihn erneut die Visionen von Ileijas Entführer und seiner Tat in der dunklen Gasse.

Was war nur los mit ihm? Fast hätte er gewimmert, doch er biss sich lieber auf die Lippe, bis sie blutete. Dann wurde ihm schwarz vor Augen.

»Vorsichtig!«, wisperte jemand. Die Stimme gehörte Nari.

Dann stieß sein Fuß gegen irgendetwas und der Schmerz riss ihn endgültig aus der Bewusstlosigkeit. Zuerst wusste er nicht, was geschehen war, doch dann erinnerte er sich. Er schlug in dem Moment die Augen auf, als Gralit ihn auf einem weichen Untergrund ablegte.

Wo war er? Und warum hatte Gralit ihn getragen?

»Er ist wach, Nari«, rief der große Schattenanwärter und lächelte.

»Wirklich? Oh, Koll, wir haben uns solche Sorgen um dich gemacht! Sollen wir einen Heiler holen?«

»Einen Heiler? Es gibt Heiler in *Aussicht*, die hierherkommen?«

»Nein, natürlich nicht. Wir haben eigene Heiler. Sie haben Medizin und Kräuterkunde studiert und können dir gut helfen. Es sei denn, du bist dir wieder zu fein dafür.«

»Gralit! Du hattest es versprochen. Und Koll hat dir nur eine Frage gestellt.«

»Entschuldige, Nari. Es tut mir leid, Koll!«

Beide Jungen sahen besorgt zu ihm herab, als er nicht antwortete. Erst jetzt begriff er, dass er in seinem eigenen Bett lag. Und dass die Heiler ihn keinesfalls untersuchen durften. Dafür hatte er zu viele Geheimnisse, die sie aufdecken konnten.

»Es geht schon«, erwiderte er leise und zwang sich, zu lächeln. »Ich werde einfach versuchen, etwas zu schlafen und mich auszuruhen. Es waren ein paar anstrengende Tage. Vermutlich geht es mir nach einem Nickerchen wieder besser.«

»Bist du dir sicher, Koll?«

»Sollen wir dir etwas zu essen und zu trinken herbringen?«, erkundigte sich Gralit nett.

»Nein, danke. Ich mag nichts.«

Nari sah Gralit an. »Vielleicht etwas zu trinken, das kann ja nicht schaden.«

»Ich hole etwas«, versprach Gralit und machte sich auf den Weg.

»Möchtest du Ileija sehen? Ich kann sie aus der Krippe holen«, bot Nari ihm an.

Farisio schüttelte den Kopf, bereute die gedankenlose Bewegung aber noch im selben Moment, als die Übelkeit zurückkehrte. Auch wenn er nichts lieber täte, als die Kleine in die Arme zu nehmen und sie nie wieder loszulassen, wagte er es nicht. Zumal in seinem Inneren die Finsternis erwachte. Sie spürte, dass er schwach war, und wartete nur auf eine Gelegenheit, um zuzuschlagen. Er sollte auch versuchen, Nari so schnell wie möglich loszuwerden. Als er das letzte Mal die Kontrolle verloren hatte, im Kleidergeschäft in *Brise*, hatten sich die Soldaten schreiend auf dem Boden gewälzt. Er wollte nicht, dass Nari oder Ileija etwas Ähnliches geschah.

Schuldgefühle plagten ihn erneut, als er sich an die armen Männer und Frauen der Stadtwache erinnerte. Er konnte nur hoffen, dass sie sich inzwischen von dem Angriff des dunklen Schicksals erholt hatten. Ahnten die Soldaten, was er getan hatte, und hatten ihn inzwischen zur Fahndung ausgeschrieben? Doch dann hätten auch die Schatten mittlerweile davon gehört und ihn bestimmt darauf angesprochen.

Er hielt die Augen geschlossen. Irgendwann hörte er Nari und Gralit leise wispern. Etwas wurde auf dem Nachttisch abgestellt, dann ließen sie ihn allein, ohne dass er sie darum bitten musste.

Ihm ging es miserabel, als seine magischen Kräfte sich erneut regten. Sein Leben lang hatte er sie unterdrückt und geleugnet, denn er hatte nicht so werden wollen wie seine Mutter, die ihre Magie als Waffe gegen andere eingesetzt hatte. Doch das funktionierte jetzt nicht mehr. Als wäre ein Damm gebrochen, als er sich auf die Tehmar-Platte und die Visionen eingelassen hatte. Um den Zeitkristall aufzuladen, hatte er mehr Magie eingesetzt als je zuvor in seinem Leben. Nun jedoch schliefen die Bestien in seinem Inneren nicht mehr. Er spürte das Kribbeln, als seine Kräfte erwachten, während die Finsternis brüllend an ihren Ketten zerrte.

Farisio hatte nicht genug Energie, um beides zu kontrollieren, daher versuchte er es gar nicht erst. Er konnte nur hoffen, dass seine Magie nicht bösartig war. Von der Dunkelheit wusste er das allerdings. Aus diesem Grund konzentrierte er sich auf sie.

Wie lange er am Ende so dagelegen hatte, bis er die Finsternis niedergerungen hatte und die Flut, die aus dem geborstenen Damm strömte, zu einem kleinen Rinnsal verebbt war, wusste er nicht. Er hatte lediglich das Gefühl, gerade endlich eingeschlafen zu sein, als ein Besucher ihn wieder aufweckte.

»Wo hatte ich es denn? Ah, hier ist der Zettel! Nein, das sind die Notizen von gestern, die hatte ich schon gesucht. Am besten, ich stecke sie in die Hosentasche zu den anderen, damit ich sie wiederfinde. Und hier haben wir auch das richtige Blatt Papier … Ich wusste doch, dass ich es eingesteckt hatte! Von wegen zerstreut, pah!«

Farisio blinzelte und sah zu seiner großen Überraschung *Zerstreuter Bibliothekar* im Zimmer stehen. Er hatte vergessen, den Lichtstein zu dimmen, bevor er eingeschlafen war, daher konnte er den Gelehrten deutlich erkennen. Nur dass jener ihn anscheinend noch nicht bemerkt hatte und weiter Selbstgespräche führte.

»Muss das Licht unbedingt darauf ansprechen, wenn ich ihn sehe.«

Bevor das noch minutenlang so weiterging, beschloss Farisio, den Monolog zu unterbrechen. »Was machen Sie hier, *Zerstreuter Bibliothekar?*«, wunderte er sich laut, während er sich aufsetzte.

Der Schatten blinzelte und hob den linken Arm, an dem eine Uhr an einer Kette baumelte, die er sich ungelenk vors Gesicht hielt. »Nein, die Uhrzeit stimmt. Da bin ich mir sicher. Wir haben jetzt Unterricht, oder nicht?«

Anscheinend hatte *Keine Sperenzchen* ihm nicht Bescheid gegeben oder *Zerstreuter Bibliothekar* hatte es wieder vergessen. Farisio seufzte. Jetzt war er hellwach.

»Hat *Keine Sperenzchen* Sie nicht informiert, dass ich heute Nachmittag nicht kommen kann?«

Zerstreuter Bibliothekar blinzelte ihn erneut verwirrt an. »Aber du bist doch da!«

»Nein. Sie sind in meinem *Schlafzimmer!* Lassen Sie mich raten. Sie haben sich von Ihrem Lichtstrahl direkt zu mir bringen lassen und nicht aufgepasst, wohin Sie gehen. Habe ich recht?«

Zerstreuter Bibliothekar setzte die Brille auf, die an einer Kette um seinen Hals hing, und sah sich um. »In der Tat. Das ist kein Klassenzimmer.« Ein schlechtes Gewissen schien er nicht zu haben. »Aber nun, da ich schon mal hier bin, kann ich dir auch erzählen, was ich herausgefunden habe. Sehr spannend, und es wäre echt schade, wenn ich es wieder vergessen würde. Zunächst dachte ich ja, du wärst wie das letzte Licht, *Heller Schild,* das sich uns vor zweihundertdrei Jahren angeschlossen hat. Doch dann habe ich festgestellt, dass deine Testergebnisse ganz anders aussehen. Ich habe die Aufzeichnungen studiert und musste weit zurückgehen, bis ich ein Licht mit ähnlichen Werten gefunden habe. Kein Wunder. Die Kinder dieses Gründers bleiben in der Regel eher in den östlichen Domänen und verirren sich nicht so weit in den Westen. Wir müssen aufpassen, dass die Gilde von Licht und Schatten in deinem Heimatland nicht von dir erfährt und fordert, dass wir dich an sie abtreten.«

Farisio wurde es flau im Magen, als *Zerstreuter Bibliothekar* die Nachkommen der Gründer erwähnte. Was hatte der Stuhl ihm über ihn verraten? Hatte er etwa herausgefunden, dass sein Vater das Kind eines Gründers war? Doch welches? Seine Mutter hatte ihm nie verraten, wer genau sein Vater war. Vermutlich hatte sie es selbst nicht gewusst.

»Zumindest erklärt deine Abstammung, warum du so gut mit der Osirriso- und der Tehmar-Platte zurechtkamst«, fuhr der Gelehrte fort und begann, sich die Brille mit seinem Ärmel zu putzen. Leider bemerkte er nicht, dass dieser dreckig war und er das Problem dadurch nur verschlimmerte.

Farisio erstarrte. Moment mal!

»Woher wissen Sie von der Tehmar-Platte?«

Keiner der Schatten hatte gesehen, was er getan hatte. Oder etwa doch?

Zerstreuter Bibliothekar setzte die Brille wieder auf und blinzelte ihn an. »Na, das System hat es mir verraten.«

»Das System?«

»Ja, es registriert jede Aktivität aller Schatten und Lichter«, antwortete der Gelehrte, ohne zu erklären, was er mit System meinte. Doch Farisio kam langsam ein Verdacht.

»Soll das heißen, dass ich unter konstanter Beobachtung stehe, und dieses … System alles registriert, was ich tue?«

»Richtig.« Der Schatten strahlte ihn an. Er zückte eine flache Scheibe, die er anscheinend zwischen die Seiten eines Buchs geklemmt hatte, um sie zu transportieren. In dem Buch steckten auch noch andere Dinge. Dieses Mal jedoch keine Nahrungsmittel, erkannte Farisio erleichtert, der sich noch zu gut an die denkwürdige erste Begegnung mit dem Gelehrten erinnerte. Da hatte eine Brotscheibe unappetitlich zwischen den Seiten geklemmt. War es womöglich dasselbe Buch?

»Schau her«, forderte *Zerstreuter Bibliothekar* ihn auf, trat näher ans Bett heran und hielt ihm die Scheibe unter die Nase. Es handelte sich um eine dunkle Kristallplatte mit vielen ihm unbekannten Symbolen, und Farisio fragte sich, was er darauf erkennen sollte.

»Der Stuhl hat dich im System registriert, als du dich zum ersten Mal auf ihn gesetzt hast. Dafür wurde er erschaffen. Er evaluiert nicht nur deine Fähigkeiten und Neigungen, um dich entsprechend in den Unterricht einzuteilen, und stuft dich als Licht oder Schatten ein, sondern er erfasst auch deine einzigartige Energiesignatur und registriert dich im allumfassenden System, zu dessen Verwaltern unter anderen ich gehöre. Da das System jedoch von allen Gründern gemeinsam erschaffen wurde, haben theoretisch auch die anderen Verwalter Zugriff auf die Daten. Natürlich nur, sofern sie die entsprechende Berechtigung haben und vom System freigeschaltet wurden.«

Farisio hatte keine Ahnung, wovon beim Nichts *Zerstreuter Bibliothekar* überhaupt sprach. Es klang auf jeden Fall nicht beruhigend, das Gerede vom allumfassenden System am wenigsten.

»Soll das heißen, dass die Bibliothekare in den anderen Domänen eventuell ebenfalls auf die Daten meines Tests zugreifen können?«, fragte Farisio beklommen.

Und *Zerstreuter Bibliothekar* bestätigte seine schlimmsten Befürchtungen. »Du hast es erfasst!« Er strahlte. »Die meisten Schatten denken, man muss erst den Eid der Schatten abgelegt haben, um in die Gilde und damit auch ins System aufgenommen zu werden, aber das ist Blödsinn. Das geschieht alles beim Einstufungstest. Der Rest ist nur Verwaltungskram: der Eid, der dich zum vollwertigen Mitglied macht, dir deinen Licht- oder Schattennamen gibt und dich für die magischen Werkzeuge freischaltet ...«

»Magische Werkzeuge?«

»Zum Beispiel die Fähigkeit des Teleportierens«, erklärte der Schatten. »Aber es gibt auch Spezialfähigkeiten wie *Aphrodisiakums* Gabe zur geistigen und emotionalen Manipulation.«

Also hatte er recht gehabt. *Aphrodisiakum* hatte Magie gegen ihn eingesetzt. Und diese Fähigkeit hatte er bekommen, indem er sich den Schatten angeschlossen hatte? Eine beunruhigende Vorstellung, war der Blender doch auch ohne seine ... Spezialfähigkeit schon gefährlich genug.

»Und was hat der Stuhl Ihnen noch über mich verraten? Brauche ich auch Spezialfähigkeiten?«

»Du? Nein, du bist ein Licht, du bekommst keine Magie, wenn du dich uns anschließt«, antwortete *Zerstreuter Bibliothekar* verwundert, als hätte Farisio das wissen müssen.

»Was?«

»Du bist ein Licht, ein Magier. Du besitzt die Magiemuster und Gaben bereits, das System muss dir nichts übertragen, das macht es nur bei Schatten. Im Gegenteil, das System bezieht seine Energie aus Lichtern wie dir. Deshalb haben wir auch diese Probleme. Es gab zu lange keine Lichter mehr und unsere magischen Reserven sind fast erschöpft. Bald nähern wir uns dem kritischen Bereich, dann wird das System irgendwann zusammenbrechen. Es ist schlimmer als nur eine Platte, die nicht mehr funktioniert, weil sie keine Energie mehr hat. Dann wird das alles hier – die Energieversorgung für die unterirdische Stadt, die Belüftung und Beleuchtung, die Tarnvorrichtungen, die Kommandozentrale mit ihrer gesamten Technik, die Transportringe und alle anderen Gaben – aufhören zu funktionieren. Lichter sind es, die uns und die Domänen retten können. Sie strahlen die Magie ab, die Schatten können ohne sie nicht existieren, sie profitieren von der abgegebenen Energie der Lichter. Daher auch die beiden Bezeichnungen.«

Für den *Zerstreuten Bibliothekar* schien diese Unterscheidung offensichtlich zu sein, für Farisio, der nur Udios Erklärung kannte, dass Lichter Magier waren und die Schatten diejenigen ohne Kräfte, war sie es jedoch nicht. Doch nun ergab auch das Sinn, was *Hundert Augen* erzählt hatte. Die Gilde von Licht und Schatten war ein selbsterhaltendes Magiekonstrukt, ein System, dem die Gründer nur anfänglich Energie zugeführt hatten. Sie hatten sich darauf verlassen, dass sich der Gilde Lichter anschließen und sie mit Energie versorgen würden. Doch das war mit den Jahrhunderten ausgeblieben und die Folge war, dass die Stein- und Kristallplatten in der Zentrale nach und nach versagten. Darum hatten die Gründer sich auch nach der Erschaffung der Gilde nicht mehr um sie gekümmert. Wussten sie überhaupt, dass ihr System kurz vor dem Zusammenbruch stand?

»Vermutlich gab es Warnzeichen, oder?«, grübelte Farisio. »Ist deshalb die Anzahl der Teleportationszauber pro Tag beschränkt worden?« Das passte zumindest zu dem, was *Ruhige Hand* ihm erzählt hatte.

»Korrekt«, erwiderte *Zerstreuter Bibliothekar* und strahlte, als hätte die Frage Farisio zu seinem Lieblingsschüler gemacht. »Selbst Udio hat die Zusammenhänge nicht so schnell durchschaut wie du. Das ist vielversprechend! Du musst wissen, alles verliert mit der Zeit Energie, wenn die Magie nur geliehen und nicht angeboren ist. Das System, die magischen Steine und Kristalle, ja sogar die Schutzbarriere gegen das Nichts. Keine Kraft ist unerschöpflich, außer vielleicht die der Weltenträumer.«

Farisio nickte, als er langsam verstand, welche Rolle ihm als Licht zugedacht war. Verzweiflung erfüllte ihn. »Aber ich kann nicht allein zweitausend Schatten mit Energie versorgen!«

»Zweitausend? Schön wär's. Wir haben keine zweitausend Schatten. Noch nicht mal tausend. Zweitausend ist die ungefähre Zahl aller Bewohner der unterirdischen Stadt, da sind auch die Anwärter mitgerechnet und die Kinder.« *Zerstreuter Bibliothekar* seufzte, nahm seine Brille ab und begann erneut sie zu putzen.

»Aber du hast recht«, fuhr er kurze Zeit später fort. »Das kannst du nicht. Das könnte niemand. Wir benötigen weitere Lichter, um das Energiedefizit auszugleichen, das sich im Laufe der letzten Jahrhunderte aufgebaut hat. Sonst ist die Gilde bald am Ende und wir werden nur noch ganz gewöhnliche Kuftari sein.«

»Wissen die anderen, wofür die Lichter gebraucht werden? Versuchen sie aktiv, weitere Magier anzuwerben?«

Der Gelehrte schürzte nachdenklich die Lippen. »Gute Frage. Aber ich fürchte, die meisten Schatten verstehen nicht, was die Lichter bewirken. Udio, *Hundert Augen* und damit auch *Hundert Ohren* wissen noch das meiste über die Geschichte der Lichter und Schatten. Aber die Schatten, die im Außendienst arbeiten? Sie wurden speziell dafür ausgebildet, das Fehlen der Lichter zu kompensieren, sei es als Kämpfer, Attentäter, Blender, Gesichtsloser oder Bombenentschärfer. Für sie ist das System, die Technik, die sie umgibt, etwas Selbstverständliches, das nichts mit Magie oder Lichtern zu tun hat. Sie denken daher, sie kommen ohne Lichter aus, weil sie nicht wissen, dass wir immer noch von ihrer Magie profitieren, auch wenn sich seit hundertfünfzig Jahren kein Licht mehr in unseren Reihen befand. Aber selbst sie können erkennen, dass unsere Gilde nicht mehr dieselbe ist wie in den ersten fünf-, sechshundert Jahren. Sie denken, das liegt am Verlust unseres Ansehens, unserer Unterstützung in den Gründerfamilien, unseres Vermögens. Doch das ist nur ein Teil der Wahrheit.«

»Und was heißt das jetzt für mich? Wie verhindern wir den Zusammenbruch des Systems?«, wollte Farisio wissen, auch wenn er Angst vor der Antwort hatte. Sollte er jetzt heimlich die anderen Platten in der Zentrale aufladen?

Zerstreuter Bibliothekar schien zu erraten, woran er gedacht hatte. »Es wird nicht ausreichen, wenn du hin und wieder ein wenig Energie in die Platten gibst. Du musst zurück auf den Stuhl.«

»Auf den Stuhl?«

»Ja. Nur er und diese Kristallplatte, die mir als Verwalter vorbehalten ist, gestatten einen direkten Zugriff auf das System. Wenn sich ein Licht auf den Stuhl setzt, dann entzieht das System ihm Energie und leitet diese an die Stellen weiter, wo sie benötigt wird. Auch als du zum ersten Mal auf dem Stuhl gesessen hast, hat er das getan. Aber da waren es nur geringfügige Mengen.«

»Das heißt, ich muss mich nur auf den Stuhl setzen? Und das Ganze kann mir nicht schaden?«, vergewisserte sich Farisio.

Zerstreuter Bibliothekar nickte. »Alles ganz einfach. Dir kann gar nichts passieren!«

18

SCHATTENBASIS

»Ich denke nicht, dass das eine gute Idee ist.«

Beklommen folgte er *Zerstreuter Bibliothekar* und dessen Lichtstrahl durch die Schattenbasis. Der Anblick schien für die Schatten so alltäglich zu sein, dass sie ihnen nicht die geringste Aufmerksamkeit schenkten.

»Papperlapapp! Du brauchst keine Angst haben, der Stuhl funktioniert trotz des niedrigen Energielevels immer noch tadellos. Ich habe ihn erst heute früh überprüft. Und in den Aufzeichnungen habe ich nicht einen einzigen Fall gefunden, bei dem die Energieextraktion dem Licht Probleme gemacht hat.«

Farisio seufzte. Leider war er nicht wie die anderen Lichter. Vermutlich gab es zurzeit keine größere Bedrohung für das System als ihn und sein dunkles Schicksal. Er hatte bereits beim letzten Mal Schwierigkeiten gehabt, es in Schach zu halten. Wie sollte es ihm jetzt ergehen, wenn er darüber hinaus auch noch Probleme mit seiner Magie hatte?

»Vielleicht sollten wir das ein anderes Mal machen, wenn es mir ein bisschen besser geht. *Keine Sperenzchen* hat ja nicht grundlos meinen Unterricht bei Ihnen abgesagt.«

Farisio blieb stehen. Das musste *Zerstreuter Bibliothekar* doch akzeptieren! Bislang hatte der Gelehrte jede seiner skeptischen Fragen mit neuen Zusicherungen gekontert, dass alles tadellos funktionierte.

Aber gegen diesen Einwand würde selbst er nichts sagen können. Doch da hatte er sich leider geirrt.

»Noch ein Grund mehr, dich auf den Stuhl zu setzen!«, rief der Schatten aus, während er weiterschlenderte. Seufzend ging auch Farisio wieder weiter. »Wusstest du, dass die Lebenssteine, die in den Stuhl integriert sind, effektiv Erkrankungen analysieren und beheben können? Die Möglichkeiten der verschiedenen Steine und Kristalle sind unglaublich ...«

Farisio seufzte.

Zumindest hatten sie ihr Ziel jetzt erreicht, auch wenn das für ihn kein Grund zur Freude war. Ihm graute davor, auf dem Stuhl Platz zu nehmen. Doch er hatte auch keinen plausiblen Grund gefunden, sich zu weigern. Und wie sollten der Gelehrte und die anderen Schatten das auch verstehen, wenn er ihnen nicht die Wahrheit sagen konnte und sie seine Hilfe so dringend benötigten?

Zerstreuter Bibliothekar öffnete die Tür und ging hinein. Farisios Füße hingegen schienen mit jedem Schritt schwerer zu werden. Schließlich blieb er auf der Schwelle stehen.

Der Gelehrte hatte noch nicht bemerkt, dass Farisio ihm nicht länger folgte. Stattdessen starrte er auf die Kristallplatte des Verwalters in seiner Hand und tippte hin und wieder auf ein Symbol. Er war so in Gedanken versunken, dass Farisio sich in diesem Moment hätte davonschleichen können. Und die Versuchung war groß, wäre in diesem Moment nicht *Aphrodisiakum* am Ende des Korridors aufgetaucht. Noch hatte er Farisio nicht gesehen, weil er sich lachend mit einem anderen Schatten unterhielt.

Farisio trat über die Schwelle und zog rasch die Tür hinter sich zu. Sofort fühlte er sich, als wäre er in eine Falle getappt. Die Magie im Raum bestürmte seine Sinne. Farisio ballte die Fäuste, schloss die Augen und atmete langsam, während er um die Kontrolle kämpfte. Das war keine gute Idee.

»Koll, ich wäre jetzt so weit. Es ist alles vorbereitet!«, verkündete *Zerstreuter Bibliothekar* im nächsten Moment.

Farisio schlug die Augen wieder auf. »Was haben Sie getan?« Misstrauisch starrte er die Platte in den Händen des Verwalters an.

»Ich habe den Stuhl so modifiziert, dass er den Einstufungstest auslässt und sich auf die Energieextraktion konzentriert. Dann habe ich noch einen Systemtest durchlaufen lassen, damit der Stuhl weiß, welche Art von Magie er speichern muss, um unsere Defizite bestmöglich aufzufüllen. Wenn alles so funktioniert wie geplant, sollten die Platten, die von *Hundert Augen* und ihren Leuten am meisten vermisst werden, bald wieder voll funktionstüchtig sein und nicht mehr fehlerhafte oder keine Ergebnisse liefern.«

»Wenn alles so funktioniert wie geplant?« Das klang nicht gerade vertrauenswürdig.

Und noch etwas machte ihm Sorgen. »Werden sich die anderen nicht wundern, wenn die Arbeitsplätze plötzlich wieder richtig funktionieren? Sie werden wissen, dass ich es war, der sie aufgeladen hat. Sie werden wissen, dass ich …«

»… du ein Kind der Gründer bist?«, beendete *Zerstreuter Bibliothekar* seinen Satz und sah ihn plötzlich überraschend scharfsinnig an.

»Ja«, gestand Farisio widerwillig. »Schlimm genug, dass sie wissen, dass ich ein Magier sein muss, weil ich ein Licht bin. Aber ein Kind der Gründer? Das ist etwas anderes.«

Farisio blickte niedergeschlagen zu Boden, als er daran dachte, was es bedeutete, ein Kind der Gründer zu sein. Ihm kam es vor, als hätten die Bewohner der Splitterwelt vergessen, dass auch die Gründer einst gewöhnliche Magier gewesen waren, bevor sie ihr magisches Wunder vollbracht hatten. Die heutigen Kuftari hatten vergessen, dass die Gründer nicht die Einzigen gewesen waren, die hierher übergesiedelt waren. Es hatten auch viele Magierfamilien und gewöhnliche Kuftari den Neuanfang in den Domänen gewagt. Und obwohl etliche Magier genauso stark waren wie die Nachfahren der Gründer, so haftete Letzteren doch stets der Ruf des Außergewöhnlichen an, vielleicht immer ein wenig mit dem Glauben verbunden, diese könnten die Großtaten ihrer Vorfahren irgendwann wiederholen. Es waren die Nachkommen der Gründer, deren Geschichten – Heldentaten genauso wie Fehler und Tragödien – für die Nachwelt festgehalten und verbreitet wurden. Magier ohne Verbindung zu einer der Gründerfamilien schafften es nur selten in die Geschichtsbücher, selbst wenn sie es genauso verdient hatten.

Ein Kind der Gründer zu sein, war mit bestimmten Erwartungen verbunden, und Farisio hatte diese noch nie erfüllen können. Seine Magie hatte nie das getan, was seine Mutter von ihm erwartet hatte. Er hatte es weder geschafft, ihre magischen Tricks zu erlernen, noch hatten sich die Kräfte der Familie seines Vaters in ihm offenbart. Und irgendwann hatte selbst seine Mutter eingesehen, dass Farisio ein Vogel mit nutzlosen Flügeln war. Er besaß zwar das Blut und die Haare seines unbekannten Vaters, nicht aber dessen Gabe. Er würde niemals fliegen lernen.

»Ich will nicht, dass sie es erfahren«, fuhr Farisio fort und sah wieder hoch. »So bin ich einfach nicht. Ich bin auch kein richtiger Magier, ich habe keine Ahnung, was ich tun muss, aber sie würden es erwarten und …«

Farisio verstummte, als *Zerstreuter Bibliothekar* nickte. »Ich verstehe. Nun gut, das ist kein Problem. Von mir werden sie es nicht erfahren. Ich denke mir einfach eine komplizierte Erklärung aus, spicke sie mit Fremdwörtern und keiner der Schatten wird nachfragen, wenn ich behaupte, dass es eine natürliche Energieschwankung des Systems gewesen ist. Die Methode funktioniert garantiert.«

Der Gelehrte zwinkerte ihm verschmitzt zu, und Farisio begriff, dass er ihn völlig falsch eingeschätzt hatte. *Zerstreuter Bibliothekar* war nicht nur ein zerstreuter Gelehrter und er war keineswegs so verplant, wie er immer tat. Stattdessen nutzte er seinen Schattennamen und seinen Ruf zum eigenen Vorteil. Auf diese Weise konnte *Zerstreuter Bibliothekar* tun und lassen, was er wollte, und niemand störte ihn bei seinen Plänen. Ganz schön schlau und gerissen …

Doch leider bedeutete das auch, dass Farisio noch vorsichtiger sein musste, wenn er es mit *Zerstreuter Bibliothekar* zu tun hatte. Er kannte bereits seine Testergebnisse und hatte einen Verdacht bezüglich seiner Abstammung – beim Nichts, er wusste da vermutlich sogar mehr als Farisio selbst! Er wollte nicht, dass der Schatten noch mehr über ihn herausfand.

Daher versuchte er, sich seine Angst nicht anmerken zu lassen, als es Zeit wurde, auf dem Stuhl Platz zu nehmen. Er lächelte sogar, als der Gelehrte ihm aufmunternd zunickte. Dann stellte sich *Zerstreuter Bibliothekar* hinter die Lehne, sodass Farisio ihn nicht länger täuschen musste.

Denn sein gesamter Körper kribbelte unangenehm und es dauerte nicht lange, bis er anfing, sich müde und kraftlos zu fühlen. Jetzt bereute er, dass er kaum gefrühstückt und zum Mittagessen gar nichts gegessen hatte. Ihm war schwummrig und hinter seiner Stirn breiteten sich Kopfschmerzen aus.

Farisio bemühte sich, normal weiterzuatmen, sich nichts anmerken zu lassen. Doch dann begann auch die Dunkelheit wieder ihre Krallen auszufahren und es fiel ihm von Sekunde zu Sekunde schwerer.

Jetzt wusste er, wie wichtig es war, dass er die Kontrolle behielt. Denn wenn er versagte, dann würde nicht nur *Zerstreuter Bibliothekar* leiden und alle, die sich sonst noch in seiner Reichweite befanden. Das dunkle Schicksal würde auch die verbleibende Energie der Gründer und Lichter in sich aufnehmen und noch stärker und gefährlicher werden, als es jetzt schon war. Und wenn es stimmte, was der Gelehrte erzählt hatte, dann hatte er über den Stuhl nicht nur Zugriff auf die Energie des Systems hier in Wirilat, sondern auch auf die aller anderen Domänen.

Er konnte die gesamte Gilde der Schatten vernichten, allein mit einer Unaufmerksamkeit.

Farisio biss die Zähne zusammen, als der Schmerz in seinem Inneren zunahm. Die Finsternis wehrte sich nun heftig gegen ihn. Sie wollte die Magie, die aus ihm hinaus in den Stuhl und von dort in die Kristallkanäle der gesamten Basis floss. Farisio konnte sie plötzlich sehen und spüren, als hätte der Stuhl ihm die Augen geöffnet.

Doch es war kein gutes Gefühl. Die neue Perspektive weckte erneut Übelkeit in ihm. Es half nichts, die Augen zu schließen, denn er hatte sie bereits geschlossen gehabt, als die seltsamen Bilder begannen. Aber sie zu öffnen, machte alles noch schlimmer, weshalb er sie rasch wieder zusammenkniff.

»Wie lange geht das noch?«, fragte er mit zusammengepressten Zähnen.

Doch *Zerstreuter Bibliothekar* antwortete nicht.

Farisio fing an, schwer zu atmen. Seine Hände krallten sich wie von selbst um die Lehnen des Stuhls, als seine Schmerzen zunahmen. Lange hielt er das nicht mehr aus.

Und dann begann der Stuhl auch noch an ihm zu zerren. Er hatte das Gefühl, als würde er ihn in die Tiefe ziehen. Vielleicht sackte sein Körper aber auch nur in sich zusammen, Farisio wusste es nicht. Er hatte kein Gefühl mehr für ihn. Lediglich der Schmerz war noch vorhanden und überlagerte alles, sogar die Schwäche, die sich immer mehr ausbreitete. Ihm wurde schwarz vor Augen, was seltsam war, da er sie schon so lange geschlossen hielt. Selbst die Bilder vom Energiefluss durch die Basis waren verschwunden.

Etwas stimmte hier nicht.

Farisio begriff, dass ihm der Stuhl immer mehr Magie entzog. Er selbst hatte längst die Kontrolle über sie verloren. Der Damm, den er einst errichtet hatte, um seine Gabe in Schach zu halten, war vernichtet. Ungebremst strömte sie nun aus ihm in den Stuhl und von dort ins System. Und das System war hungrig. Es brauchte Energie an allen Ecken und Enden. Und es hatte so lange keine bekommen.

Warnglocken begannen zu schrillen und für einen kurzen Moment dachte Farisio, er würde sich das Geräusch einbilden, aber der Stuhl gab tatsächlich ein grelles Warnsignal von sich. Er konnte es deutlich hören, nur *Zerstreuter Bibliothekar* anscheinend nicht, denn er reagierte nicht.

»Hilfe! Stopp!«

Farisio versuchte, zu schreien, er war jedoch inzwischen so geschwächt, dass nur ein leises Krächzen aus seiner Kehle kam. Mit letzter Kraft stemmte er sich hoch und beugte sich vor. Dann schlug er auf den Boden.

In dem Moment verstummte der Stuhl und die Dunkelheit in ihm gab endlich Ruhe.

»Nanu? Was ist los?«

Zerstreuter Bibliothekar atmete scharf ein. Anscheinend hatte er ihn auf dem Boden liegen sehen und endlich bemerkt, dass etwas nicht stimmte.

»Ist alles in Ordnung mit dir, Koll? Sag doch was!« Er eilte zu ihm, kniete sich neben Farisio nieder und versuchte, ihm aufzuhelfen. Farisio stöhnte und blieb liegen.

»Es tut mir schrecklich leid, ich verstehe nicht, was geschehen ist. So etwas ist noch nie passiert! Es hätte auch nicht geschehen dürfen. Es gibt Warnmeldungen, falls es zu Fehlfunktionen kommt, damit wir den Stuhl rechtzeitig abschalten …«

Er brach ab und griff nach seiner Platte. Und die schien ihm zu zeigen, dass er die Warnzeichen komplett übersehen und überhört hatte. »Bei den Gründern! Es war mein Fehler! Der Stuhl hat dir viel zu viel Magie entzogen und ich habe nur auf die Energielevel in den verschiedenen Hauptfunktionen geachtet statt auf deine Lebenszeichen. Es tut mir schrecklich leid.«

Zerstreuter Bibliothekar klang entsetzt, als er erkannte, was geschehen war. Mit jedem Satz schwangen mehr Schuldgefühle in seiner Stimme mit. Wie sich solche Entschuldigungen anhörten, wusste Farisio. Daher konnte er dem Gelehrten nicht wirklich böse sein, auch wenn er sich in seinem ganzen Leben noch nie so elend gefühlt hatte.

»Hat es denn wenigstens funktioniert? Denn noch einmal mache ich das nicht.«

Das war sein Ernst. Selbst wenn das System zusammenbrechen sollte, noch einmal setzte er sich nicht auf diesen Stuhl!

19

TESTRAUM DER SCHATTEN

»Es tut mir leid, das kommt nicht noch einmal vor, das verspreche ich. Nächstes Mal weiß ich, worauf ich zu achten habe.«

Zerstreuter Bibliothekar hatte noch nicht begriffen, wie ernst Farisio seine Weigerung gemeint hatte.

»Ich weiß, dass es dir nicht gut geht. Es hat nicht so geklappt wie geplant«, fuhr der Schatten fort und wollte Farisio erneut aufhelfen. Doch Farisio hielt das für keine gute Idee. Bereits im Sitzen drehte sich ihm alles vor den Augen.

»Setz dich sonst auf einen Stuhl, falls du Angst hast, umzukippen.« *Zerstreuter Bibliothekar* schien vergessen zu haben, dass es in diesem Raum nur einen einzigen Stuhl gab – und der war schuld an Farisios Misere.

»Nein danke.«

Nie wieder!

Selbst wenn der magische Testapparat komplett ausgeschaltet war.

»Aber du hast dem System einiges an Magie zugeführt. Einige Platten sind wieder voll aufgeladen, das wird es der Zentrale ermöglichen, Attentäter schneller zu erkennen und zu finden. Das erleichtert allen Schatten die Arbeit. Gut gemacht, Koll!«

»Können wir gehen?«

Er konnte sich nicht darüber freuen. Die ganze Energieextraktion war für ihn kein Erfolg, sondern eine einzige Katastrophe. Das war einfach zu gefährlich.

»Natürlich. Du möchtest dich ausruhen, ich verstehe.« *Zerstreuter Bibliothekar* packte seine Kristallplatte weg, klemmte sich sein Buch unter den Arm und half ihm dann unerwartet kräftig hoch. Im Stehen zitterten Farisios Beine. Er glaubte nicht, dass er die Kraft hatte, durch die Basis zu laufen, die Treppen hochzusteigen und anschließend noch quer durch das Stockwerk der Schattenanwärter zu den Gästezimmern zu gehen. Noch wusste er nicht, ob er überhaupt die Kraft für *einen* Schritt aufbringen konnte. Schwer atmend stützte er sich auf *Zerstreuter Bibliothekar*.

»Wir sollten gehen«, meinte der Gelehrte. »Es wird nicht mehr lange dauern, bis *Hundert Augen* oder *Hundert Ohren* bemerken, dass etwas anders ist, und mich in die Zentrale zitieren. Wir sollten dich zurück in dein Zimmer schaffen, bevor sie Verdacht schöpfen. Sonst funktioniert auch die beste Erklärung nicht.«

Plötzlich spürte Farisio erneut das Kribbeln der Magie. Er blinzelte und im nächsten Moment fand er sich in seinem Gästezimmer wieder, wo ihn *Zerstreuter Bibliothekar* zum Bett brachte. Dankbar legte er sich hin.

»Normalerweise teleportiere ich nicht, weder innerhalb der Basis noch anderswohin, da ich ja weiß, wie knapp unsere Energie ist. Aber in diesem Fall mache ich gerne eine Ausnahme. Ruh dich aus, Koll! Beim nächsten Mal wird alles reibungslos klappen, ich verspreche es.«

»Es wird kein nächstes Mal geben. Ich setze mich nicht wieder auf diesen Stuhl. Sucht euch ein anderes Licht dafür«, forderte Farisio.

»Ein anderes Licht …« Hektisch kramte *Zerstreuter Bibliothekar* einen Zettel aus seinem Buch und begann zu schreiben. »Das war es, worüber ich mit *Scharfer Geist* sprechen wollte! Wir müssen mehr Lichter verpflichten.«

Er steckte den Zettel zurück ins Buch, und Farisio fragte sich, wann der Schatten ihn wohl wiederfinden würde. Dann musterte *Zerstreu-*

ter Bibliothekar ihn besorgt. »Ich lasse dir etwas zu essen aufs Zimmer bringen. Du musst essen und trinken, um wieder zu Kräften zu kommen. Und natürlich schlafen. Ruh dich einfach aus.«

Er ging zur Tür, hielt inne und drehte sich noch einmal um. Dann verbeugte er sich. »Wir sind Euch zutiefst zu Dank verpflichtet, Eure Hoheit!«

Farisio erwachte von einem Glucksen und Gurgeln. Sein Magen grummelte vor Hunger, dennoch mochte er noch nicht die Augen aufschlagen und sich aufsetzen. Ihm ging nicht aus dem Kopf, wie *Zerstreuter Bibliothekar* ihn genannt hatte.

Eure Hoheit.

Er fühlte sich nicht wie ein Prinz. Wenn er den Palast auf der *Klippe* betrachtete, dann stellte er sich nicht vor, wie ein Kind von Wirilat in einem der Türme zu wohnen. Oder im Palast selbst, wo man jeden Nachkommen der Gründer mit Ehrerbietung behandelte. Das war ihm nicht wichtig, das löschte die ersten zwanzig Jahre seines Lebens nicht aus, in denen er um alles hatte kämpfen müssen.

Wie wohl sein Leben aussehen mochte, falls er bei seinem Großvater leben würde? Vermutlich würde er ein gutes Leben in Wohlstand, Anerkennung, Respekt und Liebe führen. Sein Großvater galt als der beste Züchter und Ausbilder der Riesenvögel in ganz Wirilat. In jeder Geschichte, die er über ihn gehört hatte, wurde auch erwähnt, wie sehr König Oprios ihn und seinen Rat schätzte. Wahrscheinlich hätte es Farisio nicht überraschen sollen, ihn hier auf der *Klippe* und nicht bei seinem Zuhause in *Sturm* anzutreffen. Als Ratgeber des Königs war er mit Sicherheit häufiger im Palast zu Gast.

Als sein Enkel würde auch Farisio dort ein und aus gehen. Eine seltsame Vorstellung. Ihm würde ein einfaches Leben in *Sturm* zusammen mit seinem Großvater und möglichen anderen Verwandten mehr als ausreichen. Er brauchte keinen Reichtum, keine exquisiten Mehr-Gänge-Menüs. Wenn er sich nicht sorgen musste zu verhungern, wäre er schon zufrieden. Es mussten auch keine edlen Gewänder sein, lediglich normale Kleidung, die ihm passte, die sauber war und keine Löcher und Risse aufwies – das wäre für ihn bereits Luxus. Mit jedem anderen Luxus würde er sich vermutlich unwohl fühlen und vor Unbehagen Fehler begehen. Dann würde er sich selbst und seinen Großvater vor König Oprios, Prinzessin Nadera, Prinz Geris und all den anderen Nachkommen von Wirilat beschämen.

Und schon waren seine Selbstzweifel zurück. War es richtig, an seinem Plan festzuhalten, seinen Großvater auf dem Empfang zu Prinzessin Naderas Ehren anzusprechen und ihm zu enthüllen, wer er war? Oder sollte er ihn erst einmal beobachten und herausfinden, was für ein Kuftari er war? Möglicherweise wollte er anschließend ja gar nicht mehr bei seinem Großvater leben?

Das Einzige, was er brauchte, war eine Familie, ein Zuhause, Akzeptanz, nicht Wohlstand oder Ansehen.

Farisio zog die Beine an. Im nächsten Moment landete eine Hand auf seiner Schulter und er zuckte zusammen.

»Koll? Bist du wach?«

Nari! Was machte er hier?

Blinzelnd schlug Farisio die Augen auf und wollte sich zu seinem Freund herumdrehen. Doch er wurde abrupt in der Bewegung gestoppt. »Achtung, Ileija liegt hinter dir.«

Ileija?

Er setzte sich langsam auf. Nicht nur, weil er vorsichtig sein wollte, sondern auch weil seine Muskeln gegen jede Bewegung protestierten. Eine kleine Ewigkeit schien vergangen zu sein, bis er endlich aufrecht im Bett saß und Ileija, Nari und Gralit betrachten konnte. Die beiden Jungen hatten die Kleine anscheinend aus der Krippe geholt und sich schon eine Weile um sie gekümmert, denn auf dem Nachttisch standen zwei Tabletts, von denen eines unbenutzt war. Auf dem anderen stapelten sich aber drei Teller neben einer entsprechenden Anzahl an Gläsern.

»Wie spät ist es?«, wollte Farisio wissen. »Habt ihr zusammen mit Ileija zu Abend gegessen? Danke, das war nett von euch, dass ihr

Zeit mit ihr verbracht habt.« Er lächelte, als sein Blick auf die Kleine fiel.

»Es ist etwa eine Stunde nach dem Abendessen«, antwortete Gralit.

Nari erwiderte sein Lächeln. »Das ist doch selbstverständlich, dass wir uns um Ileija kümmern«, sagte er. »Wir sind Freunde. Und dir geht es nicht gut.«

Farisio schielte begierig auf das Tablett mit Essen und Wasser. »Ist das meins?«

Er wartete Naris Nicken kaum ab, bevor er es sich schnappte und mit zitternden Armen auf den Schoss hob. Mist, noch nicht einmal dafür hatte er Kraft!

Als er nach einer Scheibe Brot mit Aufschnitt griff, meinte Gralit: »Ich hätte nicht gedacht, dass *Keine Sperenzchen* dir nach heute Morgen nicht nur gestattet, auf deinem Zimmer zu essen, sondern dir auch noch was herschickt. Als wir mit deiner Schwester in den Speisesaal kamen, war gerade einer der Küchenmitarbeiter dabei, dir ein Tablett vorzubereiten. Er wollte es dir bringen, aber wir haben gesagt, dass wir das machen.«

Farisio musste lächeln. Dafür hatte nicht *Keine Sperenzchen* gesorgt, sondern *Zerstreuter Bibliothekar*, aber er dachte nicht daran, den beiden zu verraten, dass er den Gelehrten an diesem Nachmittag getroffen hatte. Er wollte schließlich nicht, dass sie Fragen stellten. Besser, wenn sie dachten, dass er den ganzen Nachmittag geschlafen hatte.

»Habe ich viel verpasst?«, wollte er wissen, bevor er einen weiteren Bissen nahm und ihn mit etwas Wasser herunterspülte. Endlich ließ auch das Knurren seines Magens ein wenig nach. Verrückt, da befand er sich endlich an einem Ort, wo er regelmäßige Mahlzeiten bekommen konnte, und doch hatte er es in den letzten Tagen nicht geschafft, mehr zu essen als manchmal auf der Straße. Er musste mehr auf sich achten und essen, egal was passierte. Er brauchte die Kraft.

Gralit und Nari wechselten einen Blick. »Nicht wirklich«, meinte Gralit. »Wir hatten Unterricht bei *Flinkfinger*, der es sehr bedauert hat, dass es dir nicht gut genug ging, um teilzunehmen. Aber außer einer neuen Lektion im Schlösserknacken ist in der Stunde nicht viel passiert. Und danach hatte ich eine Doppelstunde bei *Treffsicherheit*, ich glaube, sie kennst du noch nicht. Sie unterrichtet neben Messerwerfen auch Bogen- und Armbrustschießen.«

Farisio runzelte die Stirn, aber der Name kam ihm nicht bekannt vor. »Ich glaube, bei ihr habe ich keinen Unterricht. Bei mir stand für diesen Nachmittag noch *Zerstreuter Bibliothekar* auf dem Plan.«

Nari schmunzelte. »Der Unterricht bei ihm ist auf jeden Fall ein Erlebnis. Schade, dass du ihn verpasst hast. Es ist höchst spannend, was er über die Geschichte der Gilde von Licht und Schatten zu erzählen hat. Lass ihn bloß nicht hören, dass du sie die Gilde der Schatten nennst, wie alle anderen es tun. Er besteht auf dem offiziellen, sperrigen Namen. Auch weiß man nie, was einen beim nächsten Mal erwartet. Einmal hat er es doch tatsächlich geschafft, nackt im Unterricht aufzutauchen. *Keine Sperenzchen* ist ausgeflippt! Sie mag ihn ja eh schon nicht, weil er sich um Disziplin und all ihre anderen Werte nicht sonderlich schert. Wenn er in seiner eigenen Welt versunken ist, kann es eben vorkommen, dass er seine Kleidung vergisst, und er schämt sich auch nicht dafür.«

Gralit prustete. Die Erinnerung schien ihn köstlich zu amüsieren. »Das war lustig«, sagte er schließlich, während er sich die Lachtränen aus den Augenwinkeln wischte. »*Zerstreuter Bibliothekar* ist einfach einzigartig. Ich mag ihn. Als Kind habe ich mich oft zu ihm in die Bibliothek geschlichen, musst du wissen, Koll. Er hatte immer was zu naschen und tolle Geschichten auf Lager. Er hat mir ...«

»Uns«, unterbrach ihn Nari. »Du vergisst, ich war auch häufig bei diesen Ausflügen dabei.«

»Uns«, korrigierte Gralit mit einem nachsichtigen Lächeln. »Er hat uns nie das Gefühl gegeben, keine Zeit für uns zu haben.«

Farisio hielt mitten im Kauen inne und betrachtete die beiden Freunde von einst. Es war merkwürdig, sie so einträchtig vor ihm sitzen zu sehen. Bei seiner Ankunft hatte er noch gedacht, dass sich die beiden schon immer gehasst hatten. Und Gralit war ihm einfach nur gemein erschienen, doch nun zeigte er eine andere Seite von sich. Wäre er nicht in den Blender verliebt und würde er weiterhin so umgänglich bleiben, Farisio konnte ihn glatt mögen.

Er lauschte interessiert, wie die beiden in Erinnerungen schwelgten. Denn er hatte sich schon gefragt, wie es für ein Kind war, in der unterirdischen Stadt aufzuwachsen, und wie es wohl für Ileija sein würde. Die Erzählungen der beiden Schattenanwärter zeigten ihm nun, dass er sich keine Sorgen machen musste. Sie hatten eine glückliche Kindheit gehabt, um die er Gralit und Nari nur beneiden konnte. Niemand hatte sie gezwungen, ein Schattenanwärter zu werden. Sie hatten sich freiwillig dafür entschieden, wie auch die meisten ihrer Freunde. Ein paar hatten jedoch die unterirdische Stadt verlassen und machten nun eine Lehre in *Aussicht, Brise* oder *Sturm*. Und jeder akzeptierte ihre Entscheidung. Denjenigen, die die unterirdische Stadt verlassen hatten, waren noch nicht einmal Erinnerungen genommen worden. Die Schatten vertrauten ihren Familien. Vielleicht hatten die Jugendlichen aber auch gar keine wirklichen Geheimnisse gekannt.

Farisios Hände verkrampften sich um sein Tablett, als er erneut einen Anflug von Übelkeit verspürte. Plötzlich hämmerten Kopfschmerzen durch seinen Schädel und sein Körper kribbelte wieder vor Magie, doch um einiges schwächer als vor seinem Besuch beim Stuhl.

Also hatte er seine magischen Kräfte nicht völlig verloren. Er wusste nicht, ob er sich darüber freuen sollte oder nicht. Irgendwie ahnte er, dass die Nebenwirkungen von dem Abschöpfen seiner Magie ihn noch eine ganze Weile quälen würden. Zumindest gab die Dunkelheit momentan Ruhe.

»Hallo, Ileija!«, sagte Nari und riss Farisio aus seinen schmerzerfüllten Gedanken. Dann stürzte er vor und fing die Kleine mit seinem Körper auf, bevor sie vom Bett fallen konnte.

Ileija quietschte vergnügt, als Nari sie im Arm hielt. Sie mochte den Jungen.

»Bei den Gründern! Danke, Nari.« Erleichtert nahm er seine Schwester entgegen – auch diesem Problem musste er sich demnächst stellen und den Schatten die Wahrheit über Ileija erzählen.

»Keine Ursache. Es ist ja nichts passiert.«

»Nichts passiert?«, erwiderte Gralit laut. »Das ist ja wieder typisch! Du hättest dich bei dieser Aktion verletzen können. Was, wenn du anschließend deinen Arm nicht hättest benutzen können? Hast du daran schon mal gedacht? Du hast nur einen!«

»Danke, Gralit, das weiß ich auch.« Gereizt funkelte Nari seinen Freund an. »Was hätte ich deiner Meinung nach stattdessen tun sollen? Ich konnte doch nicht zulassen, dass sie sich verletzt.«

Gralit schien keine Ahnung zu haben, denn er öffnete den Mund, ohne dass ein Ton herauskam. Farisio musste unwillkürlich lachen. Das war so typisch!

Und plötzlich war er froh, in der unterirdischen Stadt zu sein, sich der Gilde von Licht und Schatten angeschlossen zu haben. Er hatte unerwartet ein Zuhause, Freunde und eine Familie gefunden. Möglicherweise würde sich in Zukunft daran noch einiges ändern. Vielleicht würde er Ileijas Eltern finden, seinem Großvater offenbaren, wer er war, und ein zweites Zuhause dazugewinnen, aber dieses und seine Freunde würden ihm bleiben. Und das war ein schöner Gedanke.

20

KANTINE DER SCHATTENANWÄRTER

Als Farisio am nächsten Morgen mit Ileija die Kantine betrat, fühlte er sich überraschend gut. Keine Übelkeit, keine Kopfschmerzen, kein Kribbeln in den Gliedern und sowohl seine Magie als auch die Dunkelheit waren friedlich. Lediglich sein Magen knurrte. Er fühlte sich nach der Energieübertragung wie ausgehungert und hatte es kaum abwarten können, bis *Freundliches Gesicht* ihm beim morgendlichen Schminken geholfen hatte.

Nachdem er Ileija gefüttert hatte, verschlang er sein Frühstück in Windeseile. Erst dann merkte er, dass der Speisesaal überraschend ruhig war. Nur vereinzelt saßen Schattenanwärter an den Tischen und frühstückten. Farisio blinzelte verdutzt. Wo waren sie alle?

»Guten Morgen, Koll.«

Gralit schlurfte gähnend in die Kantine, holte sich ein Tablett mit Brot, Aufschnitt und Milch und begann zu essen. Von Gralits Freunden oder Nari hingegen fehlte immer noch jede Spur. Farisio schaute unruhig auf die große Wanduhr.

»Wo sind denn alle? Der Unterricht beginnt bald.«

Der Schattenanwärter hob überrascht den Kopf. »Es ist Wochenende, Koll. Du weißt schon, dass wir heute und morgen keinen Unterricht haben, oder?«

Farisio holte seinen Stundenplan heraus und stöhnte, als er begriff, dass er nicht so früh hätte aufstehen müssen. Es war der erste Tag seit

Jahren, an dem er hätte ausschlafen können. Und dann das. Warum hatte der Gesichtslose nichts gesagt?

Gralit kicherte kurz. »Was hast du heute vor?«, wollte er dann wissen. »Hast du dir *Aussicht* schon genauer angeguckt? Oder hast du vielleicht Lust auf ein kleines freundschaftliches Turnier? Die anderen und ich haben uns für heute Nachmittag für eine Partie Motraki verabredet. Mach doch mit.«

»Motraki?« Das Wort hatte Farisio noch nie gehört.

»Das ist ein Ballspiel«, mischte sich Nari jetzt ein. Er kam mit einem eigenen Tablett auf sie zu und setzte sich zu ihnen. »Die meisten Anwärter sind begeisterte Spieler. Aber du musst nicht mitmachen, wenn du nicht willst. Ich hatte gehofft, dass ich dir später noch mehr von der Stadt zeigen kann. Heute ist Markttag. Und außerdem hattest du ja versprochen, dass du beim nächsten Mal mitkommst, wenn die Kinder von Wirilat wieder eine Flugstunde haben.«

»Laaangweilig!« Gralit schüttelte den Kopf. »Das ist doch stets das Gleiche. Wenn du wirklich etwas erleben willst, können wir vor dem Turnier zum Windschiffhafen. Ich habe einen Kumpel im Hafenamt, der organisiert uns gerne eine Führung und vielleicht auch einen kleinen Rundflug auf einem der Luftschiffe.«

»Ehrlich?«

Farisios Herz begann vor Aufregung ein wenig schneller zu schlagen. In Gedanken sah er sich schon über die Stadt und die *Klippe* segeln. Er lächelte verträumt und begann Ileija sanft zu wiegen, als sie quengelte.

»Er ist nicht dein Freund, sondern meiner«, mischte sich Nari gereizt ein. »Und eine Führung können wir jeden Tag machen, die Prinzen und Prinzessinnen üben nur einmal die Woche. Das hat Vorrang. Außerdem habe ich Koll zuerst gefragt.«

Farisio seufzte, als die beiden sich schon wieder zu streiten begannen. »Lasst uns doch beides machen«, schlug er um des Friedens willen vor.

Als die beiden anderen Jungen mit dem Frühstück fertig waren, machten sie sich auf den Weg in die große Halle. Farisio war überrascht, als dort schon eine Gruppe anderer Schattenanwärter vor den Transportringen auf sie wartete. Und erst jetzt fiel ihm auf, dass sie alle genau wie Nari und Gralit ihre hellblaue Uniform trugen. Bevor er fragen konnte, was es damit auf sich hatte, hatte ihn Gralit schon zu *Eisenfaust* geführt, der Farisio freundlich anlächelte.

»Mit deinen neuen Freunden unterwegs, Koll? Dann kommt.«

Der Kämpfer betrat den Ring, winkte die drei zu sich heran und transportierte sie dann zusammen mit zwei älteren Jungen nach oben. Nur dass sie dieses Mal nicht in einem Lagerraum landeten, sondern in einer fensterlosen Halle, an deren rechter Seite eine Treppe nach oben führte. Farisio sah sich neugierig um. Nari und Gralit ließen seine Arme los und verließen den Kreis. Die beiden älteren Anwärter erklommen bereits die Stufen, Gralit und Nari waren ihnen dicht auf den Fersen. Farisio beeilte sich, ihnen mit Ileija auf dem Arm zu folgen.

»Viel Spaß!«, rief *Eisenfaust* ihnen zum Abschied zu, winkte und verschwand.

»Wo sind wir hier?«, fragte Farisio, als sich Nari an der Treppe zu ihm umschaute.

»Wir befinden uns unterhalb der offiziellen Schule.« Nari machte sich auf den Weg nach oben. »Die Bewohner der *Klippe* wissen ja nichts von unserer unterirdischen Stadt. Damit das so bleibt, hat die Gilde vor langer Zeit mehrere Türme errichtet und betreibt hier jetzt zum Schein ein Waisenhaus.«

Sie hatten die nächste Etage erreicht und gingen jetzt durch die offene Eingangstür an einem Mann vorbei nach draußen. Farisio bemerkte eine Handvoll jüngerer Kinder, die auf einem großen Platz herumwuselten, sowie ein paar weitere Schattenanwärter, die sich in Grüppchen unterhielten, einzeln auf Bänken saßen und lasen oder lachend das von Hecken umgebene Gelände verließen.

»Wenn wir in die Stadt wollen, nehmen wir am Wochenende immer diesen Weg«, erklärte Gralit. »Die Bewohner von *Aussicht* sollen denken, dass wir hier wohnen. Sie dürfen nicht herausfinden, dass die Türme leer stehen. Ein paar der jüngeren Schüler verbringen hier regelmäßig ihre Mittagspause, und von uns Anwärtern wird erwartet, dass wir uns in unserer Freizeit ebenfalls häufig hier blicken lassen, um die Täuschung weiter aufrechtzuerhalten.«

Das ergab Sinn. Kein Wunder, dass Prinzessin Nadera und Prinz Geris ihn nicht gefragt hatten, wo er wohnte. Sie glaubten, es bereits zu wissen.

Farisio und Ileija sahen sich mit großen Augen um, als sie das Gelände verließen. Anscheinend hatten sie bei ihrem ersten Ausflug an die Oberfläche nur einen Bruchteil der Stadt gesehen. Nari und Gralit versuchten nun, das in kürzester Zeit zu ändern. Beide hatten Lieblingsorte, die Farisio unbedingt sehen sollte. Zuerst schleppte Nari sie zum Markt, wo sich Gralit unerwartet großzügig zeigte und ihnen allen eine große Tüte gerösteter Nüsse und kandierter Früchte spendierte, die sie während eines Bummels zwischen den Ständen genüsslich verspeisten.

Farisio erinnerte sich noch zu gut an seinen letzten Marktbesuch und konnte kaum glauben, wie viel sich seit *Brise* verändert hatte. Er kam aus dem Lachen kaum heraus, weil Ileija jedes Mal begeistert quietschte, wenn sie ein neues, sich drehendes, fliegendes oder aufziehbares Spielzeug entdeckte. Von einer der Verkäuferinnen bekam sie einen Luftballon geschenkt, den sich Farisio ums Handgelenk binden musste, damit er nicht wegflog. An einem anderen Stand kaufte Nari ihr ein kleines Kuscheltier, das wie einer der Riesenvögel aussah und das sie nicht mehr losließ. Farisio war ihm dankbar, aber auch ein wenig beschämt, weil die beiden Anwärter alles bezahlten. Er wollte Nari das Geld für das Spielzeug zurückgeben, doch Nari winkte fast ein wenig beleidigt ab.

»Lass mich ihr doch eine Freude machen«, bat er und Farisio gab nach.

Zu Farisios großer Überraschung war es jedoch Gralit und nicht Nari, der sie nach dem Markt zu einem kleinen Spielplatz führte und

Ileija dann von einem Gerät zum nächsten begleitete. Der große Schattenanwärter war wie verwandelt, als er mit dem kleinen Mädchen lachend alles ausprobierte. Farisio erkannte ihn kaum wieder.

Nari stieß neben ihm einen tiefen Seufzer aus. »Das ist genau der Grund, warum ich Idiot ihm immer wieder verzeihe«, grummelte er leise. »Er hat auch gute Seiten. Doch leider muss er kurze Zeit später wieder seinen Mund aufmachen und alles ruinieren. Warte es nur ab, Koll«, prophezeite er düster, bevor er sich entschuldigte, weil er einen Bekannten gesehen hatte, mit dem er sich unterhalten wollte.

Farisio ging zu Gralit hinüber, der nun mit einer laut glucksenden Ileija auf dem Schoß die für ihn eigentlich viel zu kleine Rutsche hinunterglitt.

»Willst du auch mal mit ihr rutschen, Koll?«, fragte er. »Die Rutsche ist nach dem Sandkasten bislang ihr Lieblingsgerät.«

»Sehr gerne.«

Farisio streckte die Hände nach Ileija aus und fragte sich unwillkürlich, wie häufig er wohl noch ihr strahlendes Lächeln sehen würde. Sie sah so glücklich aus und er wünschte sich, dass er von jetzt an jedes Wochenende mit ihr auf den Spielplatz gehen und ihr eine Freude machen konnte. Aber sein Lächeln verblasste, als er an die Vision dachte. Geborgte Zeit, mehr hatte er nicht mit ihr.

Deshalb versuchte er, sie zu genießen, und verdrängte in der nächsten Stunde, dass er Ileija vielleicht bald nicht mehr sehen würde, wenn er ihre Eltern gefunden hatte. Stattdessen lachte er mit Gralit, wenn die Kleine wieder etwas Neues entdeckt hatte und das Gerät begeistert ausprobierte. Es überraschte ihn, dass Nari immer noch nicht zurückgekehrt war und dass er und Gralit mit Ileija spielten. Er hätte es andersherum erwartet.

»Weißt du, ich beneide dich, Koll«, gestand ihm der große Schattenanwärter irgendwann. »Ich habe mir immer Geschwister gewünscht. Meine Eltern waren leider nicht lange zusammen, daher habe ich keine. Ich hoffe, dass mein Vater irgendwann noch mal heiratet, sodass ich vielleicht eines Tages meine Halbgeschwister verwöhnen kann. Vermutlich ist es ganz gut, dass ich nie eigene Kinder haben werde.«

»Was meinst du damit?« Farisio musterte ihn und wunderte sich über Gralits ungewohnte Offenheit. Gegen seinen Willen begann er langsam, den Jungen zu mögen, und es bedrückte ihn, Gralit so niedergeschlagen zu sehen.

»Der Außendienst in der Gilde ist gefährlich«, sagte Gralit und blickte auf Ileija. »Wir verlieren jedes Jahr etwa ein Dutzend Schatten. Manche sterben im Kampf, andere durch Gifte, Intrigen oder heimtückische Fallen. Die wenigsten von ihnen werden alt und erleben, wie ihre Kinder und Enkelkinder heranwachsen. Versteh mich nicht falsch: Das ist ein Risiko, das wir alle kennen und bereitwillig eingehen, um die Domänen und alle, die wir lieben, zu beschützen. Doch der Preis ist hoch. Nari war gerade einmal sieben, als seine Eltern ihr Leben gaben, um den König vor Attentätern zu beschützen.«

»Das wusste ich nicht«, sagte Farisio betroffen. »Der arme Nari.«

»Er redet selten über sie. Obwohl sie der Grund sind, warum er ebenfalls unbedingt in den Außendienst möchte. Ich vermute, dass er ihnen auf diesem Weg nahe sein will. Was in meinen Augen Blödsinn ist. Der Narr wird sich eines Tages aus Sentimentalität umbringen lassen, bevor er erkannt hat, dass er sein Ziel auf diesem Wege niemals erreichen wird. Idiot!«

Gralits Stimme hob sich vor Frust. Er erschreckte Ileija, die leise zu weinen begann. »Es tut mir leid, Ileija.« Er nahm die Kleine aus Farisios Armen und wiegte sie, bis sie sich wieder beruhigt hatte.

Sprachlos starrte Farisio ihn an: Das war wieder eine neue Facette von Gralit, die er so nie erwartet hätte. Nicht nur, dass der Schattenanwärter kinderlieb und überaus geduldig im Umgang mit Ileija war, sodass Farisio inzwischen keine Bedenken mehr hatte, ihm die Kleine für eine Zeit lang anzuvertrauen. Auch Gralits und Naris Beziehung war viel komplizierter, als er zunächst gedacht hatte.

Nachdem Nari kurz darauf endlich zurückkehrte und sie den Stadtbummel durch *Aussicht* fortsetzen konnten, beobachtete er die beiden Freunde. In der einen Minute verstanden sie sich bestens. Sie schwelgten gemeinsam in Erinnerungen, alberten mit Ileija herum, bis diese irgendwann erschöpft in Farisios Armen einschlief, grüßten gemeinsame Bekannte und zeigten Farisio einträchtig ihre liebsten Sehenswürdigkeiten, wie die kleine Herde Wollhörner, die etwas außerhalb der Stadt graste. Dann jedoch gerieten sie am Luftschiffhafen in Streit, bevor sie ihren Bekannten um eine Führung auf einem der Segler bitten konnten. Die beiden schwiegen sich im Verlauf der nächsten Stunde eisig an, sodass Farisio beim Mittagessen ein anstrengendes Doppelgespräch führen musste, weil sie nicht miteinander reden wollten und so taten, als hätten sie den jeweils anderen nicht gehört. Irgendwann schwirrte Farisio fürchterlich der Kopf, weil er nicht mehr wusste, wer ihn was gefragt hatte.

Erst als sie sich auf Naris Drängen hin auf den Weg zum königlichen Palast machten, tauten die beiden langsam wieder auf. Naris Vorfreude auf den Flugunterricht war ansteckend. Er strahlte so breit übers ganze Gesicht, als sie den ersten Riesenvogel auf der Wiese vor dem Schloss landen sahen, dass auch Gralit seine schlechte Laune nicht mehr beibehalten konnte.

Es war aber auch ein atemberaubender Anblick: all die Windprinzen und -prinzessinnen mit ihren geflügelten Gefährten, die Runde um Runde um die Türme drehten, wilde Kunststücke in der Luft vorführten, sich gegenseitig zu spannenden Rennen herausforderten, während die Jüngeren am Boden saßen und neidisch zuschauten.

Als es ein wenig ruhiger geworden war und auch die Zuschauermenge wieder zur Ruhe kam, trat Prinz Geris vor und begann mit dem Flugunterricht für die Kinder. Zu Farisios Verwunderung fing er zunächst mit anderen Lektionen an. Naderas Zwillingsbruder ließ die Kinder als Erstes Windstöße auf Zielscheiben abfeuern und dann einzelne Gegenstände aus einer dicht stehenden Reihe von einer kleinen Mauer wehen. Nur wer es schaffte, ein einziges Ziel mit seinen Kräften herabzustoßen und die anderen stehen zu lassen, durfte anschließend eine der Schwebeübungen probieren. Und nur wem es gelang, ein halbes Dutzend Gegenstände für eine Minute in der Luft zu halten, ohne dass sie herabfielen oder zerbrachen, durfte unter Geris' aufmerksamem Blick versuchen, aus eigener Kraft zu fliegen.

Die Gruppe war von Übung zu Übung kleiner geworden, bis am Ende nur noch zwei ältere Kinder übrig waren. Erstaunlicherweise beschwerte sich aber niemand von den Ausgeschiedenen über das Vorgehen. Im Gegenteil, alle sahen aufmerksam zu, während Prinz Geris immer wieder erklärte, was die beiden Flugschüler richtig oder falsch machten. Er war ein guter Lehrer. Farisio war beeindruckt.

Nach etwa zwei Stunden war der Unterricht vorbei und Farisio und seine Freunde machten sich wieder auf den Weg in Richtung Waisenheim, wo Gralits Freunde schon auf ihn warteten und ihn zu einer Partie Motraki einluden, jenem Ballspiel, das Gralit am Morgen erwähnt hatte und das mit drei Mannschaften gespielt wurde. Da Farisio sich um Ileija kümmerte, die erneut in seinen Armen eingeschlafen war, setzte er die Partie aus und versuchte, die komplizierten Regeln zu verstehen, die eines der Mädchen aus seiner Klasse ihm erklärte. Es klang sehr verwirrend, denn sie spielten mit drei Bällen in unterschiedlichen Farben und manche Spieler durften nur ihre Hände benutzen, um die Bälle zu berühren, andere nur ihre Füße und ein paar Spieler beides.

Farisio hoffte, dass die Regeln für ihn mehr Sinn ergeben würden, wenn die Partie erst einmal begonnen hatte. Doch zuvor mussten noch die Mannschaften gebildet werden. Inzwischen überraschte es Farisio nicht mehr, dass Gralit Nari aufforderte mitzumachen. Lediglich als Gralit Nari als Ersten in seine Mannschaft wählte, hoben sich kurz seine Brauen.

Schon bald darauf stellte er allerdings genervt fest, dass Gralit, obwohl er Nari unbedingt in seiner Mannschaft haben wollte, das ein oder andere Mal einen der Bälle abfing, bevor dieser oder ein gegnerischer Spieler Nari erreichen konnten. Farisio kannte Gralit mittlerweile gut genug, um zu begreifen, dass der große Schattenanwärter Nari damit vor möglichen Verletzungen beschützen wollte. Er schien immer noch nicht verstanden zu haben, dass Nari nicht beschützt werden wollte, und so gab es bereits fünf Minuten nach Spielbeginn den ersten lautstarken Streit zwischen den ungleichen Freunden. Farisio seufzte, als die ersten Beleidigungen über den Platz schallten und Ileija von dem Geschrei wach wurde. Anscheinend würden die beiden es nie lernen.

Trotz allem war es ein gelungener Tag und auch den zweiten Tag des Wochenendes verbrachte Farisio von morgens bis abends mit seinen neuen Freunden und Ileija. Als die neue Woche begann und mit ihr die neuen Lektionen bei den Schatten, kamen immer mehr Anwärter in den Stunden auf ihn zu und erklärten ihm, was er zu Anfang des Schuljahres verpasst hatte. Sie bildeten Trainingsgruppen mit ihm, und auch wenn Farisio immer noch die meiste Zeit mit Nari und Gralit lernte, so kam er sich doch nicht länger wie ein Außenstehender vor.

Auch in der Kommandozentrale begrüßten ihn die Schatten nun mit seinem Namen und zeigten ihm zwischen seinen Beobachtungen der Grenze immer wieder auch, was sie an ihren eigenen Platten taten. So vergingen nicht nur die Dienste bei *Hundert Ohren* und *Hundert Augen*, sondern auch die Tage bis zum Geburtstag der Kronprinzessin wie im Flug.

21

FARISIOS ZIMMER

»Aufstehen!«

Jemand zerrte an seiner Decke. Plötzlich war Farisio hellwach. Nachdem er die halbe Nacht nicht geschlafen, sondern sich überlegt hatte, was er seinem Großvater sagen sollte, wenn er ihm endlich gegenüberstand, fühlte er sich jetzt wie gerädert. Er blinzelte den Eindringling – bei dem es sich um Gralit handelte – an, stöhnte und zog sich die Decke wieder über den Kopf.

»Was machst du hier? Es ist noch viel zu früh für Frühstück und Unterricht. Verschwinde, bevor ich dich mit Kissen bewerfe.«

Panisch tastete Farisio nach seinen Haaren und hätte fast erleichtert geseufzt, als er die vertraute, eng anliegende Mütze unter den Fingern spürte. Dank seines Dienstes in der Zentrale am Abend zuvor war er anscheinend ins Bett gefallen, ohne sich komplett umzuziehen oder abzuschminken, sodass ihn der überraschende frühmorgendliche Besuch zum Glück nicht verraten würde.

Gralit lachte, vermutlich hielt er Farisio für keine Bedrohung.

Farisio schob langsam die Decke von seinem Gesicht. Sein Blick wanderte zu Ileija, die immer noch im Bett lag und friedlich schlief. Erleichtert entspannte er sich.

»Du hast meine Frage noch nicht beantwortet. Was machst du schon wieder hier?«

»Heute ist ein wichtiger Tag. Hast du das vergessen?«

Als Farisio nicht reagierte, seufzte Gralit. »Na, der Empfang im Palast!«

»Aber der ist heute Abend, das sind noch Stunden! Kein Grund, mich um diese Uhrzeit aus dem Bett zu werfen.«

Das rote Nachtlicht an der Wand zeigte ihm, dass es noch vor der normalen Aufstehzeit war. Es war viel zu früh für diesen Aufstand, und er hatte sich ohnehin fest vorgenommen, an diesem Tag mal zu jeder Stunde pünktlich zu sein. Trauten sie ihm etwa nicht zu, dass er sich rechtzeitig auf den Empfang vorbereitete?

Anscheinend nicht, denn Gralit klatschte in die Hände. »Das sagst du, aber du hast heute viel vor. Keine Zeit zum Trödeln, also hopp, hopp!«

Farisio verstand es nicht, aber er hatte auch keine Lust, dass der Schattenanwärter ihm ständig über die Schulter sah und ihn zur Eile drängte.

»Na schön. Würdest du bitte draußen warten, während ich mich wasche und anziehe?«

»Du hast fünf Minuten, dann bin ich zurück und erwarte, dass ihr beide fertig seid!«

Farisio starrte ihn fassungslos an. Wie stellte Gralit sich das vor? Hatte er sich schon mal morgens um ein Kleinkind gekümmert? Sie würden niemals beide in fünf Minuten gewaschen und angezogen sein!

Aber zumindest er konnte das schaffen, wenn er sich beeilte, seine Haare erneut zu verbergen und sich neu zu schminken. Inzwischen brauchte er dafür zum Glück auch nicht mehr die Hilfe von *Freundliches Gesicht*. Rasch zog er sich aus, stürzte zum Waschbecken in der Ecke, aus dessen Hahn zum Glück auch warmes Wasser floss, wusch sich in aller Eile, rannte dann zum Kleiderschrank, nahm eine neue Uniform heraus, zog sich an und hatte dann noch knapp zwei Minuten, um sich abzuschminken und seine Tarnung zu erneuern.

Natürlich schaffte er es nicht. Er war immer noch dabei, die dunkle Schminke aufzutragen, und hatte mit der hellen noch nicht einmal angefangen, als es wieder an seiner Tür klopfte. Immerhin war Gralit höflich genug, nicht einfach hereinzuplatzen.

»Einen kleinen Moment! Gib mir eine Minute!«

Mit schnellen Strichen trug er die restliche Schminke auf und verwischte sie. Nur seiner Übung verdankte er es, dass Gralit ihn nicht dabei ertappte, denn der Schattenanwärter wartete die Minute nicht ab, bis er das Zimmer betrat.

»Fertig?«

Farisio schnaubte, während er zum Waschbecken ging und sich rasch die Schminke von den Händen wusch.

»Aber Ileija schläft ja immer noch.«

»Ich hoffe, du hast keine Wunder erwartet, Gralit. Du hast mir gerade genug Zeit gegeben, um mich selbst fertig zu machen. Und mit einem Kleinkind dauert alles noch länger.«

»Aber ich soll dich zu meinem Vater bringen und vorher müsst ihr noch essen, denn danach ist keine Zeit!«

»Bis zum Unterricht ist noch massig Zeit, selbst wenn ich vorher noch mit Udio sprechen soll. Keine Sorge.«

Gralit nahm seine Aufgabe wieder einmal verdammt ernst. Hoffentlich trug ihm Udio nicht häufiger etwas auf. Den Stress am Morgen konnte er echt nicht gebrauchen.

Farisio versuchte, sich seine Gereiztheit nicht anmerken zu lassen, als er Ileija weckte. Wie immer freute sich die Kleine, ihn zu sehen, und begrüßte ihn mit »Oll! Oll!«-Rufen. Trotz Gralits Ungeduld ließ sich Farisio nicht hetzen, als er mit ihr sprach, sie wusch und umkleidete. Die Schatten hatten nicht nur ihn, sondern auch Ileija mit neuer Kleidung ausgestattet und Farisio fand, dass sie an diesem Morgen ganz besonders süß aussah. Er bewunderte mit ihr zusammen das neue Kleid, während Gralit sie alle paar Sekunden zur Eile drängte.

»Wir müssen los, Koll!«

»Ja, ja!«

Schließlich waren sie fertig und machten sich, begleitet von Ileijas vergnügtem Geplapper, auf den Weg. Auch in den Korridoren leuchteten immer noch die Nachtlichter.

»Hat die Kantine überhaupt schon auf? Denn falls du uns aus dem Bett geschmissen und gehetzt hast und wir dann nichts zu essen bekommen, werde ich wütend. Das verspreche ich dir!«

»Mein Vater hat angeordnet, dass sie uns das Frühstück früher machen.«

Als die Küchenmitarbeiter sie an der Tür erwarteten und sofort zu einem bereits gedeckten Tisch brachten, begriff Farisio, dass das Treffen mit Udio verdammt wichtig sein musste. Warum sollten sie sonst einen solchen Aufwand machen und das um diese frühe Uhrzeit? War etwa in der Nacht etwas vorgefallen?

Besorgt schlang er sein Frühstück herunter und ließ zu, dass Gralit Ileija fütterte. Das tat er sogar überraschend geduldig und verzichtete dabei auf sein eigenes Essen. Denn kaum, dass die Kleine fertig war und zu Ende getrunken hatte, sprang er auf. Dann nahm er Ileija so schnell auf den Arm, dass sie erschrocken quietschte.

»Du musst zu meinem Vater. Geh! Ich kümmere mich um Ileija und bringe sie zur Kinderbetreuung. Du hast ja die Genehmigung, dich unten aufzuhalten, und weißt, wo sich das Büro meines Vaters befindet.«

»Danke, Gralit.«

Der Schattenanwärter winkte und animierte auch Ileija dazu. »Sag *Bis später, Koll!*«

»Oll!«

Farisio lachte und ging dann los. Inzwischen waren die Nachtlichter erloschen, aber von den Schattenanwärtern war noch niemand auf den Beinen. Dennoch beeilte er sich. Udio hätte nicht seinen Sohn zu ihm geschickt und ihn zur Eile gedrängt, wenn es nicht wichtig wäre.

Ein paar Minuten später klopfte er bei dem Schattenanführer an die Tür.

»Guten Morgen, Koll!«, begrüßte Udio ihn und musterte ihn gründlich. Farisio zwang sich, zu lächeln, doch seine Gedanken rasten. Hatte Udio Verdacht geschöpft? Hatte er herausgefunden, was *Zerstreuter Bibliothekar* und er vor fünf Tagen im Testraum gemacht hatten? Hatte er ihn deshalb so früh zu sich gerufen?

»Geht es dir gut? Ich habe gehört, du bist letzte Woche krank gewesen?«

»Es geht mir schon viel besser«, versicherte Farisio ihm rasch.

»Gut. Das freut mich zu hören.« Udio lächelte. »Eigentlich hatte ich dich gestern schon zu mir rufen wollen, aber angesichts unvorhergesehener Ereignisse musste ich das auf heute verschieben. Bitte entschuldige, dass wir dich so früh aus dem Bett gerissen haben.«

»Unvorhergesehene Ereignisse?«, wiederholte Farisio.

»Ja, es kam Freitagnachmittag zu einer überraschenden Energieschwankung im gesamten System, die wir in den vergangenen Tagen untersucht haben. Wir können sie uns bislang nicht erklären, aber zu unserer großen Freude funktioniert in der Zentrale jetzt wieder einiges einwandfrei, was zuvor keine Energie mehr hatte. *Zerstreuter Bibliothekar* nimmt an, dass es zu einem Magieaustausch zwischen den Domänen gekommen ist, weil unser Energielevel einen kritischen Stand erreicht hatte. Du kannst dir vorstellen, dass das trotz der positiven Nebenwirkungen eine beunruhigende Neuigkeit ist. Denn das bedeutet auch, dass einer anderen Domäne jetzt die Magie fehlt, die wir hinzugewonnen haben. *Zerstreuter Bibliothekar* untersucht den Vorfall noch und steht im Austausch mit den anderen Verwaltern. Aber deshalb habe ich dich nicht gerufen.«

Udio merkte nicht, dass Farisio erleichtert ausatmete. *Zerstreuter Bibliothekar* hatte es doch tatsächlich geschafft! Und es klang, als hätten Udio und die anderen Schatten nicht einmal den Hauch eines Verdachts, dass Farisio etwas mit dem Energiezugewinn zu tun haben könnte.

»Warum wollten Sie mich sprechen?«

»Der Schattenrat hat gestern Mittag über deinen Einsatz auf dem Geburtstagsempfang von Kronprinzessin Nadera gesprochen. Wie du vermutlich weißt, wurde derjenige, der Prinz Kuwino das Gedächtnis gestohlen hat, noch immer nicht gefunden. Daher ist es immens wichtig, dass wir nicht nur all unsere Energie darauf konzentrieren, weiter nach dem Täter zu suchen, sondern auch darauf, Prinz Kuwino zu beschützen. Und dabei spielst du eine wichtige Rolle.«

»Ich?«, quiekte Farisio erschrocken und spürte, wie seine Wangen heiß wurden.

»Wir wissen natürlich, dass du kein ausgebildeter Kämpfer bist. Keine Sorge.« Udio lächelte ihn verständnisvoll an. »Aber von *Scharfauge* habe ich erfahren, dass du ein Talent als Beobachter hast, und auch *Freundliches Gesicht* hält dich für vielversprechend. Das heißt, du kannst dich als Naderas Ehrengast nicht nur in Prinz Kuwinos Nähe aufhalten, sondern auch potenzielle Gefahren erkennen.«

»Und was soll ich tun, wenn ich einen möglichen Angreifer entdeckt habe? Ich glaube nicht, dass ich ihn allein überwältigen könnte!«

»Keine Bange, du bist nicht allein. Auf dem Empfang werden sich noch weitere Schatten aufhalten. *Hundert Ohren* wird dir später jeden Schatten vorstellen, den wir in der Dienerschaft und unter den Geliebten der Prinzen und Prinzessinnen platziert haben. Eine oder einer von ihnen wird immer in deiner Nähe sein und kann dir zur Hilfe eilen, sobald du ein Zeichen gibst.«

Das beruhigte Farisio etwas. Dennoch machte Udios Ansprache ihm deutlich, dass es ernst war. Das war keine Unterrichtsstunde, sondern es ging um Leben und Tod. Er durfte es nicht vermasseln!

»Gleichzeitig darfst du aber auch deine andere Aufgabe nicht vergessen. Zeig dich von deiner besten Seite. Sei charmant, bescheiden und zuvorkommend. Prinzessin Nadera und Prinz Geris mögen dich bereits, vertief die Beziehung zu ihnen und versuch, mit anderen Nachkommen der Gründerfamilie ins Gespräch zu kommen. Vielleicht findest du Freunde unter den jüngeren Mitgliedern des Königshauses. Wenn dich einer von ihnen einlädt, akzeptiere, egal, worum es geht. Hauptsache, du hast den ersten Schritt zum potenziellen Freund der Familie getan. Verstanden?«

»Ja.«

»Gut. Und da die ganze Angelegenheit so wichtig ist, haben wir beschlossen, dich gründlich auf diesen Abend vorzubereiten. Wir werden dir nicht nur die Schatten im Palast vorstellen, sondern darüber hinaus auch die wichtigsten Gäste und die Mitglieder der Gründerfamilie. Du wirst lernen, potenzielle Gefahren zu erkennen. *Ruhige Hand* hat dir ja bereits die unterschiedlichen Bombentypen gezeigt, aber es gibt noch andere Bedrohungen, die du erkennen musst. Außerdem ist es wichtig, dass du im Palast nicht unangenehm auffällst. Dann könnte es sein, dass sie dich trotz Sympathie nicht wieder einladen. Daher wirst du einen Schnellkurs in höfischer Etikette erhalten«, erklärte Udio.

»Und das soll ich heute alles noch neben meinem Unterricht lernen?«

Wie stellten sie sich das vor? Das klang nach viel Lernstoff. Selbst wenn sie die Frühstückszeit für den Extraunterricht nutzten.

»Dein regulärer Unterricht fällt heute aus«, erwiderte Udio. Im ersten Moment klang das gut, doch dann ergänzte er: »Dein Unterricht in höfischer Etikette beginnt aber sofort. *Keine Sperenzchen* wartet bereits auf dich.«

Das war ein Scherz, oder? Nicht sie! Nicht *Keine Sperenzchen!*

Entsetzt starrte er Udio an, doch der rief in diesem Moment schon: »Herein!«, worauf die Leiterin der Schattenanwärter die Tür öffnete.

»Weiß er Bescheid?«, fragte sie.

»Ich habe ihn gerade informiert. Und Koll, ich muss dir ja nicht sagen, wie wichtig dieser Abend für uns alle ist. Also gib dein Bestes, auch schon jetzt bei der Vorbereitung. In Ordnung?«

Farisio nickte beklommen, dann folgte er *Keine Sperenzchen* aus dem Büro. Auf dem Flur wollte sie ihm gleich etwas sagen. Und sie wäre nicht *Keine Sperenzchen* gewesen, wenn sie ihre Worte nicht in Kritik verpackt hätte.

»Mach dir keine Illusionen, Junge. Du magst Udios Liebling sein, aber ich erwarte von dir, dass du dir nicht nur Mühe gibst, sondern dass du mir gehorchst! Ohne Widerspruch, ohne Fragen, ohne deine Aufmüpfigkeit!«

Sie funkelte ihn an und hob ihren Gehstock, doch Farisio hatte nicht vor, sich mit ihr zu streiten. Er nickte lediglich.

»Ich habe verstanden.«

»Gut. Dann komm mit.«

Sie führte ihn ein kleines Stück über den Gang und öffnete dann eine Tür. Anscheinend befand sich hier ihr Büro.

»Setz dich!«, befahl sie, und das strenge Funkeln versprach Farisio, dass er an dem Folgenden keinen Spaß haben würde. Und da sollte er leider recht behalten.

Er hatte nicht gewusst, wie viel es zu beachten galt. Bis jetzt hatte er gedacht, dass er gut erzogen worden war, und sich in vornehmer Gesellschaft bewegen konnte, ohne sofort unangenehm aufzufallen. *Keine Sperenzchen* belehrte ihn nun eines Besseren.

Es gab Regeln für alles: wer an einer Tür den Vortritt hatte und woran er das erkannte. Wie er die Personen unterschiedlichen Ranges anreden musste und wer wen zuerst ansprechen konnte. Welche Gesten er auf keinen Fall benutzen durfte, um nicht als unzivilisierter Bengel vom Land aufzufallen …

»Aber ist das nicht genau der Eindruck, den wir erwecken wollen?«, wandte Farisio ein. »Ich meine, er passt zu meiner Tarngeschichte als Waise aus *Brise*.«

»Mund halten! Ich sagte, keine Fragen!«

Keine Sperenzchen war schlecht gelaunt. Auf eine Antwort wartete er vergebens. Stattdessen fuhr sie in ihrem Monolog fort. Nach einer Stunde rauchte ihm der Kopf und glücklicherweise machte *Keine Sperenzchen* nun erstmals eine Pause, um ihnen etwas zu trinken einzugießen.

Doch leider löcherte sie ihn, auch während er trank, mit Fragen und überprüfte, was er sich aus der ersten Stunde hatte merken können. Und obwohl er auf alles antworten konnte, war sie nicht zufrieden.

»Das war der leichte Teil. Bis hierhin kann es jeder Bettler oder

Bauernjunge lernen. Wir werden sehen, wie du dich bei den wichtigen Themen schlägst. Fangen wir an. Die Haltung.«

Natürlich kritisierte *Keine Sperenzchen* seine Haltung unerbittlich. Egal, was er machte, es schien verkehrt zu sein. Nach einer halben Stunde war er schweißgebadet und völlig verkrampft. *Keine Sperenzchen* war aber immer noch nicht glücklich.

Erst nach einer vollen Stunde beendete sie die Tortur. »In Ordnung, da wir nicht viel Zeit haben, machen wir weiter. Aber ich erwarte, dass du das übst. Deine Haltung ist *erbärmlich*. Bei deinem ersten Besuch werden die Prinzen und Prinzessinnen vermutlich noch darüber hinwegsehen. Zumal du als Held giltst, der Prinz Kuwino gerettet hat. Das verschafft dir einen gewissen Spielraum für Fehler. Einen *sehr kleinen*«, betonte sie.

»Kommen wir zur nächsten Lektion: Tanzen.«

Hier konnte er *Keine Sperenzchen* zum ersten Mal überraschen. Sie wirkte völlig überrumpelt, als er sie im angrenzenden Saal gekonnt zu den diversen höfischen Tänzen über das Parkett führte. Er verriet ihr nicht, dass seine Mutter eine Musikerin gewesen war und dass zahlreiche Tänzer den kleinen einsamen Jungen in ihren Pausen nur zu gerne unterrichtet hatten. Was das Tanzen betraf, fühlte er sich sicher.

»Passabel«, merkte *Keine Sperenzchen* am Ende der Stunde an. Mehr Lob sollte er am ganzen Vormittag nicht bekommen.

Danach triezte sie ihn in höfischer Mode, dem richtigen Umgang mit den geflügelten Gefährten der Kinder von Wirilat – warum sie dachte, dass er ihnen in einem Ballsaal begegnen würde, wusste er nicht – und anschließend kamen die richtigen Anreden für Besucher aus den anderen Domänen dran.

Als sie damit fertig waren und er die Fragen von *Keine Sperenzchen* beantwortet hatte, war er erleichtert, dass es endlich vorbei war. Jemand klopfte und ein junger Schatten brachte etwas zu essen ins Büro. Farisio wollte sich verabschieden und selbst zum Mittagessen gehen, doch da hielt sie ihn auf.

»Wo willst du hin?«, fragte sie scharf. »Wir sind noch nicht fertig!«

»Aber ich dachte …« Hilflos deutete er auf ihr Essen.

»Setz dich! Jetzt wirst du lernen, wie du dich beim Büfett zu verhalten hast.«

Der Schatten brachte Tablett um Tablett heran. Neben unterschiedlichem Besteck, Tellern und Gläsern in verschiedener Größe tischte er auch diverse Gerichte auf, die Farisio noch nie zuvor gesehen hatte.

»Einige der Schatten aus der Palastküche haben diese Gerichte für uns vorbereitet. Nach der Stunde erwarte ich, dass du sie alle erkennst und weißt, wie du sie zu essen hast. Fangen wir also an!«

Zunächst einmal war das Besteck dran. Natürlich war sie nicht damit zufrieden, wie er Messer, Gabel oder Löffel hielt. Immer wieder musste er ihr vorführen, wie er nach ihnen griff und sie zum Mund führte, ohne einen Bissen essen zu dürfen. Danach kamen die Gläser an die Reihe. Farisio schielte am Ende des Vortrags sehnsüchtig auf die Speisen. Langsam knurrte ihm wirklich der Magen.

Doch nun musste sie ihm auch noch eine lange Erklärung zu jeder einzelnen Delikatesse liefern. Erst als er ihren Test bestanden hatte, nickte sie zufrieden.

»Nun gut, du kannst in den Speisesaal zum Essen gehen.«

»Aber …«

Verdutzt warf er einen Blick auf all die Gerichte, die auf dem Tisch vor ihnen standen. Natürlich waren sie jetzt kalt, aber sie ließ ihn noch nicht einmal davon kosten?

Wollte sie wirklich alles allein essen?

Gereizt erhob er sich und rang sich widerwillig ein Dankeschön ab. Auch wenn *Keine Sperenzchen* streng gewesen war und ihn immer noch nicht ausstehen konnte, hatte sie sich doch Mühe gegeben, um ihn auf jede Situation vorzubereiten.

»Ich begleite dich nach oben«, erklärte sie ihm dann jedoch zu seiner großen Überraschung.

»Ich habe von Udio die Erlaubnis, allein durch die Basis nach oben zu gehen.«

»Das weiß ich«, erwiderte sie scharf und griff nach ihrem Stock. Sofort wich Farisio zurück. Mit ihm hatte er schon Bekanntschaft gemacht. Das musste er nicht wiederholen.

Er sagte nichts, als sie ihm nach oben folgte. Stattdessen bemühte er sich, höflich zu bleiben. Dabei wäre er am liebsten die Stufen hochgerannt und hätte sie hinter sich gelassen, um zu seinen Freunden zu eilen. Doch er zwang sich, langsam zu gehen und seine Schritte den ihren anzupassen. Er öffnete ihr sogar die Tür. Noch einen Grund, sich bei Udio über ihn zu beschweren, wollte er ihr nicht geben.

Sie nickte ihm widerwillig zu, als er sie vorangehen ließ. »Anscheinend kannst du doch im Unterricht aufpassen, wenn du willst.«

Leider sagte sie das in einem so spitzen Ton, dass Farisio wusste, sie würde ihn nie ausstehen können. Er war erleichtert, als sie endlich den Speisesaal erreichten und er sich in die Schlange vor der Essensausgabe stellte. Wenn er sich beeilte, konnte er anschließend hoffentlich noch kurz Ileija besuchen, bevor die nächste Unterrichtseinheit für ihn anstand.

Doch daraus wurde leider nichts, denn *Keine Sperenzchen* folgte ihm an seinen Tisch und blieb neben ihm stehen.

»Nein, nicht so«, unterbrach sie ihn, als er zur Gabel greifen wollte. »Wir haben doch in der letzten Stunde geübt, wie es richtig geht! Bist du so vergesslich?«

Ernsthaft? Er sollte höfische Sitten benutzen, wenn er mit anderen Schattenanwärtern am Tisch saß?

Gralits Freunde begannen zu kichern, unterließen das jedoch rasch, als der große Schattenanwärter sie wütend anstarrte. Und dann fuhr *Keine Sperenzchen* fort, Farisio in aller Öffentlichkeit zu blamieren. Nichts von dem, was er tat, gefiel ihr. Er hielt die Gabel falsch, das Messer und den Löffel, die Bissen, die er nahm, waren stets zu klein oder zu groß, nur wie die perfekte Portion aussehen sollte, das zeigte sie ihm nie.

Farisio war genervt, als er endlich den ersten Happen zum Mund führen durfte. Auf diese Weise würde auch sein Mittagessen bald kalt sein.

Die anderen Schattenanwärter im Speisesaal tuschelten, aber es lachte niemand mehr. Besonders nicht, als *Keine Sperenzchen* die Mädchen und Jungen scharf musterte.

»Ihr denkt, das ist lustig?«, fragte sie. »Manieren sind kein Grund zum Lachen, das solltet ihr euch merken! Und nur weil Koll früher als die meisten lernen muss, wie man sich in der gehobenen Gesellschaft richtig benimmt, heißt das nicht, dass ihr um diese Lektion herumkommt. Ihr werdet es alle noch lernen und heute fangen wir damit an. Stellt euch um diesen Tisch auf und hört und seht zu!«

Farisio unterdrückte ein Stöhnen. Wollte sie ihn noch weiter demütigen?

Nari warf ihm einen mitleidigen Blick zu, aber wenn er etwas essen wollte, dann kam er um die Zuschauer nicht herum. Alle jüngeren Schattenanwärter standen plötzlich um ihn herum und beobachteten ihn beim Essen. Ihre Blicke waren ihm unangenehm. Er hasste es, im Mittelpunkt zu stehen, und seine Bewegungen wurden steif.

»Genau so!«, rief *Keine Sperenzchen* jedoch genau in diesem Moment. Ausgerechnet seine unbeholfenen Bewegungen gefielen ihr und auch wenn sie ihn hin und wieder noch tadelte und korrigierte, schaffte er es doch, ohne größere Unterbrechungen zu Ende zu essen.

Erleichtert, dass es endlich überstanden war, legte er am Ende das Besteck beiseite. Doch erneut gönnte *Keine Sperenzchen* ihm keine Pause. Sie warf einen Blick auf die Uhr und sagte dann: »Lass das Tablett stehen. Es wird Zeit für deine nächste Lektion. Ich bringe dich jetzt zu *Hundert Ohren*.«

Farisio seufzte. Das hieß, er hatte keine Zeit, Ileija zu sehen. Dass Widerspruch bei ihr sinnlos war, wusste er inzwischen. Und Fragen würden die Dinge nur schlimmer machen.

Also erhob er sich und folgte *Keine Sperenzchen* zurück in die Basis der Schatten. Gralit und Nari schenkten ihm ein aufmunterndes Lächeln, aber er war zu müde, um es zu erwidern.

Kurz darauf waren sie zurück im Stockwerk der Schatten, doch dieses Mal führte *Keine Sperenzchen* ihn nicht in ihr Büro, sondern klopfte drei Türen weiter.

»Herein!«

»Streng dich gefälligst an«, zischte *Keine Sperenzchen* ihm zum Abschied zu, als er die Tür öffnete.

Farisio war froh, dass er ihre Gegenwart nicht länger erdulden musste. Er hoffte, dass er nie wieder Unterricht bei ihr hatte. Dieses eine Mal hatte ihm wirklich gereicht. Die nächsten Stunden bei *Hundert Ohren* wären bestimmt eine Erholung gegen die Tortur, der sie ihn ausgesetzt hatte.

»Hallo, Koll! Schön, dich zu sehen. Komm rein und schließ die Tür.«

Farisio gehorchte und nahm auf dem Stuhl neben *Hundert Ohren* Platz.

»Leider haben wir nicht viel Zeit«, sagte *Hundert Ohren* und drückte auf die Kristallplatte vor sich. Anscheinend aktivierte sie eine Raumplatte an der Wand. Sie erinnerte an die zahlreichen Kristall- und Steinplatten in der Zentrale. Diese war allerdings um einiges kleiner, was auch ganz gut war, denn sie saßen mit den Stühlen direkt vor der Wand.

»Fangen wir direkt an. Du musst alle Schatten im Palast erkennen können.« Seine Finger huschten über die Kristalloberfläche und im nächsten Moment zeigte die Raumplatte eine riesige Küche. »In der Palastküche haben wir zurzeit vier Schatten. Eine Köchin und drei Hilfskräfte. Dies ist *Guter Geschmack*, unsere Köchin, aber sie wirst du nur im Ausnahmefall in der Nähe des Empfangs sehen. Dafür solltest du dir die folgenden Gesichter genau einprägen, denn sie werden beim Empfang bedienen. Versuch dich am besten immer in der Nähe von ihnen aufzuhalten und such keine abgelegenen Ecken auf, um dich mit ihnen zu unterhalten. Dann machen sie sich verdächtig, wenn sie in deiner Nähe stehen und nicht durch den Raum wandern, um Getränke oder Häppchen anzubieten.«

»Verstanden«, sagte Farisio, während er sich die beiden Männer und die Frau, die *Hundert Ohren* ihm zeigte, genau ansah. Er war sich sicher, dass er sie wiedererkennen würde.

»Gut. Dann weiter. Hier siehst du die nächsten Schatten. Sie gehören zur Königlichen Garde und auch sie können dir im Fall einer Gefahr zu Hilfe kommen.«

»Eine Frage: Heißt das, sie alle wissen auch, wie ich aussehe? Oder gibt es ein geheimes Schattenzeichen, das ich verwenden muss, damit sie wissen, dass ich dazugehöre?«

»Kein geheimes Schattenzeichen«, erwiderte der stellvertretende Kommandant knapp. Er lächelte nicht, sondern rief weiter Soldaten auf.

Farisio hätte am liebsten zugeguckt, wie er das machte. Aber er konnte nicht auf die Kristallplatte schauen, wenn ihm die Raumplatte an der Wand jede Person immer nur ganz kurz zeigte. Er musste sich konzentrieren, um nichts zu verpassen. Denn wie sich herausstellte, wiederholte *Hundert Ohren* nichts, sondern erwartete von Farisio, dass er sich alles beim ersten Mal merkte. Er legte noch nicht einmal Pausen ein, um ihn abzufragen und sich zu vergewissern, dass sich Farisio an alles Wichtige erinnerte.

Nach kurzer Zeit hatte er Kopfschmerzen. Das Lernen war ihm eigentlich stets leichtgefallen, weil er sich Neues gut merken konnte, aber der heutige Unterricht brachte ihn an seine Grenzen. Es war einfach so viel!

»Können wir eine kurze Pause machen, bitte?«

Hundert Ohren drehte sich abrupt zu ihm um. »Dafür haben wir keine Zeit«, erwiderte er und funkelte ihn an. »Wir haben gerade mal die Schatten durch. Du musst die Mitglieder der königlichen Familie noch kennenlernen und natürlich auch die wichtigsten Gäste und all jene, die wir auf der Liste möglicher Attentäter führen.«

»Das verstehe ich.« Farisio rieb sich die schmerzende Stirn. »Aber ich bräuchte etwas zu trinken, gegen die Kopfschmerzen.«

Dagegen hatte *Hundert Ohren* zum Glück nichts einzuwenden. Er stellte eine Kanne Wasser und zwei Gläser auf dem kleinen Tisch neben ihnen ab und fuhr dann fort. Genau wie *Keine Sperenzchen* war er unermüdlich. Er schien keine Pausen zu benötigen, noch nicht einmal etwas zu trinken, als er Stunde um Stunde so viel Wissen wie möglich an Farisio weitergab.

Inzwischen begannen die Bilder vor Farisios Augen zu verschwimmen und bald schon wusste er nicht mehr, ob Prinzessin Nadera oder Prinz Geris die Hurros-Allergie hatte. Auch die Namen und Gesichter ähnelten sich viel zu sehr. Sie hatten alle glutrote Haare, weil sie Nachkommen von Wirilat waren, das machte die Angelegenheit schon nicht einfach. Doch dass sie Geschwister und Cousins waren, erschwerte es noch.

Am Ende der nächsten Stunde wusste Farisio, dass er auf ganzer Linie versagen würde, falls es darauf ankam, eine Prinzessin oder einen Prinzen richtig anzusprechen und ihre jeweiligen Schwächen und Allergien zu kennen. Hoffentlich versuchte niemand, einen von ihnen direkt vor seiner Nase zu vergiften …

»Kommen wir zu den bekannten Feinden der königlichen Familie«, sagte *Hundert Ohren*. Farisio setzte sich aufrecht hin. Seine Erschöpfung war plötzlich wie weggeblasen. Die *musste* er sich merken!

Die Gesichter und Namen brannten sich in sein Gedächtnis ein, als *Hundert Ohren* ihm erklärte, wer sie waren und warum die Schatten sie als Bedrohung eingestuft hatten.

»Eigentlich sollte keiner von ihnen heute auf der *Klippe* sein, aber wir können nicht ausschließen, dass sich jemand von ihnen auf ein Luftschiff geschmuggelt oder getarnt hat. Du weißt, wie man Tarnungen durchschaut? Ich glaube, du hast Unterricht bei *Freundliches Gesicht*.«

»Aber wir hatten erst drei Doppelstunden«, wandte Farisio leise ein.

Ihm gefiel gar nicht, wie viel die Schatten bereits von ihm erwarteten. Er war erst seit wenigen Tagen Anwärter und bei keinem seiner Lehrer hatte er mehr als drei oder vier Stunden gehabt. Von ihren Fächern hatte er doch bislang keine Ahnung!

Panik erfüllte ihn, als er auf die Bilder der Kuftari an der Wand starrte. Zum Glück war er auf dem Empfang nicht allein, sonst wäre er langsam durchgedreht. Niemand konnte sich all das in so kurzer Zeit merken.

Und doch zwang ihn *Hundert Ohren* anschließend noch, sich die wichtigsten Gäste des Abends anzusehen. Erst als sie die ersten von ihnen in prächtiger Abendgarderobe sahen, beendete *Hundert Ohren* den Unterricht.

»Es wird Zeit, dass du dich umziehst.«

»Ich soll mich umziehen?«, fragte Farisio verwirrt.

Doch als er auf sein Zimmer zurückrannte, wartete dort bereits *Scharfauge* mit neuer Kleidung auf ihn. Es waren ein schickes weißes Hemd, eine dunkelblaue Hose und eine Jacke im selben Farbton. Auch der Beobachter hatte sich in Schale geworfen und seinen massigen Körper in maßgeschneiderte Kleidung aus hochwertigem Lerop-Stoff gezwängt.

»Wir müssen uns beeilen«, erklärte *Scharfauge*. »Bitte wasch dich und zieh das an. Du kannst heute Abend nicht in deiner Uniform auftauchen. Wir wollen die Gäste nicht darauf hinweisen, dass du ein Waisenjunge bist, sondern möglichst versuchen, dich als Jugendlichen von gehobenem Stand auszugeben. Das erhöht die Chancen, dass du wieder eingeladen wirst.«

»In Ordnung. Gib mir fünf Minuten.«

Scharfauge nickte. »Ich hole in der Zwischenzeit Ileija.«

Farisio hatte gerade die Hand nach dem Hemd ausstrecken wollen, als er überrascht innehielt. »Sie kommt mit?«

»Die Einladung von Prinzessin Nadera galt für deine Familie, und da du sie im Turm erwähnt hattest, wäre es ein Affront, wenn sie nicht mitkäme. Brattira kümmert sich gerade darum, dass sie ebenfalls ordentlich gekleidet ist. Sobald ihr fertig seid, müssen wir los. Also beeil dich!«

Scharfauge teleportierte sich aus dem Zimmer, und Farisio stürzte zum zweiten Mal an diesem Tag zum Waschbecken, um rechtzeitig fertig zu werden. Er wollte unbedingt vermeiden, dass einer der Schatten ihn nackt oder ohne Schminke sah.

Doch zum Glück gestand ihm *Scharfauge* etwas mehr Zeit zu als Gralit und Farisio hatte bereits die Schminke erneuert, als er klopfte. Er trug Ileija auf den Armen und setzte sie auf dem Bett ab, um Farisio von Kopf bis Fuß und von vorn und hinten zu mustern, während er selbst das bei Ileija tat.

»Sie sieht niedlich aus«, stellte er fest. Brattira hatte sich wirklich Mühe gegeben. Ileijas weiß-blaue Haare waren gewaschen und mit einer edlen Schleife zu einem Zopf zusammengebunden. Dazu trug sie ein weißes Kleid mit blauen Elementen, die Akzente genannt wurden, wie *Keine Sperenzchen* ihm am Vormittag beigebracht hatte. Es stand ihr wunderbar.

»Das stimmt«, bestätigte *Scharfauge*. »Auch du siehst aus, als gehörtest du auf den Empfang. Bis auf diesen schrecklichen Hut.«

Und bei diesen Worten schnappte er sich Farisios schützende Kopfbedeckung.

»He!«, protestierte der, griff entsetzt nach oben und wirbelte zum Schatten herum.

»Was …?«, murmelte *Scharfauge*, als er die eng anliegende Mütze entdeckte, die Farisio stets unter dem Hut trug und unter der er seine Haare verbarg. Doch der Beobachter zögerte nur einen kurzen Moment, bevor er auch nach der Mütze griff.

Verzweifelt versuchte Farisio, ihn daran zu hindern, doch er hatte keine Chance. *Scharfauge* war so viel größer und stärker als er, dass Farisio nicht nur seine Kopfbedeckung, sondern auch ein paar Haare verlor.

»Bei den Gründern!«, hauchte *Scharfauge* und ließ die Hände sinken. Er starrte Farisio an. »Wer bist du?«

»Das spielt keine Rolle!«

Doch *Scharfauge* war hartnäckig. »Du bist nicht einfach ein Licht und ein Magier. Du bist ein Kind der Gründer. Weiß das jemand?«

»Nur *Zerstreuter Bibliothekar*. Aber er hat mir versprochen zu schweigen. Wehe, du verrätst mich!«

Scharfauge musterte ihn lange, bevor er seufzte. »Nun gut, ich werde ebenfalls schweigen.«

»Wirklich?«

»Habe ich denn eine Wahl? Wenn du deine Herkunft so eifrig hütest, dann hat das bestimmt einen Grund. Ich kenne ihn zwar nicht, aber inzwischen kenne ich *dich* ein wenig. Falls ich etwas sage, verschwindest du auf Nimmerwiedersehen. Das will niemand von uns. Du weißt, wie wichtig du als Licht für uns bist. Wir brauchen dich.«

Farisio glaubte ihm. Erleichtert wollte er nach der Mütze und dem Hut in *Scharfauges* Händen greifen, als der Riese ihm diese entzog.

»Ich weiß, warum du deine Haare verstecken willst, aber diese Sachen kannst du auf keinen Fall zum Empfang tragen. Warte, ich besorge etwas Passendes aus den Beständen der Gesichtslosen. Bin gleich wieder da!«

In der nächsten Sekunde war er verschwunden. Dieses Mal hielt sich der Beobachter jedoch an sein Versprechen. Es dauerte keine zwei Minuten, bis er mit einem neuen Hut zurück war. Er hatte eine weniger breite Krempe, als es sich Farisio gewünscht hätte, dafür war er neu und passte zu seiner Kleidung. Daneben wirkte seine eigene Kopfbedeckung alt und schäbig.

»Danke«, sagte Farisio leise, als er seine Haare hochhob und unter den Hut stopfte. Ganz konnte er sie auf diese Weise nicht verbergen, dafür waren sie zu lang und hatten bereits viel zu lange keine Schere mehr gesehen, aber zumindest fiel ihre ungewöhnliche Farbe so nicht auf.

»Es wird Zeit«, meinte der Schatten, als er zum Bett trat und Ileija hochhob. Dann reichte er Farisio die Hand und teleportierte sie nach

Aussicht. Sie landeten in dem Gasthaus, das Farisio bereits von seinem ersten Ausflug mit Nari kannte.

»Von hier aus müssen wir gehen.«

Farisio nickte. Er war froh, dass sie auf dem Weg nur das Nötigste sprachen und er seinem Gehirn eine Verschnaufpause gönnen konnte. Lediglich wenn Ileija aufgeregt auf etwas zeigte und ihm etwas erzählen wollte, öffnete er den Mund. Doch er und *Scharfauge* wechselten kein Wort.

Ob dem Schatten die Enthüllung noch durch den Kopf ging? Farisio jedenfalls konnte nicht aufhören, daran zu denken. So war das Ganze nicht geplant gewesen! Nicht nur, dass mit *Freundliches Gesicht* einer der Schatten wusste, wie er wirklich aussah: Nun wussten darüber hinaus gleich zwei Schatten von seiner Abstammung. Und wenn er Pech hatte, kam *Zerstreuter Bibliothekar* bald auch noch hinter das Geheimnis seines dunklen Schicksals! Zutrauen würde er es ihm.

»Du weißt, was du zu tun hast?«, fragte *Scharfauge*, als sie sich dem hell erleuchteten Palast näherten. Laternen und bunte Lampions säumten den Weg zum Haupteingang und zeigten den Gästen, wo sie hinmussten.

»Halte dich an diejenigen, die du bereits kennst. Wie Prinzessin Nadera und Prinz Kuwino.«

Farisio nickte beklommen. Die Aufregung hatte ihn nun fest im Griff. Er war nur froh, dass *Scharfauge* bei ihm war und er sich nicht allein der königlichen Familie und ihren Gästen stellen musste. Oder seinem Großvater, den er am Nachmittag bei *Hundert Ohren* auch auf der Gästeliste erspäht hatte.

Die Tatsache, dass auch Ileija bei ihnen war, beruhigte ihn ebenfalls, weil es ihm in ihrer Nähe immer besser ging. Zugleich beunruhigte ihn das aber auch, denn falls es auf dem Empfang eine Bedrohung gab, wollte er nicht, dass sie in Gefahr geriet. Doch wie sollte er das verhindern, wenn er den Auftrag bekommen hatte, in Kuwinos und Naderas Nähe zu bleiben? Die beiden waren die wahrscheinlichsten Anschlagsziele an diesem Abend.

»Namen?«, verlangte nun einer der Soldaten am Eingang zu erfahren. Farisio identifizierte ihn als einen der Schatten, die im Palast arbeiteten, doch der Mann gab sich durch nichts zu erkennen.

»Dies sind Koll und seine Schwester Ileija. Prinzessin Nadera hat Koll und seine Familie persönlich zu ihrem Geburtstag eingeladen, um sich bei ihm für die Rettung von Prinz Kuwino zu bedanken«, erklärte *Scharfauge*.

»Ah, der Junge bist du«, meinte der andere Schatten, während sich seine Kollegen neugierig zu ihnen umdrehten, um Farisio zu mustern.

Sein Gesicht wurde heiß und er war dankbar, als Ileija zu quengeln begann, weil sie heruntergelassen werden wollte, und er sie absetzen konnte. Als er wieder hochsah und Ileijas Hand in seine nahm, stand plötzlich Prinzessin Nadera lächelnd vor ihm.

»Eure Hoheit«, sagte Farisio überrascht. Rasch verbeugte er sich, wie er es von *Keine Sperenzchen* gelernt hatte.

»Koll! Ich freue mich, dass du meine Einladung angenommen hast. Herzlich willkommen im Palast!«

»Vielen Dank, Eure Hoheit. Und erlaubt mir, Euch ganz herzlich zum Geburtstag zu gratulieren.«

»Danke, Koll. Und wer ist diese junge Dame?« Sie lächelte Ileija an, die sich ungewöhnlich schüchtern hinter Farisios Bein versteckte.

»Das ist meine kleine Schwester Ileija«, sagte er.

»Und dann sind Sie bestimmt Kolls und Ileijas Onkel«, vermutete die Kronprinzessin, als sie sich mit einem herzlichen Lächeln an *Scharfauge* wandte. Sie schien vergessen zu haben, dass sie dem Schatten bereits begegnet war.

»Bedauerlicherweise nein. Ich wünschte, ich wäre es. Ich bin einer von Kolls Lehrern.«

»Ah.«

»Meine Mutter ist leider bereits tot und meinen Vater habe ich nie kennengelernt«, erklärte Farisio rasch, bevor sich das unangenehme Schweigen weiter ausbreiten konnte.

»O nein! Ihr Armen!«

»Das Ganze ist schon eine Weile her. Aber bitte lasst uns über etwas anderes sprechen.«

Prinzessin Nadera nickte. »Einverstanden.«

»Dann ist dies der Moment für mich, um mich zu verabschieden«, ergriff *Scharfauge* nun das Wort. »Wir sehen uns morgen in der Schule, Koll!«

Was? *Scharfauge* kam nicht mit hinein? Aber er hatte gedacht …

Es spielte keine Rolle, was er gedacht hatte, denn in diesem Moment drehte sich der Beobachter um und machte sich auf den Rückweg nach *Aussicht*. Farisio war allein mit Ileija, der Prinzessin und einem Dutzend Soldaten und hatte keine Ahnung, was er jetzt tun sollte.

22

KÖNIGLICHER PALAST VON WIRILAT

»Dein Lehrer ist nett«, meinte Prinzessin Nadera. »Bestimmt ist er einer deiner Lieblingslehrer, oder? Was unterrichtet er denn?«

»Äh.«

Farisio begann zu schwitzen. Plötzlich hatte er das Gefühl, dass er die Vorbereitungsstunden besser für eine plausible Tarngeschichte als für Etiketteregeln genutzt hätte. Was, beim Nichts, sollte er darauf antworten? Er konnte ihr doch nicht erzählen, dass *Scharfauge* ihm beibrachte, wie man sie und ihre Verwandten ausspionierte … oder lohnende Ziele für Einbrüche!

»Ehrlich gesagt, hatte ich noch nicht so oft bei ihm Unterricht«, versuchte er es mit einem Teil der Wahrheit. »Aber Ihr habt recht, er ist wirklich nett. Bislang macht der Unterricht bei ihm Spaß.«

»Und was lernst du bei ihm?«, fragte die Prinzessin erneut, während sie ihn in den Palast führte. Zwei Wachen folgten ihnen. Farisio hörte bereits Stimmen und Gelächter, die langsam lauter wurden, als sie sich dem Festsaal näherten. Da er Ileija an seiner Hand führte, kamen sie nicht schnell voran, doch das schien die Prinzessin nicht zu stören.

»Bislang habe ich von ihm einiges über *Aussicht* und seine Bewohner gelernt«, rettete sich Farisio. »Das war interessant.«

»Das klingt toll. Dann hat er dir bestimmt auch etwas über unseren Palast erzählt, oder?«

»Ein wenig.«

Prinzessin Nadera lächelte. »Das müssen wir ändern, findest du nicht? Leider ist jetzt nicht der passende Moment, aber bitte erinnere mich später, dass ich euch beiden noch eine Führung durch den Palast schulde.«

Sie war wirklich nett. Besonders sympathisch machte sie, dass sie die Einladung auch auf Ileija ausgedehnt hatte, obwohl die Kleine noch zu jung war, um viel zu verstehen. Momentan sah sich Ileija mit großen Augen um, bewunderte die zahlreichen Gemälde und Kunstgegenstände an den Wänden. Doch richtig aufgeregt wurde sie, als sie den Festsaal erreichten.

Bevor sie den Raum betreten und sich unter die Mitglieder des Königshauses und die Gäste mischen konnten, hielt Nadera an. Die beiden Wachen an den Türen salutierten und ein älterer Mann mit blauen Haaren verbeugte sich tief vor ihr.

»Eure Hoheit. Darf ich Euch und Eure Gäste ankündigen?«

»Sie dürfen, Bartio. Meine Gäste sind Koll, der Lebensretter von Prinz Kuwino, und seine Schwester Ileija«, erklärte die Kronprinzessin.

Bartio nickte und Farisio schwante Übles.

»Verehrte königliche Hoheiten, werte Gäste«, rief Bartio jetzt in den Saal hinein, und mit einem Mal herrschte Stille. »Begrüßt Kronprinzessin Nadera von Wirilat und ihre geschätzten Begleiter: Koll, den Helden, der Prinz Kuwino das Leben gerettet hat, und seine Schwester Ileija.«

Sie standen zu dritt auf der Schwelle und alle Blicke waren auf sie gerichtet. Farisio hätte sich und Ileija am liebsten wieder in die unterirdische Stadt teleportiert, nur beherrschte er diese Fähigkeit nicht. Prinzessin Nadera nickte dem Ausrufer einmal kurz zu, wartete ab, bis der Applaus geendet hatte, und reichte Farisio dann ihren Arm. Farisio spürte, wie die Eifersucht der Verehrer ihm entgegenschlug, als er die Prinzessin in den Saal geleitete. Und zum ersten Mal kam ihm der Gedanke, dass möglicherweise nicht

Prinz Kuwino, sondern er selbst das nächste Anschlagsziel sein könnte.

Er schluckte, als Prinzessin Nadera sie zu einer Gruppe junger Männer und Frauen mit glutroten Haaren führte. »Koll, Ileija, ich möchte euch meine Familie vorstellen.«

Prinz Geris war da und auch der zweite Windprinz, den Farisio am Luftschiffhafen in Begleitung seines Großvaters gesehen hatte.

»Koll, ich darf dir meine Brüder Geris und Plortis vorstellen.«

»Herzlich willkommen, Koll«, sagte Prinz Geris mit einem Lächeln und auch Plortis begrüßte ihn freundlich, bevor er vor Ileija in die Knie ging und lustige Grimassen zog, um sie zum Lachen zu bringen.

»Geris und ich sind Zwillinge, dieser Spaßvogel aber ist drei Jahre jünger als wir, auch wenn ich in Momenten wie diesen immer denke, es sind mindestens zehn«, ergänzte Prinzessin Nadera und zwinkerte ihrem jüngeren Bruder zu, der ihr daraufhin die Zunge rausstreckte.

»Oh. Dann wünsche ich auch Euch alles Gute zum Geburtstag, Prinz Geris.«

»Danke, Koll. Das ist sehr aufmerksam von dir. Aber mein offizieller Geburtstag ist erst morgen. Meine Schwester hatte es eiliger als ich und kam noch vor Mitternacht auf die Welt, weshalb wir an unterschiedlichen Tagen feiern.«

Nun stellte die Kronprinzessin ihm auch ihre Cousinen und Cousins vor und Farisio war froh, dass *Hundert Ohren* ihm am Nachmittag die Mitglieder der Gründerfamilie von Wirilat gezeigt hatte, sonst hätte er sich vermutlich nicht einen einzigen Namen merken können.

Plötzlich quietschte Ileija aufgeregt. Farisio zuckte zusammen. »Was ist los?«

Prinz Geris lachte. »Schau nach oben, Koll!«

Farisio gehorchte – und staunte. Nun begriff er auch, warum *Keine Sperenzchen* ihn im richtigen Umgang mit den geflügelten Gefährten unterrichtet hatte. Der Ballsaal war riesig, und die breiten Fenster, die den Raum hell und noch großzügiger wirken ließen, reichten bestimmt zehn Meter oder mehr in die Höhe. Doch die Flügel in den oberen Hälften standen weit offen und ließen nicht nur den Wind, sondern auch die Riesenvögel herein, die jetzt fast lautlos über ihnen schwebten, bis sie elegant auf einer breiten Empore landeten.

»Beeindruckend«, sagte er und musste lächeln, als er den weißen Riesenvogel sah, der bereits bei seinem ersten Besuch am Palast Interesse an ihnen gezeigt hatte. Auch jetzt schien der Blick aus seinen intelligenten Augen direkt auf ihn und Ileija gerichtet zu sein.

»Das ist *Weißfeder*«, erklärte Prinz Geris, der seine Bewegungen und Gesichtsausdrücke genau zu beobachten schien. Noch hatte er Farisios magische Begabung aber nicht wieder angesprochen. Farisio hoffte, dass er auch weiterhin nichts sagte. Zwar hatte er es beim letzten Mal geschafft, alles zu leugnen, doch er glaubte nicht, dass Prinz Geris lockerlassen würde, bevor er eine Antwort bekommen hatte, die ihn zufriedenstellte.

»Komm, Koll. Ich stelle dich nun unserem Vater, König Oprios, vor«, sagte Prinzessin Nadera.

Sie führte ihn und Ileija zu einer bunt gemischten Gruppe gut gekleideter Kuftari. Farisio spürte, wie ihm das Blut aus dem Gesicht wich, als er Königin Lirias eisigem Blick begegnete. Sie war auch die Einzige, die seine Gegenwart komplett ignorierte, während König Oprios, seine Frau sowie die Herrscherpaare von Aklaj und Gorgubi ihn mit ausgesuchter Höflichkeit behandelten. Sie versuchten, die Unhöflichkeit der Königin von Diniri zu überspielen, und freuten sich sichtlich, ihn und Ileija kennenzulernen. Dennoch war Farisio froh, als Prinzessin Nadera sie nach einigen Minuten wegführte, um sie weiteren Gästen vorzustellen.

Er war überrascht, wie viele Nachkommen der Gründer aus anderen Domänen anwesend waren. Zwar dominierten die Rottöne, das Orange und Weiß der Kinder von Wirilat, Diniri, und Aklaj, aber er entdeckte auch vereinzelte Prinzen und Prinzessinnen aus Moronis und Tehmar mit blauschwarzen Mähnen und eine Nachfahrin von Pultaris, die in ihren weiß-schwarzen Zopf rote Bänder geflochten hatte. Vermutlich zu Ehren der Kronprinzessin. Farisio hätte nie gedacht, dass er einmal so viele hochgestellte Personen kennenlernen würde.

Ein wenig später waren sie gerade auf dem Weg zur nächsten Gästegruppe, als ein Diener, der zu den Schatten gehörte, auf sie zukam, um ihnen Getränke zu reichen, und Farisio zum ersten Mal an diesem Abend seinen Großvater erblickte. Abrupt hielt er inne und bekam nur am Rande mit, dass die Prinzessin seiner Schwester ein kleines Glas mit Saft in die Hand drückte.

Sein Großvater tat genau das, wovor ihn *Hundert Ohren* gewarnt hatte. Er stand allein in einer Ecke, von dem Büfett und den anderen Gästen weit entfernt, und starrte aus dem Fenster. Seine Position, mit dem Rücken dem Saal zugewandt, machte deutlich, dass er mit niemandem reden wollte. Stattdessen wirkte er auf Farisio, als wollte er überall sein, nur nicht in diesem Festsaal.

»Koll? Möchtest du auch eins?« Die Prinzessin trat in sein Blickfeld, wollte ihm ebenfalls ein Glas Saft reichen und schien dann zu bemerken, wen er betrachtete.

Panisch plapperte Farisio los.

»Er sieht so traurig aus. Findet Ihr nicht? So, als würde er den Anblick all dieser feiernden Kuftari nicht ertragen.« Dann presste er die Lippen zusammen, um sich am Weiterreden zu hindern. So benahm er sich doch viel zu auffällig!

Die Prinzessin nickte und folgte seinem Blick. »Das ist er auch. Seine Geschichte ist wirklich tragisch. Vor etwa dreißig Jahren sind seine vier Kinder spurlos verschwunden. Zunächst dachten alle an eine Entführung, doch es gab nie eine Lösegeldforderung. Und Refaso hat auch keine Feinde, die sich an ihm rächen wollen, im Gegenteil, er ist überall beliebt. Bis heute weiß niemand, ob sie Opfer eines Verbrechens wurden oder von sich aus die Entscheidung trafen, ihre Eltern und alle, die sie jemals gekannt haben, zu verlassen und sich nie wieder zu melden. Aber sprich ihn bitte nicht darauf an, in Ordnung? Der Verlust hat ihm und seiner Frau das Herz gebrochen. Zwei Jahre später, als wir begriffen hatten, dass sie nicht zurückkommen würden, weil sie es vermutlich nicht konnten, ist seine Frau gestorben. Doch Refaso selbst klammert sich an die Hoffnung. Er glaubt bis heute, dass seine Kinder leben und irgendwann zu ihm zurückkehren werden.«

Farisio schluckte und kämpfte gegen die Tränen an. Seine Mutter hatte Geschwister gehabt? Warum waren sie damals verschwunden und hatten seine Großeltern im Stich gelassen? Warum war seine Mutter zu ihren Lebzeiten nie zurückgekehrt? Sie hatte doch vom Tod ihrer Mutter gewusst! Hatte sie ihre eigenen Eltern gehasst? Aber warum hatte sie dann das Bild von ihnen aufbewahrt? Und warum hatte sie keinen Kontakt zu ihren Geschwistern gehalten, wenn sie doch alle zum selben Zeitpunkt verschwunden waren?

Er verstand es nicht. Er hatte so viele Fragen, aber nur so wenige Antworten. Und wie musste es erst seinem Großvater ergehen?

Doch konnte er sich jetzt seinem Großvater nähern? Refasos Haltung machte ihm deutlich, dass ein Gespräch zurzeit nicht willkommen war. Und wie würde er auf einen Waisenjungen von der Straße reagieren, der ihm keinen Beweis dafür liefern konnte, dass er sein Enkel war? Farisio konnte ihm auf viele Fragen keine Antworten geben. Bestimmt würden ihn alle für einen Betrüger halten, der seinen Großvater nur ausnutzen wollte. Am schlimmsten wäre es, wenn Refaso ihm zunächst glaubte und sich dann von den Zweifeln der anderen anstecken ließ. Das würde ihm erneut das Herz brechen und das war das Letzte, das Farisio wollte.

»Du überlegst, zu ihm zu gehen und ein Gespräch mit ihm zu beginnen, oder?«

Bei Naderas Worten zuckte Farisio ertappt zusammen.

»Lass es!« Sie musterte ihn streng.

»Ich …« Farisios Wangen brannten und Naderas Miene wurde weicher.

»Entschuldige, Koll. Ich neige dazu, Onkel Refaso beschützen zu wollen.«

»Onkel Refaso?« Nun war Farisio verwirrt.

»Ja, ich weiß, er ist nicht wirklich mein Onkel. Aber meine Eltern haben meine Geschwister und mich als Kinder nach *Sturm* geschickt, weil sie nicht wollten, dass wir im Palast aufwachsen. Wir sollten so lange wie möglich eine unbeschwerte Kindheit genießen. Meine Brüder und ich waren so häufig bei ihm und seinen Vögeln, dass wir irgendwann angefangen haben, ihn so zu nennen.«

Das musste schwer für seinen Großvater gewesen sein, wenn drei neugierige Kinder ihn und die Riesenvögel auf Schritt und Tritt verfolgt hatten. Bestimmt hatte ihn das an seine eigenen Kinder erinnert. Und vermutlich war das auch der Grund, warum die Kronprinzessin versuchte, ihn zu beschützen.

»Ich verstehe.«

Endlich nahm er das Glas entgegen, das die Prinzessin immer noch in der Hand hielt, und begann daran zu nippen.

»Ich kann verstehen«, fuhr Nadera fort, »dass seine traurige Ausstrahlung sehr romantisch wirkt und in dir den Wunsch weckt, sein gebrochenes Herz heilen zu wollen. Onkel Refaso ist ein attraktiver Mann. Aber er war seit dem Tod seiner Frau allein und ich denke nicht, dass sich daran etwas ändern wird.«

Farisio verschluckte sich und bekam einen Hustenanfall. *Was dachte sie von ihm?*

Er wusste nicht, wie sein Gesicht aussah, aber die Prinzessin schien zu erkennen, dass er zutiefst entsetzt war, denn sie hielt inne und starrte ihn an.

Kaum bekam er wieder Luft, beeilte er sich, zu widersprechen. »Das habt Ihr völlig falsch verstanden, Prinzessin. Ich bin nicht auf diese Weise an … an Eurem Onkel interessiert. Er … er tut mir einfach leid und …«

Er brach ab, als die Prinzessin sich auf die Unterlippe biss. Sie sah unangenehm berührt aus. »Es tut mir leid, Koll, schrecklich leid. Ich wollte dich nicht in Verlegenheit bringen. Ich möchte mich für meine Fehleinschätzung und meine Worte entschuldigen. Ich hoffe, du kannst mir verzeihen.«

Sie wich seinem Blick aus. Doch dann hellte sich ihre Miene auf. »Oh, da ist Kuwino. Ich weiß, dass er sich bei dir bedanken wollte. Lass uns zu ihm rübergehen.«

Im Versuch, die unangenehme Stille zwischen ihnen zu überbrücken, nahm Farisio Ileija auf den Arm und folgte ihr, obwohl es ihm in der Seele wehtat, seinen Großvater dort allein stehen zu lassen. Doch was hätte er tun sollen? Nach Prinzessin Naderas Erzählung und dem peinlichen Missverständnis wusste er noch weniger, wie er sich seinem Großvater nähern sollte. Und er durfte auch nicht vergessen, dass nicht nur die Schatten ihn beobachteten. Schlimm genug, dass bestimmt einige von ihnen oder den Gästen Zeugen seiner Blamage vor der Kronprinzessin geworden waren. Falls er sich seinem Großvater jetzt näherte, würden alle denken, dass sie recht gehabt hatte.

Farisio atmete tief durch. Er hatte eine Aufgabe zu erfüllen und die bestand nicht nur darin, Prinzessin Nadera und ihren Verwandten zu gefallen, sondern auch Prinz Kuwino zu beschützen.

Jener stand einsam und ein wenig verloren mit einem Glas in der Hand in der Nähe des Büffets und beobachtete die Menge der Feiernden. Er wirkte erleichtert, als er Nadera und Farisio auf sich zukommen sah.

»Prinz Kuwino«, begann Nadera förmlich, »ich möchte Euch Koll vorstellen. Koll ist der Junge, der Euch im See entdeckt und herausgezogen hat.«

Kuwino griff nach Farisios Händen und neigte ehrerbietig den Kopf. »Ich stehe für immer in deiner Schuld, Koll. Ich verdanke dir mein Leben. Falls es etwas gibt, das ich für dich tun kann, sag es. Meine Hilfe ist dir gewiss.«

»Vielen Dank, Eure Hoheit«, erwiderte Farisio. Er war verlegen. Wieder hatte er das Gefühl, dass ihn alle im Saal anstarrten. Und nicht alle Blicke waren ihm freundlich gesinnt. Er erschauderte und fiel auf die Regeln der höfischen Etikette zurück, die *Keine Sperenzchen* ihm eingebläut hatte. »Bitte erlaubt mir, Euch meine kleine Schwester Ileija vorzustellen.«

Kuwino lächelte und neigte sich zu ihr herab, doch Ileija wich vor ihm zurück und trat unruhig von einem Fuß auf den anderen.

»Sie mag mich nicht«, stellte der Prinz fest, dabei klang seine Stimme enttäuscht.

»Das ist es nicht, Prinz Kuwino. Ich denke, sie muss …«

Farisio brach ab. Das war definitiv kein Thema für höfliche Konversation und vermutlich sollte er froh sein, dass *Keine Sperenzchen* nicht da war, um ihm mit ihrem Stock einen Hieb zu verpassen. Doch wie sollte er es anstellen, sich aus dem Gespräch zurückzuziehen, ohne den Wasserprinzen zu beleidigen?

»Unterhaltet ihr euch nur weiter. Ich kümmere mich um Ileija«, mischte sich nun Nadera ein. Lächelnd reichte sie der Kleinen die Hand. Ileija ergriff diese bereitwillig, denn sie hatte inzwischen Zutrauen zu der Prinzessin gefasst.

Farisio wusste nicht, was er sagen sollte. Er hatte bei der ersten Begegnung schon den Eindruck gehabt, dass die Kronprinzessin nett war. Und anscheinend dazu auch noch sehr bodenständig und nicht im Geringsten eingebildet, wenn sie sich bereit erklärte, ein Kleinkind aufs Klo zu bringen. Rasch warf er erneut einen Blick auf Ileija, doch die Kleine schien Nadera zu mögen. Bevor sein Zögern auffallen konnte, sagte er: »Vielen Dank, Eure Hoheit.«

»Wir sind gleich wieder da. Bis später, Kuwino, Koll.«

Sie wandte sich mit Ileija in Richtung Ausgang. Ein paar Sekunden lang herrschte Schweigen, während der Prinz und er den beiden hinterhersahen.

Und jetzt? Worüber sollte er mit dem Prinzen reden?

»Ich hoffe, es geht Euch gut?«, erkundigte er sich unbeholfen.

Der Prinz zuckte die Achseln. »Ich nehme es an«, erwiderte er. »Die Heiler jedenfalls behaupten es. Körperlich fehlt mir nichts, ich habe keine Schmerzen. Aber …«

»Ihr fühlt Euch dennoch nicht gut?«, vermutete Farisio, als Kuwino verlegen abbrach. »Kein Wunder, das muss Euch alles seltsam erscheinen, wenn Ihr Euch an nichts erinnern könnt.«

Farisios Verständnis schien ihn zum Weiterzusprechen zu ermuntern. »So ist es. Wie könnte es mir auch gut gehen, wenn sich alles so … so verkehrt anfühlt? Ich weiß nicht, wie ich mich verhalten soll. Jedes Mal, wenn eine Entscheidung von mir erwartet wird, und sei es nur, was ich essen oder trinken möchte, bin ich hilflos. Denn ich weiß es nicht! Ich weiß nicht, was ich mag oder nicht. Aber alle scheinen davon auszugehen, dass ich eine Entscheidung treffen kann!«

Kuwino sah sich um, während er Farisio das Herz ausschüttete, wobei seine Stimme immer leiser wurde. Er wollte anscheinend nicht, dass jemand ihr Gespräch belauschte.

»Aber wie soll ich eine Entscheidung treffen? Das geht einfach nicht.« Farisio hatte den Verdacht, dass der Prinz jetzt von etwas ganz anderem sprach, nicht nur von der Speisenauswahl.

»Das klingt schwierig. Ich kann mir nicht vorstellen, wie es Euch gehen muss.«

»Danke für deine Ehrlichkeit. Alle behaupten immer, dass sie meine Lage verstehen, dass ich mir einfach Zeit nehmen soll und dass sie mir helfen würden, bis mein Gedächtnis zurückkommt. Aber laut dieses … Geistheilers wird es das nicht. Meine Erinnerungen sind fort, gestohlen, weil irgendwer mich zu hassen scheint und will, dass ich leide. Und ich weiß nicht, wer es sein könnte, wer einen Grund haben könnte, mich dermaßen zu verabscheuen. Das macht mir Angst, doch das darf ich auch niemandem sagen, denn alle wollen nur hören, dass es mir gut geht, dass alles schon wieder gut wird. Dazu kommt, dass ich es ihnen auch gar nicht erzählen will, da ich nicht mehr weiß, wem ich vertrauen kann.«

»Warum vertraut Ihr dann mir?«, wunderte sich Farisio laut.

Der Prinz lächelte kurz. »Weil du mir das Leben gerettet hast und du nicht zu unseren Kreisen gehörst. Du hast keinen Grund, mich zu hassen oder mich anzulügen und zu manipulieren wie all die anderen, die mir erzählen wollen, wem ich vertrauen darf und wem nicht. Und dann erzählen mir diejenigen, vor denen sie mich gewarnt haben, dass ich *denen* nicht trauen dürfte, weil sie meine Feinde seien, und ich solle doch lieber auf sie hören. Die Einzige, deren Gesellschaft ich derzeit nicht meide, ist Nadera. Sie ist die Einzige, die mich normal behandelt und die nett zu mir ist.« Er seufzte.

»Sie scheint Euch wirklich zu mögen. Ich habe Gerüchte gehört, dass Ihr ihr Favorit seid. Ich glaube, da ist etwas Wahres dran.«

Doch Farisios Worte schienen den Prinzen nicht aufzumuntern, im Gegenteil. Er ließ den Kopf hängen. »Ja, das habe ich auch gehört. Und auch, dass ich sie angeblich nur aus Berechnung umworben hätte, dass ich nur daran interessiert sei, an ihrer Seite über diese Domäne zu herrschen. Und ich frage mich … ich frage mich, ob das stimmt«, flüsterte er. »Ich habe von vielen gehört, dass sie mich früher nicht mochten, dass ich arrogant gewesen sei. Vielleicht haben sie ja recht? Zu wem macht mich das? Vielleicht ist es ja ganz gut, dass ich mein Gedächtnis und damit auch mein altes Leben verloren habe.«

»Bitte sagt das nicht! Niemand hat verdient, was Euch angetan wurde!«, widersprach Farisio, dem der Prinz von Minute zu Minute mehr leidtat. Durch die Amnesie und die Aussagen seiner Rivalen schien er jedes Selbstvertrauen verloren zu haben.

»Und sagtet Ihr nicht, dass Ihr nicht wisst, wem Ihr glauben könnt? Dann schenkt ihnen auch keinen Glauben! Lasst Euch nicht von ihnen verunsichern! Ihr wisst nicht, warum sie das gesagt haben. Und viele von ihnen sind vermutlich eifersüchtig, weil Ihr Euch so gut mit Prinzessin Nadera versteht, und unterstellen Euch daher nur Schlechtes.«

Kuwino lächelte. »Danke, Koll. Es tut gut, sich mit dir zu unterhalten.« Sein Lächeln verrutschte etwas, als sein Magen knurrte. »Bitte entschuldige. Vielleicht ist es Zeit, dass wir uns am Büfett bedienen?«

Farisio nickte und sie gingen gemeinsam zu der langen Reihe aus voll beladenen Tischen und stellten sich an. Neben dem Büfett saßen bereits zahlreiche Gäste an langen Tafeln und genossen das Essen. Viele der Gerichte erkannte Farisio dank seines Unterrichts bei *Keine*

Sperenzchen. Doch als sie endlich dran waren und zwischen den verschiedenen Speisen wählen konnten, zögerte nicht nur Farisio.

»Ich verrate Euch ein Geheimnis: Ich habe auch keine Ahnung, ob mir diese Gerichte schmecken. Also nehme ich von jedem erst einmal nur ein kleines bisschen und probiere mich durch«, sagte er zu dem zögerlichen Wasserprinzen.

»Gute Idee. Doch was ist, falls mir etwas nicht bekommt? Erst heute Morgen beim Frühstück ist meine Zunge angeschwollen, weil ich auf etwas allergisch reagiert habe. Zum Glück hat mir Heiler Miritos kurz darauf einen Besuch abgestattet, um sich zu vergewissern, dass es mir gut geht. Er hat mich geheilt. Dennoch würde ich diese Erfahrung jetzt ungern wiederholen.«

Davon hatte ihm *Hundert Ohren* überhaupt nichts erzählt. Auch hatte er mit keinem Wort eine Allergie des Prinzen erwähnt. Wussten die Schatten nichts von ihr? Konnte es sein, dass sie auch von dem Vorfall nichts mitbekommen hatten? Oder hatten sie es lediglich versäumt, die Information an *Hundert Ohren* und damit auch an ihn weiterzugeben?

Es war ein beunruhigender Gedanke, den Prinzen unabsichtlich einer Gefahr auszusetzen. Und er hatte ihm noch geraten, einfach alles zu probieren! Er wollte Kuwino keinesfalls zufällig vergiften.

»Und wenn es kein Zufall gewesen war?«, kam ihm plötzlich ein schrecklicher Verdacht. Was, wenn jemand an diesem Morgen versucht hatte, den Prinzen zu ermorden?

»Du denkst, jemand könnte von meiner Allergie gewusst und mir absichtlich das Falsche zu essen gegeben haben?«, fragte Kuwino beunruhigt. Er wurde blass. »Doch wer?«

»Ich weiß es nicht«, erwiderte Farisio hilflos. Sie vergaßen das Essen und traten vom Büfett zurück. »Hat der Heiler gesagt, worauf Ihr allergisch reagiert habt?«

»Ja, auf etwas namens Hurros.«

Es war demnach eine Allergie, die er mit Prinz Geris oder Prinzessin Nadera gemeinsam hatte.

»Habt Ihr irgendjemandem von dem Vorfall erzählt? Prinzessin Nadera, dem König, den Wachen?«

»Nein. Ich dachte, es wäre ein dummer Zufall. Woher hätten die Angestellten in der Küche wissen sollen, dass ich darauf allergisch reagiere? Nicht einmal ich wusste das.«

Farisio dachte an die Schatten, die in der Küche arbeiteten. Falls Kuwinos Allergie bekannt war, müssten sie es wissen. Rasch hielt er Ausschau nach den drei Gesichtern, die er sich am Nachmittag eingeprägt hatte.

»Kommt, Hoheit! Wir fragen sie am besten.«

Er ging auf den männlichen Schatten zu, der in ihrer Nähe Getränke verteilte und sie schon zuvor bedient hatte. Mit einem Blick über die Schulter vergewisserte er sich, dass der Prinz ihm folgte und in seiner Nähe blieb.

»Entschuldigen Sie«, sprach er den Schatten höflich an. »Ich nehme an, Sie arbeiten in der Küche?«

»Ja«, erwiderte der Schatten und seine Augen verengten sich, als er Farisio und den Wasserprinzen erkannte.

»Prinz Kuwino erzählte mir gerade, dass er heute Morgen eine allergische Reaktion auf Hurros hatte. Wir wollen nur sichergehen, dass die Allergie in der Küche bekannt ist.«

»Das ist mir neu«, sagte der Schatten besorgt. »Ich fürchte, uns hat niemand informiert. Es tut mir schrecklich leid, Eure Hoheit, und im Namen meiner Kollegen entschuldige ich mich für die Unannehmlichkeiten, denen Ihr ausgesetzt wart. Ich werde mich gleich um die Aufklärung des Vorfalls kümmern. Bitte wartet hier auf mich und nehmt in der Zwischenzeit am besten nichts zu Euch, nicht dass Ihr noch eine weitere allergische Reaktion erleidet.«

»Danke schön«, sagte Prinz Kuwino erleichtert, während der Schatten Farisio einen scharfen Blick zuwarf und jener nickte.

Zum Glück kehrten ein paar Sekunden später die Prinzessin und Ileija zurück und lenkten ihn ab. Ileija zappelte aufgeregt in ihren Armen, als sie Farisio entdeckte.

»Ach, hier seid ihr! Wir hatten euch schon gesucht.«

»Soll ich sie Euch abnehmen, Eure Hoheit?«, fragte Farisio und streckte bereits die Arme nach der Kleinen aus.

Nadera lächelte. »Danke, Koll.«

»Ich hoffe, sie hat Euch keine Umstände gemacht?«

»Nein, sie war ein Schatz«, erwiderte Nadera, während sie ihm Ileija überreichte, die laut mit »Oll! Oll!« ihre Freude ausdrückte.

»Na, hast du Spaß?«, fragte er Ileija und musste lächeln, als sie sich an ihn schmiegte und schon kurz darauf eingeschlafen war.

»Bitte entschuldigt. Ich vermute, die ganze Aufregung war zu viel für sie.«

»Aber nicht doch! Vielen Dank, dass ich Zeit mit ihr verbringen durfte. Ich hoffe, ihr zwei habt euch gut unterhalten?«

Farisio zögerte. Er war unsicher, was er sagen sollte. Zum Glück sprang Kuwino für ihn in die Bresche. »Ja, das haben wir. Koll macht es einem wirklich leicht, sich mit ihm zu unterhalten.«

»Oh, vielen Dank für das Kompliment, Eure Hoheit!«

Prinzessin Nadera strahlte. »Schön, dass ihr euch so gut versteht. Habt ihr schon etwas gegessen?«

»Nein, wir haben gewartet«, erklärte der Prinz und wechselte einen Blick mit Farisio.

»Das war nett von euch. Wollen wir dann gemeinsam zum Büfett gehen?«

Zum Glück kehrte in diesem Moment der Schatten zurück und ersparte es ihnen, zu lügen. Sein Blick wirkte ernst. »Eure Hoheit.« Er verbeugte sich vor der Kronprinzessin, bevor er sich an den Wasserprinzen wandte. »Prinz Kuwino. Ich habe in der Küche herumgefragt und herausgefunden, wer heute Morgen Euer Frühstück zubereitet hat und wer dafür zuständig war, es Euch zu bringen. Besorgniserregend ist, dass die Speisen kein Hurros enthielten. Das heißt, es muss Eurem Frühstück nachträglich hinzugegeben worden sein.«

»Wovon sprechen Sie?«, erkundigte sich Nadera beunruhigt.

»Ich hatte heute Morgen eine allergische Reaktion«, erklärte ihr Kuwino und nickte dann Farisio zu. »Koll kam auf die Idee, diesen Mann anzusprechen, ob meine Allergie in der Küche bekannt ist. Offensichtlich ist das nicht der Fall. Aber ich verstehe nicht: Wie kann ich Hurros zu mir genommen haben, wenn mein Frühstück ohne es zubereitet wurde?«

»Jemand wusste von Eurer Allergie und hat Euch schaden wollen, indem er es heimlich in Euer Getränk oder Euer Essen gegeben hat. Und es kommt dafür leider nur eine Person infrage«, sagte der Schatten.

»Wer?«, fragte Nadera scharf.

»Prinz Lorino.«

»Was geht hier vor?«, fragte König Oprios, der in Begleitung von zwei Wachen auf die Gruppe um Prinzessin Nadera zueilte.

Die Kronprinzessin hatte sofort gehandelt und die Soldaten verständigt. Zwei von ihnen hatten Aufstellung neben ihr und Prinz Kuwino genommen, während die übrigen die Befehle befolgten, die ihnen die Prinzessin erteilt hatte. Gerade kamen zwei von ihnen in Begleitung von Prinz Lorino zurück, der völlig empört angesichts seiner Behandlung wirkte.

»Es gab einen weiteren Anschlag auf Prinz Kuwino«, erwiderte die Prinzessin knapp.

Der König ließ den Blick über den Prinzen von Diniri, die beiden Bediensteten aus der Küche, Farisio und Ileija schweifen, die schweigend neben der Prinzessin warteten. Es dauerte nicht lange, bis die Soldaten auch die übrigen Leute hergebracht hatten: eine Köchin, eine Prinzessin von Pultaris als Wahrheitsprüferin sowie Heiler Miritos. Und natürlich hatte Nadera auch Königin Liria verständigt, die als Letzte zu ihnen trat.

»Was bedeutet diese Farce? Lassen Sie Prinz Lorino sofort frei!«, forderte sie von den Soldaten, die ihre Waffen auf Kuwinos Cousin gerichtet hielten.

»Bedaure, Eure Majestät, aber bis zur vollständigen Aufklärung des Vorfalls muss Prinz Lorino leider in Gewahrsam bleiben«, erwiderte Nadera. Sie ließ sich von dem Zorn und der Empörung der Königin nicht im Geringsten einschüchtern. »Prinz Kuwino, bitte berichtet von dem Vorfall heute Morgen!«

Der Wasserprinz wiederholte, was er Farisio erzählt hatte, und es wurde still im Saal.

»Heiler Miritos, Ihr habt Prinz Kuwino heute Morgen geheilt. Wie lautet Eure Einschätzung? Befand sich seine Hoheit in Lebensgefahr?«

Der Heiler zögerte. »Nicht unmittelbar, nein. Wäre ich allerdings später gekommen, hätte er noch mehr Hurros zu sich genommen und wäre seine Zunge weiter angeschwollen, hätte sich sein Zustand schnell von äußerst unangenehm zu lebensbedrohlich verändern können«, erklärte er.

»Was bedeutet, dass wir den Vorfall als weiteres Attentat auf Prinz Kuwino betrachten müssen«, schlussfolgerte die Kronprinzessin ernst, bevor sie sich an die Köchin und die beiden Bediensteten wandte und sie bat, ihre Aussagen zu machen. Zuerst berichtete der Schatten, wie er von Farisio und Kuwino von dem Zwischenfall erfahren und anschließend seine Ermittlungen angestellt hatte. Dann bestätigte die Köchin, dass sie niemals Hurros für das Frühstück verwendete, weil nicht nur Prinzessin Nadera allergisch auf die Frucht reagierte. Nach jedem Zeugenbericht nickte die Prinzessin von Pultaris und stellte damit fest, dass er der Wahrheit entsprach.

»Ihr habt dem Prinzen heute Morgen sein Frühstück gebracht?«, wollte Prinzessin Nadera dann von dem zweiten Bediensteten wissen.

»Ja, Eure Hoheit. Ich habe das Tablett nach oben und direkt zu ihm aufs Zimmer gebracht. Falls das Getränk oder das Essen Hurros enthalten haben, dann kann die Substanz nur auf dem Weg dorthin ergänzt worden sein. Und ich weiß, dass ich es nicht war.«

»Er spricht die Wahrheit«, bestätigte die Nachfahrin von Pultaris.

»Aber Ihr habt einen Verdacht, wer derjenige war?«, wollte die Kronprinzessin nun wissen.

»Ja. Mir war sofort klar, dass nur eine Person dafür infrage kommt. Es ist nur Prinz Lorino in die Nähe des Tabletts gekommen. Ich bin an diesem Morgen niemand anderem auf meinem Weg begegnet.«

»Das ist eine dreiste Unterstellung!«, wetterte Königin Liria sofort. »Ich verbitte mir das! Ihr habt bereits einmal versucht, die Schuld von Wirilat auf Prinz Lorino zu schieben. Und ...«

»Ich möchte hören, was Prinz Lorino zu dieser Anschuldigung zu sagen hat«, unterbrach König Oprios sie. »Prinz Lorino, wusstet Ihr von Prinz Kuwinos Allergie und habt Ihr seinem Frühstück bewusst Hurros untergemischt?«

Bei seinen blauen und hellroten Haaren trat das bleiche Gesicht des Prinzen noch deutlicher hervor, fand Farisio, der Kuwinos Cousin während der Aussagen der Zeugen nicht aus den Augen gelassen hatte. Seit Heiler Miritos' Worten hatte Lorino den Widerstand gegen den harten Griff der Wachen eingestellt.

»Ja, ich wusste von seiner Allergie«, gestand Lorino. »Aber ich habe nicht versucht, ihn umzubringen!«

»Habt Ihr Hurros unter Prinz Kuwinos Frühstück gemischt? Ja oder nein?«, hakte der König unerbittlich nach.

Prinz Lorino warf einen verzweifelten Blick auf die Wahrheitsfinderin. »Ja, aber es war nur ein Streich! Ich wollte ihn nicht umbringen. Sie kann das bestätigen!«

»Lorino!«

Königin Liria wirkte geschockt. Sie starrte den Wasserprinzen an, als hätte sie ihm eine solche Tat niemals zugetraut.

»Ihr wisst nicht, wie das ist! Stets gelingt es Kuwino, alles zu seinen Gunsten zu verdrehen! Er hat schon in unserer Kindheit immer versucht, mich als den Bösen hinzustellen. Ständig hat er andere manipuliert und ausgenutzt. Als er dann auch noch versucht hat, Prinzessin Naderas Gunst zu erringen, und sie ihn nicht durchschaut hat, bin ich wütend geworden. Und jetzt auch noch sein Gedächtnisverlust und wieder haben alle Mitleid mit *dem armen Kuwino!* Ich bin es so leid und ja, ich wollte ihm einen Denkzettel verpassen und habe Hurros-Pulver in sein Getränk gegeben. Aber ich wollte ihn nicht umbringen.«

»Das ist die Wahrheit«, bestätigte die Nachfahrin von Pultaris.

»Oder zumindest das, was er dafür hält«, mischte sich nun eine fremde Stimme ein.

»Was meint Ihr damit, Geistheiler Urgo?«, wollte der König wissen.

»Leider ist die Wahrheitsprüfung nicht ganz fehlerfrei. Die geschätzten Kinder von Pultaris können nur bestätigen, ob jemand etwas für die Wahrheit hält. Allerdings können Gedanken und Gefühle manipuliert werden – unter anderem durch den Einsatz eines Gedächtnissteins, der bestimmte Erinnerungen gezielt entfernt«, erklärte der Geistheiler. »Und da Prinz Kuwino bereits das Opfer eines Gedächtnissteins wurde, würde ich dringend raten, den Verstand von Verdächtigen auf eine entsprechende Manipulation zu prüfen.«

»Königin Liria, mit Eurem Einverständnis?«

Die Herrscherin von Diniri schwieg. Farisio rechnete bereits damit, dass sie gleich wieder protestieren würde, doch sie nickte bloß. Anscheinend hatte sie das Vertrauen in Prinz Lorinos Unschuld verloren.

»Meine Königin!«

Lorino war sichtlich entsetzt, als Urgo auf ihn zutrat, um seinen Verstand zu überprüfen. Doch er wehrte sich nicht.

Es dauerte nicht lange, bis der Geistheiler seine Untersuchung abgeschlossen hatte. »Es ist, wie ich befürchtet hatte. Prinz Lorino fehlen Erinnerungen. Doch nicht von heute früh, sondern von vor acht Tagen.«

»Also einen Tag vor dem ersten Attentat auf Prinz Kuwino«, stellte der König grimmig fest. »Ich weiß, wir hatten Prinz Lorino schon einer Wahrheitsprüfung zu den Vorkommnissen unterzogen. Doch kann es sein, dass er sich bewusst Erinnerungen entfernt hat, um auf die Frage, ob er einen Attentäter angeheuert hat, lügen zu können?«

»Darüber kann ich leider keine Aussage treffen, Eure Majestät«, erwiderte Urgo. »Möglich wäre es. Doch die fehlenden Erinnerungen lassen leider keine Rückschlüsse darauf zu, was genau entfernt wurde. Ich kann lediglich sagen, dass ein etwa dreistündiger Zeitraum zwischen Frühstück und Mittagessen fehlt.«

»Vielen Dank für Eure Hilfe, Geistheiler Urgo.«

»Ich habe genug gehört«, schloss sich Königin Liria dem König von Wirilat an. »Ich bin enttäuscht von dir, Lorino. Ein solch niederträchtiges Verhalten hätte ich dir niemals zugetraut. Ich verlasse mich darauf, dass Ihr die Ereignisse weiter aufklärt, König Oprios! Anscheinend schulde ich Euch und Euren Leuten eine Entschuldigung. Ich hätte nie gedacht, dass einer meiner Verwandten zu einem solchen Verrat fähig wäre. Dies ist eines Prinzen von Diniri nicht würdig. Daher verstoße ich dich, Lorino!«

»Meine Königin! Bitte glaubt mir, ich wollte Kuwino niemals töten!«

»Das weißt du nicht, Lorino. Das magst du denken. Doch bereits mit deinem … Streich hast du bewusst in Kauf genommen, deinem Cousin körperlich schweren Schaden zuzufügen. Und deshalb rufe ich nun Diniri!«

»Nein!«

Farisio verstand nicht, was da vor sich ging. Seine Haut kribbelte, als plötzlich die Magie im Raum zunahm. War das ein Angriff?

Doch dann begriff er, dass es Königin Liria war, deren Magie er spürte. Die Luft wurde mit einem Mal feucht und kühl, als wäre der Sommer in Sekundenschnelle dem Winter gewichen. Was tat die Eiskönigin? Und warum fühlten sich der König und die übrigen Nachkommen nicht bedroht? War die Königin etwa gerade dabei, ihre Gründerin und Vorfahrin zu rufen?

Mit Staunen verfolgte Farisio, wie sich die Feuchtigkeit nun rasend schnell vor ihnen sammelte und zu einer Gestalt verdichtete.

Und dann stand eine überraschend junge Kuftari mit hellroten Haaren und eisblauen Augen vor ihnen.

War das Diniri?

»Du hast mich gerufen, Liria?«, fragte die Frau.

»Ja, Herrin. Ich habe Lorino aufgrund seiner Verbrechen gegen Kuwino verstoßen und möchte Euch nun bitten, die Strafe zu vollziehen«, sagte die Herrscherin von Diniri. Farisio war überrascht, wie unterwürfig sie in diesem Moment klang. Sie hatte weder König Oprios noch ein anderes Mitglied der königlichen Häuser respektiert, doch diese Frau schien sie beinahe zu fürchten.

Die Gründerin sah sich um und ihr Blick aus den zeitlosen Augen streifte für einen winzigen Moment auch Farisio und Ileija, bevor er auf Lorino landete und dort verharrte. Sie kniff die Augen zusammen und betrachtete ihn.

»Ich mische mich in die Angelegenheiten meiner Nachkommen normalerweise nicht ein. Es gibt zwei Ausnahmen: Ihr bedroht die Domäne oder einer von euch wendet sich gegen den anderen, um ihm ernsthaften Schaden zuzufügen. Ist das hier der Fall?«

Sie seufzte, als Lorino zu schluchzen begann, und für Farisio klang dieser Laut mitleidig und ein wenig niedergeschlagen. Nur Königin Liria schien kein Bedauern zu empfinden, als sie kalt bestätigte: »Ja.«

»Nun gut. So soll es sein.«

Diniri umhüllte den Wasserprinzen mit ihrer Magie. Für einen Moment war der Prinz von einer großen Wasserkugel umgeben. Dann zog sie sie zurück, doch derjenige, der zurückblieb, erinnerte nicht an den Lorino, den sie kannten. Seine Haare hatten ihre hellrote Farbe verloren, selbst die gefärbten blauen Strähnen hatten sich verändert. Nun waren seine Haare von einem gewöhnlichen Weißorange und auch seine Augen hatten nicht mehr ihren bisherigen Glanz. Farisio war sich nicht bewusst gewesen, wie sehr die Nachkommen der Gründer Magie *ausstrahlten*, bis zu dem Moment, als Diniri sie Lorino genommen hatte.

»Es ist geschehen«, sagte Diniri in die Stille hinein. Danach zerstob sie zu einer Wolke aus Wassertropfen und kehrte dorthin zurück, wohin auch immer die Gründer zurückkehrten.

»Es ist vorbei. Du bist in Sicherheit«, sagte Prinzessin Nadera zu Kuwino, als die Soldaten den früheren Prinzen aus dem Saal geleiteten.

»Was geschieht jetzt weiter mit ihm?«, fragte der Wasserprinz, der seinem Cousin hinterherstarrte.

»Nichts. Er wurde bereits bestraft. Er muss den Palast verlassen und darf nicht nach Diniri zurückkehren, da er verstoßen wurde.«

»Aber das reicht nicht! Er hat versucht, mich *umzubringen!* Sie hätte ihn töten sollen!«

Kuwinos Stimme triefte plötzlich vor Hass und nicht nur Farisio wich unwillkürlich ein wenig von ihm zurück. Auch Nadera wirkte wie vor den Kopf geschlagen und machte einen Schritt nach hinten.

»Aber wir sind nicht wie er. Das ist nicht die Art und Weise, wie wir einen Verbrecher bestrafen«, sagte sie.

»Wie wahr! Wie sonst könntet Ihr diesen Kindesentführer zu Eurem Ehrengast machen!«, rief eine Frau mittleren Alters empört und deutete anklagend auf Farisio.

23

KÖNIGLICHER PALAST VON WIRILAT

Wie bitte? Kindesentführer?

Farisio brauchte ein paar Sekunden, um zu begreifen, dass die Frau tatsächlich ihn meinte. Dann schwirrte ihm der Kopf, als er die Bedeutung ihrer Anschuldigung begriff.

Diese Frau kannte Ileija!

»Was bitte meinen Sie? Dies sind Koll und seine Schwester. Verwechseln Sie Ileija möglicherweise mit einem anderen Kind?«, fragte Nadera behutsam.

»Nein, Eure Hoheit, ich bin mir sicher. Das ist Oljira, die Tochter einer wohlhabenden Kaufmannsfamilie aus *Bö*, die vor Kurzem entführt wurde. Ziemlich dreist von dir, du Abschaum, einfach mit ihr auf einem Empfang im königlichen Palast aufzutauchen und sie als deine Schwester auszugeben!«

»Bitte, keine Beleidigungen«, bat Prinz Geris, der jetzt neben seine Zwillingsschwester und Farisio trat. »Lassen Sie uns in Ruhe den Sachverhalt klären, in Ordnung?«

Auch Nadera stand klar auf Farisios Seite. »Sie wissen vermutlich, dass auf Falschanschuldigung eine schwere Strafe steht? Daher frage ich Sie noch einmal: Sind Sie sich sicher, dass dieses Kind besagte Oljira ist?«

»Ich werde doch wohl noch das Kind meiner Nachbarn erkennen!«

»Nun gut. Koll, möchtest du dazu etwas sagen?«, fragte die Kronprinzessin und plötzlich starrten die versammelten Gründerfamilien und die übrigen Gäste ihn gespannt an.

Farisio blickte auf die kostbare Last in seinen Armen. Ileija schlief immer noch und bekam die ganze Aufregung nicht mit. Würde dies jetzt das letzte Mal sein, dass er sie in den Armen hielt?

»Koll?« Prinz Geris musterte ihn und Farisio schluckte.

»Ileija und ich sind nicht blutsverwandt«, gab er zu.

»Ich wusste es! Nehmen Sie ihn fest, er ist ein Entführer!«, forderte seine Anklägerin sofort.

»Das bin ich nicht!«, wehrte sich Farisio.

»Wenn sie nicht deine Schwester ist, wer ist sie dann?«, wollte König Oprios wissen.

»Ich weiß es nicht. Ich habe sie in einer verlassenen Gasse in *Brise* gefunden. Also habe ich sie mitgenommen, mich um sie gekümmert und sie als meine Schwester ausgegeben. Denn das war sie für mich seit diesem Moment: meine kleine Schwester Ileija.«

»Aber Koll, du kannst doch nicht einfach so ein Kleinkind mitnehmen, das du gefunden hast!«, rief Prinzessin Nadera.

»Ich verstehe nicht, wie der Junge glauben kann, dass er damit durchkommt.« Die Frau aus *Bö* schnaubte. »Seht sie euch doch an! Sie haben keine Ähnlichkeit miteinander!«

»Jemand hatte sie in einen Mülleimer geworfen, in dem sie beinahe gestorben wäre!«

Stille herrschte nach Farisios Ausruf. Selbst seine Anklägerin wirkte für einen Moment erschrocken. Doch leider dauerte das nicht lang. »Der Junge kann ja viel behaupten. Vermutlich will er nur unsere Sympathien erringen, um eine geringere Haftstrafe zu bekommen! Wo sind die Beweise?«

»Koll, wärst du bereit, dich einer Wahrheitsprüfung zu unterziehen?«, wollte Prinz Geris wissen.

»Ja.«

»Ich fürchte, das wird nicht möglich sein. Prinzessin Tasia ist bereits gegangen«, mischte sich sein jüngerer Bruder Plortis ein. »Und sie war die einzige Abgesandte aus Pultaris heute Abend.«

»Dann unterziehen wir ihn einer Geistprüfung«, schlug Prinzessin Nadera vor.

Farisio spürte, wie sich Panik in ihm auszubreiten begann, als er begriff, dass er seine Schwester in Kürze verlieren konnte. Würden sie zulassen, dass er sie ein letztes Mal mit nach Hause nahm, während sie Ileijas Eltern verständigten? Oder würden sie das Mädchen stattdessen gleich der angeblichen Nachbarin mitgeben? Kannte Ileija … oder Oljira … die Frau überhaupt? Was, wenn sich die Kleine vor der Fremden fürchtete?

»Das ist nicht nötig. Wir haben doch einen Wahrheitskristall. Sofern wir die Befragung kurz halten und die Energie des Kristalls nicht erschöpfen, kann er uns genauso gut verraten, ob Kolls Geschichte der Wahrheit entspricht. Plortis, wenn du ihn bitten holen würdest?«, bat König Oprios.

Sein jüngerer Sohn nickte, rannte los und war innerhalb kürzester Zeit mit dem Wahrheitskristall zurück.

»Junge, du musst das Mädchen loslassen«, wandte sich der Herrscher von Wirilat dann an Farisio, doch jener drückte sie unwillkürlich enger an sich.

»Ich nehme sie«, bot Prinzessin Nadera an und streckte die Hände nach Ileija aus.

Äußerst widerwillig und mit langsamen Bewegungen überreichte er sie ihr. Dann stand bereits Plortis neben ihm und streckte die Hand mit dem Kristall nach ihm aus. Sobald er Farisios Haut berührte, leuchtete der Kristall auf und der König begann mit der Befragung.

»Ist das Mädchen in Naderas Armen deine Schwester?«

»Nein.«

»Hast du das Mädchen entführt? Oder hast du irgendetwas mit der Entführung zu tun?«

»Nein!«, wiederholte Farisio.

Das Licht des Kristalls leuchtete gleichmäßig. »Das entspricht der Wahrheit«, verkündete Plortis in die angespannte Stille des Saals hinein und Farisio hörte einige der Anwesenden laut ausatmen. Die Ersten von ihnen begannen zu tuscheln, verstummten aber sofort, als König Oprios mit der Befragung fortfuhr.

»Weißt du, wer das Mädchen ist?«

»Nein.«

»Wie bist du ihr zum ersten Mal begegnet?«

»Das habe ich schon erzählt. Ich habe sie in einer Gasse in *Brise* in einem Mülleimer gefunden.«

»Warum hast du sie als deine Schwester ausgegeben und nicht die Stadtwache verständigt?«, wollte der Windherrscher nun wissen.

»Ich dachte, ihre Eltern seien diejenigen, die versucht haben, sie zu töten. Ich wollte nicht, dass sie zu ihnen zurückkehrt und sie beim nächsten Versuch stirbt. Außerdem wollte ich schon immer Geschwister und eine richtige Familie haben. Auf die Idee, sie in ein Waisenheim zu bringen und sie nie wiederzusehen, kam ich nicht.«

»Das ist ebenfalls wahr«, erklärte Plortis, der den Kristall nicht aus den Augen gelassen hatte.

»Das genügt.« König Oprios wirkte zufrieden. Farisio atmete erleichtert tief ein und aus, als der Prinz den Kristall wegnahm und einen Schritt zurücktrat.

»Die Vorwürfe, dass Koll das Mädchen entführt hat, sind hiermit vom Tisch«, stellte König Oprios schließlich fest. »Das Einzige, was wir Koll vorwerfen könnten, ist, dass er nicht versucht hat, die Eltern oder die Familie des Mädchens zu finden.«

»Wieso hätte ich mich auf die Suche nach ihren Eltern machen sollen, wenn ich dachte, dass diese sie dort zum Sterben zurückgelassen hatten?«, fragte Farisio empört, der diesen Vorwurf nicht auf sich sitzen lassen wollte.

»Ein berechtigter Einwand, Vater«, mischte sich Prinz Geris ein. »Ich schlage vor, wir konzentrieren uns darauf, herauszufinden, ob es sich bei Ileija wirklich um die vermisste Oljira aus *Bö* handelt. Ich meine, wenn tatsächlich jemand das Mädchen entführt hat und es sich um dieses Findelkind handelt, dann hätte der Täter das Kind quer durch das ganze Land transportieren müssen. Jemand muss den Täter auf seinem Weg von *Bö* nach *Brise* gesehen haben, falls das der Fall war. Vielleicht sogar in einem Luftschiff.«

Der König nickte. »Lasst Bilder von dem Mädchen anfertigen und befragt die Mannschaften der Luftschiffe, die zwischen den beiden Städten verkehren«, befahl er. Einer der Soldaten gab einem anderen einen Wink und der Mann verschwand, vermutlich um wie gefordert einen Maler zu finden.

Farisio zögerte. Sollte er dem König erzählen, was er über den Entführer herausgefunden hatte? Doch damit würde er nicht nur verraten, dass er dank einer Tehmar-Platte eine Vision gehabt hatte – er würde auch das Geheimnis der Schatten enthüllen.

»Die armen Eltern! Sie müssen verrückt vor Sorge sein«, sagte Nadera, bevor Farisio eine Entscheidung treffen konnte, und strich Ileija die Haare aus der Stirn.

»Du hast recht. Wir sollten Oljiras Eltern verständigen und hierherholen lassen, damit wir herausfinden, ob es sich bei dem Mädchen um ihre Tochter handelt«, pflichtete der König ihr bei.

Er ließ sich von der Anklägerin die Namen und die genaue Adresse geben, bevor er zwei Soldaten durch das Raumportal nach *Bö* schickte. Farisio erkannte, dass es zu spät war, um noch etwas zu sagen.

Dann hieß es warten. Während die Gäste weiterfeierten und die Ereignisse fast schon wieder vergessen hatten, saß Farisio zusammen mit Prinzessin Nadera und Prinz Geris in einer stillen Ecke des Saals und wartete darauf, dass die Wachen aus *Bö* zurückkehrten. Er hatte gehofft, Ileija wieder in den Arm nehmen zu können. Doch Nadera schien jetzt an seiner Tauglichkeit als großer Bruder zu zweifeln, denn sie behielt Ileija selbst dann bei sich, als das Mädchen erwachte und zu quengeln begann, weil sie nicht zu ihm durfte. Womöglich lag es aber auch nur am misstrauischen Blick der Anklägerin, die neben ihnen stand und mit ihnen auf eine Neuigkeit oder ihre Nachbarn wartete.

Prinz Kuwino kam mit einem Glas in der Hand auf sie zugeschlendert, er war sichtlich gut gelaunt. Er wandte sich an die Prinzessin und wollte ihr das Getränk überreichen, doch sie schüttelte den Kopf.

»Aber es ist Euer Geburtstag, Nadera! Ihr solltet feiern und die Aufmerksamkeit genießen, die Euch zuteilwird! Übergebt das Mädchen und den Jungen doch in die Obhut der königlichen Wache«, schlug er vor.

Den Jungen? Wollte Kuwino etwa wegen des Vorfalls nicht länger seinen Namen verwenden?

Farisio starrte sprachlos den Wasserprinzen an. Dieses Verhalten hatte er nicht von ihm erwartet. Zum ersten Mal kam ihm der Gedanke, dass diejenigen, die den Prinzen nicht mochten, möglicherweise gute Gründe für ihre Abneigung hatten.

Doch Prinzessin Nadera überraschte ihn. »Es tut mir leid, Kuwino. Aber mir ist wirklich nicht nach feiern zumute. Nicht, nachdem wir miterleben mussten, wie Lorino verstoßen wurde, und solange die Eltern dieses armen, hilflosen Kleinkindes noch nicht gefunden wurden. Das kann ich nicht einfach so vergessen. Und ich bin es Koll und Ileija schuldig, mit ihnen zu warten. Sie sind meine Ehrengäste, wie Ihr wisst.«

Kuwino sah aus, als hätte er eine Meinung dazu, aber er sagte nichts. Stattdessen verbeugte er sich nur steif und ging dann wieder feiern. Farisio sah, wie er einen Diener mit einem Tablett Hochprozentigem heranwinkte und gleich zwei Gläser hintereinander herunterkippte. Prinzessin Naderas Antwort schien ihm nicht gefallen zu haben.

»Ich weiß nicht, was du in ihm siehst, Nadi«, murmelte Geris seiner Schwester zu, anscheinend hatte er ebenfalls den Prinzen von Diniri beobachtet.

»Wieso? Kuwino ist nett.«

»Zu dir vielleicht, aber du hast doch gesehen, wie er Koll behandelt hat, und dabei hat der Junge ihm das Leben gerettet!«

Seine Schwester starrte ihn an und schien nicht zu wissen, was Geris meinte. Hatte sie denn nicht mitbekommen, wie Kuwino über ihn gesprochen hatte?

»Ich glaube, du interpretierst da zu viel hinein, Ger«, sagte sie und schenkte Farisio ein schuldbewusstes Lächeln. »Ich finde es auf jeden Fall bewundernswert, dass du dich so gut um sie gekümmert hast, Koll. Man merkt, dass es der Kleinen gut geht. Und dass sie dich liebt. Das würde sie nicht tun, wenn du sie nicht gut behandelt hättest«, meinte sie mit einem Blick zu der Frau aus *Bö*, die Farisio immer noch misstrauisch beobachtete.

»Das stimmt.« Prinz Geris lächelte ihn nun ebenfalls an.

Farisio schwieg. Ihm stand der Sinn momentan wirklich nicht nach einer Unterhaltung mit den Zwillingen, und auch ihr Lob konnte er zurzeit nicht annehmen. Bei dem Gedanken, dass er Ileija möglicherweise bald verlor und sie nun noch nicht einmal in den Arm nehmen durfte, wurde ihm ganz elend zumute.

Das Warten zog sich. Selbst Prinz Geris wurde irgendwann unruhig. »Müssten sie nicht langsam zurück sein?«

»Du weißt doch, dass sie nur durch ein Raumportal zurückkehren können, Ger. Und je nachdem, wie weit Oljiras Eltern vom Hauptquartier der Wache entfernt wohnen, kann das eine Weile dauern. Vorausgesetzt, sie waren überhaupt zu Hause und die Soldaten müssen sie nicht erst noch suchen.«

»Du hast recht, Nadera.«

Als kurz darauf ein Bediensteter den Festsaal betrat und sich ihnen näherte, erhoben sich beide.

»Ich habe eine Botschaft für Euch, Prinzessin«, sagte der Mann und die Geschwister traten auf ihn zu. Nadera öffnete zunächst den Brief und riss dann die Augen weit auf. Rasch reichte sie die Nachricht an ihren Bruder weiter. Farisio fragte sich, um was es in der Botschaft ging.

Er hatte die beiden und Ileija nicht aus den Augen gelassen, sodass er überrascht zusammenzuckte, als er plötzlich eine Person neben sich spürte und eine Alkoholfahne roch. Es war Prinz Kuwino.

»Was machst du noch hier?«, wollte der Prinz wissen und schaute mit einer verächtlichen Grimasse auf ihn herab. »Du gehörst nicht hierher. An Naderas Stelle hätte ich dich längst rausgeschmissen, nachdem herauskam, dass du allen nur etwas vorgespielt hast. Höflichkeit hin oder her.«

Farisio war sprachlos. Doch Prinz Kuwinos Gemeinheiten hatten damit noch kein Ende. »Du hoffst wohl, dass die Prinzessin dich mag, was? Vergiss es! Sie wird sich niemals für einen armen Waisenjungen interessieren. Nadera und ich werden heiraten und dann werde ich dafür sorgen, dass Gesindel wie du nicht einmal mehr in die Nähe dieser Familie kommen kann!«

»So schnell also habt Ihr vergessen, wer Euch das Leben gerettet hat.«

Farisio schüttelte den Kopf. Er verstand nicht mehr, wie er Kuwino zuvor hatte bedauern können. Er war kein netter Kuftari. Und so langsam ahnte er, dass Kuwino den Schatten in Diniri reichlich Arbeit bescherte. Hoffentlich heiratete die Kronprinzessin ihn nicht tatsächlich, denn dann wäre der Wassermagier ihr Problem.

Kuwino reagierte nicht auf Farisios Tadel, sondern tat so, als hätte er ihn nicht gehört. Er schwankte, wollte auf Nadera zugehen, überlegte es sich dann jedoch anders und ging wieder feiern. Nadera und Geris hatten noch nicht einmal mitbekommen, dass er da gewesen war.

Nur die Folgen bekamen sie zu sehen, denn als die beiden mit Ileija zurückkehrten, war Farisios Stimmung gedrückt. Und sie wurde auch nicht besser, als er die ernsten Mienen der Zwillinge sah.

»Was ist geschehen? Was stand in der Botschaft? Ist sie aus *Bö*?«

»Die Nachricht betraf etwas anderes. Aber wir wurden gerade informiert, dass Oljiras Eltern in Kürze hier eintreffen. Möchtest du mit zum Raumportal kommen?«, fragte Nadera.

Farisio nickte beklommen. Als ob er Nein sagen würde!

Die Angst kehrte zurück und die Prinzessin schien zu spüren, wie es um ihn stand, denn sie drückte seine Hand, während sie neben ihm ging. Ileija verstand nicht, was geschah. Ihr leises »Oll« klang fragend und verwirrt. Doch noch nicht einmal jetzt durfte Farisio die Kleine tragen, während sie, mit Prinz Geris und der Frau aus *Bö* im Schlepptau, den Raum betraten, in dem das Portal stand und der König und seine Frau schon auf sie warteten.

»Gut, da seid ihr ja«, sagte König Oprios erleichtert. »Sie müssen jeden Moment kommen.«

Wie aufs Stichwort baute sich die Magie des Portals auf. Sie ähnelte sehr der Teleportationsmagie der Schatten.

Dann traten vier Personen durch den magischen Kreis, zwei Soldaten sowie ein junges, gut gekleidetes Pärchen, das beim Anblick von Ileija sofort freudig aufschrie. Farisios letztes bisschen Hoffnung, dass Ileija nicht Oljira war, zerfiel zu Staub, als er die erleichterten Mienen der Eltern und die Tränen in ihren Augen bemerkte.

»Oh, Oljira!«

Die Mutter griff nach der Kleinen, die sofort aufgeregt zu plappern begann. Ihr Verhalten sprach von Vertrautheit. Farisio kamen jetzt ebenfalls die Tränen.

»Wir können Euch gar nicht genug danken, Eure Majestät, dass Ihr unsere Tochter gefunden und gerettet habt«, sagte Oljiras Vater und strich über ihr Köpfchen, während seine Frau die Kleine in den Armen hielt.

»Vielen Dank, Hoheit«, sagte Oljiras Mutter mit belegter Stimme zu Prinzessin Nadera. »Wir hatten schon fast die Hoffnung verloren, unsere Kleine jemals wiederzusehen. Sie ist unser einziges Kind und wir lieben Oljira mehr als alles andere. Als dann der Streit mit einem unserer Rivalen eskalierte und Oljira eines Morgens aus ihrem Bettchen verschwunden war … Wir befürchteten das Schlimmste.«

»Ich nehme an, Sie haben Anzeige bei der Stadtwache in *Bö* erstattet?«, erkundigte sich der König.

Oljiras Vater wandte sich ihm zu. »Ja. Aber die Suche verlief ergebnislos. Kein Wunder, die verfeindete Familie muss geahnt haben, dass wir sie als Erstes verdächtigen würden. Aber wir sind nicht auf die Idee gekommen, dass der Entführer sie nach *Brise* gebracht haben könnte. Die Stadtwache hat nur in *Bö* nach ihr gesucht.«

»Jetzt ist sie ja wieder da und es geht ihr gut, den Gründern sei Dank!«

»Bedanken Sie sich bei Koll. Er hat ihr das Leben gerettet und sich um sie gekümmert«, merkte Prinz Geris an.

Der Vater richtete seine Aufmerksamkeit nun auf Farisio. »Ist das der Junge, von dem die Soldaten erzählt haben?«

Nadera und Geris nickten. Der Vater griff in seine Hosentasche, holte etwas hervor und drückte es Farisio in die Hand. »Danke, Junge. Ein kleines Zeichen unserer Anerkennung für deine Mühen und Ausgaben.«

Farisio starrte fassungslos auf den Geldbeutel. War das ihr Ernst? Es ging ihm doch nicht um Mühen und Ausgaben! Er war dabei, Ileija zu verlieren, seine kleine Schwester, die er liebte!

Doch niemand schien zu bemerken, wie es ihm ging, als er sie jetzt in den Armen dieser Fremden sah, die es kaum abwarten konnten, mit ihrer Tochter nach Hause zurückzukehren. Viel zu schnell öffnete sich das Portal erneut, die dankbaren Eltern winkten ihnen zu und dann war Ileija fort. Für immer.

»Es tut mir leid, Koll«, sagte Nadera. »Immerhin ist sie jetzt wieder bei ihren Eltern.«

»Es wird ihr gut gehen«, mischte sich auch Prinz Geris ein. »Die Stadtwache wird den Schuldigen bald verhaften und sie wird in Sicherheit sein. Das verspreche ich dir.«

»Spart euch die Worte. Sie helfen dem Jungen nicht. Er hat gerade seine ganze Familie verloren. Ihr wisst nicht, wie sich das anfühlt, wenn euer Herz bricht und ihr vor Trauer kaum noch Luft bekommt«, sagte jemand und fasste Farisios Empfindungen treffend zusammen.

Er sah mit Tränen in den Augen auf und begegnete dem Blick von Refaso, seinem Großvater.

24

KÖNIGLICHER PALAST VON WIRILAT

Ungläubig starrte er seinen Großvater an. Stand er wirklich vor ihm? Wo kam er so plötzlich her? Hatte er die Tragödie etwa mitbekommen?

Es schien so, denn sein Großvater wusste eindeutig Bescheid, welche Bedeutung Ileija – er konnte sich nicht überwinden, sie Oljira zu nennen – für Farisio hatte. Ausgerechnet ihr Verlust aber hatte Refaso dazu gebracht, Farisio anzusprechen. So hatte er sich ihr erstes Gespräch nicht vorgestellt.

»Nadi, Ger, ich weiß, ihr meint es gut, aber würdet ihr mir einen Gefallen tun und mich allein mit dem Jungen sprechen lassen? Koll, richtig?«

Die Frage seines Großvaters traf Farisio bis ins Mark. Er konnte ihn nicht belügen, nicht ihn!

»Eigentlich lautet mein Name Farisio, aber alle nennen mich Koll«, flüsterte er so leise, dass es nur Refaso und die Zwillinge hören konnten.

Sein Großvater nickte, als wäre nichts dabei, und auch Prinzessin Nadera schien seinen zweiten Vornamen zu akzeptieren. Nur Prinz Geris kniff kritisch die Augen zusammen.

»Gut, Koll. Mein Name ist Refaso und ich freue mich, dich kennenzulernen.« Sein Großvater lächelte kurz, bevor er wieder ernst wurde. »Ich weiß, dass dir jetzt nicht nach Gesellschaft zumute ist.

Aber magst du vielleicht mit mir in den Garten kommen? Dort findest du Ruhe zum Nachdenken. Und falls du reden möchtest, bin ich da.«

Farisio nickte und folgte seinem Großvater. Dabei spürte er die Blicke der Zwillinge in seinem Rücken, doch sie schlossen sich ihnen nicht an, und er war froh darüber. Nadera und Geris waren neugierig. Sie hätten bestimmt unzählige Fragen gestellt und obwohl sie es gut meinten und er sie mochte, ertrug er das momentan nicht.

Erneut kamen ihm die Tränen, als er an Ileija dachte. Zorn flammte in ihm auf. Warum hatten sie ihm noch nicht einmal die Gelegenheit gegeben, sich von ihr zu verabschieden? Hatten sie etwa gedacht, er würde sich die Kleine schnappen, mit ihr fliehen und sie nicht mehr hergeben?

Und dann erst die Eltern! Sie hatten ihn kaum angesehen und ihn behandelt, als sei er lediglich ein bezahlter Dienstbote gewesen, der kurz auf Ileija aufgepasst hatte. Als könnte man seine Fürsorge, Liebe und Familienzugehörigkeit einfach so mit ein paar Geldmünzen kaufen – und sie dann mit einem Händeschütteln wieder auslöschen.

Dann verflog seine Wut wieder und Leere breitete sich in ihm aus. Sein Schmerz ließ die Dunkelheit frohlocken, und es kam ihm vor, als würde sie jeden seiner düsteren Gedanken, jedes schreckliche Gefühl begierig verschlingen. Der Kummer wollte Wurzeln schlagen und er wusste, dass diese tief ins Erdreich vordringen würden, tiefer als jemals zuvor.

»Ich komme gerne hierher, wenn ich Zeit für mich brauche«, sagte sein Großvater leise, als er ihn aus dem Gebäude in einen Innenhof führte. Ein halbes Dutzend riesiger Bäume füllte ihn aus und obwohl Farisio im schwachen Schein der Laternen an den Eingängen nicht viel sehen konnte, erkannte er doch sofort den Grund, warum sein Großvater sich hier wohlfühlte.

Auf den Bäumen waren große Plattformen und Baumhäuser aus Holz errichtet worden und er konnte jetzt verfolgen, wie einer der riesigen geflügelten Gefährten auf einer von ihnen landete und in einen der Ställe hüpfte.

»Ist dies ihr Horst?«, fragte er staunend.

»Ja. Das war meine Idee. Du musst wissen, die Vögel sind in den Sturmbergen heimisch, wo jeder von ihnen eine eigene Höhle hat, in die er sich zurückziehen kann. Einige von ihnen leben in den Palasttürmen, aber es gibt nicht genug für alle von ihnen und sie teilen nicht gerne. Auch wenn unsere Gefährten nicht sprechen können, so sind sie doch sehr intelligent und wie wir Kuftari benötigen sie ihre Privatsphäre. Die Bäume hier im Innenhof gab es schon länger, doch als es immer wieder zu Kämpfen unter den Vögeln kam, habe ich dem König vorgeschlagen, die Plattformen und Ställe zu errichten. Inzwischen sind sie friedlich – außer einer von ihnen macht einem anderen seinen Stammplatz streitig.«

Staunend verfolgte Farisio in den nächsten Minuten, wie Vogel um Vogel landete. Bald führte ihn Refaso zu einer Bank, von wo aus sie die Gefährten weiter beobachten konnten.

Das Schweigen zwischen ihnen war angenehm. Sein Großvater gab ihm Zeit, drängte ihm kein Gespräch auf, ganz wie er es versprochen hatte. Obwohl sich Farisio so sehr gewünscht hatte, mit ihm zu sprechen, war er jetzt überaus dankbar, dass sie stattdessen gemeinsam schwiegen. Erst als ein heller Vogel aus dem Palast flog und sich ihnen näherte, statt auf einem der Bäume zu landen, öffnete sein Großvater den Mund.

»Hab keine Angst, das ist *Weißfeder*. Sie hat mich in meiner Kindheit ausgewählt und ist mir seitdem eine treue Freundin. Sie möchte dich kennenlernen.«

Als der Vogel auf dem Boden aufsetzte und majestätisch auf sie zuschritt, erkannte Farisio, dass es sich um den weißen Riesenvogel handelte, den er bereits bei seinem ersten Besuch auf der Flugwiese getroffen hatte. Die intelligenten Augen leuchteten, als sie ihn betrachteten, und als Farisio keine Furcht zeigte, überwand *Weißfeder* auch die letzten Meter, um ihn mit dem Kopf anzustupsen.

»Sie mag dich«, sagte sein Großvater. »Das ist erstaunlich. Normalerweise ist sie bei Fremden nie so zutraulich. Bitte, streichle sie gerne. Sie liebt es, gekrault zu werden.«

Farisio strich ihr zaghaft übers Gefieder und *Weißfeder* schloss wohlig die Augen. »Ich habe sie schon einmal gesehen, vor ein paar Tagen auf der Flugwiese. Das war der Tag, als sich Lorino mit Kuwino geprügelt hat. Vermutlich erinnert sie sich an mich.«

»Das tut sie mit Sicherheit. Dennoch ist das äußerst ungewöhnlich. Sonst wartet sie immer darauf, dass ich ihr Fremde vorstelle, doch dir hat sie sich ohne Zögern genähert. Sie mag dich wirklich und das spricht für dich, denn *Weißfeder* kann den Charakter eines Kuftari gut einschätzen.«

Farisio kam allerdings der Verdacht, dass die Zutraulichkeit von *Weißfeder* nicht daran lag. Wusste die Gefährtin seines Großvaters eventuell, wer er war? Konnte sie spüren oder riechen, dass sie blutsverwandt waren? Hatte sie sich ihm deshalb an jenem Nachmittag genähert? Hatte sie in ihm den Enkel ihres Freundes erkannt?

»Ohne sie hätte ich den Verlust meiner eigenen Familie wahrscheinlich nicht verkraftet«, erzählte sein Großvater leise. »Sie war immer bei mir und hat mich an meinen schlechten Tagen von Dummheiten abgehalten. Ich weiß, alle halten mich für einen naiven Träumer, weil ich spüre, dass meine Kinder noch irgendwo dort draußen sind. Und auch ich habe Zweifel, denn ich weiß, dass etwas Schreckliches geschehen sein muss. Etwas, das verhindert, dass sie zu mir zurückkommen. Und an manchen Tagen, wenn meine Einsamkeit und Verzweiflung zu groß werden und ich daran denke, dem Ganzen ein Ende zu setzen, dann kommt *Weißfeder*, stupst mich an und wir fliegen über die Sturmberge oder die *Klippe* und ich kann all meine Sorgen und negativen Gefühle hinter mir lassen. In der Luft sind wir frei.«

Weißfeder schien verstanden zu haben, dass er von ihr gesprochen hatte, denn nun legte sie sich vor ihnen hin, stupste Refaso an und keckerte mit dem Schnabel. Konnte sein Großvater sie etwa verstehen?

»Ja, meine treue Freundin«, sagte Refaso. »Wir werden bald wieder fliegen, ich verspreche es. Nur heute Nacht nicht mehr.«

Er verstummte erneut und Farisio schwieg mit ihm. Er war froh, dass sein Großvater so offen mit ihm sprach, dass er seinen Schmerz teilte, ihm vertraute. Es war, als würde Refaso ihn instinktiv wie einen Sohn oder Enkel behandeln. Doch Farisio glaubte nicht, dass sein Großvater ahnte, wer er war.

»Es ist, als hätte sie ein Loch in mein Herz gerissen«, wisperte Farisio schließlich. »Ich war so lange allein. Nicht weil ich es wollte, sondern weil ich niemandem vertrauen konnte. Wer sein Misstrauen nicht intensiv pflegt, überlebt auf der Straße nicht lange. Und dann hab ich sie gefunden, Ileija, und es war, als hätten die Gründer mir ein Geschenk gemacht. Ich war nicht länger allein und sie war niemand, der mich belügen, verletzen oder verraten würde. Vom ersten Moment an habe ich ihr vertraut und sie geliebt. Ich habe mich um sie gekümmert, mich endlich wieder nützlich gefühlt. Ich habe einen Ort gesucht, an dem wir uns zu Hause fühlen konnten, an dem es ihr gut ging. Und gerade, als ich die Hoffnung hatte, dass alles gut werden würde, musste ich sie wieder verlieren. Es tut so unendlich weh.«

»Als hätte die Sonne dir das Herz herausgebrannt oder das Nichts es im Bruchteil einer Sekunde ausgelöscht, und du verstehst nicht, was geschehen ist, geschweige denn, wie es passieren konnte. Und du fragst dich, ob du etwas verkehrt gemacht hast, ob es deine Schuld ist …«, ergänzte sein Großvater. Er schien ganz vergessen zu haben, dass Farisio ihm zuhörte.

»Nein! Bitte, das dürfen Sie nicht denken!«

Sein Großvater starrte ihn erschrocken an und Farisio versuchte, sich zu beruhigen. Doch er hatte Angst.

»Ich weiß nicht, was vor dreißig Jahren geschehen ist, wie Sie Ihre Familie verloren haben. Ich weiß nur das Wenige, das Prinzessin Nadera mir erzählt hat. Aber wenn ich etwas mit Sicherheit weiß, dann dass es nicht Ihre Schuld war. Sie haben Ihre Familie geliebt, oder nicht? Sie wollten das Beste für sie und das müssen Ihre Kinder gespürt haben. Es ist nicht Ihre Schuld, wenn jemand anders beschließt, ein Verbrechen zu begehen, und Ihnen Ihre Kinder raubt. Der Einzige, der sich schuldig fühlen sollte, ist der Verbrecher!«

Er konnte seinen Gesichtsausdruck in der Dunkelheit nicht sehen, doch als Refaso eine Hand auf Farisios Schulter legte, atmete er erleichtert aus. Seine Worte hatten ihn erreicht.

»Du bist ein guter Junge, Koll, und ich hoffe, du erinnerst dich daran, dass es auch nicht deine Schuld war und dass du nicht allein bist. Ich weiß, momentan sind das nur Worte und sie helfen vermutlich nicht, aber falls du reden möchtest, ich bin da. Du kannst mich jederzeit besuchen. Ich würde gerne mehr über dich und Ileija erfahren. Und auch *Weißfeder* freut sich sicherlich, dich wiederzusehen.«

Sein Großvater drückte kurz Farisios Schulter und nahm dann die Hand wieder weg. *Weißfeder* nutzte die Gelegenheit, um erst Refaso und dann ihn vorsichtig anzustoßen, bevor sie sich erhob und auf den Weg in einen der Bäume machte.

»Ich glaube, das ist ihre Methode, um uns zu sagen, dass es spät ist und wir zu Bett gehen sollten«, sagte sein Großvater, dabei konnte Farisio die Zuneigung zu seiner geflügelten Freundin aus seiner Stimme heraushören.

»Sie haben recht. Ich sollte auch langsam zur Schule zurückkehren.«

Sie standen auf und Refaso brachte ihn zurück ins Gebäude und zum Haupteingang.

»Vielen Dank«, sagte Farisio, als sie ein paar Meter vor den Türen innehielten. »Danke, dass Sie mir den Innenhof und den Horst gezeigt und mir zugehört haben. Können Sie bitte Prinzessin Nadera ausrichten, dass ich mich auf den Heimweg gemacht habe und mich für alles bedanke, was sie für mich getan hat?«

»Selbstverständlich, Koll. Und ich hoffe, du besuchst uns bald wieder. Du bist herzlich willkommen.«

»Koll! Onkel Refaso!«

Überrascht drehten sie sich um und entdeckten die Kronprinzessin, die aus dem Ballsaal auf sie zueilte.

»Dann habe ich doch richtig gehört. Ich hoffe, du wolltest nicht gehen, ohne dich zu verabschieden, Koll?«

»Bitte verzeiht mir, Eure Hoheit«, erwiderte Farisio und neigte den Kopf. »Es ist spät und ich habe morgen wieder Unterricht. Außerdem wollte ich Euch und Eure Gäste nicht stören.«

»Du störst nicht, Koll«, erwiderte Nadera und es klang nicht nur wie eine Floskel. »Ich hoffe, du kommst uns bald wieder besuchen. Ich schulde dir schließlich noch eine Palastführung, ich habe es nicht vergessen. Und es tut mir ehrlich leid, wie der Abend gelaufen ist. Ich werde mit Oljiras Eltern sprechen. Vielleicht kannst du sie ja mal in *Bö* besuchen.«

Farisio kamen erneut die Tränen. »Das wäre schön«, hauchte er. »Danke für alles.«

Er verbeugte sich ein letztes Mal, wischte sich die Tränen aus den Augen und machte sich auf den Weg. Der Mond war herausgekommen und beleuchtete den Pfad nach *Aussicht*. Farisio seufzte, als er begriff, dass *Scharfauge* nicht vor dem Palast auf ihn wartete. Auch von den anderen Schatten war nichts zu sehen.

Die Prinzessin und sein Großvater nahmen vermutlich an, dass er abgeholt werden würde. Stattdessen musste er sich allein auf den Rückweg machen. Farisio schwankte zwischen Gereiztheit und Erleichterung. Einerseits wollte er in diesem Moment allein sein, sein Herz war zu wund für die scharfen Blicke und Worte der Schatten. Doch der Fußweg durch die Dunkelheit war nicht angenehm und er hatte gehofft, dass einer der Schatten ihn abholen und zurück in die unterirdische Stadt teleportieren würde.

Wie lange es am Ende gedauert hatte, bis er zurück in *Aussicht* war, wusste er später nicht. Auch nicht, wie häufig er auf dem Weg über eine Unebenheit im Boden, einen Stein oder einen Ast gestolpert war. Seine schöne neue Kleidung wirkte im Licht der Straßenlaternen gar nicht mehr schick, sondern dreckig, und auch wenn er vermutlich nicht häufig die Gelegenheit haben würde, sie zu tragen, bedauerte er das. In der Regel versuchte er, seine Sachen so lange wie möglich zu erhalten.

»Koll!«

Scharfauge stand am Eingang des Gasthauses und wartete auf ihn. »Warum hast du nicht einem der Schatten Bescheid gegeben, dass du gehen wolltest?«, fragte er. »Ich habe nur durch Zufall erfahren, dass du bereits aufgebrochen warst, als ich vor ein paar Minuten von einem Auftrag zurückkam. Und leider konnte ich dir auch nicht entgegenkommen, da ich meine Transportmagie für den Tag bereits aufgebraucht habe. Aber egal, du hast ja hergefunden. Lass uns in die Basis zurückkehren. Udio und der Rest des Schattenrats wollen dich sehen, sobald du zurück bist. Wo ist Ileija?«

Die drei Worte des ahnungslosen Schattens reichten, um Farisio erneut zum Weinen zu bringen. »Fort«, sagte er kurz angebunden. »Sie ist zurück bei ihren Eltern und ich will nicht darüber sprechen.«

Scharfauge starrte ihn an, wollte etwas sagen, überlegte es sich angesichts von Farisios Miene jedoch anders.

»Komm«, meinte er lediglich und führte ihn dann in den Nebenraum, wo Ubneri schon am Transportring auf sie wartete.

Farisio hatte den Eindruck, es wäre keine Sekunde vergangen, da tauchten sie auch schon wieder in der unterirdischen Stadt auf. Auch der Marsch ins Stockwerk der Schatten und zum Tagungsraum des Rats war wie im Flug vorbei. Dann schob *Scharfauge* ihn schon in einen großen Raum mit einem ovalen Tisch und etwa einem Dutzend Stühlen. Hätten sich die versammelten Schatten nicht gerade über etwas unterhalten, was sie auf den Raumplatten an der Wand sahen, Farisio hätte sie möglicherweise gar nicht bemerkt.

»Koll!«, begrüßte ihn Udio erfreut. »Ich habe gehört, du hast deine Aufgabe außerordentlich gut erfüllt, Prinz Lorino überführt und damit einen Krieg zwischen Diniri und Wirilat verhindert? Das ist großartig!«

»Setz dich, Junge«, sagte *Ruhige Hand* und schob ihm einen leeren

Stuhl zurück. »Du siehst aus, als würdest du gleich vor Erschöpfung zusammenbrechen.«

Dankbar nahm Farisio Platz und auch *Scharfauge* setzte sich in die Runde.

»Es reicht, wenn du uns zunächst einen kurzen Bericht gibst, nur das Wichtigste«, erklärte *Hundert Augen*. Sie musterte ihn mitleidig. Vermutlich wusste sie, dass er Ileija verloren hatte und zu einem längeren Gespräch nicht in der Lage war. »Was ist heute Abend passiert?«

Farisio holte Luft und begann mit der Erzählung bei dem Moment, in dem er die Prinzessin am Eingang getroffen hatte. Dann berichtete er von der Hurros-Allergie Kuwinos und davon, wie Prinz Lorino verstoßen worden war. Erst als er zur Anklage gegen ihn selbst und dem Verlust Ileijas kam, schluckte er schwer und mied ihre Blicke.

»Du hast uns angelogen«, stellte *Keine Sperenzchen* laut fest. »Sie ist gar nicht deine Schwester.«

»Das ist jetzt unwichtig, *Keine Sperenzchen*«, unterbrach sie *Hundert Augen*. »Wie haben der König, die Kronprinzessin und die anderen darauf reagiert?«

Sie würde ihm keine Ruhe lassen, bis er auch noch das letzte bisschen berichtet hatte, erkannte Farisio und fühlte sich leer, als er von den Aufmunterungsversuchen der Zwillinge, seinem Gespräch mit Refaso und ihren Einladungen in den Palast berichtete.

»Du hast es geschafft, Koll!«, rief *Scharfauge* begeistert und strahlte.

»Auch wenn deine Lüge die Mission ernsthaft hätte gefährden können«, kritisierte *Keine Sperenzchen*.

»Aber es ist alles gut gegangen«, stellte Udio fest und machte auf Farisio einen zufriedenen Eindruck. »Du hast deine erste Aufgabe erfüllt und sowohl die Prinzessin als auch Ratgeber Refaso, der sonst niemanden einlädt, haben dich gebeten, sie wieder zu besuchen. Das werte ich als Erfolg. Gut gemacht, Koll! Und jetzt ruh dich aus. Es war ein langer Tag. Morgen Vormittag musst du nicht zum Unterricht.«

»Ich bringe ihn auf sein Zimmer«, bot *Freundliches Gesicht* an, der neben ihm saß. Im nächsten Moment verschwamm der Besprechungsraum schon vor seinen Augen und Farisio fand sich auf seinem Bett wieder.

»Bleib sitzen. Ich helfe dir beim Abschminken.«

Der Gesichtslose schwieg während der Prozedur. Doch als er Farisio half, die Schuhe auszuziehen und sich ins Bett zu legen, sog er scharf die Luft ein. In diesem Moment erkannte Farisio, dass *Freundliches Gesicht* seinen neuen Hut in der Hand hielt und er darunter keine schützende Mütze trug.

»Bei den Gründern!«

»Sagen Sie nichts, bitte! Ich kann nicht darüber reden.«

Freundliches Gesicht starrte ihn lang an. Dann nickte er. »Ich hatte es dir doch versprochen: Ein Gesichtsloser verrät niemals einen anderen Gesichtslosen. Deine Geheimnisse sind bei mir sicher.«

Erleichterung überkam Farisio, als er die Augen schloss. An mehr erinnerte er sich nicht.

25

FARISIOS ZIMMER

Als er das nächste Mal die Augen aufschlug, wusste Farisio nicht mehr, was passiert war. Warum war er so erschöpft? Und was trug er da für Sachen? Warum zum Nichts hatte er seine dreckige Kleidung nicht ausgezogen, bevor er zu Bett gegangen war?

Ileija!

Hektisch setzte er sich auf. Wo war sie?

Farisio starrte auf den Platz neben sich im Bett, wo sie immer gelegen hatte. Nun befand sich dort nichts, und er begriff mit schmerzendem Herzen, dass dies auch so bleiben würde. Es gab keine Ileija, nur Oljira, und sie war wieder bei ihren Eltern in *Bö*, auf der anderen Seite der Domäne. Bei dem Mann und der Frau, die gedacht hatten, sie müssten ihn für seine Liebe zu ihrer Tochter bezahlen.

Angewidert nahm er die Geldbörse vom Nachttisch. Er konnte sich nicht erinnern, sie eingesteckt zu haben. Er wollte das Geld nicht, er hätte es ihrem Vater gestern Abend an den Kopf werfen sollen. Stattdessen ließ er den Beutel nun zu Boden fallen. Er wollte nicht wissen, wie viel er enthielt. Seine Liebe war nicht käuflich.

Farisio ließ sich wieder zurück aufs Kopfkissen fallen. Dankbar, dass er an diesem Vormittag niemanden sehen musste, schloss er die Augen, setzte seinen neuen Hut auf und zog ihn sich übers Gesicht. Vermutlich waren Nari, Gralit und die anderen in diesem Moment beim Frühstück, aber er konnte nur Ileija vor sich sehen und an die Mahlzeiten denken, die sie gemeinsam eingenommen hatten. Wie sie begeistert »Oll! Oll!« gerufen und sich gefreut hatte, wenn er sie gefüttert hatte. Jetzt dort hinunterzugehen, ohne sie, das konnte er nicht. Auch verspürte er nicht den geringsten Appetit, obwohl er bei der ganzen Aufregung um Kuwino und … Oljira am Vorabend auch nicht zum Essen gekommen war.

Noch nicht einmal die Begegnung mit seinem Großvater konnte ihn aufheitern. All die Male, in denen er sich ihr Gespräch ausgemalt hatte, hätte er nie gedacht, dass es so ablaufen würde. Weder hatte er ihm erzählt, dass er sein Enkel war, noch hatte er viel über seinen Großvater, seine Mutter und ihre Geschwister erfahren. Stattdessen hatten sie die meiste Zeit schweigend ihren Schmerz geteilt.

Farisio stöhnte, als er daran dachte. Er hatte seinen Großvater langsam kennenlernen und ihm dann nach und nach seine Geheimnisse erzählen wollen. Stattdessen war das Erste, was sein Großvater über ihn erfahren hatte, dass man ihn fälschlicherweise für einen Kindesentführer gehalten hatte. Außerdem hatte er zugegeben, dass er einen falschen Namen benutzt hatte. Was sollte sein Großvater jetzt von ihm denken?

Immer wieder ging er in Gedanken durch, was er hätte anders machen können und sollen. Aber das änderte nichts daran, dass er den ersten Eindruck seines Großvaters von ihm nicht mehr korrigieren konnte. Es war zu spät.

Er wusste nicht, wie viel Zeit vergangen war, als es an seine Tür klopfte.

»Koll, bist du da?«

Farisio drehte sich um, als er Naris Stimme hörte, und platzierte den Hut so, dass er wieder den größten Teil seines Gesichts und seiner Haare verbarg. Vielleicht würde er ja wieder gehen, falls Farisio nicht reagierte?

Er hatte jedoch nicht bedacht, dass Nari nicht allein kommen könnte. Und Gralit hielt nicht viel davon, auf eine Einladung zu warten. Die Tür wurde aufgerissen, dann stampfte der große Schattenanwärter auch schon mit schweren Schritten ins Zimmer.

»Koll? Wir haben es gerade gehört! Du hast Prinz Lorino entlarvt und erneut Prinz Kuwino gerettet. Das ist großartig! Koll?«

»Gralit!«, zischte Nari leise. »Was ist mit ihm?«

»Er liegt immer noch im Bett. Keine Ahnung, ob er mich gehört hat oder ob er noch schläft.«

»Warum musstest du auch einfach hereinplatzen und losschreien?«

»Ich habe nicht geschrien«, widersprach Gralit. »Und außerdem muss Koll langsam aufstehen. Sonst verpasst er das Mittagessen und den Nachmittagsunterricht. Koll?«

Farisio versuchte, ihre Stimmen auszublenden, und hoffte, dass sie einfach wieder gehen würden, wenn er nicht antwortete. Die Aussicht, das Mittagessen zu verpassen, scherte ihn nicht, er hatte noch immer keinen Hunger, und auch der Unterricht kümmerte ihn wenig. Doch so einfach wurde er die beiden natürlich nicht los.

»Koll?«, fragte Nari zaghaft. Anscheinend war er näher ans Bett getreten, denn seine Stimme klang jetzt dichter bei Farisios Ohren. »Merkwürdig. Ileija ist gar nicht da.«

»Vermutlich ist sie in der Krippe.«

»Lass uns sie holen gehen und dann mit dem Essen zurückkommen. Dann kann Koll noch ein paar Minuten schlafen.«

»Sie ist nicht in der Krippe«, presste Farisio jetzt hervor.

»Koll! Haben wir dich geweckt?« Nari klang schuldbewusst.

Widerwillig richtete sich Farisio auf und schob seinen Hut zurück auf den Kopf, sodass er die Haare weiter verbarg. Inzwischen mussten die beiden gesehen haben, dass sich die Kleine nicht im Zimmer befand.

»Ich habe gelogen«, gab er zu. »Ileija ist nicht meine Schwester, sondern ein Findelkind, das ich in *Brise* gefunden habe. Ich dachte, ihre Eltern wollten sie töten, doch gestern Abend hat sich herausgestellt, dass sie entführt worden ist. Jetzt ist sie wieder bei ihren Eltern in *Bö*.«

»Du hast *was* getan?«

Nari und Gralit starrten ihn an. Gralit war der Erste, der seine Sprache wiederfand. »Du kannst doch nicht einfach ein wildfremdes Mädchen als deine Schwester ausgeben! Du hast uns alle angelogen!«

»Hör auf, Gralit! Siehst du nicht, wie schlecht es ihm geht? Koll hat Ileija geliebt, als wäre sie seine Schwester. Warum sollte er sie nicht so nennen? Verwandtschaft und Liebe sind nicht von Blutsbanden abhängig. Außerdem hat er sie gerettet.«

Nari setzte sich neben ihm aufs Bett und legte den Arm um ihn, doch die Berührung spendete ihm keinen Trost.

»Geht ohne mich zum Essen. Ich mag nichts«, bat er leise.

»Bist du dir sicher?«, fragte Nari. Doch Farisio nickte.

»Wir kommen später wieder«, sagte Gralit. Nari stand auf und die beiden verließen sein Zimmer.

Anschließend kletterte Farisio widerwillig aus dem Bett und zog sich um. Auf den Nachmittagsunterricht freute er sich gar nicht. Zuletzt setzte er seine alte Mütze und seinen Hut wieder auf. Der neue Hut war zwar schön, aber er verbarg sein Geheimnis weniger gut als sein alter. Außerdem war er zu schick, wenn er die Zeit nur mit den anderen Schattenanwärtern verbrachte.

Der Unterricht mit den anderen bei *Hundert Augen* in der Zentrale und bei *Eisenfaust* rauschte an ihm vorbei, ohne dass er auch nur ein Wort gehört oder die anderen Anwärter bewusst wahrgenommen hätte. Als die letzte Stunde des Tages vorbei war, verwickelten Gralits Freunde diesen in ein Gespräch und Nari hörte interessiert zu. Die beiden gingen mit ihren Kameraden in den Speisesaal und bemerkten nicht, dass Farisio vor dem Klassenzimmer stehen geblieben war. Bereits bei dem Gedanken an Essen drehte sich ihm der Magen um. Daher beschloss er, seinen Dienst in der Kommandozentrale einfach ein wenig früher anzutreten. Dann konnte er auch früher wieder ins Bett gehen und die Welt um sich herum vergessen.

Als er kurz darauf die Tür zur Zentrale öffnete, blickte ihm *Hun-*

dert Augen entgegen, als hätte sie bereits auf ihn gewartet. Sie wirkte nicht im Geringsten überrascht von seinem frühen Erscheinen.

»Möchtest du sie sehen?«

»Wen?«

»Ileija, Oljira oder wie auch immer das Mädchen heißt. Deshalb bist du doch hier, oder nicht?«

War er so leicht zu durchschauen? »Woher wussten Sie das?«

»Na, warum solltest du sonst das Essen ausfallen lassen und direkt nach dem Unterricht hierherkommen? Los, setzen wir uns an eine Raumplatte.«

Sie führte ihn an einen der hinteren Arbeitsplätze, vermutlich damit ihr Gespräch die Schatten aus ihrer Schicht nicht bei der Arbeit störte. Es war das erste Mal, dass er eine Platte aus Raumsteinen aus der Nähe sah. Die Moronis-Steine waren so dunkel, dass ihr Braunton fast schwarz wirkte.

»Setz dich vor die Windplatte«, forderte *Hundert Augen* ihn auf, während ihre Finger bereits über die Symbole auf der Raumplatte huschten. »Ich schalte sie gleich dazu, dann können wir Ileija nicht nur sehen, sondern auch hören.«

»Danke.«

Er ließ die Hände von dem Windkristall, auch wenn er den neuen Arbeitsplatz nur zu gerne ausprobiert hätte. Ob die Magie des Kristalls sich anfühlte, als würde er mit seinem Freund, dem Wind, sprechen? Gerade hätte er ein Gespräch mit ihm dringend brauchen können.

»Das müsste das Haus sein«, merkte die Kommandantin jetzt an. Farisio erblickte ein dreistöckiges Gebäude mit einem großen, umzäunten Grundstück.

Hier lebte Ileija? Das Anwesen kündete von Wohlstand. Aber das hatte Farisio bereits gewusst, aufgrund des Kleidchens, in dem er die Kleine gefunden hatte, und des achtlosen Umgangs des Vaters mit Geld.

»Wir haben heute versucht, mehr über ihre Familie herauszufinden«, sagte *Hundert Augen,* während sie die Ansicht Stück für Stück vergrößerte. Das Haus kam näher und dann waren sie plötzlich drin und sahen einen breiten Korridor, über den mehrere Bedienstete huschten. »Ihre Eltern gehören zu einer großen Kaufmannsfamilie in *Bö*. Bis auf ihre Feindschaft mit der rivalisierenden Familie in der Stadt leben sie unauffällig. Sie stellen keine Bedrohung für die Domäne dar und selbst ihr Zwist mit ihren Feinden verlief bislang friedlich. Allerdings weiß ich nicht, ob sich das ändern wird, jetzt da Ileijas Eltern wissen, dass ihre Tochter umgebracht werden sollte.«

»Aber dann wäre Ileija wieder in Gefahr!«, rief er.

»Ich weiß, Koll. Was meinst du, warum ich meinen Leuten den Auftrag gegeben habe, die beiden Häuser zu beobachten? Wir werden aufklären, was mit dem Mädchen geschehen und wer für das Verbrechen verantwortlich ist. Wir werden nicht zulassen, dass die Familien sich bekriegen und weiterhin Unschuldige zu Schaden kommen.«

»Danke. Ich wollte Sie nicht anschreien. Es ist nur so schwer, ich vermisse sie.«

»Dann wollen wir das mal ändern. Mal schauen, wo das Mädchen zurzeit ist.«

Sie suchte das Haus ab. Im Erdgeschoss war sie nicht, doch im ersten Stock wurden sie fündig. Ileija befand sich in einem großen Raum, der voller Spielsachen war. Sie saß auf einer Decke, trug ein hübsches neues Kleid und hatte eine Puppe in der Hand. Doch Ileija war allein und sie war nicht glücklich.

Hundert Augen griff zum Windkristall vor ihm und drückte auf ein paar Zeichen. Ein paar Sekunden später konnten sie Ileijas Stimme hören. »Oll? Oll? Oll!«

Es brach ihm das Herz. Sie vermisste ihn anscheinend genauso sehr wie er sie. Und er verstand nicht, wie ihre Eltern das Mädchen einfach allein lassen konnten. Wo waren sie? Hatte Ileija noch nicht einmal einen Leibwächter, der sie vor einer weiteren Entführung schützte?

»Ich komme ja schon, Oljira!«, rief nun eine Stimme und eine junge Frau betrat das Zimmer. Aber es war nicht ihre Mutter.

»Wer ist das?«

»Keine Ahnung. Vielleicht das Kindermädchen? Reiche Leute haben meistens Angestellte, die sich um ihre Kinder kümmern.«

»Dann erledigt sie ihre Aufgabe aber schlecht«, rief Farisio. Er konnte nicht glauben, dass die junge Frau Ileija einfach verschiedene Spielsachen in die Hand drückte, die das Mädchen nicht haben wollte, aber nicht auf die Idee zu kommen schien, dass ihr ein Spielkamerad fehlte.

»Deshalb hat sie sich in der Kinderbetreuung so wohl gefühlt«, erkannte Farisio. »Dort hatte sie endlich Freunde gefunden, die mit ihr spielten. Sie muss schrecklich einsam sein.«

Hundert Augen musterte ihn. »Ich hoffe, ich muss dich jetzt nicht auf die Liste potenzieller Entführer setzen.«

»Was? Nein!«

Dennoch grübelte er für einen winzigen Moment darüber nach. Nein, er würde Ileija nicht entführen. Vielleicht ging es Ileija ja gar nicht so schlecht bei ihren Eltern. Vielleicht hatte das Kindermädchen auch nur einen schlechten Tag oder war mit ihr aus irgendeinem Grund überfordert. Er konnte nicht einfach nach *Bö* reisen und dort einbrechen, um die Kleine zu holen, nur weil sie »Oll« gerufen hatte und er sie vermisste. Das würden auch die Schatten nicht zulassen.

»Prinzessin Nadera will sich dafür einsetzen, dass ich Ileija besuchen darf«, sagte er leise. Er hoffte so sehr, dass sie damit Erfolg hatte! Doch was sollte er tun, falls die Eltern des Mädchens einen Straßenjungen wie ihn nicht in der Nähe ihrer Tochter haben wollten? Was, wenn sie nicht einsahen, dass es das Beste für sie alle war?

»Vielleicht willigen sie ja ein, wenn der Entführer gefasst ist.«

Hundert Augen wollte ihn wahrscheinlich nur aufmuntern, doch ihre freundlichen Worte brachten ihn auf eine Idee.

»Würde es nicht helfen, den Täter zu finden, wenn ich ihn beschreibe?«

»Du weißt, wie der Entführer aussieht? Warum hast du das nicht gleich gesagt? Ich brauche einen Zeichner!«, brüllte sie durch den Raum.

Ein Schatten sprang von seinem Arbeitsplatz auf und kam zu ihnen nach hinten geeilt. In den Händen hielt er einen kleinen Stapel Notizzettel und zwei Bleistifte.

»Kommandantin?«

»Ah, sehr schön. Du sollst den Mann zeichnen, den dir Koll nun beschreibt.«

Der Schatten sah ihn gespannt an, nahm sich einen Stuhl und zückte seinen Stift.

»Äh. Er hat ein hartes, kantiges Gesicht. Es ist weder schmal noch breit. Vom Alter her würde ich ihn auf achtzig Jahre schätzen. Seine Hautfarbe ist dunkel, fleckig, als würde er viel Sonne und Wind ausgesetzt sein. Das passt auch zu den Schwielen an seinen Händen. Er ist ein Arbeiter.«

»Was kannst du mir noch zu ihm sagen? Wie ist die Form seiner Nase? Was ist mit seinen Lippen? Hat er besondere Merkmale wie Narben? Trägt er Ringe im Gesicht? Wie trägt er seine Haare und welche Farbe haben sie?«, wollte der Zeichner wissen, während sein Stift bereits über das Papier huschte und die Umrisse eines Gesichts festhielt.

»Die Nase ist breit. Eventuell wurde sie bereits einmal in einer Prügelei oder so gebrochen.«

Farisio rief sich das Gesicht des Mannes wieder vor Augen. »Die Lippen sind schmal und er lächelt nicht, außer aus Schadenfreude. Narben hat er keine. Ringe ebenfalls nicht. Seine Haare sind blau und er trägt sie kurz.«

»Sehr gut, Koll! Das ist ein guter Anfang. Die Beschreibung wird uns auf jeden Fall helfen, den Mann zu finden.«

Hundert Augen wirkte zuversichtlich. Das war Farisio auch, bis er die Skizze des Mannes sah. Der Schatten hatte den Mann nicht einmal ansatzweise getroffen.

»Nein, nicht so! Er muss härter wirken. Dieser Mann sieht zu nett aus. Und die Hautflecken müssen überall auf den Wangen und auf dem Hals sein. Die Nase ist zu schmal und die Lippen sind zu breit.«

»Kein Problem. Ich mach die Zeichnung noch mal neu.«

Während der Schatten wieder zum Stift griff und ein neues Blatt Papier mit schnellen Strichen füllte, beobachtete Farisio weiter Ileija. Jetzt war auch ihre Mutter kurz zu sehen. Sie wirkte glücklich, lächelte, nahm die Kleine hoch und küsste sie, als sie das Mädchen zum Bett trug. Doch dann ging sie bereits wieder. Sie blieb nicht, während das Kindermädchen die Kleine umzog und für die Nacht fertig machte. Wie konnte eine Mutter so wenig Zeit mit ihrer Tochter verbringen? Und wo war der Vater?

Farisio runzelte irritiert die Stirn. Dann bemerkte er, dass der Zeichner die zweite Skizze fertighatte. Auch sie sah dem Mann nicht ähnlich.

»Ich fürchte, so wird das nichts«, rief er frustriert. »Ich wünschte, ich könnte den Mann mit der Platte wiederfinden und ihn Ihnen zeigen. Dann könnten Sie sein Gesicht abmalen.«

»Moment mal!«, stieß *Hundert Augen* hervor. »*Wiederfinden?* Soll das heißen, du hast den Täter schon mal mit einer der Platten gesehen? Wusstest du denn nicht, dass die Platten aufzeichnen, was wir uns auf ihnen anschauen? Das müssen sie, wenn wir Erkenntnisse weitergeben wollen. Und wenn sein Gesicht im System ist, dann können wir uns die Mühe mit der Zeichnung auch sparen. Also, Koll, wann war das?«

Oh, Mist!

»Es war am Morgen vor sechs Tagen, als ich nach dem Frühstück hier Dienst hatte«, sagte er und spürte, wie ihm das Herz schneller schlug. Wenn es nicht um Ileijas Sicherheit gegangen wäre, hätte er vermutlich nichts gesagt.

Noch schien die Kommandantin keinen Verdacht geschöpft zu haben, aber das würde sie, wenn sie sich bewusst wurde, dass Farisio an diesem Tag an einer Osirriso-Platte hätte sitzen sollen. Auf einer Ordnungsplatte hätte er den Entführer aber nicht sehen können.

»Moment mal!« Jetzt schien *Hundert Augen* das Problem bemerkt zu haben. »Hättest du nicht eigentlich an einem Osirriso-Arbeitsplatz sitzen sollen? Hat mein Bruder dich für eine andere Aufgabe abgezogen und mir nichts davon gesagt?«

Er schüttelte stumm den Kopf.

»Aber vor welcher Platte hast du dann gesessen?«, fragte *Hundert Augen* verwirrt.

»Tehmar«, wisperte er und sowohl die Kommandantin als auch der Schatten rissen die Augen auf.

»Aber die Platten funktionieren nicht mehr. Sie hatten bis vor Kurzem keine Energie«, wandte der Zeichner ein, während *Hundert Augen* eine kleine Kristallplatte aus der Jackentasche holte und zu tippen begann. Sie schien so ähnlich zu funktionieren wie die Scheibe des Verwalters.

»Ich hab's. Die Ergebnisse der Tehmar-Platte«, sagte sie und schüttelte den Kopf, als könnte sie kaum glauben, was die Kristallplatte ihr zeigte. Sie drückte auf ein Symbol und sofort konnten sie wieder die Bilder vorbeirauschen sehen.

»Können Sie das überspringen? Ich musste erst lernen, mit dem Arbeitsplatz richtig umzugehen.«

Farisio fühlte erneut Übelkeit in sich aufsteigen.

»Gute Idee«, bestätigte *Hundert Augen*, der es ähnlich zu gehen schien. Ihre Gesichtsfarbe hatte jetzt einen Stich ins Grüne.

Wieder drückte sie ein Symbol, dann erschien die Vision des Entführers. Die Kommandantin und der Schatten verfolgten, wie der Mann Ileija in die Gasse brachte und sie in den Mülleimer warf. Als der Mond sein Gesicht beschien, drückte die Kommandantin erneut ein Zeichen und die Vision hielt an.

»Da ist der Bastard! Haben wir dich!« Ihre Finger flogen über den Kristall, dann steckte sie die Platte weg. »Keine Sorge, meine Leute werden ihn aufspüren. Jetzt, da wir sein Aussehen kennen, kann es nicht mehr lange dauern, bis wir ihn identifizieren. Er wird für das, was er getan hat, bestraft werden. Das verspreche ich dir, Koll.« Sie wandte sich an den Zeichner. »Gib das Bild und den Auftrag an alle weiter, ja?«

Der Mann nickte und eilte nach vorn. Dort sprach er mit dem Schatten am vordersten Arbeitsplatz und Farisio hörte, wie jener den Befehl weitergab.

Doch die Kommandantin saß noch neben ihm und starrte ihn unentwegt an.

»Wahrlich ein Licht«, sagte sie, als er verlegen auf seinem Stuhl hin und her rutschte. »Du überstrahlst uns alle und übertriffst jede meiner Erwartungen. Ich weiß, alle Schatten werden dich überreden wollen, dass du dich ihrem Fachgebiet anschließt: Gesichtslose, Beobachter, Kämpfer, Fassadenkletterer oder Blender. Doch ich hoffe, dass du beschließt, hier in der Zentrale zu arbeiten. Wir haben niemanden, der sich so gut auf den Umgang mit den Platten versteht, und das in so kurzer Zeit.«

»Ich überlege es mir«, versprach er ihr.

»Gut.« Sie klopfte ihm auf die Schulter und stand auf. »Mach Feierabend, Koll. Für heute hast du wahrlich genug geleistet.«

Sie drückte auf den Arbeitsplatz vor sich, das Bild von Ileija verschwand, und es fühlte sich für Farisio an, als hätte er sie ein weiteres Mal verloren.

26

KOMMANDOZENTRALE DER SCHATTEN

Farisio erhob sich langsam vom Stuhl. Seine Glieder zitterten. Plötzlich spürte er, dass er seit dem Mittagessen am Vortag nichts mehr gegessen hatte. Er fühlte sich schwach und dennoch … Es widerstrebte ihm, dem Vorschlag von *Hundert Augen* Folge zu leisten. Nur hier in der Zentrale konnte er Ileija nahe sein.

»Wir sehen uns morgen wieder zum Dienst, Koll«, rief ihm die Kommandantin noch zu.

Widerstrebend ging Farisio zur Tür, dabei wich sie ihm aber nicht von der Seite. Traute sie ihm nicht? Oder wollte sie ihn lediglich loswerden?

Verwirrt öffnete er die Tür und blickte in die strahlenden Gesichter von Nari und Gralit, die anscheinend auf dem Flur auf ihn gewartet hatten.

»Da bist du ja! Wir hatten uns schon Sorgen gemacht, als wir im Speisesaal angekommen sind und du plötzlich verschwunden warst!« Nari war die Erleichterung deutlich anzuhören.

»Komm!«

Gralit legte ihm eine Hand auf den Rücken und begann, ihn den Gang entlangzuschieben. Doch es war die falsche Richtung. Hier ging es nicht zu den Treppen nach oben.

»Wohin gehen wir?«

»Das wirst du schon sehen.«

Nari und Gralit grinsten breit und zwinkerten sich zu, als würden sie ein Geheimnis miteinander teilen. War *Hundert Augen* etwa auch eingeweiht oder warum folgte sie ihnen?

Die beiden Schattenanwärter führten ihn tiefer in das unterirdische Labyrinth der Basis, als Farisio bisher gewesen war. Sie hatten sogar bereits den Raum mit dem Stuhl passiert und gingen immer noch weiter. Wie groß war dieses Stockwerk eigentlich?

Gralit nahm endlich seine Hand von Farisios Rücken und grinste, als er sie nach dem Türgriff vor sich ausstreckte. »Bereit?«

»Wofür? Was machen wir hier?«

»Das wirst du schon sehen«, sagte Nari und lächelte.

Im selben Moment öffnete Gralit die Tür und *Hundert Augen* schob ihn über die Schwelle.

»Überraschung!«

Völlig überrumpelt und mehr als ein wenig überfordert starrte Farisio die Schatten und Anwärter an, die sich in dem großen Raum versammelt hatten und die bei seinem Auftauchen zu klatschen und zu jubeln begannen. Er entdeckte Udio, *Ruhige Hand, Aphrodisiakum* und den restlichen Schattenrat, aber auch all seine Klassenkameraden und viele unbekannte Gesichter. Es waren mehrere Hundert Kuftari und der Lärm war so ohrenbetäubend, dass er unwillkürlich zurückweichen wollte, nur ging das nicht, weil *Hundert Augen*, Nari und Gralit direkt hinter ihm standen.

»Was ist hier los?«

Udio lächelte und hob die Hand, dann kehrte langsam Ruhe ein.

»Nun, ich denke, die Überraschung ist uns gelungen«, sagte er zufrieden. »Koll, mein Junge, bitte komm näher! Du fragst dich bestimmt, was all das hier soll, und ich komme auch gleich dazu.«

Der Anführer der Schatten wandte sich an die versammelte Menge. »Wie ihr alle wisst, ist Koll erst seit zwei Wochen bei uns. Doch in dieser Zeit ist es ihm gelungen, all unsere Erwartungen und Hoffnungen zu übertreffen. Nicht nur, dass er sich als Licht entpuppt hat, er hat auch zweimal das Leben von Prinz Kuwino gerettet, einen

Krieg zwischen unseren Domänen verhindert und damit die Aufgabe eines vollwertigen Mitglieds unserer Gilde übernommen. Der Rat und ich haben daher beschlossen, diese außergewöhnliche Leistung zu honorieren.«

Udio nickte zufrieden, als Farisio mit zwei unsicheren letzten Schritten vor ihm zum Stehen kam. Farisio musterte sein Gesicht, doch was auch immer der Schattenanführer vorhatte, war nicht an seiner Miene abzulesen.

»Koll, als du zu uns kamst, haben wir mit dir eine zweimonatige Probezeit vereinbart. Diese ist hiermit offiziell vorzeitig beendet.« Wieder jubelten die Anwesenden, sodass Udio die Hand heben musste, bevor er weitersprechen konnte. »Ich habe dich schon einmal gefragt, ob du bereit bist, dich den Zielen der Gilde von Licht und Schatten zu verschreiben. Und heute wiederhole ich die Frage: Möchtest du einer von uns werden und mit uns zusammen die Gründer, ihre Familien und die Domänen beschützen?«

Farisio erinnerte sich an das, was ihm Udio erst vor wenigen Tagen über die Ziele der Gilde erzählt hatte. Seitdem hatte er erkannt, was es bedeutete, für den Schutz der Domäne und all ihrer Bewohner zu sorgen: nicht nur König Oprios, Kronprinzessin Nadera, ihre Brüder Geris und Plortis, sondern auch sein Großvater, Ileija, Nari, Gralit und all die anderen Schatten. War er bereit, sein Möglichstes zu tun, gar sein Leben zu riskieren, um ihre zu beschützen? Darauf war eigentlich nur eine Antwort möglich und Farisio gab sie ihm: »Ja.«

Udio hob die Hand, bevor die Anwärter und Schatten erneut jubeln konnten. Er machte eine ausholende Bewegung und die Menge hinter ihm teilte sich. Farisios Blick fiel auf einen Stuhl, der ihm bekannt vorkam. Einen Stuhl, der eigentlich in einem anderen Raum hätte stehen müssen.

Völlig perplex ließ er es zu, dass Udio ihn an der Schulter berührte und auf den Stuhl zuführte. Doch dann erinnerte er sich an das, was passiert war, als er das letzte Mal auf ihm gesessen hatte. Das war gar keine gute Idee!

»Ich verstehe nicht …«, begann er und blieb stehen.

»Entschuldige, ich vergaß, dass du noch nicht lange genug bei uns bist, um schon einmal Zeuge einer solchen Zeremonie geworden zu sein.« Udio sah ihn verständnisvoll an. »Koll, als ich meinte, dass deine Probezeit vorbei ist und du die Arbeit eines vollwertigen Mitglieds erledigt hast, wollte ich damit sagen, dass du von heute an auch offiziell ein Licht sein und unsere Reihen verstärken wirst. Natürlich bist du noch nicht voll ausgebildet und wirst auch weiterhin Unterricht erhalten, aber wir werden die ganze Sache beschleunigen und du wirst die Schatten hin und wieder auf ihren Missionen begleiten.«

Damit hatte Farisio nicht gerechnet. Udio und der Schattenrat lächelten ihn stolz an. Nur *Aphrodisiakum* und *Keine Sperenzchen* sahen nicht zufrieden aus und Farisio ahnte, dass sie überstimmt worden waren. Hatten die Schatten das etwa beschlossen, nachdem er gestern Bericht erstattet hatte?

»Bitte, Koll, nimm Platz, damit wir mit der Ernennung fortfahren können.«

Dieses Mal widersprach Farisio nicht. Er zwang sich, zu lächeln, wechselte aber einen besorgten Blick mit *Zerstreuter Bibliothekar*, der neben dem magischen Stuhl Aufstellung genommen hatte. Er allein wusste, warum es Farisio widerstrebte, Platz zu nehmen. Doch sie hatten vor allen anderen geheim gehalten, was Farisio getan hatte. Und wenn das so bleiben sollte, musste er jetzt die Zähne zusammenbeißen.

Beklommen drehte er sich mit dem Rücken zum Stuhl. Seine Hände prickelten, als sie die Armlehnen streiften und in Kontakt mit den dort aufgebrachten magischen Steinen und Kristallen kamen. Er fühlte sich, als hätte ein Blitz ihn getroffen, und biss sich schmerzhaft auf die Unterlippe, während er seinen Griff um die Dunkelheit in sich verstärkte.

Bitte! Er durfte nicht versagen! Nicht hier, nicht jetzt! Nicht, wenn gefühlt alle Schatten und ihre Schüler in diesem Raum versammelt waren. Wer sollte denn die Domäne beschützen, falls er versagte und sie niederstreckte?

Einen Moment lang schloss er die Augen und hoffte, dass ihm niemand seine Angst ansah. Dann ließ er sich langsam auf dem Stuhl nieder und unterdrückte einen Schrei.

Bei den Gründern! Dies war auf keinen Fall der Stuhl, auf dem er während des Einstufungstests gesessen hatte!

Die Magie pulsierte so stark durch seinen Körper, dass Farisio zu zittern und zu schwitzen begann.

Udio, *Hundert Augen*, Gralit und Nari, die direkt in seinem Blickfeld standen, lächelten, als ahnten sie nichts von den Qualen, denen sie ihn aussetzten. Wieder einmal waren die Schatten unempfänglich für die Magie, die sie umgab. Doch Farisio hatte nicht vor, sie jetzt aufzuklären. Stattdessen zwang er sich, seine verkrampften Hände von den Lehnen zu lösen.

»Wenn du so weit bist, kommen wir jetzt zum Eid der Gilde von Licht und Schatten. Sprich mir nach! *Ich, Koll, schwöre hiermit feierlich* …«

Farisio wiederholte die Worte, während seine Sorge weiter wuchs. Was war, wenn der Stuhl erkannte, dass Koll nicht sein richtiger Name war und seinen Eid nicht akzeptierte?

Doch nun war es zu spät, seine Lüge zurückzunehmen. Er musste weitermachen und das Beste hoffen.

»… *Wirilat, seine Kinder, seine Domäne und ihre Bewohner mit all meinen Kräften, nach bestem Vermögen und notfalls auch mit meinem Leben zu beschützen* …«

Absolute Stille herrschte im Saal, als Farisio Udios Worte wiederholte.

»… *sowie auch allen anderen Gründern, ihren Nachkommen und Domänen zu dienen und das Geheimnis der Gilde von Licht und Schatten vor Außenstehenden zu wahren und eher zu sterben, als etwas zu tun, was meinen Eid verletzt und den Domänen schadet.*«

Farisio verstummte, auch Udio sprach nicht weiter. Gerade hatte er begriffen, dass dies der gesamte Eid der Schatten gewesen sein musste, von dem *Flinkfinger* und *Scharfauge* bei ihrer ersten Begegnung gesprochen hatten, als plötzlich etwas geschah.

Die Steine und Kristalle leuchteten auf. Ein lautes Knistern war zu hören – anscheinend auch für alle anderen, denn ein paar der jüngeren Schattenanwärter zuckten zusammen –, und er spürte, wie die Magie des Stuhls erwachte und durch ihn hindurchfloss, als hätten seine Worte die Schleusen eines Damms geöffnet und er zuvor nur einen leichten Druck gespürt.

Der Saal verschwamm vor seinen Augen, als ihm jetzt auch noch andere Dinge bewusst wurden. Bereits einmal zuvor hatte er die Energieströme gesehen, die durch die unterirdische Stadt flossen, doch war das nichts gegen das, was er jetzt wahrnahm. Plötzlich war er sich auch der Schatten um sich herum mit all seinen Sinnen bewusst. Sie erinnerten ihn an schwarze Lichter – sie strahlten nicht, sondern schienen im Gegenteil das Licht und seine Magie in sich aufzunehmen. Farisio sah auch die Schattenanwärter, doch während die Schatten alle untereinander und mit den Energieströmen verbunden waren, wirkten die Schüler blass und ihre Verbindungen blockiert.

Das also hatte *Zerstreuter Bibliothekar* gemeint, als er gesagt hatte, dass sie eigentlich schon zum System gehörten und der Eid nur eine Formalität war.

Doch kaum hatte er es begriffen, veränderte sich das Summen des Stuhls. Als wäre dies lediglich der erste Schritt gewesen, tastete die Magie ihn erneut ab. Farisio fühlte, wie sie in seinen Kopf eindrang und suchte. Nur wonach, das wusste er nicht.

Es tat weh, doch das System hielt nicht inne. Es versuchte nicht, ihm die Angst und die Schmerzen zu nehmen, als es sich in seinem Verstand breitmachte und ihn durchwühlte. Stattdessen kam es Farisio so vor, als würde es eine Liste von Anweisungen Schritt für Schritt durchgehen und abarbeiten.

Als das System zum ersten Mal stoppte und etwas in sein Gehirn brannte, zuckte Farisio zusammen. Ein Wimmern entfuhr ihm. Er verstand nicht, warum der Stuhl ihn quälte. Was wollte das System von ihm? Und warum veränderte es ihn, wenn er doch ein Licht war?

Er konzentrierte sich auf den Schmerz und das neue Muster, doch er hatte es noch nicht lange betrachtet, als er die unverkennbare Magie eines sich aufbauenden Transportzaubers spürte.

Farisio riss die Augen auf, versuchte mit aller Kraft, nicht das System, sondern den Saal zu sehen, um zu erkennen, was vor sich ging … und in diesem Moment fiel der Zauber in sich zusammen, als wäre die Energiezufuhr abrupt gekappt worden. Nach Luft schnappend richtete sich Farisio auf, als er begriff.

Zerstreuter Bibliothekar hatte sich geirrt! Das System führte ihm vielleicht keine Magie zu, weil er ein Licht war, aber es sorgte anscheinend trotzdem dafür, dass er ab sofort die nötigen Zauber beherrschte, die auch die Schatten bei ihrer Aufnahme in die Gilde bekamen. Er konnte kaum glauben, dass er ab sofort in der Lage sein würde, sich selbstständig zu teleportieren.

Als das nächste Muster in sein Gehirn gebrannt wurde, biss sich Farisio auf die Lippen. Noch immer war das Gefühl unangenehm und sogar schmerzhaft, doch nun, da er wusste, was geschah, verlor er etwas von seiner Angst.

Er wusste nicht, wie lange es gedauert hatte, wie viele Zauber das System ihm beigebracht hatte und was sie bewirkten, als die Steine und Kristalle des Stuhls sich plötzlich abschalteten und er blinzelnd zu sich kam. Farisio spürte die gespannte Stille um sich herum und wusste instinktiv, dass wieder alle Blicke auf ihn gerichtet waren.

Plötzlich ergriff *Zerstreuter Bibliothekar* neben ihm das Wort. »Heißt unser neuestes Mitglied herzlich willkommen!«, rief er und sah mit einem ernsten Gesichtsausdruck von seiner Kristallscheibe auf. Er lächelte nicht, während er Farisio anstarrte, der sich gerade aus dem Stuhl hochstemmen wollte. »*Licht in der Dunkelheit!*«

Mit einem Rumms fiel Farisio auf die Sitzfläche zurück, während die Schatten und die Anwärter in Jubel ausbrachen.

Er wusste es! *Zerstreuter Bibliothekar* wusste es!

Die anderen mochten vielleicht denken, sein neuer Name hätte damit zu tun, dass er das einzige Licht unter den Schatten war, doch Farisio wusste es besser. *Licht in der Dunkelheit* konnte sich nur auf eines beziehen: auf das dunkle Schicksal in seinem Inneren. Und jetzt kannte *Zerstreuter Bibliothekar* sein schlimmstes Geheimnis.

27

ZEREMONIENSAAL DER SCHATTEN

Gralit ergriff seine Hand und zog ihn vom Stuhl hoch. Er wollte Farisio umarmen, doch Nari war schneller. Sein Freund flog ihm regelrecht in die Arme und drückte ihn vor Freude fest an sich.

»Ich freue mich so für dich!«, rief er und strahlte. »Wenn es jemand verdient hat, dann du.«

Farisio zwang sich, zu lächeln, doch er konnte nicht aufhören, *Zerstreuter Bibliothekar* besorgte Blicke zuzuwerfen, der sich auf seiner Kristallscheibe weiter etwas anzuschauen schien. Er blickte nicht einmal auf, um Farisio anzusehen.

Im nächsten Moment fiel etwas auf seine Schulter und Farisios Kopf wirbelte herum. Gralit strahlte, während er ihm enthusiastisch auf die Schulter klopfte.

»Du kannst stolz auf dich sein, Koll!«

Ihre Auseinandersetzungen waren vergessen und Farisio konnte auch keine Skepsis in seiner Miene mehr erkennen. Anscheinend hatte sich Gralit damit abgefunden, dass Farisio – und nicht er selbst – die Nachfolge seines Vaters antreten würde. Nur dass Farisio sich in diesem Moment weniger bereit dafür fühlte als je zuvor.

Wie sollte er die Schatten anführen, wenn er nicht einmal wusste, was es bedeutete, ein Schatten zu sein? Hoffentlich erwartete Udio nicht, dass Farisio in nächster Zeit die Leitung der Gilde übernahm. Er hatte noch so viel zu lernen.

»Danke«, presste er jetzt hervor, als seine beiden Freunde zurücktraten, um Platz für Udio zu machen.

»Ich habe es schon mal gesagt, ich bin froh, dass du zu uns gekommen bist, Koll. Verzeihung, ich sollte dich vermutlich *Licht in der Dunkelheit* nennen.«

»Bitte nicht! Bitte nennen Sie mich weiter einfach Koll. Ich bin … noch nicht bereit für diesen Namen«, sagte er und die Lüge kam ihm nur stockend über die Lippen. Die Wahrheit war, dass er vermutlich niemals bereit für ihn sein würde. Er hasste das dunkle Schicksal in seinem Inneren. *Licht in der Dunkelheit* war kein Name, auf den er stolz war. Am liebsten hätte er ihn nie wieder gehört.

»In Ordnung, Koll.« Da Udio ebenfalls seinen eigenen Namen bevorzugte und seinen Schattennamen *Scharfer Geist* nur selten verwendete, konnte er Farisios Bitte vermutlich verstehen. Und er schien auch die anderen Ängste von Farisio zu erahnen. »Keine Sorge, du hast genügend Zeit, in deinen Namen und deine Aufgaben als Licht hineinzuwachsen. Und vermutlich geschieht das schneller, als du selbst es dir vorstellen kannst. Wir glauben an dich, Koll! Die Gilde braucht dich.«

Der Anführer der Schatten trat zurück, um für die anderen Gratulantinnen und Gratulanten Platz zu machen. Und davon gab es reichlich, auch wenn die eine oder der andere Anwärter eine verkniffene Miene hatte. Anscheinend wollte jeder und jede Einzelne – angefangen bei den Mitglieder des Schattenrats – Farisio die Hand schütteln oder ihm auf die Schulter klopfen, selbst wenn nicht alle glaubten, dass er die Verkürzung der Ausbildung und die Bevorzugung durch Udio verdient hatte.

»Auch von mir herzlichen Glückwunsch, Koll«, sagte *Hundert Augen* und wirkte sehr zufrieden. »Ich hoffe, du lernst fleißig und wir sehen dich bald häufiger in der Zentrale.«

»Na, na!« *Freundliches Gesicht* drängte sich vor, verzog tadelnd die Miene und schob die Kommandantin beiseite, um Farisios Hand zu packen und sie zu schütteln. »Du willst mir doch nicht meinen besten

Schüler abspenstig machen, oder? Koll hat eine vielversprechende Karriere als Gesichtsloser vor sich und wird bestimmt nicht in eurem Kabuff versauern wollen.«

»In unserem Kabuff versauern?«, wiederholte *Hundert Augen* empört. »Na warte, bis du das nächste Mal Hilfe brauchst! Dann spuckst du ganz andere Töne!«

»Wann habe ich denn das letzte Mal Hilfe benötigt, meine Liebe?«

Die beiden funkelten sich an, aber da schob *Eisenfaust* sie kopfschüttelnd beiseite. Im nächsten Moment verschwand Farisios Hand in seiner gewaltigen Pranke. »Lass dich von den beiden Streithähnen hier bloß nicht unter Druck setzen, Koll. Du bist für jeden Bereich ein Gewinn und du hast noch reichlich Zeit, um dich zu entscheiden. Beende zunächst in Ruhe deine Ausbildung, in Ordnung?«

»Danke, *Eisenfaust*.«

Der Kämpfer nickte ihm zu und machte Platz für *Blutdolch*, während er die Kommandantin und den Gesichtslosen weiter beiseitedrängte.

Die Assassine musterte Farisio für einen langen Moment. »Ein ungewöhnlicher Lichtname«, merkte sie schließlich an. »Aber er passt zu dir. Erinnert mich ein wenig an einen Schattennamen. Ich bin gespannt darauf, wie du ihn mit Leben füllen wirst. Herzlich willkommen bei uns, *Licht in der Dunkelheit*.«

»Bitte nur Koll, in Ordnung?«

Er lächelte verkrampft. Sein Gesicht ähnelte vermutlich einer Grimasse, als sein Blick auf den nächsten Gratulanten fiel. *Aphrodisiakum*, ausgerechnet!

Dieses Mal konnte er dem Blender leider nicht aus dem Weg gehen, doch er zog rasch seine Hand zurück, bevor *Aphrodisiakum* sie packen konnte, und ließ sein Gesicht ausdruckslos werden.

»Koll. Glückwunsch!«

Der Verführer lächelte strahlend, aber falsch, und streckte seine Magie nach Farisio aus. Doch in diesem Moment blitzte eines der neuen Muster vor Farisios inneren Augen auf und die magische Beeinflussung verpuffte, als hätte es sie nie gegeben.

»Sparen Sie sich das«, sagte er kühl. »Genauso wie die Zauber. Die wirken bei mir nicht.«

Aphrodisiakum kniff die Augen zusammen, lächelte aber weiter. »So. Tun sie das nicht? Das ist eine Überraschung. Vielleicht habe ich dich doch unterschätzt.«

»Mit Sicherheit.«

Der Blender wandte sich ohne ein weiteres Wort von ihm ab und ging. Farisio befürchtete schon, sich im nächsten Moment *Keine Sperenzchen* stellen zu müssen, doch seine größte Kritikerin war nicht zu sehen. Stattdessen stand *Ruhige Hand* vor ihm und strahlte.

»Ich weiß, alle erzählen dir wahrscheinlich gerade, wie sehr sie sich freuen, dass du bei uns bist, und dass sie hoffen, dass du dich ihnen anschließt. Daher spare ich mir das und sage nur herzlichen Glückwunsch, Koll!«

»Danke, *Ruhige Hand*.«

Dann zwinkerte sie ihm verschmitzt zu. »Außerdem weiß ich ja bereits, dass du dich den Bombenexperten anschließen wirst.«

Farisio musste zum ersten Mal an diesem Tag lachen, zumal sein Blick jetzt auf *Flinkfingers* empörten Gesichtsausdruck fiel.

»Also wirklich! Das ist hinterhältig, *Ruhige Hand!*«, mischte sich der Dieb ein. »Gib uns anderen doch auch die Chance, Koll zu zeigen, welch eine tolle Zukunft ihn in unseren Bereichen erwartet. Du weißt, dass *Scharfauge* und ich ihn entdeckt haben, weil er ein Naturtalent im Fassadenklettern und Einbrechen ist. Und ich warte immer noch ganz gespannt auf unsere erste praktische Stunde. Dann wirst du nämlich einsehen, *Ruhige Hand,* dass Koll für etwas ganz anderes vorgesehen ist.«

»Ja, fürs Beobachten.« *Scharfauge* drängte seinen besten Freund eher unsanft beiseite und griff begeistert nach Farisios Hand, um sie kräftig zu schütteln. »Glückwunsch, Kleiner! Ich bin stolz auf dich.«

»Danke, *Scharfauge*.«

In der nächsten Stunde musste Farisio noch unzählige Hände schütteln und sich Hunderte Namen merken. Jeder wollte sich ihm vorstellen und ihm gratulieren. Die Einzige, die ihn nicht beglückwünschte, war *Keine Sperenzchen*. Aber er wusste nicht, ob das Absicht war oder ob sie damit ausgelastet war, die feiernden Schattenanwärter zu tadeln. Die Schatten hatten, ähnlich wie die königliche Familie am Abend zuvor, eine lange Tafel mit Speisen und Getränken aufgebaut, und Farisio sah zahlreiche seiner Klassenkameraden, die dem Alkohol bereits reichlich zugesprochen hatten. Gerade stürzte Gralit ein Glas mit einer dunklen Flüssigkeit herunter, knallte dann das Gefäß so hart auf den Tisch, dass es zerbrach, und marschierte energisch auf *Aphrodisiakum* zu. Der große Schattenanwärter packte das Kinn des verblüfften Blenders, drehte es zu sich herum und küsste ihn.

Leider hatte Gralit nicht gesehen, dass sich *Aphrodisiakum* gerade mit seinem Vater unterhalten hatte. Und Udio wirkte gar nicht glücklich über diese Entwicklung.

»Gralit!«, rief er entsetzt. »Mitkommen, aber sofort! Und du auch, *Aphrodisiakum!*«

»Oh, Gralit!«

Farisio schüttelte mitleidig den Kopf, als der Schattenanwärter mit gesenktem Haupt hinter seinem vor Wut schäumenden Vater aus dem Saal schlich. Er wollte jetzt nicht in der Haut seines Freundes stecken.

»Koll«, sprach ihn jemand von der Seite an. Es war Nari, der ihm einen gut gefüllten Teller reichte. »Ich habe bemerkt, dass du noch nicht zum Essen gekommen bist. Und du warst auch nicht beim Frühstück oder Mittagessen. Du musst Hunger haben.«

»Danke, Nari.«

Farisio war gerührt, dass sein Freund an ihn gedacht hatte. Er war es immer noch nicht gewöhnt, dass sich jemand darum kümmerte, dass es ihm gut ging. Nari war ein wahrer Freund.

Während er mit plötzlich erwachtem Hunger den Inhalt seines

Tellers attackierte, wunderte sich Nari laut über Gralit. »Ich verstehe nicht, was Gralit an ihm findet. Ja, klar, *Aphrodisiakum* sieht gut aus. Aber er kennt ihn doch! Für *Aphro* ist das nur ein Spiel. Es ist, als würde Gralit blindlings ins Verderben rennen *wollen*. Nichts, was sein Vater oder ich ihm sagen, kann seinen Glauben, dass *Aphrodisiakum* die Liebe seines Lebens ist, erschüttern. Hallo? Wir sind dreiundzwanzig und *Aphro* ist was? Sechzig? Das kann doch gar nicht funktionieren. Er sollte sich lieber jemanden in unserem Alter suchen.«

Farisio hielt im Kauen inne und starrte Nari an. Wollte sein Freund damit etwas andeuten? Plötzlich kam ihm seine erste und zum Glück auch letzte Unterrichtsstunde im Blenden in den Sinn. Naris Wangen hatten sich nicht nur aus Verlegenheit verdunkelt. Darauf hätte er die letzten Schmuckstücke seiner Mutter verwettet.

Doch er sprach das Thema nicht an. Er glaubte nicht, dass Nari sich dessen bewusst war oder es zugegeben hätte. Und was war, falls er sich doch irrte? Auch Prinzessin Nadera war sich schließlich sicher gewesen, dass er sich aus romantischem Interesse so seltsam in der Nähe seines Großvaters verhalten hatte. Nein, besser er hielt den Mund und aß weiter.

Irgendwann war er satt und stürzte dankbar den Becher Wasser herunter, den Nari ihm gebracht hatte.

»Danke. Das tat gut.«

Überrascht stellte er fest, dass er in der vergangenen Stunde nicht ein einziges Mal an Ileija gedacht hatte. Der Gedanke versetzte ihm einen schmerzhaften Stich.

»Koll, bitte entschuldige, dass ich so spät dran bin. Auch von mir herzlichen Glückwunsch.«

Farisio zuckte zusammen, als er die Stimme von *Zerstreuter Bibliothekar* erkannte. Fast hätte er seinen Becher fallen gelassen, doch Nari schnappte ihn sich gerade noch rechtzeitig und nahm ihm dann auch den leeren Teller ab.

»Hoppla! Warte, ich bringe die Sachen weg, dann könnt ihr euch unterhalten.«

Dieses Mal hätte sich Farisio gewünscht, dass Nari weniger hilfsbereit gewesen wäre. Er wollte nicht mit *Zerstreuter Bibliothekar* sprechen.

»Nun bist du also ein Licht«, sagte der, während Farisio ihn schweigend anstarrte. »Das heißt, das warst du ja schon vorher, aber du weißt, was ich meine. Ich nehme an, dir ist klar, was das bedeutet?«

Farisio schüttelte den Kopf. Besser, er leugnete alles von Anfang an, stellte sich dumm. Wie sicher war sich der Schatten?

Doch die Antwort von *Zerstreuter Bibliothekar* überraschte ihn. »Ab sofort können die anderen Domänen auch auf deine Daten zugreifen«, sagte er. »Sei also vorsichtig! Ich traue nicht jedem anderen Verwalter. Weißt du, warum meine Erklärung mit dem kritischen Energieniveau so gut funktioniert hat? Weil es der Gilde überall so geht. Und viele von den anderen Schatten leiden unter stärkeren Einschränkungen als wir. Sie sind verzweifelt. Wenn sie von dir erfahren, weiß ich nicht, was sie tun werden. Unser Eid hindert uns daran, den anderen Domänen zu schaden. Aber was heißt das? Ich fürchte, es steht uns bald Ärger ins Haus, und du musst darauf vorbereitet sein. Du bist zwar jetzt ein Licht, aber du bist auch noch ein Schüler und musst erst lernen, was das bedeutet. Traue keinem Fremden, egal was dieser behauptet. In Ordnung?«

So viel Sorge um ihn hatte er von *Zerstreuter Bibliothekar* nicht erwartet. Außerdem hatte er auch noch kein Wort über seinen Lichtnamen verloren. Hatte sich Farisio etwa geirrt und der Verwalter wusste doch nichts von der Dunkelheit in ihm?

»Denk dran, Koll. Du bist ein Licht. Du bist nur deinem Eid verpflichtet und dem höheren Wohl. Nicht allein dieser Domäne und auch keinem deiner Lehrer. Du entscheidest, wie du deine Magie und deine Fähigkeiten am besten zum Wohl aller einsetzt. Doch es wäre auch gefährlich, wenn du blind losrennst und versuchst, etwas zu bewirken. Das ist unvernünftig und riskant. Gerade du solltest die Gefahren ja kennen.«

Nach dieser Warnung nickte ihm der Gelehrte kurz zu, drehte sich um und ging. Er hatte nicht bemerkt, dass Farisio am ganzen Körper die Haare zu Berge standen.

Worauf hatte er sich hier eingelassen? Und warum hatte der Gelehrte ihn ausdrücklich vor den Schatten aus den anderen Domänen gewarnt? Betrachtete er sie etwa als ihre Rivalen? Oder nur als Bedrohungen für Farisio? Was sollte die Warnung davor, seine Fähigkeiten einzusetzen und als Licht tätig zu sein?

Farisio schwirrte der Kopf, hinter seiner Stirn pochte es und sein Magen rumorte lautstark. Nach feiern war ihm nicht zumute, auch nicht nach Konversation. Daher beeilte er sich, den Saal zu verlassen.

Doch er kam nicht weit. Immer wieder wurde er von Schatten und Anwärtern aufgehalten, die sich dringend mit ihm unterhalten wollten. Schließlich griff Farisio zum letzten Ausweg.

»Entschuldigt mich bitte. Ich muss leider los«, verabschiedete er sich.

In Gedanken suchte er nach dem neuen Muster, das ihm erlaubte, sich zu teleportieren. Während sein Körper anfing zu kribbeln, stellte er sich die Wiesen zwischen *Aussicht* und dem Palast vor. Dort würde niemand versuchen, mit ihm zu sprechen. Auch war er dort schon gewesen und war daher zuversichtlich, dass er den Sprung auch allein schaffen würde.

Farisio aktivierte den Zauber, der Saal vor ihm verschwand, und wie beabsichtigt stand er im nächsten Moment an der Oberfläche der *Klippe*. Völlig überrascht sah er blinzelnd in die Sonne. Er hätte wetten können, dass sie bereits untergegangen war, weil sich für ihn der Abend so endlos gezogen hatte. Aber anscheinend hatte sich das nur so angefühlt.

Langsam drehte er sich um die eigene Achse und war erleichtert, als er niemanden in seiner Nähe sah. Er war allein, endlich.

Nur dass er nicht wirklich allein sein wollte. Er vermisste Ileija. Doch es gab niemanden, mit dem er darüber reden konnte. Klar, sie verstanden seine Traurigkeit, aber sie dachten, dass die Kleine zu ihren Eltern gehörte und dass es ihr in *Bö* gut ging. Aber das tat es nicht. Nicht wirklich. Wohlstand war nicht alles.

Unglücklich schlang er die Arme um sich. In Ileijas Gegenwart hatte er sich nie einsam gefühlt. Kaum zu fassen, dass er sie erst vor zwei Wochen gefunden hatte. Es kam ihm viel länger vor und das Loch in seinem Herzen war viel größer, als es nach so kurzer Zeit hätte sein dürfen.

Wie hatte er die Einsamkeit nur früher ausgehalten? Klar, er hatte mit dem Wind gesprochen, aber sonst manchmal wochenlang mit niemand anderem. Und auch wenn er weder mit dem Wind noch mit Ileija eine richtige Unterhaltung hatte führen können, hatte es sich doch anders angefühlt, mit ihr zu reden.

Er streckte seine Sinne nach seinem alten Freund aus, der ihn willkommen hieß und spielerisch seine Kleidung zerzauste, bis Farisio lachte und seine Kopfschmerzen vergessen waren. Ein wenig fühlte es sich tadelnd an, als der Wind an seinem Hut zupfte, auch wenn sein Freund wusste, warum er ihn trug, und ihn ihm niemals vom Kopf gestoßen hätte.

»Ich weiß, es ist zu lange her.« Farisio seufzte. »Ich lebe jetzt in einer Stadt in der *Klippe*. Dorthin kommst du leider nicht so leicht, entschuldige. Ich hätte dich gerne häufiger gesprochen, als die ein-, zweimal in den letzten Tagen. Aber ich hatte so viel zu tun, dass ich nur selten an die Oberfläche kommen konnte. Es tut mir leid.«

Der Wind verpasste ihm einen leichten Schlag, von dem Farisios Wange brannte. Doch so schnell sein Zorn aufgebrandet war, wechselte die Laune des Windes auch und er freute sich wieder, dass Farisio gekommen war, um sich mit ihm zu unterhalten und mit ihm zu spielen. Er jagte Blätter, Zweige und Staub über die Wiese und heulte triumphierend, wenn Farisio schreiend flüchtete. Dann wiederum spielte er Farisio neue Melodien vor, während dieser entzückt lauschte und seine Sorgen für eine Weile vergaß.

Ihm wurde irgendwann bewusst, dass sie beide sich während ihrer Unterhaltung langsam dem Palast genähert hatten, und Farisio hielt inne. Ihm kamen wieder die Worte seines Großvaters in den Sinn, der ihn eingeladen hatte, ihn zu besuchen und mit ihm über Ileija zu reden. Doch die Wunde war noch zu frisch und zu tief, als dass er sich dazu imstande gefühlt hätte. Und noch einmal wollte er seinen Großvater nicht aufsuchen, um ihn lediglich anzuschweigen.

Traurig?

»Ja, ich vermisse das kleine Mädchen, das in *Brise* bei mir war. Ihr Name ist Ileija. Und ich wünsche mir eine Familie. Nur dass das nicht so einfach ist.«

Familie, wiederholte der Wind und jagte auf den Palast zu. *Geh dorthin!*

Woher wusste der Wind das? Konnte er es spüren, so wie auch *Weißfeder* es instinktiv gewusst hatte?

Sein Freund wollte ihn auf den Palast zu drängen, aber Farisio sperrte sich unwillkürlich gegen seine Kraft.

»Ich kann nicht. Ich gehöre dort nicht hin.«

Narr!

Der Wind peitschte ihm ins Gesicht. Dieses Mal so kraftvoll, dass Farisio doch Hut und Mütze davonflogen.

»Halt!«, rief er entsetzt, drehte sich um und rannte hinterher. Die mitternachtsblauen, viel zu langen Strähnen, die er längst wieder hätte schneiden müssen, peitschten ihm ins Gesicht, und er war froh, als sein Freund beschämt innehielt, er seine Kopfbedeckungen einsammeln und sie rasch wieder aufsetzen konnte.

Komm!

Der Wind ließ nicht locker. »Wirklich, das ist keine gute Idee«, sagte Farisio und seufzte.

Nicht dorthin. Folge mir!

Nun war Farisio völlig verwirrt, gehorchte aber. Was wollte der Wind von ihm? Hatte sein Freund etwas entdeckt, das er Farisio zeigen wollte?

Sein ungutes Gefühl wuchs, je mehr sie sich dem Palast näherten. Doch er wollte seinen Freund auch nicht verärgern, und der Wind hatte doch behauptet, dass er ihn nicht zum Palast bringen wollte. Doch wohin dann?

Farisio fühlte sich, als würde er in eine Tehmar-Platte starren und ins Bodenlose fallen, als der Wind ihn schließlich zum Wald neben dem Palastgelände lenkte. Als er das zuletzt gemacht hatte, hatte Farisio Kuwino leblos im Wasser treibend gefunden. Jetzt fehlte die Dringlichkeit, mit der ihn der Wind das letzte Mal angetrieben hatte. Doch die Beharrlichkeit seines Freundes überraschte ihn. Sie waren schon mehrere Minuten unterwegs und sein wechselhafter Freund ließ sich nicht wie sonst von etwas ablenken. Nicht heute.

Als Farisio jetzt durch den Wald marschierte, nahm er sich Zeit, sich gründlich umzusehen und zu lauschen. Die Umgebung wirkte friedlich. Er konnte keinen einzigen Kuftari entdecken, dafür wimmelte es von Vögeln, Insekten und kleinen Tieren, die sich nicht im Geringsten von seiner Anwesenheit stören ließen. Aber er war mit dem Wind unterwegs und die Tiere wussten instinktiv, dass er ihnen keinen Schaden zufügen würde.

Als er nach einigen Minuten auf eine Lichtung kam, auf der Wasser glitzerte, blieb er abrupt stehen. Diesen See kannte er!

»Was machen wir hier?«

Schau!

Eine Windzunge lenkte seine Aufmerksamkeit direkt auf den See und Farisio erschrak fürchterlich, als er in etwa hundert Metern Entfernung einen Kopf aus dem Wasser ragen sah. Und zwar nur den Kopf.

Farisio schrie, als auch dieser ohne Vorwarnung untertauchte. Bitte nicht! Nicht schon wieder!

Er lief los und versuchte, am Ufer entlang so dicht wie möglich an die Stelle zu rennen, an der der Kuftari untergegangen war. Mehr als einmal wäre er fast gestürzt, weil er nicht aufhören konnte, auf den See zu starren und zu hoffen, dass der Kuftari wieder auftauchen würde. Er wusste noch nicht einmal, ob es sich um eine Frau oder einen Mann handelte, da er den Haarschopf nur von hinten gesehen hatte, aber die- oder derjenige durfte nicht ertrinken!

Farisio war gerade ins Wasser gewatet und wollte losschwimmen, als der Kopf zu seiner großen Erleichterung wieder aus dem Wasser auftauchte. Ihm folgte eine Hand, dann eine zweite. Zuerst dachte Farisio, der Schwimmer hätte sie zu Fäusten geballt, dann jedoch bemerkte er, dass die Person etwas in den Händen hielt. Etwas Graues, leicht Schimmerndes.

Gedächtnissteine!

Farisio hörte auf, ins Wasser zu waten, und starrte zu dem Kuftari hinüber, der jetzt laut und triumphierend lachte. Er konnte es nicht fassen. Hatte sein Freund ihn etwa zu dem Mann geführt, der Prinz Kuwino das Gedächtnis geraubt hatte?

Als plötzlich eine große Welle kreisförmig vom Schwimmer in Richtung Ufer schwappte, war Farisio nicht darauf vorbereitet. Er wurde vom Wasser weggerissen und fand sich kurz darauf am Ufer wieder.

Was geschah da gerade?

Der Mann, der offenbar ein Wassermagier war, lachte erneut, als er die Massen aus der Mitte des Sees zurück ans Ufer drängte. Zahlreiche Fische und andere Tiere landeten dabei auf dem Trockenen, doch das schien den Mann nicht zu kümmern.

Farisio konnte jetzt erkennen, dass es ein Mann war, auch wenn er ihn durch die spritzenden Wassermassen immer noch nur verschwommen sah. Und in noch einer Sache war er sich sicher: Es handelte sich um einen Nachkommen von Diniri. Doch um wen?

Der See bildete jetzt einen tiefen Krater um den Wassermagier herum. Farisio konnte bis zum Grund sehen … und starrte fassungslos auf einen großen Stapel an Gedächtnissteinen. Sie glühten, als der Mann sie einen nach dem anderen lachend berührte, bevor er anfing, sie achtlos über das aufgestaute Wasser in alle Richtungen zu werfen.

Das durfte er nicht! So würde Kuwino niemals sein Gedächtnis wiederbekommen!

»Halt!«, rief Farisio, dem von der Erkenntnis, wie viele Steine nötig gewesen waren, um die gesamten Erinnerungen eines Kuftaris aufzunehmen, ganz schwindelig war. Sein Herz pochte schnell, als er den Nachkommen von Diniri anstarrte, der jetzt innehielt und sich langsam zu ihm umdrehte.

Farisio spannte sich an und bereitete sich auf einen Kampf vor. Er wusste zwar nicht, wie er gegen einen Wassermagier gewinnen sollte, aber er musste es einfach versuchen. Er hatte es geschworen. Sein Eid verlangte, dass er Kuwino half, auch wenn dieser ihn auf dem Empfang von oben herab behandelt hatte.

Jetzt hatte sich der Mann vollständig zu ihm umgedreht. Farisio entfuhr ein Keuchen. Damit hatte er nicht gerechnet.

»Wie passend«, höhnte Prinz Kuwino. »Du warst der Erste, der mich nach meinem Gedächtnisverlust gefunden hat, und nun bist du auch der Erste, der mich sieht, wenn ich meine Erinnerungen wiederhabe.«

»Prinz Kuwino ... Aber wie? Wie habt Ihr die Steine gefunden?«

Inzwischen war sich Farisio sicher, dass sie weit von der Stelle entfernt waren, an der er den Mann beim letzten Mal entdeckt hatte. Kein Wunder, dass die Soldaten und die Schatten die Gedächtnissteine nicht gefunden hatten!

Der Nachkomme von Diniri lächelte nur und griff nach den nächsten Steinen.

»Dann habt Ihr Eure Erinnerungen vollständig zurück? Und Eure Magie?«

Erleichtert lächelte Farisio. Das hatte er nicht zu hoffen gewagt.

»Noch nicht, aber gleich. Noch ein paar Steine. Langsam füllen sich die Lücken und ich beginne zu verstehen. Zu verstehen, wer ich bin.«

Kuwino wühlte sich buchstäblich durch seine Erinnerungen und warf die entleerten Steine fast im Sekundentakt zur Seite. Immer wieder grinste er vor Freude. Farisio konnte ihn verstehen. Was musste das für ein Gefühl sein, seine Erinnerungen zurückzuerlangen, wenn man sie schon verloren geglaubt hatte?

»Aber wie habt Ihr die Steine gefunden?«, wollte er wissen. Die Frage ließ Farisio nicht los. Die Steine lagen zu tief am Grund, und der Prinz hatte nicht mehr gewusst, wie man schwamm und unter Wasser atmete. Hatte er das Schwimmen etwa erneut gelernt? Oder hatte ihm das Wasser geholfen? Hatte es ein Bewusstsein wie der Wind?

Kuwino hielt inne. »Du bist ziemlich neugierig, Waisenjunge«, sagte er. »Zu neugierig. Aber ich erzähle es dir trotzdem. Es ist ja nicht so, als würdest du es irgendjemandem verraten.«

Farisio runzelte die Stirn bei der Beleidigung.

»Du musst wissen, ich habe heute einen Brief bekommen. Einen Brief, in dem der Plan im Detail aufgelistet war. Wie ich das Gedächtnis verlieren sollte. Wie viele Steine nötig waren, um all meine Erinnerungen aufzunehmen, und auf welchem Weg sie heimlich zu beschaffen sind. Welches die beste Stelle war, um die Gedächtnissteine zu verstecken, damit sie niemand finden konnte. Und wie es gelingen würde, den Verdacht auf jemand anderen zu lenken und mir anschließend den Brief zuzuspielen. Ziemlich gerissen, nicht wahr? Ich hätte nicht gedacht, dass ich auf so einen ausgeklügelten Plan gekommen bin. Aber es hat ja geklappt: Ich bin Lorino endlich los.«

Kuwino lachte überglücklich, und Farisio erstarrte. Er konnte nicht glauben, was er gehört hatte.

»*Ihr?* Ihr wart es? Ihr habt Euch selbst die Erinnerungen geraubt? Und ich habe Euch auch noch gerettet und Euch geholfen, Euren Cousin zu beschuldigen!«

»Ein nützlicher kleiner Helfer. Du hast recht. Ich sollte mich bei dir bedanken. Zumal es wirklich nicht geplant war, dass ich beinahe ertrinke. Ich bin gar nicht auf die Idee gekommen, dass ich mit meinen Erinnerungen auch meine Gabe verlieren könnte, unter Wasser zu atmen. Mein Fehler.« Er zuckte mit den Schultern, während er nun die letzten Steine beiseitewarf. Kuwino hatte sein Gedächtnis zurück und war wieder im Vollbesitz seiner magischen Kräfte.

»Bedauerlicherweise kann ich es mir nicht erlauben, einen Mitwisser am Leben zu lassen, auch wenn es schön war, eine Weile dein Erstaunen und deine Bewunderung zu genießen. Doch sei es drum. Stirb, du Abschaum!«

Prinz Kuwinos Hand zuckte nach oben und mit ihr erhob sich das Wasser. Farisio wirbelte herum. Doch er hatte zu lange gezögert. Eine gewaltige Flut erfasste ihn und riss ihn mit sich. Panisch mit den Armen rudernd versuchte Farisio, an die Wasseroberfläche zu gelangen, solange er noch Luft in den Lungen hatte, doch es gelang ihm nicht. Die Kraft, die ihn unter Wasser hielt, war zu stark.

Und Farisio begriff, dass ausgerechnet der Mann ihn töten würde, dem er das Leben gerettet hatte. Welch ein Narr er gewesen war!

28

SEE BEIM PALAST

Plötzlich durchbrach etwas das Wasser, der Druck auf seinen Körper ließ abrupt nach und Farisio stürzte zurück an Land. Er schnappte verzweifelt nach Luft, sicher, dass der nächste Angriff von Kuwino gleich folgen würde. Oder wollte er mit Farisio spielen, bevor er ihn tötete?

Farisio strich sich die nassen Haare aus dem Gesicht. Erst jetzt erkannte er, dass er sowohl seine Mütze als auch seinen Hut verloren hatte.

Du Idiot solltest eher nach Prinz Kuwino Ausschau halten!, beschimpfte er sich selbst in Gedanken. Hektisch sah er sich um.

Doch was er sah, verblüffte ihn. Der Wassermagier beachtete ihn gar nicht, weil er sich gleich zwei anderen Gegnern stellen musste. Nicht nur Farisios Freund, der Wind, attackierte den Prinzen, auch eine Gestalt mit wehenden glutroten Haaren flog auf einem Riesenvogel immer wieder Angriffe gegen ihn.

»Nadera.«

Ungläubig verfolgte er, wie die Kronprinzessin sich mit zornverzerrtem Gesicht gegen ihren einstigen Favoriten wandte. Hatte sie etwa mitbekommen, wie Kuwino versucht hatte, Farisio zu töten? Doch woher hatte sie gewusst, dass etwas nicht stimmte? Hatte der Wind sie an den See geführt, genau wie Farisio?

Er wusste es nicht und vermutlich war es auch egal, denn in diesem

Moment erwischte eine riesige Wasserhand, die aus dem See schoss, den Vogel mitsamt seiner Reiterin, umschloss sie und zog beide mit sich in die Tiefe. Sie schlugen auf der Seeoberfläche auf und kamen nicht wieder hoch.

»Nein!«

»Sieh an, du lebst ja noch.«

Anscheinend mühelos wehrte Kuwino die Angriffe des Windes ab und schaffte es gleichzeitig auch noch, Nadera und ihren Gefährten unter Wasser zu halten.

Voller Hass starrte Farisio hilflos zu seinem Gegner hinüber.

»Lasst sie in Frieden! Ihr werdet nicht damit durchkommen, wenn Ihr sie tötet!«

Angsterfüllt blickte er auf den See, doch er konnte die Prinzessin nicht sehen. Noch nicht einmal die Spitze eines Flügels ragte aus dem Wasser. Bitte! Sie durfte nicht sterben!

»Wer hat denn behauptet, dass ich das will?«

Farisio starrte den Wasserprinzen an, der bei seiner verblüfften Miene laut lachte. »Du bist ein Idiot! Warum sollte ich die Frau töten, die ich demnächst heiraten werde? Nein, ich habe andere Pläne für Nadera.«

»Ihr könnt doch nicht ernsthaft glauben, dass sie Euch noch heiraten wird!«

»Aber sicher doch. Das einfältige Mädchen ist so leicht zu manipulieren. Sie wird mir bald wieder aus der Hand fressen. Und nach der Heirat wird Oprios einen ganz bedauerlichen Unfall haben. Dann werde ich über diese Domäne herrschen, wie es mir bestimmt ist.«

Er lachte erneut, als er den schockierten Farisio betrachtete. »Dein Gesicht! Herrlich! Ich weiß, ich sollte meine Pläne nicht so herausposaunen, aber wem sollte ich sie sonst erzählen? Du wirst gleich tot sein, und wenn ich Nadera die Erinnerungen an die letzten Minuten genommen habe, werde ich sie zurück in den Palast bringen. Dann werde *ich* der Held sein, der sie vor *dir* gerettet hat. Nachdem du ein zweites Mal versucht hast, mich im Auftrag von Lorino zu ermorden. Klingt doch nach einer tollen Geschichte, nicht wahr?«

»Monster!«, flüsterte er.

Er spürte, wie sich die Dunkelheit in ihm regte, doch das war ihm egal. Er wollte Kuwino verletzen! Wenn es jemand verdient hatte, dann er! Er würde nicht zulassen, dass dieses Ungeheuer seiner Familie schadete.

Die Finsternis in ihm hob ihr Haupt und brüllte, als sie seinen Hass schmeckte. Sie zerrte an ihren Ketten, und Farisio … ließ einfach los. Er verspürte weder Angst noch Reue, als er sie auf Kuwino hetzte. Im nächsten Moment grub die Dunkelheit ihre körperlosen Klauen in ihn, sodass der Prinz vor Pein schrie und nicht wusste, wie ihm geschah und von wo der Angriff kam.

»Schrei nur«, murmelte Farisio, während der Wind um sie herum toste. Niemand würde den Verräter hören und ihm zur Hilfe kommen.

Doch dann schlug sein Freund Farisio plötzlich ins Gesicht. So stark, dass es seinen Kopf herumriss und Farisio sich auf die Zunge biss. Der Geschmack von Blut füllte seinen Mund, als er zu Boden stürzte und mit einem gepeinigten Ächzen aufschlug.

Narr!

Wieder und wieder prügelte der Wind auf ihn ein. Farisio aber verstand nicht, wie sich sein Freund gegen ihn wenden konnte. Ihm tat alles weh.

»Hör auf!«, flehte er schluchzend.

Als Antwort packte sein Freund ihn jedoch nur mit seinen riesigen, gestaltlosen Fingern, hob ihn in die Höhe, drehte ihn herum und schüttelte ihn.

Sieh hin!

Und Farisio sah hin. Er blickte auf Kuwino herab, der sich scheinbar grundlos brüllend am Boden wälzte. Denn derjenige, der ihn angriff und langsam unter größtmöglichen Schmerzen folterte, war nichts, das man mit bloßen Augen sehen, mit normalen Sinnen hören oder fühlen konnte. Es war das Schicksal, Pein selbst, das den Prinzen aus Diniri quälte.

Und Farisio, der Hüter von Pein, hatte es zugelassen. Schlimmer noch, er hatte die Vorstellung davon und den Anblick genossen. Zu was machte ihn das? Nicht Kuwino war das Monster, er war es!

Schamerfüllt griff Farisio nach der Dunkelheit. Sie schlug nach ihm, wollte seine Berührung abschütteln und sich nicht wieder von ihm einsperren lassen. Sie wütete mit Lanzen und Peitschen der Qual gegen ihn. Doch obwohl er vor seelischen Schmerzen wimmerte, ließ er nicht los. Niemals wieder würde er dem Schicksal unterliegen, das hatte er geschworen. Obwohl er diesen Eid heute gebrochen hatte, indem er die Dunkelheit auf seinen Feind losgelassen hatte, würde sie nicht gewinnen.

Mit der Kraft seines Willens zog er sie zurück zu sich, während sie auf ihn einschlug, ihn zwingen wollte, seinen Griff zu lockern. Doch egal, was sie ihm antat, wie sehr sie ihn auch quälte, das war nichts gegen die Scham und das Gefühl des Versagens, die Farisio peinigten. Wenn sein Freund ihn nicht gestoppt hätte ... Er wusste nicht, was dann passiert wäre. Vermutlich hätte sie als Nächstes Nadera und ihren Gefährten und dann das Schloss attackiert – Großvater Refaso, Geris und König Oprios und alle anderen – und hätte anschließend ihre Macht gegen die Bewohner von *Aussicht* und die unterirdische Stadt gerichtet. Keiner von ihnen wäre sicher gewesen! Wie sollten sie gegen etwas kämpfen, das unsichtbar, gestaltlos und so mächtig war wie das Schicksal?

Farisio entkam ein Schrei, als er die Dunkelheit zu sich herangezogen hatte und dazu zwang, in ihn zurückzukehren. Er war ihr Gefängnis, ihr Träger und Hüter, der Einzige, der sie aufhalten konnte, und das wusste das dunkle Schicksal. Es wehrte sich wie wild, doch egal wie sehr er sich in Qualen wand, wie stark die Tränen seine Sicht verschleierten und wie sehr er gegen den Geschmack von Blut in seinem Mund würgte, Farisio ließ nicht los. Er hatte es geschworen. Er würde seinen Eid nicht noch einmal brechen.

Er war der Hüter. Er war ein Licht. Dies war seine Aufgabe.

Und dann war die Dunkelheit wieder in der Zelle, die er in seinem Inneren für sie errichtet hatte, und Farisio fiel vornüber.

»Koll?«

Schluchzend hob er den Kopf. Auch wenn er Nadera nicht erkennen konnte, wusste er, dass sie die verschwommene Gestalt war, die vor ihm stand und ihn angesprochen hatte.

Sie lebte! Den Gründern sei Dank!

»Du bist es! Deine Haare … du … Ich habe dich nicht erkannt. Bei den Vorfahren, was ist nur geschehen? Und warum siehst du aus, als wärst du durch die Mangel gedreht worden? Was hat er getan? Welche Perfidie hat Kuwino jetzt wieder ersonnen?«

Kuwino!

Über den Kampf gegen die Dunkelheit hatte er den verräterischen Prinzen ganz vergessen. Lebte Kuwino noch oder lastete sein Tod jetzt auf Farisios Gewissen?

Ihm fehlte die Kraft, sich aufzurichten und sich nach ihrem Gegner umzusehen. Noch immer wehrte sich die Dunkelheit in ihm. Schmerz jagte durch seinen Körper und seine Seele und er wimmerte.

Er würde nicht zulassen, dass sie die Prinzessin, seine Cousine, verletzte.

Bislang hatte er sich nicht getraut, von ihr, Geris und all den anderen als Familie zu denken. Doch auch wenn er nicht ihre glutroten Haare hatte, auch wenn er sich bislang nur erlaubt hatte, seinen Opa in Gedanken als Familie zu betrachten, konnte er jetzt an nichts anderes mehr denken. Der Begriff war nicht länger nur ein Wort für ihn. Familie, das waren echte Personen. Personen, die sich mit ihm unterhalten, die mit ihm gelacht hatten, die versucht hatten, ihn zu beschützen. Und, auch wenn sie nichts davon ahnten: Durch ihre Adern floss dasselbe Blut, es verband Farisio mit ihnen.

»Es ist meine Schuld«, flüsterte er.

»Was ist deine Schuld?«

Verwirrt beugte sich Nadera vor und streckte die Hand aus, um ihm aufzuhelfen. Ihre Finger berührten sich fast, als ihr geflügelter Gefährte, der braune Riesenvogel, hinter ihr auftauchte und ... dann im nächsten Augenblick von einer so gewaltigen Wasserkugel geschluckt wurde, dass er komplett in ihr verschwand.

Farisio keuchte entsetzt, während Nadera herumwirbelte und sich aufrichtete. Sie breitete die Arme aus, als wollte sie Farisio vor Kuwino abschirmen, und sammelte ihre Magie. Im selben Moment packte eine riesige Wasserhand sie und warf sie quer über den See. Farisio hörte, wie sie mit einem lauten Krachen aufschlug. Mühsam rappelte er sich auf und starrte zum anderen Ufer, wo Nadera regungslos im Gras lag.

»Wo waren wir?«, fragte Kuwino. »Ach ja, ich wollte dich töten.«

Die Wasserhand drehte um und raste jetzt auf ihn zu. Farisio schluckte. Kurz ragte die blaue Riesenwelle über ihm auf, dann verschlang sie ihn.

Er würde sterben. Dieser Gedanke hätte ihn erschrecken müssen, tat es aber nicht. Farisio begriff, dass er eine Entscheidung getroffen hatte. Er hatte beschlossen, eher zu sterben, als die Dunkelheit wieder freizulassen. Doch kampflos ergeben würde er sich nicht.

Verzweifelt versuchte er, an den Rand der Wasserkugel zu schwimmen, doch die Strömung war zu stark. Mit gewaltiger Kraft wirbelte sie um ihn herum. Je mehr er sich nach außen vorkämpfte, desto stärker und schneller wurde sie.

Jetzt wusste er auch, warum es Nadera und ihrem Riesenvogel nicht gelungen war, sich zu befreien. Kuwino war mächtig, seine Cousine hatte nicht nur gegen seine Magie ankämpfen müssen, sondern auch gegen die Kraft des Wassers selbst. Und jetzt war sie bewusstlos, vielleicht sogar tot, und ihr Gefährte war wie Farisio in Kuwinos Gewalt. Lediglich sein Freund kämpfte noch gegen den Prinzen. Farisio sah, wie eine Windhand sich seinem Gefängnis näherte und die Wellen auseinanderzwängen wollte. Dann zerfaserte sie aber, bevor sie auch nur in seine Nähe gekommen war.

Er wusste, dass sein Freund vor Zorn und Frust brüllte, auch wenn er ihn in seiner Zelle nicht hören konnte. Unwillkürlich verzogen sich seine Lippen zu einem Lächeln und er schluckte Wasser, während der Druck auf ihn zunahm. Wie lange er noch durchhalten konnte, bis er erstickte oder ertrank, wusste er nicht. Doch eines wusste er mit Sicherheit: Sein Freund würde nicht aufhören, für ihn zu kämpfen, solange noch eine Chance bestand. Doch der Wind war kein Magier, er hatte nie lernen müssen, seine Kräfte mit einem Magier zu messen. Er würde es nicht schaffen.

Allmählich wurde ihm schwarz vor Augen. Der Gedanke, dass Kuwino es schaffen könnte, mit seinen Verbrechen davonzukommen, plagte ihn.

Dann zerplatzte die Wasserkugel und Farisio fiel. Sein geschwächter Körper hatte ihn nicht aufrecht halten können. Keuchend blieb er am Boden, während er versuchte herauszufinden, was geschehen war.

Ungläubig starrte er auf die Gestalt mit den glutroten Haaren, die die nächste Welle mit einer festen Mauer aus Luft abwehrte.

Nadera! Aber wie …?

Mit einem Mal keuchte Nadera und der schützende Wall brach schon in sich zusammen. Die Windprinzessin ging in die Knie.

»Miststück! Dachtest du wirklich, dass du mich besiegen kannst?«

Kuwino brüllte über das Tosen des Windes hinweg, der weiter auf ihn einhämmerte. Doch er besaß nicht Farisios feines Gehör, der jetzt das Schlagen von Flügeln vernahm, das sich schnell näherte.

Voller neuer Hoffnung wirbelte Farisio herum, hielt dann aber verwirrt inne: Naderas Riesenvogel war immer noch in seiner Wasserkugel gefangen.

Doch wer …?

Farisio starrte nach oben und sah eine gewaltige Gestalt auf sie zurasen. In der heranbrechenden Dunkelheit konnte er nicht erkennen, wer ihnen da zu Hilfe eilte. Erst als der Gefährte sich im Sturzflug ihrem Feind näherte, im letzten Moment die Flügel öffnete und mit einem kräftigen Schlag Kuwino zu Boden schlug, erkannte Farisio ihn.

»*Weißfeder!*«

Die Freundin seines Großvaters warf ihm einen kurzen Blick zu, während sie mit ihren großen Krallen den bewusstlosen Prinzen packte, kräftig mit den Flügeln schlug und in die Luft stieg. Rasch war sie aus seinem Blickfeld verschwunden.

Was hatte *Weißfeder* vor?

Beklommen starrte er ihr hinterher, während seine Cousine hustete und Wasser ausspuckte, um wieder Luft zu bekommen.

»Wo ist sie hin? Sie kann sich nicht gegen ihn wehren. Sie hat keine Magie!«

Nadera rappelte sich nach ein paar Minuten schwer atmend auf. Farisio unterbrach für einen Moment seine Bemühungen, den Himmel nach dem Riesenvogel abzusuchen. Auch Nadera war die Angst um *Weißfeder* am Gesicht abzulesen. Farisio spürte, wie sie ihre Windmagie rief. Im nächsten Augenblick flog sie ohne Vogel *Weißfeder* und Kuwino hinterher, während Farisio zurückbleiben musste. Nur Naderas geflügelter Gefährte war noch bei ihm. Er war nicht länger von Kuwinos Magie gefangen.

»Bei den Gründern! Hoffentlich lebt er noch!« Farisio rannte auf den Vogel zu.

Der Mann aus Wasser ist nicht länger ein Teil von mir, sagte der Wind ein paar Sekunden später.

Farisio hatte ihn noch nie einen so langen Satz sprechen hören. Ja, er hatte gar nicht gewusst, dass er dazu überhaupt in der Lage war. Daher registrierte Farisio erst nach ein paar Sekunden, was sein Freund gesagt hatte. »Was ist geschehen?«, wisperte er. »Wie ist er gestorben?«

Und vor allem, wie ging es *Weißfeder?* Hatte sie … hatte sie …

Er mochte den Gedanken nicht fortführen. Stattdessen kniete er neben dem verletzten Riesenvogel seiner Cousine nieder. Vorsichtig legte er eine Hand auf seinen gefiederten Rumpf, unter den gebrochen wirkenden Flügel, und spürte zu seiner großen Erleichterung, wie sich sein Brustkorb hob und senkte. Er lebte!

»Koll! Wie geht es *Eleganter Flügelschlag?*«

Nadera landete neben ihm. Sorge spiegelte sich in ihren Augen, während sie auf ihrer Unterlippe herumknabberte.

»Er lebt. Doch ich fürchte, er ist schwer verletzt. Was ist mit Kuwino?«

»Tot«, erwiderte Nadera nüchtern. »*Weißfeder* ist mit ihm über den Rand der *Klippe* geflogen und hat ihn fallen gelassen. Er konnte nicht fliegen.«

Farisio schauderte es. Das musste ein schrecklicher Tod sein.

»Und jetzt?«

Nadera beugte sich seufzend zu *Eleganter Flügelschlag* herab und strich ihm sanft übers Gefieder.

»Wir müssen meinem Vater Bericht erstatten. Er wird entscheiden, was als Nächstes geschieht. Auch mit *Weißfeder*. Königin Liria wird vermutlich ihren Tod fordern, weil sie Kuwino getötet hat.« Sie schüttelte den Kopf.

»Aber sie hat nur versucht, uns das Leben zu retten!«

»Ich weiß das. Und mein Vater wird das hoffentlich genauso sehen. Es tut mir so leid. Wäre ich nur nicht so dumm gewesen, auf Kuwino hereinzufallen! Ich habe seine Fehler nicht sehen wollen, habe seine Lügen und Ausflüchte geglaubt, egal wie viele mich vor ihm gewarnt haben. Noch nicht einmal Geris' Bedenken habe ich ernst genommen. Wenn Lorino mir gestern Abend nicht noch einen Brief geschrieben und erklärt hätte, warum er Kuwino als seinen Feind betrachtet, ich weiß nicht, ob ich mich heute auf die Suche gemacht hätte, um ihn zur Rede zu stellen. Und du wärst vermutlich tot. Kannst du mir vergeben, Koll?«

Farisio starrte sie an. Wie konnte sie sich die Schuld geben?

»Der Einzige, der schuld ist, ist Kuwino selbst. Es war sein perfider Plan. Er hat uns hereingelegt. Und wenn ich nicht gewesen wäre, dann hätte er nicht funktioniert. Dann hätte Königin Liria Prinz Lorino nicht verstoßen.«

Und die Folgen sahen sie jetzt vor sich. Nicht nur Naderas Riesenvogel hatte ordentlich etwas einstecken müssen. Auch die Lichtung und der See wiesen deutliche Spuren ihres Kampfes auf. Der Wasserpegel war stark gesunken, am Ufer waren Pflanzen entwurzelt, Fische und andere kleine Tiere lagen leblos zwischen ihnen. Schneisen hatten den Boden aufgerissen und sogar einzelne Bäume waren umgestürzt. Es war ein Bild der Verwüstung.

Sein Blick wanderte traurig über die Lichtung und verharrte auf den Männern und Frauen, die sich in einigen Metern Entfernung versammelt hatten und jetzt schweigend zu ihm und der Kronprinzessin herüberstarrten. Viele von ihnen waren triefnass, als hätten sie ein Bad im See genommen.

Farisio begriff zwei Dinge: Erstens, die Schatten hatten den Kampf bestimmt beobachtet und versucht einzugreifen. Und zweitens, er trug seine Mütze nicht mehr.

Sein Geheimnis war keines mehr.

29

KÖNIGLICHER PALAST VON WIRILAT

»Zeig mir den Brief von Lorino, Nadera«, verlangte König Oprios, nachdem die Kronprinzessin ihren Bericht beendet hatte.

»Den muss ich erst holen. Er liegt in meinem Zimmer«, sagte seine Tochter. Sie wandte sich zur Tür und ließ Farisio mit dem König und seinen Wachen allein in dessen Arbeitszimmer zurück.

»Holt Geris und Plortis her«, befahl der König als Nächstes, worauf zwei der Soldaten sofort loseilten.

Dann warteten sie. Farisio spürte jetzt die Erschöpfung des Kampfes gegen Kuwino und die Dunkelheit und hätte sich am liebsten gesetzt, aber Naderas Vater hatte ihn bislang nicht dazu aufgefordert. Er hatte noch nicht einmal das Wort an ihn gerichtet oder sich über Farisios Haarfarbe gewundert, seitdem Nadera und er vor etwa zehn Minuten in sein Arbeitszimmer gestürmt waren. Stattdessen hatte er nur zugehört, als Nadera erzählt hatte, was geschehen war.

Farisios Sorge wuchs. Wie würde der König entscheiden? Würde er *Weißfeder* bestrafen? Und wann würde er Königin Liria über Kuwinos Tod unterrichten? War es ein gutes Zeichen, dass er sie bislang nicht gerufen hatte, oder ein schlechtes?

»Vater, du wolltest uns sehen?«

In diesem Moment betraten Plortis und Geris den Raum. Während sich der jüngere Prinz an den König wandte, fiel Geris' Blick sofort auf Farisio, der sich ohne seine schützende Kopfbedeckung ungewöhnlich hilflos fühlte. Der Windprinz blieb auf der Schwelle stehen und starrte ihn an.

»Ja. Kommt rein und schließt die Tür.«

Der König musste seine Aufforderung wiederholen, damit sein älterer Sohn reagierte. Doch selbst als er ihr Folge leistete und näher an den Schreibtisch trat, wandte er den Blick nie lange von Farisio ab, der sein Bestes tat, um an der Wand möglichst unsichtbar zu werden. Geris würde die Enthüllung nicht kommentarlos hinnehmen, das war Farisio klar.

»Ich habe einen Auftrag für euch, von dem niemand etwas erfahren darf. Ich möchte, dass ihr zum Fuß der *Klippe* fliegt, Kuwinos Leiche bergt und sie unauffällig zurückbringt. Noch weiß niemand von seinem Tod und ich möchte, dass es so bleibt, bis ich entschieden habe, wie ich Königin Liria, unsere anderen Gäste und unsere Familie am besten über das Geschehene informiere.«

Plortis riss die Augen auf. »Bei den Gründern! Weiß Nadera schon Bescheid? Sie wird außer sich sein!«

In diesem Moment wandte Geris zum ersten Mal den Blick von Farisio ab, um seinen Bruder und seinen Vater besorgt anzusehen.

»Plortis hat recht. Wir müssen es Nadi schonend beibringen.«

»Das ist lieb gemeint, aber unnötig, Ger«, sagte seine Zwillingsschwester, die in diesem Moment in der Tür erschienen war. »Ich weiß bereits Bescheid.«

»Was ist geschehen? Wie ist Kuwino gestorben? War es Lorino?«

»Ich weiß, ihr habt Fragen, Plortis, aber die müssen leider warten. Bitte tut, was ich euch aufgetragen habe. Am besten, ihr bringt seine Leiche in einen der ungenutzten Türme. Anschließend werden wir euch erzählen, was geschehen ist.«

Die Brüder nickten und verließen das Arbeitszimmer. Geris allerdings nicht, ohne noch einen langen Blick auf Farisio und seine Schwester zu werfen.

Als seine Söhne die Tür hinter sich geschlossen hatten, richtete der König seine Aufmerksamkeit auf Farisio. »Ich weiß nicht, wie ich dir danken soll, Koll. Du hast Kuwinos perfiden Plan aufgedeckt und meiner Tochter und *Eleganter Flügelschlag* im Kampf gegen ihn beigestanden. Ohne dich und *Weißfeder* wären sie vermutlich tot. Meine Familie und ganz Wirilat stehen in deiner Schuld. Wenn es etwas gibt, das wir für dich tun können, sag es und dein Wunsch wird dir gewährt.«

»Vielen Dank, Eure Majestät. Ich …«

Farisio stockte, weil er nicht wusste, was er sagen sollte. Er fühlte sich nicht als Held. Nicht er hatte Nadera gerettet, sondern sie ihn. Er wäre in Kuwinos Wassergefängnis gestorben, wenn sie Kuwino nicht angegriffen und abgelenkt hätte.

»Ich habe das Gefühl, es ist meine Schuld«, fuhr er leise fort. »Wenn ich nicht gewesen wäre und den Verdacht auf Lorino gelenkt hätte, dann wäre das alles nicht passiert.«

»Koll, das ist nicht wahr!« Nadera trat auf ihn zu und schüttelte den Kopf. »Hast du mir nicht gesagt, ich solle mich nicht schuldig fühlen, weil ich auf Kuwino hereingefallen bin? Das gilt auch für dich.«

»Nadera hat recht. Niemand von uns hat damit gerechnet, dass er sich das selbst antun könnte, um seinem Cousin zu schaden. Und Lorino hat uns leider genug Verdachtsmomente geliefert, denk nur an das vergiftete Getränk. Nein, nichts hiervon ist deine Schuld, Koll.«

Farisio verbeugte sich vor dem König und fühlte, wie die Last auf seinen Schultern ein wenig leichter wurde.

»Ich danke Euch, Majestät.«

»Bitte nenn mich Oprios.«

Ungläubig sah Farisio auf und begegnete dem wohlwollenden Blick des Königs, der ihn lächelnd musterte.

»Nun gut, da du so wirkst, als könntest du im Stehen einschlafen, würde ich vorschlagen, wir vertagen das Ganze. Kannst du morgen Mittag oder Abend wieder herkommen, damit wir uns weiter unterhalten können?«

Vermutlich wollte der König dann mit ihm über seine Abstammung sprechen. Farisio unterdrückte ein Seufzen. Dass er nicht Nein sagen konnte, war ihm bewusst. Warum musste er nur mitternachtsblaue Haare haben?

»Besser wäre morgen Abend«, erwiderte er.

Oprios nickte. »Dann sehen wir uns morgen Abend, Koll.«

Farisio drehte sich um – und lief unbeabsichtigt in Naderas ausgestreckte Arme. Sie umarmte ihn fest. »Danke, Koll.«

»Ich muss mich bedanken, denn Ihr habt mich gerettet.«

»Immer so bescheiden.« Sie lächelte kurz, bevor sie wieder ernst wurde. »Das werde ich dir nicht vergessen.«

Nadera ließ ihn los und trat zurück. Da er nicht wusste, was er sagen sollte, neigte er lediglich den Kopf, verbeugte sich vor dem König und verließ dann dessen Arbeitszimmer. Als er die Tür schloss, hörte er noch, wie der Herrscher sagte: »Kommen wir nun zu Lorinos Brief …«

Dann atmete er tief durch. Eine Befragung hatte er geschafft, doch vor der nächsten graute ihm bereits. Das einzig Gute an der Enthüllung seiner Zugehörigkeit zur Gründerfamilie von Moronis oder Tehmar war, dass er jetzt nicht zu Fuß nach *Aussicht* und von dort in die unterirdische Stadt zurückkehren musste. Niemand würde sich wundern, wenn er sich teleportierte. Und wenn er Glück hatte, ließen ihn die Schatten für diesen Abend in Ruhe und er konnte sich bis morgen überlegen, was er ihnen erzählen wollte.

Farisio rief sich zunächst das Muster und dann sein Zimmer vor Augen. Es war erstaunlich, wie leicht das ging. Nur ein Blinzeln und dann war er bereits da … und zwinkerte erneut, als ihn in seinem Zimmer Udio und *Zerstreuter Bibliothekar* erwarteten.

»Koll. Wir müssen reden. Über dein Geheimnis.«

Das hatte er befürchtet.

Udio musterte ihn ernst und, wenn Farisios Eindruck nicht täuschte, auch ein wenig enttäuscht. »Warum hast du uns deine Abstammung verschwiegen? Vertraust du uns nicht?«

»Ich dachte, es ist egal, wer man ist und was man zuvor getan hat, wenn man sich der Gilde von Licht und Schatten anschließt?«

»Das gilt für die Schatten und ihre illegalen Aktivitäten! Ich kann nicht verstehen, wieso du deine Haare und deine Magie verstecken solltest. Das ist doch kein Grund, sich zu schämen! Und ich begreife nicht, warum dazu auch noch einige meiner Schatten deine Lügen gedeckt haben!«

Udio warf *Zerstreuter Bibliothekar* einen zornigen Blick zu. Unbekümmert erwiderte der Gelehrte ihn.

»Es war nicht an mir, Kolls Geheimnis zu offenbaren.«

»Hmpf!« Der Anführer der Schatten sah das offensichtlich anders. »Na schön. Darüber sprechen wir noch. Zunächst möchte ich jedoch wissen, ob du zu Moronis oder Tehmar gehörst.«

»Warum?«

»Weil das die beiden Domänen sein werden, die morgen vor meiner Tür stehen und fordern werden, dass du zu ihnen zurückkehrst! Entweder die Königsfamilien selbst oder ihre Schattenanführer. Und ich habe keine Möglichkeit, das zu verweigern, weil sie einen rechtmäßigen Anspruch auf dich haben.«

»Aber ich gehöre zu keiner der beiden Familien und auch nicht zu ihrer Gilde von Licht und Schatten! Ich bin kein Eigentum von irgendwem!«

Er hatte gerade erst seinen Großvater und vielleicht sogar Freunde unter den übrigen Mitgliedern der Herrscherfamilie von Wirilat gefunden! Sie würde er auf keinen Fall so schnell wieder aufgeben! Außerdem hatte er erst ein paar wenige Worte mit seinem Großvater gewechselt …

»Koll …«

»Nein! Selbst wenn ich es wüsste, würde ich es Ihnen nicht sagen! Und falls Sie das nicht akzeptieren, falls ich deswegen kein Licht sein kann, dann sagen Sie es und ich gehe!«

Für einen Moment starrte Udio ihn einfach nur sprachlos an. Schließlich schüttelte er den Kopf und wechselte einen Blick mit *Zer-*

streuter Bibliothekar. »Ich verstehe jetzt, warum du mir nichts gesagt hast.« Er wandte sich an Farisio. »Na schön, Koll. Fürs Erste werde ich es dabei belassen. Aber du kannst das Thema nicht ignorieren. Die Fragen werden kommen. Wenn nicht von mir, dann von anderen. Und ich verspreche dir, sie werden auf Antworten bestehen.«

»Wir werden sehen.«

Farisio versuchte, Entschlossenheit auszustrahlen, war sich aber nicht sicher, wie gut es ihm gelang. Trotz aller Hartnäckigkeit mochte er Udio. Nach den Warnungen von *Zerstreuter Bibliothekar,* sich nicht als Licht zu offenbaren, ahnte er jedoch, dass die anderen Anführer nicht so verständnisvoll sein würden.

Und wenn sie ihn zwangen, Wirilat zu verlassen?

»Eine letzte Sache noch: Ich hätte gerne einen Bericht über das, was geschehen ist. Kuwino ist es leider gelungen, sich unserer Überwachung zu entziehen, vermutlich mithilfe seiner magischen Kräfte. Daher konnten wir nur sehen, was ab dem Zeitpunkt geschehen ist, als Prinzessin Nadera dazustieß. *Zerstreuter Bibliothekar?*«

Der Gelehrte holte seine Platte hervor und tippte auf ein paar Symbole. Dann konnte Farisio verfolgen, wie Nadera und *Eleganter Flügelschlag* auf zwei kleine Gestalten herabstießen. Beklommen verfolgte er die Aufzeichnungen und schluckte.

Das war schlimm. Denn leider hatte Farisio weder eine plausible Erklärung für seine Anwesenheit am See noch für die Windböen, die bereits auf Kuwino eingeschlagen hatten, bevor sich Nadera in den Kampf eingemischt hatte. Und es kam noch schlimmer, als sich Kuwino vor Schmerzen unter dem Angriff der Dunkelheit wand. Wie sollte er *das* erklären? Sie mussten ihn für ein Monster halten.

Jetzt sah er auch, wie *Eisenfaust, Blutdolch* und eine Schattenkämpferin, die er bislang nicht kannte, versucht hatten, ihnen zu Hilfe zu kommen. Etwas, was er in jenem Moment nicht mitbekommen hatte. Doch *Eisenfaust* und die Kämpferin schienen bei ihren Attacken zu zögern. Das war verständlich, wenn ihr Eid eigentlich verlangte, dass sie jeden Nachkommen eines Gründers beschützten. Und *Blutdolch,* der er einen ernsthaften Angriff noch am ehesten zugetraut hatte, war von einer Wasserwelle an einen Baum geschmettert worden und eine Weile lang liegen geblieben, vermutlich bewusstlos. Als sie endlich wieder aufstand, hatte *Weißfeder* Kuwino bereits gepackt und war mit ihm weggeflogen. Insgesamt war der Kampf auch um einiges kürzer gewesen, als er sich in dem Augenblick angefühlt hatte.

Die Aufzeichnung endete damit, dass Nadera den toten Wasserprinzen fand. Farisio erschauderte. Warum hatte er nicht weggesehen?

Weil er sich schuldig fühlte, deshalb. Er hatte ihn sehen müssen, auch um wirklich sicher zu sein, dass Kuwino tot war.

»Hast du etwas dazu zu sagen?«, wollte Udio wissen, als Farisio immer noch beharrlich schwieg.

»Nein.«

Farisio schloss für einen Moment die Augen und rechnete mit weiteren bohrenden Fragen, mit Streit, Unverständnis, Tadel, irgendetwas.

Bei den Gründern, er war so müde! Warum musste alles so schwer sein? Wieso konnte er nicht einen Tag in Frieden gelassen werden und glücklich sein?

Er taumelte und fühlte sich, als hätte der Stuhl ihm erneut Energie ausgesaugt. Eine Ohnmacht streckte die Hände nach ihm aus. Er bekam gerade noch mit, dass ausgerechnet der sonst unaufmerksame *Zerstreute Bibliothekar* nach vorne stürzte, um ihn aufzufangen. Dann nichts mehr.

Der nächste Tag war für Farisio eine Qual. Nari und Gralit waren so sauer auf ihn, weil er ihnen sein Geheimnis verschwiegen hatte, dass sie sich weigerten, auch nur ein Wort mit ihm zu sprechen. Er wusste, dass sie auf eine Entschuldigung warteten. Aber wie sollte er ihnen sagen, dass es ihm leidtat, wenn er doch nur bereute, dass sie und alle anderen es herausgefunden hatten?

Das Schlimmste war, dass er zum ersten Mal seit Tagen wieder

Zeit für sich hatte. Aufgrund der Ereignisse vom Vortag war der Unterricht abgesagt worden. Die Mitglieder des Schattenrats berieten sich schon den ganzen Tag und schickten immer wieder Boten durch die unterirdische Stadt und vermutlich auch nach *Aussicht* und in den Palast.

Alle anderen Anwärter genossen die freie Zeit, nur Farisio war mit seinen düsteren Gedanken allein und hatte nichts, das ihn ablenken konnte. Keinen Hunger, der ihn zwang, sich Nahrung zu suchen. Keine Ileija, um die er sich kümmern musste. Keinen Schatten, der ihm eine Frage stellte, noch nicht einmal Udio. Sie mussten alle gehört haben, was geschehen war, denn Farisio spürte ihre Blicke auf sich, ihre Neugier, aber auch ihr Misstrauen. Dennoch sprach keiner ihn an, und die Anwärter wisperten nur, wenn er ihnen den Rücken zuwandte. Auch der Schlaf schien ihm auszuweichen.

Nach dem Mittagessen teleportierte er sich an die Oberfläche der *Klippe*, legte sich auf eine Wiese und starrte in den Himmel. Sein neuer Hut – der einzige, den er noch hatte – lag neben ihm im Gras, als *Weißfeder* landete und sein Großvater von ihrem Rücken glitt. Seine glutroten Haare glänzten in der Sonne. In diesem Moment hätte Farisio seine mitternachtsblaue nur zu gerne gegen die typische Mähne der anderen Nachkommen von Wirilat eingetauscht. Warum konnte er nicht einmal in seinem Leben irgendwo dazugehören?

»Koll.«

»Hallo.« Er setzte sich auf und wäre fast wieder umgekippt, als *Weißfeder* ihren Schnabel gegen seine Brust stieß. Sie wollte gekrault werden. Farisio tat ihr nur zu gerne den Gefallen.

»Ich habe gehört, was geschehen ist. Geht es dir gut, Koll?«

»Nicht wirklich«, erwiderte er ehrlich.

»Das kann ich verstehen. Wie auch? Du brauchst Zeit, um seinen Verrat zu verarbeiten. Weißt du, was mir immer hilft, wenn ich niedergeschlagen bin? Ein Flug auf *Weißfeder*. Hast du Lust?«

»Ernsthaft?«

Sein Großvater schmunzelte. »Sonst hätte ich nicht gefragt.«

»Sehr gerne!« Er sprang auf, und sein Großvater, der schon wieder aufgestiegen war, reichte ihm die Hand, um ihm auf *Weißfeders* Rücken zu helfen. Doch dann zögerte Farisio. »Aber sind wir zu zweit nicht zu schwer für sie?«

»Keine Sorge, sie ist stärker, als sie aussieht. Wir sind nicht zu lange unterwegs und machen Pausen.«

Weißfeder stupste ihn auf Refaso zu und keckerte. Beinahe schien sie beleidigt zu sein, weil er an ihr gezweifelt hatte.

Also ergriff Farisio die Hand seines Großvaters und kletterte auf *Weißfeders* Rücken. Sie breitete ihre Flügel aus und rannte los. Ein paar Sekunden später erhoben sie sich in die Lüfte. Blitzschnell stiegen sie in den Himmel empor. Farisio sah *Aussicht* unter sich kleiner werden. Unwillkürlich verstärkte er den Griff um seinen Großvater, als sie die *Klippe* hinter sich ließen und er sah, wie hoch sie waren.

Eine Mischung aus absoluter Freude und Todesangst erfüllte ihn. So lange hatte er vom Fliegen geträumt und gehofft, eines Tages vielleicht einmal von einem Luftschiff auf das Land unter ihm schauen und sich vorstellen zu können, dass er selbst es war, der flog. Das hier war so viel besser als diese Vorstellung und zugleich viel schrecklicher, weil er wusste, was geschah, wenn man stürzte.

Doch schon bald vergaß er das alles. *Weißfeder* flog auf die Sturmberge im Westen zu und kurz darauf erblickte er die ersten Gipfel. Das Gebirge kam rasch näher und dann sah er die Stadt auf dem Gipfel, die man zu Fuß nicht erreichen konnte, weil der Anstieg zu gefährlich war. Luftschiffe und riesige Vögel umflogen *Sturm*.

Zu Hause.

Sehnsüchtig starrte Farisio auf die Häuser. Nur zu gerne hätte er seinen Großvater gefragt, welches davon seins war, aber er hatte Angst, dass Refaso an seiner Stimme erkennen konnte, was er empfand.

Doch es stellte sich heraus, dass er gar nicht fragen musste. Denn kurz darauf setzte *Weißfeder* zur Landung an, direkt vor einem mehrstöckigen Anwesen, das terrassenförmig in den Berg gebaut war.

»Herzlich willkommen bei mir zu Hause«, sagte sein Großvater. Farisio aber konnte nur starren.

»Wir machen hier eine Pause, damit *Weißfeder* sich ausruhen kann. Anschließend bringe ich dich zurück zur *Klippe*.«

Er glitt von ihrem Rücken und reichte Farisio lächelnd die Hand, der einen langen Moment brauchte, um die Aufforderung zu verstehen. Mit glühenden Wangen stieg er ab und ging in die Knie, weil seine Beine so stark zitterten.

»Zu Hause«, murmelte er unwillkürlich.

Farisio konnte sich gar nicht sattsehen. Besonders als er erkannte, dass große Teile des Gebäudes gar nicht für Kuftari gedacht waren, sondern Gefährten als Unterkünfte dienten. Immer wieder begegnete er dem neugierigen Blick eines Riesenvogels, der aus seinem Horst trat. Andere flogen dicht über ihren Köpfen hinweg, landeten elegant und verschwanden dann im Inneren. Plötzlich konnte sich Farisio nur zu gut vorstellen, wie es wäre, hier zu leben und aufzuwachsen. Sehnsucht erfüllte ihn und zum ersten Mal fühlte er sich bereit, seinem Großvater zu enthüllen, wer er war. Er öffnete den Mund, drehte sich zu ihm um … und stellte fest, dass er nirgends zu sehen war.

Nur *Weißfeder* war noch an seiner Seite. Sie hatte sich hingelegt, die Flügel eng an ihrem Körper, und schien zu dösen. Farisio setzte sich neben sie und wartete. Und wartete. Hatte sein Großvater ihn etwa vergessen?

Erst nach einer ganzen Weile kehrte Refaso wieder zurück, ein Tablett mit zwei Gläsern in den Händen.

»Bitte entschuldige meine Unhöflichkeit. Einer meiner Angestellten hat mich abgefangen, weil es ein paar Probleme zu klären gab. Hier, nimm! Ich fürchte, es bleibt leider heute keine Zeit mehr, um dich herumzuführen. Trink aus, dann bringe ich dich zurück. Ich weiß, dass Oprios dich dabeihaben will, wenn er seine Ansprache hält.«

»Welche Ansprache?«

»Na die, in der er erklärt, was gestern geschehen ist. Bislang wissen nur sehr wenige Bescheid. Ich auch nur, weil Oprios mir vertraut und *Weißfeder* eine entscheidende Rolle gespielt hat.«

»Was geschieht jetzt mit ihr?«, fragte Farisio und starrte besorgt auf das schneeweiße Gefieder des majestätischen Vogels.

»Du musst keine Angst um sie haben. Ihr wird nichts geschehen. Oprios ist ein gerechter König, er weiß, dass *Weißfeder* nur Nadera und dich beschützt hat.«

Farisio wollte ihm so gerne glauben, dennoch blieb die Furcht. Mechanisch trank er das Glas aus und stieg wieder auf *Weißfeders* Rücken, als sein Großvater ihn dazu aufforderte.

Der Rückflug zur *Klippe* fühlte sich an, als dauerte er gerade einmal eine Minute. In Wahrheit war es vermutlich irgendetwas zwischen einer und zwei Stunden. Farisio sah den Palast und seine unverkennbaren Türme vor ihnen auftauchen und kurz darauf ging *Weißfeder* in den Sinkflug.

Sie landeten vor dem Haupteingang, wo Nadera anscheinend schon auf sie gewartet hatte. Ihre Miene hellte sich auf, als sie sie sah.

»Onkel Refaso! Koll! *Weißfeder!* Ich hatte mir schon Sorgen gemacht. Kommt!«

Sie betrat den Palast, kaum dass sein Großvater abgestiegen war. Farisio beeilte sich, ihnen zu folgen. Zuvor warf er jedoch noch einen Blick zum Himmel und stellte erstaunt fest, dass es früher Abend war. Wo war der Nachmittag abgeblieben?

Nadera führte sie in den großen Saal, der jetzt allerdings nicht mehr feierlich geschmückt war. Die Angestellten hatten den Raum umgebaut. Jetzt standen auf der einen Seite ein Podest und zwei Throne. Der König und seine Frau hatten bereits auf ihnen Platz genommen und warteten, während sie auf den Eingang starrten. Auch die übrigen Anwesenden – alle Nachkommen von Wirilat und vermutlich die wichtigsten Angestellten – schienen nur auf ihre Ankunft gewartet zu haben. Farisio wunderte sich, dass er weder Königin Liria noch ein anderes Mitglied ihres Hauses oder einen von Naderas Verehrern aus einem der anderen Königshäuser sehen konnte. Zu Farisios großer Überraschung war dafür Lorino anwesend.

König Oprios räusperte sich. »Meine lieben Freunde, liebe Familie. Ihr fragt euch sicherlich, warum ich euch gerufen habe. Leider habe ich keine guten Neuigkeiten. Ich muss euch darüber informieren, dass gestern der Dieb von Prinz Kuwinos Erinnerungen von meiner Tochter und Koll gestellt wurde. Es war Prinz Kuwino selbst, der auf diese Weise versucht hat, seinem Cousin Lorino zu schaden und uns alle zu täuschen. Bedauerlicherweise ist ihm das auch gelungen.«

Der König musste warten, bis wieder Ruhe eingekehrt war, denn nach der unerwarteten Enthüllung hatten die meisten Anwesenden zu wispern begonnen. Nur Lorino wirkte, als hätte er bereits Bescheid gewusst.

»Doch als wäre dieser Verrat noch nicht schlimm genug, hat Kuwino anschließend auch noch versucht, unsere Kronprinzessin und seinen Lebensretter Koll zu töten. Und Koll hat erneut seinen Mut bewiesen, als er Nadera gerettet hat. Wir stehen dafür auf ewig in seiner Schuld.« Er nickte Farisio kurz zu, bevor er fortfuhr: »Zu meinem größten Bedauern endete der Kampf mit Kuwinos Tod, als *Weißfeder* die beiden beschützte. Doch obwohl uns Beweise vorliegen, darunter ein Brief in Kuwinos Handschrift, in dem er seinen Plan im Detail darlegt, bin ich mir nicht sicher, ob Königin Liria Kuwinos Schuld akzeptieren wird. Denn als ich mich geweigert habe, *Weißfeder* – der einzigen Schuldigen in den Augen der Eiskönigin – den Prozess zu machen und sie zum Tode zu verurteilen, hat Königin Liria jeden Kontakt zwischen unseren Häusern und Domänen abgebrochen. Es ist möglich, dass es demnächst sogar zum Krieg mit Diniri kommen wird.«

»Was?«

Nicht nur Farisio entfuhr ein schockierter Ausruf. Auch die anderen Zuhörer konnten es nicht fassen.

»Ich muss euch nicht erklären, wie einzigartig dies in der Geschichte unserer Welt ist. Zusammenhalt, Familie und Freundschaft, das ist es, was die Splitterwelt von Anfang an zusammengehalten hat. Wir alle kennen die Geschichte der Gründer. Wir alle wissen, was bei dem einen Mal geschehen ist, als unsere Werte in Vergessenheit geraten sind. Injati starb und mit ihm ging seine ganze Domäne unter. Eine Warnung an uns alle, es niemals wieder so weit kommen zu lassen. Daher ist mir Königin Lirias Haltung völlig unverständlich. Nicht nur ist sie heute Morgen zusammen mit allen anderen Nachkommen von Diniri abgereist, auch hat sie alle diplomatischen Verbindungen und die Handelsbeziehungen zwischen unseren Domänen mit sofortiger Wirkung beendet. Wir können nur hoffen, dass sie ihre Meinung noch ändert, wenn ihr Zorn verraucht ist, und ihre Magier und Soldaten nicht gegen uns mobilisieren wird. Denn das würde nicht nur Wirilat und besonders Diniri schaden, sondern der ganzen Splitterwelt.«

Er legte eine Pause ein. Im Saal herrschte Stille.

»Ich habe in den letzten Stunden viel darüber nachgedacht, was Familie bedeutet. Darunter verstehe ich nicht nur die Nachkommen eines Gründers oder alle Kinder der Gründer. Familie ist, wenn man jemanden selbstlos liebt und sich für ihn einsetzt, wenn man sich sogar für ihn in Lebensgefahr begibt und dies für selbstverständlich hält. Blutsbande können eine Familie ausmachen, aber sie sind keine Garantie, wie wir an Kuwinos Verrat an Lorino gesehen haben. Königin Liria hat ihn verstoßen, und auch wenn ich seinen lebensgefährlichen Streich verurteile, habe ich doch beschlossen, Lorino ein Zuhause im Palast von Wirilat anzubieten. Ich hoffe, ich werde diese Entscheidung nicht bedauern und du nutzt die zweite Chance.«

Er musterte Lorino streng, der jetzt respektvoll den Kopf neigte. »Ich bin Euch sehr dankbar, König Oprios. Und glaubt mir, ich werde Euch keinen Grund geben, Eure Entscheidung zu bereuen. Das verspreche ich.«

»Gut.« Oprios nickte zufrieden und wandte sich dann zu Farisios großer Überraschung ihm zu.

»Koll. Du hast uns allen gezeigt, dass Familie nicht nur von Blutsbanden bestimmt wird. Du hast dich selbstlos um ein schutzloses Kleinkind gekümmert. Und du hast Kuwino vor dem Ertrinken und anschließend Nadera vor ihm gerettet. Du hast außerdem alles drangesetzt, ein Verbrechen aufzuklären, das weder gegen dich noch die Deinen gerichtet war. Das erfordert nicht nur Mut, sondern auch ein großes Herz. Meine Familie und ich haben lange überlegt, was wir tun können, um dir unsere Dankbarkeit zu zeigen. Koll, bitte tritt vor!«

Unsicher starrte Farisio ihn an. Was hatte der König vor?

Oprios lächelte, als Farisio nach ein paar Sekunden des Zögerns seiner Aufforderung folgte.

»Immer so bescheiden, als wäre es dir unangenehm, für etwas gelobt zu werden, das du für selbstverständlich hältst.« Sein Lächeln verwandelte sich in ein Strahlen. »Wirilat!«

Plötzlich bildete sich eine Windhose. Es erschien ein dem äußeren Anschein nach junger Mann mit langen glutroten Haaren, die ihm in einem Dutzend Zöpfen über den Rücken hingen. Der Gründer von Wirilat hatte erkennbar Ähnlichkeit mit seiner Schwester Diniri, schien aber um einiges fröhlicher zu sein, denn er winkte ihnen allen zur Begrüßung zu und grinste Oprios an.

»Was gibt es?«

»Wirilat, ich möchte dir Koll vorstellen. Koll hat sein eigenes Leben riskiert, um Nadera zu retten, und er hat unserer Domäne einen großen Dienst erwiesen. Er hat immer wieder gezeigt, dass ihm, obwohl er ein Waisenkind ist, die Familie über alles geht. Das hat uns allen imponiert und wir möchten ihm hiermit die Belohnung gewähren, die er sich aus tiefstem Herzen wünscht. Bitte, Wirilat, nimm ihn als eines deiner Kinder an und in diese Familie auf.«

Was?

Farisio schwindelte. Tränen bildeten sich in seinen Augen. Er konnte nicht glauben, was er gehört hatte. König Oprios wollte ihn in seiner Familie haben?

Sie wollten ihn? Ihnen war es tatsächlich egal, ob er ihre Magie beherrschte oder nicht, wie seine Haare aussahen und dass seine Vergangenheit viele Schattenseiten aufwies?

Er konnte es kaum fassen. Sein Blick wanderte über die anderen Mitglieder des Königshauses. Die Königin nickte ihm wohlwollend zu, die Zwillinge grinsten breit und auch die übrigen Nachkommen von Wirilat hatten ein Lächeln auf den Lippen. Wirilat aber, der Gründer selbst, sah Farisio nur aus unergründlichen Augen an.

Farisio zuckte zusammen. Er wusste es! Wirilat wusste, wer er war!

Endlich sprach Wirilat: »Koll gehört zur Familie. Du musst mich nicht darum bitten, ihn aufzunehmen.«

In Farisio breitete sich Wärme aus. Das Gefühl ließ keinen Platz für irgendetwas anderes. Er war in seinem Leben zum ersten Mal glücklich, so glücklich, dass er nicht einmal zusammenzuckte, als Nadera neben ihm plötzlich quietschte.

»Koll, deine Haare!«

Farisio packte eine dicke Strähne und hielt verblüfft inne. Glutrote Haare wechselten sich jetzt mit mitternachtsblauen ab, ein sichtbares Zeichen für seine Zugehörigkeit zur Gründerfamilie von Wirilat. Staunen erfüllte ihn.

»Herzlich willkommen zu Hause, Koll!«, sagte der König.

Zwanzig Jahre hatte es gedauert, bis Farisio zum ersten Mal diese Worte hören durfte. Tränen liefen ihm über die Wangen, während er sich lächelnd nach seiner Familie umsah.

Lange erwiderte er den warmen Blick seines Großvaters. Er war zu Hause.

Glossar

Die Ereignisse spielen in der Splitterwelt, der Heimat der Kuftari. Einst bestand diese Welt aus zehn Domänen, die von den zehn Gründern nach ihren Vorstellungen erschaffen wurden, und die zusammen mit dem Nichts in einer Weltenblase eingeschlossen waren. Doch Injati, der zehnte Gründer, beging Selbstmord und zerstörte dadurch seine Domäne.

DIE GRÜNDER UND IHRE DOMÄNEN

Aklaj: Feuermagier (Bruder von Diniri, Gorgubi und Wirilat), Domäne des Feuers

Diniri: Wassermagierin (Schwester von Aklaj, Gorgubi und Wirilat), Domäne des Wassers

Ectorui: Chaosmagierin (Zwillingsschwester von Osirriso), Domäne des Chaos

Gorgubi: Erdmagierin (jüngere Schwester von Aklaj, Diniri und Wirilat), Domäne der Erde

Injati: verstorbener Verbindungsmagier (jüngerer Bruder von Pultaris), verlorene Domäne im Zentrum der Splitterwelt

Moronis: Raummagier (Bruder von Tehmar), Domäne des Raums

Osirriso: Ordnungsmagier (Zwillingsbruder von Ectorui), Domäne der Ordnung

Pultaris: Wahrheitsmagierin (Schwester des verstorbenen Injati), Domäne der Wahrheit

Tehmar: Zeitmagier (Bruder von Moronis), Domäne der Zeit

Wirilat: Windmagier (Bruder von Aklaj, Diniri und Gorgubi), Domäne des Windes

Kuftari sind menschenähnliche Wesen, die jedoch über eine höhere Lebensdauer verfügen und daher auch langsamer heranreifen und altern. Ihr Blut ist blau, wodurch sie auch eine bläuliche Hautfarbe haben. Wenn sie verlegen sind, laufen sie dunkelblau an. Außerdem sind die Ohren von Kuftari oben, hinten und unten spitz zulaufend. Die häufigsten Haarfarben gewöhnlicher Kuftari sind weiß-orange, weißblau und blau. Die Nachkommen der Gründer kann man daran erkennen, dass sie seltene Haarfarben haben:

Aklaj:	orange
Diniri:	hellrot
Ectorui:	weiß-gelb
Gorgubi:	weiß
Moronis:	mitternachtsblau
Osirriso:	weiß-gelb
Pultaris:	weiß-schwarz
Tehmar:	mitternachtsblau
Wirilat:	glutrot

KUFTARI UND GEFLÜGELTE GEFÄHRTEN

Aphrodisiakum: attraktiver Schatten und oberster Blender, auch *Aphro* genannt, lange Haare, die weiß, orange und rot schillern
Bartio: Ausrufer im Palast von Wirilat
Blutdolch: Schatten und oberste Assassine, junge Frau mit einer Mähne aus langem weiß-orangem Haar
Brattira: Kinderbetreuerin in der Stadt der Schatten
Derlit: Schattenanwärter
Eisenfaust: bulliger, muskulöser Schatten und Kämpfer

Eleganter Flügelschlag: intelligenter Riesenvogel mit braunem Gefieder, Gefährte von Nadera

Flinkfinger: dünner Schatten und bester Freund von *Scharfauge*, oberster Beutelabschneider, Meister der Fassadenkletterer

Farisio: 20-jähriger Waisenjunge mit vielen Geheimnissen, der bei den Schatten den Tarnnamen Koll trägt

Freundliches Gesicht: 99-jähriger Schatten und oberster Gesichtsloser mit einem ausdrucksstarken Gesicht und ungebändigten blauen Strähnen

Geris: Prinz von Wirilat, Zwillingsbruder von Kronprinzessin Nadera und älterer Bruder von Plortis

Gralit: großer, selbstbewusster Schattenanwärter, Sohn des Leiters der Schatten

Guter Geschmack: Schatten und Köchin im Palast von Wirilat

Haberni: Schattenanwärter

Hundert Augen: Schatten und 68-jährige Leiterin der Kommandozentrale der Schatten, lange weiß-blaue Haare

Hundert Ohren: Schatten und stellvertretender Leiter der Kommandozentrale, Zwillingsbruder von *Hundert Augen*, wie bei den Kuftari üblich, sieht er seiner Zwillingsschwester zum Verwechseln ähnlich

Ileija: 4-jährige Kuftari mit weiß-blauen Haaren, die Farisio als seine Schwester ausgibt

Keine Sperenzchen: Leiterin der Schattenanwärter, 152 Jahre alt

Koll: Tarnname von Farisio bei den Schatten

Kuwino: Prinz von Diniri, Favorit von Nadera, trägt eine breite schwarze Strähne in seinem hellroten Haar

Liria: 154-jährige Königin von Diniri, unbarmherzige Eishexe

Lorino: Prinz von Diniri, Cousin von Kuwino, trägt mehrere dunkelblaue Strähnen in seinem hellroten Haar

Miritos: Heiler

Mukos: alter Mann mit weiß-orangen Haaren, kümmert sich in der Stadt der Schatten um den Warentransport

Nadera: 32-jährige Kronprinzessin von Wirilat, Zwillingsschwester von Geris, glutrote Haare

Nari: schlaksiger 23-jähriger Schattenanwärter, dem der linke Arm fehlt

Oljira: Name eines entführten kleinen Mädchens aus *Bö*

Oprios: König von Wirilat, Vater von Nadera, Geris und Plortis

Plortis: 29-jähriger Prinz von Wirilat und jüngerer Bruder von Nadera und Geris, glutrote Haare

Refaso: Farisios Großvater mütterlicherseits

Ruhige Hand: Schatten, 91-jährige Expertin für Bomben, weiß-blaue Haare

Rundumblick: Schatten und stellvertretende Kommandantin, leitet die Nachtschicht in der Zentrale

Scharfauge: Schatten und oberster Beobachter, über zwei Meter groß und sehr dick

Scharfer Geist: Schattenname von Udio, dem Anführer der Schatten

Tasia: Prinzessin von Pultaris, Wahrheitsprüferin

Ubneri: blauhaariger Mann, zuständig für den Warentransport in der Stadt der Schatten

Udio: 66-jähriger Anführer der Schatten, Vater von Gralit, trägt den Schattennamen *Scharfer Geist*

Urgo: Geistheiler

Ybbydus: vermisster väterlicher Freund von Farisio

Weißfeder: intelligenter Riesenvogel mit komplett weißem Gefieder, Gefährtin von Refaso

Zerstreuter Bibliothekar: 137-jähriger Schatten und oberster Forscher, Experte für die Geschichte und die Technik der Gilde von Licht und Schatten

WEITERE BEGRIFFE

Assassine: beseitigt Bedrohungen im Auftrag des Schattenrats
Attentatsbomben: darauf ausgelegt, zu verstümmeln oder zu töten
Beobachter: Informationssammler, zuständig für das Ausspionieren von Zielobjekten
Berun-Nerv: Nerv im Oberschenkel, mit einem Schlag gegen ihn kann man das Bein seines Gegners kurzzeitig lähmen
Beutelabschneider: Taschendieb
Blender: Betrüger und Verführer, versuchen, die Ziele der Schatten auf gewaltfreie Weise zu erreichen
Bombenexperte: Spezialist für Bombenentschärfung und Bombenbau
Dinirianer: Bewohner der Domäne Diniri
Fassadenkletterer: Einbrecher
Funktionsbomben: Bomben mit geringer Sprengkraft, dienen dazu, Schlösser oder Safes zu sprengen
Geistheiler: auf die Heilung psychischer Beschwerden spezialisiert
Gedächtnisstein: grauer, leicht schimmernder Stein, mit dem Erinnerungen eines Kuftaris gezielt entfernt und gespeichert werden
Gesichtsloser: Spion und Leibwächter, setzt Verkleidungen, Schminke und Schauspielkünste ein, um in verschiedene Rollen zu schlüpfen
Hurros: beliebte blaue und süße Frucht, auf die jedoch manche Kuftari allergisch reagieren
Illusionssteine: magische braune Steine, mit deren Hilfe Illusionen erzeugt werden
Kontaktbomben: explodieren bei Kontakt mit bestimmten Materialien
Lerop: hochwertiger, dehnbarer Stoff aus der Unterwasser-Pflanze Lerop, die nur in Diniri vorkommt

Licht: Bezeichnung für ein Mitglied der Gilde von Licht und Schatten mit besonderen Gaben, Magier

Lichtname: wird jedem Licht bei der Aufnahme in die Gilde von Licht und Schatten verliehen

Lichtsteine: Steine, die in verschiedenen Farben und Helligkeitsstufen leuchten können

Madmas-Beere: blaue, leicht säuerliche Frucht, die gerne zum Färben eingesetzt wird

Moronis-Stein, Raumstein: ein einzelner dunkelbrauner Stein erlaubt es dem Besitzer, an ferne Orte zu schauen, für ein Raumportal werden hingegen viele Steine benötigt

Motraki: Ballspiel mit drei Mannschaften

Das Nichts: befindet sich zwischen den verschiedenen Welten der Weltenträumer; eine Schutzhülle verhindert, dass das Nichts die erschaffenen Welten verschlingen kann

Nichtsbomben: zerstörerische, seltene Bombenart, mit Nichts gefüllt

Ordnungssteine: gehören zu den Schutzzaubern, die wohlhabende Kuftari einsetzen, um ihren Besitz gegen Diebe zu schützen

Rauchbomben: erzeugen eine Rauchwolke und werden von den Schatten gerne für die Flucht eingesetzt

Raumportal: aus Raumsteinen konstruierter Durchgang, mit dessen Hilfe man sich von einem Ort an einen anderen teleportieren kann

Die Schatten: geheime Gesellschaft aus Dieben, Einbrechern, Erpressern und Assassinen

Schattenanwärter: Jugendliche, die zu Schatten ausgebildet werden sollen

Schattenname: wird jedem Schatten bei der Aufnahme in die Gilde von Licht und Schatten verliehen

Schattenrat: Gremium der obersten Schatten

Schwebekristall: eine Unterart der Windkristalle

Tehmar-Kristall, Zeitkristall: farbloser Kristall, der es erlaubt, Visionen zu bekommen

Verwalter: Gelehrter, der sich mit der Geschichte der Gilde der Schatten, dem magischen System und der Technik auskennt

Windkristalle: Kristalle, die von den Nachkommen von Wirilat mit Energie aufgeladen und zum Betrieb von Luftschiffen genutzt werden

Wollhörner: schafähnliche Tiere